UM AMOR LINDO DEMAIS

致我们单纯的小美好

UM AMOR LINDO DEMAIS

intrínseca

Tradução de Peggy Yu e Verena Veludo

ZHAO QIANQIAN

Copyright © Zhao Qianqian (赵乾乾), 2015
Todos os direitos reservados.
Copyright da tradução © 2024, Editora Intrínseca Ltda.
Esta edição foi publicada mediante acordo com a Memory Book, em associação com The Grayhawk Agency Ltd., por intermédio da Agência Literária Riff Ltda.
Ilustrações de capa utilizadas mediante acordo com 2018 HYEONAMSA PUBLISHING Co., Ltd., Coreia.

TÍTULO ORIGINAL
致我们单纯的小美好

COPIDESQUE
Amilton Reis

REVISÃO
Thaís Lima

DIAGRAMAÇÃO
Henrique Diniz

ILUSTRAÇÕES DE CAPA
Hwang Subin

ILUSTRAÇÕES DE MIOLO
Larissa Fernandez e Letícia Fernandez

CIP-BRASIL. CATALOGAÇÃO NA PUBLICAÇÃO
SINDICATO NACIONAL DOS EDITORES DE LIVROS, RJ

Z61a

    Zhao, Qianqian
        Um amor lindo demais / Zhao Qianqian ; tradução Peggy Yu, Verena Veludo. - 1. ed. - Rio de Janeiro : Intrínseca, 2024.

        Tradução de: 致我们单纯的小美好
        ISBN 978-85-510-1413-4

        1. Romance chinês. I. Yu, Peggy. II. Veludo, Verena. III. Título.

24-93179
                  CDD: 895.13
                  CDU: 82-31(510)

Meri Gleice Rodrigues de Souza - Bibliotecária - CRB-7/6439

[2024]
Todos os direitos desta edição reservados à
Editora Intrínseca Ltda.
Av. das Américas, 500, bloco 12, sala 303
22640-904 – Barra da Tijuca
Rio de Janeiro – RJ
Tel./Fax: (21) 3206-7400
www.intrinseca.com.br

Prefácio:
Eu acredito no que você não acredita

Eu acredito no que você não acredita.

Me ocorreu agora que mais de uma pessoa me disse que o enredo do meu romance "não tem altos e baixos que cativam as pessoas".

Como me considero uma pessoa bem humilde e de cabeça aberta, eu deveria responder com educação que não mereço tal crítica sobre o *meu romance*; aliás, não sei que diabos vou escrever no futuro, mas, até agora, de fato, o que escrevo não tem muito clímax. Nem aborto, nem suicídio, nem assassinato, nem incesto, nem mesmo traição ou grandes mentiras. Enfim, não tem nenhum elemento provocante de que o mercado precisa, porque meus amigos são gente fina e porque eu sempre vejo o lado positivo do ser humano, mesmo de personagens fictícias. Assim, minha cabeça imatura influenciou diretamente minha escrita: o enredo é realmente cozido a fogo bem brando.

Meu gosto forte transparece apenas nos romances que leio de outras pessoas, na comida apimentada e no chá concentrado.

Sempre fui do tipo que acredita. Acredito na existência de um amor inocente, uma relação linda, mesmo sem muitas dificuldades e altos e baixos que a ponham à prova.

Se você também acredita, muito obrigada.

Se você não acredita, eu acredito.

E para você, que abriu estas páginas: desejo que encontre aqui uma história simples e formidável.

Zhao Qianqian

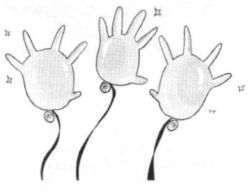

Capítulo I

O sr. Chen, vulgo meu pai, se aposentou formalmente em fevereiro. Aconteceu que o Clube da Terceira Idade da cidade abriu as inscrições para novos associados. Como esse senhor de idade que trabalhara a vida inteira não conseguiu ficar parado em casa sequer por quinze dias, ele foi lá se inscrever. Ao chegar no clube, descobriu que seus cinquenta e poucos anos de idade não eram nada perto de um grupo de idosos cuja média de idade era de setenta anos. Pelo contrário, ele era considerado pelo clube um jovem dotado de espírito de liderança. Assim, o entusiasmo que o sr. Chen havia perdido ganhou novo fôlego. Todos os dias, ele ia de bicicleta ao clube organizar as atividades de entretenimento dos colegas mais velhos, para fazer do entusiasmo uma paixão que animasse os dias de aposentadoria.

Contudo, antes que a paixão pudesse animar qualquer dia, a vida lhe deu um golpe. Meu pai pisou em falso enquanto subia em um banquinho para pendurar a faixa de um evento e caiu com tudo.

Assim que minha mãe me ligou, eu estava olhando para um outdoor na rua. Entrei em pânico com a notícia e comecei a sentir calafrios, apesar do calor. Embora meu pai me castigasse sempre quando eu era criança, e ainda que eu já tivesse pensado em me vingar dele quando crescesse, eu o amava muito.

Assim, no caminho para o hospital, eu chorava e falava sem parar para o motorista do táxi como meu pai fora um amor comigo.

Minhas palavras tocaram tanto o coração daquele taxista enorme e forte que ele passou o trajeto inteiro com o pé enfiado no acelerador, agitadíssimo. Na hora de pagar, arredondou o valor para baixo por iniciativa própria e comentou:

— Ei, moça, me faz um favor? Anote a placa do meu carro e, pelo amor de Deus, não me pare mais na rua. Minha mãe e minha mulher tagarelam o dia inteiro em casa, fico todo me tremendo quando uma pessoa não para de falar. Me perdoe, viu? Desejo melhoras ao seu pai.

— ...

*

Quando cheguei ao hospital, chorando, minha mãe estava brigando com meu pai enquanto descascava uma maçã.

— Não quero saber se você é ou não o espírito de liderança do clube. Não tem noção de que já está velho? Se você cair de novo, vou mandar te cremarem direto. Daí você vira espírito de verdade.

Com os olhos marejados, me apoiei no batente da porta e perguntei:

— Mãe, como o pai está?

Minha mãe ergueu a cabeça e olhou para mim.

— Já pode parar com isso! Faça o favor de enxugar essa lágrima aí. Está chorando por quê? Não criei você para ficar chorando por tudo o que acontece.

Sequei as lágrimas e fui até meu pai, o velho que vinha sendo reprimido por tanto tempo em casa.

— Como está se sentindo, pai?

— Nada bem. Sua mãe já descascou três maçãs, mas não me deu nenhuma para comer... — respondeu ele, de olho na fruta que minha mãe segurava.

Percebi que não ia conseguir tirar nada dos dois, então peguei a garrafa térmica e disse:

— Vou encher de água quente.

Saí correndo para o balcão de informações, ignorando completamente minha mãe, que ficou gritando às minhas costas:

— Sua pirralha! A garrafa já está cheia!

Eu devo ter chegado ao balcão com uma expressão muito assustadora, porque a enfermeira logo conseguiu um médico para falar comigo. Com as feições impassíveis, ele me descreveu o caso e explicou que meu pai machucara a lombar no tombo, e que a coluna estava pinçando os nervos. Enfim, ele tinha que fazer uma cirurgia, e era para eu separar trinta mil yuans. Perguntei mais alguns detalhes, mas ele me olhou de relance e retrucou:

— Você não vai me entender. De qualquer forma, você só precisa se preocupar com o dinheiro, o resto pode deixar com os médicos.

— E quando vai ser a cirurgia? — perguntei de novo.

— Entre na fila! Quando chegar a vez dele, vamos fazer — respondeu, impaciente.

Minha vontade era de cuspir com força na cara daquele médico e depois me desculpar dizendo que eu tinha tuberculose. Mas eu não podia fazer aquilo. Então apenas peguei algumas notas de cem yuans do bolso e enfiei delicadamente o dinheiro nas mãos do homem.

— Se é assim, doutor... Será que o senhor não poderia dar uma atenção especial...

Ele me encarou e empurrou o dinheiro de volta para mim.

— Que é isso?! Eu entendo como a família se sente nessas horas, mas isso é ilegal! Se realmente não consegue ficar tranquila, posso tirar um tempo para lhe explicar os detalhes.

Fiquei morrendo de vergonha. Como pude pensar em corromper a ética de um profissional de saúde? Ele era só um médico que tinha nascido mal-humorado... Enquanto eu me condenava e analisava seriamente meu caráter, o médico virou as costas para ir embora, mas, antes, fez um aceno com a cabeça e me lançou um olhar peculiar. Fiquei matutando muito sobre aquilo, se ele havia tido uma cãibra ou se tinha outra intenção. No fim, resolvi imitá-lo e repeti o mesmo aceno. Havia entendido tudo — tinha uma câmera instalada na parede...

Eu já ia perguntar à enfermeira onde era a sala daquele médico, mas meu celular tocou. Quando vi quem estava ligando, meu coração começou a bater tão acelerado, mas tão acelerado, que a sensação era como se eu pisasse com tudo no acelerador de um carro numa descida — o que quase me fez agendar uma consulta com um cardiologista.

Era Jiang Chen, meu ex-namorado.

— Alô? — atendi, educada, mas trêmula.

Do outro lado, só escutei barulhos incompreensíveis. Insisti mais algumas vezes e cheguei à conclusão de que ele havia me ligado acidentalmente. Quando eu estava prestes a desligar, porém, ouvi a voz meiga de uma mulher.

— Doutor... Estou com dor no peito...

Ela me fez lembrar que Jiang Chen se tornara médico, e eu também tinha ouvido dizer que ele ficara conhecido. Desliguei a chamada e fiquei refletindo muito tempo sobre o que poderia fazer. Por fim, decidi que, em vez de permanecer naquele hospital e testemunhar a corrupção médica, era melhor transferir meu pai para o hospital onde Jiang Chen estava trabalhando. De todo jeito, ele tinha que me retribuir de alguma forma, já que na época eu devia ter descascado mais de mil ovos cozidos em chá para ele comer.

Voltei ao quarto e contei para minha mãe da minha decisão.

— Jiang Chen é aquele menino com quem você namorou uma época? — perguntou minha mãe.

Hum... Mãe, como a senhora é delicada para falar do passado...

— Se a gente transferir seu pai para o hospital onde ele está trabalhando, ele vai ajudar a gente mesmo? Quer dizer, ainda tem alguma coisa entre vocês? — questionou.

Que pergunta mais cirúrgica.

— Ele com certeza vai ajudar a gente, só que assim... — respondi, receosa.

— Assim o quê?
— Assim… Se a gente for, vai ficar parecendo que não consegui cortar direito nossa relação e vai virar uma bagunça só.

Minha mãe torceu o nariz.

— Me poupe dessa bobagem toda. Se não conseguir cortar direito, que jogue tudo fora. Ligue agora para ele, vamos transferir seu pai amanhã. Não aguento mais os médicos daqui.

Na verdade, eu estava esperando que minha mãe me dissesse, com todo o amor e carinho, que eu deveria manter o orgulho da família, não pedir favor a um ex-namorado e tudo o mais. No entanto, como eu já esperava, eu a tinha superestimado.

*

Jiang Chen não demonstrou surpresa quando atendeu minha ligação. Acho que porque todos os médicos são assim mesmo, já viram de tudo. Se os cadáveres e as vísceras não o assustavam, não seria eu, sua ex-namorada, que faria isso.

Gaguejando, eu lhe contei todo o ocorrido, e no fim perguntei:

— Posso transferir meu pai para o seu hospital?

— Sim — respondeu ele, tão prontamente que fiquei com vergonha de ter pensado em usar o fato de eu haver descascado ovos cozidos para ele como desculpa para conseguir o favor. — Deixa tudo pronto, já vou achar uma ambulância para trazer seu pai para cá — completou.

Depois, ele permaneceu alguns instantes em silêncio.

— Tudo bem com você? — indagou.

— Tudo.

*

Três horas depois, Jiang Chen apareceu na minha frente de ambulância, com a sirene a toda. Apesar de termos ficado três anos sem nos ver, não tive sequer coragem de erguer a cabeça para encará-lo.

Apenas cravei meu olhar na caneta-tinteiro, provavelmente caríssima, que estava no bolso de seu casaco, me perguntando se ele já tinha aprendido a escrever com letra de médico.

Quando estávamos na faculdade, sempre me preocupei muito com a caligrafia impecável de Jiang Chen, porque eu tinha medo de ele não conseguir estabelecer uma reputação no mundo dos médicos com aquela letra bonita. Na época, eu o obrigava a imitar minha caligrafia para treinar escrever de uma forma que o poupasse da responsabilidade de porventura prescrever uma receita errada. Infelizmente, no fim das contas, ele nunca conseguiu assimilar o meu jeito de escrever.

Como Jiang Chen resolveu tomar conta sozinho de todo o procedimento de transferência e internação no novo hospital, eu e minha mãe acabamos tão entediadas que resolvemos jogar conversa fora. Ficamos agachadas na entrada do hospital, comendo maçã.

— Que bom que cuidei desse menino quando ele era criança. Veja só como é bonzinho agora — comentou ela.

Ignorei a falta de noção da minha mãe por ter atribuído a si mesma o sucesso de Jiang Chen.

— Como é que você conseguiu perder esse partidão naquela época? — quis saber ela. — Já não estavam quase juntos de vez?

Mordi bem forte a maçã, fazendo barulho.

— O pai deve estar entediado na ambulância. Vai lá comer maçã na frente dele.

Ela soltou um longo suspiro e se apressou em direção à ambulância. Enquanto corria, ela gritava:

— Ó, sua filha me pediu para vir comer maçã na sua frente.

Jiang Chen presenciou a cena ao sair do hospital, a papelada na mão. Olhou para mim, rindo.

— Que filha exemplar você é, hein?

Levantei a cabeça e devolvi o olhar. Ele estava me encarando do alto, o corpo meio inclinado. A luz suave do dia passava entre as pontas de seu cabelo, e ele sorriu para mim com a maior naturalidade, fazendo sua covinha charmosa aparecer na bochecha esquerda, como se tivéssemos saído no dia anterior para jantar e ver um filme. Desviei o olhar, já que aquela covinha bonita tinha sido a origem de todo o mal. Na época, meu coraçãozinho ingênuo se viu perdidamente apaixonado por ela, embora eu entenda que, pensando nisso agora, o que aconteceu mesmo foi que caí na armadilha daquela "cova".

*

Em minhas memórias, a existência de Jiang Chen sempre fora uma constante, tão óbvia quanto a do poste na entrada da travessa. Ele morava no prédio em frente ao meu. Além de ser filho do prefeito, era também representante de turma. Era bonito, sabia tocar piano e escrever caligrafia com o pincel, tirava boas notas e falava mandarim com um sotaque lindo.

Tanto nas novelas quanto nos livros de romance, o casal que vive próximo desde pequeno costuma ser definido como "amor de infância". E, geralmente, se encaixa em uma das seguintes categorias: os que se adoram ou os que vivem brigando. Na primeira se encontram aqueles que parecem quase irmãos: estão sempre juntos, tanto em momentos de alegria quanto de tristeza, e, ao crescerem, descobrem que a amizade foi se transformando aos poucos em amor. Já na segunda estão aqueles que se comportam como inimigos: brigam o tempo todo, em tudo quanto é canto, e aí, quando ficam adultos, percebem de repente que aquilo era amor.

Infelizmente, eu e Jiang Chen não nos encaixávamos em nenhuma dessas descrições. Ao longo dos anos, sempre fomos meramente vizinhos de prédio. Todos os dias, ele tocava piano e eu assistia ao desenho japonês *Chibi Maruko-chan*. De vez em quando, se eu me esquecia do que tínhamos de lição, eu ia ao prédio de Jiang Chen e lhe perguntava. Ele sempre me questionava, impaciente, o porquê de eu mesma não ter anotado no caderno a lição de casa. Talvez porque eu estivesse pedindo um favor, nunca reclamei de sua irritação. Mas é claro que talvez aquela postura tenha a ver com minha própria personalidade — desde criança, eu já não gostava de ficar brigando com as pessoas. Sou uma pessoa calma, com um toque de sublimidade.

*

Durante as férias de verão do segundo para o terceiro ano do ensino médio, minha turma organizou um piquenique, mas não contamos para o nosso professor. E pediram para mim e para Jiang Chen lavarmos as quarenta e quatro batatas-doces que haviam comprado para os quarenta alunos da sala.

Ele só lavou quatro delas e ficou fazendo pedras quicarem na água do lago, enquanto eu lavava as que tinham sobrado, agachada à beira da água e tentando conter a raiva. Eu fui ficando irritada à medida que o tempo passava, até que uma pedrinha passou quicando na superfície do lago na minha frente e fez respingar água no meu rosto. Ergui logo a cabeça. Jiang Chen, por sua vez, continuou com aquela brincadeira, como se nada tivesse acontecido. A pedra saltou quatro vezes no lago, fazendo ondulações circulares de tamanhos diferentes se encontrarem e desaparecerem na água.

Teoricamente, eu deveria ter brigado com Jiang Chen, jogado água nele, pressionado sua cabeça na água, ou, então, tê-lo afogado direto no lago. Mas não fiz nada disso.

Pelo contrário: fiquei babando naquela cena.

A brisa balançava o uniforme ligeiramente grande de Jiang Chen e o sol lançava uma luz dourada em seus cílios e nas pontas do cabelo. Ele estava com um leve sorriso, todo orgulhoso de si, o que fez aquela covinha aparecer no lado esquerdo do rosto.

O tempo e o espaço congelaram naquele momento. Tudo o que restou foi o tum-tum do meu coração.

*

Depois das férias, entramos no corridíssimo terceiro ano. Eu sempre fui alguém que sabia priorizar assuntos importantes em detrimento de trivialidades, então deixei de lado a paixão por Jiang Chen. Aliás, como a série *Jardim de Meteoros* estava na moda, mudei e me apaixonei por Jerry Yan.

O evento que fez o lema "preciso gostar de Jiang Chen" se tornar o objetivo da minha vida aconteceu apenas seis meses depois. Na noite anterior ao nosso simulado, eu saí correndo de casa, enquanto minha mãe brigava comigo e gritava "Como posso ter criado uma filha tão estabanada e lerda como você!", e fui à livraria Xueyou para comprar um lápis 2B. Eu precisava dele para preencher o cartão de respostas no dia seguinte.

Apesar de ser uma livraria, a Xueyou tinha de tudo: desde livros e itens de papelaria até adesivos e brinquedos. Enfim, vendia qualquer coisa que estivesse na moda entre os estudantes. Depois que cresci e conheci melhor como o mundo funcionava, descobri que Xueyou, "Amigo dos Estudantes", sempre fora o nome preferido das livrarias e papelarias de qualquer tamanho que não fossem de nenhuma rede. Não tenho certeza se o nome realmente fazia os estudantes sentirem simpatia pela loja ou se os donos tinham preguiça de pensar numa coisa mais criativa.

Ao entrar na loja, peguei um punhado de lápis 2B. Peguei mais de um porque a técnica de correção das provas por computador tinha acabado de ser lançada na época, e eu sentia que o preço dos lápis 2B certamente aumentaria no futuro. Logo, a conclusão a que eu cheguei foi de que deveria estocá-los. Mais tarde, comprovou-se que houve mesmo um aumento no preço do lápis, embora não mais que um yuan, porém foram lançados no mercado novos lápis específicos para preencher o cartão de respostas. Enquanto todos já estavam usando lapiseira com grafite 2B, a pobre de mim ainda usava o estilete para apontar o lápis.

Realmente, os profetas são sempre solitários.

Quando eu estava para pagar aquele punhado de lápis no caixa, Jiang Chen entrou na loja. Provavelmente por causa de algum hormônio esquisito da puberdade que fazia os adolescentes quererem observar os outros às escondidas, peguei intuitivamente um livro da prateleira para tampar meu rosto e fiquei à espreita.

Assim que entrou, ele rapidamente se dirigiu ao caixa. Ao ver que era Jiang Chen, a dona da livraria abriu um sorriso e apanhou uma pilha de livros debaixo do balcão.

— Aqui está a edição de colecionador dos *Quatro grandes romances clássicos*, com a capa bordada. Fui à cidade especialmente para comprar esses livros.

— Muito obrigado, senhora! — Jiang Chen agradeceu, sorrindo. — Quanto ficou a coleção?

— Oitocentos e cinquenta e três yuans, mas pode me dar só oitocentos e cinquenta. — Ela pegou o dinheiro dele. — Eu nem estou cobrando frete de você, hein!

— Muito obrigado, senhora! — disse ele novamente, ainda com um sorriso.

Naquela época, nós pagávamos duzentos yuans por semestre para a escola como taxa de matrícula, e Jiang Chen gastou de uma vez o valor de dois anos de estudos, ou seja, de quatro semestres, para comprar quatro míseros livros. Para mim, era melhor ter gastado aquela fortuna em... em... Bom, na verdade, nem eu sabia o que era melhor ter feito com aqueles oitocentos e pouco. Naquela idade, eu nunca tinha visto tanto dinheiro, então não entendi o porquê de ele ter feito aquilo.

Certo dia, me contaram uma piada.

"Era uma vez um repórter que perguntou a uma senhorinha que morava nas montanhas:

— O que faria se eu desse para a senhora cem mil yuans?

— Comeria panqueca de legumes todos os dias.

— E se desse duzentos mil yuans?

— Comeria panqueca de carne todos os dias.

— E se desse um milhão de yuans?

— Comeria panqueca de legumes e de carne todos os dias."

Eu me sentia igual a essa senhora da piada.

De repente, uma criança que surgiu do nada puxou uma das pernas da calça de Jiang Chen, chamando sua atenção.

— Moço, moço.

Jiang Chen se agachou e fez carinho na cabeça da criança.

— Você é menino ou menina? — perguntou, piscando.

— Menino — respondeu a criança, séria, enquanto chupava o dedo mindinho.

— Nah! Eu não gosto de meninos — retrucou Jiang Chen.

Enquanto ia se levantando, a criança puxou a roupa dele de novo e disse:

— Eu sou menina!

Jiang Chen riu.

— Ah! Quer dizer que você é menina? Por que me chamou?

A criança tirou do bolso grande de sua jardineira uma caixa de lápis de cor e duas notas bem enrugadas de um yuan, e as levantou para mostrar a Jiang Chen que ela não conseguia alcançar o balcão.

— Eu quero comprar isso.

Jiang Chen pegou a caixa, levantou-se e entregou à dona da loja.

— Senhora, quanto é?

— Quarenta yuans.

Ele pagou a caixa de lápis de cor, agachou-se de novo, fez carinho na cabeça da criança e disse:

— Toma seu lápis de cor.

— Obrigada, moço! — Ela aceitou a caixa de volta, com um grande sorriso no rosto.

Jiang Chen respondeu "de nada", e, assim que foi se levantando, a criança puxou de novo a barra da calça dele, o que o fez se abaixar mais uma vez. A menininha abriu, toda desajeitada, a caixa de lápis de cor, escolheu o rosa e afirmou:

— Desenhar com esse é bonito.

— Mas eu não sei desenhar — retrucou Jiang Chen, rindo. — Pode ficar com você, para fazer os desenhos.

Ela balançou a cabeça, apontou para os livros nas mãos dele.

— Não você, eu.

Jiang Chen ficou alguns segundos meio confuso, mas logo abriu um grande sorriso. Retirou o *Romance dos Três Reinos* da coleção e entregou para a criança. Com o livro em mãos, ela se sentou no chão, abaixou a cabeça e se concentrou para desenhar alguma coisa nele, murmurando umas palavras. Finalmente, bateu as mãozinhas e disse:

— Prontinho.

Eu fiquei na ponta dos pés, ergui a cabeça e dei uma espiada. O desenho parecia um coelho, mas se analisasse os detalhes estava mais para um cachorro, cujo espírito revelava que na verdade era um tigre.

Jiang Chen pegou o desenho.

— É muito bonito esse cachorro que você fez. Muito obrigado! — elogiou, de coração.

— É um gato — respondeu a criança, piscando aquele par de olhos bem redondinhos.

Surpreendido, ele riu e se corrigiu:

— Ah, então é um gato.

Ao olhar para a covinha dele, que me pareceu ainda mais profunda, fiquei com vontade de cutucá-la.

E foi assim, aquela sensação de que tanto falam, de se ver maravilhado por algo deslumbrante, de ser cativado em segundos.

A escritora e roteirista Lilian Lee disse certa vez: "Aquela maravilha que se experimentava na juventude era nada mais, nada menos que imagens criadas pela ingenuidade." Mas eu discordo. A partir dali, minha cabeça não parou de dar cor àqueles episódios que fizeram meu coração bater mais forte. Como na pós-edição de um vídeo, eu ajustava internamente os ângulos daquelas cenas, adicionava os efeitos de luz, colocava trilha sonora...

*

— Vai ficar quanto tempo agachada na porta do hospital?
— Quê?
Fiquei por um momento meio perdida com aquela interrupção à pós-edição costumeira que estava fazendo na minha cabeça. Quando voltei a mim e vi que era Jiang Chen, com a expressão um pouco impaciente, repeti:
— Quê?
— Levanta daí.
Ele esticou a mão e me puxou, e fomos andando em direção à ambulância de mãos dadas. Fiquei com vontade de lhe perguntar se ele tinha se esquecido de soltar minha mão, ou se estava meio abatido, por isso suava tanto...
Quando subimos na ambulância, tanto o motorista quanto minha mãe simultaneamente adotaram uma expressão como se tivessem nos flagrado na cama. Sem graça, revirei os olhos e fitei Jiang Chen de esguelha, meio apreensiva. Ele agiu normalmente, como se não estivesse acontecendo nada de mais, e se sentou ao meu lado.
— Li, pode dirigir.
Em seguida, virou-se para minha mãe.
— Tia, já conversei com minha colega ortopedista. Quando chegarmos ao hospital, vamos fazer de novo a radiografia. Se não tiver nenhum impeditivo, a cirurgia vai ser hoje de tarde mesmo. A senhora pode ficar tranquila, minha colega é uma das melhores profissionais da área.
Minha mãe logo assentiu e abriu um sorriso, como uma mãe amorosa falando com o próprio filho.
— Me desculpe por todo esse trabalho.
— Não é trabalho algum. Não estou fazendo mais do que minha obrigação — garantiu Jiang Chen, sorrindo como um bom filho respondendo a própria mãe.
— Como vocês são barulhentos! — gritou meu pai de repente.
Ele estava irritado desde que fora informado de que seria transferido para outro hospital com a ajuda de Jiang Chen. Assim que

minha mãe foi para outro canto, ele começou a brigar comigo. Para resumir o sermão, tudo que ele disse tinha a ver com apenas uma palavra: orgulho. Para meu pai, eu deveria ter me mantido o mais distante possível do meu ex, por causa do jeito como a mãe de Jiang Chen me tratara na época. Ou melhor ainda: cuspir na cara de Jiang Chen para expressar meu desprezo. Mas não — eu não só não fiz nada daquilo, como também estava aceitando um favor dele.

*

Eu tinha me formado em arte e design três anos antes. Como Jiang Chen decidira emendar a graduação com o mestrado, teve que ficar sete anos na faculdade. Por conta de seu bom desempenho, começara a fazer estágios em áreas diferentes do hospital universitário já no quarto ano.

Naquela época, Jiang Chen era extremamente bonzinho comigo. Assim que tinha me visto com o diploma na mão, me pediu em casamento. Claro, a pressa veio principalmente das histórias que eu inventava para assustá-lo, enquanto ele se via ocupadíssimo nos estágios. Eu forjava uns homens de alta sociedade: o supervisor que abria a porta diariamente para mim (na verdade, era o segurança da empresa onde eu trabalhava que abria a porta, porque eu vivia me esquecendo do cartão de acesso); o gerente que sempre me presenteava com flores (na verdade, o dono de uma floricultura do andar de baixo do prédio, que me "presenteava" toda vez que eu fazia horas extras e voltava bem tarde para casa, e o encontrava jogando fora as flores danificadas que não tinha conseguido vender no dia); o cliente que me pagou o ingresso para um filme (realmente um cliente meu, e eu de fato fui ao cinema, porém com a condição de fazer uns textos publicitários de graça para ele); e assim por diante. Enfim, para fazer minhas criações artísticas, eu de fato precisava de uns arquétipos.

E quando Jiang Chen soube que eu era tão popular, ele ficou ansioso. Explicou que não poderia me perder para outros homens, senão o esforço que fizera para me entregar o café da manhã todo santo dia, por quatro anos de faculdade, teria sido em vão; por isso, era melhor me pedir logo em casamento.

Aceitei me casar com ele sem sentir um pingo de vergonha. Minha intenção era bem simples: se o curso de medicina de nossa universidade era o melhor do país, e Jiang Chen recebia bolsa todos os anos, ele era certamente um diamante bruto. Por isso, eu precisava consegui-lo o mais rápido possível. Quando se tornasse um diamante de verdade, eu seria automaticamente reconhecida como a mulher que dividira as dificuldades com ele. E se ele ousasse se separar de mim, eu não pensaria duas vezes antes de ficar com metade de seu patrimônio.

Claro, eu tinha na verdade outra intenção ainda mais simples: o fato de que eu o amava muito e tinha medo de perdê-lo. Certa vez, fui encontrá-lo no hospital em que ele fazia estágio e vi que, em apenas uma hora, três pacientes haviam deixado os cartões de visita com ele, sendo que um deles ainda era um homem. A sociedade é ameaçadora demais, em especial quando o charme de Jiang Chen atraía tanto homens quanto mulheres.

Como eu estava muito viciada em novelas e livros de romance, achava que meu relacionamento fosse invencível. A mãe de Jiang Chen, porém, me fez perceber que, uma vez perturbado, esse romance se desmancharia.

Numa bela tarde ensolarada, minha ex-sogra visitou minha mãe ao meio-dia. Como dona de casa profissional, o status da minha mãe em casa poderia ser equiparável ao da imperatriz Wu, a única mulher a ocupar o trono imperial na história da China. Mesmo assim, aquele encontro me fez ver pela primeira vez minha mãe, forte e brava, se comportar de uma maneira tão sem jeito e submissa. Para ser justa, a mãe de Jiang Chen não falou nada que tivesse ultrapassado o limite, tampouco havia me entregado um cheque em branco para eu me separar de seu filho. Ela apenas ficou discutindo com minha mãe os costumes tradicionais do casamento, meio distante. Mas ela agia de uma forma que fazia parecer que, como integrante da alta sociedade, estaria se rebaixando ao conversar com a minha família, o que botou minha mãe aflita. Fiquei observando minha mãe esfregar as mãos e concordar com absolutamente tudo que minha ex-sogra falava — e a coisa toda me deixou mordida.

Além disso, a mãe de Jiang Chen pediu para ficar mais um pouco, porque queria conversar a sós comigo. Ela me entregou umas folhas, pediu para lê-las com atenção e disse que, se eu concordasse, era para assiná-las. Era um acordo pré-nupcial, cujas cláusulas diziam basicamente que eu não estava me casando com Jiang Chen por conta do dinheiro e que, se viéssemos a nos separar futuramente, eu não poderia ficar com nada do patrimônio da família Jiang.

Naquele momento, fiquei me questionando, sem entender muito bem: o pai de Jiang Chen não era só prefeito de uma cidadezinha? A família tinha tanto dinheiro assim? Para que aquele drama todo, que nem novela? Só muito tempo depois é que entendi: eu era muito ingênua.

A essa altura, eu já não me lembro do que pensei na época. Talvez em algo bonito e pomposo, como amor, orgulho, essas coisas. Só sei que não consegui decidir se assinava ou não o contrato, e fui perguntar para meu pai. Hoje posso dizer que aquilo foi um erro catastrófico.

Meu ex-sogro era superior, mas não imediato, do meu pai. No dia a dia do trabalho, meu pai sempre se sentiu aborrecido por ser oprimido pelos chefes. Para ele, não dava para engolir o fato de a própria família ter sido humilhada pela família de um superior. Assim, meu pai me falou que cortaria relação comigo se eu assinasse aquele contrato. Então eu fiz outra coisa estúpida: dei os papéis para Jiang Chen e lhe pedi para devolvê-los à mãe. Furiosíssimo, ele foi tirar satisfação com a própria mãe em casa. Depois, minha ex-sogra me ligou e, só para resumir, ameaçou se matar em nossa cerimônia de casamento se nós realmente ousássemos nos unir. Na época, eu era inexperiente e logo fiquei bastante intimidada com aquelas palavras. Não consegui nem pensar em qualquer solução, como, por exemplo, não fazer festa nenhuma para ela não ter lugar onde se matar.

Após esse episódio, o assunto do casamento não foi para a frente. Depois, por algum motivo, comecei a discutir bastante com Jiang Chen e a fazer birra por qualquer picuinha. Aquilo provavelmente tinha acontecido porque ambos começamos a ficar cada vez mais atarefados no trabalho: no meu caso, meu gerente estava sempre brigando comigo, e, no caso dele, as aulas e os estágios tomavam todo o seu tempo. E mais: talvez eu já tivesse ficado rancorosa por causa de tudo aquilo. Eu testava nosso amor desafiando a paciência de Jiang Chen.

Quando falei para nos separarmos, Jiang Chen ficou muito tempo calado para então, no fim, responder:

— Que você não se arrependa.

Em seguida, fechou a porta com força e se foi.

*

Eu achava que para que duas pessoas apaixonadas se separassem era necessário, pelo menos, algo marcante ter acontecido, tal como a intromissão de alguém no relacionamento, a descoberta repentina de que eu era filha bastarda do pai de Jiang Chen, um de nós ter recebido o diagnóstico de uma doença terminal, esse tipo de coisa. Nada disso foi necessário — bastaram a insegurança, a sobrecarga e o cansaço.

Nós nos separamos assim, pronto, e achei curioso. Em um instante, duas pessoas que haviam jurado passar a vida inteira uma ao lado da outra se tornaram completos desconhecidos. Por muito tempo, eu me perguntava se alguém não tinha por acaso apertado o botão de avanço rápido na nossa história, de modo que eu tivesse perdido episódios cruciais que levaram ao nosso término.

*

Meu pai ficou bem feliz com o fim do namoro. Talvez ele tenha entendido que aquilo foi uma vitória sobre seus superiores. Mas, depois, o fato de eu não ter conseguido encontrar nenhum outro namorado o fez sentir que às vezes o fruto do sucesso nem sempre era doce.

Por isso, achava que meu pai devia estar sentindo uma mistura de emoções ao encarar Jiang Chen novamente. Por um lado, ele gostaria muito que alguém ficasse comigo; por outro, achava que qualquer coisa era melhor do que me entregar para Jiang Chen. Meu pai devia estar tão atormentado quanto aqueles capitalistas do período da Grande Depressão sobre quem líamos nos livros didáticos, que preferiram despejar leite no rio a doar para os pobres.

Eu não disse para meu pai que Jiang Chen na verdade nem sequer pensou em voltar comigo.

Capítulo II

Meu pai foi fazer a cirurgia logo cedo na manhã seguinte. Jiang Chen havia indicado uma médica bonita e madura de sobrenome Su. Ao lado de Jiang Chen, formavam um par perfeito.

No começo, minha mãe desconfiou muito da dra. Su, porque na cabeça dela mulheres bonitas normalmente não servem para nada. Por causa dessa mania, por muito tempo eu achei que minha mãe me considerava uma mulher bonita.

A dra. Su nos contou que certa vez ela havia espancado tanto um bandido que o ombro do sujeito tinha se deslocado e ela mesma o colocara de volta no lugar. De imediato, nós duas demonstramos total confiança quanto às habilidades médicas da dra. Su.

Jiang Chen nos fez companhia do lado de fora da sala de cirurgia, enquanto minha mãe segurava e apertava com toda a força do mundo a minha mão e eu a acalmava, esfregando as costas dela.

Depois de uns dez minutos, minha mãe começou a deixar sua ansiedade de lado e ficou olhando de mim para Jiang Chen.

— Olha só — ela sorriu com ternura —, quando você namorava a Xiaoxi, não tivemos oportunidade de bater um papo. Veja agora essa situação... — Ela deu uma parada e suspirou profundamente. — Como o destino brinca com a gente, né...

Naquela hora, eu fiquei praticamente petrificada e quis me esconder num buraco.

Jiang Chen riu.

— Eu era infantil na época e não soube valorizá-la — respondeu.

Não consegui aguentar aquilo e olhei de relance para Jiang Chen. *Que resposta mais diplomática*, pensei.

Minha mãe também riu e retrucou:

— Que nada, ela é que não teve sorte.

Entre o vai e vem dessa hipocrisia, o tempo voou rapidamente; ou a cirurgia não era assim tão complicada, ou então a dra. Su era realmente uma grande cirurgiã, enfim: a luz da sala de cirurgia se apagou e a médica saiu, de máscara.

De repente, minha mãe segurou meu braço de novo e suas unhas me apertaram tanto que eu quis muito soltar uns palavrões. A dra. Su tirou a máscara lentamente e anunciou, com um sorriso no rosto:

— A cirurgia foi um sucesso.

Minha mãe me soltou e deu um pulo em direção à dra. Su, como quem quisesse abraçá-la e beijá-la. Ainda bem que ela só segurou as mãos da médica, dando tapinhas nelas sem parar.

— Muito obrigada, muito obrigada!

Enquanto eu estava totalmente imersa naquela alegria, Jiang Chen, a meu lado, me deu uma pequena cotovelada e cochichou no meu ouvido:

— Se você não separar sua mãe da dra. Su, as mãos da minha colega vão para o saco.

De fato, quando eu olhei, o dorso das mãos da dra. Su já estava bem vermelho. Minha mãe tinha acompanhado nos últimos tempos um programa de televisão no qual ela aprendia a técnica de terapia por batidas com um médico ancião especializado em medicina tradicional chinesa. Estava tão boa que certa vez conseguiu amassar o alho na tábua com a mão, por não ter encontrado uma faca.

Avancei imediatamente e puxei minha mãe para trás.

— Mãe, melhor ir ver o pai logo.

Ela se desvencilhou de mim.

— Pra quê? — reclamou. — Seu pai nem acordou da anestesia. Eu preciso expressar meu profundo agradecimento à dra. Su!

A colega de Jiang Chen deu dois passos para trás, balançando as mãos.

— Não precisa de tanta cerimônia, senhora — respondeu. — Não fiz mais do que minha obrigação. Daqui a pouco tenho outra cirurgia, então vou indo!

Hum, nunca vi nenhum jaleco branco fugir desse jeito, matutei.

Desapontada, minha mãe virou para Jiang Chen e disse:

— Jiang Chen! Se não fosse você...

Ele colocou logo as mãos para trás, inclinou em minha direção e sussurrou no meu ouvido:

— Me salva.

O hálito quente de Jiang Chen na minha orelha me fez contrair involuntariamente o ombro. Eu suprimi a vontade de sair correndo, empurrei minha mãe e pedi:

— Mãe, melhor ir logo ver como está o pai, porque Jiang Chen tem consultas agora.

Por coincidência, a enfermeira saiu da sala de cirurgia com meu pai na maca; minha mãe então foi atrás dela, deixando Jiang Chen e eu sozinhos.

Engoli a saliva e levantei a cabeça.

— Muito obrigada pela ajuda — falei, com um sorriso.

— Não há de quê, já vou indo — respondeu ele, assentindo.

— Já? — falei sem pensar.

— Tenho outras consultas — replicou, e riu.

Eu acompanhei com o olhar Jiang Chen indo embora, cocei a orelha e sorri que nem uma boba.

*

Na época que Jiang Chen passou no vestibular de medicina, eu fui admitida no instituto de artes da mesma universidade. No primeiro ano, os veteranos de Jiang Chen organizaram uma festa de recepção de calouros. Na condição de ser uma donzela que alimentava um amor não correspondido por ele havia anos, eu implorei que me levasse junto, principalmente depois de terem me dito que tudo seria pago pelos veteranos. Gostei muito daquela ideia. Mais tarde, porém, quando me tornei veterana, toda vez que tinha festa de recepção, eu alegava que não podia ir porque estava com dor de barriga.

No dia da festa, havia várias pessoas, e o organizador do evento reservou oito mesas num restaurante pequeno que ficava no portão norte da universidade. Quando Jiang Chen e eu chegamos, não sobravam muitos lugares, então tivemos que nos sentar em mesas diferentes. Eu o olhava da mesa distante, e me senti bem com aquela disposição — por mais que eu comesse, ninguém me daria sermão.

Depois de comermos, os veteranos levaram os calouros para a quadra esportiva, onde tinham preparado uma dinâmica. Era uma brincadeira que havia se tornado moda na época, em todo o país: verdade ou desafio. Uma garrafa girou e girou e parou virada para uma menina. Como a pessoa anterior havia escolhido desafio e teve que falar para um pedestre qualquer, apontando para o próprio corpo, "olha, aqui está o lobo esquerdo do meu fígado, aqui está minha vesícula biliar, aqui está o meu pulmão direito, aqui está o rim, aqui tem um canal que se chama ureter", e assim por adiante, a menina escolheu verdade.

Um dos veteranos, que mais parecia um lobo mau, na tentativa de conseguir a verdade, fez algumas perguntas:

— Então, querida... Você tem namorado? Se não tiver, você gosta de alguém? Se sim, quem?

Para mim, aquelas perguntas eram fofinhas demais — se fosse eu, teria perguntado para ela qual era a cor da calcinha que estava usando ou algo desse gênero. A menina assentiu e, toda corada, olhou para Jiang Chen e desviou o olhar, como quem quisesse admitir alguma coisa. Quando vi aquilo, mudei imediatamente de ideia: que perguntas invasivas...

De repente, todos começaram a provocar Jiang Chen para ele se pronunciar. Ele, que o tempo todo estava atrás de mim, rapidamente se inclinou em minha direção e sussurrou em meu ouvido:

— Me salva.

Fiquei por alguns instantes um pouco desnorteada, porque o ar que ele soprou para falar aquelas duas palavras me fez sentir uma coceira no pescoço. Dei uma coçadinha e raciocinei depressa para conseguir uma solução inteligente.

— Eu... — gaguejei. — Hum... Estou com dor de barriga...

Jiang Chen deu um longo suspiro atrás de mim, segurou meus ombros e disse:

— Me desculpe, pessoal. Minha namorada está com dor de barriga, vou levá-la para o hospital.

Depois de termos andado um pouco, Jiang Chen me arrastando, voltei a mim mesma e me caiu a ficha: ele falou a palavra "namorada".

— Eu, é... Então, é... Agora há pouco parece que eu ouvi você, hum... Falar de "namorada"...? — soltei.

Se não tivesse me enganado, parecia que o tinha visto corar de um jeito muito estranho. Em seguida, ele retrucou, confiante:

— O que foi? Alguma coisa contra?

Meu coração disparou bruscamente, e comecei a gaguejar, como se estivesse quase vomitando:

— Não, não... Não tenho nada contra, não... Hum, é... Fique à vontade, senhor.

Sempre que penso no passado, nunca sinto remorso por ter desperdiçado tempo, nem vergonha de ter sido mediana a vida inteira. Mas confesso que quero morrer por, em um momento crucial da minha vida como aquele, ter dito algo parecido com as boas-vindas de uma dama da noite.

*

À noite, fiquei no hospital para cuidar do meu pai, assim minha mãe poderia descansar um pouco na minha casa. No começo, ela não quis ir, mas depois de algumas histórias de terror que lhe contei, ela percebeu de repente que estava cansada, tanto física quanto psicologicamente, e resolveu ir relaxar, para no dia seguinte ter a disposição de continuar cuidando do marido.

Quem estava de plantão naquela noite era a dra. Su, que, depois de ter passado duas vezes pelos quartos dos pacientes, ficou no do meu pai e insistiu em conversar comigo. Como ela havia sido a salvadora da família, tive que resistir ao sono para papear com ela.

— Como você conheceu o dr. Jiang? — perguntou a doutora.

— Fomos colegas de sala — respondi.

— Achei que fossem namorados... Mas imaginei que não, porque ele não ficou para te acompanhar — murmurou ela sozinha. — Colegas de quê? — perguntou de novo.

— Educação infantil, ensino fundamental, ensino médio, faculdade — respondi novamente.

Ela fez cara de surpresa.

— Olha só! Amor de infância! — comentou. — Que sorte rara do destino crescer ao lado do outro.

Fiquei perplexa com o comentário enquanto bocejava, então me custaram alguns segundos para conseguir fechar minha boca. Afastei a lágrima que saiu dos meus olhos por causa do bocejo, e, quando eu ia falar algo, a dra. Su me fez outra pergunta:

— Ele tem namorada?

— Não sei — admiti, com toda a sinceridade.

Ela se aproximou de mim com um tom de mistério e cochichou no meu ouvido:

— Vou te contar uma coisa, mas não conta para ele, hein?

Assenti.

— A gente acha que ele é gay — completou ela, rindo de um jeito exagerado.

Quando eu a encarei, chocada, ela explicou:

— Porque ele nunca apareceu acompanhado de nenhuma mulher e sempre procurou manter distância de outras médicas e pacientes. Mas, assim, não é nada estranho ser gay no nosso ramo, já que os médicos perdem a curiosidade sobre o corpo feminino por conhecê-lo de cabo a rabo.

Eu não ia retrucar nada, mas acabei soltando:

— Mas vocês também conhecem de cabo a rabo o corpo masculino, não?

Ela ficou pensando um pouco, sem reação. De repente, bateu na cabeça como quem tivesse acabado de resolver uma charada.

— É verdade, né? — respondeu.

Dessa vez, nós duas ficamos em silêncio por uns minutos. Nesse meio-tempo, fiquei pensando em como eu poderia pedir para ela ir embora, porque estava morrendo de sono. Infelizmente, ela me veio com mais uma pergunta:

— Já que você o conhece há tanto tempo, já o viu namorar alguma vez?

Meu sono foi embora de imediato, e dei duas risadas não muito naturais.

— Já — respondi.

— Ah! Que pena! — Ela suspirou, desapontada.

— Por quê? Você gosta dele? — sondei com um tom delicado.

— Que nada! — retrucou ela, e riu timidamente. — Estou namorando já. Meu namorado está fazendo doutorado em psicologia. O tema da tese dele é a psicanálise dos homossexuais, com foco em estudar a homossexualidade das elites sociais, e ele está preocupado em não encontrar objetos de estudo...

Matutei um pouco.

— Que tal você procurar uns livros de ficção para ele estudar? — sugeri. — Os romances BL não estão na moda? Os protagonistas geralmente são CEOs, médicos, advogados ou militares, tem de tudo quanto é elite da sociedade. E a arte imita a vida. Talvez seu namorado possa encontrar alguma coisa útil.

— Eu já tinha pensado nisso, e até cheguei a dar uma pesquisada. — Ela fez um sinal de negativo com as mãos. — Mas não boto muita fé, não. Praticamente todos esses romances são escritos por mulheres. Na cabeça de uma mulher, os homens são animais que só pensam com a parte de baixo. Se juntar dois bichos que só pensam com a parte de baixo, o que vai acontecer é: ou eles só vão usar a parte de baixo, ou vão usar excessivamente a parte de baixo. E essa visão não ajuda em nada as pesquisas acadêmicas.

Refleti um pouco sobre aquela resposta. Achei razoável, até.

— Ah, sim — acabei concordando com ela.

— Você acha que o dr. Jiang teria uma tendência à homossexualidade? Esses romances dizem que dá para transformar um hétero em gay. Mudar a orientação sexual dele. Que tal se eu fizer isso?

Abri e fechei a boca várias vezes, antes de responder, gaguejando:

— Então... Acho melhor não...

— Fica tranquila — ela deu umas tapinhas no meu ombro —, estou brincando. Você não entende meu senso de humor.

— ...

— Ah, então! — De repente, ela ficou muito animada. — Adivinhe por que escolhi ser médica e me especializei em ortopedia!

Ainda nem tinha conseguido me recuperar de seu "senso de humor", por isso apenas arrisquei, com a voz fraca:

— Porque todo mundo da sua família é médico?

Ela balançou a cabeça.

— Você viu alguém sofrendo com algum problema ortopédico sério quando era criança? — continuei chutando.

Então, fiquei séria e perguntei:

— Porque você se inspirou na virtude dos médicos de salvar vidas? Porque você combinou com seu namorado? Porque você errou o curso na hora de fazer a inscrição para o vestibular?

— Não é nada disso — respondeu ela, cheia de ânimo. — Minha família vende carne suína. Eu ficava muito empolgada toda vez que via meu pai cortar os ossos do porco.

Senti os cantos dos meus lábios tremerem algumas vezes.

— ... Ah... Nossa, então você teve influência do seu pai desde pequena — comentei.

Ela deu um tapa bem forte no meu ombro.

— Acreditou de novo? Você não entende mesmo meu senso de humor! Na minha família, tirando meu irmão mais novo, todo mundo é médico.

— ...

E assim ela ficou conversando comigo de coração aberto até cinco horas da manhã. No fim, ainda cheia de energia e radiante, ela comentou:

— Bom, já posso ir me preparar para a troca de turno. Hoje é minha folga.

*

Como já tinha passado da hora normal em que caía no sono, já não sabia mais se estava dormindo ou acordada. O que aconteceu foi que, em dado momento, entre o sonho e a realidade, parecia haver surgido uma pessoa na minha frente. Eu ainda lhe perguntei se era humana ou fantasma e provavelmente também expliquei para essa pessoa que cada um tem seu carma.

Esse tipo de estado sonolento é bem ruim. Minha cabeça estava em pleno funcionamento, e os fragmentos do passado saltavam detalhe por detalhe da memória, mas não dava para saber se estava sonhando ou relembrando o tempo que se fora. Muita gente diz que não vale a pena ficar lembrando de histórias antigas, mas acho que as minhas valem. Trata-se de uma história positiva, animada e inspiradora que conta o passado de uma menina que correu atrás de um menino — podemos chamá-la de *A história de amor da garota brilhante*.

Assim que me apaixonei por Jiang Chen, fiquei pensando naquilo por uma semana. Aproveitando as coisas que tinha aprendido nos livros, nos mangás e nas novelas, elaborei três planos: escrever uma carta de amor, pedir para alguém falar com ele e me declarar pessoalmente. Fiquei mais uma semana fazendo uma análise geral dos planos que havia desenhado e as desvantagens de cada um deles. Primeiro, carta de amor. Além de a minha letra ser feia, Jiang Chen já recebia cartas de amor de muita gente, mas nunca tinha lido nenhuma. Segundo, pedir para alguém falar com ele. Daquela forma, não só era fácil transmitir a mensagem errada, mas também, segundo muitos dos romances de conspiração amorosa e das novelas, tudo indicava que, no desfecho das coisas, a mensageira era quem ficava com o protagonista da vez. Por isso, tudo que me restou foi a última opção: me declarar pessoalmente.

Nós sempre achamos que há inúmeras possibilidades na vida, por isso temos receio de tudo. No fim das contas, vamos ter apenas uma alternativa.

Consultei o calendário tradicional chinês e escolhi um dia que indicava-se ser excelente para abrir covas e fazer enterros — e lá fui eu me declarar pessoalmente a Jiang Chen. Naquele momento, ele estava varrendo o chão, e eu chamei sua atenção, de trás dele. Ele se virou, a vassoura acompanhando seu movimento e arrastando no chão, o que levantou um tanto de poeira.

— Jiang Chen, eu gosto de você — confessei. — *Pff! Pff! Pff!*

Primeiro, ele levou um susto. Em seguida, franziu a testa.

— Por que você está cuspindo em mim?

Fiquei muito aborrecida e logo me expliquei:

— Não, não estava cuspindo em você. É que quando eu estava falando entrou poeira na minha boca. Eu disse que gosto de você.

Ele continuou franzindo a testa, e as rugas que apareceram entre as sobrancelhas pareciam cicatrizes traçadas à faca. *Que bonito!*, pensei.

— Eu não gosto de você — respondeu ele.

Naquela época, ninguém expressava diretamente os próprios sentimentos; ninguém se importava de estar na zona cinzenta entre o amor e a amizade. Como ainda não havia músicas que falavam que ficar nessa situação era ruim, a maioria das pessoas dava desculpas quando recebia alguma declaração de amor, algo como "eu não sou a pessoa certa", "você merece alguém melhor", "somos novos demais, precisamos estudar bastante para passar no vestibular" etc. Por isso, a recusa categórica de Jiang Chen me fez notar como sua frieza se destacava dos outros. E eu fiquei ainda mais apaixonada por ele.

Foi assim que Jiang Chen se tornou meu alvo, acima de qualquer coisa. Todo dia de manhã, eu acordava cedo e ficava esperando por ele na entrada da travessa entre nossos prédios. Assim que Jiang Chen aparecia, eu abria um sorriso deslumbrante e lhe dizia que era muita coincidência encontrá-lo bem quando eu também estava indo para a escola. Antes que o sino da última aula tocasse, eu já arrumava os materiais para ir embora. Assim que o sinal tocava, eu corria até a escada para esperar Jiang Chen passar e poder falar que era uma coincidência encontrá-lo indo embora bem quando eu também estava indo.

*

Ainda entre sonho e realidade, eu me engasguei com a própria saliva. Acordei um pouco e pisquei os olhos. Quando olhei para cima, comecei a ficar tonta de novo. No minuto anterior, eu estava na escada sorrindo para Jiang Chen; num piscar de olhos, me vi na mesma escada, mas dessa vez segurando a alça da mochila do meu ex-namorado e implorando, triste:

— Ah, por favor... Me espera uns dez minutinhos. Só vou entregar o dever de casa para o professor de inglês e já volto.

— O que você estava fazendo na aula? — perguntou ele, e puxou a alça de volta. — Li Wei está me esperando lá embaixo. — Ele fez uma pausa. — A gente vai fazer compras para a reunião da turma.

Não sei se porque desempenhei o papel de menina boazinha e obediente por muito tempo ou se fiquei com raiva mesmo, mas, naquele instante, quis ser rebelde. Mirei na panturrilha de Jiang Chen e dei um chute.

— Vai se encontrar com a sua Li Weizinha então — retruquei.

Ele não estava esperando aquilo, então deu alguns pulinhos com a perna que não recebeu meu chute e berrou:

— Chen Xiaoxi! Está maluca?

Depois daquilo, fiquei apoiada na grade do corredor olhando para Jiang Chen e Li Wei caminharem em direção ao portão da escola. O sol do crepúsculo tingiu o mundo de amarelo e laranja, como se alguém tivesse derrubado sem querer uma garrafa de suco que deixou o universo todo alaranjado.

Eu tinha dezesseis anos na época — e foi a primeira vez que me senti desolada.

*

Nos sonhos, as cenas mudam como bem querem.

Na porta da sala de aula, bloqueei o caminho de Jiang Chen.

— Preciso conversar com você — anunciei.

— Fala — respondeu ele, os braços cruzados.

Depois do chute, ele começou a me ignorar mais do que o normal. Por alguns dias, meu amor e meu orgulho se engalfinharam, e, no fim, o amor massacrou o orgulho, por isso eu estava lá para pedir desculpas.

— Desculpa — falei em voz baixa, envergonhada —, eu não devia ter te chutado naquele dia.

Mas ele ficou em silêncio por muito tempo, e aí, quando levantei o rosto, o vi distraído, olhando para a quadra de basquete. Me subiu a raiva de novo.

— Jiang Chen! — gritei.

Ele baixou a cabeça.

— Ainda não estou surdo — respondeu. — Você me pediu desculpa, né? Está desculpada.

Ele desviou de mim e foi embora.

Olhando para suas costas, senti uma tristeza intensa no fundo do meu coração, como se minha mãe tivesse queimado asas de frango, e a fumaça estivesse irritando meus olhos a ponto de me fazer chorar. Esfreguei o nariz e chamei a atenção dele:

— Jiang Chen.

Ele virou a cabeça.

— Você acha que o fato de eu gostar de você é tão ruim assim? — perguntei, rindo de forma amargurada.

Ele me olhou meio confuso.

— Só quero descer logo para jogar basquete — respondeu.

Fiquei calada — não existia nada mais horrível e trágico do que um coração partido. Ele pareceu ter ficado muito tempo na minha frente, e no fim completou, um pouco ansioso:

— Não quis insinuar nada, meu time está quase perdendo o jogo!

Eu assenti, tentando mostrar que entendia.

— Vai lá, boa sorte — falei.

Jiang Chen virou as costas e começou a correr. Mas, de repente, parou e me chamou:

— Chen Xiaoxi!

— Quê?

— Compra uma garrafa de água para mim na cantina? — pediu, rindo, aquelas covinhas sob a ternura do sol poente.

Ele desceu a escada e sumiu, sem me dar tempo para reagir.

No fim das contas, fui à cantina e fiquei indecisa por muito tempo entre as marcas de água. Acabei comprando a Nongfu Spring, porque era dois yuans mais barata.

Ao chegar à quadra de basquete, percebi que havia um monte de meninas ali em volta, inclusive Li Wei. Ela segurava uma garrafa de bebida isotônica, que era doze yuans mais cara que minha água da Nongfu Spring. Durante o intervalo, Li Wei rapidamente ofereceu a bebida para Jiang Chen. Parada atrás dela, me impressionei com sua agilidade, tal qual a de um passarinho voando.

Jiang Chen não aceitou a bebida dela. Um pouco constrangido, olhou para mim e disse:

— Eu já pedi para Chen Xiaoxi trazer água para mim.

— Mas o isotônico que eu comprei repõe os sais minerais. Se você não tomar, ninguém vai tomar. Seria um desperdício — explicou ela, rindo, toda amável e fofa.

Então, para tirá-la da saia justa, enfiei a Nongfu Spring na mão de Jiang Chen, puxei a bebida isotônica de Li Wei, girei a tampa, inclinei a cabeça para trás e tomei tudo. Por fim, limpei a boca e comentei:

— Desperdício nada! Eu vim correndo da cantina para cá e suei muito. Muito obrigada, viu!

Ela baixou a cabeça timidamente, como se fosse aquela flor de lótus envergonhada no poema de Xu Zhimo. Gostei bastante de vê-la daquele jeito — ela era bem bonita mesmo.

*

— Xiaoxi! Xiaoxi! Xiaoxi!

Os gritos da minha mãe me trouxeram de volta daquela ternura da flor de lótus. Cocei um pouco os olhos e dei um grande bocejo.

— Mãe, não pode falar alto no hospital — adverti.

Ela me olhou torto.

— Se fosse você, eu morreria de vergonha por falar dormindo — retrucou.

— O que eu falei? — perguntei enquanto tirava remela do olho.

— Flor de lótus, tímida, alguma coisa assim — respondeu.

— "A doçura ao baixar a cabeça, como a flor de lótus que, tímida, não vencia a brisa fria", poema de Xu Zhimo — se intrometeu meu pai, deitado na cama. — Nossa filha parece comigo mesmo, dotada do sentimentalismo poético — comentou, triunfante.

Alonguei um pouco o pescoço e falei qualquer coisa:

— Eu sonhei com a professora de chinês do ensino médio, e ela pediu para recitar "Adeus novamente a Cambridge".

Na mesma hora, meu pai fechou o rosto.

— Que "Adeus novamente a Cambridge" nada! — brigou. — São versos de "Sayonara"!

— Jang Na-ra? Conheço essa. É aquela cantora e atriz coreana lá — se intrometeu minha mãe.

Eu olhei em choque para ela.

— Depois que colocamos internet, as donas de casa se libertaram — explicou, orgulhosa.

Eu sempre lia as postagens, mas nunca publicava nada. E aí, certa vez, numa vontade aleatória de entrar no fórum Tianya Club, descobri que eu tinha deixado comentários em vários posts. E não só isso: percebi que a maioria deles era em postagens de caras bonitos. Pensei que eu houvesse resolvido expressar meus desejos mais profundos durante uma crise de sonambulismo ou algo assim, por isso não lembrava de ter respondido àqueles posts, só que, no fim, percebi que na verdade eu havia era, sem querer, deixado minha conta logada na casa de meus pais. Acho que a coisa mais triste do mundo é ter uma mãe viciada em Tianya Club…

Depois do almoço, minha mãe — a dona de casa obcecada por fóruns on-line — largou no meu colo as frutas que os colegas do meu pai haviam levado quando foram visitá-lo e me obrigou a ir agradecer a Jiang Chen. Como acabei concluindo que eu devia mesmo exprimir meus sinceros agradecimentos a ele, tanto do ponto de vista emocional quanto do racional, lá fui eu procurá-lo, levando as frutas e tudo.

*

Apenas no instante em que cheguei em frente à sala de Jiang Chen foi que comecei a ficar nervosa. No caminho, estava só comemorando não ter precisado gastar um centavo para presentear alguém com uma sacola inteira de fruta, sem ter me tocado de que o encontro seria a primeira vez que nos reuniríamos formalmente, só os dois, depois de três anos da separação.

Bati na porta e ouvi "entre, por favor". Assim que entrei, Jiang Chen estava escrevendo alguma coisa. Da mesa, levantou a cabeça, olhou para mim e pediu, sem muita emoção:

— Pega uma cadeira e senta aí.

Como sua ex-namorada, me sentia muito pressionada diante de um ex-namorado generoso e confiante. Coloquei as frutas na mesa, puxei uma cadeira e me sentei à sua frente, a mesa de escritório entre nós.

— Minha mãe me mandou trazer essas frutas para você — falei, querendo agradá-lo.

Ele olhou para elas e respondeu:

— Agradeça a sua mãe por mim. Hoje de manhã fui ver seu pai, ele está bem estável. Talvez tenha alta em dois ou três dias. Aí só volta daqui a uma semana para tirar os pontos.

Depois disso, ele baixou a cabeça e voltou a escrever, como se quisesse me mostrar com aquela atitude que "quem manda aqui sou eu e estou muito ocupado". Fiquei sentada, constrangida, por uns dois minutos, depois me levantei para me despedir dele e aproveitei para exprimir meus agradecimentos.

— Muito obrigada mesmo pela ajuda, não sei nem como te agradecer — disse eu, hipócrita e cheia de cerimônia.

Dessa vez, ele parou de escrever, olhou para mim e respondeu, rindo:

— Apresenta alguém para mim?

Observei cuidadosamente a expressão de Jiang Chen, mas ele não parecia estar brincando. Pronto: fiquei deprimida. Um ex-namorado pedir para a ex-namorada apresentar alguém para ele é bastante indelicado. É como pedir para o ex-chefe escrever uma carta de recomendação depois de largar o emprego e ir para outro; colar na prova e ainda pedir as respostas para o professor; ou então se casar de novo, mas pedir para a ex-esposa ser madrinha...

Um turbilhão de sentimentos misturados veio de uma vez só, e pensei: *Pareço uma pessoa tão generosa assim para você?*

Lamentei a situação dentro de mim e perguntei em um tom jocoso, mas seco:

— De que tipo de garota você gosta?

Ele me olhou de cima a baixo, a cabeça inclinada para o lado. Enquanto isso, meu coração quase saía pela boca, e várias possíveis respostas passaram pela minha cabeça: "Alguém tipo você." "Pode ser você." "Na verdade, nunca me esqueci de você..."

— Mais ou menos um pouco mais alta e magra que você — respondeu.

Meu coraçãozinho dramático achando que iria ser correspondido voltou a palpitar no ritmo normal instantaneamente. Eu ri de um jeito tenso e retruquei:

— Então não é nada exigente. Vou procurar para você.

— Te agradeço desde já — disse ele, girando a caneta tinteiro de uma forma elegante entre os dedos.

Capítulo III

Dois dias depois, meu pai recebeu alta e estava se recuperando bem. Mais tarde, tirou os pontos num hospital perto de casa, porque achou que seria muito trabalhoso se deslocar até aquele em que fez a cirurgia. Minha mãe me contou que no dia seguinte em que tirou os pontos, meu pai se enfiou de novo no Clube da Terceira Idade. Como estava longe dele, mandei uma mensagem expressando máximo respeito a seu espírito de guerreiro.

*

Acordei hoje de manhã com o pijama quase todo encharcado de suor. Me troquei e corri depressa para o metrô. Lá dentro, desfrutando do vento fresco do ar-condicionado, percebi que minha roupa estava toda suada de novo. Como eu usava uma camisa branca, as gotas de suor a haviam deixado um pouco transparente, de modo que minha roupa íntima aparecia. Olhei para os lados. Havia alguns homens com cara de tarados no vagão, mas nenhum deles parecia querer me olhar. Lógico que vou me recusar até a morte a admitir que eu não sou uma pessoa atraente — eles não me olhavam porque estava muito quente, devia dar até preguiça de serem tarados.

Assim que pisei no escritório, Fu Pei logo veio falar comigo:

— Chen Xiaoxi, hoje você vai tirar foto dos produtos para montar o catálogo. Você gosta de tirar foto, né?

Olhei pela janela para o sol reluzente do lado de fora e uma sensação de tristeza tomou minha cabeça do nada.

— Meu pai me falou que meu nome simboliza que sempre haverá esperança na vida — respondi, emotiva. — Que a esperança é sempre boa, independentemente do tamanho dela. Só que ele não imaginava que vinte anos depois nasceria um jovem chamado Chen Guanxi, nem esperava que o referido jovem seria um entusiasta de fotografia e da arte performática, muito menos que esse sr. Chen ficaria famosíssimo na China inteira por causa de umas fotos, digamos assim, "especiais". Isso tudo prova que a vida tem sempre coisas inesperadas. Então você não pode achar que eu gosto de tirar fotos só porque eu me chamo Chen Xiaoxi.

Fu Pei puxou a calculadora da gaveta e retrucou:

— Multa de 2% do salário por contrariar o chefe, 3% por pedir para faltar ao trabalho, 1% por chegar atrasada...

— Beleza — repliquei, assentindo —, pode descontar do meu salário. Mas me dá o salário do mês passado primeiro.

Ele guardou a calculadora de volta silenciosamente e falou:

— Minha cara srta. Xiaoxi, pode descansar. Deixe o catálogo de hoje comigo.

Concordei e me sentei debaixo da saída do ar-condicionado para me refrescar.

Estou nessa empresa faz mais de dois anos. Quando terminei com Jiang Chen, troquei de casa e de trabalho na velocidade da luz. Não que eu tivesse medo de ele vir atrás de mim; na verdade, eu tinha medo era de ele não me procurar. Bom, consegui expressar plenamente o quanto uma pessoa consegue se rebaixar diante de uma situação dessas...

A empresa onde trabalho tem um total de três pessoas: Fu Pei, o chefe; Situ Mo, do financeiro e do marketing; e eu, que sou designer. Trata-se de um pequeno escritório de design, que, para se manter, depende principalmente de Fu Pei conseguir novos projetos. A princípio, tínhamos uma boa reputação no ramo, mas fazia um tempinho que vínhamos perdendo trabalhos drasticamente, desde que Fu Pei havia se separado de sua ex-namorada, que costumava ser nossa cliente. Rancorosa, ela começou a espalhar o boato de que só conquistamos o nome no setor porque o chefe dormia com as clientes para conseguir mais projetos — o que com certeza era uma calúnia. Embora Situ Mo e eu já tenhamos incentivado Fu Pei repetidas vezes a vender o próprio corpo para arranjar trabalhos, ele preferia morrer a fazer isso. Nunca entendemos sua resistência, considerando o que sabíamos sobre sua visão sobre o amor — nossa sugestão só teria benefícios, afinal.

    Bom, como Fu Pei tinha saído para fotografar os produtos e Situ Mo estava de licença já havia uma semana, porque o filho ficara com febre, eu estava sozinha no escritório. Então, fiz um chá para mim e só depois disso me dirigi a passos lentos à mesa de trabalho para ligar o computador. Enquanto bebericava, fiquei aguardando todos os programas terminarem de inicializar. QQ, Skype, Line, todos os aplicativos de comunicação. Há cada vez mais recursos que possibilitam que as pessoas falem umas com as outras, mas elas têm cada vez menos o que falar.

*

A primeira janela de conversa que saltou aos meus olhos foi a do QQ: era Zhuang Dongna. Ela é uma cliente que trabalha numa empresa para a qual a minha fez o design de um conjunto de mimos no final do ano passado, que incluía calendário de mesa, caneca, cartão de comemoração do Ano-Novo, entre outros objetos. Eu me dei bem com ela durante o trabalho, então posso considerá-la uma "amiga". Na semana anterior, eu a havia apresentado a Jiang Chen. Ela era uma excelente opção: mais alta do que eu, mais magra do que eu, mais bonita do que eu, mais controlada do que eu, mais bem-sucedida no trabalho do que eu. O único defeito dela é o fato de que seus pés são maiores do que os meus.

    Ouvi dizer que o relacionamento dos dois estava indo bem; Jiang Chen tomou a iniciativa de convidá-la para sair algumas vezes. Pelas experiências que tive com ele, era uma atitude surpreendente. Fiquei bastante deprimida quando soube. Até quis separar o casal, mas me contive.

Abri a janela de conversa com Zhuang Dongna e vi que ela havia mandado várias vezes a mensagem de "Está aí". Mas notei que ela não tinha colocado ponto de interrogação no final de cada uma. Ela devia pedir desculpas à exímia pontuação que temos na língua.

Bati devagar nas teclas do computador e escrevi: "Agora estou." Realcei o ponto final em vermelho e ainda aumentei de tamanho para ela ficar com vergonha pela falta de pontuação.

Zhuang Dongna: "Pode me fazer um favor?"

Fiquei satisfeita ao ver que ela tinha usado o ponto de interrogação e respondi rapidamente: "Diga."

Zhuang Dongna: "Hoje à noite, um dos pacientes do Jiang Chen vai fazer uma festa para comemorar que se recuperou e recebeu alta. Ele tem que ir e precisa levar uma acompanhante. Mas vou viajar para Xangai a trabalho agora à tarde. Você pode ir no meu lugar?"

Hesitei um pouco e escrevi: "Acho melhor não, hein."

Zhuang Dongna: "Por quê? Eu já falei com Jiang Chen e ele concordou. É que para ir a esse tipo de evento é melhor levar alguém junto mesmo. Eu ouvi falar que o paciente dele é um bambambã que quer apresentar uma menina para ele como noiva. Acho que você não gostaria de ver a gente acabar de começar alguma coisa e já ter que terminar, né…"

Olhei para o que ela digitou e fiquei completamente sem palavras. Quando eu a apresentei para Jiang Chen, já havia avisado que ele era meu ex-namorado. Ainda que ela tivesse dito que não se importava com isso, deveria pelo menos respeitar meu título honroso de "ex-namorada". E agora ainda por cima estava esfregando a coisa na minha cara? Mas que falta de consideração!

Zhuang Dongna: "Xiaoxi por favor por favor por favor por favor eu te imploro eu te imploro eu te imploro"

Olha só para essa menina, tão nervosa que parou de usar a pontuação de novo. Já pensou como a pontuação se sente ao ser ignorada?

Dei um suspiro e digitei: "Já que vocês não se importam, ok."

Zhuang Dongna: "Xiaoxi eu te amo muito, obrigada obrigada obrigada. Jiang Chen vai te buscar depois do trabalho e vai te levar para comprar um vestido. Coloca tudo na conta dele, viu."

Tomei um gole grande de chá e escrevi com o indicador: "Ok."

Logo depois de apertar o Enter, me dei conta de que tenho me atrapalhado a vida inteira por ser boazinha. Aconteceu algo parecido quando eu era criança. Ainda lembro que certa vez a professora supervisora da turma ficou doente e foi internada. Todo mundo a odiava e ninguém quis visitá-la, exceto eu. Quando fui, ela ficou muito feliz e me deu frutas, ovos cozidos, tudo que tinha lá no quarto para comer. Meu estômago quase explodiu de comida, e minha barriga ficou tão cheia que não consegui nem andar direito. Tudo isso só por ser boazinha.

Depois da conversa com Zhuang Dongna, passei o dia meio perdida. Quando Fu Pei voltou para o escritório, aproveitou que estava com a câmera na mão e tirou uma foto minha. Ele a passou para o computador e fui dar uma olhada. Achei boa: capturou bem aquele estado em transe e ficou artística, com uma elegância de quem havia perdido a memória.

*

Meu celular tocou quase no fim do expediente, mas eu estava no banheiro. Tenho um pequeno problema: fico com vontade de ir ao banheiro quando estou nervosa. Na época do vestibular, fiquei quinze minutos sentada na privada antes da prova.

Puxei um pouco a calça para pegar o telefone do bolso; eu sabia que era Jiang Chen. Respirei fundo, mas logo percebi que não era o melhor momento para dar aquela respirada, então apertei o nariz e atendi a ligação.

— Alô?
— Sou eu.
— Eu sei.

— Por que sua voz está anasalada?
Empurrei a porta do toalete, soltei o nariz e respondi:
— Nada, não.
— Você estava no banheiro? — perguntou ele, rindo.
Pulei de susto.
— Como você sabe? — questionei só depois de ter olhado para tudo quanto era canto.
— Só adivinhei. Já saiu do trabalho?
— Continue adivinhando então — retruquei, amuada.
— Estou aqui embaixo do seu escritório. Quando sair do trabalho, pode descer — disse ele.
Peguei rapidamente as coisas e desci. Olhei para todos os lados, mas não vi Jiang Chen em lugar nenhum. Será que ele tinha decidido se vingar de mim depois de três anos porque eu me atrasava sempre para os encontros quando a gente namorava?
Fiquei andando para lá e para cá, até que um carro parou na minha frente e buzinou. Abaixei um pouco para ver quem era o motorista, mas não consegui enxergar nada por conta do vidro escuro. Quando eu estava pensando em me aproximar mais para ter uma visão melhor, o motorista buzinou de novo, o que me fez levar um baita susto, e recuei alguns passos involuntariamente. Me bateu uma raiva tamanha que eu estava pronta para abrir a boca e xingar a pessoa, mas aí a janela do carro abaixou.
— Entre — ordenou Jiang Chen, a cabeça inclinada.
Abri a porta do carro e me sentei.
— Por que você se enrola tanto? Seu expediente não terminava às cinco e meia? — perguntou ele, com a cara amarrada. — Ponha o cinto de segurança.
E eu, com cara de paisagem, murmurei sozinha:
— Oi, Chen Xiaoxi. Acabou o trabalho? Desculpa te incomodar, viu? Mas muito obrigada por fazer esse favor para mim.
Jiang Chen me encarou e retrucou:
— De nada.
— Que educado — respondi, com o nariz torcido.

Eu o espiei de soslaio. Ele estava terrivelmente bonito: vestia um terno preto, acompanhado de uma gravata azul-royal. De repente, ele se aproximou de mim. Na hora puxei o cinto de segurança, travei-o em questão de segundos e soltei:

— Já coloquei o cinto.

Só então vi que ele apertou o botão do porta-luvas e pegou uma garrafa de água mineral. Ao me entregá-la, me encarou e abriu um sorriso irônico.

Com a garrafa na mão, eu juro que quis morrer. E assim que eu morresse, Jiang Chen preencheria no campo de "causa da morte": iludida, morreu de vergonha.

Devagar, o carro seguiu o caminho, e eu comecei a beber uns golinhos de água. Eu não estava com sede, na verdade, só que minha garganta estava tão seca que fiquei nervosa.

Um silêncio esquisito pairava no ar. Sem graça, comecei a arrancar o rótulo da garrafa de água; mas, depois de tê-lo arrancado, percebi que não sabia onde jogar fora.

— Onde eu jogo mesmo? — tive que perguntar para Jiang Chen.

Ele olhou para mim e respondeu:

— No porta-luvas que eu acabei de abrir.

Abri o compartimento na minha frente, dei uma espiada e joguei o rótulo lá dentro. Arrependida de ter gerado lixo à toa, senti que precisava puxar papo, mesmo que não tivesse nada para dizer.

— Ainda continua tomando água da Nongfu Spring? — perguntei.

Depois daquela vez que lhe comprei a água da Nongfu Spring, percebi que Jiang Chen sempre tomava água mineral dessa marca. Na época, fiquei orgulhosa de mim mesma; sim, eu havia comprado aquela água porque era dois yuans mais barata que outra marca, mas não esperava que fosse a marca preferida dele. Não tinha sido nada intencional, mas acabou com um final feliz. Havia realmente certa telepatia entre nós.

— Foi cortesia do hospital por causa do festival de Ano-Novo. Ainda tem uma caixa no banco de trás — respondeu, na lata.

Virei para olhar. Realmente: havia uma caixa inteira de Nongfu Spring ali atrás.

— Que legal! — elogiei, sem pensar muito. — Quer dizer que você recebe cortesia do hospital no festival? Na minha empresa não tem nada disso e ainda pedem para fazer hora extra no Ano-Novo.

Ele nem me deu papo; apenas dirigia concentrado.

Como vi que Jiang Chen não queria estender a conversa, parei de falar. Já estou velha e não gosto mais de correr atrás de alguém por pura ingenuidade. Aquela frieza nem se comparava ao jeito como ele me tratava antigamente. Naquela época, eu era uma grande "atleta" apaixonada mesmo — corria insistentemente atrás dele, fizesse sol ou chuva. Nada importava a não ser fazê-lo se apaixonar por mim! Agora não mais. Minhas pernas já não são as mesmas, depois de tantos anos. Se eu continuar a correr atrás dele como eu fazia antes, é capaz de eu me machucar e ficar com sequelas.

*

Jiang Chen parou o carro em frente à loja-conceito da Louis Vuitton. Como eu nunca tinha chegado perto de qualquer coisa de marca assim, a não ser lendo em livros de autores famosos, fiquei chocada. Ele destravou a porta.

— Desce primeiro e me espera — falou. — Vou estacionar o carro e já venho.

Obedeci e fiquei aguardando-o voltar no lugar onde desci. De vez em quando, lançava aquele olhar sorrateiro pela vitrine. Talvez fosse efeito psicológico — sempre achei que as luzes laranja-avermelhadas prendem a gente.

— Vamos.

Não tinha notado que Jiang Chen já estava atrás de mim. Levei um susto.

— Hum… Eu acho melhor não. É muito caro, né… Aliás, parece que só vendem bolsas, não vi vestido nenhum… — gaguejei.

Ele acompanhou meu olhar.

— Você achou que eu fosse te levar para a Louis Vuitton? — retrucou.

— E não ia?

Jiang Chen me olhou como se estivesse falando com uma louca.

— Você não é minha esposa, por que eu compraria Louis Vuitton para você?

Demos a volta na Louis Vuitton, entramos em uma ruazinha e paramos na frente de uma loja de roupas. Ergui a cabeça para ver o nome da loja e fiquei sem palavras: Sem Dinheiro para a Louis Vuitton.

Apontei para o letreiro e disse:

— Olha só, está zoando você.

Ele levantou a cabeça para olhar.

— Está zoando *você* — respondeu.

— Quando eu for rica, vou entrar em cada uma dessas lojas de marcas caras e falar para os atendentes "vou levar todas as peças menos essa e aquela" — comentei e fiz biquinho.

Ele balançou a cabeça e me corrigiu:

— Não era melhor você falar "vou querer essa e aquela, e o resto vocês embrulham e mandam para a Cruz Vermelha, por favor"?

Bem mais bonzinho que eu, com certeza...

*

O dono da loja é um jovem bem bonitinho. Por algum motivo, eu o achei familiar; talvez porque inconscientemente quero me familiarizar com todos os caras bonitos.

Ele se aproximou de nós.

— Trouxe a namorada para comprar roupa, dr. Jiang?

Jiang Chen me empurrou para a frente e respondeu:

— Escolhe um vestido para ela ir a uma festa.

O dono me olhou de cima a baixo.

— Beleza, ela combina bem com as roupas da minha loja. Vou escolher algumas peças e já trago para ela experimentar.

Quer dizer que eu não combino com a Louis Vuitton?

Aproveitei que o rapaz tinha ido escolher as peças e perguntei para Jiang Chen:

— Você o conhece?

— Sim. — Ele assentiu. — É o irmão mais novo da dra. Su.

Ouvindo tudo de longe, o outro se apresentou:

— Meu nome é Su Rui. Talvez minha irmã apareça daqui a pouco.

Como ele estava agachado escolhendo o sapato, abaixei a cabeça para vê-lo. Seu bumbum estava bem empinadinho, e a calça jeans de cintura baixa mostrava boa parte de sua cintura.

— Chen Xiaoxi — me chamou Jiang Chen, de repente.

— O quê? — parei de ficar babando e virei para responder.

Ele apontou para meus pés. Assim que olhei para baixo, vi que havia um bicho verde, parecido com uma lagartixa, parado ao lado do meu pé, e seu rabo balançava levemente para os lados. Por reflexo, chutei-o e saí gritando para me esconder atrás de Jiang Chen. O bicho rolou no chão e ficou de barriga para cima, debatendo-se.

Su Rui se levantou, pegou o bicho verde e o colocou em seu braço.

— Fica com medo, não! — falou para mim, sorrindo. — É meu lagarto de estimação.

Ainda atrás de Jiang Chen, coloquei só a cabeça para o lado.

— Ele é venenoso? — disparei. — Ele morde?

— Que nada! Ele é bem bonzinho. — Su Rui estendeu o braço para mim. — Pode passar a mão para você ver — me incentivou, empolgado.

Fiquei constrangida de recusar o convite, então aproximei a mão bem devagar, tremendo de medo. Tão logo cheguei perto do lagarto, ele mostrou sua língua, gorda e bifurcada, o que me assustou tanto que voltei para trás das costas de Jiang Chen.

Su Rui gargalhou.

— Xiaoxi, não assusta a menina — falou com o bicho. — Ela te chutou sem querer.

— Xiaoxi? — Jiang Chen repetiu o nome do lagarto e riu.

— Quê? — respondi, boba, mas logo me caiu a ficha. — Como assim ele também se chama Xiaoxi? — perguntei para Su Rui, indignada.

— Também? — indagou, animado. — Quem se chama Xiaoxi também? Fala sério, é um bom nome, né?

Eu, que tenho esse bom nome, levantei a mão e respondi:

— Eu, Chen Xiaoxi...

— Que coincidência maravilhosa! — exclamou Su Rui, passando por Jiang Chen e parando na minha frente. — Su Xiaoxi — falou para o lagarto, acariciando sua cabeça —, olha, ela tem o mesmo nome que você. É muita coincidência. Vai lá e dá um beijo nela.

Com um sorriso amarelo, saí de trás de Jiang Chen, me escondi logo à frente de seu peito e acenei negativamente com a mão.

— Oi, prazer. Você pode ficar na sua e eu na minha. Não precisa me beijar, não.

Jiang Chen me puxou para longe dele e pediu:

— Vai se trocar.

Só depois disso foi que Su Rui deixou Su Xiaoxi de lado e me deu alguns vestidos.

— Prove esses primeiro — sugeriu. — Que número você calça?

Bom, sempre me envergonha quando me perguntam quanto eu calço, porque meus pés são tão pequenos que parecem deformados.

— Trinta e cinco — respondi.

Jiang Chen inclinou a cabeça para o lado e olhou para mim.

— Trinta e três e meio. Trinta e quatro mais uma palmilha serve também.

— Preciso ver se tem trinta e quatro — comentou Su Rui, coçando a cabeça. — Vai lá provar primeiro.

Levei todas as peças para experimentar, mas tive problema logo no primeiro vestido. O zíper nas costas enroscou no meu cabelo e travou um pouco acima da minha cintura. Tentei puxar o zíper para baixo, mas não consegui. Sem jeito, pedi socorro:

— Su Rui, o zíper travou, não estou conseguindo puxar.

A cortina foi aberta, mas quem entrou foi Jiang Chen. Espantada, fiquei parada olhando para ele, que não falou nada. Simplesmente foi para as minhas costas, juntou meu cabelo com uma das mãos e o levantou, e com a outra puxou o zíper e fechou o vestido. Terminada a façanha, virou as costas e foi embora. Fiquei admirada com sua habilidade.

Provei várias peças, e, no fim, Su Rui escolheu um vestido verde-claro em musseline. Cheguei até a ficar insegura, porque, de tão leve e esvoaçante, parecia que eu nem estava usando nada. Além disso, com muito esforço, o rapaz conseguiu encontrar um par de saltos amarelo-limão trinta e quatro. Com ajuda da palmilha, mas ainda com certa dificuldade, conseguia manter os pés no sapato.

Su Rui elogiou muito meu novo visual, como se eu fosse uma musa deslumbrante nunca vista antes. Embora eu não tivesse me achado esplêndida olhando no espelho, concordei com todos os adjetivos que ele empregou para descrever minha beleza. *Quero ser amiga dele!*, pensei.

Su Xiaoxi tentou se aproximar de mim algumas vezes, mas eu o impedi com o olhar assustador de "se você tiver coragem de chegar perto, vou te pisotear com meu salto alto". Já Jiang Chen, sentado no sofá da loja, olhava para mim só de vez em quando. Claro que eu já não esperava que ele fosse ficar como as novelas e os romances descrevem — de olhos arregalados, prendendo a respiração por ter me achado maravilhosa —, mas também não precisava ficar com cara de quem está assistindo ao jornal...

— Está pronta ou não? — perguntou ele, se levantando do sofá.

— Estou, pode pagar — respondi.

De queixo enterrado no peito, fiquei mexendo nos plissados do decote em V do vestido, tão bonitinhos que pareciam pés de aveia.

— Ah, vou dar um descontinho pela nossa coincidência boa. Um presente de primeiro encontro de Xiaoxi para Xiaoxi. Tudo deu quatro mil yuans: o vestido é dois mil e quinhentos e o sapato, mil e quinhentos.

Eu o encarei e pensei: *Que facada, hein! Dá para comprar o mesmo vestido na internet por quatrocentos yuans e ainda com frete grátis.*

— Não vem me olhar desse jeito, como se eu fosse um comerciante desonesto. Fui eu que fiz o design desse vestido, você não vai encontrá-lo por aí na rua. É uma peça única — me explicou Su Rui, com um sorriso.

Jiang Chen nem sequer falou alguma coisa: pagou e agradeceu, e fomos embora.

Enquanto Jiang Chen dirigia, fui me maquiando no caminho, com bastante dificuldade. Felizmente, o trânsito estava bom, então consegui manter os traços do meu rosto normais.

Quando o carro parou num sinal vermelho, Jiang Chen começou a rir de repente.

— Suas técnicas de maquiagem melhoraram bastante, hein! — me provocou.

Eu o encarei e revirei os olhos. Sabia do que ele estava rindo.

*

Na época, estávamos no terceiro ano do ensino médio e tínhamos infinitas provas, testes e simulados para o vestibular todos os dias. Alguns alunos de um lugar bem distante, que estavam imersos na mesma situação que nós, chegaram a tirar a própria vida por não aguentarem mais a pressão. A notícia circulou entre as secretarias e chegou à nossa escola, que ficava numa cidadezinha remota. Com isso, a direção convocou uma reunião emergencial, e os professores decidiram que, um mês antes do vestibular, fariam um sarau, cujo nome era "Caminhar para o Amanhã", para que os vestibulandos pudessem relaxar um pouco. Na minha opinião, o nome era bem bobo, porque a menos que a pessoa morresse no dia do evento, ela teria que caminhar para o amanhã de qualquer jeito. Aliás, o programa do sarau era composto por apresentações preparadas pelos alunos de primeiro e segundo ano, como recital, coral, entre outras performances. Em resumo: espetáculos que fariam o público desistir do amanhã.

Um pouco antes do início do evento, os professores tiveram que enfrentar um baita desafio: como maquiar a tempo os alunos que se apresentariam no palco se havia poucas professoras que sabiam se maquiar. Por isso, a direção decidiu em cima da hora que os alunos da turma de arte dividiriam com as professoras a responsabilidade de maquiar os colegas. Sendo a estrela da turma, eu estava confiante de que tudo se encontrava sob meu controle — mas eu não esperava que o rosto humano fosse tão diferente da tela de pintura. Todas as meninas que maquiei choraram depois de terem se olhado no espelho. Além disso, elas me disseram que se tivessem que se apresentar daquele jeito, prefeririam se despedir do amanhã. E, justo naquele momento, Jiang Chen passou à frente daquela sala. Eis a cena: eu, cercada por um grupo de alunas e chorando desnorteada por não saber o que fazer; ele, gargalhando alto no corredor. E as meninas soluçaram e berraram ainda mais por terem sido ridicularizadas por alguém tão popular na escola.

*

Embora aquilo tivesse acontecido fazia muito tempo, a memória me fez sentir um formigamento na cabeça — parecia que estava ouvindo de novo as meninas aos prantos.

— Chegamos — anunciou Jiang Chen, encostando o carro devagar.

Massageei um pouco minhas têmporas e suspirei.

— Não me faz mais pensar em coisas que não vale a pena lembrar — reclamei.

Ficamos parados por um tempo, e nada de Jiang Chen abrir a porta. Sem saber o que estava acontecendo, olhei para ele. Suas mãos estavam tão agarradas ao volante que a ponta dos dedos dele ficou esbranquiçada. Ele mirava a distância, de testa franzida e maxilar tensionado.

Eu sabia que aquilo era sinal de que ele estava bravo, mas não entendi o motivo da irritação repentina.

— O que foi? — perguntei, hesitante.

Ele respirou fundo, soltou devagar o volante, se virou para mim e sorriu. Mas talvez eu não devesse chamar aquilo de sorriso, porque ele apenas se esforçou para esticar os lábios para os lados, formando a covinha funda na bochecha esquerda.

— Nada, é dor de estômago.

— Quê? E agora? — Quando fico nervosa, começo a falar qualquer coisa. — Do nada? Você não comeu antes? Tem remédio? Vamos para o hospital...

— Já passou — disse ele.

— Como já passou? Sabia que dor no estômago pode ser hemorragia interna, úlcera, perfuração, câncer...

— Que mais? — Ele riu, olhando para mim.

— Estômago estourado? — respondi, meio em dúvida. — Mas não importa! Vamos logo para o hospital, você pode morrer em questão de segundos! — reforcei o pedido, aumentando o tom.

De repente, ele empurrou de leve minha cabeça.

— Foi você que se formou em medicina ou eu? — perguntou, rindo.

Não entendi nada e fiquei incomodada com o súbito bom humor de Jiang Chen. Insisti muito em confirmar se seu estômago não estouraria, e ele garantiu várias vezes que a dor já tinha passado. Por fim, me prometeu que se acontecesse alguma coisa com o estômago dele, eu faria a cirurgia.

Fiquei aliviada ao saber que ele estaria disposto a morrer nas minhas mãos.

Capítulo IV

Jiang Chen ia o tempo todo na minha frente, mas, antes de entrar no salão de festa, parou, voltou para trás e passou a caminhar do meu lado. Em seguida, levantou e dobrou o braço e ficou olhando para mim.

Olhei para ele, desconfiada.

— Precisa posar, é? — perguntei. — Quem está tirando foto da gente?

Ele me encarou, então logo abri um sorriso.

— Brincadeira, brincadeira. — Coloquei a mão com delicadeza sobre seu braço. — Eu sei que os casais entram de braços dados, já vi nos filmes.

Fiquei olhando para minha mão sobre o terno preto de Jiang Chen, e, de repente, parecia que algo havia entalado no meu peito. Agarrei forte seu braço, sem pensar muito. Ele olhou para mim.

— Age como se você estivesse visitando um set de filmagem — sugeriu.

Dei uma olhada no salão do evento. Um lustre gigante irradiava brilho por todo canto, e, debaixo da luz cintilante, homens e mulheres se entrecruzavam, as taças reluzindo. Sobre uma mesa comprida, forrada com uma toalha cor de champanhe, havia pratos e pratos de comidas deliciosas, que me fizeram salivar… Só podiam estar fazendo um filme de gastronomia.

— Chen Xiaoxi, pare de olhar para a comida. Sorria — sussurrou Jiang Chen de repente no meu ouvido, se curvando em minha direção.

O hálito quente me fez sentir uma coceirinha na orelha. Não resisti e o encarei.

— Sorria — repetiu ele.

Olhei para onde Jiang Chen mirava: um senhor de idade, cercado por um grupo de pessoas, caminhava em nossa direção. Achei seu rosto um tanto familiar. Jiang Chen, meio que me arrastando, caminhava ao encontro daquele senhor.

— Qual deles era o seu paciente? — perguntei, abrindo um sorriso falso.

— Aquele senhor do meio.

Reparei que o homem era radiante, estava vendendo saúde. Não parecia nem um pouco que havia se recuperado de uma doença grave.

— O que ele teve? — indaguei.

— Doença cardiovascular.

Terminado esse breve diálogo, chegamos à frente daquela multidão. Jiang Chen cumprimentou seu antigo paciente com um aperto de mão. Quando o ouvi chamá-lo de "secretário Zhang", logo entendi o porquê de ter achado o sujeito familiar — ele era político, e eu já o tinha visto mais de uma vez no noticiário local. Se até eu, que assisto ao jornal só dez vezes ao ano, conhecia aquela figura pública, ele devia aparecer na televisão com frequência.

— Você é a namorada de Jiang Chen? — perguntou o secretário Zhang, com um sorriso simpático.

Olhei para meu ex-namorado e pensei: *Já que estou nessa, vou cumprir meu papel até o fim.* Sorri e fiz que sim.

— Prazer, meu nome é Chen Xiaoxi — respondi.

Ele também assentiu. Os homens na idade desse senhor sempre aparentam ser mais ou menos simpáticos. Ainda mais com um sorriso no rosto — ele parecia até um sábio ancião.

— Que bonita! Vocês dois formam um casal perfeito. Até estava pensando em apresentar minha neta para Jiang Chen, mas acho que ela não tem a sorte da srta. Chen.

Não sabia como reagir, então apenas sorri para ele. Jiang Chen continuou a conversa, rindo:

— Agradeço muito o apreço do senhor. Mas não sou digno de ficar com sua neta.

O secretário Zhang sorriu e de repente anunciou:

— Pessoal.

Sua voz não era especialmente alta, mas havia nela um poder de apelo incomum. As pessoas pararam de conversar e se viraram na nossa direção. Apertei inconscientemente o braço de Jiang Chen, que eu ainda segurava, e ele, por sua vez, colocou sua outra mão sobre a minha para me acalmar.

De taça erguida, o secretário Zhang continuou:

— Esse é o dr. Jiang, que salvou minha vida. Para agradecê-lo, peço que se juntem a mim e brindem o dr. Jiang e sua namorada. Obrigado!

Assim que ele terminou de fazer o pedido, deram para nós duas taças, e Jiang Chen também ergueu o vinho.

— É o que todo médico deve fazer — comentou.

Para ser sincera, fiquei bastante nervosa, porque nunca tinha presenciado nada daquele porte, tão fora do meu mundinho. Se não me falha a memória, o maior evento formal do qual eu já tinha participado havia sido um campeonato de corais no ensino fundamental. Se na época minhas pernas já tremiam como se eu estivesse tendo um ataque enquanto cantava, camuflada no meio de um tanto de alunos, imagine nesse instante, com todas aquelas pessoas ricas e poderosas da elite me olhando ao mesmo tempo. Sou apenas uma pobre mortal que veio ver como fazem os filmes. Pelo amor de Deus, não olhem para mim...

Felizmente, o holofote imposto se desfez bem rápido — as pessoas brindaram a nós e voltaram para o que estavam fazendo. Mas só então descobri que, de tão nervosa, eu tinha derramado vinho na minha mão inteira.

Ainda assim, o secretário Zhang não parecia satisfeito. Ele pegou outra taça e brindou a nós novamente:

— Jiang Chen, não se esqueça de me mandar seu convite de casamento.

— Com certeza, mas o senhor não pode ficar bebendo. Seu coração não aguenta — respondeu Jiang Chen, rindo, mas o tom resoluto expressava a autoridade conferida exclusivamente aos médicos.

Para minha surpresa, o secretário Zhang sorriu e deixou o vinho de lado. Como pensei que havia escapado de mais um constrangimento, abaixei a cabeça e fiquei estudando tranquila a melhor parte de meu vestido para limpar minha mão suja de vinho.

— Chen Xiaoxi, vai lavar as mãos — pediu Jiang Chen.

Depois disso, ele foi levado pelo secretário Zhang para algum lugar.

*

Depois de lavar as mãos, vi de longe que Jiang Chen e o secretário Zhang estavam conversando em meio a um grupo de pessoas. Hesitei um pouco se deveria ir me juntar a eles, mas no fim achei mais interessante ficar perto da longa mesa e comer — uma vez que minha função de evitar que o secretário Zhang apresentasse sua neta para Jiang Chen havia sido devidamente cumprida, era hora de meu estômago exercer a função dele.

Perto da mesa, fiquei observando um pouco o salão. Notei que para os presentes no evento era como se as comidas fossem enfeites: nenhum deles parava mais de dez segundos à mesa. Sendo assim, sem preocupação alguma, peguei um prato grande para me servir de todas as comidas disponíveis, de uma extremidade à outra da mesa.

No entanto, quando estava no quarto prato (lógico que ainda não estava satisfeita, tenho total confiança no meu estômago), encontrei um obstáculo. Me deparei com um grupo de mulheres que conversavam ao lado da mesa, todas elas vestidas de forma elegante, com marcas que eu nunca conseguiria comprar. E eu não saberia dizer se eram bonitas, já que faz tempo que o ser humano perdeu sua verdadeira aparência, graças às técnicas primorosas da maquiagem.

Elas papeavam perto da mesa, que estava encostada na parede, e parecia que o assunto não iria terminar antes do fim do mundo. Por isso, talvez eu não conseguisse experimentar todos os pratos até o encerramento da festa. Só de pensar nisso, me subiu uma vontade de atear fogo naquelas mulheres. Então, ignorei-as e fui em direção à outra extremidade da mesa a fim de apreciar primeiro os pratos de lá. Enquanto passava por elas, uma moça me parou de repente.

— Prazer, namorada do dr. Jiang — falou.

Eu me virei e ergui a cabeça. Quem tinha me chamado era uma senhorita encantadora. Apesar da maquiagem pesada, tal como a das outras mulheres, ela se sobressaía pela elegância e emanava um pouco a energia da Cleópatra. Era alta, e ainda usava um par de saltos que estimei ter mais de dez centímetros, como se não fosse sossegar se não furasse o teto do salão. Sorri para ela.

— Prazer — respondi.

Ela se dirigiu a mim e pegou minha mão.

— Se não fosse o dr. Jiang, meu avô teria morrido. Enquanto ele estava internado no hospital, fui eu que o acompanhei o tempo todo. O dr. Jiang é um médico muito dedicado. Durante aqueles quinze dias, eu nunca o vi deixar o hospital. Ele tem sorte de ter uma namorada compreensiva.

Admito que sou compreensiva, mas eu não tinha nada a ver com aquilo.

Estava com um prato grande em uma das mãos, enquanto ela segurava a outra e falava comigo. Sem muito o que comentar e fazer, fiquei olhando para a mão dela. Era macia, como se não tivesse ossos, os dedos finos branquinhos feito talos de cebolinha, e as unhas eram pintadas de rosa-claro — se eu colocasse uma camada de molho de soja, transformava tudo em um prato delicioso de pé de galinha.

Provavelmente ela percebeu meu constrangimento, porque soltou minha mão e me fez um convite:

— Meu avô ainda está segurando o dr. Jiang por aí. Venha conversar com a gente para passar o tempo.

Tive que deixar o prato na mesa e fingir estar interessada em me juntar a elas, cujo papo eu tinha entreouvido enquanto pegava comida: universidades de elite, resorts para passar férias, marcas famosas etc. Como eu não entendia de nenhum daqueles assuntos, nada me despertou interesse. Naquele momento, estavam terminando de falar sobre uns bichos de estimação de moças ricas — o cachorro de alguma raça com nome comprido de uma, o potro de outra —, e engataram em uma conversa sobre comida.

— Um restaurante trouxe trufas francesas para cá de avião — comentou uma das mulheres, de batom vermelho-sangue. — Fui provar ontem, era uma delícia.

— Ah, é? Amanhã vou falar para o meu namorado me levar para conhecer.

— Ouvi dizer que o atum-rabilho de um outro restaurante é bom também.

— Ah, é? Vamos lá comer um dia desses. Mas eu ainda prefiro *Kobe beef*.

— Se eu quisesse comer trufa, iria direto para a França ou a Itália. A trufa negra da França é razoável, a branca da Itália também. Mas eu não como atum-rabilho, não. E só como *Kobe beef* se eu for para o Japão. Aliás, nem gosto tanto assim. Mas eu gosto bastante de caviar, e tem que ser bem fresquinho, ovas redondas e perfeitas. Nada de tempero ou acompanhamento. Tem que comer numa tigela de vidro geladinha com colher de marfim, de pouquinho em pouquinho.

Aquela declaração tinha vindo de uma voz sensual, que milagrosamente fez com que as moças parassem de falar. Olhei para a dona da voz. Ela estava encostada na mesa, relaxada, com um meio sorriso. Era linda, mas não como uma deusa — havia nela uma agressividade, do tipo que faz os homens fantasiarem com ela e desperta inveja nas mulheres.

A moça usava uma versão moderna do vestido tradicional chinês, com flores vermelhas bordadas num tecido verde. Embora não tivesse uma fenda gigantesca ou um decote exagerado, o vestido parecia fazer parte do corpo dela, mostrando sua silhueta perfeita. Era a primeira vez que eu encontrava alguém que parecia nu mesmo estando vestido. E, assim que ela abriu a boca, percebi que as outras mulheres — uma após a outra — adotaram uma expressão de desdém. Até ouvi uma delas xingá-la de piranha, bem baixinho.

Quando a palavra "piranha" chegou a meus ouvidos, logo me desarmei e relaxei completamente. Ora, é isso mesmo: seria um desperdício total não ser uma piranha com um corpo daquele.

Talvez pela situação ter ficado constrangedora, a srta. Zhang, como anfitriã do evento, virou-se para mim e perguntou, sorrindo:

— O que você gosta de comer?

Fui surpreendida pela pergunta. Como eu não sabia se ela estava tentando reanimar a conversa ou me fazer passar vergonha, enrolei:

— Nada em especial. Geralmente como qualquer coisa.

— Eu te vi comendo bastante agora. Com certeza você sabe muito de gastronomia. Compartilha com a gente, vai!

— Bom... — Passei a mão no pescoço, um pouco sem jeito. — Eu acho o lámen de ovo da Demae Ramen bem gostoso. Ah, os da Master Kang também são bons. Aliás, acho que não basta colocar água quente no lámen e esperar ficar pronto. Pelo contrário, tem que cozinhar o macarrão para ficar bom. É bom colocar um ovo... melhor, dois: você bate um deles e mistura no caldo, já o outro você faz como ovo poché. E só coloca o tempero em pó que vem junto com o macarrão quando estiver quase pronto, mas não muito também. É só para dar um pouco de gostinho. Depois coloca sal e shoyu. Fica uma delícia.

O silêncio foi sepulcral.

Está vendo? Insistiu em pedir para eu dizer algo, olha só no que deu... Já tinha falado que não queria falar nada.

Depois de ganharem minha preciosa experiência acerca de macarrão instantâneo, aquelas senhoritas, filhas de famílias ricas, perderam instantaneamente a vontade de continuar o papo e deram desculpas para irem embora. Uma atitude bem ingrata, na minha opinião.

Assim que peguei de novo o prato grande para continuar provando cada um dos itens da mesa, reparei que a srta. Piranha ainda estava encostada na mesa, mas agora com uma taça de vinho tinto na mão, que não consegui identificar quando havia pegado. Ela girava a taça em pequenos movimentos circulares.

— Qual o seu nome? — perguntou.

Olhei primeiro para os lados a fim de confirmar se ela realmente estava falando comigo, depois respondi:

— Chen Xiaoxi. Significa esperança.

Ela levantou a taça na minha direção e virou o vinho em um gole só.

— Eu me chamo Hu Ranran — se apresentou. — Significa ter um caso com alguém.

Não encontrei vinho, então peguei o sushi do prato e brindei. Em seguida, engoli-o de uma vez, quase morrendo engasgada. No fim, enxuguei a lágrima no canto do olho e respondi:

— Muito prazer em conhecê-la.

— Mas não precisa chorar de emoção — comentou.

Ela me entregou um guardanapo, o que me fez ficar bastante surpresa, principalmente porque ela não estava com bolsa nem nada. Além disso, seu vestido era tão apertado que mais parecia uma segunda camada de pele, que estouraria se ela respirasse forte, que dirá se carregasse um guardanapo.

Peguei o guardanapo, sequei as lágrimas e agradeci. Aí ela ficou me olhando enquanto eu provava as comidas da mesa, feliz da vida, indo para lá e para cá.

— Está gostoso? — perguntou.
— Com certeza! Não quer comer um pouco?
Apontei para o bolinho no prato. Mas logo me veio à cabeça seu discurso sobre o caviar, e achei meu convite dispensável.
— Vai estourar se eu comer — disse ela, apontando para o próprio vestido.
Eu assenti.
— Realmente, deve ser horrível usar esse vestido. — Abri a mão para lhe mostrar o guardanapo amassado. — Onde você guardou isso?
Ela apontou para as pernas.
— Colei na lateral da coxa — respondeu. — Ainda tem meu celular.
Olhei para suas pernas lisas e sem meia-calça, e o canto da minha boca tremeu um pouco de constrangimento. Não sabia se eu continuava segurando o guardanapo ou se o jogava fora, mas só de pensar que ele estava colado na coxa da menina, percebi uns sentimentos complexos brotarem dentro de mim.
Ela gargalhou.
— Estou brincando! Como você é fofa. Era o guardanapo que estava na mesa.
Passei a mão no pescoço e ri junto.
— Nem percebi, só vi as comidas — admiti.
E assim, sem remorso algum, terminei os cinquenta e oito pratos, enquanto ela me observava. Imitando o charme de Hu Ranran, peguei um guardanapo e me apoiei na mesa — exibindo minha silhueta — para limpar a boca. Ela inclinou a cabeça para o lado.
— Você namora aquele médico? — perguntou.
— Ah, sim... — Passei a mão no nariz querendo corrigir para "namorava", mas não disse nada.
Ela colocou o cabelo atrás da orelha e continuou, pensativa:
— Zhang Qianrong vai querer roubar de você.
— Quê? — Relutante, desviei o olhar de seu cabelo castanho-escuro com ondas volumosas. — Quem? — indaguei, meio perdida.

Hu Ranran usava o cabelo de um jeito que gosto bastante. Quando estava na faculdade, queria deixar o meu daquele jeito, mas Jiang Chen me disse na época que me achava com um ar puro e natural de cabelo curto. Por isso, passei os quatro anos da vida universitária com um corte estilo "cogumelo". Quando nos separamos, de raiva, deixei o cabelo crescer. Agora, pensando bem, ser "puro e natural" nem é um elogio, mas sim um slogan publicitário de purificador de ar.

Hu Ranran ergueu o queixo e respondeu:

— Zhang Qianrong, a neta do velho Zhang. Olha lá, agora ela está indo na direção do seu namorado.

Acompanhei seu olhar: Zhang Qianrong estava caminhando devagar ao encontro de Jiang Chen e o secretário Zhang, e o quadril dela balançava tanto que parecia uma fita de ginástica rítmica.

— O velho Zhang é tão velho — comentou Hu Ranran de repente, com um suspiro. — Acho que não vai viver por muito tempo, não — afirmou, pensativa de novo.

Olhei para ela, perplexa.

— Se eu disser que sou amante dele, você acredita? — Ela riu.

Fiquei numa saia justa: não podia falar nem que sim, nem que não. Tudo o que consegui foi soltar umas risadas secas.

— Eu era empregada da família dele — continuou ela.

Não consegui me conter.

— Então, como é que... que... que... — gaguejei por um bom tempo, sem conseguir encontrar palavras moderadas para terminar minha pergunta.

Felizmente, ela foi gentil e completou minha dúvida:

— Como é que fui parar na cama dele? Eu passava o pano no chão usando uma camisola com decote toda vez que ele estava sozinho em casa.

— Aaaah, táááá...

Tive que prologar cada uma das sílabas porque realmente não sabia como continuar a conversa. Não podia falar que ela havia sido incrível, nem a parabenizar pelo sucesso, muito menos xingá-la de sem-vergonha... Que situação constrangedora...

Mas ela parecia bastante satisfeita com meu embaraço — não parava de gargalhar.

Que bom que consegui entreter a mulher...

— Seu namorado está vindo — me avisou, tampando a boca com a mão.

— Quê?

Assim que levantei a cabeça, Jiang Chen já estava à minha frente. Não pude deixar de elogiá-lo:

— Como você anda rápido.

Ele olhou para Hu Ranran e a cumprimentou com a cabeça, depois se virou para mim.

— Vamos.

Em seguida, foi caminhando sozinho para a saída do salão. Acenei para Hu Ranran para me despedir e fui logo atrás de Jiang Chen.

— Já vamos embora? Mas já acabou a festa? — perguntei, correndo atrás dele.

Ele parou um pouco para me esperar alcançá-lo, antes de continuar seguindo seu caminho.

— Vamos, eu tenho uma cirurgia amanhã — respondeu enquanto andava.

— Entendi.

Eu o segui, saindo do salão. Quando ele foi pegar o carro, fiquei aguardando em frente ao hotel. De repente, me dei conta de que Jiang Chen não havia comido nada na festa. Aliás, teve dor de estômago quando chegamos. Então pensei em voltar para o salão de fininho e roubar alguma coisa para ele comer. Mas, assim que dei dois passos, ouvi uma buzinada atrás de mim.

Voltei, abri a porta e me inclinei para dentro do carro.

— Você não estava com dor de estômago? — perguntei. — Eu não te vi comendo nada, vou lá pegar alguma coisa para você comer. Já volto.

Dei meia-volta rumo ao salão, mas Jiang Chen ficou me chamando, insistente. Então tive que retornar para o carro.

— Fica tranquilo, a comida estava boa — comentei. — Aliás, ninguém estava comendo, vou só pegar um pouquinho. Ninguém vai se importar.

— Entre no carro — pediu, enquanto batia com o dedo no volante, impaciente.

De súbito, notei que ele andava estranhamente sem paciência comigo desde nosso reencontro. Para descrever nossa dinâmica: era como se alguém criasse um animal para comer, mas ele nunca engordasse e, ainda por cima, achasse que era o bicho de estimação da pessoa e pedisse carinho todo santo dia. Não tinha como não ficar impaciente nessa situação.

Entrei no carro calada, fechei a porta, coloquei o cinto de segurança e, com um sorriso, informei minha rua.

— Se for te atrapalhar, pode me deixar no ponto mais próximo daqui — comentei. — Posso voltar de ônibus.

Ele ficou me encarando por um bom tempo, parado. Dizem que os olhos são as janelas da alma, por isso fiquei observando as janelas de Jiang Chen. Só percebi que suas olheiras eram um pouco profundas. Mas, bom, as olheiras não interferem em nada se o dono é um bonitão.

No fim, não consegui extrair nenhuma informação de seus olhos. Os olhos são de fato as janelas da alma, mas os de certas pessoas são janelas antiarrombamento — se você não tiver técnica, só fica ali parado irritado.

*

Mesmo assim, Jiang Chen me deixou no meu prédio. Por educação, eu lhe agradeci por ter me deixado em casa, mas ele nem sequer mostrou querer me agradecer por tê-lo acompanhado à festa. Tudo bem, eu não ia criar caso.

Desci do carro, mas, quando estava para fechar a porta, não consegui me segurar e dei uma nova espiada em Jiang Chen — sequela de ter insistido por muitos anos no amor não correspondido por ele. Nos quatro anos em que estávamos juntos, embora já fôssemos namorados, eu ainda o espiava inconscientemente, de modo que quando ele estava fazendo a disciplina de oftalmologia, suspeitava que eu tivesse heteroforia.

Sua mão direita repousava no volante, e a esquerda pressionava seu estômago. Com a testa franzida, parecia estar concentrado em esperar a porta do carro fechar. No fim, não fechei a porta, mas me inclinei para dentro do carro e implorei:

— Vem pra minha casa, por favor. Me deixa te fazer um macarrão. Vai ser rapidinho, consigo fazer em dez minutos.

Ele balançou a cabeça.

— Não precisa. Vou tomar remédio quando chegar em casa e vai passar.

Me sentei com tudo dentro do carro, cruzei os braços e decretei:

— Suba pra comer macarrão lá em casa! Senão, eu não vou sair do carro.

Jiang Chen ficou me encarando. Por fim, suspirou e cedeu:

— Vamos.

Feliz da vida, pulei para fora do carro e o levei para meu apartamento no quarto andar.

*

Eu lhe servi um copo de água e fui logo para a cozinha fazer comida. Não fiz macarrão instantâneo, porque não era saudável — preparei um macarrão *somen* para ele, e ainda acrescentei dois ovos. Quando saí da cozinha com a comida, encontrei-o dormindo apoiado no braço do sofá.

Coloquei a tigela na mesa e me agachei na sua frente por muito tempo, matutando se não deveria acordá-lo. Ainda cogitei beijá-lo sem ele notar e traçar o contorno de seu rosto com o dedo, como acontece nos filmes. Ou então contemplá-lo, derramando lágrimas e lágrimas...

Nada disso aconteceu. No fim, só toquei no ombro dele e avisei:

— Jiang Chen, o macarrão está pronto.

Algumas coisas são como participar de uma competição: uma vez que desistimos do jogo, não dá mais para voltar para ele. Nos resta apenas assisti-lo, assim dói menos.

As pálpebras de Jiang Chen se mexeram um pouco. Ele abriu os olhos, confuso, mas voltou a dormir. Sem jeito, tive que empurrá-lo de leve algumas vezes.

— Acorda, o macarrão vai esfriar.

Impaciente, ele chiou e afastou minha mão, de olhos fechados.

— Sossega um pouco, estou muito cansado.

Eu me peguei me sentindo íntima dele, provavelmente por esse tom excessivamente natural.

Sentei no chão e abracei minhas pernas. Um tanto abalada, fiquei olhando para ele, ou de vez em quando para algum canto da sala. De repente, me senti imersa numa tristeza profunda, como se estivesse sozinha num deserto.

Quando voltei a mim, Jiang Chen já estava comendo o macarrão, no canto do sofá, enquanto assistia à TV. Embora o volume estivesse baixo, ele estava bem concentrado.

Virei para a televisão, que exibia uma partida de basquete. Um jogador negro acelerou e bateu a testa com tudo na axila de um adversário branco, que estava lançando a bola para fazer a cesta. O branco foi derrubado e se debatia no chão de um lado para outro.

Jiang Chen terminou o prato e me pediu um guardanapo para limpar a boca. Em seguida, anunciou que iria embora. Hesitei por um instante, mas realmente não tinha motivo para lhe pedir para ficar mais um pouco.

— Está bem, tome cuidado na rua — tive que responder.

Ele foi até a porta e se virou para me encarar, como se estivesse insinuando alguma coisa. Sem graça, tive que me levantar do chão, e, enquanto ia até ele, falei:

— Vou me despedir de você aqui na porta mesmo, porque meus pés estão doendo muito por ter ficado de salto a noite inteira. Se eu descer, ainda vou ter que subir quatro andares de novo.

Apoiado na porta, ele me esperou chegar à sua frente. De repente, questionou:

— Chen Xiaoxi, você nunca pensou que me deve desculpas?

Aquela era uma pergunta retórica comum, que já escondia a resposta no próprio questionamento. Analisando rapidamente seu discurso, concluí que, para ele, eu deveria lhe pedir desculpas — aliás, era obrigada a pedir desculpas. Só não consegui entender se tinha a ver com o fato de ter falado para a gente terminar três anos antes ou com o fato de eu ter tido preguiça de ir até o carro com ele.

Refleti um pouco sobre as possibilidades e percebi que, independentemente da razão, eu lhe devia desculpas, e não havia problema algum em me redimir. Então, juntei os pés, estiquei os braços e me preparava para lhe pedir perdão com toda a sinceridade numa postura militar perfeita. Mas ele não me deixou terminar aquilo — apenas me lançou um olhar e foi embora.

Dessa vez, consegui decifrar o significado de seu olhar — nada além de irritação, desgosto e nojo. Eu consegui entender o motivo, porque também fiquei com nojo de mim mesma.

Capítulo V

Alguns dias depois, Zhuang Dongna, que chegara da viagem de trabalho, me ligou para me agradecer. Resumindo a história: ela ficou sabendo que Jiang Chen não havia agradecido por nada e achou que foi uma baita falta de educação. Falou o seguinte: "Você sabe como é, né... Jiang Chen não liga *too much* pra essas cerimônias. Mas isso é exatamente a coisa boa dele. *I kinda like it*. Hehe!"

Ela havia se formado num curso profissionalizante em inglês e tinha mania de enfiar umas palavras em inglês no meio da conversa. Uns tempos antes, quando nos falávamos pela internet, ela adorava misturar o inglês. Por exemplo, em vez de dizer "Vou viajar a trabalho neste fim de semana, vamos marcar a reunião depois de eu voltar", Zhuang Dongna digitaria: "Vou viajar a trabalho neste *weekend*, vamos marcar a *meeting* depois de eu voltar." Certa vez, Situ Mo comentou que não aguentava mais essa mania e perguntou, toda inocente, a Zhuang Dongna se ela não se cansava de ter que ficar alternando os métodos de entrada do teclado para as duas línguas. A outra prontamente entendeu a deixa e corrigiu o problema, o que deixou Situ Mo bastante satisfeita.

Zhuang Dongna me disse que, como forma de agradecimento e para se redimir, eles queriam me pagar um jantar. Recusei o convite com bastante delicadeza. Mas, talvez por eu ter sido tão educada, ela nem sequer percebeu que eu não queria de jeito nenhum jantar com eles. Assim, simplesmente me informou o horário e o local e desligou o telefone.

Como fui obrigada a aceitar um jantar de graça, eu estava bastante temperamental. Acabei destratando Fu Pei e Situ Mo várias vezes sem motivo, de modo que Situ Mo, de tão irritada, falou que pediria demissão para viver às custas do marido — o que me fez continuar brigando com ela. Meu humor só foi melhorar um pouco depois que eu a obriguei a admitir que ela devia desculpas ao Estado e que era uma parasita sem coração, além de se aproveitar do marido.

*

Antes de sair do trabalho, recebi um telefonema de Su Rui, que tinha ficado meu amigo do nada, depois daquele episódio da festa. O que aconteceu foi que eu havia colocado o vestido na máquina para lavar, mas, como ele ficou parecendo uma alface amassada depois da lavagem, levei-o para a loja de Su Rui. Com auxílio de um equipamento que se assemelhava a um aspirador de pó, ele recuperou o estado esvoaçante da roupa. Su Rui me explicou que o equipamento era um vaporizador de roupas, mas retruquei dizendo que, a meu ver, a máquina era mesmo um aspirador de pó. A partir desse ponto, começamos a brigar — para Su Rui, eu o havia desrespeitado; já para mim, ele havia feito tempestade em copo d'água. Ficamos discutindo horas a fio, até o final do expediente. Ele me chamou para jantar, e depois de eu ter pagado a conta, ele se declarou meu amigo.

Na ligação, Su Rui contou que estava resolvendo uns pepinos perto da minha empresa, por isso me perguntou se eu não queria jantar com ele. Respondi que tinha sido convidada para jantar com Jiang Chen e sua namorada. Ele tentou me consolar e se prontificou a ir comigo; falou que iria me dar apoio moral, mas, para mim, ele só queria mesmo era comer de graça.

Parando para pensar um pouco, percebi que, realmente, era bem trágico me encontrar sozinha com meu ex-namorado e sua atual. Então levei Su Rui junto comigo.

*

Quando nós aparecemos no restaurante, o casal ainda não havia chegado. Su Rui e eu começamos a conversar, mas o papo foi tomando tal rumo que quase acabamos numa discussão séria. Então ele pediu duas canetas emprestadas a um garçom, e ficamos desenhando no guardanapo, cada um em seu canto: ele estava criando o design de uma roupa, enquanto eu fazia umas ilustrações. Como Jiang Chen e Zhuang Dongna ainda não haviam chegado quando terminamos de desenhar, trocamos nossas obras para que o outro pudesse fazer seus comentários. Su Rui disse que minha ilustração era infantil e não servia para o mundo adulto, e eu falei que seu design era horroroso e não servia para o mundo dos humanos. Felizmente, antes que começássemos a nos espancar, o casal chegou.

— Até que enfim, hein! — reclamei, rindo, enquanto me obrigava a tirar os olhos da pata de Zhuang Dongna que estava pousada no braço de Jiang Chen. — Se chegassem um pouco mais tarde, eu já estaria morta aqui.

— Eu já tinha falado para ele que podíamos vir cada um por conta própria, mas ele fez questão de *pick me up* na empresa — explicou ela, com um sorriso. — Aí tivemos que dar umas voltas a mais, *sorry!* — Ela fez uma pausa e olhou para Su Rui. — E este é...?

— Eu me chamo Su Rui, amigo da Xiaoxi. Aliás, minha irmã também é colega do dr. Jiang. Hoje eu ia convidar a Xiaoxi para jantar comigo, mas ela falou que já tinha compromisso. Aí pedi muito para vir com ela também. Vocês não se importam, né? — respondeu Su Rui antes que eu conseguisse falar qualquer coisa.

— *Of course not.* Quanto mais gente, mais animado fica! — respondeu Zhuang Dongna, com um sorriso para Jiang Chen, que estava puxando a cadeia para ela se sentar.

Depois de todos se acomodarem e pedirem a comida, ninguém quis falar mais nada, e a situação ficou drasticamente constrangedora. Olhei para o casal à minha frente, mas nenhum dos dois parecia querer animar o encontro. Como eu sou o tipo de pessoa que se sente extremamente desconfortável em situações embaraçosas, pedi socorro para Su Rui com o olhar.

Ele pegou o guardanapo da mesa e o entregou para Zhuang Dongna.

— Acabei de fazer esse design especial para Xiaoxi. É sob medida.

Ela olhou com cuidado o desenho.

— *You are so talented!* — elogiou. — A roupa é bem bonita e iria *fit* muito bem em Xiaoxi! — Ela mostrou o papel para Jiang Chen. — O que você acha?

Sem querer prestar atenção, ele olhou rapidamente e soltou:

— Aham.

Como minutos antes eu tinha acabado de humilhar o design de Su Rui, tive que concordar com o elogio, extraindo com dificuldade um sorriso tenso.

Já Su Rui coçou a cabeça, sorriu e respondeu, tímido:

— Fiz sem pensar muito. Não sei por quê, mas o estilo das roupas que eu faço cai muito bem na Xiaoxi. Logo percebi isso quando o dr. Jiang a levou até a minha loja. Só que eu achava que eles eram namorados...

— Quando você me pediu para acompanhar Jiang Chen na festa — justifiquei para Zhuang Dongna, rapidamente.

Ela riu e não falou nada, mas Jiang Chen ergueu a cabeça e me olhou. Era a primeira vez que me encarava de fato desde que tinha chegado ao restaurante. Como eu já estava acostumada a ser repreendida por ele, assim que percebi que ele me olhava, abri logo um sorriso para agradá-lo. Mas ele reagiu com frieza, e fiquei me perguntando por que eu era tão submissa assim.

*

O prato de Jiang Chen chegou primeiro: um bife ao ponto servido em pedra de ardósia, ainda chiando de quente. Ele pegou o garfo e furou o ovo frito que veio junto, de modo que a gema escorresse devagar no prato ainda fumegante. No mesmo instante, o óleo quente começou a espirrar para todo lado. Jiang Chen pegou um guardanapo para se proteger dos respingos, e no final ainda limpou a borda do prato. Eu vi que ele havia pegado o guardanapo no qual Su Rui fizera seu design. Senti uma empolgação prazerosa ao ver Jiang Chen amassar o papel em seguida.

Durante a refeição, Su Rui e Zhuang Dongna papeavam sobre tudo, e de vez em quando eu me intrometia na conversa. Já Jiang Chen praticamente não falou nada. Mesmo que fosse o assunto da vez, sempre conseguia mudar de tópico com indiferença.

Ainda assim, o jantar foi extremamente desagradável. Embora Jiang Chen conversasse pouco, Zhuang Dongna falava baixinho no ouvido dele o tempo todo e ainda ficava olhando de esguelha para mim, de um jeito esquisito.

Com raiva, Su Rui a imitou e falou no meu ouvido:

— Ela está irritando você de propósito! Que baixaria!

Empurrei-o para longe.

— Não cochicha no meu ouvido, é nojento.

— Ah, você está com vergonha, é? — Ele riu, paciente.

Levantei a sopa de milho e desafiei:

— Continua só para ver se não vou ficar com raiva depois.

— Desculpa! Desculpa! — Su Rui balançou as mãos.

Satisfeita, coloquei o prato de volta no lugar. Em seguida, notei que Zhuang Dongna estava aquele tempo todo rindo e nos observando com certo interesse. Olhei de relance para Jiang Chen — ele cortava seu bife de forma habilidosa e elegante, como se nada estivesse acontecendo.

Sua expressão me levou de volta de repente à época da faculdade, quando eu ficava com ele no dormitório vendo-o praticar suturas e dar nós usando pele e intestino delgado do porco. Sua seriedade me fazia sentir como se eu estivesse assistindo a um filme sobre um médico assassino pervertido.

— Xiaoxi, Su Rui parece tão bonzinho com você — comentou Zhuang Dongna, sorrindo. — Não acha? — Ela inclinou a cabeça para o lado, perguntando a Jiang Chen.

Com um olhar de médico fazendo um diagnóstico, Jiang Chen nos encarou.

— Sim — expeliu sem emoção alguma, por fim, apenas aquela única palavra.

Como quem desconhecesse a palavra vergonha, Su Rui concordou, feliz da vida:

— Está vendo, Chen Xiaoxi. Tudo mundo concorda que sou bonzinho, menos você, que não sabe me valorizar.

Por algum motivo, perdi repentinamente a vontade de bater boca com ele, então respondi em um tom bem fraco:

— Eu também te acho bonzinho.

Não sei se foi o ar que distorceu o tom da minha voz ou se o ouvido de Su Rui estava entupido, assim desvirtuando minha intenção. Mas pareceu que ele tinha levado minha declaração a sério. Primeiro, ficou paralisado por alguns instantes, depois olhou para mim de um jeito doce, mudando radicalmente de postura. Por fim, abriu um sorriso tímido, e seu rosto ficou todo corado sem motivo.

Cheguei a gelar, tamanho estarrecimento com aquela reação. Passei a mão no pescoço e indaguei:

— Está vermelho por quê? Não fica sorrindo desse jeito para mim, não. Eu hein! Me arrepiei toda aqui.

Risonho, Su Rui ficou me olhando entrar em desespero, mas percebi que o rubor de seu rosto havia desaparecido milagrosamente.

— Você só pode estar brincando comigo, né? — perguntei.

Ele me olhou, mas não respondeu nada. Abaixou a cabeça e começou a comer seu risoto de frutos do mar. A timidez inesperada de Su Rui me deixou extremamente desconfortável, como se houvesse formigas subindo devagar pelo meu corpo, da sola do pé até a cabeça...

Eu praticamente saí engolindo o espaguete que restava no prato e ainda quase me engasguei durante o processo. Su Rui me deu tapinhas nas costas e me advertiu:

— Vai com calma. Não morre engasgada, não.

Já ia bater boca com ele, mas Jiang Chen falou de repente:

— Fica tranquilo, ela não vai morrer, nem mesmo se o macarrão sair pelo nariz dela.

Empurrei a mão de Su Rui para longe e encarei Jiang Chen, furiosa.

*

Ele estava falando do que aconteceu comigo no nosso primeiro encontro oficial. Fomos para o único restaurante ocidental perto da universidade. Naquele dia, eu estava especialmente nervosa. Era como se eu houvesse tirado a sorte grande e pegado uma torta que tinha caído do céu, mas, ao mesmo tempo, ficava preocupada por achar que a qualquer momento a pessoa que jogara a torta para a humanidade pudesse se arrepender e me pedir a comida de volta.

Lá, ainda transitando entre realidade e sonho, pedi um espaguete. Quando o prato foi servido, abaixei a cabeça e fui comendo. Enquanto eu estava a todo vapor devorando a massa, Jiang Chen, sentado diante de mim, pediu de repente:

— Chen Xiaoxi, passa a noite comigo.

Na hora, foi um choque tão absurdo que engasguei com o macarrão, de modo que não conseguia parar de tossir e lacrimejar. O pior foi: uma tosse forte fez um fio de espaguete sair por uma de minhas narinas... Olhando para o macarrão que tinha caído do meu nariz e acabou pendurado no copo, balançando para lá e para cá, eu perdi toda a esperança. Chorei e implorei a Jiang Chen que terminasse comigo e prometi nunca mas importuná-lo.

Ele pegou um guardanapo e me ajudou a enxugar as lágrimas e a me limpar, enquanto falava:

— Eu não vi nada, eu não vi nada...

Caí aos prantos nos braços de Jiang Chen. Tínhamos pulado aquela coisa gradativa de primeiro ficar de mãos dadas, depois colocar o braço no ombro ou na cintura do outro, e ido direto para o abraço no primeiro encontro — o que de certa forma foi positivo.

Depois, ele me explicou que só queria que eu ficasse a seu lado enquanto ele madrugava estudando para a matéria de patologia, que era uma das quatro disciplinas que os alunos de medicina mais reprovavam na época.

Por muito tempo, ele usou esse episódio como base para dizer que eu tinha a mente poluída.

*

Enfurecida, eu encarava Jiang Chen, que por sua vez me olhava com frieza — uma guerra parecia prestes a eclodir a qualquer momento.

— Foi mal, gente. Jiang Chen só está brincando — tentou suavizar Zhuang Dongna, vendo que o clima estava ficando pesado.

— Tudo bem, Xiaoxi não se importa — respondeu Su Rui, como se estivesse tentando me ajudar.

Fiquei sem reação.

E essa intimidade de responder pelo outro? Bom, deixa pra lá...

Para mim, só a letra de uma música de amor à pátria que estava na moda quando eu era criança era capaz de descrever toda aquela intimidade: "Nós temos uma família, cujo nome é a China... Nossa grande China! Uma família gigantesca..."

*

Encerrado o jantar, Zhuang Dongna, agindo como se fosse a esposa generosa e educada de Jiang Chen, sugeriu que o querido nos desse carona na volta. Considerando onde estávamos, o horário e o custo do táxi, Su Rui e eu aceitamos sem nenhum pudor.

Pensei que Zhuang Dongna fosse nos acompanhar o trajeto inteiro, mas me enganei. Como um bom médico, Jiang Chen foi eficiente e prático: pediu o endereço de nós três e planejou uma rota que ficasse mais fácil para ele. Então, uns dez minutos depois de deixarmos Su Rui, chegamos à casa de Zhuang Dongna. Antes de descer do carro, ela olhou nos meus olhos, o que interpretei como:

"Fique longe do meu namorado. Aliás, se não fosse você de vela, eu teria dado um beijo de despedida no meu amor!"

Quando Jiang Chen e eu éramos as únicas almas que restavam no carro, fechei os olhos, fingindo que estava com sono. Mas, por algum motivo, Jiang Chen não dava partida no carro nunca, por isso não consegui "dormir" direito. Enquanto eu matutava se deveria continuar disfarçando ter adormecido ou abrir os olhos para saber o que estava acontecendo, Jiang Chen falou:

— Chen Xiaoxi, para de fazer corpo mole. O carro morreu, desce aí e empurra.

Como eu já sabia que nunca conseguiria comprar sequer um pneu, meu conhecimento quanto a marcas e estrutura de automóveis era bem superficial. Por exemplo, eu sei que BMW é a marca mais cara, porque em chinês seu nome quer dizer "cavalo precioso". Ora, se é precioso, então deve ser caro. Já os carros da Mercedes-Benz são os mais rápidos, porque a pronúncia parece com "benchi" em chinês, que significa "veloz". E a Volkswagen é a marca popular, porque seu nome é simpático, uma vez que significa "carro do povo" em alemão. O restante das marcas é fabricado para enrolar os consumidores — e o carro de Jiang Chen era um desses.

Já tinha visto carros do tipo morrerem várias vezes na TV, então aceitei meu destino de ter que empurrar a lata-velha de Jiang Chen. Desci do carro murmurando comigo mesma: *Péssimo carro, morre do nada mesmo.*

Assim que dei uma empurrada no carro, ele logo pegou no tranco e ligou. Não entendi se porque eu tinha uma força descomunal ou se o carro fajuto de Jiang Chen era que contava com um temperamento inconstante. Fiquei até sem graça de me sentir orgulhosa.

Corri para poder entrar no carro, mas descobri que Jiang Chen havia trancado a porta. Na hora, me subiu a raiva e fiquei pensando se ele não tinha me enganado para sair do carro e ficar zombando da minha cara. Então, virei as costas e saí andando na direção oposta, mas bem devagar — só para proteger meu orgulho, até porque eu estava num lugar onde dificilmente conseguiria um táxi.

Ainda bem que Jiang Chen deu ré no carro e me alcançou. Como ele não era mais meu namorado, percebi que não seria inteligente da minha parte desperdiçar sua boa vontade em me tirar do apuro para me arrepender depois. Então fui abrir a porta logo, mas ela continuava trancada...

Não me aguentei.

— Jiang Chen! — vociferei. — Não me humilhe assim! Se não quiser me levar para casa, é só falar. Por que você não abre a porta?

A janela dianteira baixou lentamente, e Jiang Chen colocou a cabeça para fora do carro e disse:

— Chen Xiaoxi! Você é idiota? Senta aqui na frente!

— ...

Cocei minha orelha e abri a porta do assento do carona, constrangida. Assim que me sentei, coloquei o cinto de segurança e falei, séria:

— Eu estava brincando. Mas não é certo você me xingar.

Ele me ignorou e pisou fundo no acelerador. Dei graças a Deus por ter colocado o cinto de segurança a tempo; caso contrário, eu teria sido atirada para a frente e jogada pelo para-brisa. Daí em dez minutos a polícia chegaria na cena do acidente e contornaria meu cadáver com giz.

Jiang Chen dirigiu em alta velocidade por um tempo, depois foi desacelerando aos poucos — provavelmente se lembrou da preciosidade da vida. Só então soltei um suspiro de alívio e troquei minha cara de quem estava com muito medo de morrer pelo semblante calmo de quem já tinha visto de tudo na vida.

*

Ficamos calados o caminho todo até chegarmos ao meu prédio, momento em que Jiang Chen pisou no freio e anunciou:

— Chegamos.

Agradeci a carona enquanto destravava o cinto de segurança:

— Obrigada por ter pagado o jantar e me dado carona.

Ele apenas assentiu, e não pareceu nem um pouco querer continuar com toda aquela cerimônia. Sendo assim, abri a porta para sair. Mas antes que eu pisasse fora, meu celular tocou. Enquanto eu descia do carro, procurava o aparelho dentro da bolsa. Quando finalmente estava de pé no asfalto, encontrei meu celular: era Su Rui.

— Alô?

— Chen Xiaoxi, você já está em casa? — A voz de Su Rui estava abafada.

— Acabei de chegar.

Eu me virei para fechar a porta. Só que, assim que a encostei e levantei o braço para dar tchau a Jiang Chen, o carro saiu voando, como se fosse uma flecha.

— Ok... — respondeu Su Rui, e ouvi mais algumas palavras completamente confusas.

Com um sorriso sem graça, abaixei o braço.

— Fala direito, não estou entendendo — pedi a Su Rui.

— Ah, é que estou tomando sorvete. Então, eu disse que fiquei com medo de o dr. Jiang te matar e se livrar do seu cadáver para acabar com as provas. Sabe como é, os médicos assassinos conseguem esconder as coisas.

Fiz um bico e retruquei:

— Está tomando sorvete? Que menininha você.

— Só menininha toma sorvete?! — gritou ele. — Meu pai também toma sorvete!

Eu gargalhei.

— Então isso só prova que seu pai também tem traços femininos.

— Uau, xingou o pai, estragou a amizade, hein! — Pelo tom de voz, deu para perceber que ele também estava rindo. — Embora eu sempre tenha achado que meu pai ter se casado com minha mãe e tido eu e minha irmã era uma fachada. Ainda pedi pro meu cunhado estudar meu pai. Pena que ele não tem coragem de fazer isso.

— Era melhor ter feito um prato de carne de porco marinada do que ter tido você como filho. — Enquanto eu retrucava, revirava a

bolsa em busca da chave do prédio. — Ow, você ainda vai falar alguma coisa? Não estou achando minha chave. Tenho que desligar para procurar melhor.
— Nada, sua cruel. Tchau. — A voz dele tinha voltado a ficar incompreensível de novo, provavelmente por causa do sorvete.
— Tchau.
Joguei o celular na bolsa e continuei procurando a chave sob a luz fraca da rua. De repente, um carro veio na minha direção. O farol estava tão forte que me fez erguer instintivamente a bolsa para proteger os olhos da luminosidade. Achei que o carro fosse passar logo, mas me enganei; ele ficou parado, não muito longe de mim, e a luz do farol pareceu ficar ainda mais acentuada. Fiz um esforço para me acostumar com aquela claridade e fui abaixando a bolsa para olhar quem estava vindo.
Era Jiang Chen.
O garoto que tinha compartilhado comigo os anos mais inocentes da minha vida, os melhores anos da minha vida. O garoto por quem eu havia me apaixonado perdidamente. Que parecia ter resistido à impiedosa ação do tempo, atravessado o caos do universo e, de repente, surgido mais uma vez diante de mim.
Mordi o lábio inferior e abri um sorriso amargo. Entendi na hora o porquê de os filmes sobre crimes terem cenas em que a polícia joga uma luz forte no rosto dos bandidos no interrogatório: isso faz as pessoas puxarem na hora coisas escondidas lá do fundo da mente.
Jiang Chen abaixou a cabeça.
— Chen Xiaoxi — chamou.
Levantei o rosto para poder olhá-lo. Fingi tranquilidade e sorri para ele.
— Por que você voltou?
Eu reprimia desesperadamente a ansiedade borbulhante dentro de mim e ignorava com força a voz que gritava dentro da minha cabeça: "Rouba de volta esse homem que te faz perder o fôlego."
Ele estendeu a mão para mim a abriu.
— Sua chave ficou no meu carro.

— Deve ter caído quando eu estava procurando o celular — comentei, pegando a chave na mão dele. — Obrigada.

Nos filmes, quando o mocinho volta para procurar a mocinha depois de muita reviravolta, nunca é só para entregar uma simples chave. Eu realmente não tenho uma vida de mocinha de filme.

Jiang Chen não foi embora como eu havia imaginado, no entanto. Ficou ali no mesmo lugar, me olhando, o que me fez questionar fortemente se eu não deveria me curvar diante dele ou me ajoelhar para agradecer.

Depois de um tempo, ele disse:

— Chen Xiaoxi, eu sou ocupado e tenho muita coisa para fazer. Se é que você me entende.

— Entendo. Desculpa te fazer voltar. Foi mal.

Ele continuou imóvel.

— Você sabe que não estou falando disso.

Balancei a cabeça.

— Então o que é?

De repente, a expressão de Jiang Chen ficou séria.

— Você tem que me fazer te explicar tudo? — Ele pareceu mais tenso.

Assenti.

— Sim, me explica — falei.

Ele realmente ficou irritado, porque, toda vez que Jiang Chen ficava com raiva, comprimia com força os lábios, formando duas covinhas ainda mais profundas do que as do sorriso. Semicerrei os olhos e fiquei observando suas covinhas, ainda mais escuras do que outras partes do rosto por estarem na contraluz. De repente, um desejo estranho brotou na minha cabeça. Antes que eu pudesse entender o que era, meu impulso disparou primeiro: estendi as mãos e cutuquei duas vezes as covinhas de Jiang Chen com os indicadores.

Ele certamente não esperava que eu fosse ter aquela reação, porque nem eu sabia que ia fazer aquilo. Como consequência daquele gesto inesperado, ambos ficamos chocados, sem falar nada, um olhando para o outro. No fim, ele deu uma tossidinha seca e perguntou:

— O que foi isso?

— Não sei — respondi, sincera, olhando para ele.

Jiang Chen soltou um longo suspiro. Deu para perceber que ele tinha bastante fôlego.

— Por que você nunca sabe de nada?

Mordi o lábio superior e respondi:

— Se você sempre sabe de tudo, então me explica.

Ele me encarou por um tempo, com uma expressão que era um verdadeiro mix de emoções, e, por fim, como quem tivesse tomado uma decisão irreversível ou perdido a esperança de vez, falou em uma voz grave:

— Pede desculpas.

— Como? — Eu hesitei.

— Pede desculpas — repetiu na mesma voz grave.

Não dava para acreditar que ele estava fazendo aquele pedido tão infantil numa voz tão grave e madura, e como se fosse algo completamente normal. O que estava acontecendo com ele?

Sempre me senti inexplicavelmente pequena diante de Jiang Chen, o que me fazia obedecer-lhe sempre, sem questionamento algum. Então apertei forte a chave que estava na mão e falei bem baixinho:

— Desculpa.

Ele relaxou e respondeu:

— Não faz mais isso, ok?

Eu assenti, mas de alguma forma entendi que não estávamos falando da mesma coisa. E, de fato, não estávamos, porque Jiang Chen sorriu para mim de um jeito extremamente amoroso.

— Vem cá — pediu ele.

Não entendi, então dei dois passos na sua direção. E aí Jiang Chen se inclinou na minha direção e me beijou.

Foi um beijo bem longo. Se eu tivesse que descrever, diria que o tanto de saliva que engoli de Jiang Chen dava provavelmente uma lata de Coca-Cola.

Capítulo VI

Como era de se esperar, depois de ter sofrido aquele abalo intenso, como se eu tivesse sido atingida por um raio, não sei nem como subi pra casa, tomei banho e deitei na cama.

Só fui me recuperando do choque lentamente depois de pelo menos meia hora deitada. Comecei a pensar se não tinha sido tudo um sonho, ou se Jiang Chen não estava bem da cabeça, ou se não havia sido tudo fruto da minha imaginação fértil, ou se ele não tinha sido possuído... Por mais que eu tentasse, não conseguia conjecturar uma explicação plausível. No fim, tive que me convencer a tratar aquilo como se houvesse sido mordida por um cachorro.

Caí no sono aos poucos, relembrando a sensação daquela mordida de cachorro.

Quando acordei no dia seguinte, minhas bochechas estavam bem doloridas, provavelmente porque tive um sonho atrás do outro, todos relacionados àquele beijo de Jiang Chen — por causa do beijo, usamos demais nossos lábios. Não achei nada legal; fiquei um pouco envergonhada.

*

No metrô indo para o trabalho, meu celular tocou. Na hora que vi "Zhuang Dongna" piscando na tela, gelei instantaneamente e tive um calafrio. Não pude deixar de admirar as amantes da sociedade

— elas devem ter um coração forte, para conseguirem aguentar a pressão moral diante dos questionamentos das namoradas ou esposas oficiais.

Engoli a saliva e atendi a ligação.

— Alô.

— *Hey, it's me.* Como foi ontem? — Sua voz parecia feliz.

Quase mordi a língua.

— Dongna, então... Eu... hum... — gaguejei.

— Então o quê? — perguntou ela.

Considerei falar para ela que eu lhe devia desculpas, mas desisti, porque — pensando bem — eu era um tanto inocente. Fiquei gaguejando um tempão sem consegui encontrar o que dizer, e no fim dei qualquer desculpa:

— Estou indo trabalhar e tem muita gente aqui no metrô. Depois eu te ligo.

E desliguei o celular.

Na verdade, não havia muitos passageiros no dia. Assim que terminei de falar, as únicas seis ou sete pessoas, que estavam no mesmo vagão que eu olharam todas ao mesmo tempo para mim. As expressões pareciam dizer: "Vejam essa mentirosa sem-vergonha. Tem cara de ser amante de alguém. Definitivamente vai morrer de forma trágica..."

Fadada a morrer tragicamente, me afastei do público e, frustrada, me enfiei no canto do vagão para ligar para Situ Mo. Resumi o que tinha acontecido na noite anterior e lhe implorei para me dizer — na condição de mulher casada — que eu não merecia ser condenada à pena de morte. Ela me consolou e falou para eu não ter medo, porque a vingança de mulheres como Zhuang Dongna seria, no máximo, me arrastar pelo cabelo e me jogar contra a parede. No fim, ela ainda me aconselhou a telefonar também para Fu Pei. Para Situ Mo, como Fu Pei ainda vivia solto por aí, embora já tivesse brincado com o sentimento de milhares de mulheres, ele certamente saberia me dizer como resolver aquele tipo de problema, no limite da moralidade.

Depois que Fu Pei ouviu minha história, com partes importantes omitidas, disse:

—Você me acordou cedo só para falar dessa coisinha de nada? É ele que tem que resolver esse problema, não você. Está aí preocupada à toa para quê?

Pois é! Fu Pei realmente merecia seu título de garanhão — conseguiu me tirar do pesadelo com apenas algumas palavras.

*

Logo que encerrei a chamada com Fu Pei, liguei para Jiang Chen. Para conseguir me manter firme e confiante, assim que ele atendeu, saí falando que nem uma metralhadora:

— Escuta aqui, Jiang Chen. Não quero saber por que você me beijou ontem. Você me beijou e preciso falar que seu comportamento foi muito errado. Você tem namorada agora. Seu beijo me colocou num lugar de amante... Minha mãe já tinha me falado que toda amante que se intrometesse no relacionamento alheio seria condenada. E, sim, admito que ainda amo você, mas não vem com essa. Eu nunca vou ser sua amante...

Parei para respirar um pouco, mas notei que do outro lado da linha imperava o silêncio. Acreditando que Jiang Chen estivesse refletindo sobre o próprio erro, decidi continuar:

— Se foi um mero impulso o que aconteceu ontem, vou deixar quieto. Mas se você me disser agora que ainda sente alguma coisa por mim, então a gente tem que fazer as coisas certinho. Primeiro você tem que falar direito com Zhuang Dongna, depois você tem que me pedir em namoro... Por que você não está falando nada?

— Erm... Aqui é a dra. Su — respondeu uma mulher —, o dr. Jiang não se encontra no momento. Como o celular dele estava tocando e eu vi que era você, atendi.

Senti como se eu tivesse sido atingida por um raio e fiquei atônita. Só de pensar que quem escutara tudo que eu dissera fora a dra. Su, quis morrer na hora.

— Por que você não falou nada quando atendeu o telefone? — reclamei, rangendo os dentes.

— Você desandou a falar, não deu tempo.

Pensei um pouco. *Tem alguma coisa errada*, matutei.

— Mas eu parei no meio para respirar — argumentei.

— Ah, sim. Mas àquela altura eu já estava muito interessada em continuar só ouvindo, então tive pena de interromper você.

— ...

Não quis xingar quem tinha salvado a vida do meu pai, então engoli o sapo e só falei:

— Tudo bem. Por favor, pede para o Jiang Chen retornar minha ligação.

— Espera um pouco! Se você gosta do dr. Jiang, e meu irmão? — perguntou, desesperada.

— O que isso tem a ver com ele? — Fiquei perdida.

— Meu irmão gosta de você! Olha, vamos fazer o seguinte. Não volta atrás e se intromete no relacionamento alheio, não. Não é legal. Fica com meu irmão, vai! Assim que ele atingir a idade mínima para poder se casar, vocês já podem ir pegar a certidão de casamento no cartório.

Por algum motivo, a fala da dra. Su pareceu estranha.

— O que você disse? Quantos anos Su Rui tem?

— Dezessete! Ele não quis fazer o vestibular no ano passado e insistiu em começar o próprio negócio para se sustentar. Daí ele abriu a loja, onde vende as roupas que ele mesmo desenha. Acho meu irmão um gênio. Tem muito potencial! Fica com ele, vai! Minha família não vai te achar velha.

Dezessete...? Como é que pode ele parecer tão mais velho assim?

— Você só pode estar de brincadeira. Vou pra cadeia por seduzir um menor de idade — respondi, sem forças.

— Eu acho legal uma menina mais velha namorar um cara mais novo. A juventude dele pode nutrir sua saúde, e você vai envelhecer mais devagar — continuou ela, ainda insistindo em me convencer.

De verdade, os irmãos Su só podiam ser demônios que Deus mandou especialmente para dar um jeito em mim, por não ter aguentado me ver me divertindo no mundo.

Então, afastei o celular e retruquei como se estivesse bem longe:

— O quê...? O... o... sinal do metrô... não... não está bom... Eu tenho que ir trabalhar... Tchau...

Guardei o celular. Quando levantei a cabeça para tentar relaxar um pouco, percebi que todas as pessoas do vagão estavam me olhando. Eram olhares de julgamento. Por reflexo, abri a boca para tentar me explicar, mas, no fim, simplesmente optei por me virar para a parede do vagão.

Ouvi as pessoas conversando atrás de mim:

— Ai, ai... Vejam os jovens de hoje. Nem pra mentir bem. Trabalhar no fim de semana?

— Ah, você não sabe de nada... Existem profissões que ganham mais dinheiro no fim de semana e à noite.

— Mas seduzir um menor? Tem que fuzilar mesmo.

— Ai, ai... Hoje os jovens chamam isso de "amor é amor, não importa gênero, idade e altura".

Fiquei sem reação. Saí correndo na estação seguinte, como se fosse uma fugitiva, e peguei o metrô no sentido contrário para voltar para casa.

Como pude esquecer que não trabalho no fim de semana?

*

Levei mais de uma hora para finalmente conseguir colocar os pés dentro da casa. Estava cansada demais para continuar me preocupando com relacionamentos complicados e tentar entender sentimentos complexos. Resolvi aproveitar aquele belo fim de semana para tirar uma longa e profunda soneca. Até desliguei o celular para mostrar para mim mesma que, por mais dramático que fosse o amor, nada superaria o prazer de dormir sem preocupação alguma.

Apertei o botão de desligar do aparelho e coloquei o pijama, mas fiquei revirando na cama, sem conseguir ficar tranquila. Minha mente trazia à tona o olhar daquelas pessoas do metrô, o que me fez pensar que se não fizesse alguma coisa naquele momento, com certeza eu iria direto para o inferno depois de morrer.

Então me levantei da cama e liguei o celular para fazer a ligação para Zhuang Dongna. Meu dedo, porém, ficou parado em cima do botão de ligar por alguns segundos, e, no fim, não tive coragem de pressioná-lo. Em vez disso, mandei uma mensagem para ela: "Ontem Jiang Chen me beijou. Eu juro que não o seduzi. Me desculpa."

Como eu esperava, meu celular tocou imediatamente depois de enviar a mensagem. E Zhuang Dongna me deu uma notícia chocante: ela não só me disse que os dois não estavam sequer namorando, mas também contou que só estava fazendo cena para me enganar, porque Jiang Chen lhe prometera cuidado especial se em algum momento ela ficasse doente e precisasse de um médico. Por alguns instantes, fiquei sem saber como reagir diante da notícia. Tudo o que consegui expressar foi surpresa com o acordo selado entre eles, já que a recompensa era um tanto sinistra...

No fim, Zhuang Dongna me perguntou se eu não poderia lhe apresentar Su Rui, que havia jantado junto com a gente naquele dia, e eu lhe contei que ele só tinha dezessete anos. Ela encerrou a conversa com a palavra que começa com "p".

*

Ao desligar a chamada, senti a necessidade de organizar minha cabeça um pouco. Então fiz um chá para mim e me sentei perto da janela, reproduzindo um clima de contemplação...

Já haviam se passado três anos desde que tínhamos terminado o namoro, e eu realmente não estava esperando Jiang Chen voltar para a minha vida. Pensava em encontrar alguém que talvez tivesse os olhos parecidos com os de Jiang Chen, as covinhas parecidas com as de Jiang Chen, ou gostasse de tomar água mineral da Nongfu Spring, ou então que não se parecesse em nada com Jiang Chen. Daí, me apaixonaria, nós namoraríamos e ficaríamos juntos por muito tempo. Eu iria amá-lo assim como amei Jiang Chen, sem reservas.

Mas Jiang Chen — o homem que eu não estava esperando voltar — tinha reaparecido na minha frente por acaso. E, diferentemente de mim, parecia que ele havia me esperado aquele tempo todo. Era o que eu achava, pelo menos, e se não fosse aquilo mesmo, eu tinha decidido continuar acreditando em tal ideia. Afinal, ninguém o mandou contratar alguém para fingir ser namorada dele para me fazer ficar com ciúmes, como fazem nas novelas. Embora, pela recompensa que ele havia prometido a Zhuang Dongna, aquele esquema todo pudesse ser também uma forma de atrair mais clientes para o hospital.

Criei na minha cabeça uma imagem de Jiang Chen: um homem que estivera aquele tempo todo aguardando meu retorno, e um ex-namorado que faria qualquer coisa por mim. Achei divertido pensar dessa forma. E não conseguia avaliar direito Jiang Chen, levando em conta a infantilidade daquilo tudo. Pensando bem, quando o assunto era relacionamento, ele nunca tinha sido muito inteligente — sei bem disso.

Como, por exemplo, na ocasião do nosso primeiro beijo.

*

Na época, Jiang Chen e eu já estávamos saindo havia mais de quinze dias, mas nosso máximo de intimidade era ficar de mãos dadas, sentindo o suor um do outro. Muito de vez em quando, Jiang Chen beijava minha bochecha — quando os hormônios batiam — e só. Sempre bonito e ingênuo.

Mas uma de minhas colegas de quarto, Lin Xiao, que já havia acumulado bastante experiência com relacionamentos amorosos, me alertou que eu estava muito atrasada em relação a outros casais normais. Fiquei angustiada, porque cheguei à conclusão de que eu não devia ser atraente o bastante, por isso Jiang Chen não conseguia ter o impulso que um homem deveria ter por mim. Então convoquei todas as meninas do quarto para discutir meus defeitos, e concluímos: eu não tinha o charme de uma mulher. Naqueles tempos, para nós, que sempre estivemos imersas no ambiente acadêmico, ser mulher era sinônimo de usar vestido, e de preferência com decote.

Aquela concepção era um preconceito, na verdade. Ser atraente não tem nada a ver com mostrar as pernas ou o peito.

Então minhas colegas de quarto, superpoderosas, conseguiram encontrar um vestido com decote para mim. Assim que vesti, fiquei me exibindo, e todas elas concordaram que sentiram o cheiro do meu charme por todo canto.

Depois disso, fui me encontrar com Jiang Chen me achando encantadora. Ficamos sentados no banco comprido da quadra da faculdade, e percebi que ele parecia realmente ansioso com alguma coisa, o que me fez sentir orgulho na hora. Por isso, puxei ainda mais o vestido para cima. Só que logo notei várias marcas de picadas de mosquito, então tive que cobrir as coxas de volta.

Jiang Chen ficou me contando anedotas da faculdade de medicina. Falou de um veterano da turma anterior à dele que roubara um pernil que haviam usado em um laboratório, e levara embora para cozinhar. Todos os meninos do quarto comeram a carne e acabaram dormindo por dois dias, porque tinha uma dose altíssima de anestésico. Contou também de uma vez que capturaram um ladrão no dormitório deles. Cercaram o bandido e o espancaram, o que o fez se fingir morto, tamanha a surra que estava levando. De repente, um dos companheiros pegou um estetoscópio para ouvir os batimentos do delinquente. O diagnóstico era que seu coração seguia firme e forte, e assim continuaram batendo no cara. Ele ainda ficou falando de outras coisas — em resumo, de repente, tinha se tornado um tagarela. Como sua namorada, eu concordava o tempo todo, sorria e, por vezes, gargalhava, porque senão ficaria parecendo que eu o achava sem graça.

— Você passou perfume? — me perguntou do nada, enquanto falava.

Como eu não tinha passado mesmo, neguei.

Ele me lançou um olhar suspeito, inspirando forte.

— Mas estou sentindo um cheiro diferente.

Inspirei fundo várias vezes, e aí caiu a ficha.

— Ah, o cheiro? É a água floral. Passei porque levei várias picadas de mosquito.

— Não parece esse o cheiro — replicou, cético.

Parei para pensar um pouco, então me lembrei.

— A água floral não era refrescante o suficiente, então passei pomada de erva medicinal também — acrescentei, coçando a cabeça.

— ...

De repente, ele ficou em silêncio, e eu nem sequer entendi o que tinha dito de errado. Pensei que talvez Jiang Chen não gostasse do cheiro com que eu estava, então me afastei dele sem dizer nada. Fiquei sentada na outra ponta do banco, e metade das minhas nádegas ainda ficou para fora.

Ficamos assim: calados e imóveis num banco de pedra à beira da quadra esportiva.

— Vem para cá, Chen Xiaoxi — pediu subitamente, em tom de raiva.

Ele ia me bater? Lembrei que certos tipos de namorados se divertiam espancando as namoradas. Mesmo assim, me aproximei aos poucos de Jiang Chen, movimentando minha bunda, e perguntei:

— Que foi?

— Deixa eu te beijar — respondeu ele.

Não tinha chegado nem à metade do banco e fiquei congelada sem saber o que fazer. Embora seu pedido fosse meu objetivo final da noite, perdi a coragem e entrei em choque; sim, sou do tipo que sai falando tudo da boca para fora, e aí na hora H fica com medo.

— Vem logo — insistiu ele, impaciente.

— Já vou — concordei.

Me vi chegando mais perto dele depressa. Senti o gelado do banco e fiquei dura, como se fosse uma pedra em cima de outra pedra.

Jiang Chen pegou meus ombros e me virou para ele. Só que seu movimento foi tão brusco que eu tive que gritar para lembrá-lo de tomar cuidado para não deslocar meus ombros.

— Por que você gritou? Que estraga-prazeres.

Assim que terminou de falar, ele foi com tudo me beijar. *Isso não se faz! Você não pode calar minha boca desse jeito depois de me criticar e ainda não deixar espaço para eu me defender. Você não está me pagando para ficar quieta*, pensei.

Depois eu lhe perguntei se não era meu vestido que o havia feito ficar com vontade de me beijar. Ele negou e ainda me falou que minhas pernas eram grossas. Retruquei perguntando se não era o cheiro da água floral misturada com a pomada. Ele negou novamente, dizendo que parecia formol. Insisti e perguntei se não era o barulho dos insetos da quadra que tinha acordado sua masculinidade, mas ele me chamou de idiota.

— Então por que você me beijou? — indaguei no fim.

— Para saber a diferença entre o tecido dos lábios e o da pele em geral.

— ...

A fantasia deslumbrante que eu tinha criado entorno do primeiro beijo foi cruelmente destruída por Jiang Chen. Era melhor ter beijado qualquer um na rua.

*

Justo no momento em que eu estava sentindo remorso de não ter oferecido meu primeiro beijo para qualquer um e tentando evocar na memória o homem mais bonito que já vira na rua, a campainha tocou. Meu coração acelerou bastante; era como se eu estivesse dentro de um elevador despencando. Respirei fundo e fechei a cara, me preparando para me deparar com Jiang Chen — na tentativa de conseguir vê-lo implorar para compensar todo o meu esforço dos anos em que corri atrás dele.

Minha mão tremia de felicidade, como se eu estivesse segurando um cheque de vinte milhões de yuans. Abri a porta nesse estado de tremedeira. Antes que eu pudesse enxergar quem era, recebi um abraço forte, que quase me sufocou. Pensei que fosse um surto de emoção por parte de Jiang Chen, então dei alguns tapinhas em suas costas e disse:

— Calma, calma...

Assim que terminei de falar, senti um cheiro de água-de-colônia. Empurrei com toda a força quem havia me abraçado.

A pessoa à minha frente tinha os olhos puxados para cima e um sorriso maroto no rosto, formando duas meias-luas pequeninas no canto da boca. Com um ar um tanto rebelde...

Era Wu Bosong.

*

Preciso admitir: nunca fui uma pessoa corajosa nem perseverante. A coisa mais corajosa e perseverante que fiz na vida foi correr atrás de Jiang Chen. Mas nem nisso ele diria que me saí tão bem. Jiang Chen me falou que eu parecia uma gata domesticada, que sabia correr atrás de um rato apenas por instinto, mas seria facilmente seduzida por peixe. Nessa brilhante metáfora, ele era o rato, e Wu Bosong, o peixe.

Em outras palavras, Wu Bosong fora um episódio à parte na novela mexicana que retratava meu amor não correspondido por Jiang Chen. Eu descreveria esse episódio como ter encontrado um doce durante o amargo trajeto de busca pelo amor. Já Jiang Chen foi mais direto e brutal, usando apenas duas palavras para me descrever: assanhada e traidora.

Ele entendeu tudo errado.

*

Wu Bosong foi transferido para a nossa turma no segundo semestre do primeiro ano do ensino médio. Ele chegou na sala com a mochila nas costas, logo atrás do professor supervisor, um homem calvo cuja saliva se acumulava em forma de espuma na boca enquanto falava. Wu Bosong tinha um cabelo castanho e volumoso que cobria suas orelhas e, em contraste com o professor, sua figura sorridente pareceu ainda mais galante.

Ele nos cumprimentou com a cabeça e se apresentou, rindo:

— Prazer, pessoal. Meu nome é Wu Bosong.

Num instante em que ele abaixou a cabeça, notei um reflexo, o que me indicava que havia alguma coisa brilhando no lóbulo de Wu Bosong — provavelmente um brinco.

Todo mundo ficou extremamente curioso para conhecer aquele aluno transferido e de origem desconhecida. Aliás, quando perceberam que ele não tinha sido forçado pelos professores a arrancar o brinco, a curiosidade só aumentou.

Como eu era a mais curiosa da sala, a turma inteira me forçou — um negócio bem sem-vergonha por parte do pessoal — a ir travar a primeira conversa com o aluno novo. Então, iniciei o papo assim:

— Aluno novo, precisamos conversar.

Ele estava guardando os livros na gaveta, mas parou quando ouviu minhas palavras. Ergueu a cabeça para me olhar.

— Conversar sobre o quê? Está cobrando o esquema de proteção?

Cocei a cabeça, sem entender.

— Que esquema de proteção?

Ele terminou de guardar os últimos livros na gaveta, se endireitou e abriu um sorriso bonito.

— Estou brincando. Meu nome é Wu Bosong, e o seu?

Ouvi nitidamente as meninas que estavam atrás de mim deixarem escapar um suspiro e sussurrarem "Chen Guanxi" sem parar. Quanto mais elas repetiam baixo esse nome, mais eu ficava irritada. Me virei bruscamente e vociferei:

— Que Chen Guanxi o quê? Eu me chamo Chen Xiaoxi. Tenho que repetir quantas vezes para vocês entenderem que não é engraçado, não é engraçado, não é engraçado!

Embora na época a façanha de fotos "especiais" de Chen Guanxi ainda não tivesse acontecido, já havia muitas pessoas chatas que ficavam fazendo piadinhas com nossos nomes. Já fiquei furiosa várias vezes. Nunca entendi a graça disso...

As colegas ficaram estupefatas com meu grito. Só depois de uma longa pausa foi que alguém finalmente retrucou, baixo:

— A gente quis dizer que o sorriso dele parece com o de Chen Guanxi... Você é muito sensível...

— ...

Quis morrer na hora.

Wu Bosong, que estava atrás de mim, gargalhou e perguntou:

— Seu nome é Chen Xiaoxi?

Assenti, ainda de costas para ele.

— Sim, seja bem-vindo à turma.

Voltei fugindo para o meu lugar, sem olhar para trás, cruzei os braços, os apoiei na mesa e escondi meu rosto, fingindo estar morta. E fiquei assim por tanto tempo, fingindo tão bem, que quando eu realmente já estava me achando morta, cutucaram minhas costas com alguma coisa. Me virei para ver o que era, sem forças: sentado atrás de mim, Jiang Chen balançava uma caneta entre o dedo indicador e o polegar.

— Sua caneta. Tinha caído.

— Ah, sim. — Peguei de volta a caneta.

— Quem mandou não cuidar da própria vida? — Jiang Chen agia como quem se regozijasse do infortúnio alheio. — "Chen Guanxi", ele está rindo e olhando para você, hein!

Me voltei para Wu Bosong; ele realmente estava sorrindo para mim. Sem graça, tive que me esforçar muito para conseguir abrir um sorriso para ele. Em seguida, virei e apoiei o rosto na mesa de Jiang Chen, me escondendo.

— Que vergonha! Quero morrer... — lamentei.

Ele bateu na minha cabeça com o livro de exercícios que estava segurando.

— Bem feito. Se não quiser mais que isso aconteça, para de se intrometer nas coisas.

Eu já era imune a todos os tipos de críticas e ataques de Jiang Chen, então ainda consegui ser mais sem-vergonha e perguntei:

— Se eu fizesse amizade com ele, você iria ficar com ciúme?

Ele me encarou e disse:

— Vou é agradecer a ele.

— ...

*

A chegada de Wu Bosong parecia ter injetado uma boa dose de força entre os meninos da nossa pequena escola. De repente, todas as meninas haviam começado a falar umas para as outras que tinha entrado um aluno novo na turma seis do primeiro ano, "estiloso e com um sorriso quase idêntico ao de Chen Guanxi".

Por um momento, Wu Bosong ficou mais famoso que Jiang Chen, e fiquei com muita pena; mas Jiang Chen me falou que eu não batia bem da cabeça.

Para mostrar meu apoio ao status de Jiang Chen como aluno mais popular da escola, eu reprovava duramente o "Fenômeno Wu Bosong". Cheguei a criticar a aparência dele em público mais de uma vez, inclusive seu cabelo castanho e o brinco — elementos esses que inúmeras meninas descreviam como "cabelo estilo japonês" e "brinco estilo europeu". Eu falava para todo mundo que Wu Bosong tinha cabelo amarelado, porque era desnutrido, e que homem que usava brinco era afeminado. Além disso, ainda espalhava que, como ele se fazia de *bad boy*, com certeza tinha péssimas notas, não prestava, era um delinquente; quiçá se drogava e matava as pessoas.

Mesmo diante dos meus ataques insistentes, no entanto, Wu Bosong se mostrava gentil comigo — uma atitude rara entre os meninos da nossa turma. Sempre que nossos olhares se cruzavam, ele sorria para mim e me olhava contente, como se fosse um pai observando o filho arteiro.

A reação de Jiang Chen à coisa toda, por sua vez, me surpreendeu bastante. Certo dia, ele me chamou para um canto mal iluminado. Eu estava nervosa e animada ao mesmo tempo, porque achava que ele fosse declarar seu amor por mim ou me abraçar. Mas nada disso aconteceu — pelo contrário, ele resolveu ter uma conversa séria comigo.

— Chen Xiaoxi, não quero te ver falando mal de Wu Bosong.

— Por quê? — perguntei, reprimindo minha decepção.

— Espalhar mentira é errado — disse ele.

Assenti, concordei plenamente com ele e na mesma hora me mostrei muito arrependida.

Naquela época, eu tinha uma admiração inexplicável por Jiang Chen, a ponto de, se ele me dissesse que o céu era verde, as nuvens eram azuis e cocô era colorido, eu concordaria e diria que ele estava certo.

Claro, ainda que eu me achasse louca na época, hoje dou graças a Deus por ter aquela admiração por Jiang Chen na época, e não por outra pessoa, porque quando ele me mostrava que certas coisas eram erradas, elas eram mesmo.

Para provar a Jiang Chen que eu já havia refletido sobre meus atos e mudado, tirei uma folha do caderno da colega que dividia mesa comigo, um com capa da banda F4, e escrevi uma carta de confissão bem colorida para Wu Bosong.

Já me esqueci do que escrevi na época, mas me lembro de ter recebido um retorno. Ele escreveu o seguinte num papel de rascunho: "Não tem problema. Mas eu me chamo Wu Bosong, e não Wu Songbo."

Sua correção me fez perceber que seu nome induzia facilmente as pessoas ao erro, já que Songbo e Bosong são duas palavras que existem. Lembrei de um dos exercícios da lição de casa para as férias de verão, de quando eu estava no ensino fundamental: "Escreva uma palavra com duas sílabas. Em seguida, troque as sílabas, de modo que forme outra palavra. Exemplo: Bolo — Lobo." E a razão pela qual eu gravei essa tarefa específica na memória foi que levei uma surra do meu pai por ter escrito "Coco — Cocô".

*

Comecei a gostar de Wu Bosong, porque realmente o achei uma pessoa de bom coração a partir desse episódio. Ele não só me desculpou como ainda me tratou bem. E, aliás, também comecei a gostar de seu brinco.

Mas havia algo bizarro: ele me tratava surpreendentemente bem. Me comprava todos os tipos de salgadinhos da cantina; me ensinava inglês (eu estava certa em um ponto: ele realmente tirava notas ruins — nunca passava de um ponto —, exceto em inglês, em que era o melhor da escola inteira); me emprestava um casaco quando o dia esfriava de repente... Certa vez, tive que ficar um pouco mais depois da aula para fazer o mural da sala, mas não esperava que Wu Bosong fosse aparecer com uma tigela de macarrão instantâneo (ele era o único aluno residente da escola que dormia sozinho no dormitório dos docentes); tinha até um ovo no caldo. O vapor da comida inesperada me emocionou, então, enquanto eu comia o macarrão, perguntei para Wu Bosong, que estava me ajudando a pintar:

— Por que você é tão bonzinho comigo?

Eu havia desenhado uma menina na lousa. Talentosa e virtuosa, ela segurava um livro nas mãos, e Wu Bosong estava justamente colorindo-o de amarelo.

Ele nem sequer virou a cabeça para me responder:
— Porque sim.

Será que ele gosta de mim?, logo pensei. Mas, refletindo melhor, não tinha como, porque ele via com o que estava lidando... Minha autoestima já havia sido arruinada por Jiang Chen muito tempo antes; provavelmente não tinha nem como recuperá-la mais.

Então continuei comendo o macarrão instantâneo, com pó de giz voando pela sala toda, e papeando de vez em quando com ele.

— Onde você estudava? Por que veio para a nossa escola?

Ele já estava pintando a saia da menina de rosa.

— Meu pai vai me mandar para o exterior no ano que vem — respondeu, depois de falar o nome da cidade. — Já fez todos os trâmites, até. Então eu falei para ele que antes de ir queria ficar um pouco na cidade natal do meu avô, por isso eu vim.

— Quê? Então você já vai embora? — De repente, fiquei muito triste. Se ele fosse embora, quem iria alimentar meu estômago de jovem na puberdade?

Wu Bosong jogou o giz, virou-se e se empoleirou na mesa à minha frente.

— Que foi? Não quer que eu vá embora?

Bati nos pés dele, que balançavam diante de mim.

— Para de balançar os pés, eu fico tonta só de olhar. E se você for embora, vou passar fome.

Ele não me respondeu nada, só olhou para a janela, pensativo. Sem entender, segui seu olhar e avistei Jiang Chen do outro lado. Na penumbra do fim do dia, ele parecia a parte de "fantasmas" do filme *Uma História Chinesa de Fantasmas*.

Por algum motivo, senti de repente a culpa de ter sido "flagrada na cama" ao avistar a imagem borrada de Jiang Chen por conta da luz amarelada atrás dele. Quis virar a tigela do macarrão instantâneo na cabeça de alguém.

Ele levantou a mão e bateu na janela.

— Chen Xiaoxi, encontrei com o seu pai na entrada da travessa. Ele me pediu para te chamar para voltar para casa jantar.

Depois, ele deu meia-volta e foi embora.

Coloquei o macarrão na mesa imediatamente e saí correndo. Wu Bosong me chamou duas vezes e, já na porta, eu o ouvir dizer:

— Você não terminou de comer ainda.

— Pode jogar fora, vou jantar em casa — respondi.

Saí da escola correndo, mas já não via Jiang Chen em lugar nenhum. Suas pernas realmente eram muito mais compridas do que as minhas.

Fiquei alguns minutos desconectada da realidade na quadra do colégio e voltei à sala para buscar minha mochila. Wu Bosong ainda estava colorindo a saia da menina. Em pé à porta, eu o observava de longe. O brilho dourado do sol poente invadia a sala pela janela, porta e todas as frestas possíveis; o pó do giz rodopiava e dançava no ar.

Caminhei em direção a ele.

— Esqueci de pegar minha mochila. Aliás, ainda não comi o ovo.

Ele virou a cabeça e abriu um sorriso, mostrando os dentes bonitos.

— Eu comi.

— Que rápido! — exclamei.

— Você que me pediu para jogar fora — disse, sentindo-se injustiçado. — Seria um desperdício, o ovo me custou dois yuans...

Antes que ele terminasse de falar, vi o ovo flutuando no caldo do macarrão. Revirei os olhos.

— Chato.

Ele deu de ombros, se virou e continuou o que estava fazendo. Peguei um dos palitinhos, finquei no ovo e o levantei; pareceu um guarda-chuva. Chamei logo Wu Bosong para olhar, animada:

— Ei, olha aqui! Não parece um guarda-chuva?

Ele inclinou a cabeça para o lado para olhar e agiu com desdém.

— Se você não for comer, eu vou.

Assim que terminou de falar, ele pegou o ovo com a boca na velocidade da luz. Boquiaberta, olhei para o palitinho — agora já sem nada — e pensei: *Ele com certeza fez um treinamento de como pegar as coisas com a boca.*

*

Talvez o fato de Jiang Chen haver saído correndo naquele dia tenha levado embora momentaneamente o meu fascínio por ele, ou então comecei a valorizar mais ainda a amizade com Wu Bosong quando fiquei sabendo que em breve ele partiria. Mas o ponto era: parei de ficar indo atrás de Jiang Chen o dia todo, e acabei me tornando muito próxima de Wu Bosong de repente, como se fôssemos amigos de longa data. No entendimento de meus colegas, porém, nós estávamos nos comportando como se fôssemos um "casalzinho". Não sei se porque pensamos que não valia a pena ou se tínhamos entrado em uma de "entendedores entenderão", mas não tentamos explicar nada — a concepção de "encontro de almas" era profunda demais para a cabeça daqueles adolescentes insuportáveis.

*

Wu Bosong ficou um semestre na escola e viajou para o exterior nas férias de verão do primeiro ano. Ele precisava pegar um ônibus até a cidade, depois um trem até outro ponto. De lá, voaria para a Nova Zelândia. Eu o acompanhei até a rodoviária. Segurando na alça de sua mochila, meus olhos se encheram de lágrimas.

— Lembra de me mandar salgadinhos da Nova Zelândia...

Ele me deu uns tapinhas na cabeça, fez um gesto de saudação marcial e algumas caretas.

— Até breve.

Quando o ônibus partiu, balancei muito a mão para me despedir. Ele abriu a janela e colocou a cabeça para fora.

— Vou te mandar salgadinhos da Nova Zelândia — falou.

Contive o choro e assenti com força.

— Tem que mandar o mais caro e o mais gostoso. Aliás, somos melhores amigos para sempre.

Ele gargalhou.

— Com certeza! — respondeu.

Eu me lembro de ter encontrado Jiang Chen na entrada da travessa. Ele estava de costas para mim, parado em frente ao quadro elétrico de casa, mexendo nos cabos com uma chave de fenda. Sua camiseta branca estava encharcada de suor, de modo que o tecido de algodão colava em suas costas, transparecendo um pouco a cor da pele dele.

Não consegui segurar a curiosidade e perguntei:
— O que está fazendo?
Jiang Chen se virou para mim e ficou alguns segundos parado.
— Você estava chorando?
Cocei os olhos e respondi:
— Wu Bosong foi embora.
Ele fez um "hum" e depois falou que já sabia. Em seguida, voltou a mexer nos cabos elétricos coloridos.
— O que raios você está fazendo? — perguntei de novo.
De repente, Jiang Chen enfiou a chave de fenda no bolso da calça jeans e respondeu, mal-humorado:
— Estou contando os cabos, não pode?
Me arrepiei toda com aquele protesto repentino.
— Ué, pode — repliquei, prudente. — É que achei que você estivesse consertando um fusível.
Diferentes emoções passaram pelo rosto de Jiang Chen. Depois de uma pausa, ele falou, baixinho:
— Eu não bato bem da cabeça.
Então, se virou e foi embora.
Fechei a porta do quadro para ele. E, na verdade, também achava que ele parecia não bater bem da cabeça mesmo, já que estava contando os cabos elétricos.

Capítulo VII

— Chen Xiaoxi, você não acha que é falta de educação deixar a visita esperando na porta por muito tempo? — Wu Bosong bateu na porta de ferro aberta, fazendo uns barulhos.

Dei um espaço, e ele logo entrou, se sentou no sofá e me abriu um sorriso. Ainda presa às memórias e ao choque, abri e fechei os olhos — ele continuou lá. Cravei meu olhar nele, minha visão indo de sua camisa polo listrada de azul-marinho para os tênis da Nike, depois voltando para seu rosto que parecia nunca envelhecer: ele parecia um menino entre dezessete e dezoito anos. Su Rui deveria realmente aprender com Wu Bosong como cuidar da aparência.

De repente, ele pegou alguma coisa do bolso, mas a escondeu na palma da mão.

— O salgadinho da Nova Zelândia que estou te devendo — disse, me estendendo o punho.

Desconfiada, abri a mão, e ele soltou o que segurava em cima. Era um pacote de bala comprido e verde. E que embalagem! Um produto sensacional! Era um doce bem conhecido: chiclete Double Mint da Wrigley's.

Ele continuou sorrindo para mim, mas virei o rosto, com uma vontade súbita de chorar. Juro que não estava sendo dramática: ele era meu melhor amigo da adolescência, e havia desaparecido de repente e reaparecido do nada, como se não houvesse deixado um

vazio na minha vida. Ele até continuava jovem como sempre; parecia que o tempo tinha pena de deixar sua marca na pele de Wu Bosong, mas morresse de vontade de fazer milhares de rugas aparecerem no meu rosto. Como eu poderia não chorar?
— Por que está chorando? — perguntou ele, em choque e preocupado.
Bati o pé.
— Por onde você esteve todos esses anos?! — gritei. — Não te achei quando estava brigando com meu namorado, nem quando terminamos, nem quando perdi o emprego, nem quando estava com fome...
Ele riu e ficou me olhando enquanto eu chorava e gritava. Depois, me puxou para sentar no sofá.
— Calma! Eu não sou o namorado que te abandonou, não faz bem chorar desse jeito.
Encarei Wu Bosong com um semblante bravo, os olhos ainda marejados. Chorei com vontade, como que prestando homenagem à juventude perdida e à nossa amizade complicada. *Nem pense em se achar meu ex-namorado.*

*

Mais tarde, nos sentamos de pernas cruzadas no chão, em frente ao sofá, e começamos a colocar o papo em dia, com um copo de água gelada cada um.
— Quando a poeira finalmente baixou, depois de uns quinze dias na Nova Zelândia, meu pai me ligou falando que a empresa dele havia falido.
Eu nunca tinha falido antes, e minha família não tinha sequer condições de declarar falência — meus pais no máximo diziam "não temos dinheiro para isso" —, então eu não conseguia entender a gravidade da história. Só que não queria parecer ignorante, então tive que falar, em tom pleno de empatia:
— Ai, nossa... Como?

Juro por Deus, eu disse aquilo só para ser educada e empática, mas Wu Bosong começou a me explicar, detalhe por detalhe, como seu pai tinha acreditado em pessoas erradas, como o negócio tinha se deteriorado como o capital não tinha entrado a tempo — todo um discurso que só me fez ficar com sono e preguiça. Por fim, ele disse:

— Ah, você não vai entender mesmo se eu contar muitos detalhes.

Mas, mesmo depois de ter afirmado que eu não entenderia, ele continuou me explicando — supondo que eu o compreenderia — as disposições da lei de falência. Não só não entendi absolutamente nada como ainda tive que fingir que estava muito triste por conta de tudo aquilo que havia acontecido. No fim, não consegui aguentar mais e o interrompi:

— Chega, chega, chega... Já estou muito triste. Se você continuar, vou até querer doar dinheiro para você.

Wu Bosong me olhou sério.

— Você não entendeu nada, né? — perguntou.

Eu dei de ombros.

— Acho que não mesmo. Melhor você contar direto por que sumiu.

Ele deu um sorriso amargo.

— Minha querida, meu dinheiro acabou de repente, e eu ainda estava em outro país. Tive que fazer bico todos os dias para me sustentar. Acha que eu tinha tempo para ficar batendo papo com você?

Eu assenti.

— Quer dizer então que está de volta agora porque é um homem bem-sucedido?

— Você não acha que deveria se importar primeiro comigo e me perguntar como eu sobrevivi naqueles anos? — replicou ele, me encarando.

— Claro que me importo com você, mas isso depende se você é ou não um homem de negócios bem-sucedido.

Wu Bosong ameaçou a jogar água em mim.

— Virou interesseira nesses anos, é?

— Graças à pátria — retruquei, orgulhosa.

Ele começou a contar toda a sua trajetória de luta no exterior: os bicos, os testes para conseguir bolsa, como entrou em uma multinacional, e assim por diante. Foi bastante positivo e inspirador; fiquei até encorajada a melhorar de vida.

— Então você voltou? — indaguei, depois de um tempo. — A empresa te mandou para cá?

Ele assentiu.

— Ah, sim. Mas não me adaptei direito. Fiquei três dias tendo diarreia assim que cheguei. Aí encontrei Jiang Chen no hospital.

— Foi Jiang Chen que falou para você que moro aqui?

Só então me lembrei de meu relacionamento complexo com Jiang Chen, então contei toda a história, aumentando um pouco aqui e ali.

Wu Bosong deu um suspiro.

— Preciso confessar uma coisa: Jiang Chen é um tremendo de um azarado de ter te conhecido.

Sua reposta no mesmo instante me fez ficar furiosa. Me levantei de um pulo e ameacei expulsá-lo a vassouradas. Ele, porém, permaneceu imóvel no chão.

— Já pensou como você dificulta bastante as coisas? — questionou, em um tom calmo. — Primeiro, você correu atrás do sujeito descaradamente, querendo que ele te namorasse. Quando enfim conseguiu, quis terminar do nada. E ainda quer que ele fique choramingando para você voltar?

— Você não pode falar assim de mim! A gente precisa ser racional. Você é meu amigo, então tem que me apoiar. Se eu matar alguém, você precisa desovar o corpo para mim. Essa é a razão da sua existência.

Wu Bosong tomou um gole de água.

— Se eu nunca mais entrei em contato contigo nesse tempo todo, é porque acreditei que, mesmo não estando perto de mim, você conseguiria viver bem. Jiang Chen cuidaria bem de você.

— Como ousa falar desse jeito?! Como consegue maquiar com palavras bonitas essa desculpa esfarrapada para ter abandonado nossa amizade? Por que você precisa ter sempre razão? Virou meus pais agora, é?

— Você sabia que eu sempre senti aquele olhar arrasado do Jiang Chen na época em que nós dois estávamos mais próximos? O sentimento que ele tinha por você com certeza não era menor do que o seu por ele.

— Wu Bosong, você realmente perdeu a vergonha, né? Se pelo olhar arrasado de Jiang Chen você conseguiu ver o sentimento dele por mim, como é que não está vendo no meu olhar arrasado que estou muitíssimo irritada com a sua teoria? Melhor você voltar pra Nova Zelândia e dormir na árvore com os coalas.

— Você achava que era impossível ficar com ele porque a mãe dele não ia permitir. Você não gosta de ler romances e ver novelas? O amor verdadeiro não tem que vencer tudo? Se não vencer, como ousa chamar de amor verdadeiro? Aliás, coala é da Austrália, não da Nova Zelândia — continuou ele.

Percebendo que não chegaríamos a um consenso, sugeri seriamente:

— Deixa pra lá, vai. Não vamos mais falar sobre isso. Vamos falar um negócio sério.

— Que negócio sério?

— Você acabou de voltar do exterior, deve ter trazido várias coisas importadas, né? Me dá mais alguma coisa, seja de comer, vestir, usar, mesmo que seja uma sacola de plástico. Acho que tudo que é estrangeiro é melhor!

Wu Bosong suspirou.

— Só espero que você mude essa sua atitude, se toque logo. Você ainda se acha uma jovenzinha?

— Não se fala assim com os outros, hein! Vê se fala direito. Não é nada bonito atacar alguém pela idade. Aliás, dez anos atrás eu só tinha quinze anos.

Finalmente, ele largou uma bomba:

— Jiang Chen me pediu para falar que vai fazer uma cirurgia complicada de tarde, e de noite ainda vai ficar de plantão e não vai ter tempo para comer. Falou para você levar alguma coisa para ele comer.

— Eu não sou empregada dele. Não vou levar, não vou levar, não vou levar.

Ele deu de ombros.

— Vamos ver se você não vai mesmo, no final.

*

Wu Bosong não quis ir embora da minha casa. Ficou deitado no sofá torturando a televisão, uma relíquia de mais de dez anos de uso, que o dono do apartamento me deixara. A qualidade dos produtos em geral realmente tem piorado com o passar dos anos. O controle remoto dessa televisão velha funcionava superbem por um ano com apenas um par de pilhas. Já as pilhas do controle remoto da televisão LCD nova que meus pais tinham comprado precisavam ser trocadas mensalmente. Toda vez que eu ligava para eles no fim do mês, minha mãe reclamava da pilha do controle e culpava meu pai por ter trocado uma televisão de qualidade por uma daquelas.

Quando chegou a hora de comer, eu não aguentava mais. Peguei uma bolsa e pedi:

— Wu Bosong, me paga o jantar para eu recepcionar você, já que acabou de voltar de viagem.

Ele hesitou por um instante, franziu a testa.

— Que lógica sem-vergonha é essa?

Aceitei com humildade o elogio e levei-o a todo custo para o restaurante mais luxuoso da região, que normalmente eu só conseguia ficar contemplando de longe. Assim que ele avistou o lugar, agarrou a porta do táxi com toda a força e não quis descer. Ainda disse que dava para saber só de olhar que os ingredientes daquele restaurante com certeza seriam iguais a ele: importados. Além disso, falou que se eu quisesse comprar um jantar saudável para Jiang Chen, teria que gastar meu próprio dinheiro, porque o seu era fruto do suor de seu trabalho, e, para completar, seu pai ainda havia falido.

Observando o taxímetro, cujo valor aumentava a cada instante, o motorista ria, sua pele de um tom quente de marrom que esquentaria qualquer um.

— Opa, não briguem! É só conversar direitinho. Não estou com pressa, tudo bem? Casal jovem é tudo assim.

Eu me sinto impotente em relação à mania dos motoristas de achar que qualquer homem e qualquer mulher andando juntos são um casal. Aliás, mentira: independentemente do setor, as pessoas adoram fazer isso, e a lógica por trás é sempre moralista. Certa vez, eu e meu pai fomos comprar sapatos no shopping. A atendente não parava de me elogiar e falar bem do sapato de couro que meu pai estava provando, afirmando que eu tinha bom gosto e que aquele sapato ficava muito bonito no meu namorado...

Depois de discutirmos bastante, Wu Bosong e eu acabamos indo para um restaurante com um excelente custo-benefício. Por algum motivo, o lugar onde de repente eu quis jantar ficava extremamente próximo ao hospital de Jiang Chen. Coisa do destino, acho.

*

Jantamos. Wu Bosong sugeriu ficarmos no restaurante para tomar o refil infinito de chá solúvel com leite. Na verdade, ele propusera tomar o refil infinito de café solúvel, mas achei o plano bastante furado — mais parecia coisa de burguês safado. Por isso, mudamos para o chá com leite.

Na quinta vez que pedimos para encher a xícara, no entanto, ficamos com receio de continuar tomando o chá, porque suspeitamos que o garçom de cara amarrada podia ter cuspido na nossa bebida.

Olhando pela janela, para o dia que escurecia aos poucos, peguei o celular no bolso, interrompendo Wu Bosong, que estava descrevendo vividamente a costeleta de cordeiro macia e suculenta da Nova Zelândia.

— Acho que você deve estar cansado, melhor voltar para casa e descansar, por causa do fuso horário.

Ele me olhou torto.

— Que fuso horário? — replicou. — Voltei faz uma semana já.

— Você não falou que estava tendo diarreia, porque não se adaptou direito? Significa que você acha que já se acostumou com o horário daqui, mas não — insisti.

Wu Bosong deu risada.

— Quer levar a comida lá, né? Posso ir com você. Aproveito e faço minha consulta de retorno.

Que cara de pau. Como ousava ir fazer consulta de retorno por conta de uma bobeira de diarreia? Desperdiçando os recursos do país...

Arrumei o cabelo para trás e peguei o chá para tomar. De repente, me lembrei de que o garçom poderia ter cuspido nele, e me subiu uma raiva descontrolada no mesmo instante.

— Quem disse que vou levar comida pra ele? Acha que vou me humilhar desse jeito?

Ele acenou com a cabeça para me consolar.

— Tudo bem, tudo bem. Não precisa ficar nervosa, ele não vai morrer se pular uma refeição.

Meu coração ficava cada vez mais inquieto conforme o dia escurecia. Ora eu imaginava Jiang Chen caído morto na mesa de cirurgia, por conta de um sangramento no estômago; ora pensava nele roendo as unhas, por não aguentar mais de fome; ora achava que ele fosse abrir a própria barriga com um bisturi, já enlouquecido por conta da dor de estômago...

Vários diretores de filme de terror vivem na minha mente, e eu devia mesmo era estar num hospital psiquiátrico.

Olhei para Wu Bosong, que curtia calmamente meu desespero, e de repente fiquei aliviada. Em vez de ficar ali sendo motivo de piada, valia mais a pena fazer isso diante de Jiang Chen. Que bobeira continuar ali, possibilitando a Wu Bosong — que sumira e voltara — a chance de tirar sarro de mim.

Então, bati na mesa e chamei:

— Garçom!

Ele se aproximou lentamente da mesa, com uma jarra de chá com leite na mão.

— Quer mais chá com leite, né? — me perguntou, apático.

— Me vê um risoto de frutos do mar e um caldo de galinha pra viagem — respondi, encarando Wu Bosong.

Ele assobiou alto e brincou:

— Você ainda consegue comer?

Eu o encarei. Ele tinha acabado de levantar a xícara e tomar um gole de chá com leite supostamente cuspido.

— Vou levar para o Jiang Chen — retruquei, com um grande sorriso no rosto.

Ele deixou a xícara na mesa e sorriu.

— Agora sim, porque bobo é quem joga pedra no próprio telhado.

Por algum motivo inexplicável, seu sorriso me fez sentir uma pitada de mágoa, como se ele já tivesse experimentado todos os altos e baixos da vida.

Dei uns tapinhas nas costas da mão de Wu Bosong.

— Se você me ama, tem que me dizer, para eu poder te rejeitar.

Ele me fitou e lentamente soltou:

— Vaza.

— É sério! — ignorei-o, e continuei falando. — Existem pessoas que são mais burras e têm autoestima baixa, a ponto de, se você não for direto, ela não entenderem. Eu sou assim.

Ele colocou a mão em cima da minha e deu uns tapinhas nela.

— Não é todo mundo que tem a mesma sorte que você, de poder recomeçar tudo.

Wu Bosong abriu um sorriso amargo, seus olhos parecendo ver tudo que havia dentro de mim.

Pessoas como eu, que não são sentimentais nem melancólicas, ficam constrangidas e sem saber o que fazer em momentos de mais emoção. Em geral, não sabem como consolar os outros. Mas, felizmente, Wu Bosong e eu tínhamos bastante intimidade. Embora a separação tenha nos feito perder partes da história um do outro, aquele mal-estar não era tão incômodo.

Fui levando a quentinha para o hospital, enquanto Wu Bosong acenava para mim do outro lado da rua, como um Gato da Sorte na vitrine.

*

Eu ainda lembrava onde era a sala de Jiang Chen. Apesar de ter ido até lá apenas uma vez, e embora eu seja péssima de senso de direção, eu sabia como chegar: era virar à esquerda, virar à direita, subir a escada e ver um hidrante.

Só que fiquei muito tempo diante da porta da sala, encarando a placa de "Dr. Jiang Chen", de modo que uma profissional da limpeza surgiu para passar um pano úmido nela. Ela ainda me perguntou se eu não era uma inspetora enviada pelo superior para verificar a higiene do hospital, e explicou que passava pano diariamente em todas as placas.

Achei melhor não a deixar em pânico, então lhe lancei um sorriso de relance e expliquei que não estava monitorando nada, mas sim atrás de Jiang Chen. Ela deu um suspiro de alívio e me disse que, em todo aquele tempo em que trabalhava no hospital, nunca vira alguém querer entrar pela porta dos fundos só com uma quentinha. Na mesma hora, garanti que na verdade a quentinha estava cheia de cédulas de cem yuans. Daí ela replicou que a embalagem nem era tão grande para caber tanto dinheiro assim, que as pessoas já estavam levando cartão de débito e que eu devia me atualizar. Quando eu ia falar mais alguma coisa, a porta se abriu.

— Entre — disse Jiang Chen, sem expressão.

*

Assim que adentrei na sala, ele roubou a quentinha da minha mão e me perguntou se eu queria tê-lo matado de fome. Ele arrumou um canto na mesa, colocou a quentinha em cima e começou a comer sozinho. Fiquei parada ao lado, olhando enquanto ele tirava a cebola da comida, com um vinco na testa.

— Chen Xiaoxi, por que você pediu o que tem cebola?

Eu pensei em dizer "Que cara de pau! Como pode reclamar da comida que eu comprei para você?" ou então "Continua sendo arrogante desse jeito mesmo, vamos ver se eu ainda vou querer trazer comida para você na próxima vez".

Mas fiquei quieta.

*

Lembrei que, uma vez, muito tempo antes, quando ainda estávamos na faculdade, levei as roupas de Jiang Chen para lavar no meu dormitório. Fiquei quase três dias ocupada lavando, pendurando e secando as peças, e quando finalmente as levei de volta, ele só reclamou, dizendo que estavam todas manchadas de cores diferentes. Eu disse já naquela época que ele era um cara de pau e que não conseguiria arrumar em lugar nenhum uma namorada tão carinhosa quanto eu. Ainda lhe disse que só porque era eu quem correra atrás dele não era para ele se aproveitar de mim. Jiang Chen me respondeu que eu era maluca e que estava mesmo era avaliando meu potencial de futura esposa. Caso eu me sentisse incomodada com aquilo, era só ignorar o comentário. Eu me aproximei dele e fiquei balançando seu braço, voltando atrás. "Não, não, nada não! Onde ficou manchado? Prometo não manchar de novo da próxima vez", foi o que respondi na época.

Ai, ai… Bons tempos…

*

— Chen Xiaoxi. — Jiang Chen balançou os palitos na minha frente. — Está viajando?

Fiz que não com a cabeça e disse, rindo:

— É que me lembrei de como você era cara de pau e ficava reclamando das manchas quando eu lavava roupa pra você.

Ele pegou um pedaço de lula, comeu e respondeu, com boca cheia:

— Não mais que você.

Fiquei perplexa por um momento. Pois é, não mais que eu. Corri atrás dele, porque sim; fui embora, porque sim; e ainda estava voltando atrás naquele momento.

De repente, Jiang Chen ergueu a cabeça e me encarou.

— Estou falando do que aconteceu na biblioteca.

Ah! Era aquilo. Fiquei me condenando à toa.

*

No inverno em que estávamos no terceiro ano da faculdade, eu ia todos os dias à biblioteca acompanhar os estudos de Jiang Chen. As bibliotecas do sul do país não são equipadas com aquecedor, e eu não suporto o frio. Mas queria ficar ao lado dele, então tive que colocar mais roupas.

Minha vestimenta eram basicamente: uma segunda pele, uma camisa térmica, duas blusas de lã, um casaco, uma calça térmica, uma calça jeans, dois pares de meias, um par de botas de cano baixo, um cachecol e um par de luvas. Lembro que quando vesti todas aquelas peças meu armário ficou extremamente vazio.

Com aquilo tudo no corpo, meus movimentos ficaram limitados, sobretudo na questão de pouca praticidade para ler romances. As luvas de lã grossas deixavam meus dedos desajeitados e me impediam de virar as folhas fininhas do livro.

Já o camarada Jiang Chen, não tenho certeza se por conta daquele frio congelante, ficou ou doido, ou tolo, ou sábio. Ele havia notado que eu fitava a mesma página do romance por dez minutos, então virou a folha para mim sem eu lhe pedir. Depois, criamos uma sintonia estranha: eu lia o livro em silêncio a seu lado; quando chegava a hora de virar a página, dava uma leve cotovelada em Jiang Chen, e ele me fazia o serviço, sem nem levantar a cabeça.

Na verdade, não havia nada de cara de pau naquela história; eu poderia até afirmar que foi bem doce e gentil. O que surgiu daquilo é que foi um embaraço total.

Enquanto estávamos na biblioteca naquela rotina costumeira de "eu cutucando Jiang Chen, e ele virando a página para mim", uma repórter da revista universitária estava tomando sol no gramado do lado de fora, sem fazer nada, e presenciou acidentalmente nossa interação, pela parede de vidro da biblioteca, o que a fez achar que aquilo combinava muito bem com uma matéria que ela iria fazer, sobre "as pequenas belezas no campus". Então, por vários dias seguidos, ela ficou de olho em nós e tirou fotos nossas às escondidas, em todos os ângulos possíveis, ignorando a lei de direitos de imagem. Depois, aquela menina abusada ainda me pediu para fazer a pós-edição das fotos, porque ouvira dizer que eu era do curso de artes. E o pior: aceitei de bom grado editar aquelas fotos sem custo algum, convencida pela insistência dela de que não dava para "deixar a juventude passar em branco". No fim, o efeito que coloquei naquelas fotos ficou bastante artístico, amoroso, romântico...

Quando as fotos foram publicadas na revista estudantil, gerou-se um baita de um alvoroço. Aproveitando a onda, a revista e o fórum da universidade organizaram conjuntamente uma eleição de "Melhor namorado do campus", na qual Jiang Chen ficou entre os três mais votados. Junto com ele na competição final havia um estudante de letras, que mergulhou no lago para resgatar o anel da namorada, e um estudante de história, que costurou sozinho um conjunto de roupa tradicional da etnia Han para a namorada. Comparado às façanhas dos dois, o que Jiang Chen fez por mim não pareceu nada extraordinário. Mas o que valia a pena lembrar é que o menino de letras parecia com o poeta Tao Yuanming, cujo retrato era estampado nos livros didáticos de língua chinesa da educação primária. Já o de história concentrava ainda mais as características do próprio curso: ele se assemelhava à estátua restaurada do Homem de Pequim. Logo, Jiang Chen, estudante de medicina que nada se parecia com espécimes médicos, foi o primeiro colocado com uma quantidade absurda de votos e recebeu o mérito de "Melhor namorado do campus". Esse resultado nos mostrou que não adiantava ter grandes feitos, o importante era ser bonito.

Para mim, como Jiang Chen era o único aluno de biomédicas no páreo, ganhar aquela competição era um orgulho para os cursos da área. Por isso nunca entendi por que ele ficou furioso a ponto de quase me jogar contra a parede depois que soube como tudo havia acontecido.

Capítulo VIII

Jiang Chen devorou toda a refeição em menos de dez minutos e ainda me mandou jogar fora a embalagem. Quando saí com a sacola de lixo, topei com a mesma auxiliar de limpeza, que estava justamente recolhendo o lixo. Ela me cumprimentou, simpática.

— Mocinha, conseguiu dar seu presente?

Fiquei muito satisfeita com aquele tratamento de "mocinha", então respondi, franca:

— Na verdade, não vim dar presente. Era comida.

— O dr. Jiang brigou com você? Não se preocupe, essas coisas acontecem. As pessoas ficam doentes, e de vez em quando alguém dá um presentinho para o médico, a gente sabe, só para os familiares ficarem tranquilos. Trabalho nesse hospital faz mais de dez anos, já vi de tudo. Pode ficar tranquila, não vou contar para ninguém.

Percebi na hora que se eu não explicasse logo, ela faria mau juízo da ética profissional de Jiang Chen. Aliás, não havia problema algum ela achar que ele não tinha ética, mas eu não poderia permitir que a moça jogasse praga na minha família indiretamente. Então abri meu coração para ela:

— Então, na verdade, eu sou ex-namorada do dr. Jiang, mas ainda temos um relacionamento complicado hoje em dia.

Ela me olhou, obviamente surpresa, e começou a me analisar de cima a baixo. Por fim, ela suspirou e saiu empurrando o latão de lixo. Antes de partir, ainda murmurou:

— Tão jovenzinha e já está mal da cabeça...
— ...

*

Quando voltei para a sala de Jiang Chen, ele estava escrevendo algo, concentrado. Me aproximei dele e bati na mesa com o nó do dedo. Ele ergueu a cabeça.

— Se não tiver mais nada, vou embora.

Ele girava a caneta com a mão direita enquanto folheava os papéis com a esquerda.

— Chen Xiaoxi, se você sair dessa sala agora, está tudo acabado entre a gente — disse Jiang Chen, em um tom casual.

A mensagem me soou extremamente pesada. Na minha cabeça, aquilo deveria ter sido expressado de uma forma intensa e sentimental, mas ele articulou as palavras de forma calma e corriqueira. Nem precisou hesitar no meio. Era realmente um talento.

Eu estava de pé, e ele, sentado. Embora eu o estivesse olhando de uma posição estrategicamente superior, percebi que, em termos de determinação, eu estava um pouco abaixo. Nossos olhares se cruzaram, mas eu continuava sem saber o que se passava na cabeça de Jiang Chen, mesmo estando tão próxima dele.

— Não precisa falar assim, tão sério, né? É que você parece ocupado, não quero atrapalhar.

A caneta ainda estava girando entre os dedos de Jiang Chen.

— A dra. Su me falou que você tinha me ligado hoje de manhã para eu deixar as coisas claras. Vou fazer isso agora, você pode ir embora depois de me ouvir.

Engoli em seco e concordei com um "aham".

— Três anos atrás, foi você que quis terminar, certo?

— Foi.

— Por causa da minha mãe, certo?

Eu disse que sim, mas logo me desmenti, dizendo que na verdade era difícil de explicar. Ele jogou a caneta com força na mesa, e meu coração doeu um pouco. Provavelmente era uma caneta-tinteiro muito cara. Jiang Chen pressionou o nariz com os dedos e me perguntou, em um tom cansado:

— Chen Xiaoxi, me fala: você pensou alguma vez em mim nesses três anos?

Que mudança drástica... Eu quis falar alguma coisa, mas parecia que tinha um nó na garganta.

*

Na primeira semana depois do término, eu acordava assustada quase todas as noites. Com o cabelo molhado e grudado nas bochechas e no pescoço, notava que tanto o travesseiro quanto a coberta na parte do peito estavam encharcados.

A dor era insuportável. Quis voltar atrás e implorar, dizendo que a culpa era toda minha...

Na verdade, cheguei a ir ver Jiang Chen. Fiquei parada em frente ao hospital a manhã inteira e o avistei conversando e rindo com colegas, a caminho do restaurante do lado no horário do almoço. De longe, olhei para seu rosto sorridente e vi até mesmo suas covinhas radiantes. Senti ódio, fiquei decepcionada, me achei estúpida. Pensei inclusive que eu deveria correr para o meio da rua e ser atropelada por um carro, só para ver se ele ainda conseguiria almoçar depois de me ver sangrando.

Na época, um fluxo de pensamentos tomou conta rapidamente da minha cabeça; no fim, escolhi voltar para casa. Fui comprar um pão doce para me servir de almoço na padaria embaixo do meu prédio, mas provavelmente estava com uma cara tão assustadora por ter chorado copiosamente que a dona do estabelecimento me deu três pães sem me cobrar e ainda me consolou, dizendo que, na vida, não havia nada que não pudesse ser superado. Refleti que, se eu fosse uma boa atriz, iria todo dia na padaria conseguir uns pães de graça.

Algumas pessoas sentem uma saudade dilacerante e torturante, enquanto outras nem sequer têm coragem de pensar em sentir falta de alguém. Eu já disse que nunca fui uma pessoa corajosa. Sempre tive medo da dor, da tristeza. Então, escondi a saudade numa caixa e colei um aviso: "Se você ousar abrir isso, que morra de tanto sofrer."

Funcionou, por isso nunca mais pensei nele.

*

Jiang Chen bateu na mesa com o dedo, impaciente. Endureceu um pouco o tom da voz e questionou:

— É tão difícil a pergunta?

De repente, um ódio intenso me tomou o corpo. Cerrei os punhos, rangendo os dentes, e soltei apenas uma palavra, com raiva:

— Difícil.

Ele deu um sorriso irônico.

— Chen Xiaoxi, como é que pode você estar tão confiante?

Sorriso irônico? Quem não sabe fazer isso? Quando mostro meus dentes, eu me torno a pessoa mais irônica de todas!

Dei uma risada irônica, e devolvi a pergunta.

— E você? Por que não veio atrás de mim? Por que não tentou me fazer mudar de opinião? Por que simplesmente aceitou terminar? Por que está me perguntado se pensei em você? Por que você está sentado e eu, em pé…

Jiang Chen pareceu um tanto confuso com aquela série de questionamentos repentinos, e ficou paralisado por um instante. Depois, se levantou lentamente. Ao vê-lo fazer isso, entrei em pânico. Dei alguns passos para trás.

— Por que você levantou?

De repente, ele riu e agarrou meus pulsos. Me puxou com força e me colocou na cadeira.

— Agora está feliz? Estou de pé, e você, sentada.

Eu não sabia se ria ou chorava. Esse seu senso de humor veio meio do nada, né, dr. Jiang? Embora eu fosse uma pessoa que ria com tudo, não consegui dar nenhuma risada.

Jiang Chen apoiou as mãos nos dois braços da cadeira, e assim fiquei presa entre ele e o assento. Que gesto gostoso, que situação insinuante... Em geral, só acontece quando o mocinho quer fazer coisas malvadas com a mocinha nos filmes.

Ele riu, aproximou o rosto do meu e parou a uma distância em que eu conseguia sentir seu hálito quente.

— Foi você quem pediu pra terminar, porque eu tenho que ser submisso e ir atrás de você?

Eu encolhi um pouco o pescoço.

— Porque você é homem, não acha que deveria fazer isso?

A expressão de Jiang Chen enquanto olhava para mim era de tranquilidade.

— Eu estava muito cansado na época.

Eu me acalmei um pouco e disse:

— Mas então você ficou muito tempo cansado...

O comentário parecia ácido, mas não tive segundas intenções. Simplesmente saiu da minha boca.

Ele suspirou.

— Eu fui procurar você, sim.

Levei um susto com a resposta e comecei a vasculhar minha cabeça em busca de memórias daquele tempo, com medo de haver provocado algum mal-entendido por ter abraçado um amigo, pegado a mão dele ou tentado tirar um cisco do olho da pessoa. Não me lembrei de nada. Naqueles dias, eu parecia um fantasma perdido — nenhum homem normal teria se aproximado de mim, a não ser que fosse fã do filme *Ghost — Do Outro Lado da Vida*.

Então eu retruquei, confiante:

— Que bobagem! Por onde você tentou me ver?

Quando ele ia falar algo, o celular que estava na mesa tocou de repente. Jiang Chen se virou e deu uma olhada nele. Num piscar de olhos, ele se curvou para mim. Prendi a respiração. É agora, é agora. O momento de fazer "algo indecente" é agora. A mão de Jiang Chen passou por meu ombro, e meu coração contraiu violentamente.

Mas ele apenas puxou seu jaleco branco do encosto da cadeira na velocidade da luz.

— É uma emergência — me explicou, enquanto o vestia.

Ele pegou o celular e saiu da sala, atendendo a chamada. A porta se abriu e se fechou...

Sozinha, fui tomada pelo vazio do cômodo. Que coincidência foi aquela de o celular tocar bem na hora H? Será que tinha um diretor por trás das cenas controlando tudo?

*

Dei por certo de que Jiang Chen não voltaria tão cedo. Entediada, comecei a deslizar a cadeira de rodinhas para lá e para cá. Quando a brincadeira começou a ficar divertida, a cadeira fez um ruído e perdi o equilíbrio. Caímos eu e ela no piso com tudo, minha testa sendo a primeira coisa a bater no chão.

Foi um belo baque. Se alguém estivesse vendo de fora, seria como se um chefe de cozinha tivesse batido com um peixe numa tábua para desacordá-lo antes de matá-lo, um gesto decisivo e direto.

Fiquei muito tempo no chão, tonta, me agarrando à cadeira, antes de voltar a mim. Devagar, me levantei e decidi procurar Jiang Chen, porque o que acontecera comigo também se encaixava em emergência — eu podia ter sofrido uma concussão e estar com uma hemorragia.

Segui as placas do hospital, me movendo pouco a pouco, com as mãos apoiadas na parede. Embora estivesse em pânico, fiquei com medo de andar rápido. Na minha cabeça, tanto a concussão quanto a hemorragia tinham a ver com fluidos, então, se eu fizesse um movimento brusco durante o percurso, talvez os miolos ou o sangue transbordassem do meu cérebro.

Com muita dificuldade, enfim cheguei à porta da emergência.

— Jiang Chen! — gritei, aos prantos, apoiada na parede. — Jiang Chen! Saia logo! Sou eu, Chen Xiaoxi!

Em vez dele, quem saiu foi uma enfermeira carrancuda.

— Aqui é um hospital! — berrou para mim. — H-o-s-p-i-t-a-l! Não pode gritar desse jeito!

Não tive coragem de comentar que ela gritara mais alto do que eu, porque se eu a cutucasse com isso, provavelmente ela aumentaria mais ainda o volume. Meu cérebro estava muito frágil, e eu não me encontrava em condições de aguentar aquela onda sonora penetrando meus tímpanos e interferindo na minha onda cerebral.

Então, pedi pausadamente:

— Por favor, poderia pedir para o dr. Jiang sair um pouco?

Ela me lançou um olhar rápido e disse:

— Ele foi ao banheiro.

Não esperava aquela resposta. Pensei que, como ele saíra às pressas, devia ter acontecido algo grave, como um sangramento cerebral ou uma perfuração de intestino e estômago. Mas aparentemente não, já que ele estava com tempo de esvaziar a bexiga...

A enfermeira voltou para a sala de emergência, e eu continuei no mesmo lugar, apoiada na parede, esperando o retorno de Jiang Chen.

As lâmpadas incandescentes do hospital brilhavam pálidas como sempre, mas acredito que meu rosto talvez estivesse mais pálido ainda, porque Jiang Chen começou a correr desesperadamente na minha direção, a cem metros de distância. Para mim, a cena era tão romântica quanto aquela de *Romance in the Rain*, em que a protagonista, Lu Yiping, também corria daquele jeito em direção a He Shuhuan na estação de trem. No nosso caso, só trocaram os gêneros.

Não me lembro direito, mas talvez eu tenha caído toda frágil nos braços de Jiang Chen. Ele segurava minha cabeça com uma das mãos e levantava minhas pálpebras com a outra, trêmulo. Fiquei com medo de ele me cegar sem querer, de tanto que suas mãos tremiam.

*

Depois do caos, soube que tive apenas uma concussão leve. Aquela sensação de tontura, como se o mundo inteiro estivesse rodopiando, era mera invenção de minha cabeça, o que contagiou Jiang Chen, que ficou muito assustado. Bom, para um médico, que já passara por muitos anos de cirurgias sangrentas e horrorosas, preciso criticá-lo pela falta de preparo psicológico. A forma como ele reagiu à situação foi como se nunca tivesse visto nada do mundo.

Segundo a enfermeira mal-humorada, testemunha ocular do ocorrido, enquanto segurava minha cabeça, Jiang Chen vociferou para a sala de emergência: "Lanterna! Estetoscópio!" Ela saiu cambaleando da sala com os equipamentos. Aproveitando o momento em que Jiang Chen examinava minhas pupilas com a lanterna, ela pressionou meu filtro labial com uma força que só as enfermeiras têm, para ver se conseguiria me acordar. Imediatamente, dei um grito e um pulo e retomei a consciência.

Ao me ver despertando, o semblante de Jiang Chen se fechou. Provavelmente ele pensou que a enfermeira havia roubado seu holofote de médico. Ele só guardou a lanterninha no bolso do jaleco branco, depois de ter avaliado minuciosamente minhas pupilas por alguns instantes.

— O que aconteceu? — perguntou ele.

Eu me sentei direito, seus braços ainda ao meu redor.

— Eu caí e bati a cabeça — respondi.

Com a testa franzida, ele deslizou a mão para trás da minha cabeça, seus dedos no meu cabelo. Apertava meu couro cabeludo com bastante cuidado, e só parou assim que gemi de dor. Em seguida, pegou minha mão para eu sentir o estado do lugar onde doera.

— Aqui ó, um galo grande — disse ele, o tom de voz ligeiro, como se o galo na minha cabeça fosse uma picada de pernilongo.

Apertei a saliência e notei que era do tamanho de um ovo de codorna. A sensação de pressioná-la lembrava a de apertar um ovo cozido com casca, porém mais macio, e ao mesmo tempo um pouco mais duro do que ele sem casca. Uma rigidez perfeita.

Jiang Chen mexeu na minha franja e perguntou:

— Bateu em mais algum lugar?

Balancei a cabeça para dizer que não, mas ele logo imobilizou meu pescoço.

— Não balança a cabeça! Onde você caiu?

— Na sua sala — respondi, dando um tapinha na sua mão.

Ele me ajudou a levantar e indagou de novo:

— Por que não me ligou para eu voltar lá?

Olhei para ele, me sentindo boba.

— Esqueci.

Apoiada no ombro de Jiang Chen, segui seus passos para entrar lentamente na emergência. A enfermeira vinha logo atrás.

— Se eu soubesse que você era amiga do dr. Jiang, teria deixado você entrar — comentou.

Jiang Chen me fez sentar numa maca e avisou que ia buscar remédio. A enfermeira puxou uma cadeira e se sentou perto de mim.

— Você é a namorada do dr. Jiang? — perguntou, com um sorriso no rosto.

Não quis responder, então apenas fiquei massageando o calombo atrás da minha cabeça. Quando colocava um pouco mais de força, logo espalhava uma dorzinha formigante da testa para a ponta dos pés; era prazerosa a sensação.

Não tendo conseguido minha resposta, a enfermeira se viu sem graça e puxou a cadeira para se sentar perto de uma pequena janela.

*

Jiang Chen voltou com uma bandeja de ferro, na qual havia um copo de água, um tubo de pomada, alguns cotonetes e uns comprimidos brancos. Ele colocou os remédios na palma da mão. Eu os peguei, joguei na boca e engoli com a ajuda da água. Depois disso, ele me pediu para sentar na cama com as pernas em borboleta, afirmando que aplicaria pomada no machucado. A tal enfermeira tentou se aproximar para ajudá-lo algumas vezes, mas recuou em todas as tentativas, porque eu a fuzilava com o olhar.

Jiang Chen mexeu primeiro no meu cabelo. Como eu estava de costas, não consegui ver sua expressão. Então imaginei-o por conta própria de testa levemente franzida, com um olhar de ternura, acompanhado de uma feição de pena. Mas, em questão de segundos, aquela imagem de doçura foi cruelmente apagada, porque ele começou a cutucar o galo da minha cabeça com o cotonete, de um jeito bruto, impetuoso e frenético.

Meus olhos se encheram de lágrimas no mesmo instante. Virei a cabeça para trás e olhei para ele.

— Vai com calma! Não cutuca tão forte assim, senão meus miolos vão sair.

Ele endireitou minha cabeça e respondeu:

— Está bem.

Depois, deixou o cotonete de lado, e passei a senti-lo massageando com delicadeza minha cabeça, seu dedo quente e cheio de uma pomada refrescante. De repente, senti uma pontada de melancolia e fui me inclinando para trás até ficar apoiada no peito de Jiang Chen. Seu dedo parou um pouco e ele logo pegou mais pomada para aplicar.

A enfermeira que nos espiava sorrateiramente por algum motivo deu uma risada seca na nossa direção e sugeriu que seria bom se ela fosse verificar se os pacientes internados precisavam de assistência. Dava para chamar aquela mudança repentina de postura amadora para profissional de: cair a ficha. Jiang Chen concordou, então ela saiu da sala, mas virando-se o tempo todo para nos observar a cada passo que dava.

E assim fiquei encostada nas costelas de Jiang Chen, que não parava de massagear minha cabeça, quieto. De tanto ele esfregar, cheguei a me perguntar se ele estava querendo fazer meu couro cabelo ficar cada vez mais fino, para inserir um canudo e começar a sugar meus miolos...

Felizmente, Jiang Chen parou e me abraçou por trás, as mãos sujas de pomada.

— Fiquei esperando você se arrepender, voltar pra mim e implorar pra ficar. Daí eu ia tirar sarro de você e fazer você jurar perante um bisturi que nunca mais pediria para terminar, senão acabaria em pedacinhos.

Minha vontade era criticá-lo por aquela ideia doentia. Como podia ter pensado em lançar aquelas palavras sangrentas para uma menina tão graciosa quanto eu? Eu era covarde, teria ficado com medo. Mas Jiang Chen agarrava tão forte meus ombros que parecia pronto para me despedaçar a qualquer momento, então decidi ficar em silêncio.

— Mas você não apareceu — completou ele.

Foi você quem não me viu. Eu ainda o via pedindo arroz com carne de porco marinada.

Depois disso, ele revelou que me procurara somente um mês depois do término. Explicou que tinha presenciado pela primeira vez um paciente falecer em suas mãos, que a situação fora atípica, ele estava extremamente frágil e precisava de alguém como a namorada para consolá-lo e apoiá-lo, por isso decidira me perdoar e me procurar. Quando chegou ao prédio onde eu morava, me viu ordenando a uns homens enormes que levassem as malas para o térreo, então voltou para hospital, irritado.

Eu suspirei. Que destino cruel e absurdo…

*

O que acontecera foi o seguinte: quando pedi para terminar o namoro, Jiang Chen soltou um "Que você não se arrependa", bateu a porta e foi embora. Depois da pancada, aquela porta, que já estava quase estragada, não resistiu e quebrou de vez. Coincidentemente, o dia seguinte era o da cobrança do aluguel. Quando o proprietário do apartamento viu a porta meio caída, provavelmente aquilo o fez pensar em seu cabelo, que também vinha caindo, e se enfureceu.

Ele brigou feio comigo. O sujeito era altamente escolarizado — eu tinha ouvido dizer que ele fizera pós-graduação muitíssimo tempo antes — e aumentou a situação a ponto de classificar os universitários contemporâneos, em geral, como mal-educados, e afirmar que a culpa de problemas como a crise financeira, as secas, os terremotos, as enchentes e até mesmo a gripe aviária era dos universitários. Tentei argumentar que eu não tinha responsabilidade alguma pela seca, já que lavava a roupa uma vez por semana. Mas ele nem quis saber e insistiu que eu teria que lhe pagar cinco mil yuans.

Apesar de não ter cara de inteligente, eu não sou boba. No máximo, aquela porcaria de porta custaria uns mil yuans. Como ele era capaz de multiplicar o valor daquela forma? Ele tinha sido mais descarado do que o pessoal que lucrava com propriedades imobiliárias. Claro, anos depois descobri que eu estava errada. Ninguém poderia ser mais cara de pau do que gente que lucrava com o setor imobiliário. Bom, mas isso é assunto para outro dia.

Por conta da porta, minha relação com o proprietário do apartamento foi completamente arruinada. Ele insistia em me cobrar cinco mil de indenização, e eu batia o pé para pagar apenas dois mil e quinhentos; e ficamos num impasse terrível. Daí, ele me expulsou do apartamento, e eu obedeci. O dia em que eu estava indo embora foi justamente aquele em que Jiang Chen fora me procurar.

*

Com a voz chorosa e magoada, contei a história de como o proprietário do apartamento onde eu morava havia me intimidado, o que fez Jiang Chen dar um longo suspiro.

— Então vamos fazer as pazes — disse ele.

Fiquei bastante perplexa. Como?! Será que para ele aquilo havia sido apenas uma longa briga de três anos?

Talvez eu tenha ficado muito tempo sem falar nada, porque Jiang Chen insistiu:

— Chen Xiaoxi, eu sou médico e estou acostumado com questões de vida e morte, agonia e sofrimento. Pela sua lógica, era pra minha vida ser fácil. Por que eu deveria me apegar a você? Tem sempre uma enfermeira bonita atrás de mim, sempre um convite disponível que pode mudar minha vida, basta eu aceitar. Por que eu deveria ficar pensando só em você?

Logo percebi que havia algo errado na fala de Jiang Chen. O que ele disse destoava bastante de seu pedido de paz. Será que ele tinha interpretado mal meu silêncio, achando que eu estava me fazendo de difícil de propósito, e não quis mais continuar a brincadeira?

Eu me virei e abracei sua cintura.

— Está bem, vamos fazer as pazes — falei.

Dessa vez, ele ficou quieto por muito tempo, e eu me vi cada vez mais ansiosa, torcendo a roupa de Jiang Chen com os dedos.

— Para com esse joguinho de se aproximar de mim e depois se afastar. Já estou com idade pra casar e ter filhos.

Ele deu uns tapinhas nas minhas costas e disse:

— Entendi.

Soltei os braços e ergui a cabeça para olhá-lo.

— Como assim?

Ele baixou a cabeça e foi se aproximando de mim. Tampei minha boca com as mãos na velocidade da luz e disse com a voz abafada:

— Vai querer voltar ou não? Se não falar direito, não vou deixar você me beijar.

Jiang Chen inclinou a cabeça para o lado e riu.

— Sim, vamos voltar.

Ele afastou minhas mãos e me beijou.

Durante o beijo, tentei me esforçar bastante para manter a mente clara, a fim de pensar numa coisa: não foi ele quem pediu para fazer as pazes primeiro? Então por que, no fim, a situação deu um cento e oitenta e eu é que acabei implorando para a gente voltar e ainda tive que seduzi-lo?

Só consegui refletir sobre tal questão por três segundos; meus lábios dominaram completamente minha mente fraca.

Nosso beijo foi bem romântico, de verdade, com uma mistura de cheiros — de desinfetante de hospital, de menta, por causa da pomada na minha testa, e de medicamentos e sabonete, que vinha de Jiang Chen —, além do leve gosto de chiclete Double Mint da Wrigley's. Foi muito agradável. Se o tempo fosse que nem um vídeo, eu teria pausado a cena naquele exato segundo.

Pena que, se o tempo fosse mesmo um vídeo, eu não saberia nem onde estava o controle remoto.

Minha cabeça recém-machucada começou a doer de repente, de modo que tive que beliscar as costas de Jiang Chen, com os olhos marejados.

— Eu... minha cabeça está doendo...

Ele me soltou e se agachou para ficar na altura dos meus olhos. Eu me apoiei nos ombros dele e comecei a arfar. Jiang Chen pegou a lanterninha no bolso e puxou minhas pálpebras de novo. Ainda jogou a luz diretamente nos meus olhos, o que me fez querer jorrar lágrimas. No fim, suspirou de alívio e me ajudou a deitar. Em seguida, me repreendeu, em um tom sério que só médicos têm:

— Não é nada. Deita e descansa um pouco. Não pode ficar agitada desse jeito com uma concussão.

Sem palavras, fitei o teto branco da sala. Foi culpa de quem por eu ter ficado agitada?

*

Acabei dormindo na maca da emergência. Durante o sono, fui acordada duas vezes: a primeira, quando Jiang Chen trouxe de algum lugar um biombo verde dobrável para separar do ambiente a cama onde eu estava dormindo. Talvez por ser muito antigo, quando ele abriu o biombo, o negócio fez um estrondo que pareciam fogos de artifício. Não me lembro muito bem, mas devo ter feito uma baita cara de chateada para Jiang Chen, depois me virei e caí novamente no sono. A segunda vez aconteceu justamente naquele instante presente. Comecei a ouvir gemidos de um homem vindo detrás do biombo, bem insinuantes.

Me sentei e, assim que ia espiar o que estava acontecendo, congelei com o comentário feroz da enfermeira.

— Pare de gemer desse jeito, credo! Isso aqui não é uma colonoscopia! — disse ela.

Pensei involuntariamente na posição do intestino grosso e na entrada por onde era introduzido o colonoscópio, e não consegui aguentar. Eu ri.

O homem parou de gemer e começou a berrar, e ouvi Jiang Chen brigar com ele:

— Calma, não incomode os outros pacientes.

Dei a volta no biombo, mas me arrependi na mesma hora.

Era um jovem, provavelmente. Não consegui ter certeza da idade dele, porque seu rosto estava todo ensanguentado, então julguei pelo cabelo de palha todo bagunçado. Além de sangue, o rosto do garoto também estava coberto de cacos de vidro verdes, que pareciam de uma garrafa de cerveja. Nas bochechas, havia dois pedaços com a marca da bebida. Semicerrei meus olhos para poder enxergar melhor, e vi que em um estava escrito "cho" e no outro "pe".

Minha vontade era tirar foto daquilo e publicar no fórum com o título: "Graduando de artes apresenta seu trabalho de conclusão de curso sanguinolento com o objetivo de fazer a sociedade refletir sobre 'como viver', sobre a 'vida', a 'inocência', a 'simplicidade', entre outras belezas perpétuas da humanidade." O título tinha que ser grande mesmo.

Pode acreditar: tudo que tem a ver com arte e é meio absurdo acaba viralizando.

Jiang Chen foi a primeira pessoa a me ver sair da maca, e apontou para mim com a pinça.

— Por que você saiu dali? — questionou. — Volta já pra lá!

Antes que eu pudesse responder, o Rosto de Cacos de Vidro começou a xingar, em cólera:

— Vai se foder! O que você está olhando aí? — E então, num tom agudíssimo: — Ai! ... Ai! ... Nossa...!

Aqueles gritos me assustaram tanto que dei dois passos para trás e fiquei olhando para Jiang Chen, chocada.

Com a pinça, ele jogou o pedaço de vidro escrito "cho" na bandeja de ferro que estava no carrinho a seu lado.

— Olha essa boca, aqui é um hospital.

A expressão de Jiang Chen não era tensa, e seu tom de voz tampouco estava alterado. Mas ele estava bonito demais.

A cara ensanguentada do Rosto de Cacos de Vidro era de quem estava furioso, mas sem coragem de reclamar.

— Entendi, doutor... — replicou ele, com delicadeza. — Pega leve...

Jiang Chen concordou e voltou a olhar para mim.

— Volta pra lá.

Assenti e retornei para onde estivera. Sentei de pernas cruzadas na maca e fiquei ali divagando.

— Doutor, é sua namorada? — perguntou o Rosto de Cacos de Vidro, com uma voz como de quem quisesse agradar Jiang Chen. — Que bonita!

Jiang Chen respondeu alguma coisa, e o Rosto de Cacos de Vidro continuou:

— O doutor leva a namorada para a maca, que empolgante, hein!

Surpreendendo um total de zero pessoas, ele começou a berrar de dor de novo. Acho que para descrever esse tipo de sofrimento bastam duas palavras: bem feito.

*

Não tinha ideia de quanto tempo havia se passado, porque comecei a cochilar, sentada naquela posição. Quando recobrei a consciência, minhas pernas estavam tão dormentes que não tive coragem de mexê-las.

— Chen Xiaoxi, você está meditando? — perguntou Jiang Chen, ao lado da maca, enquanto retirava as luvas brancas.

Mexi um pouco os dedos do pé, mas uma sensação de formigamento misturada com dor se espalhou por todas as células sensoriais do meu corpo.

— Jiang Chen, minhas pernas estão muito dormentes — falei, agoniada.

Ele jogou as luvas na lixeira no canto da sala, veio na minha direção e se sentou na beira da maca. Esticou o dedo indicador e cutucou minha perna.

— Não faz isso! Está dormente mesmo! — gritei.

De repente, ele me empurrou, e eu balancei algumas vezes e caí para o lado do jeito que estava, de pernas cruzadas, como se fosse um joão-teimoso quebrado. Urrei de dor por conta do formigamento.

Jiang Chen parecia muito contente com aquilo. Cruzou os braços e ficou gargalhando, enquanto me olhava caída toda torta na maca. Suas covinhas pareciam que iam saltar do rosto a qualquer momento, de tanto que ele ria.

Ele descruzou minhas pernas com delicadeza, esticou-as e começou a dar tapinhas nas minhas panturrilhas. Aos poucos, senti que o sangue voltava a circular feito ácido sulfúrico nas minhas pernas. Em questão de cinco ou seis minutos, elas enfim voltaram a funcionar normalmente. Para expressar minha insatisfação por ele ter brincado comigo como se eu fosse um joão-teimoso enquanto minhas pernas estavam imóveis, além de para lhe mostrar que tinha melhorado a ponto de conseguir chutar alguém, dei um bico em Jiang Chen.

Para ser sincera, não o chutei muito forte, mas Jiang Chen caiu de lado na cama, com as mãos no estômago, e disse:

— Chen Xiaoxi, por acaso você é lutadora profissional?

Dei outro chute nele.

— E você por acaso ganhou o Oscar de melhor ator? — repliquei.

No entanto, ele permaneceu imóvel, suas mãos ainda cobrindo o estômago. Mesmo um pouco distante dele, eu quase via o suor brotar nos cantos da sua testa. Quanto mais eu o encarava, mais achava que algo de errado acontecera. Será que, enquanto estavam dormentes, minhas pernas haviam adquirido o poder do Chute Sem Sombra do lendário mestre de kung fu Huang Feihong e eu tinha matado Jiang Chen com um chutinho daqueles?

Me aproximei dele para lhe dar uns tapinhas nas costas e perguntei:

— Você está bem? Hein? Não me assuste!

Ele se virou de supetão e me abraçou.

— Você é uma boba. Por que está batendo nas minhas costas se eu estou com as mãos no estômago?

Jiang Chen me abraçou com tanta força que quase colocou seu peso todo em mim. Eu não conseguia respirar direito.

— O que aconteceu? — questionei. — Você está me estrangulando!

— Meu estômago está doendo, deixa eu abraçar você um pouco.

Dei alguns tapinha no seu ombro.

— Onde está seu remédio? Eu busco lá pra você. Por que você está sempre com dor no estômago? Não é bom ficar assim, tem que se cuidar direito.

Ele apoiou a cabeça no meu ombro.

— Não consigo me cuidar, Chen Xiaoxi — respondeu.

Meu instinto maternal se aflorou com essa declaração.

— Então deixa que eu cuido de você — falei, acariciando sua cabeça.

— Deixo.

*

No fim do turno, enquanto me levava para casa, Jiang Chen me deu uma lista de termos e condições que fizera em relação a como eu deveria cuidar dele. Uma vez que ele havia feito a mesma coisa durante a faculdade, eu estava familiarizada com a maioria das cláusulas. Por exemplo: ele era responsável por levar o café da manhã para mim, e eu, seu almoço e o jantar; se a comida tivesse casca, eu precisava descascá-la, sobretudo o ovo cozido no chá; ou então a cláusula estabelecendo que eu deveria lavar semanalmente suas roupas e cobertas...

No banco ao seu lado no carro, eu revirava as duas folhas de recomendações que Jiang Chen me dera, fazendo os papéis farfalharem, mas ele não reagia. Sem conseguir engolir aquilo, balancei as folhas e perguntei:

— Por que eu preciso levar o jantar pra você?

— É com base nas regras que a gente usava na época da faculdade.

— Mas a gente morava perto um do outro! Era mais fácil de levar comida pra você. Aliás, você me levava o café.

— Porque eu precisava acordar cedo pra estudar, então era uma mão na roda. Inclusive, por causa disso, não estou pedindo pra você levar o almoço pra mim.

— Mas... Mesmo assim! Eu que não vou levar jantar pra você — reclamei, contrariada.

Ele me olhou de relance.

— Quem é que tinha falado que ia cuidar de mim? — replicou.

Fiquei sem palavras, então abaixei a cabeça para analisar os termos. Na cláusula seis, Jiang Chen escreveu: "Arrumar minha casa a cada três dias."

Chacoalhei o papel e exclamei:

— Olha a cláusula seis, não tinha isso na faculdade.

Enquanto batia no volante e esperava o sinal vermelho abrir, ele esticou a cabeça para olhar.

— Porque eu ficava na moradia estudantil, não queria que meus colegas tirassem vantagem de mim.

— ...

A culpa era toda minha, tinha que admitir. Eu que o joguei para cima por conta própria na minha cabeça durante aqueles três anos que havíamos passado separados, a ponto de só me lembrar de como ele era carinhoso comigo, e me esqueci completamente de como Jiang Chen me atormentara.

As memórias só são bonitas porque ninguém consegue voltar no tempo.

Em todos os anos que conhecia Jiang Chen, por trás de sua ternura sempre havia uma atitude inescrupulosa, um abuso da minha boa vontade por parte dele. Por exemplo, o incidente da biblioteca. As pessoas só o viram virar as páginas do livro para mim, mas o que ninguém sabia era que, com aquele baita frio, o que eu queria mesmo era ter ficado debaixo das cobertas, no dormitório. Jiang Chen, porém, me obrigou a fazer companhia para ele na biblioteca, porque, do seu ponto de vista, universitários tinham que estudar bastante mesmo. E ele ainda me disse que se sentiria mal e injustiçado por saber que precisava ficar estudando tanto enquanto eu estava dormindo no dormitório. Só que, sério: ele era estudante de medicina! Precisava mesmo se dedicar para não matar ninguém por negligência. Já eu era graduanda de artes — me fazer ir diariamente à biblioteca era assassinar minha criatividade, minha liberdade de expressão. Por culpa dele eu não tinha me tornado nenhum Van Gogh ou Picasso.

— Chegamos — anunciou Jiang Chen, dando uns tapinhas na minha cabeça.

Assim que olhei para fora, comentei, perplexa:

— Você errou o caminho, aqui não é minha casa.

Ele tirou o cinto de segurança.

— Eu sei — respondeu —, porque é minha casa. Sobe comigo para cozinhar alguma coisa para eu comer, aí já aproveita pra dar uma arrumada nas coisas.

— ...

Capítulo IX

No fim das contas, não fui para a casa de Jiang Chen, que ficava no nono andar. Ainda estávamos no segundo andar quando ele recebeu uma ligação, informando que um de seus pacientes estava tendo um problema. Assim que o elevador chegou no terceiro andar, ele pressionou o botão para sair e me lançou um molho de chaves.

— É o 903, coma alguma coisa e durma um pouco.

Ele me deu as costas e desceu correndo as escadas do prédio, e observei a porta do elevador se fechar lentamente. Chegando ao nono andar, parei diante da porta de Jiang Chen por um momento. No fim, decidi ir embora, primeiro porque minha educação não me permitiria adentrar a casa na ausência do dono, e segundo porque tinha medo de não conseguir me conter e levar algo valioso dali, uma vez que não havia ninguém para me vigiar. Nossa, como eu fui bem-educada!

Assim, peguei o elevador para descer, comprei wonton, ovo cozido no chá e outras comidas na lanchonete que vendia café da manhã embaixo do prédio, parei um táxi e voltei para o hospital.

Dizem que as mulheres são bobas, e eu sou a prova viva disso.

*

Havia uma fileira longa de carros de luxo estacionados na frente do hospital. Embora eu não entenda muito de carros, não precisei pensar duas vezes para chegar à conclusão de que eram de primeira categoria, já que todos reluziam, de tão bem encerados. É uma dedução simples, como saber o preço de uma roupa. Quando é uma roupa barata, eu nem pisco se derramar shoyu nela, e até jogo fora se manchar de verdade. Já com uma peça caríssima, eu corro para longe assim que avisto um shoyu. Se por acaso a sujar, ajoelho no chão para lavá-la minuciosamente...

Antes que eu conseguisse chegar à porta do hospital, fui abordada por dois homens de terno preto e óculos escuros. Os dois me questionaram ao mesmo tempo:

— Por que você está aqui?

Levantei a cabeça, lançando um olhar para o letreiro do hospital. Não queria me delongar na justificativa.

— Tenho consulta — respondi, sem pensar.

O primeiro homem de terno verificou o horário no relógio.

— O hospital não está aberto ao público ainda. Que consulta você teria?

— Estou indo ao pronto-socorro!

— Você não parece ter um problema que precise de pronto-socorro. Diga logo: de qual emissora da televisão você é?

Travei um pouco enquanto coçava a cabeça, tímida.

— Não sou de nenhuma emissora de TV — respondi de forma humilde, dando uma risadinha —, apesar de muitas pessoas dizerem que tenho o rosto perfeito para aparecer na TV.

Os dois homens de terno se entreolharam e me questionaram de novo, irritados e em sincronia:

— Chega de bobagem! Quem mandou você para cá?

Balancei a cabeça.

— Eu vim por conta própria, vocês me viram descer do táxi. Não preciso que ninguém me mande para cá. Aliás, eu mando na minha própria vida, ninguém manda em mim, não.

Aparentemente, eles não acreditaram em mim, porque ficaram com uma expressão de quem estava constipado há dias.

Sem jeito, levantei o café da manhã que carregava.

— Na verdade, eu sou médica, vim trabalhar.

Assim que falei aquilo, alguém deu uns tapinhas em meu ombro. Me virei. Era a dra. Su, me olhando com um sorriso generoso no rosto.

— Desde quando você é médica daqui?

Suspirei. Tinha ficado ainda mais complicado explicar minha verdadeira identidade aos homens de terno. Voltei a olhar para eles. Os dois me fitavam como se eu fosse uma terrorista em posse de uma bomba, e eles a qualquer momento sacariam uma arma e me trucidariam com mil tiros.

— Se eu disser que meu namorado é médico desse hospital e eu vim trazer o café da manhã para ele, vocês acreditariam? — falei, inocente.

— Quanta mentirada! Você é jornalista, certo? O que você quer fazer no hospital? Estou avisando agora: esse é um assunto privado, você não pode noticiá-lo!

Empurrei a dra. Su para a frente dos dois homens de terno.

— Eu realmente não sou jornalista! Ela é a dra. Su, médica desse hospital. Ela pode provar que eu vim mesmo me encontrar com meu namorado.

A dra. Su fez que sim com a cabeça, ingênua.

— Sou médica desse hospital e conheço o namorado dela.

— Como você pode provar que é médica daqui? — perguntou o primeiro homem de terno.

Ela ficou parada por um momento.

— Eu... — respondeu, na dúvida. — Eu sei operar pacientes?

Frustrada, apertei o topo do nariz e sugeri:

— Talvez seu crachá seja mais convincente.

Ela deu um tapinha no bolso da calça, vasculhou ali e informou, com toda a inocência:

— Meu crachá está dentro do hospital!

Bom, nem eu acreditaria que aquela moça estúpida seria médica.

Dez minutos depois, a dra. Su e eu nos vimos agachadas na porta do hospital, comendo os ovos cozidos no chá.

Estendi um ovo descascado para ela.

— Como pode isso? Quem são eles? O que vamos fazer se não nos deixam entrar?

Ela deu uma mordida no ovo.

— Deve ser alguma celebridade ou algo do tipo que veio tratar alguma doença bizarra. Por que está preocupada? Você nem trabalha aqui.

Pensando bem, era verdade e, de qualquer forma, eles teriam que me deixar entrar no hospital quando iniciassem o pronto atendimento. Então, gentilmente, comecei a me preocupar com a dra. Su.

— E se você se atrasar para o trabalho? — perguntei.

Ela fez um gesto despreocupado com a mão.

— Não me preocupo com isso. Meu pai é diretor de hospital.

Escondi minha surpresa e assenti.

— Por isso que suas habilidades médicas são boas. É de família!

O que pensei na verdade foi: *Se o pai dela é o diretor do hospital e Jiang Chen é médico daqui, não seria um erro bajular a filha do chefe. Que inveja que tenho de meu namorado de ter um anjo de guarda como eu!*

A dra. Su franziu a testa.

— Como assim? Meu pai tem um hospital veterinário.

— Mas... É que você falou que seu pai era o diretor, por isso você... você... Ai, nossa... Não me entenda mal...

— Eu disse que não me preocupava em me atrasar porque no máximo eu pediria demissão e ajudaria meu pai no hospital veterinário dele — replicou ela, meio que rindo.

— Ah! — Eu ri. — Então era isso. Não seria tão ruim assim ajudar seu pai no hospital veterinário.

— Como assim "não seria tão ruim assim"? Você acha que ser diretor de um hospital veterinário é ruim? — retrucou ela, com o rosto fechado.

Eu balançava a cabeça desesperadamente em negativa. Parei de falar, já que quanto mais tentava melhorar o clima, mais eu o piorava.

A dra. Su terminou de comer o ovo em silêncio, emburrada. De repente, ela mudou de expressão.

— Na verdade, estava brincando com você. Meu pai realmente é o diretor daqui.

Como ainda não tinha conseguido mastigar o ovo que tinha colocado na boca, engasguei imediatamente com aquilo. Para não cuspir na filha do diretor, tive que engolir à força o ovo, o que fez meus olhos se encherem de lágrimas.

Ela bateu no meio de minhas costas, tentando aliviar meu engasgo, depois deu um suspiro.

— Quando é que você vai entender meu senso de humor? Meu pai tem é um hospital veterinário mesmo.

— ...

Eu definitivamente não a entendia. Então comecei a gargalhar.

— Ora, ora! Acha que só você tem senso de humor? Eu também estava brincando. Na verdade, sei de tudo.

Eu não sabia de nada. Continuava sem saber se o pai dela cuidava de humanos ou de animais, mas tudo bem: ela tampouco conseguiria dizer se eu realmente sabia de alguma coisa ou se estava fingindo e não sabia de nada.

A dra. Su me fitou, incrédula. Depois de alguns instantes, deu risada.

— Gosto do seu senso de humor.

Acabamos com o café da manhã para três pessoas na porta do hospital. Eu havia pensado em dar duas porções a Jiang Chen, mas, com tudo que aconteceu, achei que ficaria com uma, a dra. Su, com outra, e a terceira eu reservaria para Jiang Chen. Não esperava que ela tivesse um apetite tão grande. Ao todo, ela comeu: quatro ovos cozidos no chá, duas caixinhas de wonton ao molho e uma porção de guioza no vapor.

Me levantei para jogar a sacola plástica na lixeira. Ao perceber meu movimento, o homem de terno à porta do hospital deu um passo para trás com o pé direito, formando a postura de arco e flecha de arte marcial. Fiz um sinal com a mão para mostrar a ele que eu, uma mulher fraca como era, não iria entrar à força.

Depois de ter jogado o lixo fora, falei para a dra. Su que ia comprar mais comida. Ela assentiu.

— Também não estou totalmente satisfeita, pode me comprar só mais uma porção de guioza no vapor.

— ...

*

Quando cheguei novamente ao hospital com o café da manhã, a dra. Su já tinha se entrosado com os dois homens de terno. Ao reparar que eu já estava de volta, fez sinal para que me aproximasse.

— Vamos entrar.

Entramos no hospital sob o olhar sorridente dos engravatados.

— Como você conseguiu convencer os dois? — perguntei a ela.

— Dei mil yuans para cada um.

— Quê?! — Fiquei espantada com ela de novo.

Ela deu tapinhas no meu ombro.

— Estou brincando. Liguei para o segurança e pedi para que provasse que sou médica daqui.

— Por que você não ligou antes?

— Ah, estávamos tomando café da manhã.

Desisti de tentar ter uma conversa normal e lógica com ela, então retruquei:

— É verdade, é muito importante tomar café. Se não tomar, a cabeça não vai ficar bem.

Acabamos cruzando caminho com uma enfermeira, e a dra. Su a abordou.

— O que está acontecendo? Por que tem duas pessoas guardando a porta?

— Aquele homem que fez cirurgia aqui teve um ataque cardíaco de novo.

— Quem? O da cirurgia cardiovascular? Paciente do dr. Jiang?

— Sim, o dr. Jiang está com ele agora na sala de cirurgia. — A enfermeira olhou para os lados. — Ouvi falar que ele estava na cama com uma mulher quando infartou — sussurrou ela.

Nossa!

Ficamos fofocando um pouco sobre qual seria, afinal, a intensidade do exercício na cama capaz de induzir um ataque cardíaco. Como profissionais de saúde, elas conjecturaram suas visões de especialistas, falando sobre aumento da pressão arterial, aceleração do batimento cardíaco, secreção de fluidos corporais, entre outras coisas. Meu rosto corou assim que as palavras "fluidos corporais" alcançaram meus ouvidos, e soltei uma exclamação que deixou nítido meu constrangimento. As duas me encaram na mesma hora e disseram, com desprezo:

— Credo! Que mente poluída é essa? Estamos falando de suor.

Como sou tímida, fiquei com vergonha de continuar a conversa, então me despedi delas declarando que iria aguardar Jiang Chen na sala dele.

*

A sala estava destrancada. Arrumei um canto na mesa para colocar o café, depois outro espaço livre, onde apoiei o rosto nos braços e comecei a cochilar.

Só que a capacidade que eu tinha quando era estudante, de dormir assim que encostava numa mesa, parecia ter se esvaído — não conseguia pegar no sono de jeito nenhum. Então, ainda apoiada ali, me perdi em devaneios, mexendo aleatoriamente nos papéis espalhados pela mesa. Jiang Chen saíra da sala às pressas, deixando a escrivaninha bagunçada. Depois de um tempo revirando os documentos, resolvi arrumar o caos para ele.

Na época do ensino médio, Jiang Chen se sentava atrás de mim. Ficava até difícil imaginar um aluno excelente, como ele sempre fora, com uma mesa bagunçada que nem a dele era. Seus livros didáticos, provas e apostilas estavam sempre jogados, uma desordem só, mas o incrível era: toda vez que eu lhe pedia algo emprestado, ele sempre conseguia encontrar exatamente o objeto naquele caos, depois de pensar por alguns instantes. O mais inacreditável foi aquela vez em que eu perguntei se ele poderia me emprestar a prova de química. Ele fitou as, no mínimo, vinte folhas de testes que estavam espalhadas em sua mesa e reclamou que eu o estava importunando. No fim, ele puxou um dos papéis e me deu — e realmente era a prova que eu queria. Sempre achei que esse poder extraordinário de Jiang Chen era equiparável à habilidade que os adivinhos têm de ler o futuro das pessoas só de tocar nelas.

De vez em quando, ele me pedia para arrumar a mesa. Mas, toda vez que eu organizava seus pertences, Jiang Chen ficava me observando, todo sério, de braços cruzados e sentado com as costas apoiadas no encosto da cadeira. Eu lhe perguntava por que ele fazia aquilo, e ele respondia que queria saber onde eu colocaria seus materiais. A resposta me causava a impressão de que na realidade eu estava mais atrapalhando do que ajudando com aquela arrumação. Mesmo assim, não me fez parar de perseverar na minha missão.

A mesa do escritório de Jiang Chen era bem melhor do que aquela da época da escola, só os prontuários que estavam um pouco desorganizados. Juntei todos os papéis nos braços para poder organizá-los folha por folha — e de repente a porta se abriu. Surpresa, soltei os documentos todos, que se esparramaram pelo chão.

— Por que você está aqui? — perguntou Jiang Chen, e lançou um olhar para os prontuários caídos. — O que os prontuários fizeram para você tratá-los desse jeito?

Agachei para pegar as folhas.

— Fiquei com medo de você ter dor no estômago de novo por causa da fome, então trouxe café da manhã para você.

Ele se abaixou para juntar os papéis também.

— O refeitório do hospital serve café da manhã.

Ergui a cabeça para ele.

— E você tomou?

Ele pegou os prontuários que estavam na minha mão e os jogou na mesa.

— Estou muito cansado. Perdi a fome.

De fato, havia um ar de exaustão em seu rosto — suas olheiras estavam levemente esverdeadas, e tanto seus lábios quanto seu semblante estavam um pouco pálidos.

— Comprei ovo cozido no chá para você — falei.

— Se você descascar para mim, eu como — respondeu ele, enquanto tirava o jaleco.

Peguei o jaleco, coloquei Jiang Chen na cadeira e disse, com um sorriso generoso:

— Doutor, o senhor tem que ingerir bastante proteína. Vou descascar um ovo agora mesmo para o senhor.

Ele me olhou de relance e balançou a cabeça, rindo. Estiquei a mão, cutuquei sua covinha e ri junto.

Coloquei um ovo descascado diante da boca de Jiang Chen e perguntei, cautelosa:

— Como foi a cirurgia?

— Bem-sucedida. — Ele pegou o ovo e deu uma mordida. — Pegue uma garrafa da água para mim, está na última gaveta do armário.

Na última gaveta, havia várias garrafas de água da Nongfu Spring, no mínimo trinta ou quarenta. Alcancei uma, abri a tampa e entreguei para ele.

— Por que o hospital só dá Nongfu Spring para vocês?

— Como é que vou saber?

Com esforço, Jiang Chen comeu dois ovos, se apoiou no encosto da cadeira e disse:

— Não quero mais.

Separei os palitos descartáveis e sugeri:

— Come mais alguns guiozas no vapor, vai…

Ele engoliu alguns com relutância. Como estava realmente esgotado, parei de tentar convencê-lo a comer mais.

— Vai para casa descansar — falei. — Você ficou acordado a noite toda e ainda operou um paciente.

Jiang Chen fez sinal de negativo.

— Não posso sair do hospital. O paciente ainda não acordou da anestesia, tenho que acompanhá-lo no pós-operatório.

Fiz carinho em sua cabeça, cheia de pena.

— Que dureza...

Ele se esquivou.

— Você tocou no ovo cozido no chá.

— Você já tocou em uma pessoa morta! — retruquei, com raiva.

— Eu lavei as mãos — disse ele, sério.

Fiquei sem reação.

— Então dorme um pouco na mesa. Ou eu posso ir perguntar para a dra. Su se tem um quarto vazio para você deitar um pouco lá, que tal?

Jiang Chen não me respondeu, só se levantou e tirou uma cama dobrável de trás do armário.

— Uau, tem de tudo aqui! — exclamei, surpresa.

Rapidamente, ele encostou a cama na parede, abriu-a e se largou em cima, feito um cadáver.

Perplexa, fitei seus olhos cerrados e pensei: *É para eu ficar aqui ou ir embora?* De qualquer forma, ele não deveria ter dito algo como "vou dormir" para me avisar?

Fiquei encarando-o por um tempo, até que, no fim, dei um suspiro. Agachei e tirei os sapatos para Jiang Chen. Coloquei-os junto à cama e limpei as cascas do ovo da mesa para jogar fora. Assim que abri a porta, a voz de Jiang Chen veio das minhas costas.

— Chen Xiaoxi, aonde vai?

Ao me virar, percebi que ele sequer tinha aberto os olhos.

— Vou tirar o lixo.

— E depois você vai voltar?

— Vou.

— Ok, então vai.

Eu não estou pedindo sua permissão para ir, não seja tão arrogante, pensei.

*

Quando voltei, Jiang Chen abriu de repente os olhos assim que fechei a porta, o que me fez levar um baita susto. Foi realmente assustadora a cena. Imagine: você num quarto escuro, e uma pessoa que achava que estava dormindo abre os olhos do nada e te encara. Isso basicamente faria qualquer um querer pegar uma cruz para se proteger.

— Por que ainda está acordado? — perguntei, chocada.

— Tinha dormido, mas estava só no sono leve.

Pensei um pouco, mas não encontrei nenhuma resposta boa, então repeti:

— Realmente, sono leve.

Jiang Chen fechou os olhos. De pé no meio da sala, eu não sabia o que fazer. Enquanto ponderava se não deveria partir e voltar para vê-lo ao meio-dia, ele reabriu os olhos e disse:

— Por que ainda está parada aí? Vem dormir comigo.

Fiquei extremamente surpresa com o convite. Mas, como vinha entendendo errado com certa frequência as mensagens de Jiang Chen e por isso ficado constrangida e parecido vulgar, pensei comigo mesma que o "dormir" indecente que brotara na minha cabeça não tinha sido o que Jiang Chen havia sugerido. Então calmamente me aproximei da cama.

— Vai um pouco para lá.

Ele se moveu de leve, e eu me deitei assim que tirei os sapatos.

— Tem travesseiro? — perguntei.

— Não.

Passados alguns instantes, ele sugeriu:

— Não quer dormir em cima do meu braço?

Para mim, a mão de um cirurgião deve valer ouro. Se eu dormisse em cima dele e deixasse dormente a ponto de estragá-la, meu pecado nunca seria perdoado. Então recusei.

Permanecemos de costas um para o outro algum tempo, e aí perguntei para ele:

— Já dormiu?

— Não.

— Está muito apertado?

— Não.

— Então por que não consegue dormir?

— Quero dormir abraçado com você, mas lembrei que você tem ficado no hospital esse tempo todo e está sem tomar banho desde ontem.

Eu me virei, com raiva.

— Você também está sem banho desde ontem, mas nem por isso te acho nojento.

Ele semicerrou os olhos com olheiras pesadas e matutou um pouco.

— Você tem razão.

Em seguida, ele esticou os braços, me puxou para seu colo e fez carinho na minha cabeça.

— Pronto, agora não está mais apertado, podemos dormir.

Apoiei a cabeça na reentrância onde sua clavícula encontrava o músculo peitoral. Ali era agradável, macio e gostoso de deitar. Mas, de alguma maneira, senti que eu havia caído em seu joguinho, então tive que reclamar mais dele.

— Você cheira a desinfetante.

Ele fez "hum" e me ignorou, então continuei:

— Você tem muitos ossos! Está me esmagando!

Só assim o fiz abrir os olhos.

— Eu tenho exatamente a mesma quantidade de ossos que você, duzentos e seis.

Como ele levou a conversa para o nível técnico, com certeza eu não ia conseguir acompanhar seu raciocínio, por isso tive que mudar de assunto. Me lembrei da dra. Su.

— Aliás, você sabe o que o pai da dra. Su faz?

Ele me abraçou com mais força.

— O pai dela é o diretor da minha faculdade. Por que a pergunta?

Sr. Su, o diretor da faculdade, que adorava contar piadas infames que deixavam qualquer um sem reação e sem graça.

Já havia tido uma experiência esdrúxula com o velho Su. Era um dia de outono, e as folhas se desprendiam das árvores, voavam e caíam no chão. Enquanto eu esperava Jiang Chen sair da aula, fiquei observando no corredor as pessoas que passavam por lá, apoiada numa grade. Em dado momento, um senhor de idade apareceu.

— Mocinha, que turma está tendo aula agora? — me perguntou. — Por que ainda não foi liberada?

— Não sei, estou esperando meu namorado.

— Quem é seu namorado? Mostra para mim — pediu ele, sorrindo.

Ai, como eu era ingênua. Apontei para dentro da sala, com muito orgulho. De repente, o velho simpático diante de meus olhos ficou sério.

— Jiang Chen? Por isso que ele não tem prestado atenção nas minhas aulas. Quer dizer que está namorando? Escute aqui: jovens na idade de vocês deveriam aproveitar a mocidade para absorver o máximo de conhecimento possível. Mas não. Estão desperdiçando tempo com relacionamentos amorosos. Quanta imaturidade! Vou ter que discutir com o coordenador do curso para repensar se realmente vamos dar uma bolsa para ele.

Antes que eu voltasse a agir normalmente, tomei um susto por causa daquela fala. Comecei a explicar, quase chorando:

— Professor, na verdade não é nada disso. Jiang Chen não gosta de mim, não. Eu que sou uma cara de pau e fico correndo atrás dele. Ele não tem nada a ver com isso.

— Mas não se bate palma com uma mão só — replicou ele, bufando, incrédulo.

Decidida, custasse o que custasse, respondi:

— Professor, vou confessar para o senhor. Na verdade, sofro de transtorno delirante e estou o tempo todo fantasiando ter um relacionamento extraordinário com todos os rapazes da faculdade de ciências médicas. Anteontem, imaginei estar namorando Li, ontem foi Zhang, e hoje, Jiang Chen. Do ponto de vista profissional do senhor, eu ainda tenho salvação?

O sr. Su ficou me encarando, de olhos arregalados. Depois de uma longa pausa, perguntou:

— De que curso você é?

— Artes.

— O pessoal de artes é tudo louco — murmurou ele. — Você só fantasia com os alunos de medicina? E com os professores? Também faz isso? — questionou.

Suas perguntas me fizeram presumir fortemente que ele estava se oferecendo, mas, para proteger Jiang Chen, decidi me arriscar, brincando com a sorte, e lhe lancei um olhar apaixonado.

— Na verdade... Na verdade, sim.

O velho Su se afastou um passo, com os braços para trás.

— Escute, na verdade eu estava brincando com você.

Atônita, perguntei:

— Qual das partes era brincadeira?

— A da bolsa. Aliás, nem sou professor da turma de Jiang Chen, eu apenas o conheço.

O que irrompera de minha mente foi: *É ilegal bater em professor? Ou será que é mais seguro tapar o rosto dele com um saco e espancá-lo depois? Ou então contratar um assassino para acabar com ele?*

Como eu tinha ficado muda, ele completou:

— Eu tenho uma esposa, somos bastante felizes.

Pensei por um instante e respondi, desolada:

— Não tem problema. Só de poder contemplar o senhor de longe eu já fico satisfeita.

Ainda fingi enxugar lágrimas nos cantos dos olhos e vi de soslaio que o velho Su dera mais alguns passos para trás. Achei melhor não assustar um senhor de idade, mas quando eu estava prestes a levantar a cabeça e revelar que era tudo brincadeira, senti alguém envolver meus ombros pelas costas.

— Chen Xiaoxi, por que está cabisbaixa? O velho Su maltratou você?

De repente, o velho Su entendeu tudo. Apontou o dedo trêmulo para mim e ficou batendo os pés no chão.

— Você... Você passou dos limites!

— ...

— Vamos logo, ele está fazendo tempestade em copo d'água — sussurrou Jiang Chen em meu ouvido.

Bom, a dra. Su e o velho Su eram realmente da mesma família.

Ergui a cabeça, mas Jiang Chen já tinha caído em um sono pesado, e ali, encostada em seu peito e sentindo o cheiro estranho de desinfetante, também adormeci.

Capítulo X

Quando acordei, Jiang Chen não estava mais na sala, mas deixou um bilhete na cabeceira dizendo para eu voltar para casa quando despertasse.

Peguei meu celular para ver o horário; já eram mais de onze horas, hora de almoçar. Lembrei que Jiang Chen não havia comido muito no café da manhã, então decidi comprar algo para ele antes de ir embora.

Arrumei meu cabelo com a mão rapidinho e saí. Por coincidência, encontrei com aquela mesma mulher da limpeza de antes. Feliz, me aproximei e perguntei a ela:

— Com licença, onde é o refeitório do hospital?

Ela me olhou, depois fitou a porta da sala de Jiang Chen.

— Não sei.

Seu tom de voz foi bastante antipático, como se eu fosse uma canalha.

— Mas a senhora não trabalha nesse hospital há mais de dez anos? Como não sabe onde fica o refeitório? — retruquei.

Ela me olhou de cima a baixo com uma expressão de quem estava vendo uma pilha de esterco e respondeu, com um ar de desgosto:

— Não iria contar para você mesmo se soubesse.

Fiquei chocada com tanta sinceridade; ela realmente não tinha papas na língua.

Depois de me responder, ela seguiu adiante, empurrando o carrinho de lixo. Antes de fazer a curva, ainda comentou alto, suspirando:

— Hoje em dia as pessoas não só dão presentinhos como vão para a cama também. Que nojo.

Fiquei me olhando um instante de frente para a janela do corredor. Bom, de fato, minhas roupas estavam um pouco amassadas, e o cabelo, bagunçado, mas não parecia um caos. Me entristeci por ser tão mal interpretada pelas pessoas, mas, ao mesmo tempo, também fiquei com pena daquela profissional de limpeza, por sua personalidade. Ela havia preferido acreditar que ou eu era mentalmente perturbada, ou tinha sido forçada a fazer o teste do sofá, em vez de crer que Jiang Chen e eu éramos realmente um casal apaixonado. Claro, talvez ela houvesse interpretado mal a situação, me achado com cara de alguém sem escrúpulos, ou talvez Jiang Chen tivesse uma reputação tão ruim que as pessoas não confiavam nele.

Para não ter que lidar mais com reações hostis iguais à daquela auxiliar de limpeza, resolvi que iria eu mesma achar o lugar misterioso onde se escondia o refeitório. Enquanto eu perambulava pelo hospital, Jiang Chen ligou.

— Acordou?

— Acabei de acordar.

— Então volta com cuidado para casa.

— Você já almoçou?

— Estou almoçando agora com a família de um paciente.

— Entendi, vou voltando.

Hoje em dia, até os médicos têm que almoçar ou jantar com clientes. De repente, por algum motivo desconhecido, fiquei um pouco frustrada. Talvez porque estivesse com fome, e Jiang Chen nem sequer me convidara para comer junto com ele. Dizem que para vencer uma batalha não há nada melhor que a união entre pai e filho; para comer de graça, o casal deve andar junto. Jiang Chen não sabia de nada mesmo.

*

De volta em casa, tomei um banho, coloquei uma roupa confortável, me sentei na cama e assim fiquei, parada e olhando para o nada. Tinha sido um fim de semana extremamente longo e surreal, com muitas coisas acontecendo. Meu coração de repente ficou pleno, para logo em seguida se esvaziar. Abracei as pernas contra o peito. Essa postura combinava com minha inquietação e preocupação. O arranjo de postura somado ao meu estado de espírito só demonstrava que eu realmente era uma mocinha na flor da idade.

Peguei o celular e liguei para Wu Bosong. Depois de chamar duas vezes, ele atendeu, provando que não tinha nada para fazer.

— E então, Chen Xiaoxi. Fez as pazes com seu amor?

— Sim…

— Qual foi? Por que sua voz parece desanimada?

Fiquei em silêncio.

— Não me diga que só descobriu que me amava depois que fez as pazes com Jiang Chen — comentou ele, sério.

Revirei os olhos.

— Vai à merda.

Wu Bosong deu uma risadinha.

— Pode falar. O que aconteceu? — indagou, calmamente.

Primeiro, dei um suspiro profundo, para mostrar a ele que eu estava mesmo angustiada; depois narrei fielmente todo o processo de como Jiang Chen e eu tínhamos feito as pazes. No fim, perguntei a ele:

— Você não acha toda essa história um tanto bizarra?

— Bizarra como?

— Ah, nada foi sério. Como é que pode terminar um namoro do nada e voltar do nada? Fica parecendo que sou uma pessoa fácil.

— Ah, para com isso! Achei que você fosse voar para o colo de Jiang Chen assim que ele fizesse um sinal de "vem cá" com o dedo.

Fiquei sem palavras.

— Mas as pessoas dizem que meninas que correm atrás dos meninos não são valorizadas. Sempre tive esse medo, sabe?

— Nesse caso, vá procurar outro homem e deixe ele correr atrás de você para te valorizar.

— Por que você tem que falar desse jeito? Não pode me dar uma luz? Já se passaram três anos, por que eu sou assim?

— Tudo bem. Eu estava achando que você precisava de alguém que te desse uma sacudida, mas na verdade você precisa é de alguém que passe a mão na sua cabeça. Se esse é o caso, vou ser gentil com você. Você é estúpida e obcecada. Quando fala de Jiang Chen, você sorri de um jeito nojento. Quando o vê, seus olhos brilham feito os de uma mosca assim que avista merda. Três anos, e daí? Nem em trinta você conseguiria escapar dele.

Hum... a definição de Wu Bosong de gentileza era realmente peculiar.

Mas acho que ele estava certo. Existem uns castigos que parece que estamos fadados a enfrentar, e o meu era Jiang Chen. Se bem que talvez essa não seja uma associação muito elegante.

Vou colocar desta forma: existem pessoas que não dá para evitar, fazem parte do nosso destino. Quer você as ame ou odeie, não consegue resistir aos pedidos delas.

— Mas a mãe dele não gosta de mim, e meu pai não gosta dele. A gente continua sem futuro.

— Bom, vou contar uma história para você.

Então, Wu Bosong começou a narrar os acontecimentos da relação de um jovem casal. Um relato que praticamente ganhou o troféu de campeão na minha lista de histórias bizarras.

Um rapaz e uma moça tinham se apaixonado e queriam se casar, mas a avó do menino discordava da união, porque ela havia sido mordida por um cão na infância, e o signo chinês da menina era justamente o cachorro. O casamento levaria a energia da garota a acabar com a boa sorte da senhora, então ela não permitia de jeito nenhum que o matrimônio acontecesse. Ridículo isso, né? Para mim, ser do signo do cachorro poderia, no máximo, ser usado como desculpa para a menina morder a avó do marido se ficasse muito chateada com ela. Sem querer desobedecer à avó, o jovem foi embora, mas prometeu voltar e se casar com a garota. Muitos anos depois, o rapaz voltou, mas a moça havia se tornado amante do pai dele, e ainda teve um filho no ano do cachorro. O pai do garoto estava justamente se divorciando da mãe, para fazer da menina sua nova esposa. A avó, por sua vez, de tão enfurecida que ficara com o nascimento do novo neto com signo de cachorro, foi parar no hospital. Veja só que bizarra, sinistra até, a vingança dessa moça. "Se não posso ser a esposa, serei a madrasta. Se não posso me casar com seu neto, vou me casar com seu filho. A senhora rejeitou uma nora-neta do signo de cachorro, pois então vou lhe dar um neto do signo de cachorro."

Cheguei a arfar ao fim da narrativa, chocada.

— A história é sua? — perguntei.

— Não.

— Então por que me contou? Você está me dizendo para ir seduzir o pai de Jiang Chen?

— O que eu quis dizer é que existem pessoas bizarras nesse mundo que acham certo se meter na vida dos outros, gostam disso, mas você pode simplesmente ignorá-las. O casal da história, por exemplo, poderia ter ido ao cartório casar no civil ou combinar de fugir junto. Ou então, se não tivesse nenhum jeito mesmo, era só esperar até a avó morrer. Qual era a necessidade de arruinar a própria vida e a dos outros?

— Então você está me dizendo que eu deveria fugir com Jiang Chen?

— Fugir? Como você pode ser tão burra?! Vocês vão fugir para onde?

— O que você realmente quis dizer com tudo isso?

— Na verdade, nada. Só quis contar uma história para você.

— Fala sério, a história é sua, né? Se tem medo de eu saber sobre você, por que me contou?

— É sério, a história não é minha. É da minha mãe e meu irmão mais velho. Só contei da minha vida complicada para você se sentir melhor.

Ele conseguiu me fazer arfar de novo, em choque.

E papeamos mais um pouco sobre assuntos aleatórios e bobagens. Desliguei a chamada toda esperançosa quanto ao futuro com Jiang Chen. Meu signo chinês é o dragão, um ser mitológico e fantasioso, e ninguém da família de Jiang Chen teria sido mordido por um dragão, por isso eu nunca seria igual à mãe de Wu Bosong.

O ser humano é sempre assim: precisa de uma história mais trágica para mascarar a própria desgraça, se aproveita da tristeza do outro para se sentir melhor. Eu sou bem feliz: afinal, não sou do signo do cachorro.

*

Aparentemente, o término do fim de semana significou a perda de contato com Jiang Chen. Em três dias, recebi apenas uma ligação dele me informando que estava muito atarefado, e mais nada. Já eu, liguei para ele três vezes; duas chamadas não foram atendidas, e na única vez que ele atendera só conseguimos nos falar rapidamente, mais para saber se ainda estávamos vivos.

Situ Mo zombava de mim, dizendo que eu parecia, ao mesmo tempo, ter e não ter um namorado.

Joguei praga nela: *Que seu marido cientista tenha um filho de proveta com uma cientista do laboratório.*

*

Na manhã de quinta-feira, estava eu trabalhando num projeto no escritório. Era o design da caixa de um secador de cabelo, nada difícil, devo admitir. Bastava colocar a imagem do secador, o logotipo da marca, a apresentação das funções, o texto publicitário e pronto. Eu podia até não gostar do meu trabalho, mas dos colegas, sim. Não conseguia lidar com as intrigas de relacionamentos interpessoais complicados, e tanto Fu Pei quanto Situ Mo eram pessoas simples.

Mas eu estava especialmente irritada enquanto trabalhava naquele dia.

— Qual o objetivo de viver assim, fazendo coisas sem sentido todos os dias? — perguntei a Situ Mo, batendo na mesa. — Não consigo ver futuro nisso.

Situ Mo tirou um pirulito da bolsa e o jogou para mim.

— Toma um pirulito do meu filho. Para de falar essas coisas infantis.

Para de falar essas coisas infantis... Todos os dias a gente perambula por aí, levando a vida como se andássemos no escuro, sem saber no que vamos pisar. Todo mundo quer saber aonde o futuro nos levará.

— Então vou comer o doce do seu filho e me casar com ele.

— Sai pra lá, sua pedófila.

*

Com aquele comentário sobre pedofilia, me lembrei inevitavelmente de Su Rui. Na noite anterior, ele havia me ligado para reclamar que sua vida era entediante, seus desenhos tinham ficado sem vida, seu negócio estava indo por água abaixo; enfim, a conclusão a que ele chegou foi que lhe faltava uma musa inspiradora que pudesse ajudá-lo a sair daquela vida caótica e vazia, e depois de ter refletido sobre tudo, sentiu vagamente que talvez eu fosse aquela musa.

Eu respondi a ele que havia voltado com Jiang Chen, e ele me falou que tudo tende a seguir uma ordem: os separados devem se unir e os unidos devem se separar, em algum momento.

Então, sugeri apresentar alguém para ele, e prometi que seria uma garota mais madura, elegante e bonita, para satisfazer suas fantasias de namorar com uma mulher mais velha. Mas ele me respondeu que o fato de gostar de mim provava que não estava procurando uma mulher madura, elegante e bonita.

Desliguei a chamada num acesso de raiva. Tive que me conter muito para não ligar para a dra. Su, a fim de reclamar do irmão dela.

Mas sempre achei um tanto vergonhoso reclamar da pessoa para os pais ou professores. Se eu desdenhava daquela atitude na infância, não seria naquele momento que abriria uma exceção.

Embora eu desaprovasse aquele comportamento, no entanto, não significava que Su Rui também tinha vergonha dele. No horário de almoço, recebi um telefonema da dra. Su. Em resumo, o que ela me dissera foi que seu irmão tinha perdido o apetite por minha causa, e que se eu não quisesse que ela contasse para Jiang Chen que eu era uma assanhada, era melhor pensar direito como resolver a questão com Su Rui. No fim, ela me disse, toda séria, que a ameaça havia sido apenas uma brincadeira. *Ah, vá à merda com esse humor ácido.*

Liguei para Su Rui, que logo me informou que ainda estava na cama. Mas ouvi pelo celular risos e vozes de garotas.

— Moleque, sua irmã me pediu para conversar com você.

— Não sou moleque, não! Não temos nada para conversar.

Ele estava com aquele jeitinho emburrado de quando se tem dezessete ou dezoito anos. Que fofura!

— Então está bem, deixa pra lá, já que não quer conversar. Não deixe os adultos se preocuparem com você, tchau.

Quando eu estava prestes a desligar o celular, ele gritou do outro lado:

— Chen Xiaoxi, como se atreve a desligar na minha cara?!

Por que eu não teria coragem de desligar na cara dele? Nada no mundo me dava medo de verdade, com exceção de Jiang Chen, então eu não tinha o menor problema em desligar na cara de qualquer pessoa.

Dois segundos depois, Su Rui retornou a ligação, aos berros:

— Chen Xiaoxi! Você foi longe demais! Eu gosto tanto de você!

— Obrigada, viu? Mas antes de você eu já gostava de alguém.

— Você não acha entediante só gostar de uma pessoa a vida inteira?

— Um pouco, por isso sugiro que você vá gostar de outras pessoas.

Su Rui desligou na mesma hora, cheio de raiva. Mas o que ele falou me fez decidir visitar o homem que deixava minha vida entediante. Assim que essa ideia me veio à tona, percebi o quanto tinha sido estúpida. Jiang Chen era ocupado, mas eu não. O que havia de errado comigo para ficar esperando ele conseguir um tempo livre para me ver?

*

Quando cheguei ao hospital, já eram seis e pouco, e eu não encontrava Jiang Chen em lugar nenhum. Liguei para ele.
— Onde você está?
— No hospital.
— Onde no hospital?
— No quarto de um paciente. Você está aqui?
— Sim. Que andar? Qual o número do quarto? Vou aí.
— Não precisa, me espera no saguão, encontro você lá.
No saguão, escolhi me sentar no lugar mais visível dentre fileiras e fileiras de bancos. Embora já fosse fim do dia, ainda havia muitas pessoas sentadas, em pé, ou até mesmo circulando por ali. Pareciam todos preocupados — uns mais, outros menos —, mas não consegui focar neles; estava ocupada vigiando cada uma das saídas e entradas. De repente, sem um motivo plausível, fiquei muito ansiosa com o fato de estar prestes a ver Jiang Chen, como se tivesse voltado à época em que era estudante: meu coração acelerava só de ouvir o nome de Jiang Chen durante a conversa com colegas.
— O que você está fazendo? — ouvi atrás de mim.
De repente, senti alguém cutucar minha cabeça. Como eu estava inclinada para a frente, esticando a cabeça para monitorar os corredores, a cutucada me fez perder o equilíbrio e quase cair. Ele me puxou. Quando me virei, Jiang Chen me olhava.
Ele deu um suspiro.
— Não consegue nem sentar direito? — perguntou.
Devolvi o olhar e sorri.

— Como não vi você chegando?

Ele apontou para a escada atrás de si.

— Vim do andar de cima.

Dei risada, pulei a seu lado e abracei o braço dele.

— Vim chamar você para jantar.

— Por que está tão feliz?

— Estou feliz em te ver!

Ele me olhou de relance e retrucou, meio que brincando, meio que pedindo:

— Se é assim, venha para cá todos os dias.

Fiz que sim várias vezes com a cabeça.

— Já que você é muito ocupado, vou vir aqui todo dia para te fazer companhia.

Jiang Chen riu e fez carinho na minha cabeça.

— Não estou acostumado a você ser tão compreensiva.

Achei aquele comentário de Jiang Chen uma bobeira. Na maioria das vezes, eu era bem compreensiva com ele.

Ele verificou o horário no relógio e perguntou:

— O que você quer comer? Não posso ir para muito longe do hospital.

— Então vamos jantar no restaurante mais perto e mais caro daqui. O convite é meu, mas você paga.

— Que cara de pau, hein? — disse ele, rindo.

— Lógico. — Quando estou orgulhosa de mim, falo sem pensar.
— O lema da minha vida é "limpar a boca depois de comer, e vazar".

Assim que terminei de falar, até eu fiquei espantada com o que disse. Jiang Chen hesitou por dois segundos, e de repente começou a gargalhar alto. É bastante cruel e maldoso um médico dar gostosas gargalhadas no saguão do hospital sem se preocupar em prejudicar a imagem de sua classe. Ainda que seu sorriso fosse bonito, ele deveria ser castigado.

Jiang Chen me conduziu até a porta dos fundos do hospital e disse que me levaria a um restaurante de *hot pot*.

— Está me levando a um restaurante de *hot pot* em pleno verão?

— Eles abrem o ano todo e têm uma opção no cardápio que é para casais de namorados. Ouvi dizer que é muito gostoso. Sempre quis levar você para experimentar, não consigo esperar até o inverno.
Sempre quis levar você para experimentar.
Eu parei. Senti um nó na garganta. Fiquei com vontade de chorar. Jiang Chen se virou para me olhar, sem entender nada.
— O que foi?
Estendi a mão para ele.
— Segura minha mão.
Ele olhou para os dois lados, deu um suspiro e a pegou.
— Por que você ainda é tão infantil assim?
Fitando a covinha levemente gravada em sua bochecha, pensei: *Aff, como se você não fosse infantil também.*

*

A fumaça quente do *hot pot* se espalhou rapidamente entre mim e Jiang Chen. Além de encharcada de suor, por conta do calor misturado com o óleo da comida, eu estava me sentindo especialmente deselegante, porque tinha contado a Jiang Chen o que havia acontecido entre mim e Su Rui. Enquanto eu contava, ainda desejei que ele sentisse ciúmes — aliás, ficasse enfurecido de tanto ciúme a ponto de virar a mesa toda, desde que a sopa quente não derramasse em nós.

Mas ele só pegou uma tira de carne de cordeiro para cozinhar na sopa quente e depois colocou na minha tigela.

— Não fica se achando — comentou.

Ai, ai… Pensei que tinha sido bastante discreta, como ele pôde me desmascarar tão facilmente…?

— Su Rui me perguntou se eu não achava entediante só gostar de uma pessoa a vida inteira. O que você acha?

— Talvez, não sei. Nunca tentei.

Espantada, fiquei alguns instantes pensando no que ele tinha falado, até que de repente me dei conta do que significava. Bati na tigela com os palitos e disse:

— Repete o que acabou de falar!

Jiang Chen pôs mais uma tira de cordeiro na minha cumbuca.

— Minha avó falou que só quem está necessitado é que bate na borda da tigela com palito.

— Por quem mais você já se apaixonou? — insisti na pergunta.

Ele olhou para um lado e para outro, como se estivesse pensativo.

— Nunca fiquei entediado.

Ele tinha um ar de quem nunca contaria coisa alguma, mesmo que lhe custasse a vida. Fiquei irritada, então retruquei, irracional:

— Beleza, então. Eu não pretendo gostar só de você para o resto da vida mesmo.

Jiang Chen bateu na borda da tigela e disse:

— Mas acho bom só gostar de uma pessoa a vida inteira. É que nem fazer cirurgia, tem que ser rápido, consistente e preciso.

Como não consegue parar de falar do trabalho...

Mantivemos o papo sério sobre "amor verdadeiro só tem um" por mais um tempinho, e quando encerramos o assunto Jiang Chen se lembrou de algo.

— Você foi lá em casa esses dias? — perguntou de repente.

— Quê? — Não entendi nada. — Se eu fui para a sua casa?

— Eu não tinha deixado a chave com você?

Ele me encarou. Ao mesmo tempo que me lembrei desse detalhe, fiquei confusa.

— Esqueci que ainda estou com a sua chave, mas você não voltou para casa esses dias?

— Não. O paciente que foi operado no domingo é uma pessoa influente, a direção do hospital me mandou ficar disponível vinte e quatro horas por dia.

— Quem é? — perguntei, colocando a bolsa sobre os joelhos para encontrar a chave de Jiang Chen.

— O secretário Zhang, que fez aquela festa em que fomos juntos. Tenho uma chave reserva na minha sala, pode ficar com a que dei para você.

Cocei a cabeça, sem entender.

— Para que vou ficar com a chave da sua casa?

Será que ele queria que eu aparecesse de fininho na casa dele de noite? Ai, ai... Tenho vergonha...

Jiang Chen enfiou mais uma tira de carne de algum animal na minha cumbuca.

— Para arrumar minha casa, ué. Por que está fingindo que perdeu a memória? Aliás, vai comer ou não? A comida está transbordando para fora já.

Eu nem sequer havia percebido que na minha tigela se amontoara um tanto de verduras e carne. Só pude admirar a agilidade de Jiang Chen.

Provavelmente foi o *hot pot* mais rápido que já comi na vida. Gastamos apenas uma hora entre fazer o pedido e terminar de comer tudo. Após a refeição, nós nos entreolhamos: parecia que havíamos acabado de tomar chuva — estávamos bem suados e fedidos.

Capítulo XI

De volta ao hospital, Jiang Chen foi tomar banho no dormitório anexo, e eu fiquei plantada em sua sala, aguardando-o voltar com as roupas fedidas de suor para lavar e secar em casa.

Quando eu estava andando pelo corredor do hospital, com um saco de roupa suja na mão, avistei uma mulher sedutora vindo na minha direção. Ela me olhou de relance e, em seguida, me cumprimentou com a cabeça, rindo.

— Olá, Chen Xiaoxi.

Devolvi o sorriso e também a cumprimentei com a cabeça.

— Oi, Hu Ranran.

Na verdade, eu já a havia reconhecido bem de longe. Ela exalava aquela energia de piranha que conseguiria me afetar mesmo nas mais adversas das circunstâncias. Só fiquei sem coragem de cumprimentá-la primeiro. Vai que ela vira e me pergunta, com toda a ingenuidade do mundo: "Perdão, você é…?" Sei que é uma vergonha fingir intimidade com os outros.

Ela ficou cheirando o ambiente de forma teatral. No fim, apontou para o saco plástico preto na minha mão e piscou os olhos.

— Você matou seu namorado e aproveitou para desmembrá-lo?

Eu me lembrei do que a enfermeira tinha dito no outro dia. O homem internado tivera um infarto na cama com uma mulher. E, ora, a mulher em questão provavelmente tinha sido Hu Ranran. Refleti que aquele devia ser o jeito mais sofisticado de todos de assassinar um amante.

— É a roupa suja dele. Esse cheiro azedo que você está sentindo é porque suei muito.

Ela fez biquinho com seus lábios vermelhos e assobiou.

— Que mulher boazinha!

Baixei a cabeça e abri um sorrisinho, demonstrando de um jeito humilde que no geral sou mesmo mais boazinha do que outras mulheres.

Trocamos algumas palavras, e quando eu estava prestes a me despedir, ela disse:

— Quer fumar comigo?

Ora, se o cheiro do meu suor era comparável ao fedor de um cadáver, e ela ainda assim não se importava, aquilo era mesmo uma amizade rara e preciosa. Eu teria sido muito sem noção se arrumasse qualquer desculpa para recusar o convite. Então assenti e a segui para lá e para cá até chegar a uma escada mais isolada.

Ela me estendeu um cigarro, e eu coloquei entre meus dedos para examiná-lo. Era branco e fino, e na parte do filtro ainda havia uma reentrância no formato de um lindo coração.

Hu Ranran acendeu o dela primeiro, e depois se aproximou de mim para acender o meu com a chama do próprio cigarro. Um pouco acanhada, tive que chegar mais perto dela, e para minha surpresa sua pele era muito bonita. Antes, eu achava que sua beleza era efeito da maquiagem, mas na realidade ela não tinha aplicado nem pó compacto. *Ok, ela é bonita por natureza, preciso admitir.*

Em um instante, a fumaça do cigarro a envolveu por inteiro, e, ao dar uma baforada, o ar cinzento se dissipava para os lados, fazendo-a parecer uma feiticeira do clássico *Jornada ao Oeste*.

Fitei o cigarro entre meus dedos, me sentindo como se fosse uma garota de gangue. Quando estava psicologicamente preparada, levei o cigarro à boca, o mordi e traguei com força. A fumaça desceu com violência pela minha garganta, e me engasguei forte, tossindo sem parar, com os olhos enchendo de lágrimas.

Hu Ranran olhou para mim com um sorriso e bufou uma bolinha de fumaça.

— Chen Xiaoxi, você não serve para nada, hein.

Dei umas batidinhas no meu peito para respirar melhor. Assim que consegui me recuperar um pouco, respondi:

— Eu... *cof cof*... nunca tinha fumado antes.

Quando finalmente parei de tossir, senti um gosto de menta na boca.

— Cigarro tem gosto de menta?

Ela balançou a cabeça.

— Não. Isso é pra quem finge que fuma.

Fiquei com vergonha: não conseguia nem fingir direito.

Hu Ranran e eu nos apoiamos no corrimão da escada. Desisti de domar o cigarro — apenas o prendi entre os dedos, observando-o ficar cada vez mais curto, consumido pela chama. O que ela queria comigo?

Ela acabou o cigarro e jogou a bituca da escada.

— Zhang Qianrong está seduzindo seu namorado todos os dias no hospital.

Bati o cigarro e derrubei as cinzas acumuladas.

— A filha do secretário Zhang?

— Neta — me corrigiu ela, rindo. — Você esqueceu que ele é tão velho que já pode morrer?

Senti que a pergunta fora uma armadilha. Fiquei com medo de responder que sim e de repente aparecerem engravatados de tudo quanto era canto para me prender. Por isso, permaneci calada.

— Só estou te dando um toque. Cuidado para ela não conseguir o que quer.

Uau, moça, você está mais preocupada com meu casamento do que meus próprios pais.

— Ah, relaxa! Ele me deixa tranquila.

De repente, ela ficou muito agitada e começou a bater no corrimão de madeira, fazendo barulho.

— Tranquila? Você acredita em homens?

Não é nenhum crime repugnante acreditar em homens, não precisa ficar agitada assim...

Ela continuou batendo no corrimão.

— Você é ingênua demais! Ninguém namora assim igual a você!

Nossa, ela se entregou mesmo a isso de tentar entender meu relacionamento...

Como eu estava recomeçando minha relação com Jiang Chen depois de um fracasso, perguntei humildemente a Hu Ranran como seria um namoro ideal. Ela ficou espantada por um instante, depois balançou o cabelo e respondeu, em um tom autodepreciativo:

— Nunca namorei ninguém, meu forte é ser amante.

— ...

Nós nos entreolhamos mais um pouco, as duas em silêncio. Ela acendeu outro cigarro.

— Enfim, fale para seu namorado manter distância daquela família; quanto mais longe ele ficar, melhor. Eu não vou machucar você.

Naquilo eu acreditava. Fazer mal a mim não traria a ela nenhuma vantagem. Aliás, não seria nem desafiador, já que, como dizem, não é preciso uma bala de canhão para matar um mosquito.

— Tá bom — concordei, com um sorriso, depois de pensar um pouco. — Vou falar com ele. Obrigada, agora vou para casa.

Ela acenou para se despedir de mim. E fui.

Depois de dois ou três minutos andando, notei que não estava conseguindo encontrar a saída. Tenho um problema em me localizar: só consigo reconhecer o caminho se tiver memorizado as marcas de sinalização, tais como a cor de uma placa de rua ou de uma lixeira, ou então se tiver um aviso de "proibido fazer necessidades aqui" etc. Como eu havia me esquecido de prestar atenção no trajeto que tínhamos feito, não consegui encontrar a saída.

Tive que voltar para onde deixei Hu Ranran. Ela continuava no mesmo lugar, apoiada no corrimão, de costas para mim, fumando seu cigarro, melancólica e solitária.

Não era minha intenção incomodá-la, ali tão desolada que arrancaria lágrimas de qualquer um, mas não tive outra escolha senão tossir para atrair sua atenção.

— Então... Eu não estou achando a saída...

Seu encanto melancólico foi destruído pela minha interrupção. Ela largou o cigarro no chão e disse, resignada:

— Vem comigo.

Apaguei o cigarro com o pé e acompanhei Hu Ranran. Voltamos para o lugar de onde tínhamos partido, e lá vimos Zhang Qianrong, cabisbaixa e aos prantos, sentada no banco comprido do corredor. Seguindo a fórmula dos romances, lógico que a pessoa que estava ao lado seria Jiang Chen.

Hu Ranran olhou para mim.

— Viu só? Eles estão juntos.

Na hora, fiquei preocupada, achando que era porque sou míope e não vi direito, perguntei a ela várias vezes:

— Juntos como? Como assim?

Sem entender, ela devolveu a pergunta para mim:

— Como assim?

— Você não falou que eles estão juntos? Estão de mãos dadas? Sou míope, não estou vendo direito!

Ela revirou seus lindos olhos.

— Eu quis dizer que ela está seduzindo seu namorado!

— Ai, nossa, fala direito. Você me assustou...

— Você não deveria se preocupar mais com isso? — murmurou ela, com a testa franzida.

Provavelmente estávamos chamando um pouco de atenção, ali paradas no meio do corredor, porque eles notaram rápido nossa presença. Confuso, Jiang Chen acenou para que eu me aproximasse.

Assim que dei um passo à frente, Hu Ranran me segurou e disse, em voz alta:

— Ele que venha para cá! Por que você tem que ir até ali?

Pedi socorro com o olhar para Jiang Chen, e ele franziu a testa. No fim, se levantou e caminhou na nossa direção.

— Por que ainda está aqui? — perguntou ele.

— Hum, eu já estava indo embora...

Hu Ranran deu um riso irônico.

— Por que essa pressa em se livrar da namorada?

Ergui a cabeça e abri um sorriso constrangido para Jiang Chen, de forma a explicar que nem eu sabia por que ela estava agindo daquele jeito.

Quando Jiang Chen estava prestes a dizer algo, Zhang Qianrong apareceu de repente e me agarrou. Duas lágrimas dela caíram nas costas da minha mão.

— Não interprete mal o dr. Jiang, eu só... Só estou muito triste, e ele estava me consolando — disse ela.

Forcei um sorriso seco, puxando minha mão de volta.

— Tudo bem, tudo bem. Eu entendo. Não estou interpretando mal.

Enquanto falava, sequei às escondidas minha mão nas costas do jaleco branco de Jiang Chen.

Ele me olhou de soslaio.

— Vai consolá-la agora? — perguntei para Jiang Chen.

Ele me ignorou e disse a Hu Ranran:

— Srta. Hu, o sr. Zhang acordou e está procurando por você.

Depois, ele fez carinho na minha cabeça e falou:

— Está bem tarde, melhor eu levar você embora.

E me rebocou para longe.

Quase caí, e estava bem difícil andar direito sendo arrastada por Jiang Chen. Eu virava a cabeça para olhar, mas só vi que as duas tinham ficado paradas no meio do corredor, trocando olhares fuzilantes. Quando ele me fez virar num corredor, ouvi um "pa" bem alto: o barulho de um tapa na cara.

Levei um susto enorme e quis me virar para ver, mas Jiang Chen me impediu, me arrastando para longe.

Fiquei extremamente curiosa. Quem havia levado o tapa? Teoricamente, como Hu Ranran era durona, talvez tivesse sido ela a dar o tapa. Mas ela também era a amante, então existia a possibilidade de que tivesse levado... Que enigma difícil... Pelo menos, muito difícil para mim. Porém, acreditava que, se eu aparecesse no hospital de novo no dia seguinte e perguntasse para qualquer enfermeira, com certeza teria a resposta, e com muitos detalhes. Quem sabe alguém tivesse até gravado a cena com o celular, e eu conseguisse acesso a um vídeo em alta resolução do que aconteceu. Seria uma prova de que, se usarmos a tecnologia a serviço do ser humano, toda dificuldade pode ser superada.

*

Jiang Chen me arrastou até a porta do hospital.
— Você não tem que ficar de plantão? — questionei.
Ele tirou o jaleco branco e me deu.
— Leva isso para lavar também. Está fedendo ao perfume dela.
Coloquei a roupa na sacola de plástico.
— Você vai me levar?
Ele hesitou.
— Você pode voltar sozinha? — perguntou.
— Posso — falei, assentindo.
— Então toma cuidado e me avisa quando chegar em casa.
Assenti de novo.
— Pode deixar.
Ele se virou, feliz e contente, e foi embora.
Cocei a cabeça e dei um suspiro. Podia pelo menos ter me esperado conseguir um táxi antes de voltar para o hospital...
Sozinha na rua, depois de o terceiro táxi para o qual fiz sinal não ter parado, decidi que um dia eu me vingaria de Jiang Chen por não ter tido a sensibilidade de ser romântico. Por exemplo, num dia que ele me olhasse de um jeito fofo, eu diria que ele estava com remela nos olhos; se ele pegasse a minha mão, eu iria reclamar que a dele é muito suada; se tentasse me beijar, eu recusaria, dizendo

que ele tem mau hálito, e se conseguisse ser mais malvada ainda, diria que ele ainda por cima está com alface preso nos dentes...

Um carro foi parando na minha frente... Era um modelo familiar, e um rosto conhecido apareceu na janela.

— Entra, vou levar você para casa — disse Jiang Chen.

— E o plantão?

— Tem outros médicos no hospital.

— Não tem problema mesmo?

— Se tivesse, eu não teria voltado. Chega de bobagem, vai entrar ou não? Se não, vou embora.

Com o saco de plástico nos braços, entrei no carro. No caminho, eu ficava rindo à toa e de vez em quando ainda cantarolava, até que Jiang Chen colocou o volume do som no máximo.

Mais tarde, sem conseguir mais se aguentar, ele perguntou:

— Do que você está rindo?

Balancei a cabeça e respondi:

— Nada! Só estou feliz de você ter voltado para me buscar.

Obrigada, de verdade, por voltar; agradeço muito por podermos voltar a ser como éramos antes.

*

Assim que o farol do carro iluminou meu prédio, notei que havia alguém junto ao poste. Estava numa pose de mocinho de série de TV, encostado ali, com um cigarro entre os dedos, a brasa cintilando no escuro.

Menor de idade fumando não é uma boa. Certa vez, vi um aviso num maço de cigarro em Hong Kong: "Fumar pode levar à impotência!" Melhor os jovens não serem impulsivos, porque tem seu preço.

— Por que ele está aqui? — perguntou Jiang Chen.

Balancei a cabeça.

— Não sei.

— Não sabe mesmo?

— Não sei mesmo. Mas se você me torturar vou acabar confessando que o chamei para te trair com ele.

Jiang Chen me lançou um olhar de soslaio.

— Desce e vai lá resolver o problema. Vou ficar aqui de olho.

— Ou então você pode levar o carro até ali e esmagá-lo no poste. Quando eu era criança, vi um filme chamado *Um Espírito no Poste*. Era divertido.

— Saia e vá lá, aí eu esmago você junto. Assim fica *Um Par de Espíritos no Poste*.

Desci do carro meio sem graça. Só tinha dado dois passos quando Su Rui veio correndo até mim. Apontou para o carro e perguntou:

— Por que você está com ele?

— Deeeeeixa eu pensaaaaar. — Prolonguei de propósito a fala. — Ah! É verdade, se eu não me engano, ele é meu namorado.

Su Rui ficou perplexo, e em seus olhos vi um lampejo de tristeza. Fiquei com um pouco de pena dele. Não deveria ter menosprezado seus sentimentos só porque ele ainda era novo. Na época que me apaixonei por Jiang Chen, eu era mais nova que ele.

Lancei um olhar rápido para seu cigarro e suavizei bastante o tom:

— Fumar faz mal para a saúde.

Ele largou o cigarro e apagou a brasa com o pé.

— Se eu parar de fumar, você pode...

— Não posso — interrompi-o. — Para com isso... Não gosto de você.

Ele esfregou o nariz.

— Mas eu realmente gosto muito de você...

— É, eu sei.

— Não vou conseguir gostar de mais ninguém tanto quanto gosto de você.

Você vai.

Tentei amenizar a tensão.

— Olha, não fica assim. Quando você se apaixonar por uma bonitona de quinze anos, vai questionar seu gosto de agora.

Ele se agachou lentamente, em silêncio, abraçou os joelhos e enterrou a cabeça entre os braços.

Fiquei paralisada com sua reação. Virei para dar uma olhada em Jiang Chen, depois abaixei a cabeça e fitei Su Rui. Não sabia o que fazer.

— Aconteceu alguma coisa?

Como ele não me respondia, tive que me agachar também, e dei tapinhas nos seus ombros.

— Que foi? Está passando mal?

— Nada não, me deixa — respondeu ele, a voz abafada.

— Será que você não está passando mal? Não quer que eu chame Jiang Chen para te examinar?

De repente, ele ergueu o rosto e berrou:

— Sai daqui! Me deixa em paz!

Levei um susto enorme, não por conta do grito, mas pelas lágrimas de Su Rui.

Fiquei com vontade de chorar. *Ele só tem dezessete anos, talvez eu seja a primeira desilusão da vida dele além das provas da escola.* Que nem aconteceu comigo, na época; eu gostava de Jiang Chen, mas o sentimento não era recíproco. É realmente triste saber que a pessoa por quem você está apaixonado não gosta de você.

— Vai embora. Seu namorado está te esperando no carro — disse ele de novo, desta vez parecendo mais calmo.

Fiz um gesto de "pode ir na frente" para Jiang Chen, ainda no carro, e ele me mandou uma mensagem: "Vou voltando para o hospital. Quando acabar isso aí, me liga."

Assim que o carro de Jiang Chen foi embora, a escuridão invadiu a rua. Ainda bem que os postes se acenderam logo depois.

Continuei junto de Su Rui, agachada, sem proferir uma palavra, principalmente porque não sabia o que dizer, e ele não parava de chorar. A luz do poste nos transformava em duas sombras compridas.

Quando eu estava prestes a acreditar que iríamos seguir agachados para toda a eternidade, uma menininha do ensino fundamental, de trança boxeadora, mochila nas costas e uniforme, veio andando na nossa direção. De sua saia, ela sacou um punhado de notas verdes e vermelhas de dinheiro, puxou uma delas e me entregou.

— Tia, pega esse dinheiro e compra um sorvete pra ele. Fala pra ele não chorar mais.

Olhando para o rostinho inocente da menina que estava pisando na minha sombra, respondi, zangada:

— Você me chamou de tia?!

Ela foi embora com o dinheiro na mão, aos prantos.

Só então Su Rui abriu a boca:

— Deixa o dinheiro antes de ir...

Dei um empurrãozinho nele, rindo.

— Oxeee!

— Que vergonha — confessou ele, esfregando o próprio rosto.

— Eu é que digo, ela me chamou de tia! — tentei consolá-lo.

— Ela estava com inveja da sua maturidade e encanto.

Ao terminar de falar, Su Rui se levantou e aproveitou para me puxar para cima também.

— Está tudo bem, já passou. Pode ir — disse ele.

— Sério mesmo?

— Talvez, depende se ainda vou usar você como inspiração para os meus designs de roupa daqui para a frente.

— Ah! Falando em roupas... — Eu me lembrei de repente das roupas e dei um tapa na minha cabeça. — Deixei aquela sacola de roupas no carro de Jiang Chen.

Ele fingiu ficar zangado e perguntou:

— Que roupas? Se tem dinheiro, por que não compra na loja dos amigos? Que vacilo!

Eu o encarei, irritada.

— São roupas de Jiang Chen, eu trouxe para lavar em casa.

Ele torceu o nariz.

— Ele pediu para você lavar as roupas dele? Que falta de consideração.

— Ô, criancinha. Não adianta semear discórdia.

— Não estou fazendo isso. Se fosse eu, com certeza não te faria lavar minhas roupas — disse, categórico. — Minha irmã me falou que mulher é para ser mimada.

Assenti e acrescentei de forma vaga:

— Aham, sua irmã realmente tem razão.

— Lógico! Ela ainda me falou que se você resistisse mesmo a ficar comigo, era para eu te forçar a mudar de ideia — prosseguiu ele.

Dei dois passos para trás, alerta.

— Isso é brincadeira, né?

Ele deu alguns tapinhas nas minhas costas.

— Pelo visto, você já está familiarizada com o humor dos Su — me elogiou.

Fiz cara de paisagem e respondi humildemente:

— Só um pouco, só um pouco...

Su Rui falou para eu entrar em casa primeiro, dizendo que iria embora depois que me visse subindo. Respondi que não, que era melhor eu vê-lo indo, para ter certeza de que ele não sacaria uma arma e me mataria enquanto eu estivesse de costas.

Ele nem sequer ficou com raiva.

— Fica tranquila. Se for para alguém morrer, vou ser eu, não você.

Hesitei um pouco, mas insisti.

— Preciso te ver indo embora. Se você for morrer mesmo, que morra longe daqui, para não afetar o preço das casas da região.

— Não é melhor que o preço caia? Daí você vai conseguir comprar uma casa — replicou, torcendo nariz.

— Não, não, não. — Balancei meu dedo indicador. — Tsc, tsc, tsc. Eu nunca ia conseguir comprar, mesmo que caísse o preço. Dá para comprar só um azulejo de banheiro com o que eu ganho em um ano. Por isso, espero que o preço nunca abaixe, porque se eu não conseguir comprar, ninguém pode conseguir também. É a mesma lógica do fim do mundo: se for para morrer, que a gente morra todo mundo junto. É o justo.

Ele revirou os olhos e foi embora, furioso.

Sob o efeito das luzes da rua, a sombra de Su Rui ficava ora comprida, ora curtinha. Na verdade, eu só queria que, se ele se lembrasse de alguma coisa daquele dia, que fosse que havia ido embora de cabeça erguida, e não uma memória triste de ter se despedido de mim e me visto lhe dar as costas e me afastar.

Claro, talvez eu estivesse exagerando. Se o dia voltasse à tona em sua memória no futuro, podia ser que ele só se lembrasse de mim subindo as escadas do prédio no maior esforço, com minhas pernas curtas...

*

Em casa, liguei a luz, e o celular tocou assim que a lâmpada acendeu. Chocada, olhei para os dois lados antes de pegar o aparelho: era Jiang Chen.

— Alô, você está aqui embaixo?

— Não, por quê?

— É que assim que acendi a luz de casa você ligou. Foi tanta coincidência que parecia cena de filme de terror.

— Você anda vendo muito filme sem noção — disse ele, rindo baixinho.

— Quem era a pessoa que me enganava e me levava para o dormitório para assistir a filmes de terror, hein? — retruquei.

— E quem era a pessoa que fazia birra para assistir a filmes de terror, mas tinha medo de ver sozinha?

— Mas teve uma vez que você colocou um vídeo de cirurgia para eu assistir! — repliquei, começando a remoer mágoas do passado. — Aquilo era mais assustador do que um filme de terror.

— Não acho.

— Como não?! — gritei. — Fizeram um U no couro cabeludo da pessoa com um bisturi, como se estivessem cortando tofu. Depois, abriram a cabeça e fizeram um furo no crânio. Aí tiraram o osso e começaram a mexer naquele negócio sangrento com uma pinça...

— Muito bem, lembrou direitinho o passo a passo da cirurgia.

— Como esquecer aquilo?! — choraminguei. — Quando estavam abrindo o couro cabeludo da pessoa, virei o rosto para não olhar, mas te vi folheando aos poucos meu caderno de rascunho enquanto simulava o movimento do vídeo, com um sorriso bizarro! Aquilo me assustou tanto que eu não desgrudei mais os olhos da tela, com medo de ver você fazendo coisas de psicopata.

Para mim, as histórias de terror mais assustadoras eram aquelas em que a pessoas ao redor se transformavam de repente em fantasmas... ou monstros... ou psicopatas... ou inimigas.

Porque o golpe que a gente não espera é o mais doloroso.

Depois de um longo momento, Jiang Chen disse:

— Se não estou enganado, na verdade eu estava vendo seus desenhos naquele caderno. Se não estou ainda mais enganado, tinha muitos retratos que me eram familiares. Aliás, a pessoa estava em poses desagradáveis, tipo aos prantos de joelhos no chão.

— ...

Foi a minha vez de ficar calada. Eu tinha muitos cadernos de rascunho, cujas capas eram todas parecidas. Alguns deles, porém, eu usava para descarregar minha raiva quando estava brigada com Jiang Chen. Fazia uns desenhos para me sentir empoderada, como Jiang Chen de joelhos no chão, derramando lágrimas e mais lágrimas, me pedindo desculpa e assumindo que era tudo culpa dele, que ele era pior do que uma besta. Ou um de mim, toda arrogante e com um chicote, açoitando Jiang Chen enquanto ele rastejava no chão. Ou então uma série em que ele estava esfregando o chão com um pano, de joelhos, enquanto eu estava deitada no sofá pulando de canal em canal na televisão. Aí eu o mandava me trazer um copo de água, só que ele demorava a agir, então eu acertava um chute bem forte na bunda dele. Jiang Chen caía e rolava para a frente, depois se levantava e agradecia...

Mudei de assunto.

— Ligou para saber como resolvi o problema com Su Rui?

Felizmente, ele não insistiu naquele papo.

— Como foi?

— No momento, ambas as partes estão emocionalmente estáveis: a mocinha não tem a menor vontade de trair o namorado, nem o mocinho de sair do armário ou se matar.

— Se você não estiver conseguindo lidar com o problema, deixa comigo. Não esqueça que, para você, sou um médico psicopata.

Dei uma risada seca.

— Claro que não...

— A propósito — prosseguiu ele —, as roupas que eu te pedi para lavar ficaram no carro. Ainda vou deixar aí para você. Aliás, hoje de noite você pode me desenhar na sacada de joelhos lavando a roupa à mão.

— ...

Como ele adorava ser cruel e sarcástico comigo... Sempre achava um jeito de me provocar e zombar de mim...

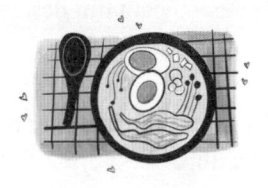

Capítulo XII

Fu Pei comprara uma nova impressora, mas não sabia como ela funcionava, então tinha perdido a paciência e se trancado na própria sala. Enquanto isso, Situ Mo cantarolava no lugar dela, com um chá na mão: ela adora ver o chefe enlouquecer.

Estávamos numa baixa temporada de trabalho e ficando malucas de tanto tédio. A única coisa que fazíamos todos os dias era ver o tempo passar, mas, para não ferir o orgulho do chefe, precisávamos fingir que nos encontrávamos extremamente ocupadas. E isso realmente nos cansava, não só física como também mentalmente.

Depois de ter derrubado as coisas no chão e feito o maior alvoroço, Fu Pei anunciou que ia sair para resolver umas questões de negócios. Assim que ele colocou o pé para fora do escritório, Situ Mo logo puxou uma cadeira e se sentou perto de mim.

— Quem era aquele bonitão de ontem? — perguntou, com um sorriso ardiloso.

— Quê?

— Ontem, quando saí do trabalho, um menino bonitinho me abordou. No começo, achei que ele tivesse se interessado pela minha aparência e quisesse me fazer algum mal... Ai, está tudo bem, não faz essa cara. Meu marido sempre me achou linda como uma flor. Mas, enfim, ontem aquele garotão me perguntou onde você morava. Ele foi para sua casa atrás de você?

Parei com a expressão de ânsia e respondi, com raiva:

— Você deu meu endereço para um desconhecido? E se ele fosse um psicopata?

— Não exagera. Ele ficou me chamando de bonitinha para lá e para cá. Olha que eu dei só seu endereço, hein, porque se ele me pedisse para dopar você, eu dopava.

— Fala sério, você ficou feliz porque ele usou diminutivo, né?

— Como você é esperta. Quem era ele? — perguntou Situ Mo, dando risadinhas.

— Irmão mais novo da colega de Jiang Chen.

Contei a história de forma resumida. Como ela sempre achou que sua identidade de mulher casada diminuía seu charme feminino, eu ainda me rebaixei de propósito, para não incitar a inveja, o ciúme e o desgosto de mulher casada dela. Eu lhe disse que não sabia o que o "garotão" Su Rui tinha visto em mim, uma pessoa totalmente comum.

— Não se subestime. Quanto mais jovem é a pessoa, mais difícil é entender a cabeça dela. Meu filho, por exemplo, acha que a mulher mais bonita do mundo é a ovelha de um desenho animado que ele vê.

Por que eu acho que ela está insinuando algo...?

— Mas o rapaz não é tão ruim assim. Pegar jovenzinho faz bem para a saúde — continuou ela.

— Ah, vai à merda — repliquei, lhe lançando um olhar mortal.

— É melhor do que olhar para o seu celular umas dez ou vinte vezes por dia e não ter recebido nenhuma ligação do seu namorado.

Debaixo do nariz dela, peguei meu celular para ver se estava funcionando normalmente, depois retruquei, pedante:

— Eu adoraria.

Ela me olhou de soslaio, rindo. De repente, começou a falar, toda séria:

— Então, estou pensando numa coisa. Se vocês se casarem, vou pedir para o meu filho ser o pajem na cerimônia. Será que assim posso não dar o envelope vermelho tradicional com dinheiro?

Como é que pode uma pessoa falar assim de dinheiro o tempo todo? Eu me sinto muito sozinha; não temos nada em comum para conversar.

— Nem pensar! — ralhei com ela. — Mesmo que seu marido virasse meu noivo, não se atreva a deixar de me dar o envelope vermelho.

*

Já era de tarde e Fu Pei ainda não voltara, então Situ Mo e eu saímos do escritório uma hora antes do fim do expediente. Para garantir que o chefe conseguisse falar conosco quando nos procurasse, ainda configuramos o telefone do escritório para transferir todas as chamadas para os nossos celulares. Sem julgamentos por isso, por favor. Na verdade... realmente matamos muito trabalho.

Antes, quando eu saía mais cedo do escritório, logo pegava o metrô até a estação perto de casa. Chegando lá, eu me sentava no banco e ficava ouvindo música no MP3, enquanto observava os passageiros assalariados sendo esmagados e apertados nos vagões no horário de pico, a ponto do rosto de cada um deles ficar distorcido. Era como se fosse a esteira de produção das fábricas — o metrô levava latas e latas de ser humano para diferentes destinos. Como espectadora, ficava satisfeita só de pensar que não tinha precisado passar por aquele aperto.

Mas, agora que tinha namorado, era necessário abandonar essa diversão indecente. Se saía mais cedo do trabalho, precisava ir ao hospital namorar.

Como fiquei três anos sem ser namorada de ninguém, estava um tanto hesitante; meio que não estava mais familiarizada com o procedimento.

Ao chegar no saguão do hospital, liguei para Jiang Chen. Assim que a chamada foi atendida, ele e eu fizemos a mesma pergunta, em sincronia:

— Onde você está?

— Estou no saguão do hospital.

— Estou indo para a sua empresa.
— Ixi! E agora?
— Se você sair do hospital e virar à direita, tem um lugar que vende sucos. Vai lá tomar alguma coisa enquanto me espera.

Pensei um pouco e disse:
— Melhor esperar você no saguão do hospital mesmo.

Resolvi ficar onde eu estava, principalmente porque Fu Pei estava me devendo dois meses de salário, e os estabelecimentos nas redondezas do hospital com certeza eram mais caros. Na vez que tinha comprado ovo cozido no chá ali perto, tive que pagar dois yuans a mais do que em outros lugares... *Ah, como eu sou pobre...*

— Então fica aí, chego em um instante.
— Tudo bem, dirija com cuidado.

*

Meia hora depois, quando Jiang Chen me encontrou na entrada do hospital, eu estava sentada no chão, à sombra de uma árvore, tremendo.

A vida é inconstante, e o mundo, imprevisível. O hospital, por sua vez, consiste num local onde a taxa de imprevisibilidade é altíssima. Durante os trinta minutos em que fiquei esperando Jiang Chen no saguão, fui pega de surpresa pelo acaso.

Meia hora antes, tinha desligado o celular e, com o sorriso patético exclusivo dos apaixonados, encontrei um lugar e me sentei. Cerca de dez minutos depois, o hospital foi tomado pelos gritos de uma mulher no andar de cima, acompanhados de passos apressados. Antes que eu pudesse fazer qualquer coisa, uma moça descabelada caiu do primeiro andar e se chocou com tudo no chão, a apenas cinco passos de mim.

Vi que ela estava em pânico, com os olhos cheios de lágrimas.

Vi a mulher se contorcer um pouco, como um peixe fora d'água, e então parar de se mexer.

Vi começar a sair espuma pelo canto de sua boca.

Vi um bando de profissionais de saúde descer às pressas do andar de cima, gritando:

— Tem que sedar a moça, rápido!

Vi uma agulha grossa ser inserida no braço dela.

Eu quis berrar: "Vocês estão loucos? Ela já não está se mexendo, por que ainda precisam sedar a moça? Amam tanto assim dar agulhada nas pessoas? Vocês são médicos, não vespas!"

Mas — que me perdoem — não consegui dizer uma palavra sequer.

*

— Chen Xiaoxi? Chen Xiaoxi? — Jiang Chen balançava a mão diante dos meus olhos, agachado na minha frente. Ele parecia bastante preocupado. — Que houve com você? O que aconteceu?

Ainda em pânico, olhei para ele e abri a boca, mas não saía nada.

Ele segurou a minha mão, olhou no fundo dos meus olhos. Com um tom surpreendentemente calmo, falou:

— Xiaoxi, olha nos meus olhos. Fica calma. Vou te fazer umas perguntas, mas você não precisa me dizer nada. Basta fazer sim ou não com a cabeça, entendeu?

Assenti.

— Você se machucou?

Balancei a cabeça.

Ele apertou minha mão.

— Você viu algo que te deixou muito assustada?

Assenti de novo.

Ele parou um pouco, perguntou em voz baixa:

— Viu alguém sofrer um acidente?

Balancei a cabeça negativamente.

— A pessoa...

Jiang Chen não completou a pergunta, só me abraçou, acariciando minhas costas.

— Aqui é um hospital, não importa o que você viu, não fica com medo. Ou as pessoas estão doentes, ou elas se machucaram, ou então...

Ou então chegou a hora delas.

Era pleno verão, mas Jiang Chen me envolveu firme em seus braços. Fiquei emocionada, mas também com muito calor, para ser sincera.

Ficamos abraçados por um tempo. Por fim, ele me puxou para me levantar, provavelmente também com calor. Agarrando minha mão, me levou até seu carro e me pediu para sentar.

— Vou fazer uma ligação, volto já.

Concordei com a cabeça. Na verdade, eu já tinha me acalmado bastante. Mas, como segundos antes eu estava sob forte efeito de pânico, voltar ao normal de repente era um tanto vergonhoso, então continuei agindo como se ainda estivesse em crise.

Quando Jiang Chen retornou, sua expressão estava mais branda.

— Já sei o que aconteceu. Está tudo bem com aquela paciente, só teve uma fratura e uma concussão. Não tem risco de morte.

Dei um suspiro de alívio. A vida dos médicos devia ser realmente imperturbável: tirando a morte, nada era tão grave.

Fiz outro sinal de entendido com a cabeça.

Ele não ligou o carro, mas se inclinou de lado e me perguntou:

— Ainda está com medo?

Balancei a cabeça. Estava começando a gostar daquela comunicação não verbal.

Ele fez carinho no meu cabelo.

— O namorado terminou com ela. Por causa disso, ela tentou se matar na frente dele, engolindo sabão em pó. Aí, ele a trouxe ao hospital para fazer lavagem gástrica. Ela não queria fazer, tentou fugir e, enquanto se debatia, caiu.

Jiang Chen ainda me entendia — sabia da minha veia fofoqueira, então me distraiu com a história, para atenuar minha crise de pânico.

Pisquei.

— E o ex dela?

Ele deu uma beliscada no meu rosto.
— Como é que vou saber? Já consegue falar agora, é?
— Ah, estava muito assustada — respondi, um pouco dengosa.
— Ninguém mandou me deixar sozinha no hospital.

Jiang Chen, porém, não tentou argumentar dizendo que eu é quem tinha escolhido ficar no hospital em vez de ir tomar um suco enquanto esperava por ele. Simplesmente respondeu:
— Não vou fazer mais isso. Daqui a alguns dias, vamos visitar aquela paciente juntos.
— Não quero voltar para o hospital tão cedo...
— Não é bom fugir do medo.

Eu queria bater o pé e ser dramática, mas, como estava sentada e a posição não favorecia aquele ensejo de drama, mudei de planos. Fiz biquinho e disse:
— Mas eu realmente não tenho coragem...
— Se não quiser mais vir ao hospital, o problema é seu.

Fechei logo a cara, me sentindo injustiçada e com raiva. Ele sempre fazia isso comigo.

*

Quando estávamos no terceiro ano do ensino médio, ele tirava minhas dúvidas de matemática. Entre as dez questões da prova, eu sempre errava nove e meia; em geral, a metade que acertava era resolver uma equação de segundo grau. Certa vez, fiquei tão irritada enquanto resolvia os exercícios que larguei a lapiseira na mesa, reclamando para Jiang Chen que não iria fazer mais nada. Além disso, disse a ele que o professor de matemática havia afirmado que quem não ia bem na matéria podia simplesmente se preparar para responder as questões de múltipla escolha e de preencher lacunas.

Jiang Chen, por sua vez, me respondeu que o problema era meu, mas também que era para eu parar de falar que queria prestar o vestibular para a mesma universidade que ele, porque não estávamos no mesmo nível.

Aquelas palavras cruéis feriram meu pobre coração. Era mesmo de se esperar que eu desabasse na mesa e começasse a chorar. Quando cansei do drama e voltei a olhar para Jiang Chen, ele ainda estava escrevendo as explicações de como resolver os exercícios na minha prova.

Ao me aproximar, percebi que havia na folha diversas letras miúdas de cores diferentes. O que estava escrito com a caneta de tinta preta era a solução esperada, em tinta azul era a explicação da resolução do problema, as fórmulas matemáticas estavam em vermelho, e o marcador de texto amarelo destacava as diferentes formas de chegar à resposta...

Enxuguei as lágrimas.

— Como é que vou ler minha prova se você rasurou tudo? E não consigo lembrar todas as soluções possíveis, são muitas.

Só percebi como o que Jiang Chen escrevia nas minhas provas de matemática era precioso quando meus colegas começaram a me pedi-las emprestadas para tirar cópias. Ao mesmo tempo que eu considerava cobrar pelo empréstimo, também refletia sobre de que forma eu poderia retribuir o favor de Jiang Chen. No fim, decidi desenhar uma belíssima donzela no livro de matemática dele. Na primeira página, ela estava vestida com um casacão de algodão. A cada página que ele virava, a bela despia uma peça; desde grampos de cabelo e joias até roupas, calçados e meias. Ao final, considerando a censura para menor de idade, a diva terminava com um top e um short... Acho que esse episódio mostra que sou uma pessoa grata. Numa época em que a maioria das pessoas é mal-agradecida, sou realmente uma raridade.

*

Jiang Chen ligou o carro, e eu fiquei ali no banco a seu lado, carrancuda e com raiva. Queria brigar com ele, xingá-lo de filho de uma égua. Mas não tive coragem.

Sou uma covarde.

Eu me sinto muito intimidada quando ele fica bravo comigo. Na realidade, tenho medo de qualquer um que fique bravo comigo. Mas Jiang Chen não é qualquer um, por isso tenho mais medo dele do que de qualquer outra pessoa. Ou melhor, posso dizer que fico muito mais nervosa se for ele quem estiver zangado comigo, mais do que qualquer um. Porque muitas vezes eu não faço a menor ideia se ele ficou bravo ou não. E se não sei se ele ficou bravo, como que vou saber se devo ficar com medo? Por isso, sinto medo pelo fato de não saber se devo ficar com medo... Não estou falando nada com nada, mas acho que, a essa altura do campeonato, você já deve me entender...

Então fiquei observando Jiang Chen de soslaio, e quanto mais eu fazia isso, mais tinha certeza de que ele havia ficado bravo comigo. Já o motivo, nem eu sabia. Não conseguia deduzir nada de sua expressão, na verdade. Ainda assim, se estou dizendo que ele ficou com raiva de mim, ele ficou. Pode acreditar.

Dei uma puxadinha na manga da camisa dele, deslizando os dedos pelo seu braço duas vezes.

— Estou com fome...

Ele olhou para mim de relance.

— Aham.

— Como assim "aham"? — Passei suavemente meu dedo no braço de Jiang Chen. — Me leva para comer alguma coisa gostosa?

Ele sacudiu o braço para afastar meu dedo.

— Estou dirigindo, para com isso.

Fiquei amuada e me recostei no banco, obediente.

Dez segundos depois, voltei a falar:

— Que tal eu tirar a carteira de motorista?

— Não.

— Por quê?

— Porque você não tem dinheiro para comprar um carro.

Fiquei brevemente sem palavras.

— Ah, não é possível que eu não consiga comprar nem um Cherry QQ.

— Se você dirigir, com certeza vai bater em alguém, e vai sobrecarregar mais o trânsito e o hospital.

Uau! Isso é que é rogar praga...

Sem jeito, tive que mudar de assunto.

— E se eu ondulasse o cabelo?

Ele olhou rápido para mim pelo retrovisor e respondeu:

— Não.

— Por quê?

Jiang Chen me fitou de relance.

— Vai ficar feia.

Engoli o sapo.

— E se eu cortasse o cabelo? — Forcei o sorriso.

— Não.

— Você tinha dito que gostava de mim de cabelo curto! Ainda falava que eu parecia pura e natural — reclamei.

Ele inclinou a cabeça e pareceu me observar seriamente. Em seguida, retrucou:

— Ah é? Falei da boca para fora só.

— ...

Chega. Vou desistir totalmente de ter uma conversa amigável com ele.

Então berrei, imponente:

— Jiang! Chen!

— Quê? — Ele permaneceu calmo, nem parou para me olhar.

Decidida, num impulso só, berrei de novo:

— Vou amanhã de novo ao hospital para jantar com você!

Ele hesitou um pouco e respondeu:

— Não precisa.

Foi minha vez de hesitar. Não esperava que mesmo eu cedendo tanto ele ainda ficaria de frescura.

De repente, Jiang Chen riu.

— Estou de folga amanhã.

— Ah, então vou depois de amanhã.

— Estou de folga amanhã — repetiu ele.

Não entendi o porquê dessa repetição e olhei para ele, confusa; mas tive a impressão de que Jiang Chen estava me esperando dizer algo. Como não sou inteligente, tive que perguntar, franca:

— O que é que tem?

Ele não me deu uma resposta direta, ficou reforçando a ideia.

— Tenho poucas folgas.

Sem saber o que fazer, resolvi que iria mostrar que eu compartilhava o mesmo sentimento: estava contente por causa da folga. Então apoiei a ideia, rindo:

— Que legal ter folga! Que oportunidade, parabéns!

Ele me encarou várias vezes, furioso. De tanto que me fuzilava com o olhar, fiquei até com vergonha. Será que ele queria que eu ficasse três dias sem comer carne, tomasse um banho e colocasse uma roupa especial para lhe dar os parabéns pela rara folga?

Fomos andando lentamente, e Jiang Chen voltou a ficar irritado. Eu finalmente o fizera abrir um sorriso, mas ele tinha ficado bravo de novo sem motivo algum. Que infantil...

Então parei de falar. Peguei o celular e abri o jogo da cobrinha, apertando forte as teclas para descarregar minha raiva. Eu despedaçava a cobrinha várias e várias vezes; me entretinha com a morte dela. *Jiang Chen me maltrata, eu maltrato a cobrinha do jogo — o mundo é justo.*

De repente, o carro parou. Não prestei muita atenção, porque achava que estávamos aguardando o sinal vermelho abrir. Concentrada, continuei destroçando a cobrinha. Depois de bastante tempo — eu já havia assassinado mais de dez cobrinhas —, o carro continuava imóvel. Achei estranho e ergui a cabeça para olhar pela janela; havíamos parado no acostamento em algum momento. Eu me virei para Jiang Chen, que me fitava.

— O que foi?

— Liga para o seu chefe e pede para faltar amanhã.

Foi tão repentino que quase não entendi.

— Ué? Por quê? Ele vai descontar do meu salário.

— Estou falando para você pedir para faltar — disse ele, sério.

Chocada, fiquei olhando para ele, mas ele não só desviava do meu olhar como sua expressão também estava um pouco estranha. Pisquei forte os olhos e de repente entendi tudo...

Liguei para Fu Pei.

— Alô, sr. Fu?

— Querida, me chame de chefe, não de sr. Fu. Parece que está me fu...

— Isso não tem graça. Amanhã vou faltar ao trabalho — respondi, revirando os olhos.

— Por quê?

— Meu namorado está de folga amanhã, pediu para eu faltar ao trabalho para ficar com ele.

Olhei Jiang Chen de soslaio e o vi ficar constrangido.

Desliguei a ligação. Mordi bem meu lábio para não rir e falei:

— Pronto, já pedi para faltar.

Desconfortável, ele tossiu seco.

— Aham.

No fim, não consegui aguentar e comecei a gargalhar.

— Hahahahahahahaha! Como é que... Hahahaha! Que fofo você, hahahahaha! Se você queria que eu ficasse com você, hahahahaha, você... você poderia ter falado direto... Hahaha!

— Fica quieta! — replicou Jiang Chen, me encarando e ligando o carro.

Ixi! Alguém ficou com tanta vergonha que agora está bravo...

*

Jiang Chen nos conduziu até o estacionamento de um supermercado.

— O que você vai comprar? — perguntei, curiosa.

— Comida.

— A gente não pode vir depois de jantar? Estou morrendo de fome... — murmurei.

Ele soltou o cinto de segurança e se inclinou na minha direção para desprender o meu.

— Vamos cozinhar a janta em casa.

— Quê?! — exclamei. — Eu não sei cozinhar nada, só sei fazer macarrão.

— Então vamos fazer macarrão.

Ele me enganou.

Jiang Chen foi colocando mais e mais comida no carrinho de compra, até um frango: uma galinha inteira, aliás; com cabeça, pés e rabo.

Em pânico, como se tivesse visto um dinossauro ganhar vida, perguntei, fitando a galinha:

— Por que está levando isso?

— Para fazer canja.

— Você sabe fazer?

— Não — respondeu, sem rodeios.

Se você não fosse meu namorado, já teria te espancado faz tempo.

Minha única contribuição durante a compra foi ter colocado no carrinho um pacote de sementes de girassol amanteigadas. Mas nem me senti inútil, porque sou cara de pau mesmo.

No fim, Jiang Chen ficou com várias sacolas de supermercado, grandes e pequenas, e eu me ofereci para dividir o peso. Ele me deu a sacola das verduras, no que eu sugeri pegar mais duas, mas ele me disse para poupar a energia e pensar em como cozinhar quando chegássemos. Eu estava tão desesperada que nem consegui chorar.

*

Mais uma vez, me vi diante da casa de Jiang Chen. Apoiei na parede, pensando que ele fosse encontrar a chave para abrir a porta. Ele me encarou.

— Abre a porta.

Só então me lembrei que tinha a chave da casa dele. Vasculhei um pouco a bolsa até finalmente encontrar um molho de chaves desconhecidas.

— Qual delas é? — perguntei.

Enfim, entrei na casa do meu namorado. Não era nem grande, nem pequena; duas salas e dois quartos. Também não tinha muita coisa — parecia aqueles apartamentos decorados para visitas. Fiquei parada na porta, observando o lugar do corredor, e Jiang Chen entrou, aproveitando para pegar a sacola de verduras da minha mão.

Fui logo atrás dele.

— O apartamento é alugado ou você comprou?

Ele se virou para mim e olhou no fundo de meus olhos.

— Por quê? Quer se casar comigo?

— Não, não. Só acho que, se for alugado, é um desperdício não ocupar todos os quartos.

Assim que terminei de responder, de repente me dei conta de algo. Paralisada, fiz uma careta e choraminguei:

— Você estava me pedindo em casamento agora há pouco? Se sim, posso responder de novo?

— Não e não.

Fiz um biquinho. Nessas horas, a regra de sinais poderia ser levada em consideração: negativo com negativo dá positivo...

— Está parada aí fazendo o quê? Vem ajudar.

— Hum...

Três minutos depois, estávamos nos entreolhando diante da pia da cozinha cheia de comida.

— O que vamos fazer primeiro? — perguntei.

Jiang Chen franziu a testa.

— Pode ser a canja de galinha. Acho que vai precisar deixar cozinhando por um tempo.

— Então vamos deixar cozinhando, como é que faz?

— Corta tudo e coloca na panela para cozinhar.

— Corta você, então. Você é médico, está acostumado a cortar as coisas.

— Mas eu uso bisturi.

— E tem aqui?

Ele pensou um pouco.

— Tem, na gaveta debaixo do rack da televisão.

Corri para sala e voltei com dois bisturis. Entreguei um a ele.

— Toma, a "faca" que você está acostumado a usar.

Bisturi na mão, ele o deslizou suavemente pelo frango; a pele se abriu, a carne à mostra.

Não consegui conter um "uau".

Jiang Chen se virou para mim.

— Viu? Agora solta o bisturi, você pode se machucar.

Na mesma hora larguei o instrumento médico na pia.

— Vou lavar as verduras.

Enquanto a água corria, espiei Jiang Chen para verificar seu progresso. Não consegui ficar quieta.

— O que você está fazendo? — perguntei.

— Tirando a pele para pegar a carne do frango.

— Precisa de tudo isso para fazer a canja?

— Não? Então por que me deu o bisturi? Não dá para cortar osso com ele.

— ...

Dez minutos depois, perguntei:

— Como faz para cozinhar couve-flor lavada?

— Corta tudo e coloca na panela para cozinhar.

Mais dez minutos se passaram. Perguntei de novo:

— E as costelinhas? Como faz?

— Corta tudo e coloca na panela para cozinhar.

Mais dez minutos se sucederam.

Pensei em tentar convencê-lo de novo.

— Que tal sairmos para jantar e aproveitarmos para comprar dois livros de receita? Podemos tentar cozinhar na próxima.

Ele parou de dar facadas nas costelinhas. Com a faca na mão, olhou para mim, frio.

— Se não conseguirmos cozinhar a janta de hoje, não vamos comer mais nada.

— ...

Querido, podíamos parar de forçar a barra...

*

Como todos os pratos foram feitos com base na instrução de "corta tudo e coloca na panela para cozinhar", terminamos de fazer tudo bem rápido; em menos de uma hora, toda a comida estava servida. Quando eu era pequena, minha maior diversão era me aproximar sorrateiramente da minha mãe enquanto ela levava os pratos para a mesa e beliscar a comida — depois ela corria atrás de mim com a espátula na mão, a fim de me dar uma surra. Ali na casa de Jiang Chen, porém, deixei aquela diversão completamente de lado; preferi ser uma pessoa sem graça.

Sentados à mesa, trocamos olhares; ninguém queria ser o primeiro a provar os pratos.

Sorrindo, Jiang Chen pegou uma couve-flor com os palitos e levou-a diante da minha boca.

— Acabei de lembrar que nunca tinha dado uma flor para você. Olha, agora estou dando uma.

Não consegui fugir, então tive que comê-la. O sabor não estava nada de mais. Como havia sido cozida na água, não tinha como ficar ruim se não passasse do ponto.

Ao perceber que eu não havia demonstrado nenhuma reação inadequada, ele também pegou uma couve-flor para comer. Após prová-la, franziu a testa.

— Chen Xiaoxi, você se esqueceu de colocar sal?

— Era você quem estava temperando as comidas — respondi, sem expressão.

Ele deu de ombros.

— Muito sal pode dar hipertensão.

— Aonde vamos amanhã? — perguntei, mordendo os palitos.

Jiang Chen apanhou minha cumbuca para pegar o caldo.

— A lugar nenhum, vamos ficar em casa vendo filme.

*

Terminada a refeição, fui lavar a louça, sem ter reclamado de nada. Jiang Chen entrou uma vez na cozinha para pegar água, e exatamente naquele momento eu estava fantasiando uma cena bem banal: que Jiang Chen entrava e me abraçava por trás enquanto eu lavava a louça.

Por essa razão, ao percebê-lo entrando na cozinha, fiquei bastante ansiosa. Para que o sonhado abraço pudesse ser uma experiência incrível, ainda inspirei fundo e encolhi a barriga.

Jiang Chen, no entanto, apenas ficou dois segundos atrás de mim e comentou:

— Você está usando muito detergente.

E simplesmente saiu do cômodo. Expeli todo o ar que havia prendido e relaxei a barriga, frustrada.

Quando eu fui para a sala de estar, balançando as mãos para secá-las, Jiang Chen pediu, do sofá, onde estava deitado:

— Vê pra mim se a água já ferveu.

Notei que na mesa de jantar havia uma chaleira elétrica ligada fumegando. Juro que realmente não saberia dizer que parafuso tinha se soltado do meu cérebro, porque eu mesma me perguntei "será que a água já ferveu?" e sem hesitação alguma pus a mão na chaleira. Ouvi um chiado e dei um grito, mas a primeira imagem que me veio à mente foi a de um bife na chapa, e só depois senti a dor.

Jiang Chen disparou do sofá, agarrou minha mão e me puxou para a cozinha, de um jeito um pouco rude, como se estivesse arrastando um cachorro morto. Mas tudo bem, ele só estava preocupado.

Assim que a água corrente da pia tocou na minha mão, senti a dor e a ardência. Para me distrair, comentei:

— Confirmei, a água deve ter fervido.

Jiang Chen estava bem emburrado. Soltou minha mão e disse, saindo da cozinha:

— Deixa a água cair mais um pouco, já volto.

Ele voltou com uma forma de gelo, de onde tirou um punhado e enfiou na palma da minha mão.

— Segura.

Depois de um tempo, comecei a sentir a mão anestesiada pelo gelo. Assim que soltei os cubos, ele pegou mais alguns e colocou de novo no mesmo lugar. Só depois de ter deixado o gelo por mais de dez minutos na minha mão é que me perguntou, a testa franzida:

— Ainda está doendo?

Fiquei com medo de ele querer continuar com aquela compressa de gelo, então logo respondi que não, balançando a cabeça.

Ele puxou minha mão e a observou com bastante cuidado antes de largá-la.

— Legal, está malpassado.

Era tão raro presenciar o humor de Jiang Chen que fiquei até lisonjeada. Para mostrar a ele que entendi completamente seu humor, respondi:

— Senhor, na próxima vou tentar fazer um ao ponto.

No mesmo instante, ele ficou sério e começou a brigar comigo por dez minutos. Me metralhou de comentários e sugestões amáveis, tais como: "Quer dizer que sua mão virou termômetro?" "Como não pensou em enfiar a cabeça na água para ferver também?"

Fiquei quieta, admirando Jiang Chen enlouquecido. Para ser bem sincera, seu semblante era lindo demais; seu temperamento, nervoso demais; tudo estava bom demais.

*

Depois de me dar sermão por um tempo, ele percebeu que eu estava curtindo a situação, então foi para a sala e ficou sentado no sofá, zangado. Fiquei com pena de mim, uma vítima de queimadura, por ser obrigada a ir à sala, triste, arrastando os pés. Para fazer Jiang Chen sentir pena de mim, ainda fingi quase cair várias vezes, mostrando que estava fraca.

Jiang Chen me lançou um olhar insensível.
— Queimou a mão ou o pé?
Sem graça, me aproximei dele. Assim que me sentei, meu celular tocou na bolsa. Quando vi, era minha mãe.
Atendi a chamada, chorosa.
— Oi, mãe...
— Por que está com voz de quem parece que vai morrer?
— Queimei minha mão...
— Minha nossa! Como? Está tudo bem? Foi grave? — disparou ela.
Realmente: a música que diz que mãe é a melhor pessoa do mundo faz todo o sentido.
— Está tudo bem, tudo bem, mãe. Já resolvi o problema — respondi, tranquilizando-a.
— Como é que você se queimou?
— Err... Meti a mão na chaleira.
Minha mãe ficou vários segundos em silêncio, depois comentou:
— Burra.
Fiquei sem saber como reagir por um instante. Foi uma experiência inusitada ser avaliada pela própria mãe com um adjetivo tão preciso.
De repente, minha mãe amoleceu o tom de voz e disse:
— A propósito, deixa a mamãe falar uma coisa com você.
Meu coração apertou na hora. Toda vez que minha mãe se referia a si mesma como "mamãe" quando a gente se falava, acontecia algo ruim comigo.
— O filho de uma amiga da mamãe mora na mesma cidade que você. É bonito, trabalha...
Dei um suspiro, já sem esperança.
— Mãe, vai direto ao ponto.
— O ponto é: o filho dela ficou sabendo que você mora na mesma cidade que ele e quer conhecê-la, dividir um pouco com você a solidão de morar sozinho longe da família.

Apertei o dorso do nariz.

— Vocês estão usando eufemismos para marcar encontro às cegas agora, é?

Jiang Chen me olhou, e eu devolvi a ele um sorriso constrangido. De repente, minha mãe endureceu o tom:

— E então? Você vai ou não?

Ergui a cabeça, firme em não ceder à proposta.

— Não vou! — respondi.

— O que foi que você disse?

— Não vou!

Eu estava bem nervosa. De repente, senti um frescor na palma da mão. Quando abaixei a cabeça para ver, era Jiang Chen aplicando pomada ali.

Minha mãe aumentou a voz:

— Não fique pensando que ainda é novinha só porque é burra! Você é uma solteirona encalhada!

— Aqui, só pra lembrar: você é minha mãe. E tem mais, quando estiver sem nada para fazer, vai passar um pano no chão, jogar um *mahjong*, para um pouco com essa internet!

— Não quero saber, você vai de qualquer jeito, querendo ou não.

— Falei que não vou, então não vou. Se tiver coragem, me espanque até morrer e me arraste para o encontro!

— Está achando que não tenho? Vou quebrar suas pernas e pedir para ele visitar você no hospital!

— Acha que tenho medo de você? Vem, então!

— Vou comprar uma passagem agora. Quando eu chegar aí, vou dar uma surra em você, até quebrar suas pernas!

— Pode vir! Estou esperando!

— Espere aí que estou indo!

— Pode vir! Estou esperando!

— Espere aí que estou indo!

E assim repetimos mais de dez vezes as mesmas falas. De repente, Jiang Chen tomou o celular da minha mão e disse:

— Olá, tia. Sou eu, Jiang Chen.

Levei um baita susto, e na hora que ia me levantando para pegar de volta o celular, ele agarrou meus dois punhos com uma só mão e continuou conversando com minha mãe como se nada estivesse acontecendo.

— Sim, Jiang Chen, que morava no prédio da frente.

— Mãe! — exclamei, desesperada, mas Jiang Chen baixou a cabeça e me fuzilou com o olhar.

Murchei.

— Aham, sim. Estou namorando a Xiaoxi... Está bem... Não, não, eu é que fui negligente e me dei conta. Vou, sim, visitá-los. Aham, está bem. Entendi...

No fim, Jiang Chen completou com a pergunta:

— Tia, então Xiaoxi pode deixar de ir ao encontro?

Ouvi as risadinhas clássicas da minha mãe do celular, e os dois se despediram.

Ele jogou o celular para mim e disse:

— Resolvido.

Entrei em total desespero: *Como é que vou encarar meu pai, que odeia gente rica...?*

Com o celular na mão, apertado contra o peito numa posição de reza, fiquei muito tempo tentando encontrar estratégias para resolver o problema. Pensei em falar para meu pai que Jiang Chen não conseguia ficar sem mim, nem eu sem ele; precisávamos um do outro como um peixe precisa da água, o povo precisa do dinheiro...

Enquanto eu continuava fora de mim refletindo sobre a situação, o relógio bateu dez horas, o que de imediato me levou a perceber que havia um problema muito mais urgente a ser resolvido — eu deveria pedir para ir embora?

Capítulo XIII

Eu pessoalmente acredito que o momento em que se pede para ir embora da casa do namorado é essencial, uma vez que afeta o grau de harmonia do relacionamento. Não é bom declarar a despedida muito cedo, senão seu namorado vai pensar que o tempo que passaram juntos na verdade fora uma tortura, por isso você está querendo fugir logo. Mas também não é legal pedir para ir embora muito tarde, porque ele pode achar que você é uma pessoa fácil, que está insinuando algo mais...

De acordo com meus anos de estudo e prática, o melhor horário deve ser... nem eu sei, então tanto faz. Já que o relógio tinha marcado dez horas, devia ser o destino, então às dez horas seria.

Pensando assim, disse a Jiang Chen:

— Está ficando tarde, quero ir embora.

Ele estava com dois copos nas mãos.

— Toma isso primeiro.

— O que é? — Estiquei meu pescoço para ver.

— Chá gelado com limão.

— Ah. — Peguei um copo e soltei, de brincadeira: — Você não colocou "Boa noite, Cinderela" aqui não, né?

Ele tomou um gole, inclinou a cabeça e ficou sorrindo para mim.

— Consigo fazer você me obedecer a qualquer momento.

Dei algumas risadas secas.

— Eu estava brincando — falei.
Ele também riu.
— Eu também.

Minha piada sem noção me deixou bastante aflita, mas Jiang Chen permaneceu sereno, tomando o chá gelado com limão e lançando um sorriso insidioso para mim — as covinhas dele, em especial, eram traiçoeiras, astutas e imprevisíveis.

Levantei os braços em sinal de rendição.

— Errei, não deveria ter feito essa piada sem pensar, não deveria ter desconfiado da sua conduta moral com uma brincadeira como essa. Tenho a mente poluída.

Jiang Chen assentiu para dizer que concordava com o discurso, mas continuou sorrindo insistentemente para mim.

Eu era muito apaixonada pelo sorriso dele, mas agora minha vontade era de arrancá-lo fora ou... arrancar minha roupa, ir me deitar e dizer: "Pode vir, vamos terminar logo com isso..."

Claro que não fiz nada disso, porque iria me fazer parecer uma pessoa fácil. Como manter a classe é um dos meus lemas de vida, sugeri de novo:

— Terminei o chá, me leva embora.

— Que tal ficar aqui essa noite? — perguntou ele, de forma despretensiosa.

Engoli em seco, sem saber o que responder por um momento. No fim, resolvi prender a respiração, na tentativa de fazer meu rosto corar, para mostrar que fiquei com vergonha.

Jiang Chen também parecia um tanto desconfortável. Tossiu seco e se explicou:

— Quis dizer isso porque assim eu não iria precisar buscar você amanhã de novo. E, de toda forma, tem dois quartos aqui.

— Ah... — soltei por reflexo. — Tem dois quartos...

— Está decepcionada?

Jiang Chen foi certeiro em sua interpretação do tom da minha voz, mas tive medo de ele ficar arrogante por conta desse triunfo. Desde pequenos, fomos ensinados que a presunção faz as pessoas retrocederem. Para não deixá-lo ficar para trás, tive que fazer o máximo para negar tudo.

— Nada a ver, você está falando besteira. Eu... hum... é que eu não trouxe roupa.

Como ele pareceu não ter acreditado em mim, segui me justificando:

— É sério. Já tinha dormido com você lá no hospital, se eu tivesse segundas intenções, já teria feito alguma coisa. Por isso não estou nem aí se tiver que dormir com você.

Existe um ditado famoso neste magnífico país que é a China: "Quanto mais você tenta se explicar, pior fica." Eu estava sofrendo com aquilo naquele momento.

Jiang Chen pareceu especialmente compreensivo.

— Entendo — disse ele.

Àquela altura do campeonato, ficaria ainda mais constrangedor se eu insistisse em saber o que ele havia entendido. Então, adotando uma falsa tranquilidade, pedi a ele:

— Já que é assim, me dá um pijama, quero tomar banho e ir dormir.

Foi a solução que encontrei: ficar tranquila é um jeito eficaz de esconder o fingimento.

Jiang Chen estava ainda mais tranquilo que eu. Olhou para mim de cima a baixo e comentou:

— Você é tão baixinha que uma camiseta minha já vai cobrir tudo.

— ...

*

Como não tenho pernas longas e finas, não ia conseguir produzir nenhum efeito latente de sensualidade usando roupas masculinas, então pedi um short esportivo além da camiseta. Mas, por conta da diferença de altura, em mim, o short dele acabou se transformando em uma calça capri. Quando saí do banheiro, Jiang Chen me olhava e gargalhava, dizendo que eu estava vestida igual àqueles atores de ópera de Pequim. Além disso, disse também que sabia que eu era baixinha, mas que nunca tinha notado que era tanto assim.

Fui atrás de Jiang Chen para bater nele, segurando as calças — só não entendi como de repente estávamos nos pegando. Um casal de namorados parece um par de ímãs: se chegam muito perto, acabam grudando um no outro.

Jiang Chen me deitou no chão e olhou no fundo dos meus olhos por dois ou três segundos, ou dois ou três minutos. Enfim, engoli a saliva três vezes, e na terceira mal consegui terminar o que estava fazendo, porque ele me beijou. Foi um beijo com aroma de limão. No começo, achei que estivesse beijando um purificador de ar, mas como ele mordeu meu lábio inferior depois, fiquei tranquila: purificador de ar não morde.

Seu beijo vinha acompanhado de uma paixão calorosa sem precedentes, fazendo arder cada centímetro da minha pele que ele tocava. Minha temperatura corporal subia exponencialmente, sobretudo quando Jiang Chen começou a acariciar minha cintura, seus dedos ásperos deslizando para lá e para cá. Isso me fez sentir que o calor recebido naquela região já tinha superado a temperatura limite que um ser humano conseguia suportar. O ardor consumia rapidamente minha carne, e em pouco tempo achei que minha cintura ia derreter e encolher tanto que me faria quebrar em dois.

Quando Jiang Chen estava prestes a levantar minha camiseta, perguntou, apenas por protocolo:

— Você está com medo?

— Não — teimei.

— Tem certeza?

— Sim.

Ergui a cabeça e dei um beijo nele. E ele realmente acreditou. Num piscar de olhos, tirou minha blusa...

Dois segundos depois, ele se espantou com o grito que eu soltei; parou de tentar abrir o fecho do meu sutiã.

— O que foi?

— Hum... Eu... posso não querer mais?

— Mas você não falou que não estava com medo? — retrucou ele, perplexo.

Tive que forçar o sorriso, com um semblante de pena. Pensei: *Viu, bonitão? Ser inconstante é um direito da mulher.*

Jiang Chen me fitou por muito tempo e suspirou. Saiu de cima de mim e se deitou ao meu lado, respirando fundo.

Coloquei minha blusa de volta às pressas e pensei em me esconder em algum canto. De repente, mudei de ideia; fingi que estava com medo.

— Você está bravo comigo?

Ele virou as costas para mim.

— Lógico! Você não ficaria?

Cutuquei as costas de Jiang Chen e perguntei:

— Em qual dos quartos posso dormir?

— No que você preferir.

— Entendi. — Dei alguns passos, mas não consegui conter mais uma pergunta: — E você?

— Tenho uma sugestão para você: se não quiser me ajudar, fica quieta, entra no quarto e se tranca lá — disparou ele, com raiva.

Pensei um pouco e comentei:

— Preciso mesmo trancar a porta? Se eu fizer isso, não vai ficar parecendo que não confio em você? Ou na verdade você tem a chave dos quartos? Se tiver, qual o sentido de eu trancar a porta? Podemos deixar essa formalidade inútil pra lá?

— Chen! Xiao! Xi!

Ele se sentou, furiosíssimo.

Saí correndo, entrei no quarto, fechei a porta e me tranquei imediatamente. Logo em seguida, consegui "ouvir" a curva do chinelo no ar, que depois bateu na porta, deslizou e caiu no chão.

Que bela noite cheia de alegria.

Quando parei para analisar o quarto em que entrei às pressas, percebi que devia ser onde Jiang Chen costumava dormir, já que na cama havia algumas peças de roupa dele. Aliás, bondade minha dizer "algumas peças de roupa", porque, na verdade, a cama estava coberta de roupas e livros dele.

Arrumei um canto e me sentei de pernas cruzadas na cama. Aproveitei a ocasião e fui dobrando as roupas. O cheiro característico de Jiang Chen pairava no quarto, um odor que eu conhecia desde meus dezesseis anos. E que esperava que perfumasse toda a minha vida.

Ouvi duas batidas na porta e a voz de Jiang Chen.

— Abre a porta.

— Para você fazer o quê? — perguntei.

Por reflexo, peguei uma blusa e a apertei contra o peito. Depois percebi que aquele gesto tinha sido hilário, então abaixei a roupa para dobrá-la.

— Pegar uma roupa e tomar banho.

— Está falando sério?

— Não, estou mentindo — respondeu ele, impaciente.

Eu me levantei e abri a porta, receosa, imaginando que ele iria me empurrar na cama assim que tivesse acesso ao quarto e começar a fazer aquelas coisas de casal comigo. Ai... que vergonha!

Infelizmente, Jiang Chen não entendeu nada: ele achou que eu fosse insistir em honrar minha inocência. Entrou no quarto, pegou a roupa e saiu. Nem sequer me olhou, e fechou a porta ele mesmo.

Arrumei o quarto mais ou menos e, quando estava prestes a me deitar, Jiang Chen bateu na porta de novo; meu coração quase saiu pela boca.

— Oi, vou dormir, boa noite.

— Boa noite.

O coração que palpitava acelerado foi se acalmando mais uma vez. *Olha, doutor Jiang, para de provocar sua namoradinha desse jeito...*

*

Fui caindo aos poucos no sono, com um sorriso doce estampado no rosto. Mas provavelmente o deus do sonho tinha ficado com inveja da minha felicidade escancarada, porque mandou reproduzir na minha mente aquela cena da mulher caindo do andar no hospital, que havia acontecido mais cedo no dia. Aquele horror se repetiu tantas vezes, que acordei gritando do sonho.

Viu só? Até deuses têm inveja.

Toda atrapalhada, consegui encontrar o interruptor e acendi a luz. Abracei o travesseiro e assim fiquei, olhando para o além.

Ouvi duas batidas na porta. Na mesma hora, abracei ainda mais forte o travesseiro e me encolhi no canto da cama.

— Xiaoxi, sou eu. Está tudo bem? — Era a voz de Jiang Chen, então relaxei. Já estava tão acostumada a morar sozinha, que havia me esquecido que naquela noite estava acompanhada. Ele bateu mais duas vezes na porta. — Posso entrar?

— Sim, não está trancada — respondi.

A porta se abriu. Nas mãos de Jiang Chen havia um copo cheio de um líquido branco. Se eu não estivesse errada, provavelmente era leite. Se fosse outra coisa, só poderia afirmar que ele tinha sido inovador, ou que, como diriam em inglês, estava *thinking outside the box*.

De repente, me senti como uma princesa presa em uma torre alta, cujo príncipe vinha resgatar com uma espada... *Nossa, como ainda sou uma menina.*

Ele me estendeu o copo.

— Teve pesadelo? — perguntou.

Tomei um gole — era leite mesmo. Ou seja, Jiang Chen não dispõe de nenhum espírito inovador.

— Sonhei com aquela moça que caiu do primeiro andar do hospital — contei.

Bebi mais um pouco de leite. *Eca, sem açúcar, que gosto ruim.*

Jiang Chen se sentou na beira da cama e fez carinho na minha cabeça.

— Está tudo bem agora, está tudo bem...

Coloquei o copo na mesa de cabeceira, me aproximei dele e apoiei a cabeça no seu ombro.

— Que horas são? — perguntei, sonolenta.

— Umas três da manhã.

A posição em que eu estava só acelerou minha vontade de dormir. Bocejei.

— Estou com sono...

— Então dorme. — Ele endireitou minha cabeça. — Deita direito. Assim que você dormir, eu saio.

Eu me deitei em um dos lados da cama, dei uma batidinha no espaço que sobrou e disse:

— Vamos dormir juntos.

Devo reiterar que eu estava fora de mim, não importava se por causa do pesadelo ou do sono. Enfim, de qualquer forma, não me restava alternativa a não ser insistir em achar que eu não estava pensando direito, caso contrário não conseguiria me perdoar por ter tomado a iniciativa de convidar um homem para dormir comigo — nada nesse comportamento batia com meu jeito de ser, que havia sido severamente intoxicado por resquícios de tempos conservadores.

Jiang Chen hesitou um pouco. Então, apagou a luz e se deitou.

Eu também hesitei um pouco. Então, virei para as costas dele, o abracei pela cintura e encostei a cabeça entre as suas escápulas. E fechei os olhos para dormir.

Senti que ele havia ficado um pouco enrijecido, e ele colocou a mão sobre a minha.

Em plena escuridão, notei que o coração de Jiang Chen batia acelerado no início, mas logo foi se apaziguando.

— Dormiu? — perguntei.

— Não.

Como meu ouvido estava grudado nas costas dele, sua voz reverberava na minha cabeça, parecendo ter vindo de um lugar longínquo.

— Jiang Chen — prossegui — não me lembro se já tinha dito ou não, mas eu te amo.

Ele ficou em silêncio por um momento, e percebi que seu coração voltou a acelerar como se alguém estivesse tocando uma bateria. Quando eu estava prestes a cair no sono, ele se virou para mim e me abraçou. Depois, beijou minha testa e disse:

— Dorme. Se você continuar falando, não vou ser mais tão educado.

Confesso que tenho um problema. Eu o chamo de "o mal de responder a alguém na hora errada", e ele acontece sempre que estou sonolenta. Só para dar uma ideia, lembro que certa vez estava cochilando em uma aula de história da arte ocidental e o professor me acordou para responder à seguinte pergunta: "Por que Verrocchio fez Leonardo da Vinci pintar o ovo?" Como eu estava com sono, perdi a paciência com aquela pergunta ridícula que aparecia desde os livros do ensino fundamental, então respondi que era porque Verrocchio gostava de comer ovo. O professor ficou extremamente zangado e lamentou bastante que eu nunca me tornaria alguém tão grandioso quanto Leonardo da Vinci. Sem ter refletido nada, respondi: "Isso porque o senhor também não seria nenhum Verrocchio na vida."

Agora, sendo bem sincera: apesar de ter sido uma disciplina eletiva, eu reprovei nessa matéria nada mais nada nem menos que cinco vezes no total. Bati o recorde de reprovações de todos os tempos, podendo ter meu nome lembrado na história da faculdade.

E, justo nesse exato momento, tive uma crise súbita desse mal. Quando Jiang Chen terminou a frase com "não vou ser mais tão educado", retruquei sem nem ao menos ponderar:

— Quem pediu para você ser educado?

— Ah é? Não se arrependa depois.

— Quem disse que vou me arrepender, hein? — respondi de novo.

Em questão de dois segundos, Jiang Chen estava em cima de mim. Talvez ele tivesse percebido que se hesitasse mais uma vez a história se repetiria, então, antes que eu pudesse voltar a mim, tirou de nós dois, de maneira rápida e categórica, todos os obstáculos em forma de tecido.

— Espe... Hum...

Minha boca foi selada por outra boca.

Como não havia sobrado roupa alguma entre nós para esconder a vergonha, me conformei. Com essa atitude, acho que já deu para ter uma ideia da minha submissão frente às adversidades da vida.

Quando o beijo de Jiang Chen alcançou minha clavícula, entrei num estado de transe que se assemelhava à sensação de enjoo quando se anda de barco. Não sei dizer quanto tempo fiquei nesse estado, mas, de qualquer forma, Jiang Chen me levou a aprender coisas que a escola não havia me ensinado. Acho que se praticássemos mais algumas vezes nos tornaríamos especialistas.

*

Quem fez o café da manhã do dia seguinte foi Jiang Chen. Enquanto ele estava ocupado na cozinha, fui ao banheiro, embrulhada em uma coberta, e perguntei a ele por que havia deixado o ar-condicionado tão forte. Ele me respondeu que era para eu conseguir dormir até mais tarde. Depois de ir ao banheiro, entrei na cozinha, abracei Jiang Chen pelas costas e apoiei minha cabeça nele para cochilar mais um pouco. Para mim, foi um momento bastante acolhedor, mas ele fez a seguinte pergunta:

— Você lavou as mãos depois de ir ao banheiro?

— ...

Cocei os olhos e me arrastei de volta para o quarto para dormir.

Passado um tempo, Jiang Chen foi me buscar na cama para tomar café. Respondi que não tomava café e deitei de novo para dormir.

Ele me levantou mais uma vez.

— Não vai tomar o café que eu fiz?

Lembrando que havia bisturis naquela casa, me esforcei para me levantar e fingi estar animada.

— Vamos, vamos. Vamos tomar café.

Mas não consegui nem sustentar a animação até sair da cama. Enquanto estava sentada na beira dela, tentando pescar o chinelo com o pé, meus olhos se fecharam contra minha vontade. Jiang Chen ria ao meu lado. Bocejando, pedi que ele parasse de ficar só rindo e me ajudasse a encontrar o chinelo.

Ele se agachou e pôs o chinelo em mim. Quando eu estava prestes a colocar os pés no chão, Jiang Chen me pegou no colo. Coloquei o rosto em seu ombro e comecei a dar comandos:

— Vai devagar, deixa eu dormir mais dois segundinhos.

Ele não me colocou na cadeira, mas nas suas coxas. Além disso, foi colocando comida na minha boca, todo doce e delicado. Fiquei bastante lisonjeada com essa atitude, uma vez que quando comíamos no refeitório universitário já havia pedido para ele fazer isso várias vezes. Em todas as tentativas, ele se recusou, com desculpas como "Você acha que pareço um idiota?" ou "Prefiro morrer" ou "Como você é cara de pau".

Comi metade do ovo frito em que ele se esqueceu de colocar sal e falei:

— Já estou satisfeita, viu? Me leva no colo para dormir.

Ele apertou minha bochecha e retrucou:

— Não tem vergonha de me dar ordens desse jeito, não?

— Sou cara de pau mesmo — concordei.

No fim, ele teve que me transportar de volta à cama, e eu caí num sono profundo assim que me deitei.

*

Quando acordei de novo, já era meio-dia. Largada na cama, gritei:

— Jiang Chen! Jiang Chen!

Assim que ele entrou no quarto, notei que estava com óculos, o que o deixava com um ar ao mesmo tempo perverso e delicado. Apontei para o acessório e perguntei, surpresa:

— Desde quando você é míope?

— Desde quando você não estava comigo.

Dei uma tossidinha.

— Mas por que nunca vi você usando óculos?

— Porque é mais prático usar lente. Por que me chamou?

— Só para avisar que já acordei. Aliás, estou com fome. Ah, e mais: me carrega para ir escovar os dentes.

Jiang Chen tirou os óculos, apertou algumas vezes o dorso do nariz e os colocou de novo.

— Viciou em me dar ordens, é isso?

Cocei a cabeça e, com um pouco de vergonha, respondi:

— Um pouquinho...

Ele fez que não e virou as costas para sair. Nesse exato momento, agi como uma águia e rapidamente agarrei o canto de sua camiseta com toda a força para impedi-lo de ir. Como eu não soltava por nada, ficamos naquela guerra: ele tentava puxar a roupa, e eu segurava firme e forte. No fim, sem jeito, ele virou para mim e disse:

— Vou levar você no máximo até a sala.

Subi nas costas dele, comemorando:

— Vamos!

Fiz um macarrão nada difícil para almoçarmos. Quando terminamos de comer e arrumar tudo, já tinha passado de uma da tarde.

— O que você estava fazendo hoje de manhã? — perguntei.

— Estudando.

— Nossa, mas você estuda na sua folga também? — questionei, com um suspiro.

— Alguém faltou o trabalho para me fazer companhia, mas ficou dormindo que nem um porco morto. Que mais eu poderia fazer? — replicou ele, irônico.

— Mas foi porque você me cansou muito essa noite! — alfinetei de volta.

Assim que proferi a última palavra, meu rosto corou em um segundo. Que pouca vergonha ter falado uma coisa daquelas...

Perplexo, Jiang Chen ficou sem reação. Mas, para minha surpresa, também corou.

Querendo esconder meu constrangimento, apontei para o rosto dele e zombei:

— Por que está vermelho? Você não é médico? Não conhece de cabo a rabo o corpo humano? Já não tinha visto de tudo? Que vergonha ficar corado, hein?!

— E você, que já fez vários desenhos de modelo vivo e também está vermelha? — rebateu ele.

Pensei um pouco. Jiang Chen tinha certa razão. Mesmo assim, insisti:

— Você viu mais corpos do que eu.

Talvez ele tivesse se cansado da minha implicância, porque só respondeu, seco:

— A maioria deles era cadáver.

Tive um calafrio e decidi não prolongar mais a discussão.

— O que vamos fazer agora de tarde? Não íamos ao cinema?

— O que você quer assistir? Vamos alugar para ver.

— Ah, deixa para lá. Não quero ver nada.

Perdi a vontade.

Ele ajeitou os óculos e perguntou:

— Então o que você quer fazer?

Matutei por um momento e logo me veio uma proposta.

— Que tal eu ficar paradinha deitada no chão e você me chutar para lá e para cá? — sugeri, animada.

Jiang Chen fez uma expressão de espanto, que seguiu ali estampada no seu rosto.

Só depois de um tempo considerável foi que ele me respondeu:

— Chen Xiaoxi, seu grau de insanidade sempre consegue ultrapassar os limites da minha imaginação.

— Ah, que bom ouvir isso! — agradeci o elogio, modesta.

*

No fim das contas, fomos alugar um DVD, e terminamos com um que o dono da locadora recomendou bastante. Segundo ele, era um filme perfeito para um casal de namorados. No entanto, os primeiros cinco minutos do tal "filme perfeito" eram só créditos, seguidos de outros cinco de música instrumental. Depois, várias pessoas sem expressão ficavam andando de um lado para o outro, o que durou mais cinco minutos. Nesses quinze minutos iniciais, Jiang Chen encostou em mim e dormiu.

Seu cabelo repousava delicadamente no meu pescoço e na minha bochecha. Inclinei a cabeça e fiquei admirando o rosto de Jiang Chen, entregue ao sono — cabelo castanho bagunçado, longos cílios apoiados encostando na lente dos óculos, canto da boca ligeiramente levantado, covinha discreta na bochecha esquerda.

Tirei os óculos dele com cuidado e penteei seu cabelo com os dedos. *A pessoa que eu amo fica com a cara mais fofa do mundo quando está dormindo, não tem por que eu prestar atenção em uma mulher cheia de sardas tagarelando na TV.*

Apoiei a cabeça na de Jiang Chen e fui fechando os olhos aos poucos. Eu conseguia ouvir o ruído dos carros transitando pelas ruas, o burburinho de pessoas conversando do lado de fora, mas do mundo também chegavam aos meus ouvidos a luz do sol passeando, as ondas da brisa do dia.

O tempo só parecia tranquilo e belo porque eu estava com ele.

O "filme perfeito" chegou ao desfecho sozinho, mergulhado em solidão. E, no fim das contas, como era francês, eu nem sequer me lembro do título.

*

Não faço ideia de quanto tempo se passou, mas, em dado momento, Jiang Chen me deu uma cutucadinha e me acordou. Com o polegar, limpou um vestígio de saliva no canto da minha boca e perguntou:

— Sobre o que era o filme?

Olhei para a tela azul da televisão e balancei a cabeça, confusa.

— Não sei. Tinha uma mulher que não parava de falar, e eu dormi depois. Vamos devolver já o filme para não termos que pagar mais um dia de aluguel amanhã.

Fomos devolver o filme de mãos dadas. Chegando na locadora, o dono insistiu em saber o que tínhamos achado da história, animado.

Fiquei com pena dele e não quis ferir seus sentimentos, então tive que improvisar um discurso sobre o que havia entendido da trama. Comentei com ele que a obra era bastante artística, a troca de câmeras registrou perfeitamente as cenas e os atores deram a vida na atuação. Além disso, o filme dispunha de uma ação dramática excelente, e o mais importante: a história ainda analisava indireta e densamente as emoções mais profundas do ser humano.

Ao terminar de ouvir meu depoimento, o dono da locadora ficou tão empolgado que por um bom tempo não conseguiu dizer coisa alguma. Com o filme na mão, ele tremia, dizendo:

— Você está certíssima! É isso! Como você me entende! Não posso cobrar a você pelo filme, não posso... Se eu ficar com o dinheiro, sou um animal!

Para não fazer o homem virar um bicho, acabamos não pagando pela locação, embora com relutância.

Em seguida, fomos a uma pequena livraria, na intenção de comprar uns livros de receita para fazermos o jantar. Jiang Chen escolheu alguns e me perguntou:

— Acha que consegue esses livros de graça, do mesmo jeito que você enrolou o dono da locadora?

Olhei para o caixa — era uma mulher. Então disse a ele que as mulheres eram imunes a minhas habilidades. Jiang Chen foi até lá pagar. Quando seu sorriso deixou a covinha à mostra, a dona da livraria lhe deu vinte por cento de desconto por iniciativa própria.

Na volta para casa, ficamos bastante orgulhosos do poderoso charme que ambos tínhamos. Ok, ok... Na verdade, era eu quem estava envaidecida por ter poupado uns dez yuans. Mas mereço um desconto, vai, sou só uma pobre mortal.

*

Jiang Chen realmente é um terreno fértil quando o assunto é estudo. Depois de ter folheado as receitas, seu comportamento mudou drasticamente. Até o dia anterior, ele era uma pessoa toda atrapalhada na cozinha, mas agora exalava o ar de um chef de cozinha, organizado e com tudo sob controle.

O conhecimento adquirido muda o exterior das pessoas — Jiang Chen já não era aquele menino do dia anterior.

Sentei de pernas cruzadas junto à mesa, batendo numa tigela com os palitos. Acompanhando o ritmo das minhas batucadas, eu o apressava:

— Chef Jiang, estou com fome! Chef Jiang, estou com fome...

Enfurecido, o chef gritou de dentro da cozinha:

— Chen Xiaoxi! Vem me ajudar!

Enfiei a cabeça para dentro da cozinha.

— Mas você não consegue dar conta sozinho?

Jiang Chen pegou um dente de alho e arremessou em mim. O negócio acertou minha testa e depois caiu quicando no chão. Peguei o alho e o coloquei de qualquer jeito na bancada, depois me aproximei de Jiang Chen para ver o que ele estava preparando. Era brócolis com carne, e na boca do fogão ao lado ainda havia uma panela de caldo de galinha cozinhando; parecia que Jiang Chen estava determinado a virar o jogo. Às escondidas, enchi uma colher de caldo para provar, mas ele me repreendeu:

— Espero que você morra queimada.

Soprei a sopa até esfriar e experimentei.

— Jiang Chen, que tal deixar de ser médico, hein? — comentei, emocionada. — Vamos abrir um restaurantezinho. Você é muito talentoso!

A sopa que ele tinha feito estava sensacional, transbordando *umami*. Quando provei, parecia que uma revoada de galinhas havia saltado de algum lugar para dançar comigo, e eu estava pulando e rodopiando entre as penas, com um sorriso de satisfação e felicidade que contagiava o ambiente. Está bem, está bem... Confesso que essa descrição veio do filme *O Deus da Cozinha*, de Stephen Chow.

Mais tarde, Jiang Chen fez mais pratos, o que foi me deixando cada vez mais impressionada, com os olhos marejados de alegria.

Eu acabei com toda a comida, e se ele não estivesse do meu lado eu até lamberia os pratos.

Depois da refeição, fui lavar a louça por pura e espontânea vontade, e Jiang Chen foi me ajudar. Mas desconfiei fortemente de que ele só se dispôs a arrumar os pratos comigo porque queria ter certeza de que eu não os lamberia.

Enquanto eu lavava a louça, ele secava, e ficamos jogando conversa fora. De repente, ele me sugeriu:

— Você não quer se mudar para cá?

Ainda segurando um prato, pensei por um momento se não deveria deixá-lo cair no chão, a fim de mostrar a ele que tinha me espantado com a sugestão. Mas, como meu receio durou tempo demais, perdi a janela de tempo para reagir daquela forma e tive que estender o prato limpo a Jiang Chen.

Ele o pegou para secar e perguntou mais uma vez, como quem não queria nada:

— Quer ou não quer?

— Hum... Melhor não...? — respondi.

— Entendi. — Ele fez uma pausa de dois segundos. — Por quê?

— Hum... Porque eu ronco.

— Não ronca, não.

— ...

Não consegui elaborar nenhuma resposta decente, na verdade. Esfreguei meu pescoço algumas vezes e disse:

— Só acho que não vai ser bom...

Jiang Chen não insistiu, apenas concordou com a cabeça.

— Se acha que não vai ser bom, então tudo bem.

— Você vai ficar zangado comigo? — perguntei, com delicadeza.

Seus lábios se aproximaram e tocaram levemente os meus.

— Não.

Capítulo XIV

Todo casal sempre vai ter alguma coisa para conversar, principalmente quando uma das partes é uma pessoa tagarela.

Quando perguntei a Jiang Chen pela décima segunda vez por que ele tinha se apaixonado por mim anos antes e quando ele havia descoberto aquela paixão, ele pegou a chave do carro e anunciou:

— A gente trabalha amanhã, vou levar você para casa.

Suspirei, decepcionada. Eu tinha aquela dúvida desde o dia em que havíamos ficado juntos, mas não importava qual estratégia eu adotava para tentar arrancar uma resposta dele, fosse por ameaça ou sedução, Jiang Chen nunca me respondia. Sabe, por trás da minha tagarelice, existe um coração jovem e sentimental!

Quando fui colocada para dentro do carro, ainda estava tentando a todo custo conseguir alguma resposta dele.

— Sabe, teve uma época em que cheguei a pensar que se eu insistisse em gostar de você para o resto da vida e você não me correspondesse eu teria jogado minha juventude fora — comentei.

— Ah, teria mesmo — respondeu ele.

Lancei um olhar zangado para Jiang Chen.

— Como você é chato — repliquei.

Ele nem sequer me deu corda, apenas focou na condução.

Sempre fui da opinião de que é impossível saber exatamente o que o outro está pensando, não importa o nível de intimidade que se tenha com a pessoa. Embora possa haver momentos em que a telepatia seja mais forte do que a linguagem, como quando um se levanta e o outro já sabe que foi porque ele queria pegar água; ou então quando só de uma pessoa ficar olhando pela janela sem dizer nada a outra já sabe que ela está de mau humor... Tudo isso, na verdade, é concluído com base na observação dos hábitos diários do outro. Ninguém nunca sabe com cem por cento de certeza se a pessoa à sua frente realmente o ama. É uma questão unicamente de confiança.

Quando terminei de fazer todo esse discurso para Jiang Chen, ele retrucou:

— O que você quer dizer com tudo isso?

— Olha só, fiquei na barriga da minha mãe por meses e meses e até hoje não entendo por que ela acha prazeroso ficar olhando para jovens bonitos na internet todos os dias. Se minha mãe gostasse de tiozões, eu entenderia, mas não. Por isso, precisamos conversar mais! Você precisa me contar por que gosta de mim, para fortalecer minha confiança.

— Você é realmente muito irritante. Não sei quantas vezes tenho que repetir para você acreditar em mim. Eu sei abrir o peito de uma pessoa, fazer uma ponte de safena, trocar uma válvula cardíaca, mas eu realmente não sei por que gosto de você.

Já tinha dito antes: quando ele levava a conversa para o nível técnico, não conseguia entender mais nada...

Mas, às vezes, também quero ser mais forte a cada crise que enfrento. Por isso, falei:

— Então me diz quando você percebeu que estava gostando de mim.

Jiang Chen deu um longo suspiro e girou o volante com força. O carro fez uma curva.

— Não lembro. Por que isso é tão importante para você?

Ora, as mulheres se importam com muitas coisas: o rosto, a pele, o cabelo, o corpo, o dinheiro, a casa, as questões românticas... Infelizmente, também sou uma mulher.

Fiquei bastante frustrada por não conseguir a resposta que queria, então parei de falar. Se Jiang Chen quisesse melhorar o clima, ele que abrisse a boca. No entanto, durante o resto do caminho, em nenhum momento ele reclamou daquele silêncio infeliz. E, bom, dá para entender — afinal, era capaz de ele já ter até pernoitado em um necrotério, então lógico que um tempinho sem falar não era nada para Jiang Chen.

Chegamos em frente ao meu prédio, e, enquanto eu abria a porta, já fui dando tchau:

— Estou indo.

— Me dá um beijo de despedida — pediu Jiang Chen, apertando levemente a buzina do carro, que fez um ruído curto parecido com alguém soltando pum.

— Não quero.

— Não vou reclamar que você beija mal.

Já chega! Isso passou dos limites.

Mostrei meu adorável dedo do meio para Jiang Chen.

Ele ficou atônito por dois segundos, depois, com uma expressão sombria, disse:

— Chen Xiaoxi, se você não quiser ser atendida pela dra. Su na emergência, melhor guardar esse seu dedo aí e vir me dar um beijo.

Dei a volta no carro arrastando os pés. Assim que cheguei à porta do motorista, ele baixou o vidro e inclinou a cabeça para fora, sorrindo e cantarolando:

— Nos despedimos com um beijo, numa ruazinha deserta...

Sempre soube que ele cantava bem. E, realmente, um rosto bonito como o dele, acompanhado de um sorriso e uma música daquelas, merecia mesmo um beijo.

Segurei seu rosto, me aproximei e lhe dei um beijo longo. Depois, esfreguei o nariz no dele e o beijei mais uma vez. Os lábios de Jiang Chen eram macios e quentes, e sua respiração, leve e familiar. Eu provavelmente conseguiria ficar beijando-o por muito tempo, se ele não reclamasse de dor no pescoço.

Só que, antes de ele reclamar de dor, fiquei sem ar. Eu o empurrei e respirei fundo várias vezes.

— Não vale dizer que não beijo bem, só esqueci de respirar fundo primeiro.

Com a mão na cabeça, que eu o havia feito bater na janela do carro quando o empurrei, Jiang Chen retrucou:

— Sugiro que você vá aprender primeiro socorros, incluindo respiração boca a boca.

Ergui dois dedos para enfiar nos seus olhos, e ele se afastou, rindo.

— Eu realmente não me lembro, sério. Mas me lembro de uma vez que você gritou comigo na quadra da escola — comentou ele.

Depois disso, ele pisou no acelerador e partiu com o carro, me deixando para trás. Fiquei parada ali, tentando conter o vestido, que havia sido levantado pelo vento por causa da arrancada. Só depois de um bom tempo foi que entendi que aquilo era uma resposta à minha pergunta.

Quadra? Gritando? Para falar a verdade, eu tinha feito muitas coisas do tipo durante meus anos agressivos na escola. Precisava realmente vasculhar minhas memórias.

*

A lembrança veio à tona de repente quando eu estava tomando banho. De tão empolgada, escorreguei e quase caí dentro do vaso sanitário. Ainda bem que consegui segurar o cano do chuveirinho, mas teria que trocar por um novo no dia seguinte.

A situação tinha acontecido em um torneio de basquete entre as turmas no segundo semestre do segundo ano do ensino médio. Quando o assunto era esporte, os alunos da turma de artes estavam fadados ao fracasso, por isso ninguém levou a competição muito a sério. Já a turma três de ciências biológicas, a de Jiang Chen, era, segundo boatos, a única que poderia vencer a turma do pessoal de educação física na disputa pelo título.

Como o primeiro jogo era da minha turma contra a de Jiang Chen, não tinha desculpa para não ir assistir. Na verdade, fui em todos os jogos em que a turma de Jiang Chen participara.

Aquele foi o pior jogo que vi em toda a minha vida. Tínhamos conseguido montar um time para participar da competição apenas à base de muito esforço. Não havia problema algum se mais pareciam passear com a bola na quadra do que realmente jogá-la — a grande questão era o representante da turma. Quando lhe passavam a bola, ele a agarrava no peito e ficava plantado no lugar, como quem abraçava um filho que tinha perdido fazia anos; só faltava levantar a camiseta para amamentar o "bebê". Deu tanta vergonha que quis fingir que não os conhecia.

Já Jiang Chen era diferente. Desviava de adversários, marcava cestas de três pontos, fintava oponentes e fazia arremessos pertinho; enfim, não poderia haver alguém mais deslumbrante que ele.

Jogamos duas partidas e fomos desclassificados, enquanto a turma de Jiang Chen, sob sua liderança, avançou até a final, contra a turma do pessoal de educação física.

Fazia um dia gélido de inverno. Já era hora do intervalo, mas o professor supervisor tinha decidido falar de assuntos que ele considerava de extrema importância, como o fato de que não tínhamos apagado bem a lousa, o chão estava muito sujo, como não deveríamos namorar tão cedo... Enquanto isso, eu me encontrava bastante inquieta, olhando pela janela as cabeças se moverem de um lado para outro na quadra. Por que o professor tinha que ocupar nosso tempo pós-aula? Não poderia dar sermão durante o horário de aula?

Finalmente, o professor liberou a sala. Quando cheguei à quadra correndo, ouvi um longo apito: fim do jogo. Parei qualquer um que estava lá e perguntei o resultado. Me disseram que a turma três de ciências biológicas tinha perdido feio a competição. No mesmo instante, cheguei à conclusão de que eu não poderia deixar de estar ao lado de Jiang Chen em um momento tão crítico, então saí voando para a sala da turma três.

Chamei o nome dele, mas logo percebi que naquela sala gigante havia apenas duas pessoas: Jiang Chen e Li Wei. Eles estavam um de frente para o outro, bem próximos, conversando. Na minha cabeça, surgiu uma única palavra: adúlteros.

Os dois olharam na minha direção simultaneamente. Jiang Chen, com uma cara nada boa, só me encarou em silêncio.

Pensei um pouco e resolvi me explicar.

— O professor demorou para nos liberar.

Justifiquei meu atraso porque, como era eu quem entregava água para Jiang Chen todo final do jogo, ele acabou deixando quinhentos yuans comigo para que eu pudesse ser sua fonte de hidratação. Eu estava plenamente satisfeita com aquele cargo e nunca tinha deixado de cumprir fielmente meu dever. Naquele dia, porém, havia sido negligente, mas por conta de uma força maior! Eu não tinha culpa.

Jiang Chen não me respondeu, e o clima ficou constrangedor.

— Ainda bem que hoje eu trouxe água para o Jiang Chen, Chen Xiaoxi — comentou Li Wei, sorridente.

Eu me esforcei para sorrir.

— Ainda bem. — Fiz uma pausa, mas não pude deixar de perguntar a Jiang Chen: — Como foi o jogo?

Jiang Chen parecia não ter ouvido, porque nem se manifestou. Eu não sabia para onde ele estava olhando.

— Nossa turma não conseguiu jogar bem hoje — respondeu Li Wei.

— Ah, entendi. — Coloquei a mão no bolso da calça, pensando em devolver o restante do dinheiro para Jiang Chen, e foi assim que descobri que o havia esquecido dentro da mochila. — Hum... Eu só quis vir aqui para ver se está tudo bem, vou indo...

Jiang Chen não só não olhou para mim como também nem sequer produziu qualquer som em sinal de despedida.

Virei as costas e saí correndo, aos prantos. Ele não deveria ferir os sentimentos de uma donzela na flor da idade.

Depois, voltei à sala para pegar minha mochila, e quando saí encontrei por acaso com Jiang Chen na quadra. Hesitei por um momento, mas no fim me aproximei dele e disse:

— Que coincidência! Vamos voltar para casa juntos?

Não entendi por quê, mas de repente ele pareceu irritado.

— Você pode parar de ficar me seguindo? — replicou.

Aquilo não era verdade, no entanto. Desde que tínhamos sido colocados em turmas diferentes por conta da área escolhida para fazer o vestibular, eram raras as oportunidades que eu tinha para ficar indo atrás dele. Aliás, aquele encontro fora totalmente fortuito, o que no dicionário seria descrito como "por acaso". Mas não contestei a falta de lógica da fala de Jiang Chen; eu estava triste demais para isso.

Depois, ele ainda falou mais algumas coisas horrorosas, que eu rebati, mesmo que nesses anos tenha me esquecido da maior parte da conversa. A única frase que me lembro de ele ter dito foi: "Eu pedi para você gostar de mim?"

Nisso, eu caí aos prantos na quadra, tirei notas e notas de dinheiro da mochila e as joguei com toda a força no chão. Como é delicado amar alguém... Mesmo com o coração partido, eu não ousava atirar o dinheiro em Jiang Chen.

Eu me lembro de ter dito: "Nunca mais vou te dar bola. A vida é muito longa pra eu gostar só de você!"

*

Infelizmente, a única pessoa de quem eu gostei foi mesmo Jiang Chen. O que prova que não devemos falar nada com tanta certeza, porque o carma sempre entra em ação.

Dei um suspiro. Mesmo naquele instante, depois de tanto tempo, ainda ficava triste só de lembrar daquela história.

Enquanto secava o cabelo com a toalha, liguei para Jiang Chen.

— Chegou em casa? — perguntei.

— Cheguei.
— Lembrei agora, a história da quadra.
Ouvi as risadas dele.
— Você chorou muito naquela vez!
— E depois?
— Depois pensei que era melhor não fazer você chorar tanto de novo.
Contive o nó na minha garganta.
— Vou fazer uma pergunta, e você tem que me responder sinceramente, tá? Não pode mentir para mim por orgulho.
— Tudo bem.
— Você voltou à quadra para pegar o dinheiro?
— ...
Um silêncio atípico dominou o outro lado da linha.
— Sim ou não? — insisti na pergunta.
— Não. — A negação foi proferida de forma decisiva.
Suspirei, decepcionada.
— Deixamos barato para a pessoa que foi responsável pela limpeza do dia...
— Não me diga que depois de tanta choradeira você ainda voltou para pegar aquelas míseras notas! — comentou Jiang Chen, seríssimo.
— Não eram míseras notas, não! Havia sobrado uns duzentos ou trezentos yuans — expliquei. — Quando cheguei em casa e pensei melhor, cheguei à conclusão de que uma pessoa com um temperamento peculiar que nem você não voltaria para pegar o dinheiro. Por isso eu voltei! Mas não encontrei mais nada lá...
Meu plano era simples: se eu voltasse para pegar aquelas notas, poderia ficar com o dinheiro todo...

Capítulo XV

Passei umas três vezes pela entrada do hospital. Jiang Chen tinha me pedido para visitar aquela moça que tinha caído do primeiro andar, porque, segundo ele, meus pesadelos só desapareceriam depois que eu a visse pessoalmente, ainda viva. Toda vez que Jiang Chen me pedia algo, eu tinha a sensação de que só me cabiam duas alternativas: ou obedecer, ou fugir. Quando contei a ele sobre essa percepção, ele me disse que não, eu ainda tinha uma terceira opção: matá-lo. Naquele momento, senti que provavelmente éramos iguais — não batíamos bem da cabeça.

Respirei fundo, entrei de uma vez no hospital e atravessei correndo o saguão onde a menina caíra. Jiang Chen estava me esperando no primeiro andar, mas me disse que tinha uma cirurgia de sete horas marcada, por isso havia ficado sem alternativa a não ser pedir para a dra. Su me levar até a moça.

Segurei o dedo de Jiang Chen e disse:

— Sete horas? Tudo isso?

— Pois é. Por isso, quando você acabar, já volta para casa. Vou te encontrar logo depois da cirurgia. — Ele enganchou o dedo no meu, mas logo soltou e se virou para a dra. Jiang. — Por favor, cuide da Xiaoxi.

— Sem problemas, deixa comigo! — respondeu ela, sorridente.

Sou uma pessoa desconfiada. Tive a sensação de que o tom dela parecia dizer "finalmente tenho você nas minhas garras".

Assim que Jiang Chen saiu, a dra. Su logo comentou:

— Aquela menina tem um transtorno mental.

— O quê? — Dei um passo para trás. — Então é melhor eu ir na próxima, junto com Jiang Chen.

— Não precisa ter medo, não! Você está comigo, eu sou a médica responsável por ela.

Ela pegou a minha mão, e até parecia que éramos íntimas. Depois que dei alguns passos, sendo arrastada por ela, notei algo errado e me forcei a parar.

— Mas você não é ortopedista? Como é que pode ser a médica responsável por ela, se ela tem um transtorno mental?

— Estou cuidando da costela que ela fraturou. A coisa do transtorno mental é um diagnóstico particular meu. Pensa: alguém com a saúde mental plena pularia de um prédio por um homem?

Ela seguiu me arrastando.

— Um médico pode ficar comentando do estado do paciente pelas costas? — questionei.

— Ué, por que não? — Ela estranhou.

— Não é muito indelicado?

A dra. Su me deu uns tapinhas no ombro.

— Os médicos são seres humanos também. E se são humanos, têm defeito. Meus defeitos são: ser indelicada e cruel.

Bom, se ela falou um negócio assim com aquela confiança toda, quem seria eu para contrariá-la?

*

Quando entramos, a moça estava deitada na maca, imóvel. Nós duas nos aproximamos dela, e percebi que lágrimas escorriam silenciosamente por seu rosto, molhando o travesseiro branco. Examinei com cuidado a aparência da menina — tive a sensação de que ela estava diferente de quando a vira. Pensei um pouco, mas concluí que, depois de uma queda do primeiro andar de um prédio, a fisionomia das pessoas certamente mudaria. Então deixei de lado o fato de ela não parecer a mesma pessoa.

— Como está se sentindo hoje, srta. Li? — perguntou a dra. Su.

Ela permaneceu imóvel, as lágrimas escorrendo. Mexeu ligeiramente os lábios e soltou:

— Me deixem morrer.

Sério. A menina foi tão sincera no pedido que faria qualquer um se sentir mal de não lhe conceder tal desejo. Mas a dra. Su já havia me dito que era uma pessoa cruel, então se recusou prontamente.

— Seu namorado não veio ainda. Se quiser morrer, espere ele chegar.

Puxei a dra. Su para perto e sussurrei:

— Não fala besteira! E se ela reclamar de você para o hospital?

Ela deu uma batidinha no dorso da minha mão, na tentativa de me acalmar.

— Já estou acostumada a receber reclamações...

A srta. Li parou de sofrer em silêncio, mas se entregou a um choro de soluçar.

— Olha só o meu estado! Mesmo assim, ele não veio me visitar! Eu...

Ela voltou a ficar aos prantos.

— Você pode parar com essa gritaria? — A dra. Su apoiou a mão na cabeça. — Está me dando dor de cabeça. Olha, vim apresentar uma pessoa para a senhorita. Esta é a moça em quem você quase bateu quando caiu. Ela veio visitar você.

Do nada, ela me empurrou para a frente da garota. Constrangida, me esforcei para sorrir.

— Olá.

A srta. Li me olhou.

— Por que você veio me ver? — perguntou, soluçando.

Não poderia dizer que estava ali para me certificar de que ela ainda continuava viva, porque só assim para eu parar de ter pesadelo. Então tive que falar:

— Só para ver como você está se recuperando mesmo.

— O que isso tem a ver com você? — Ela soluçava. — Veio rir da minha cara, é?

Não sabia o que responder. Lancei um olhar de socorro para a dra. Su.

Ela bocejou e disse:

— Como o que tem a ver? Se a parábola da sua queda tivesse dado um pouco errado, ela também estaria na maca hoje. Faz um favor? Se quiser tirar a própria vida, escolha uma forma mais ecológica. Se tiver mesmo que optar por pular do prédio, ponha uma placa dizendo: "Este pedaço de chão foi reivindicado por uma suicida. Se você tem amor à vida, não passe por aqui." Assim, você pelo menos não tem chance de machucar os outros sem querer!

Ansiosa, interrompi a dra. Su.

— Para que provocar a garota! Médicos têm que se preocupar com os pacientes, assim como os pais com seus filhos!

Ela fez um gesto de desdém com as mãos.

— Existem pais malvados, é só ligar a televisão que você vê. Pode me considerar uma médica má. E ela é muito braba, aguenta esses comentários, então pode relaxar.

Quem é que está sendo braba aqui?

A srta. Li, por sua vez, parecia bem resiliente, de fato. Mesmo com toda a falta de delicadeza da dra. Su, ela insistia em me perguntar:

— Ficou decepcionada porque eu não consegui morrer?

Na mesma hora, balancei a mão em sinal negativo.

— Não, não, não... Só achei que, com tantas pessoas circulando no saguão naquele dia, talvez fosse coisa do destino você ter caído na minha frente. Então só vim ver se você está bem mesmo, nada de mais.

Talvez ela tivesse acreditado que o episódio realmente pudesse ter sido algo arranjado pelo destino, porque parou de me pressionar e ficou murmurando sozinha. Em resumo, o conteúdo do que ela matutava era algo assim: "Eu o amo tanto que estou disposta a morrer por ele."

De tantas novelas a que assisti, não gosto de presenciar pessoas jurando a própria morte, porque fiquei com umas sequelas. Tinha medo de não conseguir conter meu reflexo incondicional de tapar a boca dela e clamar "Não permito que você diga uma coisa dessas!", por isso falei para a dra. Su:

— Vamos embora?

— Eu nem a examinei ainda. — Ela se virou para a moça histérica. — Deixa pra lá, vamos embora. Fico com dor de cabeça só de vê-la desse jeito, perdi até a vontade de fazer brincadeira.

Era isso. Sabia que tinha algo errado naquele dia. A dra. Su ainda não havia me bombardeado com seu "senso de humor".

*

Quando saímos do quarto, a doutora me disse:

— Meu irmão vai para o exterior.

— O quê?

— Tentei fazer o garoto mudar de ideia, mas ele não quis nem saber. Minha mãe está chorando muito, com medo de ele sofrer sozinho em outro país.

— Mas não é bom ir para o exterior? Ele vai aprender coisas novas, ampliar os horizontes — respondi, sem entender muito.

— O negócio é que ele está saindo do país por causa de um amor não correspondido, e vai ficar longe de todo mundo. E se ele cometer suicídio? E se cair na depravação?

Dei de ombros.

— Desculpa.

Ela fez um gesto de "deixa disso" com a mão.

— Imagina, mas talvez minha mãe queira conversar com você um dia desses.

— Quê? — Chocada, não consegui pronunciar as palavras de outra forma que não as separando em sílabas menores. — Mas... mas... me... me... lhor... não... hein...

Para mim, dedurar para os pais ou recorrer a eles de qualquer forma é uma coisa bem sem sentido, e... exatamente meu ponto fraco!

Gotas e gotas de suor frio deslizavam pelas minhas costas, acompanhando a curvatura da lombar, e chegavam ao cós do meu jeans. O suor marcava a parte de trás do meu corpo, delineando a curvatura das minhas nádegas. Tive que me convencer de que eu tinha um corpão, para não pensar naquela situação constrangedora...

A dra. Su deu um sorriso malicioso.

— Estou brincando, minha mãe é ocupada.

— ...

Perdi totalmente minha capacidade de reação.

— Aliás, meu irmão não vai para lugar nenhum. Ele falou que vai achar uma menina jovem e bonita para irritar você — prosseguiu ela.

Muitas vezes, penso que ainda que a lei reja o ser humano, não deixa de levar em consideração a parte humana nas causas. Em relação a pessoas como a dra. Su, acredito que se um dia eu não resistisse e acabasse com ela, o sistema jurídico teria que me condecorar com uma medalha.

Infelizmente, me formei em artes, não em direito, por isso não consegui deduzir se a lei me condenaria ou não, caso eu porventura matasse a dra. Su. Então tudo o que fiz foi acenar e sair do hospital para pegar o ônibus.

*

De volta em casa, fiz um cálculo: Jiang Chen devia chegar por volta de uma da manhã.

Então fiz macarrão instantâneo para mim e fiquei comendo em pé, assistindo a uma série norte-americana a uma distância de cinco passos do computador. Desde que havia derrubado uma tigela de caldo doce de feijão-verde no teclado, prontamente entendi que líquidos são um insustentável peso do ser para o computador.

Havia comido só um pouco de macarrão e assistido à "preview" da série quando meu celular tocou. Dei uma olhada na tela: era

Wu Bosong, que andava sumido. Tá, confesso que, do ponto de vista dele, quem havia desaparecido era eu, porque quando começo a namorar minha vida gira em torno do namorado, e não dos amigos. Por isso não consegui fazer nenhuma amizade decente nos quatros anos de faculdade...

Na chamada, ele me contou, todo feliz, que tinha se apaixonado por uma mulher — uma mulher de verdade, diferentemente de mim, que era uma menininha bobona.

Para ser sincera, a probabilidade de me chamarem de menininha bobona havia reduzido bastante nos anos anteriores. Só por isso resolvi ignorar aquele equívoco de Wu Bosong de achar que eu não era uma mulher de verdade.

— Quer dizer que vai namorar agora? Quem vai me levar para comer quando eu estiver com fome? — falei.

— Seu homem — respondeu ele.

— Mas ele vive ocupado.

— Então basta você agradar minha mulher para ela não ter ciúme de você — retrucou, rindo.

— Odeio esse jeito de "meu homem" e "minha mulher" que as pessoas falam. É muito meloso.

— Como é que a gente deve chamar, então?

— Meu querido, minha querida, meu chuchu, meu docinho.

Ele gargalhou do outro lado da linha. Acho que o que mais gostava de Wu Bosong era que ele ria de toda piada ruim que eu fazia.

Ouvi a campainha tocar entre as gargalhadas dele, então disse:

— Sua campainha tocou.

Ele fez uma pausa e respondeu:

— Foi a sua.

Parei para escutar de novo; realmente, era a campainha da minha casa. Não tinha jeito, meu apartamento era antigo e a campainha não funcionava muito bem. Às vezes, tocava alto, às vezes, baixo; parecia um interesse romântico que ora se aproximava, ora se afastava.

A caminho da porta, fiquei brincando com Wu Bosong pelo telefone, falando coisas como "Não é você que está aqui me esperando abrir para me pedir em casamento, né?" ou "Será que foi um fantasma que tocou a campainha?".

Quando abri a porta, era Jiang Chen. *Bom, pelo menos não era um fantasma, vamos ver se ele vai me pedir em casamento.*

Nada disso aconteceu, porém; ele parecia deprimido. Resoluta, desliguei o telefone para poder dar atenção a Jiang Chen e perguntar o que ele tinha. No fundo do meu coração, tinha fé de que meu camarada Wu Bosong me compreenderia.

A cirurgia de sete horas terminara em duas. Apesar de eu ser leiga, dava para deduzir o que devia ter acontecido.

Na minha cabeça, preparar um chá quente e abraçar Jiang Chen me faria parecer uma esposa compreensiva e carinhosa. E realmente coloquei meu plano em prática. O problema foi que me esqueci de considerar os elementos externos, tais como o fato de que era uma noite de verão, quente pra burro, ou de que o proprietário filho da puta não tinha me fornecido um ar-condicionado, ou ainda de que eu tinha suado bastante... Enfim, não sou boa em ser uma esposa delicada.

Feito um polvo, Jiang Chen me pegou pelo colarinho e me afastou dele, além de me impedir de quase fazê-lo tomar um banho de chá quente. No fim, agarrou meus ombros e disse:

— Dá para você ficar parada?

— Mas quero ajudar você.

Ele me soltou e deitou no sofá.

— Só fica aí parada, não precisa fazer nada.

Em seguida, cruzou as mãos atrás da cabeça e ficou me olhando.

Ai. Não me olha desse jeito, Jiang Chen. Nosso relacionamento já deu um passo à frente, entrando no mundo dos maiores de dezoito anos. Estou sentindo o fogo do desejo arder por todo o meu corpo, apesar do seu olhar ingênuo e puro. Não sou nenhuma santa!

Fiquei ali em pé, quieta no lugar, por uns dez minutos, enquanto Jiang Chen me contemplava. Durante esse tempo, fiz algumas perguntas, como "Quer que eu mude para uma pose mais atraente?", "Quer que eu vá colocar uma roupa mais sensual?", "Posso te cobrar por ficar me olhando todo esse tempo?", entre outras. Jiang Chen, porém, permaneceu calado.

Sem conseguir aguentar aquele olhar, bati o pé.

— Que raios você está olhando? — indaguei.

— Você, ué.

— O que tem de interessante em mim para você ficar olhando desse jeito?

Me arrependi imediatamente depois de perguntar. É claro que sou interessante...

— Também estou tentando saber o que tem de interessante em você — respondeu ele.

Fiquei ponderando o significado das palavras de Jiang Chen, e senti que havia algo nas entrelinhas. Por isso, decidi que a partir daquele momento era melhor não ponderar nada, e sim impedi-lo de falar.

— Antes, quando eu ficava cansado ou deprimido, pensava "seria muito bom se a Chen Xiaoxi estivesse aqui, porque ela é tão boba que é só olhar para ela que tudo fica bem".

Tinha acabado de pensar naquilo de não ficar matutando sobre as palavras de Jiang Chen, mas se não fizesse isso naquele momento, não saberia dizer se ele estava me elogiando ou me insultando...

Então perguntei, franca:

— Você está me elogiando ou me insultando?

— O que você acha?

Corri e pulei nele.

— Quer dizer que você aprendeu a falar de um jeito romântico?

Ouvi um gemido vindo de Jiang Chen por eu ter pulado nele, mas minha interpretação daquilo foi que era o peso da felicidade. Ele puxava minha gola e tentava me tirar de cima dele, mas abracei forte seu pescoço e ali fiquei. No fim, eu venci aquela luta e acabei me sentindo muito bem.

Apoiada no peito dele, perguntei:

— Agora que estou na sua frente, está revigorado? Não é nada mau me ter do seu lado, né?

— Na verdade, não senti nada de especial.

— Ah! — Eu me endireitei e agarrei o pescoço dele. — Vou ter que estrangular você hoje!

Enquanto tentava soltar meus dedos, Jiang Chen retrucou:

— Vai pegar um travesseiro no quarto, assim poupa energia nesse negócio de tentar me asfixiar.

Mordi o pescoço dele. Jiang Chen sorriu.

— Tem que morder mais para cá, a aorta está aqui.

— ...

*

Jiang Chen apenas me contou que a cirurgia não tinha dado certo, mas não disse como encarou o desaparecimento de uma vida, nem como lidou com as lágrimas dos familiares...

Do meu ponto de vista, como leiga, tanto a vida quanto as lágrimas são assuntos difíceis de encarar. Mas ele enfrentava aqueles temas delicados todos os dias, então talvez até já tivesse se acostumado. Ainda assim, eu sentia pena dele e achava que a vida seria mais fácil se voltássemos para nossa terra natal e vendêssemos batata-doce.

*

Jiang Chen me falou que passaria a noite na minha casa, mas eu respondi que não tinha roupa para ele.

Ele então me contou que havia uma roupa no carro e me pediu para ir buscar.

E eu fui, obediente. Quando voltei, Jiang Chen já tinha tomado banho e estava com uma toalha minha em volta da cintura, sentado em frente ao meu computador, assistindo à minha série norte-americana, enquanto comia o meu macarrão instantâneo.

Olhei para a toalha, que marcava um lugar "especial". Não sabia se eu deveria morrer de desejo com aquela cena ou dar os pêsames à toalha que tinha me custado duzentos e dez yuans...

Coloquei as mãos na cintura e fiz uma expressão séria.
— Como você mexe nas minhas coisas sem ter pedido?
Ele me olhou de soslaio.
— Sua irritação seria mais convincente se você parasse de olhar minha toalha.

Bom, como não consegui rebater aquele argumento, decidi ir tomar banho também; aproveitei e aumentei a temperatura da água. Antes de sair do banheiro, me observei diante do espelho: minha pele estava num tom rosado vivo, uma delícia. Inclusive, preciso abrir parênteses e me explicar. Não sou narcisista. Quando a protagonista de uma ficção romântica se olha no espelho e suspira com a própria beleza, as pessoas costumam atribuir isso a narcisismo. Mas não é meu caso. Eu simplesmente acho que fico melhor quando estou mais rosada, e não branca; tão deliciosa que dá até água na boca. É uma percepção bem fácil de ser assimilada: basta observar a diferença entre camarão cru e camarão cozido.

Entrei no quarto em um estado de espírito de "eu sou gostosa". Jiang Chen ainda estava com a toalha de banho na cintura, porém dessa vez estava deitado na minha cama, folheando meu mangá.

Tossi e disse, um tanto constrangida:
— Eu não peguei a roupa para você? Por que não se vestiu?
Ele virou uma página e me respondeu, com a maior naturalidade:
— Pra que colocar agora, se vou tirar depois?

Ué, não sei! Como vou saber? Só para eu poder tirar sua roupa enquanto você me despe... se não, parece que não tenho nada para fazer...

Na verdade, eu estava com vergonha, só não demonstrava muito. Aliás, eu tinha o péssimo hábito de esconder meus sentimentos, então fingi naturalidade, peguei um short dentre as peças de roupa dele e joguei para Jiang Chen:
— Não deita na minha cama pelado.

Em seguida, fui em direção ao computador, voltei para o tempo no qual eu havia parado o vídeo e fingi assistir, empolgada. O que estava passando no episódio? Só Deus sabe.

Jiang Chen, por sua vez, sempre que virava a página do mangá, fazia barulho com as folhas; a palma da minha mão começou a suar frio.

Na Antiga China havia um método de execução chamado "lingchi", ou "morte lenta". O que efetivamente faziam: cortavam o condenado com uma faca afiada aos poucos até a morte. Mais tarde, o método foi aprimorado. Passaram a colocar o condenado, nu, em uma rede de pesca apertada. Depois, cortavam a parte da carne que ficava para fora dos buracos da rede. O recorde registrado foi de mais de três mil cortes. Não estou trazendo esse método de execução à tona para mostrar o quanto o ser humano consegue ser cruel, nem para provar a criatividade de nossos antepassados no que diz a respeito a execuções. Minha intenção é dizer que a angústia que eu sentia a cada folha que Jiang Chen virava era como a dos condenados àquela morte lenta. Seria mais prático se ele pulasse em mim e me derrubasse para fazer umas coisas.

Quando um terço do episódio já tinha rodado, Jiang Chen falou:
— Chen Xiaoxi.

Senti um calafrio. Se for para usar uma linguagem mais romântica: cheguei a estremecer de leve.

Apertei o botão de pausa e virei para ele. Jiang Chen estava deitado de lado, com a cabeça apoiada num dos braços, olhando para mim.

— Que foi? — perguntei.
— Vem dormir — respondeu, fazendo um gesto com a mão.

Eu o encarei, mas ele apenas ignorou meu olhar e sorriu, fazendo aparecer um pouco da sua covinha.

Mas que charme é esse?!

Engoli a saliva.

— Hum, então... Vou só terminar esse episódio, aí deito. Se estiver cansado, pode dormir primeiro.

Ele não se manifestou, apenas permaneceu na mesma posição, sorrindo para mim. Além disso, seus olhos brilhavam, sua expressão toda melancólica.

Não fazia ideia de onde ele tinha aprendido aquele olharzinho triste, mas meu pobre coração acelerou.

Desliguei o computador, fui até o armário e arremessei um travesseiro para ele.

— É novo.

Era um brinde que eu havia ganhado. Para consegui-lo, tive que comprar um saco de sabão em pó tão pesado que era capaz de me enterrar viva...

Jiang Chen o colocou debaixo da cabeça. Passei a mão algumas vezes no meu pescoço e sondei:

— Vou desligar a luz, hein?

— Hum.

Mergulhamos na total escuridão.

*

Tateando no escuro, subi na cama. Ao deitar, ouvi Jiang Chen murmurar algo, mas não consegui entender.

— O quê? — perguntei.

— Está muito quente. Tem ar ou ventilador aqui?

Levantei e acendi a luz. Vasculhando o armário, peguei um leque de palha tradicional que eu havia comprado numa viagem a Yunnan e disse:

— Só tenho isso, não tem ar, e o ventilador quebrou.

Assim, poupo energia e protejo o meio ambiente.

Na escuridão, podia ouvir o balançar do leque, o ritmo hipnótico. Quando minhas pálpebras estavam prestes a fechar de cansaço, senti um ventinho fresco no pescoço, que me fez estremecer, e perdi o sono de novo.

Não sei dizer quando isso aconteceu, mas, em dado momento, Jiang Chen estava tão próximo de mim que até se deitou no meu travesseiro.

Eu me mexi um pouco.

— Por que está dormindo no meu travesseiro?

— Está muito quente, não consigo dormir.

— Não é mais quente se você ficar tão perto de mim?

Jiang Chen colocou a mão na minha cintura, e senti o calor através do seu braço. Ele foi beijando meu pescoço e minhas costas, a sensação tão delicada que era como se ele estivesse deslizando uma pena, ou como o sopro de uma brisa, fazendo cócegas. Não pude resistir e fechei os olhos. Jiang Chen parou de me beijar, mas passou a língua suavemente no meu pescoço. Encolhi e, de repente, senti uma dor de mordida.

— Ei! Zumbi! — exclamei, surpresa.

Ele aproveitou a situação e colocou a mão para dentro do meu pijama. Era como se sua mão estivesse carregada de eletricidade, me fazendo estremecer. Eu me mexia para lá e para cá, mas continuava presa em seu colo, sem conseguir fazer nada.

Quando ele tirou meu pijama com força pela cabeça, fiquei desesperada e tentava explicar:

— Meu pijama tem botão, tem botão...

Não adiantou nada, ouvi pelo menos dois botões caindo no chão.

*

Acordei com fome no meio da noite, e aí me lembrei: Jiang Chen tinha comido meu macarrão instantâneo. Quis me vingar lhe dando uns chutes enquanto ele dormia. Quando abri um pouco os olhos, o rosto dele logo apareceu no meu campo de visão, e levei um baita de um susto. Ele estava muito próximo de mim, a ponto de que se eu fizesse biquinho daria para beijá-lo.

Mas o que me fez levar um susto, na verdade, não foi o rosto gigante de Jiang Chen na minha frente, mas sim o fato de que, embora ele parecesse já ter dormido, ainda estava abanando o leque de palha com uma das mãos, tentando me refrescar. Sem me mexer, fiquei olhando para ele; queria saber se ele estava acordado ou era sonâmbulo.

Cinco minutos se passaram. Jiang Chen passou o leque da mão esquerda para a direita, mas continuava abanando-o, agora em cima da minha cabeça. O frescor então das minhas costas passou para a cabeça. Por isso que, enquanto estava sonhando, eu sentia frio ora nas costas, ora no topo da cabeça; parecia filme de terror.

Tudo isso Jiang Chen fez com os olhos fechados.

Fiz um "hum" e fingi que havia acabado de despertar.

— Jiang Chen — chamei.

Ele interrompeu a ação, abriu os olhos.

— Que foi?

— Não jantei, estou com fome — disse, dengosa. — Você roubou minha janta, seu lobo mau!

Ainda quis enfatizar o drama e falar "lobo mau" com aquele tom de ingenuidade, a voz clássica da sedução. Minha habilidade, porém, não estava bem treinada, fazendo com que no fim a coisa saísse apenas de um jeito fanho.

Mesmo no breu total, percebi que o canto da boca de Jiang Chen havia contraído.

— Não fala desse jeito! Se está com fome, vai lá fazer comida.

— Aaaah... Faz para miiim... Você comeu tudo e não quer fazer comida pra miiim?

Fiz um grande beicinho, e prologuei de propósito o final de todas as frases. Minha intenção era, além de fazer um pedido válido, testar por quanto tempo Jiang Chen aguentaria aquilo.

Sua resistência a drama era bem fraca, porque ele me chutou para fora da cama. Não foi um chutinho meio que flertando, como protagonistas de romance às vezes fazem, mas um pontapé com desgosto, do tipo "quero te chutar para o Oceano Pacífico".

— Vá fazer o macarrão. Aliás, faz para mim também.

Enquanto massageava minha bunda e ia mancando fazer o macarrão, eu tentava incessantemente me consolar: demonstrações inesperadas de carinho são as mais verdadeiras... demonstrações inesperadas de carinho são as mais verdadeiras ...

Mas será que eu não poderia ter algo esperado?

Capítulo XVI

No dia seguinte, tive que acordar uma hora mais cedo só para satisfazer a vontade empolgada de Jiang Chen de querer me levar até o trabalho; eis o preço do amor.

Na segunda metade da noite anterior, ficamos discutindo a questão do travesseiro. Ele insistia em dormir no meu travesseiro, alegando que o novo tinha um cheiro forte de sabão em pó. Quando propus trocarmos de travesseiro, porém, ele disse que não queria, porque ficava parecendo que não era atencioso com a namorada.

Retruquei dizendo que ele nunca fora atencioso comigo. Além do mais, estávamos só nós dois no quarto, não havia problema algum em não ser atencioso — ninguém saberia.

Ele comentou que a minha personalidade fofoqueira seria capaz de me fazer postar aquilo num fórum, ou então escrever uma história ou desenhar um quadrinho, só para receber elogios na internet no dia seguinte. E quando comentários começassem a distorcer a realidade, eu replicaria com "meu namorado nem me deixa dormir no meu travesseiro".

Eu disse que aquilo não era justo, porque se eu quisesse mesmo fazer uma postagem em algum fórum, escrever uma história ou fazer um quadrinho, seria obra das minhas mãos, nada teria a ver com eu ter ou não uma personalidade fofoqueira.

No fim, dormimos no mesmo travesseiro, espremendo as cabeças. Acho que disputar travesseiro é uma doença: tem que tratar.

*

— Olha, que tal se eu comprar um ar-condicionado e deixar na sua casa? — perguntou Jiang Chen, de repente, enquanto esperávamos o sinal abrir.

Fiquei sem reação por alguns instantes; que pergunta familiar.

"Olha, que tal se eu der um conjunto de pincéis para você?" "Olha, que tal se eu te der de presente de aniversário aquela coleção de mangás que você queria?" "Olha, que tal se eu pagar um almoço para você hoje?" "Olha, que tal se eu deixar um dinheiro para despesas gerais com você?"...

Durante nossa vida universitária, toda vez que ele queria me ajudar com alguma coisa, falava desse jeito.

— Você tem que começar com "que tal"?

Era visível que Jiang Chen não havia entendido minha pergunta. Ele pensou por muito tempo e disse finalmente:

— Na época da faculdade, diziam que todo mundo das artes era "sustentado" por velhos e ricos. Fiquei com receio de você achar que eu estava fazendo isso com você, e que não estava te respeitando. Por isso me acostumei a fazer esse tipo de pergunta.

Fiquei calada por um longo período. No fim, não resisti e falei:

— Que respeito é esse...

— Como assim?

— Valho só um conjunto de pincéis ou uma coleção de mangás? No mínimo, tinha que ter me dado um diamante do tamanho de um punho.

De repente, Jiang Chen fechou a cara, e tive a sensação de que havia estragado uma conversa amigável.

Quando chegamos no prédio da minha empresa, perguntei a ele, com delicadeza:

— Você está bravo comigo?

— Sim.

— Por quê?

— Meu respeito virou uma piada para você.

Cocei a cabeça e perguntei:

— Então você vai ficar assim por quanto tempo?

Jiang Chen encostou o carro, inclinou-se para mim e me lançou um olhar fuzilante.

— Você quer me ver morrer de raiva, é isso?

— Não é isso... — tentei me justificar. — Estou com medo de você ficar com raiva de mim por muito tempo e se esquecer de comprar o ar. Está bem quente... e você gosta de dormir no mesmo travesseiro que eu... Ou, na verdade, mesmo bravo comigo você ainda vai mandar o ar pra minha casa de tarde? Deixo a chave com você?

— ...

Jiang Chen me encarou por tanto tempo que pareceu que tinha se passado um século. Enfim, ele deu um longo suspiro.

— Realmente, estava me preocupando demais naquela época. Você não precisa de respeito nenhum.

Ai, ai... Meu camarada Jiang Chen, que falta de educação falar desse jeito, hein?!

*

Na hora do almoço, Jiang Chen me ligou e disse que o ar-condicionado já estava instalado. Elogiei sua eficiência em resolver as coisas e propus recompensá-lo à noite. Ele deu uma risada indecente, que me deixou sem jeito — minha intenção era só comprar uma comida gostosa para ele, na verdade.

Saí do trabalho, comprei várias coisas deliciosas, e fui correndo buscar Jiang Chen no hospital.

Entre o monte de comida havia dois potes de sorvete que derreteram sem que eu e Jiang Chen pudéssemos pelo menos dar uma colherada na boca do outro, como eu gostaria, pois, na entrada do hospital, encontrei Wu Bosong e sua namorada, que ele definiu como "a mulher mais pura do mundo": Hu Ranran.

Fiquei de queixo caído.

Wu Bosong se aproximou e deu um tapinha no meu ombro:

— O que foi? Está chocada com a beleza da minha namorada?

Fechei a boca lentamente enquanto fui puxada na direção de Hu Ranran. Ele disse:

— Ranran, essa é minha melhor amiga, Xiaoxi. Xiaoxi, essa é Hu Ranran, minha namorada.

Hu Ranran ficou pálida. Tentou sorrir algumas vezes de canto de boca, mas não conseguiu.

Continuei olhando para ela, acho que também com cara de espanto.

— Ei, o que foi? — Wu Bosong me deu outro tapinha. — Vocês já se conhecem?

— Não nos conhecemos — se apressou em dizer Hu Ranran, com olhar de súplica.

Wu Bosong me olhou desconfiado. Eu disse com um sorriso forçado:

— Acho que ela me parece familiar, deve ser porque é linda demais.

— Veio procurar o Jiang Chen? — perguntou Wu Bosong.

Eu fiz que sim e, olhando para Hu Ranran, perguntei:

— E vocês? Por que estão se encontrando na porta do hospital? A srta. Hu tem algum amigo doente?

— Não, só marcamos de nos encontrar aqui mesmo — respondeu Hu Ranran, evitando meu olhar.

— Ah, que bom — falei, de um jeito que até eu percebi a ironia no meu tom de voz.

Wu Bosong ficou pensativo, mas não fez mais perguntas. Apenas deu uma batidinha com os dedos na minha cabeça, dizendo:

— Dobre sua língua e seja mais educada com minha esposa.

— Ok. Agora que tem esposa não quer saber dos amigos — repliquei, fazendo bico.

Wu Bosong me ignorou. Pegou a mão de Hu Ranran, e num tom que me deu nojo, disse:

— Vamos convidar Xiaoxi e o namorado dela para jantar com a gente?

— Tudo bem — concordou Hu Ranran, meiga, mas com o rosto ainda pálido.

Tsc, tsc, tsc... quem disse que eu e meu marido queremos jantar com vocês?

*

Jiang Chen ficou surpreso quando viu Hu Ranran, e me olhou, perplexo. Eu balancei a cabeça, e ele se sentou rindo.

Wu Bosong os apresentou, e Jiang Chen a cumprimentou com um sorriso:

— Olá.

— Olá — disse Hu Ranran, abaixando a cabeça.

Fizemos a refeição em um clima esquisito. O único que estava mais à vontade era Jiang Chen. Prova disso foi que ele comeu sua comida toda e mais metade da minha. Depois, insistiu em jogar fora os dois potes de sorvete que estavam derretidos dentro da sacola plástica, embora eu tenha ressaltado que era só voltá-los para o congelador e em uma hora estariam duros como pedra.

Antes de nos despedirmos, fiz questão de trocar telefone com a Hu Ranran, dizendo que, quando estivesse livre, era para ela me contar como era ser namorada de Wu Bosong.

*

Assim que entrei no carro de Jiang Chen, comecei a falar mal de Hu Ranran sem parar. Jiang Chen não disse uma palavra. Foi só quando eu me cansei que ele soltou:

— Por que você está agitada?

— Ela e aquele secretário Zhang! Ah, eles me deixaram com tanta raiva!

— E o que você tem a ver com isso? — disse ele.

É verdade. Muitas vezes a gente acha que tem o direito de apontar o dedo e criticar os outros. Eu bem tenho este problema.

— Antes, eu não tinha nenhuma opinião sobre Hu Ranran, mas, agora, ela e Wu Bosong estão juntos! O Wu Bosong! Como posso fingir que não estou vendo? — respondi.

Jiang Chen olhou para mim com frieza:

— Por que não pode?

Eu não sabia como explicar para ele, então fiquei repetindo:

— É o Wu Bosong! O Wu Bosong! Ele não sabe de nada, o Wu Bosong! Wu Bosong!

Jiang Chen pisou no freio bruscamente.

Segurei firme para não voar para fora do carro. Me virei lentamente e olhei para ele:

— É melhor que tenha aparecido um cachorro ou um fantasma na sua frente, ou eu vou te matar.

Jiang Chen me ignorou e disse, carrancudo:

— Você precisa reagir tão mal assim ao namoro do Wu Bosong?

— O problema não é ele estar namorando, mas com quem está namorando. Você não sabe, mas a história dele é complicada. Acho que é melhor ele ter um relacionamento mais simples — expliquei.

Jiang Chen riu com sarcasmo.

— Que relacionamento simples, com você?

Hã? Ah!

Primeiro, eu fiquei perplexa, mas depois que percebi a questão, apontei para ele sem acreditar:

— Você... você deve estar com ciúmes... se não está com ciúmes de Su Rui... está com ciúmes de Wu Bosong... o que deu em você?

Jiang Chen ficou de cara amarrada e não me respondeu, mas nem liguei. Principalmente porque eu estava muito chocada. Jiang Chen sempre fez a linha "sou adulto e nunca fico com ciúmes". Como sua namorada, quando eu vi a neta daquele secretário Zhang, obviamente senti muito ciúme. Mas vendo sua expressão tão nobre quanto a de um soldado, ainda mais ele tendo uma reputação de ser sempre generoso e racional, acabei ficando envergonhada.

O carro ficou parado na rua quase dez minutos, até que eu disse:

— Bem, vamos para casa para poder ficar com ciúmes, ok?

Jiang Chen levantou a mão. Achei que ele fosse me mostrar o dedo do meio, mas não fez isso. Apenas ligou o carro.

Enquanto avançávamos pela rua, tentei explicar:

— Wu Bosong não gosta de mim. Se ele gostasse de mim, estaríamos juntos há muito tempo, então não pense besteira.

Ele fechou ainda mais a cara. Sim, era isso que eu queria.

*

Quando chegamos em casa, fiquei debaixo do novo ar-condicionado olhando para cima e rindo. O ar-condicionado é uma das maiores invenções da humanidade, assim como o computador, a televisão, a máquina de lavar roupa, o aquecedor de água, o carro, o avião... É, os seres humanos são mesmo extraordinários.

Jiang Chen permanecia emburrado no sofá, com a TV tão alta que eu pensei que ou o som dela estava com problema, ou Jiang Chen estava surdo. Devia ser a segunda opção: sentir raiva é o que há de mais prejudicial à saúde.

Depois de rir embaixo do ar-condicionado da sala, fui correndo rir embaixo do ar-condicionado do quarto. Então, voltei para a sala, dei um tapinha no ombro de Jiang Chen e disse:

— Sinto muito pela despesa, podia ter comprado só um ar-condicionado para instalar no quarto, não precisava ter comprado o da sala.

Ele nem me olhou — foi pegar o controle remoto na mesinha de centro para ligar o ar-condicionado, mas eu fui mais rápida que ele e o peguei da sua mão:

— Vá tomar um banho. Vou ligar o ar do quarto. Você pode ir direto para lá depois do banho.

Jiang Chen me lançou um olhar indiferente:

— Não estou com vontade de tomar banho agora.

Não entendi.

— Tem que ter vontade de tomar banho? — questionei.

Ele esticou o braço e tentou pegar o controle remoto de novo, mas eu o escondi atrás das costas.

— Vá tomar banho! Vá tomar banho!

— O que você está insinuando? — perguntou ele, me olhando com malícia.

Fiquei pasma e joguei o controle remoto para ele sem pensar.

— O que eu estou insinuando?! Você... você é um sem-vergonha!

Jiang Chen provavelmente nunca tinha sido xingado de "sem-vergonha" por ninguém na vida. Então, ficou olhando para mim, sem acreditar, com o controle remoto na mão. Dei a ele o meu mais lindo sorriso e saí correndo.

Bati a porta e me tranquei no quarto.

Do lado de fora, Jiang Chen começou a bater na porta.

— Saia, se tiver coragem!

— Eu não tenho coragem — afirmei calmamente.

Peguei o controle remoto na mesa e liguei o ar, depois me joguei na cama num pulo. Tirei uma história em quadrinhos de baixo do travesseiro e fiquei cantarolando enquanto balançava os pés e lia.

Até que ouvi o barulho da fechadura e, quando me virei, vi Jiang Chen encostado no batente da porta. Girando um molho de chaves no dedo indicador, ele se aproximou, rindo:

— Sem-vergonha, né?

Tive a impressão de que ele estava escondendo as presas por trás daquelas covinhas...

— Você não tinha me devolvido as chaves? — gritei.

— Eu mandei fazer duas cópias.

— Como você fez cópias sem o meu consentimento? — perguntei, me levantando com raiva.

Ele veio lentamente na minha direção.

— Porque eu sou um sem-vergonha — respondeu.

...

Pus-me de pé na cama e dei uns passos para trás. Era raro poder vê-lo de uma posição mais elevada, então me aproveitei e adotei um ar imponente, mas as palavras saíram baixinhas:

— Não se aproxime...

Jiang Chen agarrou meu tornozelo com força, e com uma puxada me jogou no colchão. Ainda bem que a cama era macia.

Ele se deitou sobre mim, enquanto eu ria com os olhos entreabertos, querendo agradá-lo:

— Eu estava errada, eu estava errada.

Ele foi se aproximando cada vez mais, até tocar meu rosto com a ponta do nariz.

— Sério? — perguntou.

Disse apenas uma palavra, mas seu hálito se espalhou por todo o meu rosto. Sorrindo, me esquivei:

— Sério! Você não é um sem-vergonha, não há ninguém mais digno do que você.

Ele esfregou o nariz no meu rosto, me fazendo lembrar dos porcos fungando repolhos que eu tinha visto na infância.

Justamente quando estávamos rindo e nos divertindo, prestes a tirar a roupa e começar o rala e rola, meu celular tocou.

Tirei Jiang Chen de cima de mim e tentei rastejar até a cabeceira para alcançar o telefone, mas ele me puxou pelo tornozelo. Supliquei misericórdia enquanto estendia a mão para pegar o aparelho. Quando consegui ver quem estava ligando, gritei:

— Para! Para! É a Hu Ranran.

Jiang Chen parou e eu atendi o telefone depressa, com um tom animado:

— Alô! Oi!

Depois de um breve silêncio, ela disse:

— Sou eu, Hu Ranran.

— Sim, eu sei — falei, com o tom de voz mais calmo.

Ficamos caladas por um momento. Eu não tomaria a palavra. Passado um tempo, ela implorou:

— Por favor, será que você poderia não contar aquilo para ele?

Na verdade, eu queria ser sarcástica e perguntar "Aquilo o quê? Contar para quem?", mas não consegui. Jiang Chen tinha me ensinado direitinho. Eu não podia ser uma pessoa malvada, pelo menos não na frente dos outros. Então, disse apenas:

— Ele é muito amigo meu.

— Eu sei. Eu...

Ela ia continuar. Mas ficou em silêncio novamente. Provavelmente não sabia por onde começar.

Segurando o telefone, olhei para Jiang Chen, que estava com a cabeça apoiada no meu colo, folheando os quadrinhos que eu lia pouco antes.

Do outro lado da linha, Hu Ranran deu um longo suspiro:

— Fui trabalhar como babá na casa deles quando tinha quinze anos. Eu era uma criança do campo vivendo na cidade. Toda a família me tratava bem, e eu também me comportava. Fui crescendo aos poucos, mas não esperava que quanto mais eu crescesse, mais ficasse bonita, nem esperava que fosse chamar a atenção daquele velho nojento...

Ela fez uma pausa e começou a rir de si mesma.

— Hahaha! Quanto mais eu crescia, mais ficava bonita... Haha...

Aquela risada me parecia desoladora.

Engoli a saliva e disse:

— Termina sua história primeiro.

— Bom, não deu outra: uma vez, não tinha ninguém em casa e eu estava limpando o chão. O velho voltou, se sentou no sofá e ficou lendo o jornal. Pediu que eu lhe servisse um copo de água e me empurrou no sofá. Depois do abuso, disse que se eu obedecesse, ele me trataria muito bem. Mas se eu não obedecesse, ele mandaria alguém agredir meus pais e não me deixaria conseguir mais nenhum emprego. O que eu podia fazer? Tinha só dezesseis anos.

Eu segurava o telefone sem saber o que dizer. Jiang Chen de repente apertou a minha outra mão, que estava sobre a perna. Baixei a cabeça e olhei para ele. Ele colocou o quadrinho aberto cobrindo o rosto, como se fosse dormir.

Apertei a mão dele de volta e disse:

— Prometo que não vou contar, mas espero que você resolva isso e não o machuque. Ele é um amigo muito importante para mim.
— Obrigada — falou ela.
Pensei mais um pouco e a adverti novamente:
— Se o machucar, não vou perdoar você.
Assim que terminei de falar, me arrependi amargamente. Parecia uma fala de série de época...
Ainda bem que Hu Ranran não aproveitou a chance para me ridicularizar. Apenas disse:
— Eu sei, não se preocupe.
Nesse ponto, até que ela foi gentil.

*

Depois de desligar o telefone, fui falar com Jiang Chen e só então percebi que ele havia soltado a minha mão em algum momento. Estava todo encolhido no canto da cama e parecia deprimido.
Fui até ele e lhe dei um tapinha:
— O que você está fazendo?
— Não se preocupe comigo. — Ele deu de ombros e afastou minha mão.
— O que é que foi?
Fiquei confusa. Ele não respondeu.
Continuei parada ali por um tempo, sem entender. Então, me virei e fui escolher uma roupa para vestir depois do banho.
Enquanto eu vasculhava as gavetas do armário procurando uma roupa íntima mais nova e bonita, pensava como era caro ter um namorado. Por exemplo, mesmo uma pessoa despojada como eu deveria comprar uns conjuntos novos de roupa íntima. Outro exemplo é que já previa o drástico aumento da minha conta de luz naquele mês...
— Se ele é um amigo tão importante assim para você, então, eu sou o quê? — perguntou Jiang Chen.
— Uma calcinha — respondi.

...
É, isso pede uma explicação. Naquela hora, eu estava calculando mentalmente quantos quilowatts-hora de energia elétrica no máximo um ar-condicionado consome por noite, quanto custa um quilowatt-hora, quanto iria custar por noite e por mês. Como eu sou uma negação em matemática, estava tão absorta nos cálculos que quando Jiang Chen começou a falar, só captei as últimas palavras — o quê. E esse "o quê" evoluiu inconscientemente para o que fazia mais sentido para mim naquele momento: "Você está procurando o quê?" Daí que veio o diálogo.

Um clima silencioso e esquisito se espalhou pelo quarto. Tive que voltar a fita para recordar em detalhes o que ele perguntou. Depois, tive vontade de me estrangular até a morte com as alças do meu sutiã.

Jiang Chen se levantou, calado, e saiu do quarto. Eu fui atrás dele, me explicando:

— Você é meu namorado, ué. Eu ouvi errado agora pouco. Achei que você estava me perguntando o que eu estava procurando.

Ele balançou a mão em negativa.

— Entendi. Não precisa dizer nada.

A bem da verdade, para uma pessoa que acabou de ser comparada a uma roupa íntima, sua reação foi bastante tranquila. Isso me deixou inquieta, pois se alguém me comparasse a uma cueca, minha reação seria no mínimo... seria relativamente mais... grosseira.

Vi Jiang Chen puxar uma mala que estava ao lado do sofá e arrastá-la para o quarto. Fiquei surpresa. Quando entrei em casa, só tinha olhos para o ar-condicionado, então nem percebi que havia uma mala tão grande ali.

Fui atrás dele igual uma boba:

— Por que você trouxe uma mala? Vai viajar a trabalho amanhã?

— Pega um copo de água para mim, por favor — me pediu ele.

— Ok.

Corri para pegar a água para ele.

Jiang Chen pegou um frasco de remédio de dentro da mala, serviu dois comprimidos e bebeu-os com água. Peguei o frasco e dei uma olhada: Vitamina U + Hidróxido de Alumínio + Trissilicato de Magnésio II. Indicação: úlcera duodenal, gastrite crônica, hiperacidez, espasmo gástrico etc.

— Você está com dor de estômago? — perguntei.

— Sim — respondeu ele, se sentando na beira da cama e colocando as mãos na barriga.

— Você exagerou no jantar, comeu até a minha parte. — Eu lhe dei um travesseiro. — Cubra sua barriga com o travesseiro, vai se sentir melhor.

Jiang Chen apertou o travesseiro contra o corpo e franziu a sobrancelha:

— Me ajuda a limpar um nicho do seu armário e a colocar lá as roupas que estão na mala.

— Tudo bem. Pode deixar que eu faço isso. Deita e dorme um pouco.

Fiquei muito angustiada ao ver seu rosto pálido e a sobrancelha franzida. Sempre há aquela pessoa que quando vemos com dor somos capazes de nos colocar em sua pele e sentir empatia na hora. Eu não me negaria a arrumar as roupas para ele.

Tirei todas as peças do nicho mais alto do armário. Era onde eu guardava algumas roupas que não costumava usar. Como Jiang Chen é alto, coloquei todas as dele lá.

Depois que enfiei minhas roupas em uma sacola e deixei a maioria das roupas dele no armário, percebi que havia algo errado. Ao me virar, vi Jiang Chen deitado na minha cama e folheando os quadrinhos despretensiosamente.

— Por que você está deixando tantas roupas aqui? — questionei, piscando devagar.

Ele abaixou o quadrinho, deixando os olhos à mostra, e respondeu:

— Assim não preciso trazer uma muda de roupa limpa toda vez que eu vier.

Falando assim, tinha sentido mesmo...

— Não trouxe roupas demais? — perguntei, na ponta dos pés, colocando as roupas lá em cima.

— Você é muito baixinha — replicou ele. — Me joga uma roupa, vou tomar banho.

Eu me virei para ele.

— Você vai ficar aqui essa noite?

Ele jogou os quadrinhos de qualquer jeito, se aproximou, pegou duas peças de roupa que eu estava segurando e disse:

— Arrume tudo direitinho, vou tomar banho.

Dito isso, deu um tapinha na minha cabeça, jogou as roupas no ombro e saiu do meu quarto com passos triunfantes.

Fiquei confusa com suas respostas às minhas perguntas. Será que eu tinha entendido errado?

*

Depois do banho, Jiang Chen vestiu só uma calça xadrez azul. Seu cabelo pingava, e as gotas de água que caíam nos ombros escorriam pelo seu peito forte e rolavam pelo abdômen definido.

Engoli em seco.

— Você deveria vestir uma blusa — adverti —, o ar-condicionado está ligado.

— Vou me secar antes de vestir — disse, tirando a água no rosto com a mão. — Amanhã você pode comprar duas toalhas para mim?

— Tenho uma toalha nova no armário. Vou pegar pra você. — Encontrei a toalha e entreguei a ele com entusiasmo. — Já lavei, está limpinha. Pode usar.

— Toalha que é brinde de marca de pasta de dente? — perguntou ele, apontando para o bordado do logo da marca. — Você pode me dar coisas para usar que não sejam brindes?

— Você não consegue ver isso apenas como um bordado? Só o desenho que é um pouco diferente. Além do mais, do ponto de vista econômico, os brindes têm o melhor custo-benefício.

— Que bom que você entende de economia — disse ele com desdém.

— Pelo menos eu entendo o que é besteira — retruquei, séria, assentindo.

Sem alternativa, Jiang Chen balançou a cabeça e se sentou na beira da cama.

— Me ajuda a secar o cabelo.

Subi na cama e me ajoelhei atrás dele para enxugar seu cabelo macio e castanho-escuro. Esfreguei as mechas suavemente com a toalha. Em geral, foi tudo tranquilo, a não ser quando eu não me contive e arranquei um fio de cabelo branco, fazendo ele me olhar feio.

Depois de enxugar seu cabelo, deitei apoiada no ombro dele para descansar. Aquela coisa de secar o cabelo era muito cansativa.

*

À noite, tive um sono tumultuado. Senti algo roçando a minha nuca, e dei um tapa ali. Então, ouvi um resmungo baixo:

— Chen Xiaoxi, você é boxeadora?

Ainda sonolenta, me virei e o abracei.

— O que você está fazendo acordado tão tarde da noite?

— Não consigo dormir.

— Por quê? — perguntei, fechando os olhos de novo.

Logo em seguida, senti um puxão dolorido no rosto. Jiang Chen beliscou meu rosto:

— Meu estômago está doendo.

A privação de sono pode facilmente fazer com que as pessoas tenham maus pensamentos. Por exemplo, naquele momento, eu só queria dizer: "Esquece sua dor de estômago. Se me importunar de novo, nunca mais vai ter nem chance de sentir dor de estômago na vida."

Felizmente, aquele lado humano no fundo do meu coração continuou falando mais alto. Relutante, abri os olhos e disse:

— Vou pegar um pouco de água para você e um remédio.

Quando ia me levantar, ele segurou minha cintura.

— Não precisa, só conversa comigo para eu me distrair.

Esse negócio de conversar no meio da noite é realmente irritante.

Mas como no meu papel de namorada a prioridade é ser compreensiva, tive que reunir forças para lidar com ele:
— Quer conversar sobre o quê?
— Sobre qualquer coisa.
Olha, é preciso ter bom senso. Não dá para dizer que quer conversar e aí fazer com que a outra pessoa proponha o assunto. Esse tipo de comportamento é extremamente irresponsável e ultrajante, o autor merece ser executado com uma centena de tiros.
Uma mulher tão moderna e forte como eu não tomaria a iniciativa de propor um assunto espontaneamente, mas perguntei:
— Você fez alguma cirurgia hoje?
— Não, hoje eu só fiquei no ambulatório.
— Ah! — Pensei um pouco. — Você acha a Hu Ranran bonita?
— Ela é bonita.
— Muito bonita?
— Mais bonita que você.
Belisquei a cintura dele e dei uma torcida.
— Eu é que sou a protagonista da sua história, seja mais educado quando fala comigo!
Ele me abraçou bem forte, tão apertado que quase me esmagou, me forçando a parar com o beliscão.
— Acha que a beleza dela basta para que um homem esqueça seu passado? — perguntei.
Acho que algumas mulheres, de tão lindas, passam a ter um poder mágico natural, uma espécie de magia que faz as pessoas perdoarem todas as coisas ruins que elas já tenham feito. Por exemplo, Hu Ranran é tão bonita quanto uma tigresa, então o fato de abocanhar as pessoas é basicamente um direito inato.
Jiang Chen fez silêncio por um tempo antes de dizer:
— Não é suficiente para mim.
— Então você acha que Wu Bosong vai terminar com ela?
— O que você tem a ver com isso?
Veja bem, atualmente, o leite em pó adulterado, as vacinas falsificadas, os xampus tóxicos, o preço dos imóveis, do petróleo, da

carne, do alho, do feijão-verde... nada disso tem a ver comigo. Mas a separação de um amigo querido é da minha conta, sim. Caso contrário, não darei nenhuma contribuição para a sociedade.

— Claro que é da minha conta. Se eles romperem, eu tenho que consolar Wu Bosong, que vai ficar magoado — repliquei.

É isso. Você ouviu direito, eu falei isso mesmo. Sou maldosa, e gosto de provocar Jiang Chen até ele ficar furioso. Mas talvez eu tenha deixado minha intenção muito na cara. Ele nem teve nenhuma daquelas reações de crueldade tão comuns para um protagonista masculino. Não me jogou no chão, não calou minha boca. Nem rasgou minhas roupas para fazer indecências.

— Chen Xiaoxi, da próxima vez, sua provocação daria mais certo se você fosse menos óbvia.

Não é bom que as pessoas sejam muito inteligentes, a vida fica menos interessante.

Como não consegui provocá-lo, simplesmente continuei a discussão séria:

— Você realmente acha que eles vão terminar?

— Não necessariamente.

— Por quê?

— Porque eu não sou o Wu Bosong.

— ...

Se uma pessoa diz que quer conversar, mas cada resposta dela faz você suar para pensar no que dizer a seguir, você não a trucidaria?

Dei um suspiro e insisti:

— Se fosse eu, você me perdoaria?

Que ninguém me julgue por essa pergunta — a maioria das mulheres gosta de fazer comparações. Depois de perguntar se o outro acha tal pessoa bonita, a próxima pergunta é se ela é mais bonita que a tal.

Jiang Chen ficou em silêncio por uma eternidade e então respondeu:

— Sim.

Fiquei chocada. Estava preparada para ouvir algo bem cruel, como: "Claro que não! Eu ia te matar! Ia esperar que você pegasse uma doença e morresse!" De repente, ele respondeu com apenas uma palavra, o que me deixou realmente desconcertada e só me deu a chance de murmurar feito uma tonta:

— Por quê? Você disse que não sou tão bonita quanto ela, então, por quê?

Ele deu um beijo na minha testa.

— Porque eu te amo o suficiente — respondeu.

Não sei quantas palavras bonitas de amor as pessoas costumam ouvir quando estão namorando. Eu, no entanto, nunca tinha recebido nenhuma. Por isso, primeiro desconfiei dos meus próprios ouvidos. Depois, remoí as palavras com muito cuidado e, por fim, confirmei que se tratava realmente de uma frase de amor. Só então comecei a ficar comovida. Foi como se houvesse me dado um branco gigantesco. Senti dor de estômago. Era tarde da noite, e aquela declaração de amor sincera tinha sido muito poderosa!

Justamente quando eu estava viajando no mundo cor-de-rosa que surgiu daquelas palavras bonitas, senti meu pijama sendo levantado.

Minha bolha cor-de-rosa estourou. Não pude deixar de revirar os olhos.

— Jiang Chen, você poderia parar de ficar passando a mão em mim assim sem mais nem menos?

— Não estou fazendo nada — replicou.

Ele acariciava minha cintura. Dei um tapinha na sua mão.

— O que é isso, então? — questionei.

— Não estou passando a mão à toa, estou passando a mão com um propósito — respondeu ele, bem sério.

— Não está mais com dor de estômago? — perguntei, revirando os olhos de novo.

— Ainda está doendo, mas como conversar não surtiu efeito, vamos fazer outra coisa para distrair.

Capítulo XVII

Ao longo da semana, foram ocorrendo de forma milagrosa alguns fenômenos estranhos que nunca tinham acontecido na minha casa. Por exemplo, uma lâmina de barbear apareceu no banheiro e livros de medicina surgiram no quarto, assim como um osso de formato estranho na mesa de jantar, e o macarrão instantâneo desapareceu da cozinha durante a noite…

Quando me deparei com aquele osso majestoso sobre a mesa de jantar, decidi que não poderia mais tolerar aquilo. Se continuasse daquele jeito, em pouco tempo ele levaria toda a sua casa para a minha. Então, com o osso na mão, corri furiosa até Jiang Chen, que estava escrevendo um artigo acadêmico no seu laptop. Joguei o osso na mesa dele.

— O que é isso? — perguntei.

Ele me olhou de soslaio e respondeu com toda a calma e seriedade:

— Um osso.

Sua tranquilidade acabou com grande parte da minha arrogância, mas mesmo assim me forcei a fingir imponência:

— Eu sei que isso é um osso, a minha pergunta é: por que ele está na mesa de jantar? Não fique aí pensando que não percebi que você trouxe suas coisas pra minha casa disfarçadamente!

Jiang Chen tirou os dedos do teclado e se virou, com um olhar inocente.

— Não estou pensando nada disso.
Hã? Não... não está?

Eu me sentia como um balão cheio prestes a estourar diante da agulha que Jiang Chen tinha na mão. Bastou ele me cutucar que todo o ar que eu guardava vazou num instante.

Vendo que fiquei um tempo sem falar nada, ele já ia voltar para o computador, quando eu disse depressa:

— Então... Então, como você pode colocar seu modelo de osso em cima da mesa de jantar?

Jiang Chen olhou para o osso, franzindo a testa, e depois para mim.

— Se eu não me engano, este é o osso do caldo de costela de porco que fiz ontem à noite — respondeu.

...

Ok, deixe eu me explicar: na noite anterior, eu havia tido um desejo inexplicável de tomar caldo de raiz de lótus com costela de porco. Pesquisei a receita na internet e saí para comprar os ingredientes. Quando Jiang Chen voltou do trabalho, joguei meu charme e o convenci a ler a receita e, em seguida, a fazer a sopa. É assim, os homens devem ser treinados, assim como os cães, além do mais... não tem além do mais.

Jiang Chen tinha preparado uma grande panela de caldo, e tomamos mais da metade. O resto eu esquentei no café da manhã. Jiang Chen tomou duas tigelas e disse que ia descer para me esperar no carro, e eu tomei o que sobrou. Depois que terminei, vi aqueles ossos grandes no fundo da panela. Pensei que se eu não os roesse bem direitinho estaria premiando o cachorro do proprietário, que latia bem alto toda vez que me via. Foi só roer um dos ossos, que comecei a receber telefonemas ameaçadores de Jiang Chen, perguntando com o que eu estava perdendo tempo, dizendo que se eu não descesse naquele momento ele não iria me levar para o trabalho. Mas eu não sou o tipo de pessoa que pode ser apressada. Quando alguém me apressa, na correria, cometo todos os tipos de deslizes possíveis. Então, na pressa, derrubei da mesa a panela e as tigelas. Com muita dificuldade, consegui limpar o chão, e Jiang Chen logo subiu para me arrastar para fora de casa. Por isso, aquele osso que eu havia roído bem direitinho acabou esquecido na mesa de jantar, esturricando ao longo do dia. E, com tanta coisa para fazer, eu havia esquecido completamente o episódio daquela manhã, então...

Eu não conseguia parar de rir.

— É, parece que foi isso mesmo... — comentei.

Percebendo que ele fez cara feia, tentei elogiá-lo, com um sorriso:

— Você consegue reconhecer até o osso de ontem à noite... Você... você deve estar muito bem familiarizado com ele.

Na verdade, eu queria enaltecê-lo, dizendo algo como "Você é médico mesmo!", mas acabei só falando um monte de besteira quando ele me encarou.

Surpreso, Jiang Chen deixou a covinha à mostra.

— Nada de mais. Eu estou muito bem familiarizado com você também — respondeu.

...

Dito isso, ele voltou a escrever no laptop. Eu me sentei na beira da cama, tentando me lembrar com muito custo: "Por que comecei a acusá-lo desse jeito?"

Eu não conseguia encontrar a resposta, portanto me aproximei de Jiang Chen, apoiei meu queixo em um dos seus ombros e fiquei ali, pensativa. Pode parecer que uma coisa não tem relação com a outra, mas para mim está bom desse jeito, então é "portanto" mesmo.

Jiang Chen virou a cabeça e deu um beijo na minha bochecha, mas depois ignorou minha presença.

Puxei sua orelha e perguntei:

— Você trabalha tanto todos os dias, quanto ganha por mês?

Ele abriu a gaveta da mesa do computador e puxou sua carteira, de onde tirou um cartão de banco.

— Esse é meu cartão da conta-salário.

— Hã? — Peguei o cartão e cocei a cabeça. — Eu não sou caixa eletrônico. Mesmo se me der o cartão, não consigo ver quanto dinheiro você recebe por mês.

Jiang Chen não teve outra escolha:

— Vou te dar meu salário. A senha são os últimos seis números do seu celular.

— Por que sua senha é o meu número de celular?

— Acabei de trocar. Você é muito tonta, fiquei com medo de se esquecer.

— Mas por que é que você vai me dar o seu cartão? — insisti, meu coração num dilema entre aceitar ou não.

— Porque todo dia você fica reclamando no meu ouvido que as contas de água e de luz estão caras.

— Então volta pra sua casa — deixei escapar.

Jiang Chen me encarou em silêncio.

Fiquei tão aborrecida que tive vontade de morder minha própria língua.

— Eu... Eu quis dizer que ultimamente você tem ficado bastante aqui, e sua casa vai... vai ficar toda empoeirada.

Para a geração atual, morar junto não é nada de mais faz tempo. É só que... não sei explicar por quê, mas nunca estive tranquila com isso. Talvez porque ainda não tivéssemos a aprovação dos nossos pais, então achava que o que estávamos fazendo não era o certo. Bem, eu tenho esse problema: sou uma pessoa reservada.

Jiang Chen torceu o canto da boca e replicou:

— Entendi. Obrigado por se preocupar com a poeira da minha casa.

Eu não sabia o que dizer, então sorri para ele, falei para continuar com o trabalho e, em seguida, saí do quarto cabisbaixa e fui para a sala ver TV. Deixei o som bem baixo e não prestei atenção em nada do que estava passando. Fiquei de antena ligada para ouvir o que estava acontecendo no quarto.

Passada meia hora, ouvi o som do computador sendo desligado. Cinco minutos depois, Jiang Chen saiu com sua maleta:

— Vou pra casa.

Eu me levantei, mordi o lábio inferior e disse:

— Dirija com cuidado.

Jiang Chen ficou vermelho de raiva. Seus olhos pareciam duas labaredas queimando.

O som da porta batendo foi tão alto que me fez encolher os ombros de medo. Que temperamento forte...

*

Tranquei a porta e, encostada nela, fiquei contando os dias desde que tínhamos voltado a nos ver: já fazia mais de três meses, desde o último verão, com a instalação do ar-condicionado, até o cobertor que colocamos na cama no outono. Por que ele não definia que estávamos juntos e me fazia dar uma satisfação para meu pai, ou me levava para a casa dele e deixava sua mãe me humilhar ou algo assim?

Fiquei imaginando o que sua mãe diria se me visse de novo. Provavelmente algo como: "Por que você fica assombrando meu filho?" E como eu deveria responder? "É porque seu filho gosta de assombração?" Haha, tão tóxico.

Tinha acabado de sentar a bunda no sofá quando a campainha tocou. Pelo olho mágico, vi o rosto distorcido de Jiang Chen. Muito fofo.

Abri a porta e falei, levantando a voz:

— Você não ia para casa? O que está fazendo aqui? Não importa o que você diga, não vou te deixar ficar aqui hoje à noite.

Admito que fiquei um tanto convencida. Era muito difícil para Jiang Chen voltar assim, submisso. Grande Jiang Chen, grande Jiang Chen.

Mas, ao ver as duas pessoas que estavam logo atrás dele, fiquei incapaz de rir, apenas gritei:

— Pai! Mãe!

Meu pai estava com a cara fechada, e minha mãe foi me abraçar, com um sorriso.

— Acabamos de encontrar com Jiang Chen lá embaixo, então o chamamos para subir junto com a gente.

— Mãe, por que vocês vieram? Está tão tarde, por que você não me ligou antes para eu ir buscar vocês? — perguntei, olhando de relance para Jiang Chen, que estava com a expressão bastante tranquila.

— Foi seu pai que insistiu em vir ver você. Disse para não pedir para você ir nos buscar porque estava ocupada com o trabalho. Não tínhamos como saber que chegaríamos tão tarde, foi o trânsito que pegamos hoje.

Que mentira! Quando assisti ao jornal da noite, disseram que as condições do trânsito estavam ótimas na cidade hoje. Já estamos todos velhos, que vergonha virem me inspecionar de surpresa.

Minha mãe me puxou para a cozinha, dizendo:

— O que está esperando? Sirva um pouco de água para o seu pai tomar.

Assim que entramos no cômodo, ela me advertiu baixinho:

— Se você tiver alguma coisa de homem em casa, corra e esconda. Não deixe seu pai ver.

Dei um pulo de susto e, antes que pudesse dizer qualquer coisa, corri para o quarto, tirei as roupas de Jiang Chen do armário e coloquei-as em uma sacola, que enfiei debaixo da cama. Então, fui depressa para o banheiro, tirei tudo que tinha dele lá — a escova de dente, a toalha, a lâmina de barbear — e coloquei em um balde que cobri e enfiei embaixo da pia. Daí, me lembrei que ainda havia umas roupas de Jiang Chen penduradas na varanda. Só que para ir até a varanda era preciso passar pela sala. Como eu ia recolher as roupas escondida do meu pai e de Jiang Chen, que estavam sentados na sala? Fiquei tão aflita que cocei a cabeça e bati o pé, sem saber o que fazer.

Voltei para a cozinha e fui perguntar para minha mãe, que estava pegando umas ervas para fazer chá. Ela disse com desprezo:

— Traga suas roupas para dentro, mas jogue as de Jiang Chen lá embaixo.

...

De fato, a gente fica mais esperta com a idade.

Caminhei em direção à varanda com um sorriso sem graça, apesar do olhar desconfiado e fiscalizador do meu pai:

— Mamãe disse que tem que recolher as roupas de noite, senão ficam molhadas de orvalho...

Depois de recolher as roupas, me apoiei na varanda e examinei cuidadosamente para qual direção jogá-las. Só que estava muito escuro e o meu andar é muito alto. As roupas podiam muito bem cair na cabeça de alguém passando lá embaixo. Sem falar que seria muito constrangedor se caísse uma cueca na cabeça de alguém...

Talvez eu tenha ficado muito tempo na varanda, porque o pessoal já havia começado a conversar lá dentro. Ouvi as vozes baixas e abafadas — parecia que meu pai e Jiang Chen estavam falando sobre alguma coisa. Me abaixei como um gato perto da porta da varanda para espiar.

— Você e Xiaoxi terminaram há tanto tempo. Se você a ama, por que não vai atrás dela? — A voz do meu pai parecia um pouco zangada e severa.

Essa é uma excelente pergunta, pai.

Jiang Chen respondeu em um tom muito baixo, mas como o prédio onde moro não tem isolamento acústico, eu o ouvi bem:

— Tio, você já foi jovem, sabe que na juventude às vezes fazemos pirraça.

— Mas a sua pirraça foi longe demais — queixou-se meu pai, com frieza.

— Reconheço, foi falta de maturidade minha.

— Se você estava fazendo pirraça, como se reconciliaram? — perguntou minha mãe, desta vez, a voz de fato muito mais imponente do que a deles dois.

— Quando o senhor foi internado no hospital aquela vez, a Xiaoxi me telefonou, depois disso nós voltamos a ter contato.

— Então, quer dizer que nossa Xiaoxi te procurou primeiro? — perguntou meu pai.

— Não, na verdade eu fingi que liguei para ela por engano. A princípio, pensei que teria que fingir ligar errado para ela várias vezes para que ela me ligasse de volta. Não pensei que fosse encontrar o senhor naquela situação.

— A Xiaoxi sabe disso?

— Não.

— Por que não conta para ela?

— Pirraça.

Tive um misto de sentimentos. Pirraça, pirraça. Vai pirraçar com sua avó...

Minha mãe riu, mas meu pai insistiu:

— Você adora fazer pirraça com a Xiaoxi, já vi que nunca vai deixar minha filha ganhar discussão nenhuma. Não posso entregá-la a você. Além do mais, sua família não é tão fácil de agradar.

— Fique tranquilo. Vou ter juízo. Não deixarei a Xiaoxi triste, vou tratar sua filha bem. E vou resolver as coisas com meus pais.

— Humpf, é mais fácil falar essas coisas do que fazer — replicou meu pai.

Para ser sincera, parecia que ele o estava provocando de propósito.

— Então, como o senhor quer que eu prove? — indagou Jiang Chen.

Seu tom era calmo e sincero. Suponho que ele já houvesse lidado com muitos familiares de pacientes e tivesse uma rica experiência.

— Primeiro, você deveria confessar a Xiaoxi sobre o telefonema — disse meu pai.

— Só isso?

Jiang Chen parecia bem confuso. Eu também fiquei bem confusa, na verdade...

— Sim! — respondeu meu pai de forma categórica e descarada.

— Mas a Xiaoxi está ali na varanda ouvindo há muito tempo — argumentou Jiang Chen, parecendo um pouco confuso.

...

Joguei rapidamente as roupas de Jiang Chen lá embaixo e entrei na sala com minhas roupas, sorrindo:

— Hehe, o ar na varanda está gostoso, ficar de pé é bom para as pernas...

*

Meus pais ficaram lá em casa três dias. Depois, reclamaram que o apartamento era muito apertado e voltaram para a casa deles. Nesses dias, Jiang Chen apareceu depois do trabalho para ajudar minha mãe a preparar a comida, ver futebol e jogar xadrez com meu pai. Ele estava se mostrando muito obediente e comportado, mas sempre me olhava feio quando me encontrava. Provavelmente ainda estava com raiva de mim porque o mandei de volta para casa naquele dia.

De manhã, quando Fu Pei chegou à empresa, nos disse, exultante, que havia pagado nossos salários atrasados dos últimos dois meses. A empresa não vinha recebendo pedidos grandes recentemente, e Situ Mo e eu sabíamos da situação, mas não tínhamos dito nada. Como Situ Mo não precisava do salário para gastar dinheiro e eu ainda conseguia sobreviver com algum esforço, não havia necessidade de pôr a empresa em uma situação constrangedora. Falar "A empresa é minha família" pareceria exagero, mas nós três tínhamos fundado a empresa. Em outras palavras, ela sempre foi pequena... Mas, enfim, não é importante. Nas palavras de Situ Mo, o nosso amor pela empresa é como o que sentimos por um filho: por mais feio que ele seja, temos que aceitá-lo.

Depois de sair do trabalho, passei no caixa eletrônico para verificar meu salário. Coloquei o cartão, mas a senha digitada só deu erro. Se digitasse a senha incorreta mais uma vez, a máquina ia prender o cartão. Assim, o peguei de volta, e aí percebi que era o cartão de Jiang Chen. Então, eu o inseri novamente e digitei os últimos seis números do meu celular. Fiquei tão assustada com o valor que me debrucei sobre o caixa eletrônico. Só espero que as pessoas que estavam passando por ali não tenham pensado que eu estava fazendo nada de errado com o caixa...

Encontrei meu celular e liguei para Jiang Chen. Ele demorou para me atender.

— O que foi? — disse, por fim.
— Nada. Não posso ligar para você?
— O que você quer? Eu estou ocupado.
— Nada — respondi, brava.
— Se não é nada, vou desligar.

E desligou o telefone com um clique. Que ridículo!

O que é que eu queria perguntar para ele mesmo? Ah, queria perguntar de quando era o salário que estava na conta dele. *Se for um acumulado de dois ou três meses, vou voltar já para casa, furar a camisinha e engravidar dele para a gente se casar.*

Era uma pena que ele tivesse desligado o telefone. Mas como eu era muito insistente, ia ligar para ele de novo em dez minutos.

Só que, assim que dei alguns passos, o celular tocou dentro da minha bolsa, com o toque personalizado que configurei para Jiang Chen. Eram os versos de uma música do Mayday: "Aos sete anos, prendi aquela cigarra, pensei que podia prender o verão. Aos dezessete, beijei seu rosto, pensei que podia ficar com você para sempre. Existe ou não para sempre, para sempre que não muda. A beleza, uma vez abraçada, não pode mais ser despedaçada…"

— Chen Xiaoxi! — rugiu furiosamente alguém atrás de mim, pegando meu rabo de cavalo.

Quando me virei, era Jiang Chen.

— Por que você não me atendeu? — perguntou ele, segurando meu cabelo com uma das mãos e balançando o celular com a outra. — O que você está fazendo parada no meio da rua?

— O que você está fazendo aqui? — Coloquei a mão na nuca. — Não puxa o meu cabelo.

— Eu estava por aqui quando você me ligou agora há pouco. Hoje de noite tem uma reunião da turma da faculdade, e todos me pediram para te levar comigo — disse ele.

— Por que você foi tão grosso agora há pouco no telefone, me perguntando o que eu queria? E ainda desligou na minha cara?

— Segurei o colarinho da camisa dele. — Não estou a fim de ir a festa nenhuma com você.

Ele fez um "Ah" para mostrar que havia captado a mensagem, soltou minha mão do seu colarinho e se virou para sair. Eu puxei a manga da camisa dele rápido e disse:

— Estou brincando. Eu vou. Eu vou. — Tomei a iniciativa de dar a mão para ele. — Vamos, vamos! Quem é que vai à festa? O seu veterano vai?

Jiang Chen me encarou.

— O que importa se ele vai ou não?

Capítulo XVIII

O Veterano estava dois anos à nossa frente. Ele morava no mesmo dormitório que Jiang Chen naquela época. Refletindo sobre a sua aparência agora, ele era definitivamente um moço bonito, com rosto fino. Mas como naquele tempo a estética do nosso povo ainda não estava alinhada à da Coreia do Sul e à do Japão, não conseguimos valorizar devidamente a sua beleza. Como ele era muito esguio e ligeiro, lhe demos um apelido divertido: "Rei Macaco", do clássico *Jornada ao Oeste*. No entanto, chamá-lo toda hora de "Rei Macaco" por aí podia ser um insulto para os macacos, então passamos a chamá-lo apenas de "Veterano".

Eu e o Veterano tínhamos um bom relacionamento quando estávamos na faculdade, porque a namorada dele na época era Wang Xiaojuan, do nosso dormitório, e fui eu que os apresentei, infelizmente. Wang Xiaojuan era conhecida como "senhorita mal-humorada"; o Veterano comia o pão que o diabo amassou, mas parecia gostar daquilo. Cada vez que era atormentado, vinha reclamar comigo. Dizia "Chen Xiaoxi, se eu soubesse disso antes, teria ido atrás de você e te roubaria de Jiang Chen". E eu respondia "Ah é? Está arrependido? Também acho que é um desperdício eu namorar o Jiang Chen". E ríamos um do outro. Isso se chama comer mortadela e arrotar peru.

Depois de formado, o Veterano foi trabalhar como médico em uma escola de ensino médio. No começo, ele aparecia frequentemente na universidade para nos ver, e sobretudo para encontrar Wang Xiaojuan. Nós o ouvíamos contar sobre como as crianças naquela época estavam pervertidas, que podiam dar à luz no banheiro, sem medo de que o bebê caísse pela privada ou algo assim. Mais tarde, Wang Xiaojuan deu no pé com um filhinho de papai, e ele nunca mais apareceu.

Eu muitas vezes falava do Veterano para Jiang Chen, comentando sobre como ele havia desaparecido, como Wang Xiaojuan não sabia valorizá-lo, e que se alguma mulher se casasse com ele no futuro, seria realmente uma bênção de seus ancestrais. Uma vez, Jiang Chen ficou impaciente e disse:

— Chen Xiaoxi, se você falar dele na minha frente de novo, vou te enforcar até a morte.

*

A festa era em um karaokê, e, assim que abrimos a porta, ouvimos a música bem alta. Várias vozes estridentes cantavam, e Jiang Chen balançou a cabeça com um sorriso forçado, cobrindo meus ouvidos com as mãos, e disse alguma coisa que eu não ouvi.

Eu tinha olhos afiados e vi de relance que quem estava cantando era o Veterano. Puxei a mão de Jiang Chen, balançando-a.

— O Veterano — falei.

Ele me lançou um olhar de desdém.

— Senhoras e senhores, atenção, o monitor da turma chegou com sua esposa — disse, de repente, a pessoa que segurava o microfone.

Todos olharam para a porta e começaram a assobiar e aplaudir em uníssono. Eu acenei e gritei:

— Queridos colegas, graças ao trabalho duro de vocês, capturei o líder do seu esquadrão novamente.

Todo mundo caiu na gargalhada.

Jiang Chen segurou minha cintura e me empurrou para dentro da sala do karaokê. O sofá já estava cheio de gente. Eles se apertaram a fim de abrir dois lugares para nos sentarmos. Assim que me sentei, a pessoa ao meu lado me puxou pelos braços e me deu um beijo estalado na testa:

— Xiaoxi, minha querida Xiaoxi.

Eu a afastei, levantei seu rosto e a abracei de novo, gritando:

— Boneca de neve, boneca de neve!

Jiang Chen me puxou pela gola para me distanciar.

— Quase que você estrangulou a Xue Jing.

Eu tinha um relacionamento muito bom com Jiang Chen e seus colegas de classe, ainda melhor do que com os colegas da minha turma. Xue Jing, sem dúvida, era a melhor para mim, porque ela disse que eu era útil... Xue Jing teoricamente era a chefe de Comunicação da turma de Jiang Chen. "Teoricamente", porque se a turma deles tivesse algum evento, era sempre eu quem fazia os cartazes e flyers de divulgação.

Xue Jing beliscou minhas bochechas e me repreendeu:

— Como você ainda tem coragem de vir aqui? Quando você terminou com Jiang Chen, nem atendeu minhas ligações, né?

Puxei Jiang Chen, às minhas costas.

— Socorro — pedi.

Ele se afastou e disse:

— Bem feito!

De repente, um som agudo e ensurdecedor de microfonia saiu do alto-falante. Provavelmente o microfone de alguém havia atingido a caixa. Com o barulho, o Veterano, que cantava todo exultante, jogou bruscamente o microfone no chão e correu para o banheiro, xingando.

Olhei para Xue Jing sem entender. Ela caçoou dele, apontando para onde o Veterano estava correndo.

Eu queria fazer mais perguntas, mas Jiang Chen se inclinou de repente e falou perto do meu ouvido:

— Você ainda não jantou. Peço uma tigela de macarrão com carne para você?

Tampei os ouvidos e me virei para olhá-lo de frente:

— Assim eu sinto cócegas. Pede para colocar bastante coentro.

— Você acha que está pedindo comida em um restaurante? — replicou ele, me dando um tapinha na cabeça.

Eu me virei para Xue Jing.

— O que houve com o Veterano? — perguntei.

— Ora, por que será que ele correu para o banheiro? — respondeu ela, com indiferença, enquanto assoprava a espuma de seu copo cheio de cerveja. — Deve ser para liberar a memória.

— Para liberar a memória?

Fiquei um tempo sem entender. Ela me lançou um olhar de "como você é burra" e disse:

— Merda humana é que nem memória de computador.

O computador caiu em lágrimas ao ouvir isso.

A música mudou para uma balada romântica mais lenta — alguém cantando uma música de Cindy Chao. Mas como eu havia acabado de receber uma lição sobre computadores de Xue Jing, um verso que dizia "A coisa mais romântica que consigo pensar é envelhecer devagar com você" acabou soando para mim como "A coisa mais romântica que consigo pensar é vender computadores com você".

Que vida miserável…

*

O macarrão com carne chegou rápido e, como a mesa era muito baixa, me agachei no chão para comer. Enquanto me alimentava, conversava com Xue Jing sobre tudo e sobre nada.

Ela contou que não seguiu a carreira médica depois de formada; havia entrado na indústria farmacêutica. Fazia pouco tempo, tinha se demitido e estava discutindo sobre a possibilidade de começar um pequeno negócio com os amigos. Lamentávamos coisas tristes como a perda da juventude quando Jiang Chen deu um toquezinho nas minhas costas com a ponta do pé e advertiu:

— Come logo, o macarrão vai ficar ruim.

Dei mais umas bocadas de macarrão e empurrei a tigela.

— Estou satisfeita.

Li Dapang, que estava sentado ao lado de Xue Jing, se aproximou.

— Que pena desperdiçar tudo isso, me dá que eu como — disse.

Jiang Chen pegou a tigela para si.

— Ei, eu também ainda não jantei.

Li Dapang deu um suspiro decepcionado.

— Se você ainda não comeu, por que não pede uma comida...

— Se você quer comer, por que você não pede? — replicou Xue Jing.

— Porque eu estou de dieta.

...

Jiang Chen acabou com o macarrão em poucos segundos. Quando colocou a tigela sobre a mesa, me lembrei subitamente:

— Desde quando você come coentro?

Ele me puxou de volta para o sofá.

— Você está curtindo esse agachamento? — perguntou.

Eu ri.

— Assim que você falou, senti meus pés realmente dormentes.

Enquanto conversávamos, o Veterano saiu do banheiro e veio na nossa direção, todo sorridente. Talvez por ficar muito tempo com alunos do ensino médio nos últimos anos, seu rosto parecia realmente belo e juvenil.

Ele passou por várias pernas, até finalmente parar entre Xue Jing e mim, e nos deu sinal de ordem para nos afastar.

— Vocês duas, abram um espaço para eu sentar aí.

Sem combinar, Xue Jing e eu o ignoramos.

— Ei, vocês duas, vou sentar em vocês e amassar as duas! — insistiu ele, virando-se de costas para nós e dando um pulo para se sentar.

Jiang Chen me puxou depressa, e fiquei quase por completo no colo dele. Mas, ao meu lado, Xue Jing deu um grito:

— Por que você está me espremendo? Quer morrer?

Eu queria estender a mão para ajudá-la a sair debaixo do Veterano, mas Jiang Chen me pegou pela cintura com as duas mãos e me firmou totalmente sentada no seu colo. Ao me levantar do sofá, naturalmente surgiu um espaço para o Veterano. Quer dizer, com a ajuda de Jiang Chen, o Veterano pegou meu lugar sem ter que fazer nenhum esforço, o que me deixou bem insatisfeita.

Queria pular para discutir com o Veterano, mas Jiang Chen apertou minha cintura com ainda mais força e disse:

— Senta direito.

Eu ia protestar, mas, quando me virei, o vi franzindo a testa, com a cara séria. Não sei por quê, mas fiquei sentada ali, obedientemente, com um ar bem comportado.

O Veterano pegou a cerveja que estava na mesa, ergueu para nós e bebeu tudo de uma vez, mostrando o copo vazio e dando uma risada provocativa.

Balancei o dedo indicador em desaprovação.

— Veterano, não faz assim. Você deve apoiar o copo depois de beber. Vai quebrá-lo se ficar girando.

Ele fez um gesto como se fosse jogar o copo em mim, depois abriu os braços e disse:

— Xiaoxi, há quantos anos não te vejo, venha me dar um abraço.

Embora seu comportamento não fosse de veterano, mas de calouro, me contorci, envergonhada, e respondi em falsete:

— Ah, não vou, não.

Fiquei muito realizada quando alguns colegas lançaram um olhar enojado na nossa direção. Sou uma pessoa que geralmente se comporta de forma mais desinibida em ambientes com que estou familiarizada, empolgada para animar as coisas. Meu apelido na universidade era "hipomaníaca".

Jiang Chen de repente apertou tão forte minha cintura que suspeitei que ele queria apertar meu estômago até sair pela boca.

Espantada, me virei para olhar para ele. Gostaria de lançar aqui um lembrete às amigas que adoram usar rabo de cavalo e frequentemente têm a oportunidade de se sentar no colo de homens: não vire a cabeça de qualquer jeito, e se for estritamente necessário virá-la, que não seja rápido. Pela minha experiência, a pessoa atrás de você vai ser atingida com força pelo seu rabo de cavalo e ficará com raiva.

Como esperado, Jiang Chen ficou com raiva, mas ninguém que estava presente, exceto eu, percebeu, pois sua expressão permaneceu calma, embora suas mãos apertassem minha cintura com tanta força que a afinaram.

Acariciei sua mão e disse baixinho:

— Eu falei que precisava cortar meu cabelo curto...

— Cortar o cabelo? — Não sei como o Veterano ouviu. — Antigamente, quando seu cabelo era curto, você tinha cara de inocente. Sério, tsc, tsc, tsc...

Os três "tsc" no final me confundiram, mas pela expressão dele julguei que se tratava de um elogio, então cocei a cabeça e abri um sorriso tímido.

De repente, o Veterano estendeu a mão para beliscar minha bochecha. Ele devia ter desenvolvido o hábito de beliscar as bochechas das meninas nos últimos anos.

Eu não conseguia me esquivar, e minhas bochechas estavam prestes a ser beliscadas. Nisso, subitamente, Jiang Chen soltou a minha cintura e deu um tapa estalado na mão do Veterano.

— Olha essa mão boba aí! — falou.

O clima ficou meio tenso por um momento, então eu disse, rindo:

— Haha, é isso aí, esta flor já tem dono.

O Veterano esfregou as mãos com uma expressão malcriada.

— A flor pode ter dono, mas vou remexer esse canteiro.

— Ei, isso não tem graça — replicou Xue Jing, pegando um punhado de sementes de girassol da mesa e jogando nele.

Os dois começaram a criar um tumulto, e eu me aproximei do ouvido de Jiang Chen e o repreendi:

— O que deu em você hoje? O Veterano está só brincando.

Jiang Chen fechou a cara e não falou nada. Não entendi muito bem por que ele ficou com raiva, mas imaginei que tivesse algo a ver com o Veterano — talvez ele estivesse com ciúmes. Baseado em experiências anteriores, embora Jiang Chen seja uma pessoa que quase não sente ciúmes, ele vinha com um ciúme inexplicável de Wu Bosong. Portanto, não podia descartar que talvez ele estivesse entrando no hall da fama dos ciumentos.

*

O departamento deles parecia fazer encontros com frequência, então ninguém se estranhava. Eles se divertiram por algumas horas, e, no final, alguém estendeu a mão a Jiang Chen. Ele pegou um cartão de crédito de dentro da carteira e o jogou para o colega. Esse parecia ser um hábito desenvolvido durante a faculdade — como ele era tesoureiro da turma, quando iam jantar, ele estava acostumado a pagar a conta. Ao longo do ano, muitas vezes pagou as despesas da turma com dinheiro do próprio bolso.

Quando Jiang Chen assinou a conta, ele nem olhou o valor, mas eu dei uma espiada: tinha dado quase vinte mil yuans.

Depois de sair do karaokê, todos quiseram comer. O Veterano estufou o peito.

— O lanche da noite é por minha conta — anunciou.

O povo comemorou, e Jiang Chen e eu seguimos atrás do grupo.

— Ei, vi a sua conta hoje — falei para ele em voz baixa. — Aquele valor que está lá é o seu salário acumulado de quanto tempo?

Ele ficou emburrado.

— Não lembro, acho que é de mais de meio ano.

Fiz uma estimativa, e o salário era alto, mas não tão alto a ponto de ser incomensurável, então, para mim, foi um pouco difícil entender como ele havia acabado de gastar quase vinte mil yuans num piscar de olhos. Na minha família, sempre que meu pai compra algo acima de dois mil yuans, ele deve conversar com a minha mãe. Eu achava que era assim que os casais deveriam tratar o dinheiro.

Puxei a blusa dele e disse:

— Você acabou de gastar quase vinte mil yuans.

— Não posso? — perguntou ele.

— Não é isso — respondi, soltando sua blusa.

Não sabia explicar, mas, de repente, estava me sentindo deprimida. Alguém que estava mais à frente se virou para nos chamar:

— Capitão, não seja tão lerdo.

Jiang Chen me segurou pela cintura e seguimos.

*

Comemos churrasquinho e mingau na caçarola. Eu tinha acabado de comer dois espetos de lula quando o Veterano balançou a garrafa de cerveja e disse que queria brincar de "Verdade ou Desafio". Depois de tantos anos, esse jogo ainda tem um papel importante no entretenimento social coletivo. É uma longevidade incrível.

A garrafa de cerveja deu três voltas e parou com a boca apontada para Xue Jing. O Veterano perguntou:

— Verdade ou desafio?

— Desafio — respondeu Xue Jing.

Ele pensou um pouco.

— Vá até aquele homem ali que está chorando sozinho e diga pra ele: "Senhor, você está com o coração partido? Posso lhe oferecer um peito para se encostar?"

...

Dizem mesmo por aí que os estudantes de medicina são safados.

Xue Jing soltou o cabelo.

— Deixa comigo — falou.

Todo o grupo a assistiu em silêncio caminhando cheia de charme em direção ao triste homem que chorava enquanto bebia cerveja. Dois minutos depois, o homem com lágrimas nos olhos e nariz escorrendo se inclinou na direção de Xue Jing sem acreditar muito no que estava acontecendo. Xue Jing o empurrou e começou a gritar:

— Seu velho depravado!

Em seguida, voltou para a mesa cheia de charme.

Seja em choque ou tomado por constrangimento, para um bêbado, a vida é cheia de altos e baixos.

*

A garrafa deu um giro e meio sobre a mesa e parou apontada para o Veterano. Xue Jing abriu um sorriso maldoso.

— Verdade ou desafio?

O Veterano coçou o queixo e respondeu:

— Verdade.

Xue Jing ergueu as sobrancelhas e começou a fingir que estava pensando.

A interação entre os dois deixou os espectadores muito preocupados. Como eu sou uma representante notável na plateia, dei uma mordida no frango assado e disse:

— Alô, pessoal do Departamento de Medicina, sou uma estudante inocente do Departamento de Artes. Por favor, cuidado com o nível.

Ué, por que essas caras de quem está tramando alguma coisa?

Xue Jing tomou um gole de cerveja e falou calmamente:

— Então, vamos primeiro fazer um aquecimento.

Todos ficaram ansiosos.

— O que é mais importante: amor ou dinheiro? — perguntou ela.

...

Foi difícil apaziguar a raiva do pessoal. Depois de jogarem nela alguns palitos e ossos, Xue Jing teve que mudar a pergunta para:

— Com quem você já teve um sonho erótico?

Aí, sim. O mundo está tão perdido, para que fingir inocência?

Então, todo mundo começou a batucar nos pratos e gritar:

— Fala logo, fala logo...

Como uma embaixadora da alma humana, representante do Departamento de Artes, não era apropriado que eu acompanhasse as pessoas comuns e criasse tumulto. Portanto, abaixei a cabeça e elegantemente puxei a carne da asa de frango com a língua.

— Ontem mesmo tive um sonho — disse o Veterano.

— Com quem você sonhou?

— Xiaoxi.

— Hã?

Houve um grande bafafá, e eu olhei para cima, com o osso do frango ainda na boca.

Jiang Chen bateu com força os palitos na mesa. Acho que se esta fosse uma ficção de artes marciais eles teriam virado pó e sido levados fluidamente pelo vento. Pena que aquele movimento dele só tenha feito os ossos de galinha pularem na mesa à minha frente. Portanto, esta é apenas uma ficção romântica mesmo.

Claro, Jiang Chen e eu não fomos os únicos que ficamos surpresos e indignados. Xue Jing bateu a mão na mesa e o repreendeu:

— Você nunca ouviu falar que não se brinca com mulher de amigo?

O Veterano fez cara de inocente.

— Estou só chamando a Xiaoxi para levantar a cabeça e não perder meu extraordinário pronunciamento — explicou.

Depois que jogaram um pacote de guardanapo na cabeça dele, o Veterano disse, rindo, que sonhou com a professora de música da escola onde trabalha, que ela tocava violino vestida em uma cinta-liga sob a luz do luar.

Eu imaginei direitinho a cena que ele descreveu. Era a combinação perfeita de vulgaridade e esplendor, absolutamente brilhante. Cutuquei Jiang Chen com o cotovelo e perguntei baixinho:

— Com quem você já sonhou?

Na minha cabeça, Jiang Chen diria um sonoro "você", cujas sílabas chegariam aos meus ouvidos e seriam repetidas ali mil vezes. Então, eu ficaria corada e teríamos o prazer de flertar secretamente em público.

Mas, de repente, Jiang Chen se levantou, pegou a cerveja que estava na frente dele e bebeu tudo em um gole só.

— Vamos para casa, tenho uma cirurgia amanhã cedo. Divirtam-se — disse, sem dar a chance de as pessoas na mesa insistirem para a gente ficar.

Ele me puxou e fomos embora.

*

Ao sair do restaurante, Jiang Chen chamou um táxi e me enfiou lá dentro. Antes que eu pudesse me sentar direito, ele entrou, me espremendo e quase me fazendo bater na janela do carro.

O táxi tinha andado por uns cinco minutos quando finalmente não consegui mais segurar aquela pergunta que vinha contendo a noite toda:

— O que deu em você hoje?

— Nada, só estou cansado — respondeu ele, de olhos fechados.

Eu quis falar mais alguma coisa, mas meu celular tocou.

— Oi, Veterano.

— Vocês estão bem? Foi mal, fui longe demais com a minha piada. Jiang Chen não deve estar com raiva, né?

Na verdade, não gostei do tom com que ele falou aquilo. O que significava "não deve estar"? Suas palavras sugeriam indiretamente que seria muito exagero se Jiang Chen estivesse com raiva. Como uma defensora fiel do dito "primeiro aos meus, depois aos outros", não importa quantas coisas sem noção Jiang Chen faça, não deixaria que pessoas de fora reclamassem dele para mim. Mesmo assim, respondi educadamente:

— Não, ele só está muito ocupado e um pouco cansado ultimamente.

Veja só, isso é que é amadurecimento. A hipocrisia é inevitável.

— Está bem. Outro dia chamo vocês para comer — disse ele.

— Ah, ok.

Desliguei o telefone, mas como não consegui me lembrar do que ia dizer a Jiang Chen, não tive escolha a não ser imitá-lo, com as mãos cruzadas sobre o peito, fingindo estar pensativa.

— Não fique falando muito com o Veterano — comentou ele, abrindo os olhos repentinamente.

Fiquei em silêncio, mas no meu coração não pude deixar de contestar: *Não era demais ficar com ciúmes assim?*

Ao perceber que eu o estava ignorando, ele cutucou meu braço.

— Você ouviu?

Eu me virei para olhar pela janela do carro, com a intenção de permanecer em silêncio como forma de protesto contra seu pedido irracional.

Não esperava que esse silêncio durasse todo o caminho. Jiang Chen não disse uma palavra até chegarmos à minha casa, nem manifestou o desejo de sair do táxi. Então, desci do carro e bati a porta com raiva. Em troca, ganhei xingamentos do taxista, e subi as escadas esbravejando.

Enquanto subia as escadas, quanto mais pensava no que havia acontecido, mais furiosa ficava. Decidi ligar para brigar com Jiang Chen, indignada.

— Jiang Chen, você não pode me tratar assim! — gritei assim que ele atendeu, séria. — Eu sou sua namorada. Você tem que me tratar com amor e ternura.

Depois de ficar em silêncio do outro lado da linha por um tempo, ele perguntou:

— Como foi que eu te tratei?

Descobri que realmente não conseguia descrever sua atitude em detalhes, então tive que tomar coragem e dizer:

— Não importa, sua atitude foi ruim.

— Porque eu pedi para você não ficar falando muito com o Veterano?

— Não é por isso.

— Então é por quê?

Enrolei o longo cordão do celular com os dedos. Queria dizer algumas palavras feias, mas não me atrevi. Hesitei um pouco e desliguei o telefone inesperadamente. Depois, percebi que havia sido muito corajosa. É, o álcool *dá coragem mesmo*. Embora eu tenha tomado só uns goles, contra a vontade de Jiang Chen.

Logo o celular começou a tocar. Vi "Jiang Chen" piscando na tela, engoli a saliva e decidi não atender.

Passados dez minutos, o telefone voltou a tocar piscando o nome de Jiang Chen. Senti que era hora de restaurar minha autoestima feminina. Assim que atendi, respirei fundo e gritei:

— O telefone desligou porque eu apertei o botão sem querer. Não atendi sua chamada porque estava no banheiro!

Fugir da raia é minha especialidade.

Jiang Chen deu duas bufadas do outro lado da linha.

— Abra a porta — falou.

— Quê? — repliquei, andando em direção à porta num reflexo. — Você não tem a chave?

Quando abri a porta, ele ficou parado do lado de fora olhando para mim.

— Esqueci de trazer — respondeu.

Jiang Chen passou por mim, se deitou no sofá e me pediu:

— Busca uma muda de roupa para mim.

Eu disse um "ok" a caminho do quarto, mas, depois de dar dois passos, senti que algo estava errado. Virei e voltei para a sua frente.

— Você não ia para a sua casa? — perguntei.

Ele me empurrou para o lado e foi pegar o controle remoto.

— Não é da sua conta.

Pus as mãos na cintura e fiquei na frente dele de novo.

— Ok! Você não é da minha conta, eu também não sou da sua!

— Como é que é? — retrucou ele.

Jiang Chen me encarou, esticou o pé e o enganchou atrás do meu joelho. Eu perdi o equilíbrio e caí no sofá. Então, ele prendeu as minhas pernas com as dele e colocou todo o seu peso em mim, me esmagando até eu perder o fôlego.

— Você acabou de dizer que quem não é da conta de quem? — insistiu.

Ele encostou o rosto bem na minha garganta, colado de tal forma que, quando ele piscou devagar, senti seus longos cílios roçando minha pele, o que me fez muitas cócegas.

Não consegui me esquivar da sensação de cosquinha, então encolhi o pescoço e implorei por misericórdia:

— Meu vizinho Lao Wang disse que a esposa do vizinho Lao Li não era da sua conta...

Ele encostou o rosto de novo no meu pescoço, riu baixinho e disse:

— Chen Xiaoxi, quem mora do seu lado tem muito azar...

Encolhi tanto o pescoço que quase me transformei em tartaruga.

— Dá muita cócega — repliquei, com raiva. — Levanta logo.

Ele esfregou a barba por fazer no meu pescoço e nas minhas bochechas, depois levantou a cabeça e me olhou de forma provocativa, os olhos brilhando com sua expressão sorridente.

Por um momento, fiquei tão assustada com a sua rara demonstração de criancice que perdi o ânimo e lhe disse friamente:

— Bom, isso é uma briga, você vai levantar ou não?

Ele rapidamente me soltou, como se nada tivesse acontecido.

— Vou tomar banho — anunciou. — Você pode pegar a roupa e trazer pra mim.

Fiquei atordoada ali, deitada na mesma posição em que fui espremida no sofá. Só quando ouvi o som da água corrente do chuveiro foi que me levantei e fui pegar a roupa, sem pressa.

Dei duas batidas na porta do box, e Jiang Chen abriu uma fresta e estendeu a mão. O vapor quente que saiu pela fresta do box se espalhou. Eu estava enxugando a umidade no meu rosto quando ouvi um celular tocar. Ao mesmo tempo, escutei Jiang Chen dizendo de dentro do banheiro que o xampu estava quase acabando e que precisava se lembrar de comprá-lo.

Eu concordei, distraída, enquanto ia procurar o celular no sofá. Descobri que era o celular de Jiang Chen que estava tocando, e vi na tela: "Veterano." Hesitei um momento, mas acabei atendendo.

— Jiang Chen, o que você acha daquilo que te contei da última vez que a gente se viu? — perguntou ele de imediato.

— É a Xiaoxi. Jiang Chen está no banho. Vou pedir a ele para te ligar mais tarde, ok?

— Hum, ok.

E, inexplicavelmente, desligou o telefone sem dizer mais nada.

Eu ia colocar o aparelho de volta no sofá, mas aí ele tocou mais uma vez. Era o Veterano de novo.

— O que foi? — falei.

Ele titubeou um pouco antes de perguntar:

— Xiaoxi, você mora com o Jiang Chen?

— Sim, mais ou menos — respondi.

Ele ficou em silêncio por um momento.

— Quero pedir uma ajuda ao Jiang Chen — explicou. — É um trabalho fácil e pago. Você sabe que ele não costuma se importar com ganhar dinheiro assim, mas acho que se vocês vão se casar ou algo do tipo, o dinheiro é muito importante. Então veja se consegue me ajudar a convencer o Jiang Chen a me fazer esse favor.

— Veterano, você sabe que o Jiang Chen não me escuta — falei, recusando automaticamente.

— Xiaoxi, todo mundo sabe que o Jiang Chen parece que te ignora, mas na verdade só escuta você. Basta dizer para ele que você quer morar em uma casa grande ou algo assim, e ele vai encontrar uma maneira de realizar seu desejo. Fica tranquila, o negócio que estou falando não é ilegal, é sério.

— Então do que se trata? — Não consegui segurar a curiosidade.

— Eu quero que ele emita para mim alguns atestados médicos certificados pelo hospital.

— Com atestados médicos podemos comprar uma casa grande? — Revirei os olhos. — Esquece, não importa o que você precisa que ele faça por você, se ele não concordar, não vou te ajudar a convencê-lo. Dinheiro não falta aqui. Ou, como diria Xiao Shenyang, não precisamos de dinheiro. Além do mais, não quero morar em uma casa grande. É você quem vai limpar a casa grande?

Fez-se um silêncio do outro lado da linha. Justamente quando comecei a me sentir culpada por talvez ter ido um pouco longe demais, o Veterano retomou:

— Chen Xiaoxi, você está me desprezando agora? Acha que eu não sou tão digno quanto vocês? Você nunca teve uma namorada que sumiu porque você não tinha dinheiro para comprar um presente de marca para ela, né? Nunca experimentou a sensação de não ter dinheiro, né?

Suspirei e contive a vontade de dizer "Eu realmente não tive a experiência de perder uma namorada, hahaha...". Acabei replicando apenas:

— Só comer duas tigelas de macarrão instantâneo em três dias, voltar para casa à uma da manhã todos os dias para evitar a visita do senhorio que vem cobrar o aluguel, ter que caminhar se a viagem de ônibus for inferior a três paradas, só não sentir muito frio à noite se vestir mais camadas de roupa... Isso tudo pode ser considerado falta de dinheiro? Existem outras dificuldades além das suas.

Assim que terminei de falar, desliguei o telefone. Não me atrevo a desligar na cara de Jiang Chen à toa, mas mato essa vontade quando bato o telefone na cara de outras pessoas.

*

— Quando você precisou de dinheiro? Por que não me procurou?

Logo que virei, vi Jiang Chen com uma camiseta branca de mangas compridas e a calça de pijama xadrez azul, a toalha no pescoço, olhando para mim com a testa franzida.

— Não, eu só falei por falar. Não suporto esse tipo de gente que pensa que é o mais injustiçado no mundo todo e que o universo está em dívida com ele.

Jiang Chen ficou olhando para o teto.

— Chen Xiaoxi... Você pode ir ao hospital e me deixar tirar um raio-x para eu estudar a estrutura do seu cérebro?

Sentei no encosto do sofá e respondi:

— Sim, pode ser, se você pagar.

Ele puxou a toalha do pescoço e jogou em mim.

— Quem acabou de dizer ao Veterano que não estava faltando dinheiro? — replicou.

A toalha atingiu o meu rosto. Puxei e o chamei para enxugar o cabelo.

— É para você que não falta dinheiro, né? Acabou de gastar vinte mil de uma tacada só.

— Você está realmente preocupada com esses vinte mil yuans — comentou ele, enquanto caminhava na minha direção.

— Não é isso. Afinal de contas, o dinheiro é seu. Gaste como quiser. Eu só odeio gente rica — retruquei, dando de ombros.

Jiang Chen se sentou de lado no sofá, e eu fiquei atrás dele para enxugar seu cabelo.

— A propósito, o Veterano realmente só pediu para você emitir esses atestados médicos para ele?

— Pediu para eu emitir um bloco, não foram só umas folhas. Mesmo se fossem, eu não iria fazer isso.

Fui passando os dedos no seu cabelo para ver o quão molhado ainda estava.

— Por quê? — perguntei.

— Ainda não está seco, continua enxugando — falou ele, inclinando a cabeça.

Eu concordei, cobri sua cabeça com a toalha e fiquei esfregando.

— Desta vez, ele me pediu ajuda para emitir um atestado médico. Não sei o que vai ser da próxima vez. Talvez seja como me pedir para comprar remédios superfaturados em nome do hospital ou algo parecido. E por já ter feito tais negócios com ele, vou ter que cooperar de novo e de novo. Quem entra na lama nunca mais fica limpo. — Ele fez uma pausa e continuou: — Eu não queria que você soubesse dessas coisas. Só quero que se preocupe em viver sua vida numa boa, ler seus quadrinhos, e vai ficar tudo bem.

Fiquei com uma cara de tacho que nem a dos personagens nos meus quadrinhos quando estão sem palavras. Puxei um cacho de cabelo dele com o dedo e disse:

— É você que está vivendo a vida numa boa.

— Ei! — Ele se virou para mim. — Eu também vou deixar meu cartão de crédito com você.

— Hã? — Fiquei perplexa. — Por quê?

— Você que vai decidir o quanto vamos gastar na próxima vez. — Ele puxou a toalha. — Meu cabelo está seco.

Dito isso, se levantou e foi para o quarto.

Olhei perplexa para suas costas enquanto ele fugia para o quarto, desesperado. *Por que esse menino é tão estranho...? Sua mãe não ensinou que precisamos expressar o amor em voz alta...*

Ok, essa cena dele fugindo desesperado fui eu mesma que criei. Acho que essa é a imagem mais adequada dele no momento.

*

Durante a noite, meu celular ficou apitando com mensagens. Como eu estava com muito sono, quando fui pegar o telefone, me deitei em Jiang Chen e acabei dormindo. Ao acordarmos no dia seguinte, ele ficou reclamando que metade do seu corpo estava dormente, e como era difícil cuidar de uma mulher etc.

Quando Jiang Chen estava me levando para o trabalho, peguei meu telefone para verificar a hora, e então me lembrei das mensagens durante a noite. Assim que abri, vi que eram do Veterano. Balancei meu celular e fiz um sinal para Jiang Chen.

— Mensagem do Veterano — falei.

— Não responda se não for nada — disse ele de relance.

— Ele mandou várias mensagens.

Dei de ombros e abri as mensagens uma por uma. Por uma questão de fluência narrativa, não vou descrever todas, porque foram muitas. Em termos de extensão, eram como uma redação de um aluno do sexto ano do ensino fundamental. Emocionalmente falando, estavam mais próximas da vida real do que de uma Coleção Completa de Cartas de Amor. Já as ideias... havia vestígios do passado, indecisões do presente e desesperanças do futuro. No que dizia respeito à pontuação, ele usou tudo o que deveria ter sido usado, e não usou o que era inútil... Se vou falar ou não o conteúdo, afinal? Vou, sim, vou, sim...

Xiaoxi, ainda me lembro do primeiro dia de aula. Eu estava no banheiro e ouvi uma voz cristalina de mulher oferecendo ajuda para limpar o estrado da cama. Quando saí, Jiang Chen estava colocando o mosquiteiro e você estava limpando o estrado lá dentro. Do outro lado do mosquiteiro, você acenou para mim com o pano, dizendo "Olá, colega". Naquele momento, eu senti como se tivesse sido atingido por alguma coisa. Assim que você saiu, perguntei a Jiang Chen quem era você, e ele disse que era sua namorada. Foi só muito tempo depois, quando você contou a trágica e gloriosa história de como foi atrás de Jiang Chen, que percebi que ele tinha me enganado. Fui questioná-lo, mas ele não se abalou: disse que era para você ser namorada dele, não importava se antes ou depois que aquilo tinha acontecido.

Li a mensagem até ali e não pude evitar olhar de soslaio para Jiang Chen. Ao perceber, ele me fitou, sem entender.
— O que foi? — perguntou.
— Nada.
Abaixei a cabeça e continuei lendo a mensagem de texto:

Mas eu não gostava tanto de você, na verdade. Gostava mais de Wang Xiaojuan, sua colega de dormitório bonita. Eu sempre brincava que se soubesse antes teria ido atrás de você, só que, para ser sincero, eu gosto mesmo é de ver Jiang Chen fechar a cara toda vez que digo isso, porque me dá a satisfação da vingança. Quando eu soube que vocês haviam terminado, até comprei uma garrafa de vinho tinto e fui para casa ver um filme e comemorar. Queria dizer que depois de um tempo, quando você tivesse esquecido Jiang Chen e eu esquecido Wang Xiaojuan, nós ficaríamos juntos. No entanto, eu consegui esquecer Wang Xiaojuan, mas você não esquece o Jiang Chen. E me desculpe pelo que eu disse. Após todos esses anos, vocês não mudaram nada, quem mudou fui eu. Às vezes, sinto medo de como fui pouco a pouco me forçando a me tornar o que sou agora, alguém que eu mesmo desprezo. Você provavelmente não compreende todo o conflito que havia no meu coração quando te pedi para convencer o Jiang Chen sobre a minha proposta. E, bom, realmente não é do meu feitio escrever algo tão sério. Por fim, espero que vocês briguem e terminem por causa das minhas mensagens.

PS: Não me avise se vocês se casarem um dia.

Fiquei ali segurando o celular, me sentindo um pouco para baixo por um tempo. Ele estava errado, na verdade. Todo mundo estava mudando, ninguém tinha mais aquela pureza do passado, e não havia nada que ninguém pudesse fazer sobre o assunto. O que ele disse seria como comer as coisas e fazer o mesmo cocô... Não me bata, por favor. Use a perspectiva médica para digerir minha metáfora... hum... e por digerir quero dizer entender... entender.

— Você acha que eu mudei? — perguntei a Jiang Chen. — Não estou falando de aparência, mas de comportamento.

— Sim — respondeu ele, indiferente. — Você não conseguia terminar de comer nem uma tigela de arroz, e agora come duas.

Mas que engraçadinho o senhor está hoje, cavalheiro...

Olhei para Jiang Chen, pensativa.

— Ontem à noite, suspeitei que você estava com ciúmes, mas acabei esquecendo de perguntar, então pergunto agora: você estava com ciúmes?

— Não — declarou, com a expressão inalterada.

— Ah, não... — Cocei o pescoço e disse para mim mesma: — Mas o Veterano me enviou uma mensagem confessando o amor dele por mim...

Houve uma freada repentina e eu fui jogada para a frente, depois contida pelo cinto de segurança. A parte de trás da minha cabeça bateu no banco do carro com uma pancada:

— O que foi isso?

— Sinal vermelho — disse ele, apontando com o queixo para eu ver pela janela.

Levantei a cabeça e fiquei olhando o sinal vermelho por um tempo. Percebi que a luz brilhava no céu feito um olho de demônio. Quando abaixei a cabeça, notei que o celular que estava na minha mão havia sumido. Assim que me virei para Jiang Chen, o vi olhando para o meu celular com desdém.

Fiquei chocada. Aquele comportamento era desprezível. Espiando as mensagens do celular de uma mulher de família em plena luz do dia! Em plena luz do dia! Em plena luz do dia! Fiquei furiosa, mas não me atrevi a dizer nada!

Depois de alguns segundos, a luz verde acendeu. Ele jogou o celular de volta no meu colo e, num tom simplório e ligeiramente desdenhoso, fez dois comentários curtos e intensos:

— Chato. Confuso.

Sua avaliação foi precisa, e refleti profundamente sobre a minha. Já fazia mais de dez minutos que eu tinha lido as mensagens, mas ainda não havia me dado conta de sua natureza chata e confusa. Admito minha culpa.

Dois minutos depois, Jiang Chen me perguntou:

— Como você pretende responder a essa mensagem dele?

Balancei a cabeça, sem saber.

Passados mais dois minutos, Jiang Chen me chamou de novo:

— Chen Xiaoxi?

— O que foi?

Eu lhe lancei um olhar impaciente. Ele ergueu o indicador da mão direita, apoiada no volante, e apontou para a janela à minha direita.

— A vendedora do ovo cozido no chá — indicou.

Tirei, com destreza, três moedas do console à minha frente, onde tinha um monte de coisa, baixei a janela do carro e estendi a cabeça e a mão.

— Tia, me vê seis ovos cozidos no chá — pedi.

— Pode deixar. Esta moça está cada vez mais linda — me elogiou a vendedora, enquanto colocava rapidamente os ovos no saco plástico.

— Vendo você tão jovem e bonita, sei que fiquei linda porque como seus ovos cozidos no chá — devolvi o elogio, toda fofa.

— Ah, como você é carinhosa... Vou te dar mais um ovo.

— Obrigada, tia.

Virei para Jiang Chen e sorri com orgulho.

Ele sorriu, balançando a cabeça, como que querendo dizer "Eu não aguento você, de verdade". Em seguida, descasquei os ovos para ele comer.

Ele comeu cinco dos sete ovos, mas normalmente comeria quatro se comprássemos seis. *O descarado ainda se aproveita das recompensas da bajulação das outras pessoas!*

*

Jiang Chen parou o carro em frente à minha empresa. Eu me despedi e quis abrir a porta e sair correndo, mas ele subitamente me puxou e disse:

— Fique sentada.

Eu obedeci, sem entender. Ele pegou uns lenços umedecidos e limpou minha mão lentamente, dedo por dedo:

— Depois de ter descascado os ovos, você não vai se lembrar de lavar as mãos quando chegar na empresa.

Respirei fundo e não me atrevi a soltar o ar do peito. Fiquei olhando fixamente para seus dedos longos e finos segurando meus dedos curtos e grossos, limpando-os com cuidado. O lenço umedecido na pele dava uma estranha sensação de hidratação. Na verdade, me senti paparicada, como se fosse a criança menos ilustre da turma, mas que, de repente, um dia foi notada pela professora, que colocou a mão no seu ombro para incentivá-la. Mas eu era o tipo de garota que queria abrir a cabeça da professora para ver se ela havia sido abduzida por alienígenas. Nunca consigo aproveitar um golpe de sorte com paz de espírito.

Então, eu o chamei:

— Jiang Chen.

— Quê? — respondeu ele, sem levantar a cabeça.

Gaguejei, pensando em como fazer a pergunta de uma forma gentil:

— É... essa caixa de lenços umedecidos está prestes a passar da validade... você quer terminar com ela? Não tem problema, pode me dar que eu vou usar para limpar a mesa e outras coisas no escritório, sem me preocupar por estar vencida.

Ele levantou lentamente a cabeça e me fitou, com aquele olhar complexo e de ternura que valia mais de mil palavras. Depois, abaixou devagar a cabeça, pegou mais dois lenços umedecidos e segurou a minha outra mão para limpá-la.

Em silêncio, eu o observei abaixar a cabeça com seu jeito sério e, por um instante, senti como se estivesse viajando no tempo. De volta para a época em que ele e eu usávamos o uniforme branco e azul da escola.

*

Depois daquela vez que eu joguei o dinheiro de Jiang Chen no chão no segundo ano do ensino médio, dei início a uma guerra fria unilateral contra ele. Estava muito decepcionada e sentia que não podia mais ficar importunando Jiang Chen descaradamente. Até fiz uma ameaça a mim mesma: que se fosse procurá-lo de novo, chamaria a polícia e me renderia, deixaria a polícia me prender...

Aguentei o tormento de me esconder dele por mais ou menos uma semana. Se o notava vindo na minha direção, eu imediatamente desviava. Se não conseguia fazer isso, me agachava e fingia que estava amarrando o cadarço do tênis. Até um final de tarde que minha mãe me pediu para buscar molho de soja. Eu saí saltitante de casa carregando a garrafa e, no beco, acabei esbarrando em Jiang Chen, que voltava para casa com sua mochila da escola. Ao me abaixar, percebi que eu estava usando os chinelos do meu pai. Naquela época, eu odiava meu pai, o achava muito triste. Que tipo de pai era aquele que usava chinelo solto?

Virei para o outro lado e fugi, apressada, mas como os chinelos eram grandes para mim, bati com o pé esquerdo no direito e caí, jogando a garrafa de molho de soja longe.

Foi Jiang Chen quem me ajudou a levantar e me colocou sentada na soleira do portão da sua casa.

— Onde está doendo? — perguntou.

Inclinei a cabeça e estendi a palma da mão esquerda:

— Está sangrando — falei.

Ele tirou a garrafa de água do bolso lateral de sua mochila, a abriu e molhou minha mão. Por reflexo, quis puxar o braço, mas ele segurou minha mão e me repreendeu:

— Não se mexa.

Em seguida, esticou as mangas do casaco do uniforme da escola e colocou por cima do polegar para limpar o sangue da palma da minha mão.

— Ainda bem que foi só um arranhão na pele, não entrou nenhum caco de vidro. Eu limpei a sujeira. Lembra de passar mercurocromo em casa.

Ele abaixou a cabeça e assoprou suavemente a ferida. Seu hálito quente tocou a minha pele, e pude sentir o calor se espalhando da palma da minha mão para o meu rosto.

— Onde mais machucou? — perguntou ele, levantando o rosto.

— Em nenhum outro lugar — respondi, balançando a cabeça em negativa.

Ele não acreditou, então pegou minha outra mão para ver, depois se agachou na minha frente e, sem dar qualquer explicação, puxou minha calça até acima dos joelhos.

Meu coração batia descontroladamente. Estava me sentindo tão tímida que quase chorei, porque, quando era criança, assistia a uma série de TV chamada *A Fúria do Dragão*, estrelada por Donnie Yen. Nela, havia uma garota japonesa chamada Yumi, que disse que se um homem visse seus pés ela deveria se casar com ele...

Naquele dia, ao ver Jiang Chen franzindo a testa e observando cuidadosamente o estado dos meus joelhos, disse a mim mesma: "Olha, Deus orquestrou a transmissão dessa série de TV e esse acontecimento, definitivamente, não foi coisa do acaso. É um sinal do que vai acontecer no futuro com vocês. Para de ficar achando pelo em ovo. O que tiver que ser será..."

Então, decidi de forma unilateral que nos reconciliaríamos.

*

Aquele Jiang Chen de uniforme branco da escola se sobrepôs ao Jiang Chen de camisa branca à minha frente. O Jiang Chen à minha frente levantou a cabeça de repente.

— Chen Xiaoxi, posso confiar que você vai resolver direito esse assunto da mensagem? — me perguntou.

Levei cerca de cinco segundos para me dar conta do que ele estava falando e imediatamente dei um tapinha no peito, prometendo:

— Vou resolver direitinho, sem mais problemas!

O meu pensamento era: o que nós sentíamos era tão forte que não foi abalado por Su Rui, Wu Bosong e Zhang Qianrong. Portanto, não poderia ser abalado pelo Veterano, que não tinha nada a ver. Este princípio é o mesmo do mito de Shennong, que provou centenas de ervas: se ele não tivesse sido envenenado pela *Gelsemium elegans*, é claro que não morreria engasgado por beber água. E da lenda da Serpente Branca: se ela tivesse pagado sua dívida de gratidão com sucesso, é claro que não poderia ser capturada pelos cantoneses para virar caldo de cobra cozido. E da lenda de Liang Shanbo e Zhu Yingtai, que, metamorfoseados em borboletas, voaram juntos, e claro que não puderam ser capturados para serem transformados em espécimes.

Jiang Chen se aproximou e encostou suavemente os lábios no canto da minha boca.

— Muito bem, então, vá logo trabalhar — falou.

Fui trabalhar toda contente, tocando o canto da boca, mas sempre me sentindo um pouco estranha. *Por que todas as outras vezes em que eu descasquei os ovos Jiang Chen não limpou minhas mãos? E sua ternura repentina é sempre calorosa e assustadora ao mesmo tempo...* Eu realmente nunca consigo aproveitar um golpe de sorte com paz de espírito.

Capítulo XIX

Essa coisa de trabalhar às vezes pode ser muito monótona. Ok, estou sendo educada — é quase sempre bem monótona, na verdade. Mas hoje não. Hoje teve um cliente que me deu vontade de xingar. Eu quis dar um pulo, sair gritando e destruir o computador. Quis rastejar pelo cabo de rede até o computador dele e sair pela tela, igual a Sadako Yamamura, agarrar seu pescoço, levantar o sujeito e jogá-lo na parede.

Esse cliente me pediu para revisar o esboço do projeto vinte e três vezes. Sendo dez vezes para mudar a cor de fundo das fotos dos produtos. Por exemplo, do verde #0bdb41 para o verde #09dc3f. E vou cegar com a ponta do compasso quem se atrever a dizer que consegue ver a olho nu a diferença entre essas duas cores.

— Chen Xiaoxi, faça uma xícara de café para mim — gritou Fu Pei da sala dele.

Na mesma hora lhe lancei um olhar fulminante pela porta aberta, e ele saiu correndo para preparar o café para mim.

— Não fique brava — disse ao colocar a xícara na minha mesa. — O mercado para os produtos desse cliente é enorme. Se ele não fosse tão difícil de lidar que ninguém aguenta, essa chance também não teria chegado à nossa empresa. Obrigado pela sua dedicação. Vou comprar pastéis de nata para o seu chá da tarde!

Situ Mo ouviu isso e imediatamente esticou a cabeça.

— Também quero pastéis de nata! — gritou.

Fu Pei voltou-se para ela com um olhar de censura.

— Ah, é mesmo? Senhorita Contadora, então você vai ou não vai me entregar as contas que pedi para fazer ontem?

Situ Mo voltou para o computador.

Assim que Fu Pei saiu, Situ Mo disse:

— Como posso terminar de organizar esse monte de contas bagunçadas em um dia só?! Quero ligar para meu marido e chorar.

Fiquei ao lado dela rindo enquanto a ouvia jogar seu charme para o marido no telefone:

— Amor, não quer inventar logo uma máquina que transforme pessoas chatas em pó? Vou moer o Fu Pei e colocar na água para você beber... Sou nojenta por quê, ora? É só mais uma forma de nutrição...

Pensei um pouco e peguei meu celular para ligar para Jiang Chen. Era raro que atendesse tão rápido, e como muitas vezes eram até outras pessoas que atendiam minhas ligações para ele, perguntei gentilmente:

— Alô, é o Jiang Chen?

— O que foi?

Jiang Chen sempre fala de uma forma muito característica: clara, curta e um pouco fria.

— Nada, só um cliente muito chato... — disse, enrolando o cordão do celular.

— Estou ocupado. Depois te ligo.

Dito isso, ele desligou a ligação, e só ouvi o "tu tu tu".

Não tive outra escolha a não ser guardar meu celular. Situ Mo ainda estava conversando com o marido. Inclinei a cabeça por um momento, vi o sorriso feliz em seu rosto expressivo e sorri junto com ela.

Dizem por aí que todas as pessoas felizes se parecem, mas cada pessoa infeliz é infeliz à sua maneira. Eu não acho que seja assim, na verdade. Há muitas formas de ser infeliz e muitos tipos de felicidade. Mas só aquela pessoa específica é que te faz feliz.

Veja bem, o marido de Situ Mo podia conversar com ela sempre, e isso era uma felicidade, mas o hábito de Jiang Chen de desligar na minha cara como se eu fosse uma estranha qualquer também era uma felicidade. Bom, deixa pra lá... Estou falando demais, parece que sou uma masoquista pervertida...

*

Dez minutos depois, meu celular tocou dentro da bolsa. Achei que fosse Jiang Chen e fiquei procurando o aparelho, apressada, mas era Fu Pei. Ele disse que tinha precisado sair para resolver um negócio, mas que havia deixado com o guarda do prédio os pastéis de nata, então era só ir lá pegar.

Com o celular na mão, avisei a Situ Mo e desci para pegar os pastéis de nata.

O guarda é um militar da reserva na casa dos cinquenta ou sessenta anos. É um senhor bem-humorado e gentil. Dei duas palavrinhas com ele e tentei convencê-lo a experimentar um pastel de nata. Mas ele disse que a comida que nós, jovens mulheres, comemos é muito doce e gordurosa, que era para eu levar os doces embora.

Depois de esperar dois minutos pelo elevador, eu já estava ficando um pouco impaciente. Quis reclamar, mas como a empresa ficava no quinto andar, bastava subir as escadas. No meio da subida ofegante, o celular tocou novamente, e desta vez era Jiang Chen.

— Alô, você não está mais ocupado — falei enquanto subia as escadas. — Estava ocupado com o quê?

Houve um longo silêncio do outro lado da linha. Subi quatro ou cinco degraus sem obter resposta, então chamei, cismada:

— Jiang Chen? Jiang Chen?

— Hum. — Ele pigarreou e então perguntou, num tom um pouco desconfortável e sério: — O que você está fazendo?

— Subindo escada — respondi honestamente. — O que foi?

Mais um momento de silêncio, e parei onde estava, sem conseguir entender. Não pude evitar: fiquei séria também.

— Qual é o problema? — questionei.

— É... você está sem fôlego — disse ele, fazendo uma pausa. — Parece que está...

— Parece que estou o quê? — Eu estava completamente perdida.

— Que está na cama.

...

Recolhi silenciosamente o pé que eu já havia levantado para subir o próximo degrau. Olhei meu reflexo no vidro da janela da escada. Fiquei parada ali com o rosto e as orelhas vermelhas.

— Você está corada?

— Não — respondi com firmeza.

Ele ficou em silêncio por dois segundos, e aí começou a rir sem parar.

— Haha... Você está corada... Hahaha...

— Jiang Chen! Eu vou te matar! — repliquei, cerrando os dentes de raiva.

Então, me arrastei devagar pela escada de volta para a empresa, calada e sem respirar forte, ouvindo sua risada incontrolável do outro lado da linha.

Prendi o telefone entre o ombro e a orelha enquanto ouvia a risada ininterrupta de Jiang Chen e fiz sinal para Situ Mo vir comer os pastéis de nata.

— Namorado? — me perguntou ela em voz baixa.

Fiz que sim com a cabeça, sorrindo.

— Chen Xiaoxi, Fu Pei não me ama mais. Agora ele só ama você... Buááá... Ele só comprou pastéis de nata para você... Buááá... — começou a dizer Situ Mo com a voz alta em um tom de choro, enquanto ria.

Subitamente, Jiang Chen parou de rir, e eu encarei Situ Mo.

— Situ Mo! Vou torcer o seu pescoço, quer ver só?

Ela fez careta para mim, balançando a cabeça.

Por fim, lancei um olhar duro para ela, peguei a caixa de pastéis de nata, voltei para minha mesa e me sentei.

— Ignore as bobagens da minha colega — pedi a Jiang Chen. Peguei um pastel de nata e dei uma mordida. — Ela é muito sem noção.

— É... O que você queria me contar sobre o cliente? — perguntou Jiang Chen.

— É um cliente implicante demais. Fica achando pelo em ovo, me fazendo revisar o rascunho sem parar, e as alterações são todas irrelevantes. Estou cheia de ódio.

Descarreguei minha raiva e enfiei metade do pastel de nata na boca.

— Você consegue comer pastel de nata mesmo estando cheia de ódio — comentou Jiang Chen.

— Isso não é apenas uma forma de dizer? Eu... cof-cof, cof-cof, cof-cof... eu... cof-cof, cof-cof...

Fiquei tossindo, engasgada com as migalhas da massa folhada.

— Para de falar — ralhou ele comigo.

Quando minha tosse foi diminuindo, ouvi um longo suspiro. Depois, ele disse:

— Vou desligar. Como você consegue se engasgar assim comendo uma coisa... Não coma mais pastel de nata agora. Quando parar de tossir, beba um copo de água para umedecer a garganta.

A ligação foi encerrada de novo. Eu conseguia até ver Jiang Chen revirando os olhos e se perguntando o que tinha feito para merecer aquilo. Mesmo quando fica parecendo assim tão impaciente, ele é muito fofo.

*

Ao final do expediente, Fu Pei nos convidou para um *hot pot*, nossa primeira refeição de boas-vindas ao inverno. Quando descemos, vi um carro muito parecido com o de Jiang Chen em frente ao prédio. No entanto, como o carro dele era um modelo prateado comum, realmente muito popular, hesitei um pouco antes de dizer a Situ Mo e Fu Pei:

— Parece o carro do meu namorado. Vou dar uma olhada.

Fu Pei deu um assobio.

— É um Audi A5, Chen Xiaoxi, seu namorado deve ter ganhado muitos envelopes vermelhos, né? — comentou.

— Então as quatro argolas são da Audi? Eu vivia chamando de carro das Olimpíadas — disse Situ Mo.

Eu concordei com a cabeça imediatamente, me identificando.

— Isso, isso, é só uma argola a menos que os cinco anéis olímpicos, né? — falei.

Fu Pei revirou os olhos.

— Vocês duas são mesmo insuportáveis. Nunca ouviram o ditado "é preciso lutar com unhas e dentes pelo meu Audi e seu Dior"?

Situ Mo prosseguiu no debate sobre a diferença de uma argola entre os símbolos das Olimpíadas e da Audi, e eu continuei concordando com ela. Até que o carro veio vindo lentamente até nós, a janela se abriu e Jiang Chen estava lá dentro sentado me chamando:

— Chen Xiaoxi, venha aqui.

— Ei, é você mesmo. — Corri até ele saltitando. — Fu Pei disse que este carro é muito caro, e eu quase falei que eu devia estar me confundindo.

Jiang Chen saiu do carro e estendeu a mão para cumprimentar.

— Olá, sou o Jiang Chen.

Por um instante, fiquei confusa, querendo entender que teatro era aquele, então correspondi, estendendo minha mão. Ia cumprimentá-lo quando, sem mais nem menos, levei um empurrãozinho na cabeça, vindo de trás. Vi Fu Pei apertando a mão de Jiang Chen.

— Olá, sou o Fu Pei.

Esfreguei minha cabeça e olhei feio para Fu Pei.

— Como você pode empurrar assim essa minha mente de Picasso?

— Sua mente é realmente muito abstrata — replicou Fu Pei.

Ergui meu punho para ele, e Jiang Chen me puxou para ficar ao seu lado. Depois, apertou a mão de Situ Mo e disse, sorrindo:

— Ouço falar de você há muito tempo.

Concluídas as saudações, falei para Jiang Chen:

— Por que você está livre hoje? Vamos comer *hot pot*. O chefe nos convidou. — Então, perguntei a Fu Pei e Situ Mo: — Posso levar um membro da família?

— É claro.

*

Então, sob meu incentivo e de Situ Mo, nosso grupo se dirigiu para o restaurante de *hot pot*, conhecido por ser o mais caro da região. Pedimos o *hot pot* servido na panela dividida em dois caldos diferentes.

O caldo mais leve foi reservado especialmente para Jiang Chen, que, por conta dos problemas de estômago, não podia comer nada apimentado. Ele adora comida picante, mas sempre acaba com dor quando come. Está testado e comprovado. É como meu pai, que fica com diarreia se come frutos do mar.

Jiang Chen esticou disfarçadamente seus palitinhos para o lado da panela com caldo apimentado. Exatamente naquele momento, senti minha garganta coçando, então dei duas tossidas. Só não sei por que o sensível colega Jiang recolheu seus palitos de volta com uma expressão de culpa no rosto.

— Momozinha, pode me passar o molho? — pediu Fu Pei.

— Quantas vezes eu tenho que te dizer que não é para ficar me chamando no diminutivo? — disse Situ Mo, revirando os olhos para ele. — Pegue você mesmo!

Fu Pei passou a me implorar:

— Xiaoxi, minha querida, por favor, pegue o molho para mim. Estou segurando a carne com uma das mãos e o carneiro com a outra. Vou te dar essas duas fatias.

Jiang Chen pegou o molho e despejou na tigela de Fu Pei.

Ele sorriu e agradeceu:

— Obrigado, Jiang Chen. Ouvi dizer que você e Xiaoxi são da mesma cidade? Como se chama a cidade mesmo?

— Somos da cidade Z — respondeu Jiang Chen.

— Ah, e como é que é lá? — perguntou Fu Pei em seguida.

Ao ouvir isso, pensei que era claro que deveríamos aproveitar a oportunidade e elogiar nossa cidade natal, seus costumes e suas personalidades locais. De modo geral, em todas as obras literárias, as pessoas falam de maneira bem profunda e sentimental da cidade de onde vieram. Para mais detalhes, é só ver como o romance mais famoso de Shen Congwen impulsionou o turismo na antiga cidade de Fenghuang, no oeste de Hunan.

No entanto, antes que eu pudesse concatenar as ideias, Jiang Chen disse:

— Ah, nossa cidade é pequena, e as pessoas de lá não chamam os outros de "querida" aleatoriamente.

...

Assim que ele falou aquilo, houve um instante de constrangimento, choque e satisfação. Jiang Chen aproveitou que todos ainda estavam pensando no que ele tinha dito e, sorrateiramente, tirou dois pedaços de nabo de dentro do caldo apimentado...

Depois de comer, ele me levou para casa e disse que precisava voltar ao hospital para trabalhar. Fiquei extremamente surpresa com aquilo.

— Então você veio só para comer? — perguntei.

— Não pode? — perguntou ele de volta com tranquilidade.

Eu elogiei com veemência seu jeito de viver a vida numa boa.

*

Ele voltou umas cinco ou seis da manhã, quando o céu ainda estava escuro, e eu, dormindo. Deitou em cima de mim e esfregou sua bochecha e seu nariz na minha bochecha, no meu pescoço e nos meus ombros. Tentei abrir os olhos e dei um tapinha na cabeça dele.

— Está cansado? Com fome? — perguntei.

Mal terminei de falar, nem esperei a resposta, e voltei a cair no sono sem me lembrar de nada.

Acordei quando o despertador tocou às sete e meia, e vi que Jiang Chen dormia em cima de mim. Ele devia ter feito aquilo de propósito, para se vingar, já que eu tinha dormido em cima dele na noite anterior...

Eu o coloquei na cama com dificuldade, desabotoei dois botões da camisa, tirei suas meias, dei um bocejo e fui lavar o rosto e escovar os dentes.

*

Quando encontrei Fu Pei no elevador, ele parecia abatido.

— Sinto muito pelo que aconteceu ontem — falei. — Não liga pro Jiang Chen. Ele só o jeito dele de falar, não é com má intenção.

— Eu não me importei com o jeito como seu namorado falou comigo. É que quando eu levei a Situ Mo para casa ontem, ela ficou rindo de mim o tempo todo. Chegando lá, encontrou Gu Weiyi e logo contou pra ele o que aconteceu. Gu Weiyi também ficou rindo da minha cara — explicou ele, esfregando as sobrancelhas.

Gu Weiyi é o marido de Situ Mo, e Fu Pei foi o primeiro namorado dela. Fu Pei e Gu Weiyi tinham sido colegas de quarto na faculdade. Dizem que, em questões amorosas, Fu Pei era ainda mais sem-vergonha do que hoje. Aquele tipo de cara "pegador". Então, Situ Mo desistiu dele e caiu nos braços de Gu Weiyi. Fu Pei percebeu de repente e quis reverter a situação, mas Situ Mo já estava decidida a largá-lo... De toda forma, havia uma história entre eles. Não sei quem estava certo e quem estava errado, só sei que Situ Mo e Gu Weiyi viraram um casal de verdade. Isso mostra que Fu Pei é definitivamente um personagem coadjuvante nessa história, e tudo de errado que acontece é culpa do coadjuvante.

Fu Pei arrancou uns fios de cabelo em frente ao espelho do elevador e me perguntou:

— Chen Xiaoxi, diz pra mim, se a vida for um romance, será que eu ofendi o autor?

Toquei no meu pescoço e só sorri, sem dizer uma palavra.

*

Na hora do almoço, liguei para Jiang Chen. Ele disse que já estava de volta ao trabalho e ainda anunciou solenemente em voz baixa pelo telefone que estava com dor de estômago.

— Se está com dor de estômago, vomite as duas fatias de nabo apimentado que você comeu escondido ontem à noite — falei.

— Não vou vomitar. Finalmente tive a oportunidade de comer alguma coisa apimentada, vou ficar conversando com ela por uns três dias — disse ele.

— Lembra de tomar remédio — devolvi, sem uma alternativa melhor.

— Você é muito tagarela. Vou trabalhar.

E desligou o telefone.

Às vezes, eu caio como uma boba nos truquezinhos aleatórios do Jiang Chen. Foi assim quando tivemos uma discussão na faculdade porque eu havia comprado na internet uma roupa de casal vermelho-alaranjada que ele não queria usar de jeito nenhum. Eu fiquei com muita raiva dele, porque as roupas tinham sido tão caras que não usar seria um desperdício. Então, fiquei que nem uma matraca no ouvido dele, o importunando todos os dias, dizendo que não estudaria de noite com ele, não pegaria a comida, não deixaria que ele segurasse a minha mão nem colocasse o braço em volta da minha cintura, a não ser que ele usasse a tal roupa...

Em dado momento, ele cansou daquilo. Um dia, quando ele estava me ajudando com a lição de casa de uma aula eletiva de análise técnica de ações, de repente jogou a caneta longe e disse, me imitando:

— Não vou mais te ajudar com a sua lição de casa, a menos que você pare de tentar me forçar a usar aquela roupa.

Olhei para a carinha de raiva dele e pensei em como ele era fofo. E como ficaria ainda mais fofo com a minha roupa de casal vermelho-alaranjada...

Mas acabei cedendo. Como tenho um instinto materno forte, senti que precisava realizar o pequeno desejo de Jiang Chen, então esqueci a roupa no fundo de uma caixa.

É claro que Jiang Chen não admitia que às vezes trapaceava. Ele dizia que estava apenas imitando o meu comportamento. Aprendia com os bárbaros a desenvolver certas habilidades para dominá-los.

Eu dizia que ele era muito cabeça-dura.

Ele dizia:

— Eu sou um pica-pau.

...

Jiang Chen é meu ponto fraco. Ele é lindo quando é legal, é lindo quando trapaceia, é lindo quando é teimoso, é lindo até quando conta piadas ruins.

*

À tarde, Fu Pei apareceu com aquele cliente ardiloso. Era a primeira vez que eu o encontrava, e, na minha cabeça, pelo jeito sarcástico e mesquinho dele, o sujeito deveria pelo menos ser um pouco diferente. Não importava se uma feiura ou uma beleza diferente, mas algo de que as pessoas iriam se lembrar e dizer logo de cara "Ah, esse aí não é boa pessoa". Mas ele era apenas um homem de uns trinta anos, aparência bastante comum e jeito até simples e honesto. Isso me deixou muito triste. Já que parecia tão inofensivo, por que era tão sem escrúpulos?

Surpreendentemente, o cliente me elogiou e até disse que gostou das minhas ilustrações. O produto deles é um leitor óptico, e nossa empresa ficou responsável pelo design da capa e da contracapa do manual. Tive a ideia de desenhar uma história em quadrinhos com quatro quadros na contracapa: no primeiro, um professor com óculos de armação preta e cara de bravo estava de pé gesticulando sobre o leitor óptico; no segundo, havia uma criança sentada à mesa com o queixo apoiado na mão, revirando os olhos; no terceiro, a criança esticava o dedo para clicar no leitor óptico; no quarto, o professor voava para longe como um balão que foi espetado por uma agulha.

Ele disse que sua empresa queria produzir alguns produtos periféricos para esta série de leitores ópticos, como livretos de histórias em quadrinhos. Então, me perguntou se eu tinha interesse em fazer esse trabalho. Tudo seria desenhado de acordo com a minha vontade e feito conforme as especificações da publicação de quadrinhos.

Fiquei atônita, piscando para Fu Pei, que sorriu, acenando com a cabeça, e assumiu o assunto no meu lugar:

— Sr. Ruan, então, vamos conversar sobre o valor desta parceria.

Logo, Fu Pei me mandou sair da sala. Ele disse que a minha cara de que uma pizza havia caído do céu não era nada artística. Segundo ele, a aura de artista influenciava o preço final. Resumindo, meu ar abobado iria atrapalhar a negociação por um preço mais alto.

*

Assim que saí da sala dele, liguei para Jiang Chen. Eu estava tão animada que comecei a falar de forma desvairada. Felizmente, Jiang Chen conseguiu me entender. Não importava quantos absurdos eu falasse, ele sempre conseguia me entender.

— Chen Xiaoxi, o que você mais gosta de fazer está prestes a se tornar realidade. Os quadrinhos que você lê como passatempo há tantos anos não foram em vão — disse ele.

Continuei rindo e ele falou:

— Ok, ok, para de rir, depois do expediente vou te levar para comemorar.

Na saída do trabalho, ele apareceu pontualmente na porta da empresa. A primeira coisa que fiz quando entrei no carro foi me jogar nos braços dele. Eu o abracei pelo pescoço e gritei no seu ouvido:

— Jiang Chen, Jiang Chen, eu vou publicar histórias em quadrinhos! Vou publicar histórias em quadrinhos!

Ele tentou se desvencilhar de mim.

— É, mas não precisa me estrangular até a morte — falou.

Eu nem me importei — apertei seu pescoço ainda mais forte, beijei o rosto dele e o mordi, toda alegre.

Depois de molhar todo o seu rosto com saliva, eu me sentei direito e apertei o cinto de segurança, satisfeita.

— Onde você quer comer? — perguntou ele.

— Na verdade, meus colegas disseram que jantariam comigo para comemorar, mas Fu Pei ficou assustado quando soube que você estava chegando — falei, rindo.

Ele deu de ombros.

— Eu vi que nem você nem Situ Mo gostam muito da maneira como ele chama as duas — respondeu com confiança. — Estava apenas corrigindo a forma como ele chama as colegas.

Dei um soquinho nele.

— Vamos comer comida do nordeste? — sugeri. — Quero comer guioza.

— Ok.

*

Enquanto esperávamos a comida chegar na mesa, vi Wu Bosong e Hu Ranran entrando pela porta do restaurante. Só que, como o lugar onde estávamos sentados ficava atrás de uma pilastra, eu os vi, mas eles não nos viram.

Jiang Chen também os viu, balançou a cabeça e me disse:

— Coma. Não é pra ir lá.

A mesa onde eles se sentaram não estava muito longe de nós, e consegui ouvir Hu Ranran falar:

— Não peça muita comida, se não comermos tudo vai ser um desperdício de dinheiro.

Eu me lembrei daquele dia da festa, em que ela usava um vestido tradicional chinês verde com flores vermelhas e falava em tom de desdém sobre os países que conheceu e o que comeu lá, e como ela havia comido os melhores caviares. Naquela ocasião, ela estava bem menos bonita do que agora, com os olhos baixos, falando em desperdício de dinheiro.

Acho que uma mulher que está disposta a economizar dinheiro por um homem deveria pelo menos amar mais ele do que apenas gastar seu dinheiro.

Em seguida, os pratos de guioza com diferentes recheios chegaram à nossa mesa.

— Se eu soubesse, não teria pedido um de cada sabor — confessei a Jiang Chen. — Até parece que não sei nada de economia doméstica.

Jiang Chen pegou um guioza e enfiou na minha boca.

— Coma, sua tagarela — falou.

O guioza que ele colocou na minha boca era de repolho. Quando mordi, o caldinho espirrou na minha boca toda. Ele deu um sorriso irônico e pegou um guardanapo para eu limpar a boca.

Wu Bosong e Hu Ranran ainda estavam comendo quando saímos. Pedi para embalar a comida que sobrou. Serão vários dias comendo guioza...

*

Enquanto esperávamos o sinal vermelho em algum lugar, Jiang Chen disse despretensiosamente:

— Ah, esqueci de avisar: meus pais vêm visitar amanhã.

...

Como se sabe, eu estava realmente animada com a ideia de publicar uma história em quadrinhos, mergulhada naquele sentimento de que o mundo é lindo. Mesmo quando vi Hu Ranran e Wu Bosong, pensei que o que é profano é profano, e o que é amor será sempre amor. Mas essa sensação é como bolhinhas de sabão coloridas flutuando ao sol, prontas para estourar ao menor toque.

Fiquei em silêncio por um longo tempo. Jiang Chen estacionou o carro na porta do prédio, e os faróis iluminavam a rua à frente do carro — era uma área iluminada envolta na escuridão. Mariposas, moscas, mosquitos e todos os outros pequenos insetos voavam numa dança frenética naquele feixe luminoso, como se estivessem participando de uma festa de despedida.

Jiang Chen segurou minha mão.

— No que você está pensando? — perguntou.

Eu não sabia o que responder. Abaixei a cabeça e olhei para nossas mãos unidas. Com o meu indicador, acariciei o ossinho da articulação do dedo indicador dele.

— Estou pensando no seguinte: quando sua mãe me vir de novo, ela ainda vai achar que não sou boa o bastante para você?

Ele segurou minha mão bem forte em silêncio. Ele não era bom em confortar as pessoas ou melhorar o clima. Então, esse tipo de situação tinha que ser resolvido por mim, mas eu também não era boa nisso.

Toquei seu rosto e disse:

— Cavalheiro, por favor, da próxima vez, não anuncie notícias do tipo "um leão escapou do zoológico e matou gente" com o mesmo tom de quem diz "hoje o tempo está ótimo".

Ele abaixou minha mão. Em seus olhos, havia algo que chamaríamos de "perseverança".

— Não vamos repetir os mesmos erros — disse ele.

Eu sorri.

— Tomara.

Tomara.

Tomara que o sol brilhe depois da tempestade.

Tomara que o arco-íris venha depois da tempestade.

Tomara que a gente tenha uma vida longa e compartilhe o luar a mil milhas de distância.

Tomara que quando os gansos retornarem em bando a lua esteja cheia na torre oeste.

Capítulo XX

Tive um pesadelo à noite. Sonhei que eu e a mãe de Jiang Chen estávamos sentadas frente a frente em uma sala vazia. Ela me olhava com uma expressão inescrutável, como se estivesse observando um verme preso entre seu dedo indicador e o polegar.

Acordei assustada. Jiang Chen dormia profundamente ao meu lado. A luz da lua entrava pela janela, cobrindo todo o quarto com um véu translúcido branco leitoso.

Afastei delicadamente o cabelo grudado na bochecha de Jiang Chen e sussurrei:

— A verdade é que tenho muito medo da sua mãe. E agora?

Ele continuava dormindo profundamente. Suspirei e me sentei na beirada da cama. Procurei meus chinelos por um bom tempo, mas não consegui encontrá-los. Então, me lembrei que Jiang Chen tinha me carregado do banho direto para o quarto...

Fui até a cozinha e servi um copo de água. Depois, encontrei meus chinelos na porta do banheiro. Calcei-os e fui para a varanda beber água enquanto olhava para as luzes da rua. O dia estava clareando. As roupas de Jiang Chen que eu tinha jogado fora no outro dia ainda estavam espalhadas sobre o toldo que a família do terceiro andar havia colocado. Quando Jiang Chen descobriu, ele ameaçou jogar todas as minhas roupas fora. Mas como eu estava com o cartão de crédito dele, não tive nem um pouco de medo.

— Xiaoxi?

Dei meia-volta e vi Jiang Chen encostado na porta da varanda com os braços cruzados. Não conseguia ver claramente seu rosto naquela escuridão.

— No que você está pensando? — perguntou ele.

Era a segunda vez na mesma noite que ele me perguntava no que eu estava pensando, e eu ainda estava pensando se sua mãe acharia eu que não era boa o bastante para ele.

Balancei a cabeça.

— Tive um pesadelo — falei.

Ele se aproximou e me abraçou pela cintura por trás.

— Com o que você sonhou?

— Com demônios e monstros.

Ele me abraçou com força. O calor do seu corpo foi lentamente transferido para as minhas costas. Então, me falou:

— Chen Xiaoxi, você não pode fugir quando tiver medo.

— Isso depende do nível de poder de fogo da sua mãe dessa vez — disse, brincando.

De repente, ele pegou meu queixo, veio me beijando por trás e virou meu rosto com força. Pude sentir sua inquietação. Quando a ponta da língua dele entrou na minha boca, senti um leve tremor. Um tremor que parecia carregar uma pequena corrente elétrica. Uma corrente elétrica que me atraiu para mais perto, cada vez mais perto.

Enquanto seus lábios e sua língua passeavam nos meus, eu o ouvi dizer com agressividade:

— Chen Xiaoxi, se você fugir de novo desta vez, não vai ter próxima vez pra gente. Estou falando sério.

Eu queria dizer: "Como você consegue falar tanto com a boca colada na minha, cavalheiro?" Também queria dizer: "Doutor, essa sua expressão feroz e dominadora não combina com a sua frieza e compostura de sempre. Essa atitude não se encaixa com o personagem e não é nada profissional."

Quando Jiang Chen me soltou, tive que me segurar nele para me firmar, porque meus pés estavam moles. Ele beliscou minhas bochechas e disse:

— Você está com uma névoa no olhar.

Não entendi. A principal razão é que o conteúdo expresso nessa frase era muito diferente do da frase anterior. Seus pensamentos mudavam tão rápido que eu não conseguia acompanhar.

*

Passei o dia seguinte toda atrapalhada no trabalho. Mesmo quando Fu Pei me disse que havia fechado o acordo da publicação dos quadrinhos por um bom valor, eu só contraí o canto da boca, tentando mostrar que estava muito feliz, mas minha expressão facial não deu conta.

Quando eu estava prestes a sair do trabalho, recebi uma ligação de Jiang Chen. Ele disse que não poderia sair do hospital naquele momento e me pediu para buscar seus pais no aeroporto. Achei um absurdo. O absurdo era o lugar onde eu deveria buscá-los — o aeroporto. Que tipo de pessoa escolhe o avião como meio de transporte quando a distância entre os dois lugares é "decolar; cantar uma música pop; pousar"? A resposta é: pessoas ricas que têm medo de que os outros não saibam que elas são ricas.

Fu Pei fez a gentileza de me levar ao aeroporto. Claro, talvez ele tenha tido a premonição de que eu poderia me tornar uma nova estrela em ascensão na indústria dos quadrinhos, então agora precisava puxar meu saco.

*

Eu ficava muito tensa antes de encontrar os pais de Jiang Chen. Algumas vezes, a tensão era tanta que me dava vontade de vomitar quando eu respirava fundo. Tentei me acalmar dizendo que, se não desse certo, eu simplesmente fingiria que estava grávida. Mesmo que ela não me quisesse como nora, não poderia não querer um neto, certo? Ou talvez, assim que nos encontrássemos, eu poderia fazer uma confissão emocionada sobre a minha ignorância quando era mais jovem... Resumindo, fiz toda uma construção de autoestima, dizendo a mim mesma para não me sentir magoada por causa dela, e para me acostumar a puxar saco. Se ela me desse um tapa, eu ofereceria a outra face...

Mas, no momento em que os vi, fiquei totalmente aliviada. Para fazer uma analogia, eu esperava que a antipatia que eles sentiam por mim pudesse ser resolvida com um tapa, não tinha cogitado que a mãe de Jiang Chen pudesse achar que a melhor opção para aliviar seu ódio fosse ser me dar uma voadora. Como eu não queria voadora nenhuma, deixei pra lá.

Usei uma metáfora tão refinada e não expliquei o que aconteceu exatamente. A mãe dele havia trazido uma mulher junto com ela. Infelizmente, alguém que eu conhecia e odiava há muito tempo: Li Wei. Durante o ensino médio, ela rondava Jiang Chen que nem um fantasma. Toda vez que eu a via, pensava: "Como essa mulher pode ser tão descarada, até mais do que eu?"

Acredito que a mãe de Jiang Chen não seja tão poderosa a ponto de saber que eu odeio Li Wei em segredo. Mas também acredito que ela não esteja tão entediada a ponto de trazer Li Wei para visitar a cidade. O mais importante é que eu não encontrava nenhuma gota de boa vontade na maneira como a mãe de Jiang Chen me olhava.

Mas fingir civilidade é uma obrigação social, portanto eu disse, respeitosamente:

— Olá, tio e tia, sou a Chen Xiaoxi. Jiang Chen estava ocupado e não pôde vir. Pediu para eu vir buscá-los para ir encontrá-lo no hospital.

O pai de Jiang Chen acenou com a cabeça.

— Olá — falou.

A mãe de Jiang Chen pronunciou sutilmente uma sílaba entre "hum" e "hem" com as narinas.

Mas Li Wei apertou minha mão com entusiasmo:

— Xiaoxi, quanto tempo, como você ficou bonita!

— Você continua linda — respondi, dando um sorriso forçado.

Pensei comigo mesma que quando ela disse "você ficou bonita" estava insinuando que antigamente eu era feia, então é claro que a odiei ainda mais...

Apesar de odiar Li Wei, tenho que admitir que ela é muito bonita. E sua beleza também revela os traços da sua inteligência. Nas palavras de Situ Mo para avaliar as belas colegas cientistas do marido: "Mulheres bonitas e inteligentes são as mais odiadas."

*

No táxi, me esforcei para encontrar dois assuntos apropriados para conversar com os pais de Jiang Chen e me aproximar deles: se tinham ficado enjoados durante o voo e se a comida do avião era boa. Na verdade, ainda tinha muitos assuntos, como, por exemplo, se as aeromoças eram bonitas, estavam em boa forma, usavam saia curta. Mas, dado o pouco entusiasmo deles em responder aos meus dois tópicos anteriores, não disse mais nada.

Quando estávamos perto do hospital, telefonei para Jiang Chen e lhe pedi que fosse até o saguão nos esperar. Mas, ao chegarmos lá, ainda assim não o vimos, então liguei para ele novamente, e ele disse que estava a caminho.

Um minuto depois, Jiang Chen apareceu no saguão em seu jaleco branco. Ele fez uma pausa quando viu Li Wei e olhou para mim com curiosidade. Dei de ombros.

Jiang Chen parecia um pouco desapegado dos pais, mas isso era compreensível: ele tem um temperamento estranho e seus pais são ainda mais esquisitos.

Depois de trocar algumas palavrinhas, a mãe de Jiang Chen disse:

— Encontre um lugar para comermos.

Jiang Chen tirou seu jaleco branco e me deu. Eu o dobrei e coloquei na minha bolsa. Ele pegou a bolsa de viagem da mão de Li Wei, que segurava a bagagem com força, como se tivesse medo de que eu corresse para pegá-la e fugisse. A bolsa era tão volumosa que achei que podia ter um cadáver ou um amante escondido ali dentro.

No caminho, Jiang Chen me explicou baixinho que o pai de Li Wei era o secretário de Educação da nossa cidade, e que ele e seu pai são bons amigos. Isso eu entendi: o prefeito e o secretário com certeza são bons amigos.

*

Durante a refeição, a mãe de Jiang Chen pareceu se lembrar de repente da minha existência.

— Onde a srta. Chen está trabalhando agora? — perguntou.

— Pode chamá-la de Xiaoxi — disse Jiang Chen, levantando a cabeça.

— Em uma empresa de design — respondi prontamente.

— Empresa estrangeira ou estatal?

Eu engoli em seco.

— Empresa privada.

— Ah é? De que porte?

— Três pessoas — falei.

Todos os presentes, exceto Jiang Chen, pararam de mexer seus palitos e me olharam, surpresos. Isso me fez questionar se eu havia acabado de dizer "matei pessoas" em vez de "três pessoas", por causa da minha fala arrastada.

Depois de um tempo, a mãe de Jiang Chen perguntou:

— A srta. Chen já considerou mudar de emprego?

Acho que o que ela queria perguntar realmente era: "A srta. Chen já pensou em mudar de namorado?" *Mas, sinto muito, senhora, eu incomodo seu filho há muitos anos. Se eu desistir no meio do caminho, vai parecer que não tenho força de vontade.*

Então balancei a cabeça na negativa e respondi:

— Não. — Depois de pensar mais um pouco, acrescentei: — Gosto muito desse trabalho.

Ela não se preocupou mais em esconder seu olhar de desprezo. Me ignorou completamente e disse ao filho:

— Jiang Chen, Li Wei pediu demissão e vai fazer pós-graduação na sua faculdade, então ela vai morar aqui por um tempo. Você tem um quarto vazio em casa. Deixe-a ficar lá. Seu tio Li e a família dele ficarão mais descansados.

— Não seria conveniente — disse Jiang Chen sem levantar a cabeça.

— Como assim não seria conveniente?

A mãe dele bateu os palitos na mesa. O som foi tão alto que suspeitei que por dentro ela fosse bem forte. Suspeitei até que o garçom teria que retirar os palitos socados da mesa quando estivesse arrumando tudo.

Como meus pensamentos estavam descontrolados, não aproveitei a boa oportunidade para promover a paz. Em vez disso, entreguei de lambuja para Li Wei. E fiquei muito triste com isso.

Ela sorriu e segurou a mão da mãe de Jiang Chen.

— Tia, não fique brava. Realmente não seria conveniente. É melhor eu ficar em um hotel. Não vai ser por muito tempo mesmo.

Dei um chutinho em Jiang Chen por baixo da mesa, e ele me olhou desconfiado.

Bem... Na verdade, não sei por que o chutei, mas senti que, de repente, o clima tinha ficado...

A mãe de Jiang Chen não desistiu:

— Por que não seria conveniente? Você e Li Wei cresceram juntos, os pais dela confiam em você, e é muito perigoso para uma garota ficar sozinha em um hotel.

Na intenção de aproveitar a oportunidade, eu imediatamente concordei com ela:

— É mesmo, não é nada seguro.

Mas parecia que a minha posição não era apropriada para dizer tais coisas, pois, assim que terminei de falar, a mesa voltou a ficar em silêncio. Por isso, abaixei a cabeça e decidi que nunca mais falaria até o dia da minha morte.

— Você se esqueceu de quem comprou a casa? — A mãe de Jiang Chen deu um tapa na mesa. — Será que não tenho autoridade nem para convidar amigos para ficar nela?

Jiang Chen não disse nada, apenas tirou a chave de sua casa de dentro da minha bolsa, que estava pendurada na cadeira, e a entregou a Li Wei.

— Minha mãe tem razão, não é seguro para uma garota ficar sozinha em um hotel. Esta é a chave da minha casa.

A trama deu uma guinada para pior. A súbita razoabilidade de Jiang Chen fez com que sua mãe, que ainda estava numa dramatização de fúria, ficasse chocada com a cena.

Em seguida, Jiang Chen tirou a chave do carro do bolso e a entregou a Li Wei.

— Lembro que você tem carteira de motorista — disse ele. — É mais conveniente ter um carro aqui.

Li Wei não se atreveu a estender a mão e pegar as chaves naquele momento. Ela lançou um olhar de súplica para a mãe de Jiang Chen, que então olhou para o pai dele. O pai disse em uma voz grave:

— Jiang Chen, o que é isso que você está fazendo?

Jiang Chen colocou a chave ao lado da mão de Li Wei e disse num tom bastante calmo:

— Para começar, este carro não é meu.

Meu coração estava na boca, e eu puxava a barra da roupa dele por baixo da mesa. *Se quiser ser rebelde, não seja quando estiver por perto*, pensei. *Quem não me conhece pode achar que eu estou te instigando a fazer isso.*

Ele segurou minha mão e olhou para mim. Era um olhar que dizia muito, mas não consegui entender. Quando liguei os pontos, já era tarde demais para impedi-lo.

— Pai, mãe, eu já contei para vocês que Xiaoxi é minha namorada. Eu moro com ela agora, queremos nos casar e esperamos obter o consentimento de vocês — anunciou ele.

— Eu sou contra — disse a mãe dele.

Pensei comigo mesma que eu também era contra aquilo, já que ele ainda não havia me pedido em casamento...

Jiang Chen segurou minha mão com força.

— Não importa se você é contra — disse ele. — Vocês foram contra quando eu estava fazendo o vestibular e foram contra eu me tornar médico.

Eu estava dividida entre dizer "por favor, fica quieto e não piora as coisas pra mim" e "nossa, que maravilhoso".

Justamente quando os pais de Jiang Chen estavam prestes a estourar, houve duas batidas na porta.

— Precisam de alguma coisa? — perguntou o garçom ao entrar.

Só então percebi que a luz de serviço da sala privativa do restaurante estava acesa.

— A conta — declarou Jiang Chen, entregando o cartão de crédito a ele.

Não sei como o cartão de crédito que estava na minha bolsa foi parar em sua mão, mas, depois que o garçom saiu, Jiang Chen disse:

— Li Wei, eu te dei as chaves. Você já sabe o caminho para a minha casa. Leve meus pais pra lá para descansar. Eu tenho cirurgia hoje à noite. Amanhã é minha folga e levo vocês para passear.

Dito isso, ele nem se importou com o tapa que sua mãe deu na mesa, mandando que se sentasse. Só me levantou.

— Vem comigo até o metrô? — pediu. — Estou sem meu cartão.

Enquanto ia sendo arrastada por ele, eu me virei e disse:

— Tchau.

*

Jiang Chen foi caminhando à frente e eu o segui de perto logo atrás, segurando o cartão de crédito. Depois de andar cerca de vinte minutos, ele parou, e eu acelerei o passo até alcançá-lo e ficarmos ombro a ombro.

Ele pegou minha mão e fomos avançando lentamente.

— Chen Xiaoxi, eles brigavam muito quando eu era criança — confessou Jiang Chen.

— Meus pais brigavam muito também. Minha mãe chegou até a dizer que picaria meu pai em pedacinhos com uma faca de cozinha para fazer guioza — falei para reconfortá-lo.

Ele abaixou a cabeça e me deu uma olhada.

— Você está inventando isso?

— Como você percebeu? Enfim, o jeito como você agiu fez com que eu me sentisse pressionada — falei, coçando o pescoço.

Ele me ignorou.

— Muitas vezes, quando eu estava praticando piano na sala, eles ficavam do lado de fora se xingando, insultando dezoito gerações ancestrais da outra parte, ou questionando a capacidade do outro de garantir uma próxima geração. Como eu tenho os mesmos ancestrais que eles e sou a geração seguinte, tudo aquilo me estressava muito.

Levantei a mão e dei um tapinha no ombro dele.

— Ser prolixo não é do seu feitio, não vai te ajudar a criar uma imagem mais tranquila.

Ele beliscou minha bochecha.

— É tão irritante... — comentou. — Por que você acha que eles não se divorciaram?

Analisei de forma realista.

— Seria difícil para eles dar satisfação sobre o divórcio aos chefes — respondi.

Ele riu.

— Como você sabe que não é fácil dar satisfação aos chefes?

— Quando eu era criança, achava que minha mãe era muito brava e tentei convencer meu pai a se casar com outra pessoa — contei. — Ele me disse apenas que seria difícil dar satisfação sobre isso aos chefes dele.

Jiang Chen estendeu a mão para beliscar minha bochecha de novo.

— Como é que algo tão sério fica tão engraçado com você? — perguntou.

Talvez este seja um talento natural.

*

— Vamos voltar pra casa de metrô — disse Jiang Chen, soltando minha mão e colocando o braço em volta dos meus ombros. — Mas não tenho dinheiro nem cartão de metrô...

Acontece que era fim de expediente e o metrô estava que nem uma lata de sardinha, de tão lotado. Fiquei de costas contra a parede do vagão, Jiang Chen na minha frente, me abraçando para me proteger da multidão.

Olhei para ele, rindo com os olhos semicerrados. Ele ficou intrigado com minha risada.

— O que foi? — questionou.

— É que se o casal protagonista de alguma série estiver em um transporte lotado, com certeza vai ficar assim, abraçado para se proteger da multidão. Você é tão romântico...

Ele ficou com uma expressão de "eu realmente não aguento você" no rosto.

Eu me endireitei e o abracei com um sorriso, meu rosto colado no seu peito, minhas mãos entrelaçadas em volta da sua cintura.

— Jiang Chen, não posso pedir folga para acompanhar seus pais amanhã. Tenho que discutir o conteúdo dos quadrinhos com meu cliente. E já faz tempo que não me sinto menosprezada, então não posso exagerar.

Na verdade, eu achava que a minha presença só tornaria a situação mais constrangedora, então era melhor não aparecer para não estragar a diversão.

Ele assentiu.

— Tudo bem. — Depois de uma pausa, acrescentou: — Desculpa te colocar nessa situação.

Balancei a cabeça e olhei nos olhos dele.

— Jiang Chen, eu te amo muito — falei.

Ele desviou o olhar, um pouco desconfortável, e fez um som baixinho de "hum".

Cinco minutos depois, abaixou a cabeça de repente e me perguntou:

— O que faço agora, hein? Não tenho mais casa nem carro.

Fingi estar pensando seriamente, e depois de um tempo respondi com um sorriso:

— É o seguinte: se você tolerar que eu seja gulosa e preguiçosa, vou tolerar que você não tenha casa nem carro.

Ele abaixou a cabeça, sorrindo, sua covinha na bochecha, e a esfregou suavemente no meu rosto.

*

Faltavam duas estações para chegarmos em casa quando o celular de Jiang Chen começou a tocar. Ele o tirou do bolso do casaco, olhou e o guardou de volta. Enfiei a mão no bolso para pegá-lo, apertei o botão para atender e o coloquei no ouvido dele.

Jiang Chen olhou bravo para mim, pegou o celular e disse, relutante:

— Mãe.

Depois, ficou em silêncio por mais de cinco minutos. Com o barulho do metrô, só consegui ouvir algumas palavras, como "morro" e "vaza", em um tom grosso e intenso. Talvez por conta de todos os exercícios de formar frases que fiz como tarefa de casa no ensino fundamental, inventei algumas frases com base no comportamento habitual da mãe dele e nas poucas palavras que ouvia: "Diga para essa maldita vazar!" "Ou ela vaza, ou eu morro." Pessoas mortas não vazam... Bom, quando eu era criança, muitas vezes fui criticada pela professora por fazer frases meio diferentonas.

Finalmente, ouvi Jiang Chen dizer, a voz grave:

— Não vou te obedecer. É isso. Estou ocupado agora.

Gostaria de informar que se eu falasse assim com a minha mãe ela me enfiaria de volta no próprio útero, me afogaria no líquido amniótico e me estrangularia com o cordão umbilical.

Jiang Chen naturalmente ficou furioso. Depois de desligar, enfiou o celular no bolso do meu casaco e não disse nem mais uma palavra.

Encostei no celular dentro no bolso e fiquei meio nervosa. *Eu deveria lembrá-lo de que este é o celular dele? Será que ele vai se sentir ofendido e vai dizer que não quer mais o celular? Daí vou realizar meu sonho de trocar de celular...*

Quando o metrô estava próximo da estação, eu avisei Jiang Chen. Ele pegou minha mão e saímos com o povo. A certa altura, quase fomos arrastados. Depois, Jiang Chen simplesmente me envolveu com seus braços e avançamos. Por fim, conseguimos sair da estação. Jiang Chen me soltou e suspirou.

— Sem carro não dá mesmo!

— Oh, nobre senhor, há quanto tempo não se digna a pegar o metrô? Não me lembro de ouvir você reclamar quando estávamos na faculdade — falei, rindo dele.

— Se não fosse por mim, você não saberia dizer quantas vezes teria chorado no metrô e no ônibus durante a faculdade — respondeu ele, desdenhando de mim.

Não pude deixar de segurar mais forte as mangas da sua roupa.

*

Nós dois éramos de um lugar pequeno e tínhamos ido para a cidade grande fazer faculdade. De onde vínhamos, assim que saíamos de casa, havia um tio sorridente e honesto, em uma moto meio caindo aos pedaços, que sempre perguntava pra onde estávamos indo.

Quando entrei na faculdade, fiquei pasma ao ver a grande malha das linhas de ônibus e metrô. Então, eu seguia Jiang Chen para onde quer que fosse. Ele era responsável por me levar de um lado para outro por aquelas complicadas rotas do transporte público. Nunca tive que me importar com qual linha ia para onde, nem se tinha tomado a direção errada.

Depois de formada, quando comecei a trabalhar, ele me levou para fazer várias viagens de ônibus e metrô. Do hospital onde ele estagiava até onde eu morava, de onde eu morava até minha empresa, e da minha empresa até o hospital onde ele estagiava. Ele também inventou uma regrinha para eu lembrar: "Hospital-empresa, 304; casa-empresa, 507; casa-hospital, 216; todos do outro lado da rua." Disse que era para eu decorar e que para inverter os lugares tinha que pegar o mesmo ônibus, só que não precisava atravessar a rua. Eu falei que sabia, que não era tão idiota. Embora eu soubesse, porém, de vez em quando ainda pegava o ônibus errado. Quando percebia que tinha feito isso, simplesmente descia na parada seguinte e ligava para importunar Jiang Chen, pedindo que ele fosse me buscar.

Um tempo depois, terminamos, e eu mudei de empresa e de casa. Anotei minuciosamente todos os trajetos em um caderno, mas, com frequência, ainda pegava o ônibus na direção oposta. Uma vez, na volta para casa, depois de fazer hora extra, assim que entrei no ônibus e me sentei, comecei a tirar uma soneca abraçada a uma das barras do veículo. Quando acordei, o ônibus estava em um lugar que não conhecia. No desespero, peguei meu celular e quis ligar para Jiang Chen pedindo ajuda. No momento em que apertei o botão de chamar é que me dei conta do que estava fazendo. Abracei a barra e comecei a chorar loucamente. Quem não soubesse poderia ter pensado que a barra era minha mãe biológica e que estava perdida havia muito tempo.

Naquele dia, tinha uma menina do meu lado com o cabelo pintado com as cores de um arco-íris depois de uma chuva de verão. Ela mascava chiclete e me olhava com pena.

— Você está bem? — perguntou. — Está com alguma dor?

— Peguei o ônibus errado — respondi.

Ela ficou chocada com o que ouviu, depois pareceu prestes a chorar.

— Você me fez engolir o chiclete — falou.

Aí eu que fiquei atordoada. Olhava para ela e chorava copiosamente, aquele choro cheio de lágrimas e ranho escorrendo pelo nariz.

— Desculpa, não quis fazer você engolir o chiclete de propósito, posso te dar outro chiclete, se quiser. Me desculpa, não queria pegar o ônibus errado. Desculpa, acabei de me dar conta de que realmente não tenho ninguém em quem posso confiar. Desculpa, não quis chorar de propósito. Desculpa, não precisa ter medo de mim, eu realmente não sou louca.

Quando a garota do arco-íris ouviu a palavra "louca", ela deu alguns passos para o lado em silêncio. Assim que o ônibus parou, ela forçou a abertura da porta com as duas mãos antes de estar totalmente aberta e saiu correndo.

Eu dei um suspiro. Se pudesse voltar no tempo, eu realmente queria explicar com calma para a garota do arco-íris, explicar meu súbito sentimento de desamparo, minha saudade repentina, explicar que eu realmente não era louca...

Ah, vida. Às vezes, é difícil dizer o que dói mais: nunca ter tido algo ou ter algo e depois perder. Soltei as mangas de Jiang Chen, segurei seu dedo mindinho e o balancei. No fim das contas, é sempre mais gratificante encontrar algo que estava perdido.

Jiang Chen virou a mão e segurou a minha com leveza.

— Para de balançar — pediu ele.

Comprimi os lábios e me virei, notando o vendedor de batata-doce assada na calçada.

— Olha, batata-doce assada — falei.

— É.

— Eu quero — anunciei.

Parei e me recusei a andar.

— Não é higiênico, e assados causam câncer — replicou ele.

Percebi nitidamente a expressão de antipatia do vendedor assando batata-doce, como se ele fosse jogar um carvão na gente. Então, dei uma beliscada no braço de Jiang Chen e retruquei:

— Que bobagem, o cheiro está tão bom... Vai comprar uma pra mim agora.

Quando era criança, se eu batesse no filho de outra pessoa e fosse pega, minha mãe me batia e me dava uma bronca antes que a mãe do outro pudesse dizer qualquer coisa. Ela dizia que era melhor agir primeiro, para a outra mãe nem ter o que falar. Mas acho que o medo delas era irritar minha mãe e acabar me fazendo apanhar até não aguentar mais...

Jiang Chen me olhou incrédulo. Acho que ele não imaginaria que alguém tão gentil e delicada como eu também pudesse ter uma família violenta.

Eu o encarei, furiosa.

— Compra batata-doce para mim!

— Quer que compre, eu compro, não precisa ficar nervosinha — murmurou ele enquanto pegava sua carteira. — Senhor, por favor, me dá duas batatas-doces assadas.

O vendedor embrulhou as duas batatas-doces e nos entregou em um saquinho de papel. Para finalizar, enfatizou:

— Minhas batatas-doces fazem bem para a saúde. E essa história de câncer é conversa fiada.

Jiang Chen ficou surpreso.

— Desculpa, só queria assustar minha namorada — falou.

Depois de pegar as batatas-doces quentinhas, insisti em comê-las enquanto andávamos. Jiang Chen disse para apenas comê-las e ficar longe dele, pois não queria que os outros soubessem que ele me conhecia.

Assim que abri a casca da batata-doce, um vapor quente e perfumado invadiu meu nariz. E, no momento que dei a primeira mordida, minha boca se encheu daquele aroma.

Levei a batata-doce à boca de Jiang Chen.

— É uma delícia — falei. — Come pra ver.

Ele recusou e me mostrou a batata-doce que tinha na mão.

— Por acaso eu não tenho uma?

— Prova um pouco — insisti. — Está boa demais. Se você não comer agora, vai se arrepender pelo resto da vida. Vai por mim.

Ele não resistiu aos meus encantos. Afinal, deu uma mordida com relutância, só que essa mordida levou mais da metade da minha batata-doce... Tive pena de mim.

A caminhada para casa levava apenas dez minutos. Mas, para dar tempo de comer as duas batatas-doces, ficamos andamos mais de vinte minutos e ainda não havíamos chegado ao portão do condomínio. Jiang Chen se irritou.

— Vá comendo sozinha no caminho — disse. — E se lembra de voltar para casa quando terminar.

Então, ele foi para casa, furioso.

Terminei de comer as batatas-doces na porta do prédio com um sorriso satisfeito e feliz. Nesse meio-tempo, a filha da sra. Huang, do terceiro andar, começou a exigir, rolando no chão:

— Mãe, quero uma batata-doce igual à dela.

A culpa é minha, confesso.

*

Quando cheguei em casa, Jiang Chen estava assistindo a uma partida de futebol. Eu me joguei no colo dele e lhe dei um tapinha.

— Quem disse para você me largar lá e fugir? — falei.

Ele não escapou de mim e, sorrindo, me deixou beliscá-lo e mordê-lo.

— Seja como for, você vai ter que me aguentar, na vida ou na morte.

...

A sensação de se estar destinado a alguma coisa é realmente um desalento, mas o que posso fazer? Talvez o amor seja um estado de ânimo bem assim, algo tão forte que dá aquela sensação de impotência. Com sorte, é feliz; sem sorte, é triste.

Descansei a cabeça no colo de Jiang Chen e acariciei seu queixo com os dedos. Não esperava que mesmo com a aparência de rosto limpo ainda desse para sentir sua barba por fazer. Pinicava ao toque, mas sem espetar. Parecia a vez em que abri a caixa de ferramentas do meu pai escondido, quando eu era criança, e toquei na lixa desgastada que ele havia usado.

Jiang Chen desviou o olhar da TV para o meu rosto. Ele me fitou por um momento, pensativo, e depois disse:

— Quando você deita assim, seu rosto fica tão grande.

...

Lembro de um ditado que diz que, quando um homem está realmente a fim de uma mulher, ele acaba pegando no pé dela só para ver ela fazer beicinho. E isso de algum jeito dá a ele uma satisfação meio bizarra. Vou me agarrar a essa ideia pelos próximos cem anos, porque, se não for assim, não dá para levar a vida.

Capítulo XXI

No dia seguinte, fui trabalhar como de costume. Jiang Chen foi passear com os pais e Li Wei. Durante o dia, ele me ligou e disse que estava admirando esculturas em algum jardim. Assim que ouvi a palavra "escultura", as células artísticas do meu corpo começaram a gritar, como se tivessem boca.

Perguntei a Jiang Chen que tipo de esculturas. Ele disse que eram de pessoas e animais.

Perguntei de que eram feitas. Ele disse metal e gesso.

Perguntei se os traços eram bonitos. Ele disse que não eram traços retos.

Por fim, não tive escolha a não ser perguntar qual tinha sido a escultura que mais o havia impressionado. Ele disse que foi uma estátua de bronze de Qu Yuan com a cabeça inclinada e o queixo voltado para cima, que o impressionou profundamente, pois a cor tinha algo muito fora do comum.

Fiquei curiosíssima quando ouvi aquilo, e perguntei o que a cor tinha de incomum. Ele disse que a estátua de bronze era toda dourada, mas havia um círculo branco-acinzentado no queixo levantado de Qu Yuan.

Refleti brevemente e expliquei a ele que era para destacar a barba de Qu Yuan. Na expressão artística, o contraste é uma técnica muito importante. O que você vê é uma estátua inteira de bronze de

Qu Yuan. Talvez o artista tenha realmente tentado destacar a barba grisalha. Pode ser um símbolo, com a intenção de representar que a verdade desafia o tempo e as dificuldades da vida.

— Chen Xiaoxi, você me fez perceber que a arte é mesmo toda conectada — disse Jiang Chen.

— Que nada! — respondi humildemente.

— De fato, não é fácil para o artista. Para simbolizar o que você falou, ele provavelmente pensou em muitas maneiras de fazer os pássaros e pombos fazerem cocô no queixo de Qu Yuan todos os dias — adicionou ele.

...

Veja como é difícil para nós artistas, temos até que cuidar dos locais onde os pássaros e os pombos fazem suas necessidades.

*

A tarde toda foi de reuniões para tratar das histórias em quadrinhos. Sem dúvida nenhuma, a coisa que mais odeio na vida são reuniões. Sempre achei que se é para um monte de gente ficar sentada em círculo, pelo menos que tenha uma fogueira no meio, ou algo assim…

Nós nunca fazemos reuniões na empresa, já que somos apenas três pessoas, e Fu Pei não teria nem cara de usar a palavra "reunião". Mas a outra empresa é diferente. Levamos um susto quando chegamos à sala de reunião deles e vimos os funcionários apertados ao redor de uma mesa oval. E atrás ainda havia algumas garotas que pareciam secretárias anotando tudo em grandes cadernos pretos.

A reunião foi longa e entediante. Falamos bastante sobre as ideias dos quadrinhos. E depois de todo aquele tempo percebemos que entre os participantes da reunião não havia uma pessoa que soubesse aplicar retículas. Mas isso era uma mera formalidade. No final, o que importava é que eu desenhasse o leitor óptico deles na história em quadrinhos.

Após a reunião, Fu Pei se ofereceu para atualizar meu equipamento de trabalho, dizendo que substituiria o meu computador, o scanner e a mesa digitalizadora pelos modelos mais recentes. Embora eu geralmente desenhe os quadrinhos primeiro a caneta e depois os escaneie para colorir no computador, fiquei muito animada com a ideia de desperdiçar o dinheiro corporativo.

Como a reunião terminou quase no fim do expediente, Fu Pei me levou direto para casa.

*

Não esperava encontrar Wu Bosong de cabeça baixa fumando um cigarro na porta da minha casa.

Ao ouvir que eu estava me aproximando, Wu Bosong levantou a cabeça, e levei um susto. Dei dois passos para trás. Dias antes, eu o vira ainda com uma brisa primaveril no rosto. Como, de repente, ele estava com a barba por fazer e parecia tão envelhecido e acabado, feito um rabanete desidratado em conserva?

Eu podia adivinhar o que tinha acontecido, então era melhor fingir calma.

— Você está esperando há muito tempo? Por que não ligou antes de vir?

— Eu liguei, mas você não atendeu — disse ele.

Peguei o celular e percebi que estava no modo silencioso desde a reunião da tarde.

— Coloquei no silencioso e esqueci de tirar — expliquei a ele. Fui tirando a chave da bolsa e abrindo a porta. — Apaga o cigarro antes de entrar. Por que você está tão abatido?

Assim que entrou, Wu Bosong se sentou no sofá, imóvel. Encontrei um saquinho de chá, fiz uma xícara de chá quente e a coloquei na mão dele. Então, perguntei, no tom mais sábio, atencioso e menos fofoqueiro possível:

— O que foi? O que aconteceu?

— Ranran quer terminar comigo — disse ele, olhando para o chá em sua mão.

Mordi o lábio inferior e respirei fundo.

— O que mais?

— E você não sabe de tudo? — Ele levantou a cabeça e me olhou. — Como você enxerga esse meu relacionamento, está achando graça?

Eu controlei a raiva.

— Se você for falar assim, acho que não preciso ouvir mais.

— Desculpa. — Ele suspirou. — Não quis dizer isso.

— Então, quais são os próximos passos? — perguntei, fazendo um gesto com a mão.

— Não quero romper com ela. Ranran disse que aquela pessoa já começou a desconfiar e ela está com medo do que ele pode fazer comigo se descobrir sobre nós. Você sabe quem é a pessoa...

Eu sabia, sim. Além do mais, como cidadã comum, não havia nada que eu pudesse fazer para ajudar.

Ficamos em silêncio por um tempo. Finalmente, os olhos de Wu Bosong brilharam.

— Vou levá-la para a Nova Zelândia comigo — declarou ele.

Ressaltei que ele estava ignorando o ponto mais importante — se Hu Ranran iria com ele.

— Por que ela não iria comigo? — questionou ele.

— Porque a casa dela é aqui, os pais dela estão aqui. Ela não sabe o que pode acontecer com a família dela depois que ela for embora com você.

O brilho nos olhos de Wu Bosong se apagou.

— Nem proteger minha namorada eu consigo, sou um inútil mesmo...

Eu realmente não sabia como confortá-lo. As bobagens que costumava falar para Jiang Chen não pareciam ser muito adequadas naquele caso. Pensando bem, se eu lhe dissesse naquele momento que, na verdade, ele não era tão inútil, pois pelo menos sabia falar inglês ou algo assim, acho que ele era capaz de jogar em mim o chá quente que estava segurando.

Ele ficou lá, sentindo pena de si mesmo, enquanto eu repetia:
— Não, não é bem assim, você está pensando demais.
E o mais triste é que nós dois sabíamos que aquele diálogo não ajudaria em nada. Mas tudo o que podíamos fazer era ficar nos repetindo.

*

Quando Jiang Chen chegou, viu duas pessoas sentadas na sala parecendo em transe, com um olhar desanimado. Depois de cumprimentar Wu Bosong, ele se aproximou e deu um tapinha na minha cabeça.
— Por que você não atendeu o telefone? — perguntou. — Já comeu?
Só então percebi que estávamos sentados em silêncio fazia duas horas e ainda não havíamos encontrado nenhuma solução.
Wu Bosong se levantou e disse que ia embora. Jiang Chen deu um tapinha no seu ombro,
— Vamos comer primeiro — falou —, depois você volta para casa.
Jantamos no restaurante sichuanês ali perto. Jiang Chen já havia jantado com seus pais, então pedi um cozido de peixe com verduras em conserva e Wu Bosong pediu uma dúzia de cervejas. Jiang Chen e eu bebemos juntos, porque, naquele momento, nossa única forma de ajudá-lo era lhe fazendo companhia.
Depois de beber uns copos de cerveja, Wu Bosong começou a falar uns negócios deprimentes, como que queria desistir, entre outras coisas. Até disse que, na verdade, não amava tanto Hu Ranran, e que ela não era uma boa mulher.
Estávamos indignados com aquela situação, mas não sabíamos o que dizer, então só conseguimos continuar bebendo. Como Jiang Chen estava com problemas no estômago, eu não o deixei beber muito. Wu Bosong estava ocupado desabafando, então também não

bebeu tanto. Portanto, o resultado foi que, inexplicavelmente, eu bebi até começar a ver dois Jiang Chen e dois Wu Bosong diante de mim.

No entanto, eu ainda estava lúcida — só meus movimentos pareciam um pouco lentos. Me segurei nos ombros de Jiang Chen, transferi a maior parte do meu peso para ele e, com os olhos semicerrados, fiquei ouvindo a conversa dos dois.

— Eu sei que você vai encontrar alguém para amar de novo — disse Jiang Chen a Wu Bosong —, mas não é essa pessoa. Não sei como você consegue viver assim. Eu já tentei e não deu certo. É um sentimento estranho, não sei como descrever para você. Não é nada que parta nosso coração, mas é incômodo. Na medicina, há um termo médico chamado Escala Numérica de Dor, END, que divide a dor em níveis de zero a dez. Dez é a dor mais intensa, zero significa nenhuma dor. Esse incômodo representa apenas alguns décimos de dor. Mas é uma dor persistente, que te lembra da existência dela o tempo todo.

— Você pode me dar um exemplo que eu consiga entender? — replicou Wu Bosong, com uma cara triste.

Eu queria desesperadamente assentir e dizer a Wu Bosong que eu me identificava com ele. Era realmente perturbador a conversa ir para o nível técnico àquela altura.

Jiang Chen segurou minha cabeça, que estava apoiada no seu braço, e disse:

— É como se você sempre vestisse uma blusa ao lado contrário. Você vai se sentir um pouco desconfortável, como se estivesse apertando seu pescoço. O desconforto é insignificante, mas você simplesmente não consegue ignorar.

Foi a primeira vez que ouvi Jiang Chen falar sobre sentimentos de uma forma tão específica. Embora tanto sua metáfora de classificação de dor quanto a da blusa ao contrário fossem bastante incomuns, fiquei comovida. Tive a clareza de que queria expressar toda a minha emoção para ele, mas meu corpo entorpecido pelo álcool obviamente não podia sustentá-la. Cada palavra que saía da minha boca era apenas o murmúrio confuso de uma pessoa bêbada, e minha tentativa de abraçá-lo acabou virando eu deitada em cima dele soprando bafo de álcool.

Em seguida, Wu Bosong disse alguma frase sem sentido, e Jiang Chen repetiu a mesma frase sem sentido. A frase sem sentido era "Xiaoxi está bêbada".

Xiaoxi, isto é, eu mesma, estava fisicamente bêbada, mas não mentalmente. Na verdade, ainda enxergava esse mundo com muita clareza, só que eles não sabiam daquilo.

Saímos do restaurante, Wu Bosong anunciou que ia embora e foi. Sua sombra desolada era alongada e encurtada pelas luzes da rua. *Sinto muito, amigo, não posso te ajudar.*

Jiang Chen se agachou na minha frente e pegou minhas mãos, para eu subir nas suas costas. Ele disse: minha pequena bêbada, vou te carregar de volta. Eu nunca o tinha ouvido falar em um tom tão terno.

O caminho para casa não era longo, e Jiang Chen avançava de forma lenta e firme. Puxei seu cabelo e mordi seu pescoço, e ele apenas sorriu e me segurou para que eu não escorregasse. Cutuquei suas covinhas com o dedo indicador; depois, com o médio, o anular, o dedo mínimo e o polegar. Ele não se esquivou, só sorriu mais ainda com suas covinhas.

O vento dissipou um pouco da minha embriaguez ao longo do caminho. Quando cheguei em casa, pude dizer com clareza frases alegres como:

— Chegamos em casa!

Mas acho que o fato de eu estar bêbada agradou profundamente Jiang Chen. Ele parecia uma criança que havia acabado de ganhar um brinquedo novo, sua animação nítida. Ele me colocou no sofá cuidadosamente, se agachou na minha frente e me perguntou:

— Chen Xiaoxi, você está bêbada?

— Sim, ué — colaborei.

— Você sabe quem eu sou? — perguntou ele.

— Sei, ué.
— Quem sou eu? — indagou.
— Meu namorado, ué.
— Qual é o nome do seu namorado? — interrogou ele, rindo e beliscando minha bochecha.
— Jiang Chen, ué.
— Você pode parar com esse "ué" quando fala?
— Posso, ué.

Ele se inclinou para me beijar, rindo, e disse, colado nos meus lábios:
— Você sabe do que está falando?
— Sei, ué.

Ele gargalhou. Acho que também estava meio bêbado, senão como iria deixar de notar o grau de ridículo daquela conversa?
— Você quer dormir? — me perguntou Jiang Chen em seguida.
— Não quero, ué.
— Se não estiver cansada, fica um pouco sentada aqui comigo.
— Está bem, ué.

Jiang Chen se sentou no chão, com a cabeça apoiada no meu colo.
— Você se comporta muito bem quando está bêbada.
— Sim, ué — concordei.

Ele riu de novo.
— Chen Xiaoxi, se eu te pedisse em casamento enquanto você está bêbada, vai parecer desprezível, como se eu estivesse me aproveitando da sua situação de vulnerabilidade?

Como bem falado, eu era uma bêbada sóbria, portanto tinha plena consciência de que vinha esperando secretamente aquele pedido dele havia muito tempo. Segundo minha mãe, o maior elogio que um homem pode fazer a uma mulher é pedi-la em casamento. Quer dizer, não foi minha mãe que disse isso. Esqueci quem disse. Eu estava bêbada. Não exija muito de mim.

Controlei a vontade de vomitar de tanto nervosismo, ou por ter bebido demais, e respondi, séria:
— Não, ué.

— Hum. — Ele assentiu.

Esfreguei os ouvidos, aguardando ansiosamente sua próxima frase.

Mas não. Não teve próxima frase. Jiang Chen bocejou, se deitou no meu colo e fechou os olhos.

Pisquei os meus, embaçados e vermelhos por causa do álcool. Estava muito intrigada. Na minha idealização, Jiang Chen deveria ter me pedido em casamento naquele momento, e então eu levantaria majestosamente minha cabeça e diria "vou pensar". Daí, ele diria que não havia nada para pensar, bastava concordar, já que estava bêbada. E eu responderia que sim. Embora tudo isso pareça relativamente piegas, é culpa do álcool.

Senti que o comportamento de Jiang Chen não estava de acordo com a lógica da conversa, então arrotei e dei um tapinha no seu rosto.

— E o pedido de casamento, ué?

Ele abriu os olhos e me encarou.

— Com você?

— É, ué — falei.

— Está bem, eu aceito — disse ele.

…

Fiquei extremamente irritada. A omissão aleatória de sujeito e objeto na conversa tinha feito com que eu não conseguisse entendê-la por nada, pois, embora eu estivesse sóbria, ainda estava bêbada. Então, puxei uma pequena mecha do cabelo dele.

— Não entendi, ué. Não entendi, ué.

Ele deu um tapinha na minha mão, se levantou e sentou na mesinha de centro em frente ao sofá. Em seguida, se aproximou do meu rosto, tão perto que pude me ver encolhida em uma imagenzinha nas suas pupilas.

— Chen Xiaoxi, você acabou de me pedir em casamento. Como é você, eu aceitei. Você entendeu?

— Entendi, ué — percebi de repente.

— Então, você está feliz? — perguntou ele, com um sorriso radiante.

— Estou feliz, ué.

Sorri com ele.

— Você é tão inteligente — me elogiou Jiang Chen, fazendo carinho no meu rosto.

Tive a sensação de que algo estava errado. Mas desde que a professora do jardim de infância que ensinava a desenhar florezinhas se aposentou, nunca mais recebi elogios tão sinceros. Por isso, estava ainda mais feliz.

*

Na manhã seguinte, acordei na cama, com dor de cabeça por conta da ressaca e pensando no que aconteceu na noite anterior. Ao virar, olhei para Jiang Chen, que dormia profundamente ao meu lado. Estiquei a mão e percorri detalhadamente a silhueta dele com meu indicador. Quando as pessoas estão dormindo, elas parecem mais frágeis e inocentes do que de costume. Esse olhar inocente encaixava bem com o rosto adormecido de Jiang Chen. Não pude deixar de suspirar quando olhei para ele. *Alguém me diz como esse homem lindo, porém perverso e impiedoso, me enganou de forma tão estúpida?*

Quando voltei com o café da manhã, Jiang Chen estava assistindo ao noticiário no sofá e olhou para mim com naturalidade.

— Achei que você tinha fugido do casamento — comentou.

Fingi que não entendi e balancei a sacola com o café da manhã.

— Hora de tomar café — falei.

Ele jogou o controle remoto longe, deitou a cabeça no encosto do sofá e disse, orgulhoso:

— Chen Xiaoxi, você me pediu em casamento ontem à noite, para de fingir.

Fechei a cara para ele e não disse nada.

Jiang Chen sorriu e anunciou:

— Vi o seu registro de residência na gaveta e estou com o meu aqui também. Por que não tiramos uma hora de folga e vamos ao cartório para começar o dia de trabalho deles e sermos o primeiro casal a se casar hoje?

— Do que você está falando? Vamos tomar café da manhã — respondi, indiferente.

Ele insistiu:

— Para de fingir que nada aconteceu. Eu sei que você se lembra.

Você não sabe merda nenhuma.

Você não sabe que o pedido de casamento é o evento mais importante da minha vida. Você não sabe que imaginei a música, as flores, o anel, você ajoelhado, as lágrimas. Você não sabe que, no meu coração, imaginei cada detalhezinho, cada expressão, movimento, tom e palavra. Você não sabe, e não importa como eu fantasie, não importa como o pedido aconteça, o que importa é que, no fim das contas, o pedido deve ser feito por você, por você!

Pensando na nossa história, era sempre eu que ia atrás dele, e poucas pessoas ao redor apostavam em mim. Diziam coisas tipo "para uma mulher, conquistar é fácil", como se ele simplesmente aceitasse meus sentimentos por conveniência. Na verdade, não era bem assim. Eles não sabiam como eu pensava em cada detalhe relacionado a ele. Para ir à escola com ele, eu esperava na entrada do beco às seis horas da manhã todos os dias. Para me sair melhor na prova e entrar na mesma universidade que ele, me esforçava para desenhar todos os dias. Os meus desenhos ainda estão debaixo da minha cama em casa. Para ficar com ele, fingi não perceber que a mãe dele me desprezava...

E ele nem sequer me pediu em casamento para me fazer sentir que eu era especial.

Quanto mais eu pensava nisso, mais me sentia magoada. As lágrimas começaram a rolar dos meus olhos.

Jiang Chen parecia ter ficado assustado com a minha reação. Ele se apoiou em uma das mãos, pulou para trás do sofá e foi correndo me abraçar.

— O que foi? — perguntou. — O que está acontecendo?

Não o deixei enxugar minhas lágrimas e afastei seus braços.

— Não vou me casar com você, não vou me casar — falei.

Ele franziu a testa.

— O que houve?

Abri a boca, mas não sabia o que dizer, então só consegui chorar. Ainda me lembrava da teoria da blusa vestida ao contrário de Jiang Chen. Eu acreditava que ele me amava, mas não conseguia explicar a ele meu pânico repentino. Estava com medo, medo porque fui a primeira a dizer que gostava dele no começo do namoro, e, por isso, só eu tomaria a iniciativa para sempre. Estava com medo, medo porque dei esse passo primeiro, e, por isso, ele sentiria naturalmente que cada passo deveria ser dado por mim. Estava com medo, medo de amá-lo muito mais do que ele me amava...

Ele tentou me abraçar de novo, e eu neguei com a cabeça e recuei passo a passo, até minhas costas baterem na porta.

Jiang Chen respirou fundo, como se estivesse passando por alguma coisa.

— Você está assim por causa da minha mãe? Não precisa se preocupar com ela. Já deixei tudo claro pra ela. Ela ladra, mas não morde. Não vai me fazer mudar de ideia. Além disso, depois que nos casarmos, não vamos viver junto com eles. A relação vai melhorar aos poucos.

O problema com o qual eu estava mais preocupada a princípio tinha se tornado, então, o problema com o qual menos me importava. *Eu estou triste e com raiva. Não me importo com quem sua mãe quer que você se case... Bem, por enquanto, não me importo com quem sua mãe quer que você se case...*

Quando a gente se sente mal, é fácil entrar num beco sem saída. Ao ver a maneira como Jiang Chen franziu a testa, pensei que ele devia me odiar. Ele devia pensar que eu estava procurando briga sem motivo. Ele devia querer terminar o nosso relacionamento. Como alguém que não me lembro disse: uma mulher pode falar em terminar cem vezes, mas isso não tem o mesmo peso de quando um homem diz uma vez só. Apesar dessa frase ser uma tentativa de menosprezar a inteligência emocional das mulheres com base no número de rompimentos, Jiang Chen não queria mais ficar comigo...

Ao perceber isso, descobri que já não importava mais quem pedisse o outro em casamento. A vida está sempre mudando. O que a gente achava importante em um momento podia não ser mais tão importante no segundo seguinte.

Senti como se tudo estivesse girando. Deslizei minhas costas lentamente contra a porta.

— Não quero terminar... — falei. — Não fica com raiva...

Jiang Chen foi se agachando junto comigo. Ele parecia muito confuso e ficava me perguntando:

— O que foi? O que foi?

— Estou com dor de cabeça — respondi.

E essas foram as últimas palavras que disse antes de perder a consciência. Se eu soubesse que iria desmaiar, teria dito: "Vamos nos casar. Eu me caso com você. Eu estava realmente pedindo você em casamento."

É uma pena que não exista "se", nem "se eu soubesse", nem "vamos recomeçar", muito menos "voltar no tempo". Os seres humanos têm uma mania estranha de formar frases e usar palavras. Frequentemente, usamos palavras que não podem mudar os fatos, mas que são inevitáveis, como se pudessem consolar alguém.

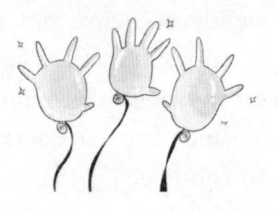

Capítulo XXII

Quando acordei, estava no hospital. Olhei ao redor instintivamente e, para minha decepção, não vi aquela cena comum nas telenovelas, em que o galã adormece ao lado da cama, exausto de preocupação. Então, virei a cabeça para todos os lados, procurando meu celular. Não consegui encontrá-lo, mas a movimentação me deu vertigem.

Eu quis levantar a mão para esfregar minha testa, mas, assim que a ergui, senti uma dorzinha. Quando a estendi na frente dos meus olhos, descobri que havia um mancha azulada em torno de um furinho de agulha nas costas da minha mão. Pelo visto, eu tinha tomado soro intravenoso.

Passaram-se uns cinco minutos. Enquanto eu ainda me recuperava da tontura que senti ao acordar, alguém abriu a porta do quarto. Uma enfermeira que me parecia familiar entrou.

— A namorada do dr. Jiang acordou? — disse ela.

Bom, meus olhos estavam abertos e eu estava acordada, a menos que algo inesperado tivesse acontecido... Mas claro que eu apenas assenti e falei, boazinha:

— Acabei de acordar.

— O dr. Jiang está em reunião e me pediu para ver como você está — explicou ela.

— O que eu tenho?

— Hipoglicemia, por conta da gravidez.

...

Entrei em transe ali mesmo.
— O... O quê? — perguntei, trêmula.
— Hipoglicemia, por conta da gravidez — repetiu ela, num tom mais alto.

Meus sentimentos eram contraditórios. Eu tinha acabado de discutir com Jiang Chen e, de repente, estava esperando um filho dele. Que decepção com a minha barriga...

— Ei, você vai ser mãe, fique feliz — disse a enfermeira. — Dá um sorriso.

Eu ainda sentia um misto de emoções, então estava sem vontade nenhuma de fingir um sorriso para ela.

— Chame o Jiang Chen para mim. Quero falar com ele.
— Dê primeiro um sorriso para mostrar que está feliz, depois eu ligo para o dr. Jiang — disse ela, relutante.

Olhei para ela com desconfiança, como quem diz "moça, acho que você está agindo de um jeito meio estranho".

Ela parecia um pouco constrangida. Deu um sorriso forçado e, de repente, marchou até o corredor e chamou:

— Dra. Su, venha aqui!

A porta se abriu e a dra. Su, a rainha do humor, entrou sem pressa.

— Você não serve pra nada mesmo, nem isso consegue fazer — passou um sermão na enfermeira novata, em tom de decepção. Depois, me cumprimentou, sorrindo: — Oi, Xiaoxi. Na verdade, você só está com baixo nível de açúcar no sangue, está com uma ressaca e tem um leve resfriado. Mas nós fizemos uma aposta. Se mentíssemos que você está grávida, você ia chorar ou não? Ela apostou que você riria, e eu, que você choraria. No fim, você não chorou e nem riu, que sem graça.

Haha, por que não fiquei triste, feliz ou mesmo surpresa com o comportamento da dra. Su?

— É só brincadeira. Você não está com raiva, né? — disse a dra. Su. — Agora você ficou desapontada? Quer chorar?

Cocei os hematomas nas costas das mãos.

— O que vocês apostaram?

— Dez plantões — respondeu a dra. Su.
— Uma é médica e a outra é enfermeira, como iriam trocar? — perguntei.
— O namorado dela é médico — disse a dra. Su prontamente.
Pensei por um momento.
— Então, vamos fazer meio a meio, que tal? — propus, com um sorriso.
— Feito — respondeu a dra. Su rapidamente.
A enfermeira olhou para nós sem entender, com um monte de pontos de interrogação na cabeça.
Dei uma tosse seca e comecei a enfiar a mão debaixo da colcha para beliscar minha coxa. Dois segundos depois, com lágrimas escorrendo pelo rosto, falei:
— Eu... eu estou chorando...
Só então a enfermeira reagiu:
— Vocês... estão fazendo um complô! — reclamou, batendo o pé. — Eu vou amaldiçoar vocês... com hipoglicemia!
Sequei o rosto, me sentindo muito orgulhosa. Derramei algumas lágrimas e arrumei uma substituta para Jiang Chen no plantão por cinco dias. Sou realmente uma boa esposa e mãe.
A enfermeira saiu do quarto chorando, enquanto dizia algo como que o namorado ia matá-la.
— Já que é só hipoglicemia, quando posso ter alta? — interrompi a dra. Su, que contava alegremente os dias em que estaria de folga.
— Isso eu não sei. Espere o dr. Jiang vir te dizer — respondeu ela.
— Ah.
Assenti, pensando que obviamente era meio exagero me fazer ficar no hospital apenas devido a um baixo nível de açúcar no sangue.

*

Quando deu meio-dia, eu ainda não tinha visto Jiang Chen, e não sabia por que a reunião dele estava demorando tanto. A dra. Su comprou o almoço e comeu comigo no quarto. A comida que levou pra mim não tinha gosto de nada, e, além disso, ela me bombardeou com suas piadas estranhas, como sempre. Foi uma refeição extremamente difícil.

Logo após o almoço, Wu Bosong veio me ver. Ele disse que tinha me ligado de manhã e que fora Jiang Chen quem atendeu e contou que eu tinha desmaiado e sido internada no hospital por conta da hipoglicemia. Assim, ele apareceu para me visitar e rir da idiota que estava internada porque o nível de açúcar no sangue tinha caído.

Seu sorriso estava um pouco desanimado, e ele evitava meu olhar enquanto falava. Meu coração foi ficando apertado, até que não aguentei e perguntei:

— O que aconteceu, afinal?

— Hu Ranran foi embora — disse ele. — Viajou para o exterior de férias com aquela pessoa.

— Espere ela voltar. Ou vá atrás dela.

Ele balançou a cabeça em negativa.

— Não. Eu solicitei transferência de volta para a Nova Zelândia. Na verdade, a sede sempre quis que eu voltasse, eu é que não tinha concordado antes.

— Então você aceitou?

— Sim. Vou depois de amanhã.

— Então você veio se despedir?

— Sim. Vim me despedir de você. Não sei quando poderemos nos ver novamente — disse ele, forçando um sorriso.

Eu o desprezei:

— Seu demônio estrangeiro, para de imitar o discurso refinado dos outros.

Nós fingimos estar brincando um com o outro. Em seguida, nos entreolhamos em silêncio por um tempo, até que, por fim, não pude evitar e soltei:

— Lembra que você me disse que se o amor não pudesse vencer tudo, como poderia ser chamado de amor?

Ele suspirou.

— Então o que eu vivi com Ranran não pode ser chamado de amor. Pensei a noite toda no que Jiang Chen disse e percebi que não tinha por Ranran aquele sentimento de que precisava dela e só dela. Na verdade, nunca senti isso por ninguém. Eu sou assim. Se o amor for difícil, não vou amar e não vou me arrepender.

A incapacidade de amar, pensei.

Notei algo em seus olhos, mas ele rapidamente baixou o rosto para disfarçar, rindo de si mesmo:

— Você não deve saber que eu gostava de você quando estávamos no ensino médio, mas nunca quis ficar por você.

Fiquei tão surpresa que abri a boca o suficiente para encaixar um punho dentro dela.

Wu Bosong deu um tapinha na minha cabeça.

— Você ficou assustada, é só brincadeira! Não venha se despedir de mim amanhã no aeroporto. E não incentive Hu Ranran a ir para a Nova Zelândia ou algo assim. O que eu quero é um relacionamento mais simples.

...

Não teve graça.

Cerrei os dentes de raiva e tive vontade de gritar: "Wu Bosong, você não é homem!" Mas reconsiderei. O que eu dissesse realmente não importava, por isso fiquei quieta. Além disso, Wu Bosong era meu amigo. Hu Ranran não. Eu protejo muito os meus.

Por fim, apenas falei:

— Se você se arrepender de ter ido de novo pra lá, não fique com vergonha se quiser voltar.

Ele se inclinou e me abraçou gentilmente, dizendo:

— Se for se casar, lembra de me enviar o convite.

Eu me encostei na janela e fiquei observando Wu Bosong lá embaixo, desaparecendo aos poucos da minha vista. Da última vez que tinha me despedido dele, passamos oito anos sem nos ver. E não sabia quanto tempo demoraria para nos encontrarmos dessa vez. Alguns amigos são assim. Eles te acompanham por um tempo e depois vão embora. E o que fica é a saudade.

Voltei a deitar na cama e fiquei olhando para o teto por um tempo. Daí senti uma urgência em ver Jiang Chen. Então, me levantei e saí à sua procura.

Dei uma volta pelo hospital e fui ao consultório dele, mas não consegui encontrá-lo. De repente, fiquei com medo. Era um hospital tão pequeno, mas eu realmente não conseguia achá-lo. Lembrei que Jiang Chen uma vez me disse: "Chen Xiaoxi, o mundo não é pequeno como o seu banheiro. Não foi fácil encontrar você."

Naquele dia, achei que ele estava exagerando. De fato, meu banheiro podia não ser grande, mas fui eu quem o encontrou primeiro.

Por falar em banheiro, tive que passar em um.

*

Em muitas histórias, há sempre alguns presságios que antecedem a chegada do infortúnio. Ou o céu está excepcionalmente azul, ou os pássaros cantam de uma forma estridente, ou começa a relampejar e haver trovoadas, ou… em suma, acontece algo anormal. Inclusive, se você insistir nessa teoria, todos os dias acontece algo diferente do normal. Por exemplo, naquele momento, vi duas formigas subindo pelos azulejos com extrema rapidez.

Quando fui abrir a porta para sair do banheiro, ouvi vozes do lado de fora, então recolhi minha mão. Eu tenho um problema: não gosto de encontrar pessoas no banheiro. Acho constrangedor. Afinal, o banheiro não é um local adequado para encontros amistosos.

Então, fiquei parada no meu reservado observando as duas formigas, que corriam tão rápido que eu quase suspeitava que fossem um macho e uma fêmea fugindo de casa.

Alguém lá fora parecia falar ao telefone, só que não consegui ouvir direito, por conta do som da água da torneira. Mas a voz era muito familiar — parecia com a da dra. Su, que tinha ficado me bombardeando no dia.

Passados uns dez segundos, a água parou subitamente e eu ouvi:
— Sr. Su, pedi para você se apressar e concluir os trâmites para Su Rui ir para o exterior, mas você nem para fazer isso. E agora? Com aquele temperamento tão estranho, Su Rui vai se jogar do prédio.

Minha primeira reação foi julgar a situação. Afinal, se fosse uma competição de excentricidade, o sr. Su e a dra. Su estariam liderando com a mesma folga com que a China domina no ranking mundial de mergulho e tênis de mesa.

Depois, comecei a me perguntar por que Su Rui pularia do prédio. Estaria ele tão apaixonado que não conseguia me tirar da cabeça? Ser irresistível realmente complica as coisas...

Suas palavras seguintes confirmaram minha audaciosa suposição.
— Você sabe que Su Rui gosta demais de Xiaoxi — disse ela. — Ele está sempre falando em ver essa criatura.

Ao ouvir isso, corei de vergonha diante das duas formigas, que haviam percorrido os azulejos e já estavam na porta.
— Não podemos deixá-lo saber. — Sua próxima frase veio com um suspiro: — A condição de Xiaoxi está estável por enquanto, mas tenho medo de que fique cada vez mais grave.

Foi como se os fios elétricos tivessem sido cortados de repente e as lâmpadas se apagassem num instante, mergulhando o recinto numa escuridão sem fim. Senti a vista escurecer e as pernas bambearem. Fiquei tão mole que quase desabei. Ainda bem que me segurei na porta para me equilibrar. O barulho que fiz interrompeu a conversa da dra. Su. Ela ficou quieta por um tempo e perguntou:
— Está tudo bem aí dentro?

Respirei fundo, cobri a boca e respondi baixinho:
— Está tudo bem.
— Hum! — murmurou ela antes de continuar falando ao telefone. — Não conte a ele. De toda forma, aja rápido e mande-o para o exterior para estudar por alguns anos. Depois que ele voltar já vai ter esquecido. Não o mande para a França. Veja para qual país o visto é mais fácil e o envie para lá. Sr. Su, está caducando? Use a cabeça. O visto pra Inglaterra também não é fácil...

Sua voz e seus passos foram ficando gradualmente distantes. A mão em que eu apoiava tremia sem parar. Ao soltar a porta, vi que na minha palma havia dois pequenos pontos pretos esmagados: aquelas duas formiguinhas rápidas que eu tinha visto havia pouco, que morreram tragicamente na minha mão.

Tudo é vida. E uma das definições de vida é impermanência.

Embora eu já tivesse visto romances e programas de TV falarem de morte mil vezes, nunca pensei seriamente que um dia teria que lidar com isso pessoalmente. O que pensei foi que aos poucos observaria a primeira ruga surgir no rosto de Jiang Chen e no meu, depois a segunda, a terceira, até serem incontáveis. E riríamos um do rosto do outro, como se as rugas fossem teias criadas pelo tempo.

Mas o destino é assim. Chega na sua cara e te dá um chute, e tudo o que você pode fazer é limpar o sangue que escorre do nariz, cerrar os dentes e seguir adiante.

*

Eu me sentei na beira da cama e fechei os olhos. Medo, frustração, desamparo e morte. Essas palavras, classificadas como depreciativas nos dicionários, eram como monstros ferozes, tentando me devorar com suas presas e garras.

Não sei quanto tempo fiquei ali sentada. Depois de sentir um medo avassalador, eu realmente me acalmei. Não era nada de mais. Na pior das hipóteses, teria que tomar umas injeções e remédios. Na pior das hipóteses, poderia ir para aquele lugar que descreviam de forma tão linda e esperar Jiang Chen por algumas décadas.

No silêncio, ouvi o som da porta se abrindo de repente.

— Namorada do dr. Jiang, aonde você foi? Te procurei em todos os lugares.

Abri os olhos. Aquela enfermeira que havia sido enganada por mim e pela dra. Su já estava na minha frente, acenando a palma das mãos diante dos meus olhos.

— Você está bem? — perguntou ela. — Por que você parece tão pálida?

Balancei a cabeça.

— Por que você estava me procurando?

— Era... — ela gaguejou um pouco — ... era para te transferir de quarto.

— Por que tenho que mudar de quarto? — questionei, perplexa.

Ela gaguejou ainda mais:

— Bem... Isso eu não sei... O dr. Jiang... que disse para mudar.

Não queria complicar para ela, então assenti.

— Vamos.

Ela me conduziu por um longo corredor, me lançando um olhar estranho por todo o caminho. Eu quis perguntar sobre aquilo para ela várias vezes, mas, no final, não o fiz. *Acho que preciso que Jiang Chen me diga. Eu preciso dele.*

Eu sou muito egoísta. Não podia ser o tipo de protagonista que inventa desculpas para terminar o relacionamento assim que fica sabendo que está doente e depois se esconde para tratar a doença. Queria passar minha vida com Jiang Chen e precisava que ele enfrentasse tudo comigo. Também acreditava que ele pudesse enfrentar tudo comigo. Se ele não pudesse, eu não poderia.

*

A enfermeira me levou até o último quarto do corredor. A porta estava fechada e ela não a abriu. Apenas ergueu a mão e bateu algumas vezes antes de me empurrar para a frente da porta.

— Entre — falou.

Sem ânimo, empurrei a porta e entrei. Jiang Chen estava entre dois leitos de hospital, segurando uma enorme caixa de papelão com as duas mãos. Sua postura era um pouco como a de um assassino em uma série de fantasia que estava prestes a apresentar uma cabeça ao imperador.

Fiquei parada onde estava, enquanto Jiang Chen me olhava de um jeito carinhoso.

— Chen Xiaoxi.

— Hum? — falei, com a voz embargada.

Na verdade, naquele momento, eu só queria me jogar em seus braços e chorar.

Ele sorriu, as covinhas bem fundas:

— Quer se casar comigo?

Pisquei, confusa, e as lágrimas escorreram pelos meus cílios. Não esperava que ele fosse me pedir em casamento, já que, de acordo com meu limitado saber relativo a bom senso, a maioria das pessoas não pede alguém em casamento segurando uma caixa de papelão. E mesmo que alguém realmente faça o pedido enquanto segura uma caixa de papelão, não estará escrito "seringas descartáveis esterilizadas" na caixa...

Diante de uma proposta tão informal, fiquei muito tempo atordoada, sem saber como reagir, mas minhas lágrimas foram muito mais ágeis do que eu, e rolavam sem parar.

— Falaram que você chorou porque eu não te pedi em casamento — disse ele, ainda segurando a caixa de papelão.

Enxuguei minhas lágrimas e perguntei:

— Quem falou isso?

— As feministas lideradas pela dra. Su.

— Mas eu estou doente — falei.

Ele franziu a testa.

— E daí? Não muda de assunto. Vamos resolver o pedido de casamento primeiro.

— E se eu morrer? — Abaixei a cabeça e disse baixinho: — É fácil morrer, quando a gente está doente.

— Para de falar bobagem! — replicou ele, levantando a voz de repente.

Fiquei tão assustada que dei dois passos para trás.

Jiang Chen deu um longo suspiro, colocou a caixa de papelão sobre a cama, se aproximou e ficou na minha frente, depois se abaixou e, como eu estava olhando para baixo, inclinou a cabeça, até seu olhar encontrar o meu.

— Isso não importa. Nós encontramos aquele amor que muitas pessoas nunca encontram.

Afastei seu rosto, que estava bem perto do meu,

— Como pode estar dizendo coisas tão bonitas?

Ele segurou minhas mãos, sorrindo.

— Elas me ensinaram que era pra dizer algo assim na hora de te pedir em casamento.

Continuei enxugando as lágrimas.

— Mas estou com medo.

— Estou aqui pra tudo, não há nada a temer. — Jiang Chen puxou minha mão quando esfreguei meus olhos. — Ok, se você esfregar os olhos de novo, eles vão cair.

Para mim, Jiang Chen é uma espécie de religião. Se ele dizia que não havia nada a temer, eu acreditaria realmente que não havia nada a temer. Mas achei bem assustadora aquela cena que ele descreveu, a coisa de esfregar os olhos até que eles caíssem.

Ele segurou minhas mãos com uma das suas e ergueu a outra para olhar o relógio.

— Ok, aceita logo, daqui a pouco vou fazer uma cirurgia.

Esta não é a primeira vez que menciono que não suporto ser pressionada, então, quando ele me pressionou, eu assenti e falei:

— Ah, ok, então pega logo o anel.

Ele se virou, pegou a caixa de "seringas descartáveis esterilizadas" e caminhou até mim.

— Abre — falou.

Hesitei por um momento.

— Se você não comprou um anel, deixa pra lá. Só não me dê um anel feito de seringa. Não gosto desse tipo de romance macabro.

Ele me encarou, e aí eu abri a caixa, obedientemente.

Três balões de um branco leitoso em formato de mão flutuaram lentamente para fora da caixa. Cada balão era do tamanho de uma cabeça, com cinco dedos para cima. Era tão estranho quanto parece, e, amarrando tudo, havia um longo cordão — com um anel e um papel enrolado no final.

Eu fiquei embasbacada vendo os balões subirem lentamente até o teto. O cordão com o anel e o papel ficou balançando entre mim e Jiang Chen.

Embora eu quisesse desamarrar logo o anel, achei que pareceria muito materialista, então soltei o papel primeiro.

Desdobrei-o e vi que eram várias páginas de receituário que haviam sido arrancadas. Ao folheá-las, descobri que não havia nada escrito. Olhei para Jiang Chen sem entender.

— Não tem nada? — perguntei.

— Era para ter alguma coisa?

Eu estava cheia de raiva.

— Se não tem nada escrito, por que você amarrou aqui?

— Para manter o equilíbrio, senão o balão ia subir muito rápido.

Ele sorriu com satisfação de sua pegadinha bem-sucedida.

...

Em seguida, Jiang Chen desamarrou o anel e o colocou no meu dedo. Era um anel de platina ondulado muito simples com três pequenos diamantes incrustados no meio.

Colocado o anel, eu olhava para ele e ele olhava para mim. De repente, fiquei um pouco tímida, então o empurrei e disse:

— Você não tem uma cirurgia para fazer?

Ele balançou a cabeça.

— Eu menti, você não aguenta ser pressionada.

— Ah. — Abaixei a cabeça e girei o anel suavemente no dedo anular da minha mão esquerda. Dizem que ali tem uma veia que leva ao coração. — Quando você preparou essas coisas?

— Hoje de manhã — respondeu ele, me puxando para nos deitarmos num leito, e me abraçou. — Estou tão exausto. Tive que comprar o anel e ser romântico.

Suprimi a reclamação — "Então você chama isso de romântico?" —, apontei para os três balões estranhos que ainda encostavam no teto e perguntei:

— Onde você comprou os balões?

Na verdade, o que eu queria perguntar era "Onde você comprou balões tão feios?", mas, como agora precisava acumular méritos por conta da minha recém-descoberta doença, omiti alguns adjetivos. Era uma raridade que ele tivesse encontrado balões tão feios entre tantos balões coloridos e com formatos diferentes no mundo.

— Como eu arranjaria tempo para comprar balões? — disse Jiang Chen. — Tive uma reunião de manhã e ainda atendi no ambulatório, só tive tempo para comprar o anel na hora do almoço. Quando voltei, encontrei a enfermeira Li, que acabou de te trazer aqui. Ela disse que todas as mulheres esperam uma proposta de casamento romântica. Depois de pensar muito, só me restou pegar alguns pares de luvas de borracha e colocar um pouco de gás hélio.

À primeira vista, levei tudo na boa. Demorei alguns segundos para reagir, mas aí pensei: *Meu Deus, como assim "colocar um pouco de gás sério"?*

— "Gás sério", que gás é esse? — perguntei. — E você não podia usar um menos sério? Como é que os balões flutuaram?

Ele parecia sem palavras,

— Chen Xiaoxi, você fugiu da aula de química do ensino médio? Que conversa é essa de "gás sério"? É gás hélio, aquele gás nobre mais leve do que o ar. — Ele pegou minha mão e escreveu na minha palma com o seu dedo indicador, enquanto explicava. — O símbolo do gás hélio é He, h de humano, e de escola.

Olhei para as três mãos infladas no teto.

— Jiang Chen, você poderia parar de apresentar com tanta frieza um gás tão único? Onde você encontrou gás hélio?

— Os equipamentos de ressonância magnética do hospital usam hélio — disse ele.

Eu soltei um "ah", mas não estava preparada para fazer mais perguntas, porque, como já mencionado antes, quando a conversa se encaminha para um nível técnico, simplesmente não consigo compreender.

Jiang Chen bocejou.

— Vou dormir um pouco. Me acorda às duas para eu ir trabalhar.

O sol do meio-dia entrava pela persiana e lançava alguns pontos de luz em seu rosto. Senti que as lágrimas secas no meu rosto coçavam um pouco, então o esfreguei no braço dele. Jiang Chen se virou e me abraçou.

— Não cria confusão, já estou dormindo.

É claro que ele não estava "dormindo", e é claro que eu tinha muitas coisas que queria perguntar a ele. Mas, ainda assim, optei por me deitar obedientemente em seus braços e ficar quieta, porque não sabia quantas oportunidades eu ainda teria para ouvi-lo.

*

Acabei dormindo, e, mais tarde, Jiang Chen me acordou. Ele estava muito perto de mim, seu rosto tão ampliado que eu conseguia até ver as linhas de expressão entre suas sobrancelhas, por conta da testa franzida.

— Com o que você sonhou? — perguntou ele. — Ou está com alguma dor? Por que está chorando?

— Por nada, ué.

Assim que abri a boca, no entanto, percebi que minha voz estava muito rouca, e quando estendi a mão para tocar meu rosto, meus dedos se encheram de lágrimas. Tive que inventar algo:

— Sonhei com o pedido de casamento.

Eu realmente não me lembrava com o que tinha sonhado, mas, quando acordei, sentia uma tristeza indescritível.

Jiang Chen suspirou e enxugou minhas lágrimas.

— Como não percebi antes que você adora chorar? Se eu não te peço em casamento, você chora; se te peço, você também chora. O que você quer, afinal?

Eu não queria nada. Só queria ser saudável para ficar com ele até que ele não fosse mais tão bonito.

Depois de enxugar minhas lágrimas, Jiang Chen olhou de forma impotente para a grande poça de lágrimas nas próprias roupas.

— Chen Xiaoxi, você é do signo de torneira?
Eu dei uma fungada.
— Não existe signo de torneira no zodíaco — respondi.
Ele pareceu ter perdido a paciência comigo.
— Fique aqui no quarto e descanse — falou, com um sorriso irônico. — Eu já pedi licença médica no seu trabalho. E tenho que ir trabalhar. Venho aqui depois do expediente.
Quando ele saiu, puxou os três balões de luva de borracha que estavam no teto com uma cara feia. Sua explicação foi "Preciso resolver isso. Não é bom que os outros vejam." E também o ouvi murmurar bem baixinho:
— Que romântico o quê?!

*

De tarde, tirei uns cochilos e tive muitos sonhos, alguns dos quais me fizeram acordar chorando. Mas teve um que foi particularmente assustador, porque não me lembrava quando acordei. Se não me lembrava, devia ter sido o mais assustador, pois a memória o bloqueou automaticamente.

Vale dizer também que a dra. Su apareceu para me ver enquanto eu dormia. Ela entrou apressada, como se houvesse um fantasma a perseguindo.

— Rápido, escuta a minha voz — disse ela.

Eu pulei da cama. Sua voz estava estridente e fina, feito a voz de uma vilã de desenho animado.

— Minha voz está muito engraçada — continuou ela, rindo. — Acabei de estourar o balão de luva do Jiang Chen com uma agulha. Adoro respirar o ar que sai pelo buraco da agulha. Só não esperava que os balões estivessem cheios de gás hélio.

E caiu na gargalhada de novo.

Embora eu também achasse que a voz dela estava engraçada, ainda não tinha entendido.

— Por que sua voz está assim?

— Quando as pessoas inalam gás hélio, a voz delas fica mais estridente, porque o meio pelo qual ele se propaga muda e a frequência da vibração sonora também — explicava ela enquanto ria. — A minha voz está muito engraçada. Estou morrendo de rir. Vim aqui especialmente para compartilhar isso com você. Sou mesmo muito boa para você... — disse ela, ainda rindo muito.

Contraí um dos cantos da boca.

— É mesmo, obrigada.

Mesmo depois de muito tempo depois de ela ir embora, sua risada estridente seguia nos meus ouvidos. Parecia a madrasta da Branca de Neve dando sua gargalhada maldosa nos meus ouvidos.

*

Jiang Chen chegou antes das cinco horas, com o casaco no braço e um jeito sorrateiro muito fofo. Ele disse para fugirmos para casa. O diretor do hospital tinha falado que haveria uma reunião muito chata.

— Podemos ir para casa? — questionei, pasma.

— Podemos, é apenas uma reunião sobre a festa de Ano-Novo ou algo assim, não é nada de mais — respondeu ele, enquanto tirava o jaleco branco.

— Mas eu não preciso ficar internada? — perguntei.

Ele parou de tirar o jaleco e me olhou, intrigado.

— E por que você teria que ficar internada?

Olhei para ele, confusa.

— Eu não estou doente?

— Você tem que ficar internada por causa de um resfriado leve que dá pra curar se hidratando? Você gosta tanto assim de hospital?

Pisquei com força e me esforcei para acionar o meu cérebro, que estava muito lento, de tanto eu ter dormido. Então, agarrei as roupas de Jiang Chen.

— A dra. Su! A dra. Su já saiu do trabalho?

— Não sei, ela não é do mesmo departamento que eu — respondeu ele, dando um tapinha na minha mão e tirando seu jaleco branco.

*

Saí correndo toda alvoroçada, sem dizer uma palavra, até chegar ao departamento de ortopedia. A dra. Su estava inclinada sobre uma mesa brincando com alguns ossos. Quando me viu chegando, acenou com os ossos para me cumprimentar.

— Xiaoxi, olha, essa é a tíbia, um osso da panturrilha. Não sei há quanto tempo essa pessoa está morta. Venha, pode tocar.

Dei dois passos para trás, calada.

— Quero te perguntar uma coisa.

— O que foi? — Ela bateu no osso com o dedo indicador curvado. — Não sei se ainda dá gosto para um ensopado.

Eu dei mais dois passos para trás, ainda calada. Simplesmente não pude evitar, embora soubesse que isso definitivamente a faria rir e dizer "estou só brincando".

Como esperado, ela gargalhou e disse:

— Ah, isso é de plástico, como eu usaria para fazer sopa?

Contraí o canto da boca em consentimento e resolvi ir direto ao ponto:

— No meio do dia, eu estava no banheiro quando ouvi você e seu pai conversando pelo telefone, falando sobre mandar Su Rui para o exterior.

— Sim. — Ela coçou a cabeça. — E o que é que tem?

— Por que você vai mandá-lo para o exterior?

— Porque Xiaoxi está para morrer. Tenho medo de que ele fique triste.

Aha! Aquele era o x da questão.

— E quem é Xiaoxi? — perguntei, quase torcendo a língua, de tão rápido que a frase saiu.

A dra. Su parecia confusa.

— É o lagarto de estimação do Su Rui, que se chama Su Xiaoxi. Você já o tinha visto, não? Su Rui me disse que você se deu bem com ele.

Ah! Hum! Uau! Hi! Ha! He!

Eu a abracei com força, em seguida me virei e corri de volta para o quarto onde estava antes. Jiang Chen já havia trocado de casaco e estava sentado de pernas cruzadas na cama comendo alguma coisa.

Eu fui gritando e correndo em sua direção:

— Jiang Chen! Jiang Chen!

Ele soltou um grunhido abafado enquanto eu o esmagava. Para não cair para trás, acabou largando no chão as coisas que estava segurando.

— Olha o que você fez! — disse ele. — Todas as tâmaras caíram.

Abracei-o pelo pescoço, com vontade de rir e gritar. No fim, eu realmente não sabia como expressar minha euforia por ter voltado dos mortos, então mordi seu pescoço com força...

*

No táxi, eu ia cantarolando enquanto comia as tâmaras. Jiang Chen as havia ganhado de um paciente, que disse que ele mesmo as cultivava e produzia em casa.

Jiang Chen cobria o pescoço e se mantinha afastado de mim, me olhando ressentido de vez em quando.

— Ah, eu não fiz por querer — me desculpei, envergonhada. — Senta mais perto. Eu não vou morder você de novo.

Ele me ignorou e virou a cabeça para o outro lado, a mão ainda no pescoço. Eu me aproximei e agarrei seu braço.

— Me desculpa, vai. Ou eu deixo você me morder de volta, que tal?

Jiang Chen revirou os olhos para mim.

— Você é do signo do cão.

*

Depois que cheguei em casa, disse a Jiang Chen, de maneira autodepreciativa, que eu havia cometido um grande erro. Depois de ouvir isso, ele não me chamou de idiota nem riu de mim, como eu esperava. Apenas ficou em silêncio por um tempo e afastou meus braços, que estavam em volta do pescoço dele.

— Vou tomar banho.

Ao sair do chuveiro, ele continuou me ignorando. Se sentou na frente do computador e ficou digitando com força, fazendo muito barulho.

— Não destrói meu teclado — falei.

Recebi de volta um olhar fulminante.

Quando voltei do banho, Jiang Chen estava sentado na beirada da cama, parecendo pensar profundamente em alguma coisa. Seu olhar era de algo entre contemplação e beleza, feito uma cena cuidadosamente projetada de um filme. No entanto, se fosse eu com aquela expressão, seria fácil descrevê-la: cara de quem está sonhando acordada.

Subi na cama e o abracei por trás, pelo pescoço.

— No que você está pensando?

Ele olhou de soslaio para mim.

— Estava pensando em como seria se eu não tivesse você.

Fiquei pasma, depois me forcei a dar um sorriso brincalhão.

— Daí você poderia encontrar uma garota mais alta, mais magra, mais bonita, mais inteligente, mais gentil e mais compreensiva do que eu — respondi.

Me arrependi assim que falei. Pelo visto, eu realmente ainda tinha muito a melhorar.

Jiang Chen estendeu a mão e me deu um tapinha, me espremendo no seu ombro.

— É mesmo — concordou.

A resposta dele abriu completamente meus canais lacrimais. Eu tinha ficado preocupada o dia todo, com medo de não poder envelhecer com ele, com medo de não poder mais amá-lo, com medo de que ele fique sozinho no mundo... Mas, para ele, era só: "Se não tiver você, posso encontrar alguém melhor."

— Por que você está chorando de novo? — perguntou, com um tom de impotência.

Eu me debrucei nas costas dele e enxuguei as lágrimas e o nariz em sua roupa enquanto o xingava:

— Seu desgraçado sem coração. Se eu morrer, vou te assombrar pelo resto da minha vida, seu desgraçado.

Ele decidiu se levantar, mas eu o segurei pelo pescoço com força e não o soltei. Ele não se importou e me deixou ficar meio presa, meio pendurada em suas costas, como se fosse um polvo.

— Aonde você está indo? — perguntei, soluçando e tentando não cair.

Ele me ignorou e foi meio me carregando, meio me arrastando direto para o banheiro. Espremeu pasta de dente na escova e me perguntou:

— Quer escovar os dentes?

Ainda pendurada nas costas dele, recusei com veemência:

— Não, seu maldito.

Ele me olhou pelo espelho.

— Você já não me xingou o suficiente?

— Não — retruquei, querendo chorar de novo. Chorava e xingava, enquanto batia com a cabeça nas suas costas. — Você não tem consciência, você não é humano. Se quiser encontrar alguém melhor, vá agora. Vá, vá, vá. Não precisa esperar que eu morra.

Jiang Chen segurou a escova de dente na boca cheia de espuma e disse, a fala enrolada:

— Está me machucando, minha senhora.

— Seu desgraçado, eu estou chorando!

Inconscientemente, soltei uma das mãos para esfregar os olhos. Assim que fiz isso, não consegui segurar todo o meu peso com a outra mão, então quase estrangulei Jiang Chen pelo pescoço.

Para evitar ser estrangulado até a morte ou me deixar cair e morrer, Jiang Chen não teve escolha a não ser jogar sua escova de dentes e me segurar. Depois de um momento de tumulto, salvamos nossas vidas, exceto por um arranhão vermelho que deixei nele quando o estrangulei.

Depois de fazer tanta cena, fiquei com um pouco de medo de irritá-lo mais, então o soltei obedientemente. No entanto, me dei conta de que, como tinha me pendurado em Jiang Chen, eu estava descalça. No inverno, o piso de cerâmica fica frio demais, então fui para o quarto na ponta dos pés e pulei na cama. Me enrolei no cobertor como se fosse um bolinho de arroz.

Jiang Chen entrou no quarto segurando uma toalha molhada, tirou a colcha da minha cabeça, cobriu meu rosto com a toalha e o esfregou vigorosamente.

— Você só vai ficar feliz se chorar até seus olhos ficarem iguais a duas nozes — falou.

Eu estava enrolada no meio do cobertor, sem poder me mover. Acabei tendo que deixá-lo secar meu rosto com aquela força que poderia achatar minhas bochechas.

Quando terminou, ele jogou a toalha no encosto da cadeira. Toquei meu rosto dolorido de tanto esfregar e reclamei:

— Minha pele está quase esfolada. Você não precisa me desfigurar para ir atrás de uma nova namorada.

Jiang Chen puxou o cobertor e eu saí rolando. Sem a coberta, o ar frio imediatamente me envolveu toda. Eu me encolhi como uma bolinha e, bem na hora, fui enrolada por Jiang Chen no cobertor que ele havia sacudido.

Ele apagou a luz antes de eu me deitar. Eu disse que ainda não tinha escovado os dentes. Ele disse que muitas vezes eu me esquecia de escovar os dentes. Protestei que dessa vez não tinha me esquecido.

Ele disse, então: por que você sempre se esquece que eu te amo muito? Eu te amo muito. De fato, neste mundo, existem garotas mais altas, mais magras, mais bonitas, mais inteligentes, mais gentis e mais compreensivas que você, mas eu não ligo pra elas.

Na escuridão, pisquei com força para conter as lágrimas. Pedi a Jiang Chen: por favor, fala a parte mais importante antes, tudo bem? Eu estou cansada de tanto chorar. Além do mais, neste mundo não existe nenhuma garota que seja mais alta, mais magra, mais bonita, mais inteligente, mais gentil e mais compreensiva do que eu. Não tem.

Epílogo

O pai de Jiang Chen ainda não gosta de mim. A mãe dele, menos ainda. Li Wei ainda está morando na casa dele e se preparando para a prova da pós-graduação. Jiang Chen está preocupado em fazer o exame para o doutorado enquanto trabalha. Eu continuo tendo que ir trabalhar e fazer os quadrinhos todos os dias. Às vezes, a vida é tão insuportável que faz as pessoas terem vontade de pular de raiva e xingar tudo.

Mas eu sou a sra. Jiang!

*

Xiaoxi: Vamos ter um menino ou uma menina?
Jiang Chen: Não sou eu quem dá a palavra final, do ponto de vista médico…
Xiaoxi: Para já com isso, se você continuar falando de ponto de vista médico, não vou te dar nem um, nem outro.
Jiang Chen: Então, um bebê igual à mãe, né?
Xiaoxi: …
Xiaoxi: E se eu for infértil?
Jiang Chen: Do ponto de vista médico, a possibilidade de cura é muito alta.

Xiaoxi: E se for incurável?

Jiang Chen: Simplesmente não vai ser curado, ué.

Xiaoxi: Você vai se divorciar de mim?

Jiang Chen: Tonta, por que eu me divorciaria de você?

Xiaoxi: Uau, você realmente me ama, hein?

Jiang Chen: Não é isso. É que eu odeio criança.

Xiaoxi: ...

EXTRAS

O primeiro encontro

Chen Xiaoxi sentia que conhecia Jiang Chen desde que havia nascido. Talvez eles tivessem se cruzado quando ainda vestiam as tradicionais calças abertas nos fundilhos, no colo das mães.

Mas a verdade era que ela pensava demais. Chen Xiaoxi tinha passado a maior parte da infância na casa dos avós e só foi morar oficialmente com os pais aos três anos. A princípio, a casa de Chen Xiaoxi não ficava nem em frente à de Jiang Chen. Quando ela estava com cinco anos, seu pai recebeu uma casa da repartição onde trabalhava — um imóvel de dois quartos e uma sala. O complexo residencial dos funcionários, construído coletivamente pela repartição, ficava em frente à casa do prefeito, um pequeno e luxuoso edifício de estilo ocidental. Quem mora em lugares pequenos tem uma visão simplista da vida. Nunca viam a casa do prefeito, tão grande e bonita, como algo que merecesse indignação e denúncia.

Até a inocente Chen Xiaoxi pôde sentir a alegria que encheu a família no dia em que lhe foi alocada uma casa. Então, ela aproveitou para quebrar uma tigela em comemoração, e seu pai aproveitou para celebrar lhe dando uma surra. Depois, o pai levou a esposa e Chen Xiaoxi de bicicleta para ver sua nova morada. Jiang Chen, com cinco anos de idade, brincava com fogos de artifício na frente de casa. De longe, ele avistou a menina com o nariz escorrendo sentada no quadro da bicicleta. As crianças com o nariz escorrendo eram as mais sujas, pensou ele.

Mas aquela era uma acusação injusta. Chen Xiaoxi não era uma criança muito suja. Pelo menos não era do tipo que pegava coisas no chão e as colocava na boca — ela fingia soprar a poeira antes disso. Além disso, geralmente não era catarrenta. Aquele nariz escorrendo era por ter chorado depois da surra que levou do pai. O catarro sempre acompanha as lágrimas, assim como o raio acompanha o trovão. É um fenômeno natural, e não dá para desprezar os fenômenos naturais.

Mas não importava se tinha sido acusada injustamente. Na vida, o padrão é ser injustiçado mesmo.

Mais tarde, eles cresceram separadamente. Encontravam-se apenas de vez em quando, porque seus pais não eram amigos, então não brincavam juntos. A única vez que tiveram uma conversa mais profunda foi provavelmente durante as férias de verão entre o primeiro e o segundo ano do ensino fundamental. Chen Xiaoxi estava brincando de bolinha de gude na entrada do beco, e Jiang Chen voltava para casa depois da aula de piano.

— Representante de turma, você sabe jogar bolinha de gude? — perguntou Chen Xiaoxi a ele. — Você tem bolinhas de gude?

Jiang Chen olhou para a vizinha e colega de classe com quem raramente interagia e disse:

— Não sei. Não tenho.

Chen Xiaoxi se compadeceu dele e falou:

— Coitadinho, vamos brincar juntos, posso te ensinar.

A pena é um sentimento muito estranho. Todo mundo gosta de ter pena dos outros, mas ninguém gosta que os outros tenham pena de si.

Então o pequenino Jiang Chen ficou furioso, apontou para o nariz de Chen Xiaoxi e disse:

— Você que é uma coitada que fez 28 pontos na prova de matemática.

Esses 28 pontos de fato não demonstravam o verdadeiro nível de Chen Xiaoxi. Só que, na véspera da avaliação, ela se escondeu na cama e passou a noite toda vendo o desenho *Doraemon*. No dia seguinte, durante a prova, ela adormeceu depois de responder apenas algumas questões. Mas Chen Xiaoxi era uma pessoa indulgente e sentia que não precisava se defender pela sua pontuação.

Embora não tivessem se dado bem, eles se agacharam e brincaram de bolinha de gude. Com sua sorte de principiante, Jiang Chen acabou ganhando todas as bolinhas de gude de Chen Xiaoxi.

Depois de voltar para casa, Jiang Chen deixou as bolinhas de gude imersas em água e sabão durante a noite. No dia seguinte, ele estava animado para ir ao beco "esbarrar" com Chen Xiaoxi. Quando chegou lá, a encontrou brincando de amarelinha com uma criança aleatória.

Ele ia dar meia-volta para casa quando Chen Xiaoxi o viu e acenou, toda animada.

— Representante, representante, vem brincar.

Na cabeça de Chen Xiaoxi, como Jiang Chen tinha jogado bolinha de gude com ela, agora eles eram bons amigos. Ela estava muito feliz. Era a primeira vez que fazia amizade com um representante de turma.

— Não tenho tempo — respondeu Jiang Chen, e não teve escolha senão acelerar o passo para ir embora.

— Espera. — Chen Xiaoxi saltou da amarelinha com uma perna e disse ao outro amiguinho: — Não valeu, hein? Daqui a pouco eu volto a pular daqui.

Ela foi correndo para alcançar Jiang Chen, que já havia saído do beco.

— Aonde você vai?

— Vou para a aula de piano.

— Tocar piano é tão chato, vamos brincar!

— Como você sabe que é chato? Você nunca tocou.

A pequena Chen Xiaoxi deu de ombros e, imitando um adulto, disse:

— Nunca vi carne de porco ante... — Esquecendo-se como dizia o ditado, ela mudou de assunto: — Eu estudo pintura e às vezes é chato!

Jiang Chen não se preocupou em discutir com ela, apenas seguiu em frente.

— Então vou esperar você voltar da aula pra gente brincar junto! — gritou Chen Xiaoxi atrás dele.

Jiang Chen foi andando com raiva até a porta da casa do professor de piano, mas se lembrou que não tinha aula naquele dia. Ele queria voltar para casa, mas não queria encontrar Chen Xiaoxi. Depois de dar umas voltas na rua, não aguentou o calor e foi se esconder em uma livraria para ler um livro. Jiang Chen percebeu seu azar assim que entrou: quem estava cuidando da loja era um balconista que geralmente gostava de afugentar as crianças que ficavam lendo ali. O homem estava jogando Tetris e olhou preguiçosamente para Jiang Chen.

Comparado ao bafo do lado de fora, o frescor do ventilador de teto girando lentamente na livraria fez com que Jiang Chen decidisse ficar ali até a hora do jantar.

Não havia ninguém na loja, o que era uma coisa boa, e ele encontrou um canto discreto para ficar, até onde o balconista provavelmente teria preguiça de ir para expulsá-lo. Depois de dar alguns passos, no entanto, Jiang Chen percebeu que não era bom que houvesse poucas pessoas no local. As bolinhas de gude em seu bolso tilintavam audivelmente a cada passo que ele dava. Ao ouvir o som de pausa do Tetris, Jiang Chen apertou os bolsos com as mãos e caminhou devagar em direção ao canto da loja.

O sol já estava se pondo quando ele voltou para casa. Antes de entrar no beco, contudo, parou por alguns segundos.

Não havia mais ninguém ali fazia muito tempo, e a amarelinha riscada de giz no chão estava apagada pelas pegadas e marcas das rodas das bicicletas.

Ele virou o bolso do avesso e as bolinhas de gude saltaram uma a uma, fazendo um som abafado ao cair no chão de terra amarela.

Foi de cabeça baixa caminhando até a porta de sua casa.

— Representante!

Ao olhar para trás, ele viu Chen Xiaoxi sentada na escada segurando uma tigela e comendo arroz. Ela pulou na frente dele.

— Por que você voltou só agora? Fiquei esperando você, mas meus pais me chamaram para jantar! — Os palitos moviam-se na frente dele. — Mas não posso mais brincar, só estava te esperando para contar.

No rosto dela, havia algum molho preto desconhecido.

— Eu sei — disse Jiang Chen.

Ele assentiu e abriu a porta de casa.

Pela primeira vez, o pequeno Jiang Chen soube qual era a sensação de ser aguardado. A péquena Chen Xiaoxi ainda não sabia que teria que esperar aquela pessoa muitas e muitas vezes no futuro.

Infância e juventude

I

Jiang Chen realmente não sabia como tinha se envolvido com a filha da família que morava em frente à sua casa, aquela garota chamada Chen Xiaoxi. A única impressão que tinha dela era que, quando criança, sua voz era muito alta. Não importava a altura em que ele tocasse piano em casa, não conseguia encobrir seus gritos quando a mãe corria atrás da filha em casa e batia nela.

Quando ficaram mais velhos, passou a raramente ouvir a voz dela vinda do outro lado da rua, e o mundo de repente ficou muito mais silencioso. Às vezes, ele olhava pela janela, para a sala da casa dela, e sempre via a garota assistindo à TV. Às vezes, a via rolando no sofá de tanto rir.

Um fluxo interminável de pessoas aparecia para visitar seu pai em casa, e ele não gostava quando aquela gente o chamava de "Jovem Nobre". O título o fazia se sentir uma farsa.

Sempre que os convidados chegavam, ele se escondia no quarto para ler, escrever e dormir. Enfim, fazia todo o possível para que ninguém soubesse da sua existência. Mais tarde, depois que Chen Xiaoxi confessou seu interesse por ele, Jiang Chen ganhou outra atividade quando fugia dos convidados: esconder-se atrás das cortinas para ficar olhando a garota na casa da frente.

Ele a observava andar para lá e para cá, derrubar coisas, morder a ponta da caneta e desenhar algo na mesa. Quando estava quente, a via deitada no chão rolando como uma salsicha na grelha... Era como assistir a uma pantomima chata. Mas a vida é chata, então por que não a deixar mais chata ainda?

*

Um dia depois de Chen Xiaoxi confessar que gostava dele, ela apareceu na entrada do beco.
— Jiang Chen, que coincidência, você também está indo para a escola? — disse ela, a voz um pouco trêmula, mas tentando ao máximo fingir que nada havia acontecido.
Jiang Chen ficou surpreso.
— Que horas são?
A garota olhou para o relógio digital no pulso. Ela era péssima com os ponteiros e, geralmente, usava um relógio digital que exibia os números direto.
— Sete horas.
Ele assentiu.
— Achei que estava atrasado — disse para si mesmo.
Chen Xiaoxi ficou com vergonha, porque costumava entrar na sala de aula com a campainha tocando.
Eles iam a pé para a escola, um atrás do outro. Chen Xiaoxi falava sem parar sobre séries de TV, histórias em quadrinhos, professores, colegas de classe... Jiang Chen, por outro lado, a ignorava e ia adiante sem expressão. Se ele ficava em silêncio porque já não falava muito ou porque ficou mais calado depois de saber o que Chen Xiaoxi sentia por ele, ela não sabia dizer. Nem Jiang Chen.
A coisa mais fantástica sobre as mentes jovens é que elas não sabem o que estão pensando.
Eles foram os primeiros a chegar à sala de aula. Jiang Chen guardava a chave da sala. Quando abriu a porta, Xiaoxi estava atrás dele. A jovem sentiu, de repente, um cheiro de terra — acontece que a

sala de aula de manhã cedo cheirava como um campo de arroz que tinha acabado de ser arado e estava pronto para a plantação.

Jiang Chen se sentou, pegou alguns livros mais grossos, colocou-os sobre a mesa e adormeceu sobre eles.

Chen Xiaoxi ficou chocada. Não esperava aquilo — como um aluno-modelo vinha cedo para a aula para dormir?

O lugar dela ficava mais à frente, na diagonal do dele. Ela era do terceiro grupo e ele, do quarto. Ela era a monitora do terceiro grupo e ele, o representante de turma.

Ela pegou um livro de inglês da pilha de livros, o abriu e o colocou na frente do rosto; depois, deu uma inclinada para espiar Jiang Chen, olhando seu cabelo preto e o redemoinho no meio de sua cabeça. Ela não sabia o que havia de tão bonito naquilo, mas não conseguia parar de olhar. Sentiu seu coração batendo de forma desordenada por causa de um pedaço de couro cabeludo. Era uma sensação sem paralelo no espectro temporal.

Em momentos tranquilos e bonitos, sempre surgem um ou dois encrenqueiros ignorantes. O encrenqueiro da vez era Wang Dazhuang, o vice-representante de turma. A primeira coisa que ele fez quando entrou foi gritar:

— Chen Xiaoxi, é isso mesmo que eu estou vendo?!

— O que você está vendo? — perguntou ela, feito uma tonta.

— Você, chegando tão cedo! — replicou Wang Dazhuang.

Chen Xiaoxi deu uma risada sem graça.

— Lembrei que tem um parágrafo em inglês que ainda não memorizei.

Wang Dazhuang riu.

— Você... você está segurando o livro de inglês de cabeça para baixo.

Ela se virou para encarar Wang Dazhuang, mas, na mesma hora, Jiang Chen também levantou a cabeça. Os olhos de Chen Xiaoxi encontraram os de Jiang Chen, ligeiramente curiosos e questionadores, e ela sentiu o rosto ficando quente.

Ao fitar seu rosto exageradamente corado, Jiang Chen ficou um pouco confuso. Como é que alguém que não tinha corado quando confessou seu amor estava corando tanto assim naquele momento?

Os colegas foram chegando, e quase todos expressaram diferentes graus de surpresa com o estranho fenômeno de Chen Xiaoxi estar na sala de aula antes do sinal tocar. Só então ela percebeu que devia chamar bastante atenção.

No dia seguinte, Chen Xiaoxi se levantou dez minutos mais tarde do que no dia anterior. Quando correu para a entrada do beco, viu Jiang Chen de costas com sua mochila. Ela desacelerou os passos, inspirou fundo para acalmar a respiração e depois deu uns passos largos para alcançá-lo.

— Bom dia!

Jiang Chen levou um susto quando ela gritou. Ele precisou admitir que Chen Xiaoxi era realmente uma pessoa com muita energia — seu bom-dia ensurdecedor havia deixado isso bem claro.

Dessa vez, eles não foram os primeiros a chegar na sala de aula. Wang Dazhuang apoiou-se no corrimão e sorriu para eles.

— Chen Xiaoxi, você ainda está memorizando frases em inglês hoje?

Chen Xiaoxi refletiu sobre como ele era chato. Então, respondeu com raiva:

— O que você tem a ver com isso?

Wang Dazhuang não ficou zangado.

— Eu tento ser legal com meus colegas de vez em quando — disse com um sorriso.

A sala de aula ainda cheirava a terra. Jiang Chen estava debruçado na mesa dormindo, e Wang Dazhuang remexia a gaveta da mesa em busca de algo.

Chen Xiaoxi pegou seu livro de inglês, leu a frase "What are you doing" e sentiu a garganta ficar seca. Ela rapidamente trocou para o livro de chinês e começou a memorizar: "Não é a altura que dá grandeza ao monte, mas os imortais que nele habitam." Chen Xiaoxi suspirou baixinho ao ler "Nos degraus, o musgo desenha verdes vestígios; pelas cortinas, infiltra-se a cor da relva". O inglês dela não era bom o suficiente, ela ficava com vergonha de ler em voz alta na frente de Jiang Chen. Sempre achava que sua pronúncia não era boa, tinha muito sotaque.

Jiang Chen ficou um pouco irritado. Ela gaguejava ao recitar o texto, o que atrapalhou seriamente sua soneca.

*

No terceiro dia, Chen Xiaoxi acordou muito cedo e esperou Jiang Chen por um bom tempo na entrada do beco. Vendo que realmente iria se atrasar, correu para a escola. No caminho, ficou preocupada se Jiang Chen havia ficado doente.

Quando ela chegou à porta da sala, a aula já havia começado. Chen Xiaoxi abaixou a cabeça e pediu licença para a professora, que a mandou entrar, impaciente.

Assim que Chen Xiaoxi levantou a cabeça, viu Jiang Chen sentado perto da janela. Ele tinha os olhos fixos no texto enquanto girava a caneta esferográfica entre os dedos, indiferente. A tampa de metal refletia de leve a luz da manhã, rodando e saltando entre seus longos dedos.

Embora estivesse longe, Chen Xiaoxi sentiu que aquele reflexo doeu levemente em suas pupilas.

*

No quarto dia, Chen Xiaoxi se levantou mais cedo ainda, de madrugada. Ainda zonza, cochilou encostada no poste na entrada do beco.

De longe, Jiang Chen viu sua silhueta sob a luz na rua. Depois de relutar por um tempo, pensando em dar meia-volta e ir para casa, finalmente prosseguiu. Ela nem notou quando ele passou, já que dormia profundamente, e ele foi andando sem esperar que ela o alcançasse.

Quando chegou à sala de aula, ele deitou na mesa e adormeceu. Ao fechar os olhos, viu a imagem de Chen Xiaoxi cochilando com a cabeça baixa: seu cabelo curto na altura das orelhas caindo sobre o rosto, alguns fios rebeldes teimosamente arrepiados no topo da cabeça. Seu corpo todo era banhado pela luz fraca do poste, brilhando com uma cor laranja quente.

O cabelo dela estava realmente bagunçado, pensou Jiang Chen antes de adormecer, sonolento.

O plano de Chen Xiaoxi de acordar mais cedo chegou ao fim no quinto dia. Estava tão frio, mas tão frio, que seu coraçãozinho palpitante nem conseguia bater forte. Ela estendeu a mão por baixo do edredom e desligou o despertador, repetindo para si mesma:

— Esquece, o amor depende do destino, você não pode forçar nada, não pode forçar nada.

Chen Xiaoxi dormiu tranquila, até sua mãe vir acordá-la. Então, saiu correndo de casa e topou com Jiang Chen. Que alegria! Era como descobrir que havia tirado a maior nota da turma depois de achar que tinha ido mal na prova e tentar se consolar pensando que notas nem eram tão importantes assim.

Chen Xiaoxi seguiu Jiang Chen até a escola com um sorriso de quem tinha se dado bem.

Jiang Chen sentiu um arrepio na espinha com o sorriso dela. Checou discretamente se tinha algum grão de arroz grudado no rosto e verificou o zíper da calça mais de uma vez.

Antes de entrar na sala de aula, Chen Xiaoxi puxou a parte de trás do uniforme dele.

— Está todo amassado! — disse.

Jiang Chen franziu a testa, se perguntando se ela havia se divertido o caminho todo só por isso.

II

Eram as férias de verão após o exame de admissão ao ensino médio. Os resultados saíram no final de julho, e Chen Xiaoxi e Jiang Chen foram admitidos na melhor das duas escolas secundárias da cidade, a Escola nº 1. Dizendo assim parece inexpressivo, então vamos colocar desta forma: Chen Xiaoxi e Jiang Chen foram admitidos na melhor escola secundária da cidade, a Escola nº 1! Bem, assim ficou muito melhor mesmo.

Assim que Jiang Chen terminou o exame, foi passar as férias na casa da avó. Ele não conferiu o resultado, e nem havia necessidade de conferir, pois a notícia de que o filho do prefeito tinha ficado em primeiro lugar no exame do ensino médio da cidade logo passou a liderar o ranking de fofocas do mercado, chegando ao top 3 junto com notícias como "o filho de fulano roubou a bicicleta de beltrano" e "a filha de sicrano teve uma relação antes de casar e fez um aborto". Por outro lado, Chen Xiaoxi, durante a maior parte do mês, ficou preocupada com a possibilidade de não poder estudar na mesma escola que Jiang Chen. Tão preocupada que acabou emagrecendo.

Depois de saber o resultado, porém, começou a viver uma vida despreocupada. Não havia lição de casa nas férias, e ela fora admitida na mesma escola que Jiang Chen. A vida podia ser mesmo maravilhosa, né?

As férias sempre passavam rápido demais. Embora Chen Xiaoxi não tivesse visto Jiang Chen por mais de um mês, ela não sentia muita falta dele. Talvez porque as séries de TV dominaram seu tempo. De *Doraemon* a *Full House*, Chen Xiaoxi teve o que fazer todos os dias.

*

Chen Xiaoxi estava assistindo com gosto a Nobita Nobi sendo chutado por Takeshi Goda em uma vala de esgoto quando sua mãe veio correndo para dizer que havia um telefonema para ela, e parecia a voz de um professor. Ela foi atender o telefone enquanto tentava pensar qual professor ligaria para ela.

— Alô — disse. — Quem... quem fala?

— Sou eu — respondeu uma voz rouca.

Xiaoxi franziu a testa.

— Professor Li?

O Professor Li era professor de artes na escola. Sua maior conquista era que suas pinturas já haviam sido expostas na prefeitura. Era conhecido por ser um fumante inveterado, e, com a voz rouca, seu bordão era "Você acha que eu estou fumando? Na verdade, não. Eu estou é admirando a fumaça e o nada etéreo da vida artística". Portanto, o haviam apelidado de "Vida Artística". Recentemente, ele parecia estar aproveitando as férias de verão para abrir uma turma de reforço de artes. Ficava ligando para a casa dos alunos o dia todo para falar sobre os níveis de análise artística. Como aluna mais ociosa do ensino fundamental, naturalmente Xiaoxi era o alvo principal para o cultivo dos níveis de análise artística.

Ficaram em silêncio no telefone por um tempo. Chen Xiaoxi tentou desesperadamente aproveitar esse tempo para pensar em como dizer não ao Vida Artística sem prejudicar a alma artística do Vida Artística.

Antes que ela pudesse pensar em uma desculpa educada, uma outra voz surgiu no telefone:

— É o Jiang Chen.

— Hã? — Chocada, Chen Xiaoxi deixou escapar sem querer: — Como a voz do Jiang Chen pode ser tão feia?

Houve mais um momento de silêncio. Chen Xiaoxi não se conteve:

— Quem é? Não é o Jiang Chen de verdade, é?

— Sou, sim.

...

Ela tentou consertar a situação antes que fosse tarde demais:

— Olha, não quis dizer que sua voz é feia — comentou às pressas —, quis dizer que parece muito madura e séria...

— Eu sei, não precisa dizer mais nada — falou Jiang Chen.

Chen Xiaoxi ficou bem ansiosa.

— Não... é... quer dizer, minha mãe disse que os meninos dessa idade estão no período de mudança de voz. Sua voz não é tão feia assim. Por exemplo, a voz do vice-representante de turma é tipo como se alguém estivesse apertando o pescoço dele. Mas a sua voz parece no máximo a de um pato...

Após um momento de silêncio, veio um suspiro do outro lado da linha.

Chen Xiaoxi ficou extremamente angustiada.

— Eu nem sei mais do que estou falando. Diz o que você quer comigo.

— Ainda estou na casa da minha avó. Quando você for pra escola amanhã pegar seu histórico escolar e diploma, pode pegar os meus? — perguntou Jiang Chen.

Chen Xiaoxi coçou a cabeça.

— Então preciso pegar o histórico escolar amanhã...
— Não vai me dizer que você não se lembrava?

Ela abriu um sorriso fingido.

— Agora me lembrei.
— Está bem, então, lembra de pegar os meus. Vou desligar. Tchau.
— Espera! — gritou Chen Xiaoxi. — É que...
— O que foi?

Ela respirou fundo.

— É que quero dizer que, embora sua voz tenha ficado... desse jeito, não se preocupa, nunca vou enjoar de você!

...

— Eu vou! — berrou Jiang Chen, o que foi engraçado, naquela sua estranha voz de pato.

Chen Xiaoxi ouviu o clique da ligação sendo desligada do outro lado da linha, mas continuou segurando o telefone, imersa naquele grande amor do qual nunca desistiria.

Depois que Jiang Chen desligou, ele não se conteve e deu um chute na parede. A voz de quem parecia a de um pato? Quem ia enjoar de quem?

A avó dele estava prestes a entrar no quarto para deixar frutas cortadas para o neto, mas parou na porta e olhou para ele, perplexa.

Por que seu neto, o garoto mais gentil e elegante da cidade, havia chutado a parede de repente?

*

Quinze dias depois, Jiang Chen estava no beco, chutando as pedrinhas no chão despretensiosamente. Ele estava esperando Chen Xiaoxi aparecer para lhe entregar seu histórico escolar. Ao ouvir o barulho da grade da porta da casa dela, imediatamente engoliu a pastilha para garganta que tinha na boca.

Chen Xiaoxi lhe entregou o diploma e o histórico escolar, toda sorridente.

— Foi legal na casa da sua vó?
— Mais ou menos.

Jiang Chen abaixou a cabeça e abriu o diploma. Chen Xiaoxi ficou ao lado dele e, discretamente, se colocou na ponta dos pés para comparar sua altura com a dele. Depois de não se verem por um tempo, ele parecia muito mais alto do que ela.

Jiang Chen viu com o canto de olho que Chen Xiaoxi estava ao seu lado na ponta dos pés, como uma bailarina. Ele a encarou.

— O que você está fazendo?

Chen Xiaoxi deu uma risadinha.

— Parece que você está mais alto — disse ela.

Jiang Chen fechou o diploma e replicou:

— Vou embora.

Chen Xiaoxi assentiu.

— Tchau! A propósito, sua voz está melhor, embora pareça um pouco mais grave do que antes. Parabéns.

— Pessoas normais me parabenizam por conseguir o primeiro lugar no exame, em vez de me parabenizarem pela melhora da minha voz — devolveu Jiang Chen, sem se conter.

Chen Xiaoxi pareceu indiferente àquele comentário.

— Você teria ficado em primeiro lugar no exame de todo jeito, então de que adianta te dar parabéns? — Depois de uma pausa, ela sorriu, triunfante. — É você quem deveria me parabenizar. Eu também entrei na Escola nº 1, e talvez eu fique na mesma turma que você.

Jiang Chen já sabia disso havia muito tempo. Na verdade, ele ligou para seu professor assim que os resultados foram divulgados e perguntou, como quem não queria nada, quem havia sido admitido na Escola nº 1. Quando ouviu o nome de Chen Xiaoxi, não soube por que, mas se sentiu aliviado.

Jiang Chen não lhe deu os parabéns, só disse:

— Parece que a linha de corte da Escola nº 1 deste ano ficou baixa.

Chen Xiaoxi não se abalou nem um pouco. Em vez disso, assentiu, demonstrando receio.

— Pois é, foram cinco pontos a menos que no ano passado. Felizmente, foram cinco pontos a menos. Caso contrário, eu não teria entrado por um ponto. Tive muita sorte.

...

Era tão irônico que ninguém entendia. Bem solitário.

Chen Xiaoxi ainda divagava sobre como ela havia corrigido duas questões de múltipla escolha de matemática no último minuto. Cada questão valia cinco pontos...

Jiang Chen sentiu que a pastilha para garganta que ele tinha engolido estava presa no seu peito, dando-lhe uma sensação refrescante. Ele pensou em interrompê-la e ir para casa beber um copo de água para engolir a pastilha. As palavras chegaram várias vezes à sua boca, mas, por algum motivo inexplicável, ele desistiu ao vê-la falando tão animada. *Esquece, deixe ela falar.* Uma vez, ele leu que os animais de estimação ficam muito animados quando encontram seu dono depois de muito tempo sem vê-lo. Embora ela não fosse um animal de estimação, a emoção era a mesma.

Assim que Chen Xiaoxi se cansou de tanto falar, engolindo a saliva várias vezes, e percebeu que Jiang Chen não tinha intenção de interrompê-la, ela respirou fundo e continuou alegremente:

— Nas férias, fui à praia e peguei muitas conchas. Quero fazer uma colagem de conchas, depois te dou para você ver...

Ai, estou tão cansada... Jiang Chen, por que você ainda não foi para casa?

III

Era o primeiro dia de aula no ensino médio.

Chen Xiaoxi rapidamente se deu bem com seus colegas de turma. A cidade não era tão grande e ela já conhecia muitos dos alunos da sua classe. Depois da aula, um grupinho se reuniu no fundo da sala e ficou conversando sobre o enredo do episódio de uma série de TV que havia passado na noite anterior.

Enquanto isso, Jiang Chen estava no seu lugar determinado provisório, folheando o novo livro que acabara de ser distribuído.

Por algum motivo, Chen Xiaoxi sentiu que a figura de Jiang Chen sentado de costas ali parecia muito solitária naquele momento. Claro que "solitária" era uma palavra pretensiosa e erudita. Para alguém como Chen Xiaoxi, cujo cérebro ainda estava em desenvolvimento, tratava-se de uma palavra impensável. Ela apenas se questionava por que ele estava sentado ali sozinho, sem falar nem brincar com ninguém. Era tão chato... Então, Chen Xiaoxi foi correndo e, fingindo uma camaradagem, deu um tapinha no ombro de Jiang Chen e disse descaradamente:

— Jiang Chen, Jiang Chen, eles ainda estão falando sobre a minha paixão secreta por você. Depois desse tempo todo. Realmente não têm criatividade.

Jiang Chen olhou para Chen Xiaoxi com frieza. Virou o corpo levemente para o lado, para evitar o toque dela.

Ele estava de mau humor. Seu pai havia chegado em casa bêbado na noite anterior, após uma reunião social, e sua mãe se recusou a abrir a porta para que o marido entrasse no quarto. Os dois começaram a discutir pela porta, jogando coisas para lá e para cá. Foi ridículo. Podiam ser figuras muito respeitáveis em público, mas na hora da briga eram capazes de dizer as piores coisas.

Chen Xiaoxi ainda não tinha aprendido a ler as pessoas. Achou que ele tinha ficado chateado porque estavam falando deles dois juntos, então o tranquilizou:

— Eles estão só brincando. É sem maldade, a gente não tem nada a esconder.

— Nada a esconder, né? — zombou Jiang Chen. — Então para de colocar clipes de papel em forma de coração nos meus livros, e não faz mais aquele monte de origami de estrelas e pássaros para mim. Não tenho mais onde pôr isso em casa.

Quando Chen Xiaoxi correu para falar com Jiang Chen, inúmeros pares de olhos já os fitavam. Assim que Jiang Chen falou isso, todos caíram na gargalhada.

Chen Xiaoxi não conseguiu se desvencilhar do constrangimento, então forçou um sorriso e disse rispidamente:

— Haha, se não quer, não faz mal. Eu estava só praticando origami, e como você mora perto da minha casa, dava pra você.

— Da próxima vez eu também quero — disse de repente uma voz estranha vinda do fundo da sala de aula.

Só então Chen Xiaoxi descobriu que Wang Dazhuang estava na mesma turma que eles. O garoto usava uma camiseta preta e estava sentado ao lado da lata de lixo, com um sorriso malicioso.

Chen Xiaoxi achou que parecia um lótus negro e maléfico brotando de um monte de lixo.

A maioria dos meninos também ficou repetindo:

— Eu também quero! Eu também quero! Meu quarto é grande e tem espaço para todos que você trouxer.

A situação estava um pouco fora de controle. Chen Xiaoxi ficou ali parada ao lado de Jiang Chen, inexpressiva e em pânico, sem saber o que fazer.

Felizmente, na hora certa, o sinal da escola tocou.

— Voltem já para os lugares de vocês — disse Jiang Chen, apático.

Tudo ficou tranquilo.

O professor de artes escreveu seu nome no quadro lindamente. Ele não sabia que, antes do sinal tocar, uma menina indefesa tinha sido forçada a sorrir em meio às gargalhadas de todos.

Chen Xiaoxi assistiu a essa aula com muita atenção. Ouviu com gratidão o jovem professor de artes apresentar cheio de ânimo a elaboração de sombras, o direcionamento de ângulos e a segmentação de imagens...

Jiang Chen e Wang Dazhuang estavam um pouco distraídos, sentindo que tinham ido longe demais. Então, se consolaram com a confiança de que ela merecia aquilo, pois tinha metido a si mesma em encrenca.

*

Terminado o dia de aula, Chen Xiaoxi não insistiu em ir embora com Jiang Chen. Não que ainda guardasse rancor sobre o que havia acontecido — foi o professor responsável pela turma que pediu que ela ficasse, pois queria conversar sobre uma questão de organização da classe. Os professores gostavam de estudantes como Chen Xiaoxi, que eram entusiasmadas, otimistas e dispostas a trabalhar duro pelos colegas.

Quando Jiang Chen foi saindo da sala de aula, olhou de soslaio para Chen Xiaoxi. Ao vê-la recolher depressa seus pertencentes que estavam na mesa, deu um sorrisinho com o canto da boca sem que ninguém percebesse e seguiu adiante. Chegando à escada, ele parou e pensou: *Tsc. Por que ela ainda não veio atrás de mim? Quanto tempo vai demorar para arrumar uma mochila?*

— Jiang Chen, você tem um minuto?

Jiang Chen viu uma garota de cabelo longo jogado por cima dos ombros segurando um livro, esperando que ele a respondesse e com um sorriso no rosto. Ele tentou lembrar de onde ela era; parecia que estava em sua turma.

— O que foi?

— Não entendi muito bem o problema de matemática que a professora explicou hoje. Você poderia me ensinar? — disse ela em uma voz doce, erguendo a cabeça com uma expressão de expectativa.

Jiang Chen olhou na direção da sala de aula, parou por uns segundos e voltou-se para a garota à sua frente.

— Qual questão você não entendeu? — perguntou.

Depois que Jiang Chen terminou de explicar o problema, descobriu que a garota se chamava Li Wei. Ela era da mesma turma que ele agora. Antes, estava na turma 3 do ensino fundamental em outra escola. O pai dela conhecia o pai dele. Ela gostava de cachorros e de gatos.

Chen Xiaoxi ainda não tinha saído.

*

Chen Xiaoxi esperava ansiosamente que o professor responsável pela turma lhe desse o cargo de representante. Quem imaginaria que, depois de uma longa ladainha, o professor diria: "A partir de agora, você será responsável pela comunicação. É uma função que dá muito trabalho, tem pouco poder e deixa todo mundo irritado." Ela ficou muito chateada, mas mesmo assim manteve as aparências. Fingiu que era um grande talento que descobria, enquanto ouvia o professor desenhando o futuro para ela. Olhava para o rosto redondo e sardento dele e pensava numa panqueca de gergelim.

Ela olhou pela janela despreocupada. O sol já havia se posto, e quase todos os alunos haviam saído. O pátio estava coberto por uma luz laranja, como se alguém tivesse derrubado uma enorme garrafa de suco. Então, ela viu aquela figura familiar de costas, que por um tempo seguiu incansavelmente. Mas, agora, ao lado daquela figura que ela podia reconhecer mesmo depois de virar cinzas, andava uma garota com um longo cabelo preto, olhando para Jiang Chen enquanto ele falava. O rostinho da menina estava vermelho vivo. Não se sabia se por causa do pôr do sol ou por causa de Jiang Chen.

IV

Jiang Chen estava se sentindo extremamente irritado. Havia tido alguns sonhos aleatórios na noite anterior, sempre com uma mesma baderneira. E, agora, aquela baderneira estava encostada no poste, segurando um copo plástico descartável transparente na mão, enquanto bebia sorridente o leite de soja com um canudo.

— Bom dia — cumprimentou-o Chen Xiaoxi, mordendo o canudo. — Está um pouco mais tarde do que o normal. Dormiu demais?

Jiang Chen a encarou e seguiu em frente, sem expressão.

Chen Xiaoxi se apressou para segui-lo, enquanto sugava o leite de soja com o canudo, fazendo barulho.

— Você pode parar de beber enquanto anda? — disse Jiang Chen, desgostoso, enquanto ia em frente.

— Ah.

Chen Xiaoxi retorceu a boca, perguntando-se por que ele era tão exigente, a ponto de ela não poder nem beber leite de soja. Por causa dele, ela nem se atrevia a tomar um picolé na rua. Agora, ele não queria deixá-la beber leite. Se continuasse daquele jeito, ela morreria de desnutrição.

Apesar desse fluxo de pensamentos, Chen Xiaoxi obedientemente jogou o leite de soja na lata de lixo na calçada.

*

Antes do final da terceira aula, Chen Xiaoxi sentiu um leve cheiro de comida vindo do refeitório. Estava com tanta fome que parecia ter um buraco no estômago. Virou-se para Jiang Chen e reclamou baixinho:

— É tudo culpa sua. Agora estou morrendo de fome.

Jiang Chen a ignorou. No entanto, o professor de inglês a chamou da frente da sala:

— Chen Xiaoxi, responda a esta pergunta.

Ela levantou o rosto, triste, e colocou as mãos debaixo da mesa para puxar o uniforme da colega de carteira, Jingxiao. Jingxiao também estava confusa. Como a aula estava quase acabando, ninguém estava mais prestando atenção. Então, a colega sussurrou:

— Não ouvi.

— *No owe* — respondeu Chen Xiaoxi, sem pensar.

O professor de inglês estava de bom humor.

— Para quem você não deve? — perguntou, sorrindo.

Chen Xiaoxi ficou atordoada.

— Para quem? — repetiu baixinho. E de repente: — *Paragon*.

A turma toda caiu na gargalhada.

O professor repreendeu Chen Xiaoxi, dizendo coisas como que ela não devia perturbar os colegas na aula, isso prejudicaria eles, prejudicaria os pais dela e os pais dos colegas. Depois disso, a mandou se sentar.

Corada, Chen Xiaoxi se sentou e beliscou Jingxiao.

— E você ainda ri! — falou para a colega.

Jiang Chen, que se sentava logo atrás dela, chutou-a por baixo da mesa. Ela rapidamente se endireitou, enfrentando com cara de cão sem dono o olhar severo do professor de inglês.

Finalmente, o sinal do fim da aula tocou, e o semblante de aluna aplicadíssima se desfez. Assim que o professor saiu da sala, ela se virou para Jiang Chen.

— Estou morrendo de fome.

— E o que eu tenho a ver com isso? — Jiang Chen a encarou.

— Você tem alguma coisa de comer aí.

Chen Xiaoxi o olhou ansiosa. Fazia pouco tempo, havia se tornado popular uma tendência maligna: dar chocolates no Dia dos Namorados. Sempre tinha alguma colega sem-vergonha que colocava Ferrero Rocher ou outras marcas de chocolate caras, que custavam duas semanas de mesada de Chen Xiaoxi, na gaveta de Jiang Chen.

Ele vasculhou a gaveta e tirou de lá uma caixa de Ferrero Rocher com dezesseis bombons. Abaixou a cabeça e procurou mais um pouco, mas não encontrou nenhum bilhete assinado. Chegou à conclusão de que realmente gostava desse tipo de comportamento. As pessoas deveriam aprender com Lei Feng a fazer boas ações sem revelar de quem vieram. Bastava anotar no diário.

Ele abriu o pacote lentamente, pegou um chocolate e o ofereceu ao seu colega de mesa, Bei Youxin:

— Quer?

Bei Youxin balançou a cabeça na negativa.

— Quem vai querer comer um negócio tão doce e gorduroso? — replicou. — Não sou menina.

Chen Xiaoxi ergueu a mão.

— Eu sou menina, eu sou menina, me dá um.

Jiang Chen abriu o papel dourado que embrulhava a bola de chocolate e disse:

— Por que eu deveria dar o chocolate pra você?

— Você não deixou eu me alimentar na rua hoje de manhã — disse Chen Xiaoxi, confiante. — Eu joguei fora o leite de soja. Agora estou com fome, então a culpa é sua.

— Ah, por que será que eu me lembro que o copo que você jogou na lata de lixo já estava vazio?

— Como você... fala bobagem! — respondeu Chen Xiaoxi, com a consciência pesada, e, relutante, engoliu um "Como você sabe?". *Ele tem olhos na nuca?*, pensou consigo mesma.

Jiang Chen jogou o chocolate na boca e o mastigou. Era tão doce que ficava impossível não franzir a testa. Só de ver a expressão de ódio e inveja de Chen Xiaoxi, achou que já tinha valido a pena. Mas por que aquilo? Bom, ele só gostava de provocar Chen Xiaoxi mesmo.

Ela observou o chocolate sendo jogado na boca dele de maneira tão desrespeitosa e teve vontade de partir para cima de Jiang Chen, arrancar o chocolate da sua boca e forçar o rapaz a pedir desculpas ao grandioso Ferrero Rocher.

No fim, Jiang Chen não aguentou o seu olhar miserável de cachorrinho de rua olhando para o osso e empurrou a caixa inteira de chocolates para ela. Mesmo assim, não conseguiu se segurar:

— Cuidado para não morrer de diabetes — disse, e só assim se sentiu equilibrado emocionalmente.

Chen Xiaoxi se virou e dividiu os chocolates um por um com Jingxiao. Jiang Chen bebeu uns goles de água antes de dizer a Bei Youxin:

— Credo, é doce demais.

Bei Youxin sorriu.

— Por que você sempre age feito criança com Chen Xiaoxi? — perguntou.

— É só para responder no nível dela.

— Jiang Chen. — Bei Youxin abaixou a voz de repente. — Você terminou de ler aquele romance?

Jiang Chen olhou com cautela para Chen Xiaoxi, que estava à sua frente, e sussurrou:

— Esqueci de trazer, devolvo amanhã.

— Para de fingir que esqueceu. Vou buscar na sua casa depois da escola. Tem muita gente na fila para pegar emprestado — disse Bei Youxin, sorrindo com conhecimento de causa.

Quem está fingindo que esqueceu? Aquele romance tinha feito com que ele tivesse sonhos confusos a noite toda. Não queria lê-lo por nem mais um minuto.

— Jiang Chen. — Chen Xiaoxi virou-se de repente, sorrindo como uma flor. Seus olhos, tão brilhantes quanto a superfície da água sob a luz do sol.

Jiang Chen ficou tão assustado que deu uns passos para trás. Era justamente assim que ela sorria no sonho, colada em frente aos seus olhos feito um talismã de papel com feitiço de amarração pendurado na testa de um zumbi. Ela sorria e o chamava ora em voz alta ora em voz baixa, "Jiang Chen, Jiang Chen". Era realmente irritante.

— O quê? — O tom dele estava naturalmente mal-humorado.

Chen Xiaoxi sentiu-se tão inconcebivelmente insultada que esqueceu o que ia dizer. Só conseguiu pensar em silêncio "O que era mesmo que eu queria falar?", e se virou para a frente.

Em contrapartida, Jingxiao, que tinha ficado muito feliz por ter comido os chocolates, defendeu a colega:

— Por que você é tão malvado?

Lógico que Jiang Chen não ia explicar por quê, afinal, ele tinha sido rude, e pareceu não ter muito a dizer às outras meninas. Apenas sorriu e abaixou a cabeça para procurar o livro da aula seguinte.

Jingxiao deitou a cabeça no ombro de Xiaoxi e disse ao seu ouvido, a voz nem alta, nem baixa, sendo o suficiente para que os colegas na mesa de trás ouvissem:

— Xiaoxi, deixa eu te contar, da última vez que você veio na minha casa, meu irmão disse que você é muito fofa.

Xiaoxi balançou os ombros, afastando Jingxiao, e deu um tapinha nela, sorrindo.

— Bobagem, seu irmão não dá atenção para ninguém.

— Mas você gosta é de quem não dá atenção para ninguém — replicou Jingxiao, olhando deliberadamente para Jiang Chen.

Ele ignorou a provocação da outra e ficou olhando para Chen Xiaoxi, que riu até ficar com as orelhas vermelhas. Parecia muito feliz.

*

Durante o almoço, Chen Xiaoxi levantou seus palitos várias vezes, mas não os movia, e perguntou a Jingxiao, que estava ao lado dela:

— Você também está se sentindo cheia depois de tanto chocolate?

— Sim. — Jingxiao soltou seus palitos e empurrou o prato para Bei Youxin, que estava à sua frente. — Eu não toquei na comida.

Bei Youxin parecia ter ganhado na loteria. Ele puxou o prato dela para si e perguntou a Chen Xiaoxi:

— Você também precisa que eu te ajude com o seu prato?

O apetite dos meninos adolescentes sempre foi um mistério.

Chen Xiaoxi balançou a cabeça na negativa:

— Se eu não comer agora, vou ficar com fome de tarde.

— Que apetite — comentou Jiang Chen.

— Por que hoje você está sendo tão mau comigo? — perguntou Chen Xiaoxi.

Ela mordeu os palitos, demonstrando estar magoada. Embora geralmente nem desse bola para ela, hoje ele estava pegando mesmo no seu pé.

Jiang Chen ficou desconcertado e mudou rapidamente de assunto:

— Quando você morde os palitos assim, não sente um gosto de serragem?

Ao dizer isso, Chen Xiaoxi sentiu subitamente que havia serragem na sua boca e deu umas cuspidinhas. Bei Youxin levou um susto e tapou os dois pratos com as mãos.

— Não cuspa aqui!

*

De tarde, após a escola, Bei Youxin foi para casa seguindo os dois. Chen Xiaoxi achou estranho e, depois de muito questionar, a explicação que recebeu foi que Jiang Chen o convidara para ir à casa dele. Chen Xiaoxi ficou muito alterada. Ela era vizinha dele há mais de dez anos, porém nem sabia como era seu quintal. Com que direito Bei Youxin podia ir lá? Então, Chen Xiaoxi expressou com discrição sua intenção de reservar um tempo para visitar a casa de Jiang Chen. Mas eles disseram que ela não era bem-vinda.

A pobre Chen Xiaoxi se sentiu desprezadíssima.

Sentado de pernas cruzadas no sofá da sala da casa de Jiang Chen, Bei Youxin ficou maravilhado.

— Suas coisas de TV parecem ser de última geração. Chama o resto do pessoal da escola para vir pra sua casa ver uns DVDs qualquer dia, hehe...

Ele repetia aquela risadinha milhares de vezes, com medo de que os outros não soubessem o que se passava na sua mente.

Jiang Chen saiu do quarto e jogou o livro para ele.

— Nem pensar, minha mãe me mata — falou.

— Hehe. — Bei Youxin folheou o livro aleatoriamente. — A última vez que emprestei um livro para Wang Dazhuang, ele se recusou a devolver. No fim, me deu de volta com várias páginas rasgadas.

Jiang Chen bebeu água e não continuou o assunto. Bei Youxin parecia ter aberto a matraca:

— Você sabe que Wang Dazhuang gosta da Chen Xiaoxi, né?

Jiang Chen não conseguiu evitar apertar mais o copo. E, inesperadamente, ficou com muita raiva.

V

A cidade natal de Jiang Chen e Chen Xiaoxi fica no litoral. É uma área propensa a tufões, e, no verão, as aulas frequentemente são canceladas no meio do dia para que todas as escolas sejam evacuadas e os alunos voltem para casa.

No verão do segundo ou do primeiro ano do ensino médio — não dá para lembrar exatamente, mas pouco tempo depois que Wu Bosong havia sido transferido para a escola —, houve um supertufão chamado de "Jade" ou "Pérola", Jiang Chen também não se lembra bem o nome. De qualquer forma, toda vez que ouve o nome de tufão, se maravilha com a lógica das autoridades para nomeação de desastres naturais. Realmente é algo de outro mundo, e uma lógica tão arbitrária quanto a de Chen Xiaoxi.

Naquele dia, eles tinham acabado de terminar a segunda aula. Estava uma ventania do lado de fora, e a música da ginástica rítmica no alto-falante somada ao barulho do vento dava um ar muito deprimente à coisa. O professor não se atreveu a deixar os alunos saírem para fazer o exercício — apenas enfatizou que não era para sair, que deveriam aguardar o aviso. Todos os colegas da turma se entreolhavam sem poder fazer nada.

Chen Xiaoxi virou-se para Jiang Chen com uma cara triste.

— O que a gente vai fazer? — perguntou. — Estou com muito medo.

Jiang Chen não a levou a sério,

— Você nunca viu um tufão antes? Está com medo de quê? Ainda nem começou a chover.

Assim que ele terminou de falar, uma chuva forte atingiu a janela.

Passados três ou quatro minutos, a voz do diretor ecoou pelo alto-falante da escola:

— Professores e alunos, atenção. Com a proximidade do tufão, a escola decidiu suspender as aulas com urgência. Os alunos devem ir para suas casas imediatamente, não é permitido ficar na escola ou na rua. Cuidado no caminho de volta para casa.

Ao saírem da escola, a chuva tinha parado, mas o vento soprava cada vez mais forte. Chen Xiaoxi carregava uma mochila pesada e, ofegante, tentava alcançar Jiang Chen.

Jiang Chen parou e olhou para ela. Não se segurou:

— Você é idiota? — disse.

Chen Xiaoxi queria responder que não, mas não conseguiu dar nenhuma boa justificativa. Então, só pôde ficar ali parada franzindo a testa passivamente diante do desastre que estava por vir.

Jiang Chen levantou a mochila dos ombros dela. Como aquilo deu um alívio no peso, Chen Xiaoxi curvou os ombros.

Dois segundos depois, Jiang Chen soltou a mochila sem avisá-la. O peso desabou com tudo em seus ombros e o vento soprou tão forte que Chen Xiaoxi quase caiu. Por sorte, ela rapidamente se agarrou ao uniforme dele.

— Você sabe que está pesado, né? — disse Jiang Chen. — Você é uma tonta de trazer esse monte de livros à toa.

Depois que ela se equilibrou, soltou as roupas dele e falou:

— Wu Bosong tem medo de que eu seja levada pelo vento porque sou muito leve.

Justamente quando ela e Jiang Chen iam sair da sala de aula, Wu Bosong veio correndo e colocou mais uns livros na mochila dela. Disse que adicionar um pouco mais de peso impediria que fosse levada pelo vento.

— Quantas vezes você viu um tufão desde que era criança? Quando você foi levada pelo vento? — Jiang Chen estava indignado. Como poderia haver uma pessoa tão tonta assim?

— É claro que sei que não vou ser levada pelo vento — disse Chen Xiaoxi, de forma plausível. — Mas Wu Bosong não sabe. Ele não é daqui. Na cidade dele não tem tufões. A intenção dele é boa, não posso jogar um balde de água fria no garoto.

Jiang Chen teve que admitir que havia ficado surpreso com a explicação de Chen Xiaoxi. Ele não soube como respondê-la na hora, então só bufou:

— Você que sabe.

Os olhos de Chen Xiaoxi brilharam de repente.

— E se você carregar a minha mochila, eu carregar a sua, e andarmos de mãos dadas? — sugeriu.

Ela falou aquilo daquele jeito meio "não custa nada perguntar". Afinal, o mundo é cheio de fenômenos estranhos, tudo pode acontecer. Os seres humanos vão para o céu, as estrelas criadas pelos humanos também vão para o céu, e a subcelebridade Luo Yufeng ainda é reconhecida... Quer dizer, nada é impossível.

Jiang Chen olhou para ela sem acreditar.

— Quer ser mais descarada ainda?

— Posso? — Chen Xiaoxi arregalou os olhos, que estavam secos com o vento.

Jiang Chen levantou dois dedos e fez como se fosse enfiá-los no olho dela. Chen Xiaoxi deu um sorrisinho e inclinou a cabeça para se esquivar dele.

— Vamos, sua tonta — disse Jiang Chen.

Ele pegou a alça da mochila dela e a foi puxando em frente.

Chen Xiaoxi cambaleou ao ser puxada.

— Ai, vai devagar, por favor — falou.

Não havia ninguém na rua. Os dois caminhavam ao vento, segurando a alça da mochila um do outro, a que estava entre eles toda fragmentada pelo vento uivante.

VI

Chen Xiaoxi não gostava de Li Wei porque Li Wei também gostava de Jiang Chen, e porque Li Wei era linda, inteligente e sabia tocar piano. Durante a festa de Ano-Novo no segundo ano do ensino médio, ela e Jiang Chen se inscreveram, representando a turma, para participar de uma competição da escola com uma apresentação de piano a quatro mãos.

Chen Xiaoxi ainda se lembra de estar na plateia naquele dia e observá-los sentados lado a lado de frente para o piano. Após se entreolharem, os vinte dedos das quatro mãos começaram a flutuar e saltar nas teclas brancas e pretas do piano. Embora estivessem de uniforme, Chen Xiaoxi os imaginou vestindo seus trajes de casamento, tocando a marcha nupcial para os convidados sob as luzes brilhantes.

A apresentação ganhou menção honrosa, pela habilidade no piano e por terem demonstrado alto nível de conhecimento. No final, o diretor que entregou o prêmio os elogiou com frases como "Que casal de ouro".

A sensação de estar na plateia olhando para eles em cima do palco era muito desconfortável. Como se eles estivessem em um local bem iluminado, e ela, sozinha em um lugar escuro. Olhando-os de longe, inacessíveis, ela se sentiu muito solitária.

Naquele dia, Chen Xiaoxi não voltou para casa com Jiang Chen. Na verdade, não tinha voltado para casa com Jiang Chen por duas semanas. Nesse período, Jiang Chen e Li Wei estavam ficando na escola para praticar piano. Chen Xiaoxi o esperou uma vez, quando eles haviam praticado até escurecer, e ela e Jiang Chen acompanharam Li Wei até a casa. Ao longo do caminho, os dois foram discutindo as partes que haviam tocado errado e qual quarto de batida poderia passar despercebido. Chen Xiaoxi não entendia nada. A única batida que ela conhecia era aquela com a raquete de matar mosquito. Quem já teve a sensação de não conseguir se inserir na conversa alheia sabe como isso pode ser chato. Além do mais, mesmo depois de ter passado por esse aborrecimento, Chen Xiaoxi ainda ficou de castigo por ter voltado tarde para casa. A situação tinha mais "gumes" do que uma faca de dois gumes. Por isso, ela disse a Jiang Chen que passaria a voltar mais cedo para casa para jantar, e assim o fez.

*

Depois que recebeu o prêmio, Jiang Chen foi direto para a sala de aula. Não havia ninguém lá — alguns tinham ido para casa, outros ainda assistiam à premiação no auditório. Ele enfiou o certificado de qualquer jeito na gaveta da mesa, encontrou um livro de referência extracurricular e o folheou aleatoriamente. Enquanto passava as páginas, olhou para a mesa de Chen Xiaoxi como se de repente algo tivesse lhe ocorrido. A mochila dela não estava lá. Ele recordou que, pouco antes, de cima do palco, parecia tê-la visto parada lá embaixo carregando a mochila. Havia tanta gente na plateia, como ele tinha conseguido reconhecê-la? Não fazia ideia, mas fazia muito tempo que, com um relance, ele já conseguia localizá-la no meio da multidão. Bem, talvez não apenas um relance, mas depois de olhar várias vezes sempre sabia dizer a localização dela com precisão. Com o cabelo curto um pouco mais bagunçado do que o dos outros, ela parecia um rabanete enraizado na multidão, bem evidente.

Então, o fato de ela ter aparecido no auditório com sua mochila nas costas significava que tinha voltado para casa logo após assistir à cerimônia de premiação? Pensando mais um pouco, ele lembrou que, quando pegou o certificado com o diretor e olhou para o público, não viu mais Chen Xiaoxi.

Jiang Chen enfiou o livro de volta na gaveta, pegou a mochila e saiu da sala de aula. Como a maioria dos alunos estava no auditório, talvez por isso não tivesse visto muitos colegas saindo da escola. Jiang Chen foi andando bem rápido, mas não viu Chen Xiaoxi até chegar em casa.

Assim que Jiang Chen entrou no quarto, jogou sua mochila na escrivaninha e abriu a cortina para olhar para Chen Xiaoxi do outro lado da rua. Ela estava em casa, sentada no sofá segurando uma tigela de arroz, vendo TV e comendo. Ele fechou a cortina com força e deitou na cama, atordoado. Tia Li deu duas batidinhas na porta e disse:

— Chenzinho, seus pais não vão jantar em casa hoje. A comida está pronta na mesa. Quando terminar de comer, é só deixar sua tigela na pia. Vou ali em casa e volto mais tarde.

— Tudo bem.

Depois de pensar melhor, Jiang Chen pulou da cama e abriu a porta do quarto.

— Tia, não precisa voltar só para isso, sei lavar louça.

— Então está bem.

Jiang Chen jantou e lavou a louça sozinho. Em seguida, abriu uma fresta na cortina para ver Chen Xiaoxi fazendo birra com a mãe. Ela sempre fazia isso depois do jantar, negociava com a mãe para ver quem lavava a louça. A mãe dela sempre vencia, mas ela nunca desistia.

No futuro, ela provavelmente também agiria assim com ele, e ele venceria. De tempos em tempos, a deixaria vencer uma ou duas vezes e a ficaria observando apertar os olhos e sorrir triunfante.

*

No dia seguinte, quando Jiang Chen ia sair da sala depois da aula, percebeu que Chen Xiaoxi não o estava seguindo. Ele deu uma olhadinha para o lado e viu que ela estava animada discutindo algo com a garota na mesa de trás. Ele parou por um instante, mas acabou saindo sem olhar para trás.

Chen Xiaoxi notou de canto de olho que Jiang Chen já tinha ido embora. Então, parou com aquele sorriso radiante e deixou na mesa de trás a história em quadrinhos que estava segurando.

— Enfim, é muito lindo — falou. — Vou te emprestar.

Chen Xiaoxi colocou lentamente suas coisas na mochila e saiu lentamente da sala de aula e da escola. Ela também comprou um picolé na venda em frente ao colégio. Costumava comprá-lo quando voltava da escola e, para que a mãe não descobrisse, depois de comê-lo, sempre limpava com atenção a boca e os dedos. Quando começou a voltar para casa com Jiang Chen todos os dias, passou a ficar com vergonha de comprá-lo. Afinal, tinha que levar sua imagem em consideração de vez em quando.

Só que ela não esperava encontrar Jiang Chen na rua já perto de casa. Ele estava andando de bicicleta. Quando a viu, freou tão bruscamente que a bicicleta girou e parou na frente dela. As rodas rasparam no chão, fazendo um som de derrapagem.

Chen Xiaoxi ficou com o picolé na boca, sem saber como reagir.

— Ei, Chen Xiaoxi — disse Jiang Chen —, estou testando essa bicicleta nova que eu comprei.

Na verdade, ele havia comprado a bicicleta tinha mais de quinze dias.

Chen Xiaoxi deu uma risadinha forçada.

— Muito bonita a sua bicicleta — comentou.

Dito isso, ela quis passar. Jiang Chen a impediu.

— Ei, você quer ir a algum lugar? Posso te levar. — Ele fez uma pausa, e aí continuou: — Quero ver se esta bicicleta é boa para levar as pessoas.

Ela jogou o picolé na sarjeta e respondeu, animada:

— Quero ir à praia.

— Fazer o que na praia?

Jiang Chen olhou o relógio. Ainda dava para ir, e não voltaria tão tarde.

— Só ir lá — disse Chen Xiaoxi, sorrindo. — Já faz tempo que não vou à praia.

Jiang Chen deu de ombros.

— Sobe.

*

A brisa da cidade litorânea tem um leve cheiro de peixe. Alguém com o paladar sensível o suficiente consegue sentir até um gosto salgado no vento. Chen Xiaoxi se abrigou atrás de Jiang Chen. O vento fazia a blusa do uniforme dele ficar abaulada. Com uma das mãos, ela segurava a parte de trás da garupa da bicicleta, e, com a outra, brincava com a roupa dele. Apertava-a delicadamente, e ela murchava; ao soltá-la, enchia-se novamente de vento.

— Já que comprou uma bicicleta, você agora vai começar a ir para a escola com ela?

— Não.

— Por quê?

— Porque não.

— Ah, tá.

— Chen Xiaoxi — chamou Jiang Chen, de repente.

— Quê?

Chen Xiaoxi, que brincava com a blusa dele com gosto, ergueu a cabeça e a inclinou para o lado, tentando ver a expressão de Jiang Chen.

Jiang Chen abaixou a cabeça e olhou para ela.

— Senta direito — falou.

— Tá. — Ela se endireitou. — Por que você me chamou?

— Nada, só queria perguntar se você sabe andar de bicicleta.

— Sei, ué.

Com a brecada repentina, Chen Xiaoxi bateu nas costas de Jiang Chen. Suas bochechas atingiram as costelas dele, e o impacto naquelas costas magras fez suas maçãs do rosto doerem.

Jiang Chen se virou e ficou rindo dela esfregando as maçãs do rosto.

— Se você sabe andar de bicicleta, então me leva.

— Não sei levar pessoas na bicicleta — disse Chen Xiaoxi, desolada.

— Que boba.

A bicicleta continuou avançando, e Chen Xiaoxi ainda esfregava as maçãs do rosto, que doíam por conta da colisão.

— Você entortou o meu rosto — reclamou.

— Já era torto — devolveu Jiang Chen.
— Você que é torto — replicou Chen Xiaoxi, dando um soquinho nas costas dele.

*

Na praia, o mar e o céu estavam levemente alaranjados. A areia era dourada, e a água rolava com um brilho do mesmo tom. Chen Xiaoxi pulou da bicicleta gritando:
— Ah... mar... aí vou eu...
Jiang Chen estacionou a bicicleta na calçada e se abaixou para prendê-la. A covinha sorridente em sua bochecha esquerda parecia mais profunda do que o normal porque tinha se abaixado.
Jiang Chen caminhou até a praia. Chen Xiaoxi já estava sentada na areia desamarrando os sapatos.
— O que você está fazendo? — perguntou ele.
— Tirando os sapatos — disse Chen Xiaoxi. — Se eu chegar em casa com eles cheios de areia, minha mãe vai brigar comigo.
Mas, depois de tirar um pé, ela parou do nada, e ia calçá-lo de novo. Jiang Chen olhou para ela, intrigado:
— Por que você não vai tirar?
Chen Xiaoxi balançou a cabeça, angustiada:
— Acho que não é uma boa ideia, deixa pra lá, eu... Ah!
A gritaria começou porque Jiang Chen, de repente, tirou os sapatos dela e os jogou longe.
Depois daquilo, os dois ficaram praticamente sem palavras. Após um estranho instante de constrangimento, Jiang Chen deu uma tossidinha e disse:
— Chen Xiaoxi, por que sua meia está com um buraco tão grande?
Ela abaixou a cabeça e pôs o dedão do pé para fora do buraco.
— Não encontrei nenhuma meia boa para usar de manhã... era por isso que não queria tirar os sapatos...

VII

Mais uma vez começando com uma frase do tipo "em tal ano do ensino médio...". Quem está muito acostumado com a escola tem essa mania: não consegue se lembrar do que fez em 2005, mas, quando se converte 2005 para ano letivo — primeiro, segundo, terceiro ano do ensino fundamental ou médio —, as memórias vêm em uma enxurrada.

Era o primeiro semestre do terceiro ano do ensino médio, e Chen Xiaoxi, candidata à graduação em Artes, teve que fazer uma viagem de ônibus de quatro horas com o professor e os colegas a um lugar aonde nunca havia ido para fazer um curso de artes de quinze dias.

Na véspera de sua partida, Chen Xiaoxi perguntou a Jiang Chen a caminho da escola:

— Vou viajar amanhã, você vem se despedir de mim?

— Não vai dar — disse ele.

— Ah. — Chen Xiaoxi não conseguiu esconder a decepção. — Amanhã é domingo, você não tem nada pra fazer, vem se despedir de mim.

Jiang Chen ficou irritado.

— Quem disse que eu não tenho nada pra fazer? No domingo vou participar da competição de física.

A garota deu uma risadinha sem graça.

— Eu esqueci. — Ela coçou a cabeça. — Força pra você, então! Vai ficar em primeiro lugar, né?

— Você fala como se fosse fácil — replicou ele, dando uma encarada nela.

— Claro que é fácil. Não sou eu que vou participar da competição...

— Você já fez a mala? — perguntou Jiang Chen.

— Não, minha mãe não quis me ajudar a arrumar — reclamou Chen Xiaoxi. — Ela disse que não tem tempo, porque vai assistir a

A Madrasta de Coração Mole. Ela tem mesmo um coração de madrasta normal.

Jiang Chen riu.

— Mas você não sabe fazer a mala sozinha?

— Eu não acredito que minha mãe não vai me ajudar! — disse Chen Xiaoxi. — Eu vou brigar com ela!

...

*

Depois do jantar, Chen Xiaoxi estava no quarto arrumando a mala. Sua mãe, na sala, enxugava as lágrimas enquanto assistia a *A Madrasta de Coração Mole*. De repente, a garota ouviu uma batidinha na janela. Ao olhar para fora, viu alguém parado lá embaixo, jogando pedrinhas na janela do seu quarto. Chen Xiaoxi ficou assustada. As luzes do beco estavam fracas, e ela não conseguia ver quem era a pessoa. Esticando a cabeça rapidamente para fora, ela perguntou baixinho:

— Quem é?

— Jiang Chen — respondeu ele em voz baixa.

— Já vou descer.

Chen Xiaoxi desceu as escadas voando, ainda de pijama e chinelos de ficar em casa.

— Por que veio correndo? — questionou Jiang Chen, espantado com a maneira como ela correu, tão rápido que os pés mal tocaram no chão.

— Fiquei com medo de que você fugisse — disse Chen Xiaoxi, envergonhada.

— Estou aqui, pra onde eu fugiria?

— Como eu vou saber pra onde você fugiria? Várias vezes não consigo te encontrar — respondeu a garota.

Jiang Chen não tinha muita saída. Ela era tão apegada que só faltava ir junto com ele ao banheiro masculino. Então como podia dizer que várias vezes não conseguia encontrá-lo?

— Por que você veio atrás de mim? — Chen Xiaoxi abriu um sorrisão. — Não consegue me ver ir embora?

— Você é muito descarada. — Jiang Chen tirou do bolso coisas parecidas com cartas de baralho. — Isso é pra você.

— O que é isso? — Chen Xiaoxi pegou e olhou sob o poste de luz. — São cartões telefônicos, por que você está me dando cartões telefônicos?

— Tenho muitos desses em casa — respondeu Jiang Chen —, que outras pessoas me deram. Como eu não uso, vou te dar, assim você pode fazer ligações quando estiver fora.

Na verdade, ele tinha pedido para tia Li ajudá-lo a comprar aqueles cartões antes dele sair de manhã. Mas Chen Xiaoxi não precisava saber.

— Minha mãe comprou um para mim — disse Chen Xiaoxi. — Você me deu tantos que não vou conseguir nem usar tudo.

Jiang Chen deu de ombros.

— Se não usar tudo, joga fora.

Dito isso, virou-se para voltar para casa, mas a garota rapidamente o interrompeu:

— Espera um pouco. Obrigada.

— Tá — disse ele, e já foi saindo de novo.

— Ei, não fica com tanta pressa de ir embora. Está apertado pra fazer xixi, é?

Chen Xiaoxi se arrependeu de ter deixado escapar aquilo. Abaixou a cabeça e se explicou:

— Minha mãe sempre dizia isso pro meu pai...

Jiang Chen recuou silenciosamente.

— Você tem mais alguma coisa para dizer? — perguntou.

— Não. — Chen Xiaoxi ficou de cabeça baixa e pisou no pé direito com o pé esquerdo. — É que vou ficar um tempo sem poder falar com você, e detesto isso.

Jiang Chen deu um suspiro por dentro e falou calmamente:

— Não te dei uns cartões telefônicos?

— Hã? — Chen Xiaoxi levantou a cabeça surpresa. — Então eu posso te ligar?

— Os cartões estão com você, pode ligar pra quem quiser.

Chen Xiaoxi deu um sorriso tão grande que mal dava para ver seus olhos.

— Eu vou ligar pra você todos os dias, você tem que me atender.

— Qual é o sentido de me ligar todos os dias? Eu vou tirar o telefone da tomada.

— Não faz assim, prometo falar com você só uma hora por dia.

— Uma hora? — Jiang Chen a encarou. — Você acha que eu sou assim tão desocupado?

— Então meia hora?

— Meia hora por dia, você é um noticiário?

— Vinte minutos?

— Não dá.

— Dez minutos?

— Não.

— Cinco minutos?

— Não.

— Ei, você está fazendo isso de propósito? Se não quer falar, por que me deu os cartões? — questionou Chen Xiaoxi, batendo o pé.

Jiang Chen devolveu a pergunta, rindo:

— Não disse que tinha muitos em casa e que ninguém estava usando?

— Vou voltar lá pra dentro...

— Está apertada para fazer xixi?

...

VIII

Eram as férias de verão pós-vestibular. Chen Xiaoxi, que já havia confirmado sua ida para a mesma universidade de Jiang Chen, estava muitíssimo contente todos os dias.

No dia seguinte ao aviso de que tinha passado, Chen Xiaoxi ligou para Jiang Chen e o chamou para tomar uma bebida gelada. Como desculpa para isso, falou que queria ver com ele como é que se comprava a passagem para ir à universidade que frequentariam juntos.

— Vá comprar na estação — respondeu Jiang Chen ao telefone.

Mesmo assim, ele saiu com ela. Chen Xiaoxi atribuiu isso ao fato de ele adorar tomar coisas geladas.

— O que você vai beber? Quero uma vitamina de pêssego, mas também quero suco de melancia. — Os dedos de Chen Xiaoxi passavam pela lista de bebidas, mas ela não conseguia decidir. — Este milk-shake de banana também parece delicioso.

— Água gelada — respondeu Jiang Chen e, ao ver o olhar sedento de Chen Xiaoxi, acrescentou, sem outra alternativa: — E suco de melancia.

Chen Xiaoxi chamou o proprietário com um sorriso e pediu uma água gelada, um suco de melancia e uma vitamina de pêssego.

Quando as bebidas chegaram, Jiang Chen tomou só um gole de suco de melancia e empurrou-o para Chen Xiaoxi.

— Doce demais — falou.

Chen Xiaoxi aceitou com alegria o copo. Depois de dar um golão, semicerrou os olhos, satisfeita, e suspirou.

— Como esperado, o suco de melancia está mais gostoso.

— É tudo feito com suco em pó adoçado com sabores diferentes — disse Jiang Chen.

Chen Xiaoxi olhou com cautela para o proprietário, que estava sentado no caixa. Felizmente, ele não tinha ouvido. Se um dia Jiang Chen fosse espancado até a morte por alguém, ela não ficaria nem um pouco surpresa...

Ela ficou bem satisfeita depois de beber os dois copos de bebidas feitas com aromatizantes. Podia ser porque, quando falava, ela sentia um cheiro de melancia e pêssego, o que a deixava feliz. Ou podia ser porque estava ao lado de alguém com quem imaginava um futuro junto, o que também a deixava feliz.

— Por que você me chamou pra sair em um dia tão quente? — perguntou Jiang Chen.

Ao sair da loja, Jiang Chen estendeu a mão na frente de Chen Xiaoxi para bloquear o sol. Sentiu-se estranho por um instante e imediatamente recolheu a mão. Mas Chen Xiaoxi, que estava com a cabeça abaixada, tentando pegar algo na mochila, nem percebeu.

— É bom tomar sol. Dizem que melhora a absorção de cálcio. — Chen Xiaoxi tirou uma caneta da bolsa. — Acabei de lembrar que você não escreveu no meu álbum de formatura. Você podia pelo menos assinar na minha mochila. Vou guardá-la como lembrança e comprar uma bolsa transversal bem bonita e elegante.

— Que chato. — Jiang Chen não pegou a caneta, apenas foi em frente. — Vou pra casa.

— Ei, não seja tão mau. — Chen Xiaoxi foi atrás dele. — Por que você vai pra casa? Não tem nada pra assistir na TV. Chato demais.

Na verdade, Chen Xiaoxi disse isso com a consciência pesada. Havia muitas séries de TV para assistir. E mesmo que não houvesse, apertar os botões do controle remoto para mudar de canal ainda era um dos grandes prazeres da vida. Só que esse prazer era bem menor do que estar com Jiang Chen.

*

Apesar de Jiang Chen ter dito que ia para casa, ele seguiu em direção à livraria.

Finalmente, eles entraram na Livraria Xueyou. Chen Xiaoxi se lembrou de uma vez que ela se escondeu atrás da estante de livros e viu Jiang Chen conversando com uma criança que estava comprando canetas coloridas. A criança desenhou um animal que parecia um cachorro e um gato no livro dele. Ao recordar isso, ela achou muito engraçado, e foi rindo atrás dele.

Jiang Chen ficou tão incomodado com a risada dela que a afugentou:

— Para de me seguir. Fica ali no negócio de alugar livros. Eu te chamo na hora de ir embora.
— Assina a minha mochila que eu não te sigo mais.
— Não vou assinar — replicou ele, com cara de quem dizia "tenta só me seguir de novo".

Chen Xiaoxi quis falar algo, mas não se atreveu, e foi embora com uma expressão triste.

Ao ver Xiaoxi para baixo, Jiang Chen sentiu que havia feito algo errado. Mas também achava que essas coisas de álbum de memórias e assinaturas eram para pessoas que iam se separar. Os dois não iam, então para que se preocupar com isso?

Dez minutos depois, ele foi atrás de Chen Xiaoxi. Encontrou-a sentada no chão lendo uma história em quadrinhos, toda feliz. Como tinha medo de rir alto, ela cobria a boca para conter o riso, seus olhos brilhando.

Como esperado... não havia necessidade de se preocupar muito com o baixo astral daquela criatura.

Jiang Chen gentilmente deu um chutinho no pé dela.
— Vamos — falou.

Ela ergueu a cabeça com aquele sorriso contagiante, que o fez levantar os cantos da boca. Mas ele rapidamente se conteve, sabendo da força das suas covinhas.

— O que você comprou? — perguntou Chen Xiaoxi.

Por conta da posição em que estava sentada, suas pernas ficaram dormentes e, ao se levantar, ela teve que se apoiar na parede.

Jiang Chen balançou um livro na mão e Chen Xiaoxi se aproximou para olhar. Se chamava *Compêndio de matéria médica*.

— Você não vai estudar medicina chinesa, por que ler isso? — questionou, desconfiada.
— Por hobby.
— Que hobby mais esquisito...
— Vamos ou não?
— Minhas pernas estão dormentes, e se você me carregasse de volta?

Chen Xiaoxi sorriu, provocante. Jiang Chen olhou para ela de soslaio.

— E se eu te nocauteasse e te levasse arrastada?

...

— O que vocês estão fazendo aqui? — alguém perguntou.

Chen Xiaoxi foi atingida na nuca por algo. Ao se virar, viu um balão rosa e, atrás dele, um rosto tão grande que o balão não era capaz de esconder. Era Wang Dazhuang, o vice-representante da turma do primeiro ano do ensino médio.

— Liguei pra casa de vocês, mas nenhum dos dois estava. Disseram que tinham saído. Como vocês se encontraram?

— Nós...

— Por que você estava procurando a gente? — interrompeu Jiang Chen.

— Para fazermos uma festa. Quando eu estava arrumando minhas coisas ontem, descobri que ainda tinha algum dinheiro da nossa turma do primeiro ano do ensino médio, então pensei que a gente podia se reunir para gastar tudo. Liguei pra todo mundo e descobri que estavam todos morrendo de tédio, daí marquei um encontro hoje de tarde.

— Você não é corrupto mesmo, hein — comentou Chen Xiaoxi.

— Parece que ainda existe gente honesta na corporação.

Wang Dazhuang quis acertá-la com o balão que estava segurando, mas Chen Xiaoxi se escondeu atrás de Jiang Chen.

— Vamos, já tem gente esperando no karaokê. — Wang Dazhuang balançou o balão que estava segurando. — Comprei um saco grande de balões, enchi tudo e joguei no chão. Deu um clima romântico.

Chen Xiaoxi e Jiang Chen se entreolharam, compartilhando o mesmo pensamento: *De que década veio essa pessoa?*

Então, foram arrastados para a festa. Era tanta gente que a sala de karaokê ficou cheia, todo mundo gritando que quem chegasse atrasado teria que beber como punição.

Eram todos jovens que nunca haviam tido contato com álcool de verdade antes. Ao beber pela primeira vez, pareciam ter dado um grande passo para a vida adulta.

O temperamento de Jiang Chen era tal que ninguém ousava persuadi-lo a beber. Mas com Chen Xiaoxi era diferente. Cada vez que alguém dizia "tem que beber pra mostrar a dignidade", ela, inexplicavelmente, bebia alguns copos. Jiang Chen tentou impedi-la várias vezes, mas desistiu frente ao olhar suspeito de todos.

No fim da festa, Chen Xiaoxi estava tão bêbada que não conseguia reconhecer ninguém. Ela pegou a mão da colega de mesa, Jing Xiao, e lhe disse, alterada:

— Mãe, eu entrei na faculdade. Você me prometeu que ia comprar um tablet de desenho pra mim.

Jing Xiao também estava muito bêbada, então deu um tapinha na cabeça de Chen Xiaoxi, zonza, e respondeu carinhosamente:

— Compro, vou comprar tudo pra você. Mamãe também vai comprar muitas roupas lindas pra você.

Jiang Chen assistiu sem entender àquela cena comovente de amor entre mãe e filha.

No final da festa, os que estavam muito bêbados foram levados para casa. As últimas que sobraram foram Jing Xiao e Chen Xiaoxi. As duas se abraçaram com tanta força que parecia que qualquer um que tentasse separá-las seria dizimado por um raio.

Bei Youxin levou Jing Xiao embora, e restaram apenas Jiang Chen e Chen Xiaoxi, assim como Wang Dazhuang, que ocupava muito espaço, mas tinha pouca presença.

Wang Dazhuang agachou-se na frente de Chen Xiaoxi, que estava sentada no sofá com um sorriso bobo.

— Você consegue se levantar? — perguntou a ela.

Chen Xiaoxi deu um tapinha na cabeça dele.

— Jiang Chen, seu idiota — falou.

O tapa soou bem alto na sala já sem música. Parecia realmente que a bêbada tinha perdido o controle de sua força.

Sentindo-se um bode expiatório, Wang Dazhuang se levantou sem dizer nada.

Jiang Chen não ficou nem um pouco bravo depois de ser chamado de "idiota". Só lamentou que o tapa de Chen Xiaoxi não tinha sido mais forte.

— Vou levá-la para casa — anunciou ele, puxando-a.

A garota se levantou, segurando o braço dele e se equilibrando.

— Eu ajudo — disse Wang Dazhuang, mas, ao dar a mão para Chen Xiaoxi, ela bateu nele.

— Quem é você? Não tenho dinheiro.

Chen Xiaoxi não estava falando coisa com coisa. Mas, considerando aquele padrão de comportamento, dava para inferir que quando estava bêbada ela colocava para fora desejos antigos ou algo que estivesse no seu subconsciente. Por exemplo, tablets de desenho e bater em Jiang Chen.

— Pode deixar que eu levo sozinho — disse Jiang Chen.

Sempre que ele falava, parecia exercer um poder estranho nas pessoas, que as tornava incapazes de desobedecer. Apesar de, em seu íntimo, Wang Dazhuang não querer concordar, ele simplesmente fez que sim, de modo inexplicável.

— Ok, então, está com você — falou.

Em seguida, saiu em silêncio.

*

— Você consegue andar? — perguntou Jiang Chen à garota. — Ou quer que eu te carregue no colo?

— Consigo andar — respondeu Chen Xiaoxi, tranquila.

Foi aí que Jiang Chen confirmou que ela estava, de fato, totalmente bêbada, já que havia ignorado por completo a oferta de que ele a carregasse.

— Então vamos andando.

— Ok.
— Me dá sua mão que eu te levo.
— Ok.

Jiang Chen guiou Chen Xiaoxi por uma longa distância, ela em silêncio o tempo todo. Quando chegaram à entrada do beco, ele parou e lhe perguntou:

— Amanhã você vai se lembrar do que aconteceu hoje de noite?
— Não sei.
— Se lembrar, me liga.
— Ok.

Jiang Chen se inclinou e deu um beijinho em Chen Xiaoxi. Para ser mais preciso, nos lábios dela. Não sabia por que tinha feito aquilo. Não houve contato visual, nem expressão de afeto, nem uma aura angelical sobre ela, nem uma sensação de palpitação. Mas, de repente, ele sentiu que podia e queria fazer aquilo.

Chen Xiaoxi franziu os lábios, piscou devagar e deu um bocejo. O cheiro de álcool fez Jiang Chen rir mostrando as covinhas.

*

No dia seguinte, Jiang Chen não esperou a ligação de Chen Xiaoxi. E Chen Xiaoxi recebeu da mãe o castigo de lavar louça por um mês por causa da bebedeira. Ela sentiu o dia todo que tinha algo de que estava se esquecendo de fazer, mas não conseguia se lembrar. Mais tarde, encontrou o *Compêndio de matéria médica* na sua mochila. Ah, ela havia se esquecido de devolver o livro que Jiang Chen colocara em sua bolsa, verdade.

IX

Eram as férias de inverno do primeiro ano da graduação, e Chen Xiaoxi já havia voltado para casa fazia mais de duas semanas. Ela estava com muita saudade de Jiang Chen. Sempre ocupado, ele passava quase as férias todas na faculdade. Chen Xiaoxi, por sua vez, tinha voltado correndo para casa assim que entrou de férias. A mãe havia preparado uma comida deliciosa para seu retorno. E, embora a jovem tivesse sido tratada como rainha só nos primeiros dias em casa, adorara a experiência.

As férias estavam ótimas, exceto pela saudade que sentia dele.

Na noite anterior, Chen Xiaoxi tinha ligado para Jiang Chen e perguntado quando ele voltaria para casa. Ele disse que ia voltar um pouco antes do Ano-Novo Chinês. Ela se queixou de que sentia muita saudade. Ele apenas sorriu do outro lado da linha e disse que a vida estava muito tranquila sem ela o incomodando.

— Você nunca me liga — reclamou Chen Xiaoxi.

— Você mesma disse que ligações de longa distância são um desperdício de dinheiro — argumentou ele.

— Então você deveria ficar on-line de noite para conversar comigo — disse ela.

Ele respondeu que a rede da universidade ficava fora do ar.

— Então você nem sente minha falta? — perguntou Chen Xiaoxi.

Ele disse que conseguia suportar.

— Que idiota — murmurou ela, com tristeza, depois de desligar o telefone, mas ainda sorrindo com os olhos.

Lavando legumes na cozinha, a mãe de Xiaoxi não pôde deixar de balançar a cabeça e rir. *Essas crianças bobas acham que é só falar em voz baixa que não vamos escutar o que estão dizendo, e não pensam que o isolamento acústico de uma casa antiga não consegue abafar seus pulinhos juvenis de alegria.*

*

Quando Chen Xiaoxi foi levar o lixo para fora de noite, ela perdeu a ligação de Jiang Chen. Ligou de volta, mas ninguém atendeu. Não sabia por quê, provavelmente era coisa daquele tal misterioso sexto sentido, mas ela subitamente sentiu que algo estava prestes a acontecer. Então, foi ligando mais e mais vezes desesperadamente até finalmente ouvir uma voz feminina dizer:

— O número que você ligou encontra-se desligado.

Chen Xiaoxi segurou o telefone contra o peito.

— Tudo bem, tudo bem, não é uma voz de mulher falando "o número que você ligou mudou de namorada" — tentou se confortar.

Mas ela ainda estava nervosa, com medo de que algo tivesse acontecido com ele ou que Jiang Chen estivesse saindo com outras meninas. Às vezes, sentia que gostava tanto dele que ficava assustada consigo mesma.

Ela andou de um lado para outro na sala por um tempão, até a mãe lhe arremessar um chinelo, porque não conseguia ver a TV. Quando Chen Xiaoxi se escondeu no quarto, seu celular tocou. Era um número desconhecido. O coração disparou. Ao atender, ouviu uma voz feminina suave:

— Olá, você é namorada do Jiang Chen?

— Sou.

— Eu gosto de Jiang Chen, sou a líder da equipe de modelos da universidade.

— Ah, é, líder, você me aceita na equipe de modelos?

— ...

— Estou brincando.

Na realidade, Chen Xiaoxi não estava para brincadeira. Tinha agido daquela forma de improviso. O cérebro entrou em curto-circuito e ela falou qualquer coisa sem pensar. Depois do que disse, se sentiu muito tranquila, acreditando ter incorporado uma atitude de esposa. Uma esposa muito bem-humorada, inclusive.

A tal líder disse um monte de bobagem, mas a ideia central era que ela achava que amava muito mais Jiang Chen e que combinava muito mais com ele do que Chen Xiaoxi.

Chen Xiaoxi não soube o que dizer, só ficou confusa. Por fim, desligou o telefone de qualquer jeito. Depois de pensar muito, no entanto, ela ligou de volta para aquele número.

— Líder, você disse que é mais bonita do que eu, mas eu nunca te vi, então por que não me envia uma foto sua? E é melhor que seja sem maquiagem e sem Photoshop.

Houve um longo silêncio do outro lado da linha.

— Você está maluca?

— Eu não diria isso. Na verdade, sou bastante normal. Mas não faz mal se você não me enviar uma foto. Como você é uma celebridade, posso encontrar fotos suas no site da universidade. Vou fazer uma postagem no fórum universitário para elogiar sua beleza e seu hobby de roubar o namorado dos outros.

Depois que terminou de falar, Chen Xiaoxi desligou o telefone, se sentindo muito melhor. Embora ela não fosse capaz de cumprir com a ameaça, dar um susto na moça já servia para descarregar sua raiva.

No instante em que desligou o telefone, ela recebeu uma ligação de Jiang Chen. Um tanto ansioso, ele perguntou o que havia acontecido.

— Está tudo bem — respondeu ela.

Apenas fora um pouco assediada por suas admiradoras.

— Então por que você ligou pro meu celular até a bateria dele acabar?

— Você que me ligou primeiro — replicou Xiaoxi, ainda pensando em como mencionar o que havia acabado de acontecer.

— Você não me atendeu, aí eu fui jogar bola.

Chen Xiaoxi se lembrou de ter ouvido um som de bola no fundo da ligação da tal moça. Achou que havia algo de errado e, ao mesmo tempo, se sentia como Sherlock Holmes. Então, disse em um tom enigmático:

— Agora há pouco, a líder da equipe de modelos da universidade me ligou e pediu para eu terminar com você.

— Quem? — Jiang Chen parecia confuso. — Na nossa universidade existe um grupo assim de modelos?

— Você não sabe mesmo ou está fingindo que não sabe? — Chen Xiaoxi estava um tanto impaciente. — Foi muito irritante ouvir ela dizendo que não combino com você. Afinal, o que será que combina com você, uma fada?

Do outro lado da linha, Jiang Chen parecia um pouco assustado e ficou em silêncio por um longo tempo. A própria Chen Xiaoxi também ficou assustada com o que disse, na verdade. Mas em brigas é natural dizer coisas feias.

— Não conheço nenhuma líder da equipe de modelos que você está falando. E eu nunca disse que você não combina comigo. Afinal, você está com raiva do quê? — questionou Jiang Chen, depois de recobrar a consciência.

— Então como é que ela sabe meu número?

— Como eu vou saber como é que ela sabe o seu número? — Jiang Chen estava descrente. — Eu tenho culpa de você passar seu número pra qualquer um?

Chen Xiaoxi também estava descrente.

— Quando é que eu passei meu número pra qualquer um? É você que fica seduzindo garotas o dia todo!

— Se quiser criar problemas sem motivo, não tenho tempo para isso — retrucou Jiang Chen, um tanto impaciente.

— Se você não tem tempo para ficar comigo o dia todo, então por que está namorando comigo? Vai fazer suas coisas! — gritou Chen Xiaoxi ao telefone. — Vai fazer suas coisas e não me incomoda mais!

— Quem está incomodando quem? — replicou ele calmamente, e desligou o telefone.

Chen Xiaoxi gritava como uma louca, chocada com aquele jeito calmo de falar. Mesmo ao ouvir o clique do fim da ligação, não sabia como largar o telefone.

Ela queria brigar, mas não aguentaria nem uma palavra mais dura. Além do mais, ele disse a verdade: era ela quem o estava incomodando...

Não é que Chen Xiaoxi não estivesse magoada, é que quem gosta mais cede com mais facilidade. Então, ela ligou de volta, mas, para sua surpresa, o telefone dele estava desligado de novo.

Chen Xiaoxi estava realmente odiando aquela notificação de telefone desligado.

*

— Mas o que é isso?! — reclamou Jiang Chen enquanto pegava depressa o celular, que havia caído no balde de água.

O celular tocou mais uma vez dentro da água. Então, ouviu-se um som borbulhante e saíram faíscas assim que ele o pegou, depois o aparelho morreu completamente.

— Ai, que azar. — O Veterano pôs a mão na cabeça e deu uma risada de pena. — Quem deixou esse balde de água aqui? Eu queria te perguntar se você queria sair pra comer. O refeitório da universidade está fechado hoje.

— Me empresta seu celular — pediu Jiang Chen.

— Parou de funcionar porque estou devendo — disse o Veterano.

Jiang Chen não falou mais nada, simplesmente foi saindo com o celular.

— Aonde você está indo? — perguntou o Veterano, indo atrás.

— Consertar o celular.

— A loja de conserto de celulares perto do campus está fechada. Estamos nas férias de inverno, as pessoas estão voltando para as próprias cidades para comemorar o Ano-Novo.

Jiang Chen o ouviu, mas não parou. Se não pudesse consertar o celular, compraria um cartão telefônico para ao menos ligar de volta para Chen Xiaoxi, caso contrário ela pensaria besteira novamente.

Só que ele não esperava que, saindo da universidade, a loja que vendia cartões telefônicos também estivesse fechada, pois os donos tinham voltado para a própria cidade para o Ano-Novo. Ele não teve escolha a não ser entrar em um cibercafé para enviar um e-mail e uma mensagem para Chen Xiaoxi: "Meu celular caiu na água. Por favor, me ligue no alojamento." E, depois de hesitar muito, acabou acrescentando a frase: "Eu realmente não conheço modelo nenhuma."

Daí, ele ficou lá jogando por meia hora, mas não conseguiu ver Chen Xiaoxi on-line. Quando sentiu fome, saiu para comer.

Depois do jantar, ele voltou para o quarto e viu o Veterano na cama conversando ao telefone do alojamento, sorrindo tanto que estava com os olhos fechados:

— É, ele não deu a mínima para mim e saiu. Estou morrendo de fome, por que você não vem me pagar um jantar?

Ao ouvir de longe uma voz feminina fingindo desenvoltura ao telefone, Jiang Chen parou, cruzou os braços e olhou para o Veterano. Só então o outro percebeu, e seu sorriso congelou de vergonha.

— Ele voltou, fala aqui com ele — disse ao telefone, e então passou o aparelho para Jiang Chen e avisou: — Vou comer.

Jiang Chen atendeu a ligação, inexpressivo.

— Alô.

— Oi, sou eu. — A voz de Chen Xiaoxi parecia enternecida. — O que aconteceu com seu celular?

— Estragou.

— Dá pra consertar?

— Não sei. A loja de celular está fechada.

— Ah.

...

— Você ainda está bravo? — perguntou Chen Xiaoxi.

— Não.

Jiang Chen puxou a cadeira para se sentar.

— É óbvio que está — protestou Chen Xiaoxi, baixinho. — Tá bom. Não tenho mais nada pra falar. Tchau.

Jiang Chen ficou chocado ao ouvir o som do fim da ligação. Ele tinha puxado a cadeira e se sentado pois já estava se preparando para ter uma longa DR com ela sobre aquele "Você está com raiva?", "Não". Mas ela do nada desligou o telefone, o que o deixou bastante frustrado.

*

Chen Xiaoxi desligou o telefone e sorriu feito boba para o pai, que havia acabado de voltar do trabalho.

— Pai, já chegou?

— Com quem você estava falando? Menino ou menina? Você está no primeiro ano de faculdade...

Naturalmente, o que se seguiu foi um sermão sobre como o amor assim cedo é nocivo para o corpo e a mente, a cabeça, os olhos, e todos os órgãos podem ser prejudicados. Depois de ter ouvido tudo, ela disse ao pai, firme:

— Pois é, se eu me apaixonasse assim cedo, seria desumano demais.

Isso comprovava que Xiaoxi era muito travessa e não se importava nada com ser humana ou não.

*

No dia seguinte, mandaram Chen Xiaoxi passar uns dias na casa da avó. Ela saiu com tanta pressa que se esqueceu de levar o celular. Chegando à casa da avó, ficou com vergonha de usar o telefone, porque a idosa achava as tarifas telefônicas de longa distância exorbitantes. Chen Xiaoxi decidiu não se preocupar com isso — quando voltasse, explicaria a Jiang Chen. Afinal, ele a achava pegajosa. E era raro passar um tempo com a avó, então ela a acompanhou todos os dias — durante o *qigong*, quando ia ao mercado, passeando com o cachorro… Vivendo uns raros momentos de tranquilidade. Sentia que os dias passaram bem devagar, como se fossem uma canção longa e antiga.

Depois de mais de uma semana juntas, a avó começou a irritá-la. "Ah, menina, você não sai com os garotos nem quando está sem nada para fazer. Não vai ter futuro se ficar saindo todos os dias com uma velha como eu", dizia. Isso porque na casa em frente morava um rapaz um ano mais velho que Chen Xiaoxi, que a avó vira crescer e que era boa gente, por isso estava disposta a bancar o cupido.

Após ouvir isso várias vezes, Chen Xiaoxi se estressou. Além do mais, a avó ficava pedindo que ela fosse até a casa dele pedir emprestado cebola, alho, sal e óleo. Para evitar que as coisas continuassem assim e as pessoas suspeitassem que a família de sua avó era pobre, ou que ela adorava se aproveitar, ou que tinha potencial para ser pedinte, Chen Xiaoxi não teve escolha senão exigir veementemente voltar para casa.

*

Ela chegou em casa no início de noite e, assim que largou a mala, foi procurar o celular. Já fazia alguns dias que não o usava, então a bateria estava descarregada. Procurou o carregador por muito tempo, mas não conseguiu encontrá-lo. Estava com tanta raiva que ficou andando em círculos. Até que parou de girar e se lembrou que neste mundo havia uma coisa chamada telefone fixo. Ela correu para ligar para o alojamento de Jiang Chen, mas ninguém atendeu. Como era hora do jantar, teve que ir comer para depois retomar a missão.

Após o jantar, a mãe a alugou por um tempão com uma conversa sobre a avó. Ela basicamente só conseguiu escapar depois de relatar até quantas vezes a avó se levantou para ir ao banheiro durante a noite. Em seguida, foi para o quarto e ligou o celular. Várias mensagens chegaram de uma vez. A mais recente era de Jiang Chen, dez minutos antes, com apenas uma palavra e um ponto de exclamação: "Desce!"

Chen Xiaoxi saiu correndo enquanto lia as mensagens. A anterior tinha sido enviada por Jiang Chen havia vinte minutos: "Estou na porta da sua casa, desce."

Xiaoxi só pensava: *Já era, já era, deixar Jiang Chen esperando tanto tempo nesse frio, estou frita...*

*

Jiang Chen estava encostado na parede do beco brincando com o celular. A suave luz azul evidenciava o seu rosto de perfil, como se fosse um contorno desenhado a caneta. Conforme ela foi se aproximando, pôde ver suas sobrancelhas ligeiramente franzidas e uma covinha profunda na bochecha. Ao ouvir os passos, ele a mediu rapidamente de soslaio e voltou a focar na tela do aparelho.

Chen Xiaoxi parou a dois braços de distância dele e ficou sem se mexer. Ela o fitou inocentemente com os olhos arregalados, mas não ousou se aproximar... Melhor não forçar a barra.

Depois de alguns minutos de estranhamento, Jiang Chen enfiou o celular no bolso da calça.

— Por que não desceu logo?

Chen Xiaoxi deu uma ligeira revirada de olhos, pensando: *Como eu ousei, né?*

— Fui pra casa da minha avó e esqueci de levar o celular. Daí ele ficou sem bateria — disse Chen Xiaoxi, mas achava que não dava para explicar todos os detalhes em uma ou duas frases. — E como você sabia que eu estava de volta? Quando é que você voltou? Consertou o celular?

Jiang Chen conhecia o jeito esquecido dela. E, embora soubesse que a garota não pararia de falar com ele mesmo se estivesse brava, ainda assim resolveu todos os assuntos na universidade e voltou correndo para casa. Só então soube pela tia Li que aquela tonta tinha ido para a casa da avó.

Ao perceber que Jiang Chen estava quieto, Chen Xiaoxi acabou tomando a iniciativa:

— Quando você voltou?

— Acabei de voltar.

Na verdade, ele já tinha retornado fazia vários dias. Não sabia por que tinha falado aquilo. Jiang Chen olhou para ela.

— Por que está tão longe? — perguntou.

Chen Xiaoxi deu uns passos de lado feito um caranguejo e se encostou na parede ao lado dele. De fato, os dois namoravam oficialmente fazia pouco mais de três meses, mas ainda havia um clima estranho de algo que não se sabe se daria para chamar de "indefinição". E como eles estavam há mais de um mês longe um do outro, isso deixava a atmosfera muito mais desconfortável.

Chen Xiaoxi deu uma esfregada nos braços e coçou a cabeça:

— Parece que está um pouco frio.

Jiang Chen a fitou. Vendo que estava com o cabelo bagunçado, ele não se conteve e colocou atrás da orelha dela o cabelo que caía nas bochechas.

— Então você vai voltar pra casa? — indagou.

Chen Xiaoxi encolheu o pescoço, sentindo como se uma onda de eletricidade tivesse passado pelo local onde os dedos dele encostaram nela distraidamente.

— Está com tanto frio assim? — questionou Jiang Chen, obviamente sem entender aquele movimento que ela fez com o pescoço, e a abraçou de lado. — Você está vestida feito uma cebola, como ainda sente frio?

— Como assim feito uma cebola? — reclamou Chen Xiaoxi, se apoiando no ombro de Jiang Chen, depois deu uma risadinha.

— Do que você está rindo?

— De nada. Só faz muito tempo a gente não se vê, ué.

— Tonta.

— Hehe.

— Ainda está rindo?

Jiang Chen a encarou. Ela sorria, e o rapaz viu que seus olhos estavam úmidos, parecendo especialmente brilhantes no escuro. Ele queria rir também, mas se sentiu bobo, então só deu um empurrãozinho na cabeça dela.

— Você não falou que está com frio? Volta pra casa.

Chen Xiaoxi ficou perplexa. *Como ele pode ser assim...?* Depois de terem ficado mais de um mês sem se ver, por que ele a mandava voltar pra casa assim que se encontravam? Ela estava relutante em ir embora, mas, se não fosse, não teria compostura. Assim, cerrou os dentes e disse:

— Vou indo, então.

Deu uns passos lentos e, como não o viu a acompanhando, deu uma corridinha. Quando estava se aproximando da entrada da escadaria, escutou o barulho de passos rápidos atrás dela de repente. Ao se virar, foi pressionada contra a parede ao lado da escada.

Chen Xiaoxi não teve reação, apenas olhou fixamente para a gola da camiseta de Jiang Chen. Seu coração batia como um tambor.

Jiang Chen não sabia por que tinha feito aquilo. Sentiu que simplesmente não podia deixá-la ir embora, e foi atrás dela. Ele não conseguia explicar o que queria dizer ou fazer.

Os dois estavam agarrados frente a frente e um tanto próximos naquele lugar escuro. Havia um cheiro de poeira no ar, mas o cheiro um do outro, familiar e indefinível, era mais forte.

Incomodada, Chen Xiaoxi abaixou a cabeça e coçou o nariz. O cabelo dela roçava o pescoço de Jiang Chen, mas ele não se esquivou — semicerrou os olhos para tentar vê-la melhor, só que a luz estava muito fraca e ele não conseguia enxergar direito. Sentiu que ela estava misteriosamente mais bonita.

E, como era o caso, quis lhe dar um beijo.

Jiang Chen ia abaixar a cabeça, mas Chen Xiaoxi, quieta e de cabeça baixa, de repente levantou o rosto. Ficou na ponta dos pés e lhe deu um beijinho rápido no canto da boca, depois empurrou o braço dele e subiu a escada aos pulos.

Jiang Chen tocou o canto da boca, sensível por conta daquele toque repentino, e sorriu amargamente. Tinham pensado a mesma coisa...

X

Eram 17h45, e Chen Xiaoxi segurava a mão de Jiang Chen enquanto vagavam pelo supermercado. Jiang Chen tinha sugerido algumas vezes não ficarem de mãos dadas porque estava calor, mas fora totalmente ignorado.

Quando o ponteiro das horas e o ponteiro dos minutos formaram uma linha reta de 180 graus no mostrador do relógio, além de lastimar que a autora seja uma grande personalidade muito sensível ao tempo e aos ângulos, é possível também intuir que algo estava prestes a acontecer.

Sim, algo ia acontecer.

Chen Xiaoxi pegou uma caixa estranha de balas de hortelã, toda entusiasmada, e anunciou:

— Quero comprar isso.

A jovem tinha o estranho hábito de querer comprar coisas com embalagens chamativas ou esquisitas. Havia muitas garrafas e caixas de diferentes formatos empilhadas no alojamento, sendo que muitas delas tinham sido descartadas às escondidas pela inspetora.

Jiang Chen deu uma olhada.

— Você não odeia coisas com sabor de menta?

— Mas a caixa é muito bonita. — Chen Xiaoxi puxou a manga da blusa de Jiang Chen, os olhos brilhando feito estrelas. — Você pode comer as balas.

— Não quero — replicou Jiang Chen imediatamente.

A garota sempre fazia isso: comprava coisas aleatórias e inúteis e, no fim do mês, reclamava que não tinha dinheiro para comer. Ele tinha até lhe oferecido um cartão pré-pago, mas ela não quis aceitá-lo. Muito chata.

O olhar de Chen Xiaoxi ficou triste.

— Esquece, então, vou dar as balas pra minha colega de quarto.

— Não é pra comprar — retrucou Jiang Chen.

Ele tirou a caixa da mão dela e colocou-a de volta na prateleira.

— Eu não pedi pra você comprar para mim. Tenho meu próprio dinheiro, por que não posso comprar? — respondeu Chen Xiaoxi, incomodada e sem entender.

Jiang Chen ficou surpreso, é claro... Como ele não pensou que ela poderia simplesmente comprar?

Muitas coisas dependem do timing. Depois que o momento passa, não importa o que se diga, vai parecer estranho. Com isso, sentindo um pouco de raiva e vergonha, Jiang Chen murchou.

— Você que sabe — respondeu.

Chen Xiaoxi nunca gostou da expressão "você que sabe". Mas, mesmo sem gostar, vindo da boca de Jiang Chen, ela não tinha outra escolha a não ser aceitar. Essa sensação de estar sendo compelido a fazer alguma coisa às vezes deixa as pessoas realmente magoadas.

*

Seguindo por um caminho que parecia levar a uma despedida tensa, Jiang Chen lançou alguns olhares para Chen Xiaoxi, que seguia de cabeça baixa sem dizer uma palavra. Ele pensou em segurar a mão dela várias vezes, mas o orgulho o impedia. Então, acompanhou-a até a entrada do alojamento. Ela disse com frieza que estava indo embora e subiu as escadas sem olhar para trás. Estava agindo de uma forma completamente diferente da habitual. Em dias normais, ela dizia um monte de coisas: "Vá embora, quero ver você indo. Ah, você foi mesmo embora? Volta aqui, é você que tem que dizer que quer me ver subindo as escadas."

O alojamento dela ficava a apenas cinco minutos a pé do dele, mas, antes mesmo de chegar na metade do caminho, ele sempre recebia mensagens dela falando sobre algo aleatório: alguém derramou tinta no quarto, alguém deixou as roupas de molho por uma semana sem lavar. E mesmo os dois tendo acabado de se encontrar e conversar, ela sempre conseguia achar assuntos que "tinha esquecido de contar".

No entanto, naquele dia, Jiang Chen esperou a noite toda, e não recebeu nenhuma mensagem ou ligação de Chen Xiaoxi. De acordo com a convenção internacional da teimosia, digamos que Jiang Chen não estava esperando a ligação, não. Apenas conferindo a hora na tela do telefone a cada minuto.

*

Na manhã seguinte, eles tinham horários diferentes, então não se encontraram. Mas, antes do meio-dia, Chen Xiaoxi enviou uma mensagem avisando que ia almoçar com os colegas para discutir algo sobre a aula.

Durante a aula da tarde, ela enviou outra mensagem, dizendo que a conclusão da discussão do almoço fora: sairiam para um trabalho de campo e ficariam perto da natureza por três dias e duas noites. Eles estavam indo, iam sair imediatamente, já tinham saído.

Jiang Chen ficou tão atordoado que tudo o que passava pela sua mente eram as fofocas que Chen Xiaoxi costumava lhe contar. Fulano e cicrana foram fazer trabalho de campo juntos e, quando voltaram, estavam namorando. Fulano e cicrana eram comprometidos, viraram a noite fazendo um trabalho juntos e acabaram ficando...

Ele mandou uma mensagem perguntando com quem ela ia. E Chen Xiaoxi respondeu com uma lista de nomes, tanto masculinos quanto femininos. Só que um chamou a atenção de Jiang Chen. Não pergunte qual era, dê alguma privacidade para os outros.

Na universidade, Chen Xiaoxi também contava com seus admiradores. Mas como ela não dava a mínima para isso e vivia focada em Jiang Chen, tinha a falsa impressão de que não fazia sucesso. Jiang Chen via isso nitidamente, mas nunca nem pensou em ajudá-la a corrigir o equívoco e a apaziguar a insegurança dela nesse aspecto. Apesar de calado, ele nunca ignorou a verdade profunda das palavras "não tenha medo do ladrão roubar, tenha medo do ladrão pensar em roubar".

Jiang Chen enviou uma mensagem para Chen Xiaoxi. Disse que ele e uns fulanos também iriam participar de um seminário com um professor.

Na lista desses fulanos, naturalmente, havia o nome de uma menina. E a tal, naturalmente, tinha más intenções em relação a Jiang Chen. Mas tendo em vista a proteção da privacidade, naturalmente, não podemos dizer o nome dela. Em resumo: o objetivo da mentira de Jiang Chen era fazer Chen Xiaoxi ligar todos os dias para saber como ele estava, e, assim, ele atingiria discretamente o propósito de checar o que ela fazia.

Chen Xiaoxi, sendo como era, naturalmente caiu nessa armadilha.

Portanto, mesmo após aquela briga, embora a garota quisesse muito entrar numa fase de Guerra Fria no relacionamento, ela não conseguia deixar de ligar para Jiang Chen todos os dias para perguntar o que ele estava fazendo. Recebia algumas confissões simples dele, mas não sem antes relatar seu itinerário.

*

Três dias depois, Jiang Chen foi à estação buscar Chen Xiaoxi. Antes de sair, porém, fez um breve exame de consciência sobre o motivo da briga e sentiu que estava errado em alguns aspectos. Então, foi ao supermercado comprar todas as seis embalagens de cores diferentes das balas de menta cujas caixas Chen Xiaoxi tinha dito que eram lindas. As balas em si acabaram indo para o filho da tia que cuidava do alojamento. E, embora a criança tivesse agradecido várias vezes, ao ver Jiang Chen sair com seis caixas de bala vazias, seu olhar não escondia que achava os adultos uns loucos.

Quando ele viu Chen Xiaoxi, o colega de classe cujo nome não pode ser revelado estava ao lado dela. A garota havia cortado o cabelo curto e parecia bastante animada. Conversava com o tal colega com uma cara séria, e nem se deu conta de que Jiang Chen se aproximava.

Ao perceber a sombra à sua frente, ela levantou a cabeça na mesma hora. Um lampejo de surpresa passou pelo seu semblante, e ela deu um sorriso instantâneo. Do canto dos olhos, transbordava alegria.

Com um olhar daqueles, por maior que fosse a raiva, se extinguiria num instante.

Chen Xiaoxi o puxou.

— Não sabia que você vinha.

— Vim comprar um roteador, era caminho — disse Jiang Chen.

O shopping de eletrônicos ficava mesmo perto da estação, mas só ele sabia se realmente era caminho.

Chen Xiaoxi já havia esquecido fazia muito tempo o desentendimento entre os dois, e agarrou o braço dele com força.

— Deixa eu te contar, tiramos muitas fotos dessa vez, nosso monitor fez uma pintura a óleo muito inspiradora, e o professor disse...

Jiang Chen a ficou olhando enquanto ela falava sem parar, e ainda aproveitou para dar um sorrisinho para o colega envergonhado que estava ao lado dela. Se tivesse que dar uma explicação sobre seu sorriso, seria: "Dá licença, a minha Xiaoxi fica animada assim sempre que me encontra."

O colega se afastou em silêncio. E quando Jiang Chen e Chen Xiaoxi se entreolharam, não conseguiram mais esconder o brilho nos olhos. Era como se só pudessem ver a existência um do outro no tempo e no espaço, e realmente não havia lugar para qualquer interferência.

*

Chen Xiaoxi foi com Jiang Chen comprar o roteador e, devido ao horário e ao trajeto, o ônibus de volta para a universidade estava vazio. Os dois se sentaram lado a lado na última fileira. Chen Xiaoxi mostrou a Jiang Chen seus desenhos mais recentes como se fossem um tesouro, acompanhados de elogios descarados a si mesma. Jiang Chen olhou alguns e logo perdeu o interesse. Afinal, na opinião dele, os desenhos dela não eram muito melhores do que os diagramas de anatomia. Mas foi o cabelo dela caindo sobre as bochechas quando a garota abaixava a cabeça para folhear o caderno de desenho que mais chamou a atenção dele.

— Quando você cortou o cabelo? — perguntou, levando a mão para pegá-lo com o dedo indicador.

— Anteontem.

— Por que não me contou?

— Por que eu deveria te contar? — retrucou Chen Xiaoxi, desconcertada.

Jiang Chen percebeu imediatamente que a pergunta que ele havia acabado de fazer tinha saído com um ar particularmente rancoroso. Porém já estava falado. Ele não teve escolha senão fingir uma cara feia e agir com firmeza, por isso, disse:

— Seu cabelo é meu.

Chen Xiaoxi se afastou para o lado e abraçou o grande caderno de desenho contra o peito em uma postura defensiva.

— Você não é o Jiang Chen. Quem é você? Tira a máscara!

Só de raiva, Jiang Chen decidiu não responder.

— Ei, por que você não diz nada? — indagou Chen Xiaoxi.

Ela cutucou o braço dele, mas, quando viu que ele ainda a ignorava, simplesmente abriu o zíper da mochila que ele segurava e enfiou o caderno de desenho.

— O que você está fazendo?

— Estou colocando meu caderno na sua mochila.

— Você não tem mochila?

— Está muito pesada. Hã? O que é isso?

Como o caderno apertou as coisas dentro da mochila dele, ouviu-se um barulho de metal batendo. Ela enfiou a mão e tirou algo — era a caixa de bala que tinha causado a briga anterior.

Chen Xiaoxi olhou para ele com vontade de rir, mas tentou se conter, e ainda fingiu desdém:

— Para que é isso? Presente pra mim?

— Aham.

— Sério? — Chen Xiaoxi pegou a caixa e a revirou várias vezes. — Você finalmente admitiu que estava errado.

— Você pensa demais. — Jiang Chen puxou calmamente a mochila, que Chen Xiaoxi havia bagunçado. — Quem disse que eu estava errado?

— Então por que você comprou a caixa? Por que comprou tantas?

— É para te lembrar de não me deixar com raiva no futuro.

— ...

Iluminado pelo sol das três, quatro horas de uma tarde de outono, o ônibus balançava, levando aquele jovem casal briguento para onde deveria ir.

A universidade

Uma semana antes do início das férias de verão, Chen Xiaoxi ligou de surpresa para Jiang Chen e lhe pediu que a encontrasse no refeitório. Como ele vinha trabalhando no tema de sua pesquisa com o professor, ela, muito consciente, havia parado de insistir que fizéssemos as três refeições do dia juntos por um tempo; por isso, assim que recebeu a ligação, Jiang Chen saiu da sala de aula e foi direto para o refeitório.

Ao chegar lá, viu que a garota havia comprado um monte de comida. Apesar de ser tudo do refeitório, para Chen Xiaoxi, que todo mês era incapaz de fechar as contas, aquilo era como ter ganhado na loteria.

Com um canudo na boca, Chen Xiaoxi perguntou animada a Jiang Chen o que ele queria beber, porque ela ia comprar para ele.

— Não quero beber nada.

Ela fez outra pergunta:

— Então, o que você quer comer? Pode pedir o que quiser.

Jiang Chen ficou chocado com sua repentina arrogância de provedora.

— O que está acontecendo?

Chen Xiaoxi sorriu misteriosamente e deu uma risadinha.

— Deixa eu te contar... Ah, deixa pra lá... depois de comer te conto!

Jiang Chen se sentou e não deu um pio.

— Ok, deixa eu te contar — cedeu Chen Xiaoxi. — Arranjei um emprego de verão. Vou ficar na universidade por um mês, assim posso te acompanhar enquanto você fica aqui fazendo sua pesquisa!

— Não vou ficar na universidade estas férias.

— Não? — Chen Xiaoxi colocou a bebida na mesa. — Você nem me contou!

Jiang Chen pegou um pedaço de carne de porco agridoce.

— Você também não me contou que estava procurando um emprego para as férias.

Hum, o sabor agridoce estava perfeito e a carne, bem macia.

Chen Xiaoxi ficou brava ao vê-lo comendo sem se importar.

— Eu queria te fazer uma surpresa! — replicou.

Jiang Chen, que estava com pressa para terminar a pesquisa e voltar para casa com a namorada para passar as férias, apenas bufou com frieza.

Um segundo antes, Chen Xiaoxi ainda estava ardendo de raiva. No entanto, neste segundo, ela se acalmou de repente, adotou um olhar sentido e não falou mais nada por um bom tempo.

Às vezes, ficava triste com sua forma de agir em relação ao amor. Estava toda apaixonada, enquanto ele só lhe dava baldes de água fria.

O clima não estava bom.

Jiang Chen queria dizer algo para aliviar a tensão, mas havia ficado bravo por ela ter procurado um emprego sem combinar com ele. Várias notícias de crimes envolvendo universitárias em empregos de meio período passaram por sua mente repetidas vezes, como se estivessem em uma porta giratória.

A probabilidade de algo acontecer era pequena, mas, por ser ela, ele não podia deixar de pensar no pior.

— Não aceita esse emprego de férias — disse Jiang Chen.

— Já recebi parte do meu salário — contou Chen Xiaoxi em voz baixa. Depois, pensou um pouco e acrescentou: — É um emprego de férias na loja da família do meu colega veterano, muito seguro.

Ele ficou com receio de não termos dinheiro para passar as férias e adiantou parte do salário.

— Não permito que você vá — declarou Jiang Chen com firmeza. — Vou te ajudar a devolver o dinheiro.

Chen Xiaoxi puxou o canudo da bebida e o empurrou com força dentro do copo repetidas vezes, fazendo um barulho levemente estridente.

— Não precisa, eu quero ir — disse. E não se conteve, concluindo, baixinho: — Afinal, nem foi você que ganhou esse dinheiro.

— Eu tenho bolsa de estudos, uma maneira de ganhar dinheiro muito mais inteligente do que a sua! — respondeu Jiang Chen, surpreso.

— O que meu jeito de ganhar dinheiro tem a ver com você? É dinheiro ganho com meu próprio esforço. Pode ser um trabalho meio estúpido, mas e daí? Por que eu deveria sentir vergonha?

— Você que sabe!

Estavam ambos zangados ao se despedirem.

Depois disso, vieram os tensos exames e trabalhos de final de semestre. Os dois se encontravam muito raramente. Na maioria das vezes, apenas comiam em silêncio no refeitório. Em um ou outro momento, conversavam um pouco, mas havia um acordo tácito de não mencionar o trabalho de férias.

Mas tudo neste mundo é assim: as coisas não deixam de acontecer só porque as evitamos.

Chen Xiaoxi começou o primeiro emprego da sua vida em uma recém-inaugurada loja de chás no centro, não muito longe da universidade. No primeiro dia de trabalho, sua função foi distribuir panfletos na rua, e, no fim do dia, as solas dos seus pés estavam cheias de bolhas. Quando ela chegou à universidade, não teve a coragem de reclamar com Jiang Chen, apenas enviou uma mensagem dizendo que estava de volta do trabalho e já havia jantado na loja. A resposta dele foi simplesmente "ok".

No dia seguinte, o patrão disse que o trabalho de divulgação da abertura da nova loja não tinha sido bom, não fora suficientemente inovador nem atrativo. Ele queria uma novidade que chamasse a atenção de alunos do ensino fundamental e médio durante as férias de verão. Então, sem hesitar, comprou várias fantasias de animais de desenho animado e mandou os funcionários as vestirem e saírem às ruas para distribuir panfletos.

Chen Xiaoxi ficou com uma fantasia de dinossauro rosa. No clima de verão e com aquela roupa de pelúcia, em menos de dez minutos ali parada, Chen Xiaoxi começou a sentir gotas de suor escorrendo pelas suas costas que logo viraram um riacho rolando coluna abaixo.

E, assim, via-se um dinossauro rosa arrancar a cabeça a cada dez minutos com dificuldade de respirar.

Justamente em um desses momentos em que colocou a cabeça do dinossauro de volta, Chen Xiaoxi viu a líder da equipe de modelos da universidade, a que ligara ameaçando roubar Jiang Chen dela. Devido à sua altura restrita, Chen Xiaoxi não conseguia alcançar os olhos do dinossauro, por isso só podia ver pelas narinas da fantasia.

As longas pernas e a beleza da outra não significavam nada para Chen Xiaoxi. Ela só conseguia pensar: *Uau! As roupas dela são tão frescas e caem tão bem nela!*

Chen Xiaoxi observou em silêncio a líder e suas duas colegas tão altas quanto ela se afastarem. Estava feliz por não ter sido reconhecida, quando, de repente, percebeu as três beldades de volta, de conversinha, rindo e saltitando. Elas a cercaram e, com um sorriso, disseram:

— Você é tão fofo. Podemos tirar uma foto com você?

Chen Xiaoxi não se atreveu a dizer nada, só assentiu com força, quase deixando a enorme cabeça de dinossauro cair. Mas segurou-a rapidamente, fazendo as "grandes" beldades gritarem e elogiarem sua fofura.

As três abraçaram Chen Xiaoxi e se revezaram para tirar dezenas de fotos com ela: piscando, mostrando a língua e fazendo biquinho. Até, finalmente, saírem satisfeitas.

Chen Xiaoxi estava prestes a tirar sua grande cabeça de dinossauro para tomar um pouco de ar quando viu uma outra figura familiar ao longe. Conforme a pessoa se aproximava, a garota descobriu que era Jiang Chen e abaixou resignada a mão que tinha levantado para tirar a cabeça.

Eles deviam ter ido em grupo para fazer piada com ela. Ao se lembrar daquele dia em que jurou que não havia vergonha nenhuma em ganhar dinheiro com o próprio trabalho, ela se sentiu ainda mais envergonhada por estar se escondendo naquela fantasia de dinossauro, com medo de ser descoberta. Ter falado bobagem antes mesmo de começar o trabalho tornava tudo pior ainda.

Chen Xiaoxi estava imersa em remorso quando ergueu a cabeça e percebeu que Jiang Chen já estava na sua frente, olhando para ela com um meio sorriso.

Ela sentiu que a fantasia de dinossauro era como um enorme buraco negro, cobrindo-a de modo que não havia como escapar.

Jiang Chen abaixou a cabeça de repente, pressionou gentilmente a testa contra a cabeça de dinossauro dela e comentou:

— Muito fofo. E você ficou um pouco mais alta.

...

Um choro abafado veio de dentro da fantasia. Jiang Chen se assustou e tirou a cabeça do dinossauro com força. No momento em que fez isso, tomou outro susto. Sem a cabeça do dinossauro como barreira, o choro de Chen Xiaoxi era ensurdecedor.

Jiang Chen olhou para ela suando profusamente, com o cabelo grudado no rosto, molhado como se tivesse acabado de sair da água. Ele a ajudou a enxugar o suor e as lágrimas. E não pôde deixar de pensar que as mulheres eram mesmo feitas de água — depois de suar tanto, ainda tinham lágrimas para chorar.

Mais tarde, Chen Xiaoxi foi aproveitar o frescor debaixo da sombra de uma árvore, bebendo o chá com leite gelado que Jiang Chen comprou na loja, enquanto lhe dava instruções:

— É para distribuir principalmente para crianças e pré-adolescentes. Os alunos de férias são o público-alvo! É para ser mais proativo!

Vendo que quem ia pegar os panfletos com Jiang Chen eram só meninas, Chen Xiaoxi sugeriu:

— Que tal se eu te emprestar minha cabeça de dinossauro? Isso pode melhorar a propaganda.

Os dias que passaram separados

Versão de Jiang Chen

Era o primeiro Festival da Primavera depois do rompimento. Jiang Chen soube por terceiros que Chen Xiaoxi tinha voltado para casa mais cedo para passar o Ano-Novo pois ficara desempregada. Ele estava escalado para ficar de plantão no segundo dia do Ano-Novo e já tinha planejado não voltar para casa para passar a virada. Ele não gostava do clima do Ano-Novo lá. Por causa do cargo de seu pai, naquela época do ano, sua casa virava um entra e sai de gente do tipo *não posso admitir que vim dar presentes, mas na verdade estou aqui para isso mesmo*. E todas aquelas pessoas também falavam praticamente do mesmo jeito, num tom de *estou obviamente te bajulando, e acho que você não está percebendo...*

Além do mais, ele não queria encontrar Chen Xiaoxi.

Só que, na véspera do Ano-Novo, ele de repente decidiu trocar de turno com um colega para poder voltar para casa.

A viagem durou dez horas, cinco delas preso em um engarrafamento. Nunca havia pegado a estrada na véspera do feriado — não imaginou que haveria tantas pessoas voltando para casa, com pressa de encontrar quem queriam ver.

*

Quando Jiang Chen chegou em casa, já eram três da manhã. Ele entrou silenciosamente e foi para o quarto. Antes de trocar de roupa, abriu as cortinas e olhou para a janela da casa da frente. Queria saber se aquela pessoa ainda estava com uma lanterna e a cabeça debaixo do cobertor, lendo romances no meio da noite. Será que ela ia levantar a coberta quando estivesse sem ar, e a luz da lanterna brilharia na escuridão por um instante, feito uma estrela cadente rasgando o céu?

Jiang Chen ficou ali uns cinco minutos, até perceber que estava agindo feito bobo, e então fechou as cortinas sem fazer barulho.

Não conseguia engolir aquela situação, nem se desvencilhar daquilo. A vida é tão complicada, mais complicada do que volvo de sigmoide...

*

Quando Jiang Chen saiu do quarto na manhã do primeiro dia do Ano-Novo, seu pai levou um susto tão grande que deixou cair o cigarro em cima de um diretor que acabara de acendê-lo. O tal diretor soltou um gemido, mas logo voltou a sorrir.

— Se queimar é sinal de sorte, muita sorte.

Jiang Chen os cumprimentou com um gesto de cabeça, sem expressão. Em seguida, conseguiu assustar a mãe no corredor do banheiro.

Ninguém estava interessado se ele ia ou não voltar para casa no Ano-Novo. Desculpas como "tenho muita coisa para fazer" eram constantes por toda a sua vida. Mas isso não importava, pois, antes de tudo, ele não gostava de ser controlado. Chen Xiaoxi parecia entender seu temperamento — era muito apegada a ele, mas nunca nem ousou tentar controlá-lo. Às vezes, a achava tão boba que parecia que ela nunca ia pensar igual a ele, mas na verdade a garota o conhecia como ninguém.

Que coisa... Nada a ver com aquela ex-namorada de cabelo bagunçado.

Ele não abriu mais as cortinas do quarto. Teve o pensamento infantil de que, se as abrisse, perderia o jogo.

Ninguém sabia que ele havia retornado e, naturalmente, ninguém apareceria para procurá-lo. Então, ele passou o primeiro dia do Ano-Novo dormindo no quarto. Acordou depois de dormir, dormiu depois de acordar. Era exatamente a vida que Chen Xiaoxi vivia quando estava de férias.

O celular tocava sem parar sobre a mesa, centenas de mensagens de felicitações de Ano-Novo se acumulavam, mas Jiang Chen nem se preocupou em abrir qualquer uma delas. Às vezes, ouvia o barulho das bombinhas do lado de fora da janela, de pessoas desejando felicidade umas para as outras. Jiang Chen às vezes ouvia a voz da mãe de Chen Xiaoxi, um timbre agudo típico de uma mulher de meia-idade, o mais nítido entre todos os tipos de ruído.

"Xiaoxi, não coma tanta besteira, ou não vai passar na porta de tão gorda."

"Xiaoxi, varra as cascas de sementes de girassol que caíram no chão."

"Xiaoxi, por que você fica assistindo desenho animado em pleno Ano-Novo?"

"Xiaoxi, Xiaoxi, Xiaoxi…"

Aquela moça, não importa aonde fosse, só causaria problemas. Aquela moça, que estava bem ali ao lado, não iria a lugar algum. Pensando assim, ele se sentia inexplicavelmente aliviado.

*

Ao despertar novamente, Jiang Chen se sentou na beira da cama, um pouco zonzo. Abriu as cortinas, como fizera inúmeras vezes por força do hábito. Já ia anoitecendo, e os pais da família da frente estavam jantando. Sem nem sinal daquela moça.

Jiang Chen ficou ali sentado olhando pela janela por um bom tempo. Não sabia para onde olhar. Ficou ali sentado, entediado, por um bom tempo. Pensando bastante, mas, ao mesmo tempo, parecendo não pensar em nada. Apenas ficou lá sentado, entediado.

Sentiu um pânico repentino. Estava com tanta saudade assim? Queria encontrá-la tanto assim? Tinha medo de que ela vivesse feliz sem ele?

Não.

Não, né.

O rapaz ouviu duas batidinhas na porta, que logo foi aberta, antes mesmo que ele respondesse. Era a tia Li.

— Jiang Chen, seus pais foram a um jantar e me pediram para cozinhar para você. A comida está pronta. Eu estou indo para casa.

— Ok.

Jiang Chen assentiu. Quando ela se virou para ir embora, porém, ele a chamou subitamente:

— Tia Li.

Ela achou que ele tivesse algum outro assunto de que falar, então ficou parada e esperou que ele continuasse.

— Obrigado por tudo. Vá com cuidado — disse Jiang Chen, engolindo a pergunta que queria fazer.

"Você sabe para onde foi a filha da família Chen, ali da casa da frente?"

Como saberia? Não saberia. Era muito ridículo que ele estivesse tão fora de órbita a ponto de querer perguntar isso para quem aparecesse na sua frente.

Tia Li deu um sorriso gentil.

— Coma direitinho e feliz Ano-Novo.

— Feliz Ano-Novo.

De novo, ele estava só. Seria mentira dizer que não se sentia solitário. Mas de tanto ficar sozinha a pessoa acaba se acostumando, né? É que, depois da agitação, voltar a ficar sozinho era como estar no palco após um espetáculo — resta apenas o vazio e a desolação.

Depois do jantar, Jiang Chen foi arrumar suas coisas. Quase nada, na verdade, pois havia tirado apenas uma muda de roupa da mala que tinha trazido no dia anterior. Em seguida, foi até a rodoviária comprar uma passagem para voltar à capital.

*

O ônibus interurbano estava bem vazio na primeira noite do Ano-Novo, e havia poucos ônibus indo para a capital. O motorista devia estar na maior ansiedade para chegar em casa logo para se reunir com a família, por isso dirigia em alta velocidade. No Ano-Novo, é costume dizer coisas auspiciosas, mas, correndo daquele jeito, a pessoa certamente queria morrer.

Quando Jiang Chen estava se aproximando da capital, sua mãe ligou. Só aí que ele se lembrou que tinha saído com tanta pressa que se esqueceu de avisar que estava indo. A mãe o repreendeu, falando basicamente *você é uma criança desobediente até hoje, escolheu ser médico, um emprego que te deixa ocupado demais e nem te faz ganhar tanto dinheiro. E sua ex-namorada não era nada confiável, ainda bem que terminaram...*

Jiang Chen ficou quieto, deixando-a tagarelar, até ela fazer questão de mencionar, em tom despretensioso, que tinha ouvido dizer que a filha da família Chen andava tendo vários encontros.

— Estou quase chegando, vou desligar — replicou ele.

Jiang Chen não era muito de se levar pela emoção, mas naquele momento sentiu que não aguentava mais. Tinha medo de dizer algo ofensivo à mãe. Sim, ele a culpava, ele sempre a culpava.

Estava completamente escuro do lado de fora. Ele não sabia por onde o ônibus tinha ido, mas também nem importava. De toda forma, ninguém estava esperando por ele, e ele não tinha pressa de encontrar ninguém.

*

Como havia dormido muito durante o dia, ele não conseguiu mais pregar o olho quando chegou em casa. E o ser humano sempre faz coisas inacreditáveis quando fica entediado, como o que ele ia fazer naquele momento, por exemplo. Pegou tinta, pincel e papel de arroz para praticar sua caligrafia, coisa que não tentava há anos. Ficou segurando o pincel por um tempo, mas não conseguia colocá-lo no papel. Não sabia o que escrever, e tinha medo de escrever o nome dela sem querer.

Seus olhos pousaram no celular, em cima da mesa. Ele abriu as mensagens de felicitações de Ano-Novo uma a uma, e foi copiando em uma caligrafia pequena e regular...

Era tão entediante que até arrancar o próprio cabelo devia ser melhor...

As mensagens de feliz Ano-Novo eram sempre as mesmas, nada criativas. Mas, também, por mais criativas que fossem, não podiam dizer "Te desejo um triste ano novo e que você morra logo". Afinal, seria um pouco insensível.

Jiang Chen tinha aprendido caligrafia quando era criança, mas não podia dizer que gostava muito daquilo. No entanto, era mágico como praticar acalmava as pessoas.

Imagine que você não conseguiu ficar calmo ao longo de um dia inteiro, até que, por fim, a calma veio, mesmo que com certa dificuldade, porém, em seguida, ocorreu algo inesperado. Seria como tentar cometer suicídio trezentas e sessenta vezes e, depois de tanto sacrifício, conseguir morrer, mas aí, do nada, surgir um curandeiro que simplesmente te traz de volta à vida.

O evento inesperado de Jiang Chen foi a mensagem de Chen Xiaoxi. Ele não imaginava que havia uma mensagem dela com cumprimentos de Ano-Novo, e também não imaginava que a mensagem dela fosse tão simples: "Ei, feliz Ano-Novo. Chen Xiaoxi."

Então agora ele era apenas mais uma pessoa de um grupo de contatos para quem ela havia mandado aquela mensagem.

O pincel macio pressionou firmemente o papel de arroz, fazendo um círculo do tamanho de uma moeda. A tinta se espalhava nas fibras, produzindo algo parecido com um ouriço encolhido.

Às vezes, realmente achava que a coisa mais difícil do mundo era admitir que não podia viver sem a outra pessoa. Era o medo de um caracol da concha quebrada, que não tem mais como proteger o corpo mole e exposto.

*

Jiang Chen não voltou para casa nos dois Anos-Novos seguintes.

Versão de Xiaoxi

Após o rompimento com Jiang Chen, Chen Xiaoxi entrou em um ciclo estranho. Não conseguia ficar em nenhum trabalho por muito tempo. Talvez fosse porque tinha se concentrado em uma pessoa só durante um longo período — quando perdeu esse foco de repente, muitas coisas perderam a importância. Se o trabalho não lhe agradava mais, pedia as contas e trocava de emprego, e se fosse preciso fazia tudo de novo depois.

Antes do Ano-Novo, ela havia largado o emprego porque o colega que se sentava ao seu lado todas as manhãs tinha um problema gastrointestinal e peidava muito.

Depois de pedir as contas no trabalho, ela foi direto para casa esperar a virada do ano. Mas uma festividade como o Ano-Novo certamente não era fácil para gente desempregada e com o coração partido. Chen Xiaoxi tinha voltado para casa fazia quinze dias, e já havia sido enganada e coagida a participar de três encontros arranjados. Ela se consolou dizendo que economizara três refeições para seus pais, de modo que, somando tudo, era quase como se fosse assalariada. Uma pena que sua renda era tão baixa que não chegava nem ao nível médio nacional. Isso atrasava o país todo.

Apoiada na ideologia do almoço grátis, Chen Xiaoxi comia muito em todos os encontros. O estranho é que, no final, o retorno que recebia era sempre muito bom. Disseram que ela não era exigente com a comida e que seria uma boa genitora, que não era pretensiosa, e alguns até comentaram que ficaram felizes de vê-la comer. Resumindo: toda vez que Chen Xiaoxi ouvia um daqueles feedbacks, sentia que teria um futuro brilhante na indústria alimentícia.

*

Naturalmente, os encontros arranjados não davam em nada. Quando há alguém no seu coração, é muito difícil fingir interesse em outra pessoa. Chen Xiaoxi não era tão boa atriz assim, então acabou perdendo o Oscar.

Veja bem, se você já experimentou gostar de alguém desde que era criança, vai descobrir que é impossível deixar de gostar. Então, o que fazer? Só dá para fingir que esqueceu. Esqueceu das qualidades e dos defeitos dele, de como ele era desagradável quando a ignorava... Que coisa, era que nem as músicas diziam mesmo.

A consequência de fingir amnésia foi que, quando Chen Xiaoxi enviou uma mensagem de feliz Ano-Novo para um grupo de contatos, também mandou uma para Jiang Chen. E, ao perceber o que tinha feito, ficou tão nervosa que quase ligou para ele pedindo que não lesse a mensagem...

Chen Xiaoxi não queria que ele achasse que ela ainda pensava nele, não queria que ele achasse que ela ainda queria ter um relacionamento com ele, nem queria que ele achasse que ela ainda o amava de forma tão descarada e intensa quanto antes... Mesmo que fosse tudo verdade, não queria que ele achasse isso.

Ela queria desaparecer do mundo dele silenciosamente, com dignidade. Ao menos, assim, quando ele se lembrasse dela de vez em quando, talvez se esquecesse da sua teimosia naquele tempo e achasse que ela era uma boa moça.

*

Tudo isso era uma desculpa. Chen Xiaoxi realmente mandou a mensagem de propósito. Ao pressionar o botão de enviar, ela evidentemente se lembrava de que Jiang Chen estava entre seus contatos. No entanto, para se consolar, inventou tudo aquilo. Inventou para que, caso não recebesse uma resposta, conseguisse lidar bem com a situação.

Acontece que quando as pessoas chegam ao ponto de quererem enganar a si mesmas, expô-las é completamente desnecessário. Portanto, Chen Xiaoxi ficou feliz quando não recebeu uma resposta. Ainda bem que Jiang Chen sabia que aquela era uma mensagem para vários contatos e não a levou muito a sério.

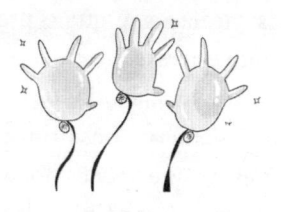

O reencontro

Quando discou aquele número, Jiang Chen atingiu um novo patamar de desgosto consigo mesmo.

Ouviu-se um bipe de espera, e ele pôs o celular no bolso do jaleco branco sem demonstrar qualquer emoção:

— Número 65, Zhou Ru.

Zhou Ru era bastante famosa no hospital. O principal motivo era porque ela ia se consultar com Jiang Chen todo mês. A mulher tinha um corpo de dar inveja e se orgulhava disso, e, a cada vez que chegava na sala, a primeira coisa que fazia era estufar o peito e dizer:

— Doutor, estou com dor no peito!

A frase foi inclusive incorporada ao roteiro da peça de teatro apresentada pelos funcionários na confraternização de fim de ano, e se tornou uma das mais famosas do hospital.

Em relação à dor no peito da srta. Zhou, fizeram todos os exames e nada foi encontrado. Mais tarde, a experiente enfermeira-chefe chegou a uma pista. Depois de investigar, ela descobriu que, além de já ter um busto magnífico, a garota queria deixá-lo ainda mais em evidência, por isso usava um sutiã de tamanho menor, para que, ao apertá-lo, criasse um efeito mais impressionante.

A enfermeira, muito bem-humorada, explicou à moça que quem mora em grandes cidades modernas vive sob intenso estresse e é propenso a problemas cardíacos, e que o problema dela era realmente causado por muito estresse...

Ainda assim, Zhou Ru aparecia todos os meses no hospital reclamando de dor no peito. As enfermeiras brincavam que era só para o dr. Jiang auscultá-la, mesmo que apenas por alguns segundos.

Depois que Zhou Ru saiu, Jiang Chen olhou para o celular dentro do bolso. A tela já tinha apagado. Ao puxá-lo, viu que a chamada tinha durado um minuto e quarenta e dois segundos.

Um minuto e quarenta e dois segundos. Chen Xiaoxi costumava esperá-lo fazer experimentos por horas e horas. Assim que ficava entediada, encostava em uma parede, se agachava e lia história em quadrinhos. Quando ele dizia para ela voltar para o alojamento, ela sempre respondia, determinada: "Não tem nada para fazer lá, pelo menos se eu ficar aqui posso criar uma imagem de namorada resignada."

Os pacientes que estavam do lado de fora, esperando serem atendidos, já tinham esticado a cabeça para olhar para dentro da sala várias vezes. Jiang Chen pôs o celular de volta no bolso e se preparou para chamar o próximo.

Naquele momento, o telefone tocou, e um número familiar apareceu na tela.

No passado, ela havia mudado o nome do seu contato no celular dele diversas vezes. Tentou de tudo: "Amor", "Linda", "Namorada", "*Honey*", "*Baby*". No fim, como um cachorro marcando território, mudou para "Jiang Chen pertence a esta pessoa". Mais tarde, ele o excluiu, mas não conseguia esquecer o número, que estava gravado na sua memória.

Após atender a ligação de Chen Xiaoxi, Jiang Chen rapidamente telefonou para os colegas e pediu a eles que o ajudassem a trocar de turno. Depois, entrou em contato com os colegas do departamento de ortopedia e da ambulância.

Ao entrar na ambulância, Jiang Chen inexplicavelmente sentiu como se estivesse prestes a fazer uma grande prova. Por um lado, achava que se tivesse mais tempo para se preparar, se sairia melhor. Por outro, achava que devia fazer a prova logo. Não importava o resultado, contanto que entrasse de férias depois.

Para Jiang Chen ter pensado algo assim, como o aluno dedicado que era, Chen Xiaoxi podia ser considerada uma pessoa de grande talento. Sim, porque, se ela não fosse talentosa, ele não teria passado a achar tudo subitamente insuportável depois de vê-la de novo.

Naquele dia, ele tinha ido visitar seu orientador na universidade para pedir conselhos sobre algumas questões acadêmicas. Para chegar ao alojamento dos professores, era necessário contornar o campo de futebol, e como ele ainda tinha duas cirurgias para fazer naquela tarde, estava com pressa. Assim, acabou derrubando sem querer uma roupa que estava pendurada em um poste. Ele a pegou e deu uma olhada: um paletó, e com toda a pinta de caro. E, embora ele o houvesse pegado rapidamente, vinha chovendo por vários dias e o tempo tinha acabado de firmar, por isso o chão ainda estava molhado, e o paletó ficou com uma mancha grande. Ele olhava à sua volta, então, em busca do dono daquela peça de roupa, mas acabou encontrando Chen Xiaoxi.

Chen Xiaoxi.

Ela estava do outro lado do campo, jogando futebol com um homem que usava camisa, calça social e sapatos de couro. Dava para ver que ela não queria chutar e tinha preguiça de correr.

Longe como estava, Jiang Chen, que também era um pouco míope, teve certeza de que estava vendo errado.

Mesmo com a distância e o tempo, mesmo separados por uma longa e árdua jornada de anos, para algumas pessoas é melhor não ver a outra, pois sabem que ver será pior.

...

A ambulância avançou com a sirene ligada. O motorista percebeu que Jiang Chen estava com a testa franzida, calado. Ficou pensando que o dr. Jiang estava lá já fazia vários anos. Quantas médicas, enfermeiras e pacientes do hospital já haviam tido sentimentos por ele, enquanto ele parecia estar interessado apenas no trabalho. Isso fazia as pessoas acharem que ele ia morrer jovem, de tanto trabalhar. De vez em quando, ao chegar com a ambulância, o encontrava de plantão, e sempre o aconselhava a não pegar tão pesado no trabalho.

Então, naquele momento, abriu um sorriso e brincou:

— Dr. Jiang, não trabalhe tanto. Não vale a pena adiar para encontrar uma esposa por isso.

Voltando a si, Jiang Chen também sorriu.

— Desta vez eu não vou adiar.

O amor de Jiang Chen

— Sabe, pensei que eu tivesse uma doença terminal e fosse morrer.

Chen Xiaoxi disse isso sorrindo, embora em seus olhos ainda houvesse resquícios de medo e uma timidez indecifrável.

Jiang Chen gostava desse jeito tímido dela. Embora, na maior parte do tempo, ela fosse expansiva e atrevida, em certos momentos inexplicáveis, revelava, do nada, uma pitada de timidez. O que era bem encantador. Sim, ela era encantadora. Embora não quisesse usar uma palavra tão doce para descrevê-la, era a mais adequada. Chen Xiaoxi era encantadora. E que engraçado pensar assim.

Ela disse que pensou que ia morrer. Mas as pessoas não morrem tão fácil. Todos os dias, muita gente tenta acabar com a própria vida. Cortam os pulsos, tomam remédios, pulam de prédios... Depois são levadas ao hospital e, mais tarde, saem vivas.

É, as pessoas não morrem tão fácil. Segundo as estatísticas, há muito mais gente que vive saudável até a velhice do que gente que morre subitamente.

Sim, como médico, já tinha "visto de tudo", como dizia Chen Xiaoxi, então sabia daquela coisa toda. No entanto, ficou bem assustado com o que ela falou. O que ele faria se ela não estivesse mais ali?

Não é que já não tivesse passado dias sem tê-la por perto, não ia morrer por isso. Mas era simplesmente chato, uma espécie de chatice que ele não aguentava sentir por muito tempo. Era como ver uma bomba com um longo pavio queimando lentamente, esperando que explodisse a qualquer momento.

    Se não tivessem passado anos separados, ele não saberia a importância daquela mulher em sua vida. Era tamanha que ele até questionou o significado da sua existência: "Sem a Chen Xiaoxi, a vida parece não ter sentido." Aquele pensamento já havia aparecido aleatoriamente, mas Jiang Chen logo o descartou com uma atitude sarcástica. Sua motivação de vida não podia ser uma única pessoa. Aquela era uma verdade inquestionável. Mas Chen Xiaoxi diria:

— Por que não pode? Fico feliz de deixar a minha motivação de vida ser o Jiang Chen. Vocês não podem controlar isso.

*

E o que Chen Xiaoxi era para ele?

Uma pergunta tão complexa que foi suficiente para fazer Jiang Chen refletir por três minutos.

Ela não era um sonho, nem uma deusa, muito menos o destino dele — era o amor de Jiang Chen. Aquela mulher, que ele amava profundamente, representava o amor que ele lutou para não sentir, mas do qual, no fim, não conseguiu escapar.

Chen Xiaoxi era o amor de Jiang Chen. Como ele nunca tinha amado outra pessoa, porque não podia amar mais ninguém, seu amor só podia ser por ela. Toda vez que ele se dava conta disso, sentia uma obstinação emocionante.

*

Chen Xiaoxi se virou na cama enquanto dormia. Tinha caído em um sono profundo, cansada de tanto chorar. E, com todo aquele choro antes de dormir, seu nariz estava entupido, o que a fazia roncar um pouco.

Jiang Chen acendeu a luminária da cabeceira. Chen Xiaoxi deu apenas uma resmungada, mas sem sinais de que fosse acordar. A luz era amarela, coisa que a garota sempre dizia que dava a sensação de embriaguez, mas Jiang Chen odiava luz branca. A sensação de muito brilho o fazia sentir como se ainda estivesse no hospital e, às vezes, lembrava-o da época de recém-formado. Naqueles dias, não havia Chen Xiaoxi, só afazeres vazios. Frequentemente, ele caía no sono na sala de plantão do hospital, de tão cansado, e, quando acordava, ficava olhando fixamente para a luz branca no teto. Certa vez, Chen Xiaoxi perguntou por que ele odiava luz branca, mas Jiang Chen não respondeu. Ela também não insistiu — simplesmente mudou todas as luzes da casa para um amarelo quente. Ela não impunha as coisas e sabia ceder na hora certa. Isso também era algo de que ele gostava a seu respeito.

De vez em quando, lhe perguntavam do que ele gostava em Chen Xiaoxi, mas ele nunca dava um motivo. Havia muitos, na verdade, ele só não queria dizê-los. Ele gostava de quando ela sorria e seus olhos se enchiam de água; gostava quando o cabelo dela estava bagunçado e ela usava os dedos para penteá-lo, o que o deixava ainda mais bagunçado; gostava quando ela ficava nervosa e espontaneamente estendia a mão para beliscá-lo; gostava que ela fosse fofoqueira, mas com um bom coração; gostava que ela fosse grudenta, mas com moderação; gostava que ela confiasse nele incondicionalmente; gostava que tinha as próprias teorias e as usava para viver bem em seu mundinho...

Gostava dela porque ela não só conseguia tolerar suas esquisitices e sua dificuldade de se relacionar, mas também porque ela achava graça nos seus ataques e na sua frieza. Ou ela era um personagem feito sob medida para ele em um jogo, ou tinha probleminhas...

Obviamente, era a segunda opção. Jiang Chen riu ao pensar nisso e olhou de soslaio para Chen Xiaoxi, deitada ao seu lado. Os olhos dela estavam vermelhos, e a garota certamente acordaria com o rosto muito inchado de manhã. Ela ficava sempre desse jeito — quando chorava, seus olhos inchavam. Mesmo assim, chorava com muita facilidade. Ou, em outras palavras, ele a fazia chorar com muita facilidade.

Naquele dia, ela disse:

— Fazia muito tempo que eu não chorava, e desta vez estou chorando de novo por sua causa.

Mas, nesse momento, ele não conseguia se lembrar por que a fizera chorar. Dizem que se você realmente ama alguém se lembrará nitidamente de tudo sobre essa pessoa. Mas isso é ilusão romântica. O tempo fará você se esquecer e desfocará fragmentos das suas memórias até que reste apenas uma cena. Você será capaz de se lembrar das lágrimas brilhando nos cantos dos olhos dela, mas não dos motivos que a fizeram chorar.

Jiang Chen se lembrava da lágrima no canto do olho dela naquele dia, presa entre os cílios superiores e os inferiores, oscilante, prestes a cair. Toda vez que se lembrava daquela cena, sentia vontade de pegar aquela lágrima com os dedos.

— Não consigo me lembrar de tudo sobre você, mas tem uma cena sua de que nunca vou me esquecer.

Chen Xiaoxi soltou um suspiro choroso, agitou a mão esquerda no ar e deu as costas para ele, logo se acalmando de novo. Jiang Chen olhou aturdido para ela por um tempo, depois levantou delicadamente sua cabeça com a mão esquerda enquanto colocava o braço direito embaixo do seu pescoço. Então, pousou a cabeça dela de volta no travesseiro e puxou Chen Xiaoxi com cuidado, abraçando-a. Ela ficou aconchegada entre seu braço e seu peito. Talvez sufocada por causa da postura ruim, esfregou o rosto no peito dele até encontrar uma posição confortável e voltou a roncar.

Jiang Chen tirou uma mecha de cabelo que estava em sua boca, suspirou e sorriu. Naquela penumbra, a covinha que aparecia em um lado do seu rosto se transformou em uma mancha escura profunda.

Chen Xiaoxi disse que existiam garotas melhores no mundo. Então por que queria apenas aquela? Se realmente precisasse dar uma resposta, só poderia ser:

— Você chora na minha frente, ronca na minha frente, e eu não fico nem um pouco irritado.

O recital de piano de Jiang Chen

Era provavelmente o primeiro Ano-Novo após a confusão com a suposta doença terminal de Chen Xiaoxi, e o hospital onde o dr. Jiang trabalhava mantinha a arraigada tradição de realizar uma confraternização de Ano-Novo na tentativa de aliviar a pressão sobre os médicos e enfermeiros, aqueles anjos de branco que salvavam vidas. Além disso, num gesto humanitário, o convite era "extensivo aos familiares". Conclusão: desde que ouvira a dra. Su falar daquilo, Chen Xiaoxi, membro da família de Jiang Chen, aguardava ansiosamente que ele a convidasse para o evento.

Depois de esperar uma semana, Chen Xiaoxi estava quase morrendo de ansiedade, mas ainda não tinha ouvido uma única palavra sobre o assunto da parte de Jiang Chen. Vendo que dali a dois dias era o Ano-Novo, achou melhor ter uma conversa séria com ele.

Como integrante do núcleo familiar de Jiang Chen, Chen Xiaoxi tinha vasta experiência em insistir para comparecer a todo tipo de confraternização com ele. Quisesse o rapaz ou não, ela sempre o acompanhava, como sua cara-metade (ou quase cara-metade). No entanto, desta vez, não quis ficar no pé dele de forma descarada. Seria de se pensar que ela de repente havia ganhado a tal autoestima, claro, mas o fato era que a vida de Chen Xiaoxi estava muito tranquila naqueles tempos. Após o mal-entendido da doença terminal, Jiang Chen a tratava cada vez melhor, tanto que quase podia usar aquela temida palavra: estava sendo *paparicada*! E, de tão paparicada, andava bem arrogante. Mas uma palavra tão refinada como "arrogante" não combinava com o temperamento dela, portanto digamos apenas que Chen Xiaoxi estava com um baita nariz empinado.

*

Já passava das dez da noite quando Jiang Chen chegou em casa do trabalho. Chen Xiaoxi estava pendurando roupas na varanda com o cabelo todo desgrenhado. Quando o viu entrando, ela apenas colocou a cabeça para dentro da sala e deu uma olhada. Com evidente indiferença. Jiang Chen ficou sem entender aquela frieza. Enquanto desabotoava os punhos da camisa, perguntou:

— Por que você está com essa cara?

Assim que ela entrou na sala, viu Jiang Chen jogando o casaco e a camisa no sofá. Encarou-o de mãos na cintura.

— Pega as roupas e coloca na máquina de lavar — disse.

Jiang Chen a encarou de volta e foi para o quarto sem dizer uma palavra que fosse. Com sua tentativa de estabelecer a autoridade de esposa abalada por aquele olhar, Chen Xiaoxi pegou as roupas do sofá com destreza e cantarolou de improviso:

— "Só porque você me olhou no meio da multidão, eu não posso mais te dar um carão…"

Jiang Chen saiu do quarto com uma muda de roupa e, ouvindo a letra que Chen Xiaoxi improvisava, jogou uma camiseta na cabeça dela, sem saber se ria ou chorava.

— Lava isso também.

Chen Xiaoxi tirou a roupa da cabeça e o encarou de novo.

— Você não sabe lavar? — replicou ela, indo em direção à varanda com umas roupas no colo.

Quando Jiang Chen saiu do chuveiro, Chen Xiaoxi já estava dormindo no sofá. Ele se aproximou para carregá-la para o quarto, mas ela acordou assim que ele a tocou.

— Jiang Chen, quero falar com você sobre uma coisa — pediu, esfregando os olhos.

Jiang Chen, mantendo a posição enquanto a erguia levemente pelas costas, observou gotas de água pingarem de seu cabelo no rosto dela. Chen Xiaoxi estava muito sonolenta. Com um sorriso contido, Jiang Chen enxugou seu rosto com a mão e a ajudou a se sentar.

— Diga.

— Espera. Me esqueci. — Ela coçou a cabeça. — Deixa eu pensar.

Jiang Chen não a apressou. Descansou a cabeça molhada no colo dela e disse:

— Pode pensar à vontade.

Chen Xiaoxi levou dez segundos para recobrar a consciência. Ao abaixar a cabeça, viu que suas calças estavam molhadas por causa do cabelo dele. Ela não se importou, apenas lhe deu um empurrãozinho.

— Senta, quero te perguntar uma coisa.

Jiang Chen fechou os olhos e permaneceu imóvel.

— Eu posso te ouvir assim.

— Você está de folga no Ano-Novo? — perguntou ela.

Decidiu jogar uma indireta primeiro. Se ele não entendesse, ela cairia matando de forma mais direta.

— Vou sair do trabalho uma hora mais cedo.

— E depois?

— Depois o quê?

Jiang Chen bocejou, de olhos fechados. Chen Xiaoxi imediatamente se enfureceu e puxou uma mecha do cabelo dele.

— Não vai ter a confraternização de Ano-Novo? Você não tem permissão para levar parentes? Se você não vai me levar, quem vai levar? — A mão dela ficou toda molhada por conta do cabelo dele, e Chen Xiaoxi a esfregou com força no corpo de Jiang Chen. — Você está com vergonha de mim agora?

Ele abriu os olhos preguiçosamente:

— Chen Xiaoxi, você é sórdida.

Ela ficou insatisfeitíssima com aquela resposta evasiva e puxou mais uma mecha do cabelo.

— Por que você não vai me levar? — insistiu.

— Como você sabe que vamos ter uma confraternização de Ano-Novo? — perguntou Jiang Chen, sem respondê-la.

— Hã? — Chen Xiaoxi deu de ombros. — Ah, eu tenho minhas fontes...

— Para de passar o dia à toa no hospital.

Àquela altura, Chen Xiaoxi estava de fato bem familiarizada com todos do hospital, especialmente as faxineiras. Toda vez que elas encontravam Jiang Chen, lhe diziam para tratar bem a garota. Ele achava que se um dia realmente tratasse mal Chen Xiaoxi, as faxineiras iriam persegui-lo com a vassoura na mão...

Ela mostrou a língua para ele.

— Para de mudar de assunto. Por que você não vai me levar?

— Porque eu não pretendo ir.

— Hã?

A resposta a pegou de surpresa. Chen Xiaoxi havia imaginado várias possibilidades, até mesmo uma desculpa dramática do tipo "Por que eu levaria uma mulher insuportável como você se posso ir com outra?", que certamente exigiria um grande esforço de atuação. Só não esperava que ele mesmo não quisesse ir. A pessoa tem que ser muito nobre mesmo para recusar uma boca-livre!

— Eu não vou — repetiu Jiang Chen.

— Por quê?

— Porque todo ano as apresentações são as mesmas, é muito chato.

— Quais apresentações? Eu nunca fui. Vai mais uma vez comigo.

— Não.

— Por quê?

— Eu não quero tocar piano — disse Jiang Chen, se sentando, meio impaciente. — Não sei quem ficou sabendo que eu toco piano, mas todo ano insistem que eu suba no palco para tocar. É muito irritante.

— Mas você toca piano tão bem, não?

Como não tinha qualquer conhecimento de teoria musical, para Chen Xiaoxi, se não houvesse uma interrupção repentina do som, a pessoa tocava bem piano. Quando Jiang Chen tocava, era como um catarro pegajoso, não dava para cortar... Veja bem essa metáfora...

— Tocar bem não significa que eu não odeie tocar — retrucou Jiang Chen.

Chen Xiaoxi achava que ele estava equivocado e que era seu dever aconselhá-lo.

— Você tem que pensar o seguinte: quando era criança, seus pais investiram muito dinheiro nas suas aulas de piano só para que, quando você crescesse, pudesse fazer bem bonito na frente de todo mundo! Se você não for, vai ser um desperdício de dinheiro...

...

Jiang Chen ficou perplexo. Depois de um tempo, comentou:

— Garota, seu jeito de ver as coisas é único...

*

Por fim, Jiang Chen não resistiu à insistência de Chen Xiaoxi e aceitou ir para a festa. Depois do jantar, foi empurrado para o piano sob uma calorosa salva de palmas. Mas o que mais o deixou com raiva foi que Chen Xiaoxi era quem mais aplaudia.

A moça realmente gostava de ver Jiang Chen tocar piano. Melhor ainda se ficasse tocando enquanto olhava só para ela, de um jeito apaixonado. Melhor ainda se fosse cantando e tocando ao mesmo tempo. Melhor ainda se ele dissesse que a amava enquanto tocava e depois a beijasse ardentemente. Melhor ainda se houvesse pessoas espalhando pétalas de flores ao redor deles. Melhor ainda se estivessem cercados por uma miríade de espectadores invejosos e ciumentos. Melhor ainda se tudo estivesse sendo transmitido via satélite em rede internacional... Ops, parece que a cena ficou um tanto grandiosa.

O hospital reservou um andar inteiro de um restaurante. No centro do salão, havia um piano branco decorativo. Um holofote lançava uma luz branca suave sobre o ambiente. Vestindo uma camisa listrada azul-clara, Jiang Chen se sentou ao piano. Lindo de tirar o fôlego.

Ele tocou "Kiss the Rain". Não era nenhuma peça clássica ao nível dos grandes mestres, mas uma música de um artista coreano que Chen Xiaoxi tinha ouvido num programa de TV e colocado para tocar em casa dia e noite repetidas vezes na fase em que havia ficado fã de cultura coreana. Jiang Chen tinha ouvido tanto que decorou a melodia.

Quase ninguém ali conhecia a música. Eles só conseguiam identificar "Für Elise" e "Quinta Sinfonia". Portanto, não era culpa da música. Espera-se que ela não se sinta inferior.

Chen Xiaoxi reconheceu a música em três ou quatro notas e apertou com força a mão da dra. Su, ao seu lado. Um sorriso surgiu no seu rosto.

A dra. Su puxou a mão com dificuldade e fez uma careta.

— Você quer esmagar minha mão?

— Ele está tocando essa música para mim! — disse Chen Xiaoxi, toda sorridente.

A dra. Su revirou os olhos e lhe jogou um balde de água fria:

— Você é a única que está ouvindo? A sala inteira está escutando. O que tem de especial?

Chen Xiaoxi apenas sorriu. Era diferente. *Todos vocês ouviram, mas só eu entendi.*

Quando Jiang Chen voltou ao seu lugar, viu Chen Xiaoxi sorrindo de forma insinuante para ele. Não sabia como responder à expressão dela naquele momento, no entanto, então só lhe deu um tapinha na cabeça involuntariamente... Foi mesmo involuntário, porque, com aquela expressão que ela estava fazendo, só faltava um rabo abanando...

*

Uns dias depois do Ano-Novo, Jiang Chen fazia sua ronda quando uma jovem enfermeira o parou de repente na porta da enfermaria. Ela corou.

— Dr. Ji-Ji-Jiang — disse, gaguejando. — A-aquele dia que vo--você to-tocou piano. E-eu achei muito bonito.

— Obrigado.

Ele assentiu e desviou dela para sair. Em um movimento rápido, contudo, a enfermeira parou na frente dele. E, com a pressa, parou de gaguejar.

— Dr. Jiang, desde criança, meu sonho é encontrar um namorado que toque piano. Eu sei que você tem namorada, mas não vou desistir. Não podemos desistir dos nossos sonhos.

Só então Jiang Chen olhou direito para aquela jovem de punhos fechados que fazia juras de amor. Ela não era familiar. Devia ser nova no hospital.

— Você é nova aqui? — perguntou ele, então.

Internamente, a mensagem era: *Minha neurótica Chen Xiaoxi ainda não colocou as garras em você?*

A jovem enfermeira ficou com uma expressão magoada.

— Estou aqui há mais de um ano e fiz uma operação com você no mês passado.

— Hã? — soltou Jiang Chen, atordoado.

Percebeu que estava imitando inconscientemente a reação de Chen Xiaoxi quando ficava atordoada.

— Esquece. — A jovem enfermeira estava um tanto desapontada. — Mas se lembre de mim a partir de agora. Meu nome é Cui Ningning. E eu acho que você realmente fica tão bonito quando toca piano... Parece que um amor profundo flui da ponta dos seus dedos.

Jiang Chen riu subitamente.

— Tocar piano não é nada de mais. Você pode tentar mudar seu sonho para outra coisa.

— Como o quê?

— Tipo tocar o barco ou tocar a vida, vale mais hoje em dia — respondeu ele, rindo, e saiu, deixando a jovem enfermeira com uma expressão incrédula.

A moça ficou ali parada contraindo o canto da boca. O senso de humor do dr. Jiang parecia um tanto esquisito...

*

Mas vamos voltar no tempo para aquele dia depois da festa de Ano-Novo, quando Chen Xiaoxi e Jiang Chen caminhavam para casa. Chen Xiaoxi reclamou que estava muito cheia e não conseguia andar, quase se pendurando no braço dele para ser arrastada.

Sem conseguir se desvencilhar dela, Jiang Chen a encarou.

— Esta mão é para fazer cirurgia e tocar piano, não para você puxar assim — disse.

Chen Xiaoxi bufou.

— Deixa de ser metido. Tocar piano não é mais nada de mais. Tocar o barco ou tocar a vida vale mais hoje em dia.

Jiang Chen afastou um pouco a mão dela e levantou a voz em tom de ameaça:

— O que foi que você disse?

— Eu disse que você toca piano tão bem que um amor profundo flui da ponta dos seus dedos. Você deve mesmo ter adorado tocar piano para aquela mulher, né?

Chen Xiaoxi olhou para ele com um sorriso insolente no rosto.

— ...

— É ou não é? — insistiu ela. — Hein? É ou não é?

— É. Ela é a mais sem-vergonha.

Recém-casados

Era o primeiro Ano-Novo Lunar após o casamento de Jiang Chen e Chen Xiaoxi, e a questão de onde passariam a data vinha incomodando Chen Xiaoxi havia dois meses. Nada mais lógico que, estando casada com Jiang Chen, fosse passar o Ano-Novo na casa dos Jiang. No entanto, em relação à nora, os sogros sempre seguiram a máxima "se agirmos como se você não existisse, talvez um dia você realmente deixe de existir". E Chen Xiaoxi achava aquela uma fantasia impossível — afinal, se orgulhava de ser uma barata dura de matar. Mesmo se Jiang Chen morresse, ela continuaria rastejando sobre o corpo dele, exatamente como uma barata!

Quando contou isso ao marido, ele lhe deu uma bronca.

— Tonta, quem rasteja sobre cadáveres são os insetos necrófagos, não as baratas.

Chen Xiaoxi ficou chocada com aquela erudição e raciocínio.

— Jiang Chen, como é que você sabe tudo isso? E nem me deu bronca porque eu disse que você vai morrer e virar defunto. Adoro esse seu raciocínio inovador. Você é demais, garoto!

Ela deu um tapinha no ombro de Jiang Chen e piscou para ele com um sorriso.

O rapaz afastou a mão de Xiaoxi de seu ombro como se estivesse tirando poeira.

— Se eu morrer, você vai ficar viúva — disse.

Chen Xiaoxi não gostou daquilo. Segurou o braço dele, ergueu a cabeça e abriu um sorriso dengoso.

— Se você morrer, eu morro junto — declarou.

Jiang Chen deu um tapinha na cabeça dela.

— Então eu morri, me larga.

— Não largo. — Chen Xiaoxi ainda tinha um sorrisinho insinuante no rosto. — Mas posso largar você por uns dias. No Ano-Novo você vai para a casa da sua família, e eu vou para a da minha... — Ela o fitou antes de continuar: — Depois do Ano-Novo, voltamos para a nossa casa. O que você acha?

Jiang Chen observou-a sorrindo, os olhos feito luas crescentes. De repente, sentiu uma pontada de culpa no coração. Sua família a incomodava, e mesmo assim ela não estava brigando nem armando um escândalo, apenas fazendo um pedido com cuidado e delicadeza.

— Você pode passar o Ano-Novo onde quiser, deixa o resto comigo, não se preocupa — disse Jiang Chen.

Ele se inclinou e deu um selinho no canto da boca de Xiaoxi.

— Esse seu sorrisão está ficando cada vez mais perfeito com a prática — comentou.

Chen Xiaoxi deu um salto de um metro de altura, abraçou Jiang Chen pelo pescoço e beijou uma bochecha, depois a outra.

— Você é o melhor! Te amo demais!

*

No entanto, a breve chama de felicidade de Chen Xiaoxi durou só até ela ligar para a família naquela noite, e então se reduziu a fumaça.

Depois de contar toda entusiasmada sobre seu plano de passar o Ano-Novo em casa, Chen Xiaoxi recebeu um baita sermão da mãe, que falou sobre os costumes e princípios de convivência entre sogra e nora. Ela disse que não esperava que a própria filha não aceitasse isso e insistisse em passar a temporada em casa. Estava preocupada com sua incapacidade de entender como as coisas funcionam e com o que as pessoas iam dizer. Além do mais, a mãe não era nenhum modelo de paciência e, depois das primeiras frases, já estava ralhando:

— Chen Xiaoxi, como é que eu pude criar uma filha tão burra?! Não quero saber, não te dou permissão pra voltar para casa. Se vier, vou te varrer para fora daqui!

— Eu sou grande, você não vai conseguir me varrer — retrucou Chen Xiaoxi, afrontosa.

Vendo a eloquência da filha, a mãe não teve escolha senão recorrer à artilharia pesada:

— Se for para você voltar, seu pai e eu vamos viajar. Se você tiver a coragem de forçar dois idosos a passar o Ano-Novo vagando fora da própria casa, então venha pra cá.

Dito isso, desligou o telefone. Xiaoxi ficou com tanta raiva que começou a bater com o celular em Jiang Chen, que estava lendo um livro ao seu lado.

Ele levantou o livro para se proteger várias vezes, antes de estalar a língua e dizer, impaciente:

— Para de criar confusão!

Em tempos normais, Chen Xiaoxi teria obedecido. Mas ela estava muito chateada, e ficou ainda mais, com aquele negócio de Jiang Chen estalar a língua. Ela pegou o livro dele e o jogou no canto do sofá. Pulou em cima do marido, agarrou seu pescoço e o sacudiu com força:

— Não acredito que você está fazendo pouco-caso de mim! Você está realmente fazendo pouco-caso de mim! Vou te matar!

Jiang Chen ficou atordoado de tanto ser sacudido. Em um movimento rápido, tirou-a de cima dele, jogou-a no sofá, depois ficou em cima dela e a segurou com força.

Era como se houvesse uma pedra sobre ela. Chen Xiaoxi estava tão comprimida que não conseguia respirar direito. Sentia que o último resquício de ar que havia em seu peito estava sendo espremido por ele.

— Me solta! — gritou, se debatendo.

— Pede desculpa — disse Jiang Chen, comprimindo a parte superior do corpo dela com ainda mais força.

Chen Xiaoxi teve a coragem de se recusar a pedir desculpa, o que era raro. Apenas continuou a lutar desesperadamente para sair de debaixo dele, mas, quanto mais se debatia, mais ele a pressionava. O rosto dela ficou totalmente esmagado sob o pescoço dele, e o nariz tocava seu pomo de adão. Então, Chen Xiaoxi sentiu que, em vez de usar a força, era melhor ter uma estratégia. E a sua foi colocar a língua para fora e lamber suavemente o pomo de adão de Jiang Chen.

Jiang Chen enrijeceu instantaneamente, no que Chen Xiaoxi lhe deu um empurrão, rolou para fora do sofá e foi correndo para o quarto. Um segundo antes de alcançar a maçaneta, ela sentiu um súbito puxão no colarinho. Perdeu o equilíbrio e caiu, mas foi amparada por um par de mãos. No momento em que respirou aliviada, as mãos que seguravam sua cintura a envolveram e, então, não se sabe com que força, ela foi colocada completamente de cabeça para baixo sobre o ombro dele.

Jiang Chen carregou Chen Xiaoxi em cima do ombro feito um saco de arroz. Ela só conseguia ver as pernas dele avançando.

— Me põe no chão... vai!

Mais tarde, na cama, Jiang Chen fez umas coisas malucas com Chen Xiaoxi. Coisas que as escolas não ensinam, que não é permitido passar na TV, e que na internet aparece com um aviso de proibido para menores de 18 anos. Ela também aprendeu a seguinte lição: futuramente, antes de escolher "ter uma estratégia em vez de usar a força", devia ponderar primeiro sobre a própria inteligência e não superestimar suas capacidades.

*

No dia seguinte, após o jantar, Chen Xiaoxi arrastou Jiang Chen para o shopping, com o objetivo de comprarem presentes para os pais. Quando o número de sacolas grandes e pequenas que carregava já chegava a sete ou oito, Jiang Chen a deteve.

— Você vai abrir uma loja de conveniência em casa? — perguntou a ela.

Chen Xiaoxi apontou as sacolas nas mãos dele.

— Como você é exagerado — comentou. — Tem os presentes para os seus pais e os presentes para os meus. Minha mãe disse que, como sua família é de classe alta, não era para eu ser deselegante.

— Eles ganham muito esse tipo de coisa no Ano-Novo. Compra só os presentes dos seus pais. Não desperdiça seu dinheiro para depois vir chorando dizendo pra mim que está pobre.

Desde que Jiang Chen havia se mudado para o pequeno apartamento alugado de Chen Xiaoxi, os dois planejavam comprar uma casa juntos. Após muita pesquisa, descobriu-se que, comparada à renda de Jiang Chen, a de Chen Xiaoxi era insignificante. Portanto, ela propôs guardar na poupança o que Jiang Chen ganhava por mês e usar a própria renda para as despesas diárias. A noção de dinheiro de Jiang Chen sempre foi vaga. Quando estudavam, muitas vezes ele tinha que colocar dinheiro do seu bolso para administrar o dinheiro da turma, portanto até ficou feliz em deixar Chen Xiaoxi administrar as finanças da casa. Acontece que a noção de dinheiro de Chen Xiaoxi não era muito melhor, então, quando chegava o final do mês, ela chorava que não tinha mais dinheiro, mas também não deixava Jiang Chen usar o salário dele. Ele ficava muito irritado e sentia uma frustração gigante por não poder sustentar a própria esposa, já que, obviamente, o dinheiro que ele ganhava era mais do que suficiente para sustentar dez Chen Xiaoxi...

No fim, ela comprou tudo o que achava que deveria comprar e, depois de voltar para casa e fazer as contas, começou a reclamar, apontando para Jiang Chen.

— Por que você não me impediu de fazer isso?

Jiang Chen revirou os olhos como quem dizia: "Até parece que eu ia conseguir..."

Chen Xiaoxi começou a dar uns soquinhos nele.

— Revira os olhos pra mim de novo, vai, quero ver! Revira os olhos pra mim de novo...

Jiang Chen entendia que a irritação dela era só porque estava nervosa de ter que ir para a casa da família dele, então não se incomodou. Apenas se virou ligeiramente de lado, para que os socos dela acertassem a parte do braço que menos doía.

Chen Xiaoxi o batia e xingava:

— Você revirou mesmo os olhos pra mim, seu ingrato, você come da minha comida, bebe da minha bebida, mora na minha casa e ainda tem coragem de revirar os olhos pra mim!

Jiang Chen olhou para ela com frieza e levantou as sobrancelhas.

— Quê? — disse ele. — Fala isso de novo.

Chen Xiaoxi se encolheu.

— Hehe, quer dizer, nós compartilhamos desses... recursos financeiros...

*

Alguns dias antes do Ano-Novo, Chen Xiaoxi e Situ Mo combinaram de cortar o cabelo juntas. A princípio, Chen Xiaoxi queria apenas aparar as pontas, mas o cabeleireiro, com a lábia que tinha, em poucas palavras a convenceu a fazer uma permanente para cachear o cabelo.

— Com base nos meus anos de experiência, acho que você definitivamente vai ficar bem de cabelo cacheado, vai te dar uma aparência mais madura, graciosa e natural — argumentou ele.

Por sempre ter tido rosto de bebê, o calcanhar de aquiles de Chen Xiaoxi era a palavra "madura". Ela foi querer ouvir a opinião de Situ Mo, mas, ao se virar, viu que ela já havia sido colocada sob o equipamento de fazer permanente, com uma cara de mártir, e lhe lançava uma expressão de "Não consegui me safar, portanto, cuide-se".

Chen Xiaoxi mais uma vez se imaginou com uma aparência mais madura, graciosa e natural. Achava que, quando fosse para a casa da família de Jiang Chen, aquilo ajudaria com sua reputação, então decidiu:

— Faça a permanente! Faça o que for necessário para eu parecer madura!

Assim, depois de três ou quatro horas olhando para o vazio, Chen Xiaoxi e Situ Mo estavam com penteados que diziam ser perfeitos para elas e voltaram para suas respectivas casas.

*

Quando Jiang Chen chegou em casa, Chen Xiaoxi estava de costas para a entrada, pendurando um calendário novo na parede. Ao ouvir o som da porta se abrindo, ela virou o rosto ligeiramente de lado. O cabeleireiro tinha dito que o penteado ficava melhor de perfil, pois os belos cabelos pretos realçavam o contorno do rosto e produziam uma silhueta bonita e misteriosa!

Jiang Chen ficou surpreso por alguns segundos, mas então voltou a si e, com um sorriso, disse pausadamente:

— Mãe, a senhora por aqui?

Chen Xiaoxi paralisou de perfil, tensionou a mandíbula e replicou:

— Jiang! Chen! Eu! Vou! Te! Matar!

À noite, Chen Xiaoxi ligou para Situ Mo.

— Mo Mo, quero matar o meu marido.

Situ Mo também havia levado sermão do marido em casa, mas sabia qual era a real solução.

— Acho que só vamos fazer justiça se matarmos o cabeleireiro — declarou.

No dia seguinte, Chen Xiaoxi e Situ Mo foram a outro salão para cortar os longos cabelos que cultivavam fazia vários anos. Foi como se dissessem: "Meu cabelo está nas suas mãos, tome cuidado!"

*

Como Jiang Chen tinha plantão, os dois tiveram que esperar até a noite da véspera de Ano-Novo para saírem de viagem. Chen Xiaoxi sempre dormia assim que entrava no ônibus, mas dessa vez estava preocupada de deixar os sogros esperando até tarde, por isso não conseguiu dormir quase nada ao longo do caminho. Foi Jiang Chen quem caiu num sono profundo encostado no seu ombro.

Já eram duas da madrugada quando eles chegaram à casa, e Chen Xiaoxi percebeu que havia se preocupado à toa. A residência dos Jiang estava com as luzes apagadas, completamente em silêncio. Ela não sabia se era sempre o caso ou se aquilo representava algum tipo de manifesto de insatisfação contra a nora.

Jiang Chen acariciou seu cabelo curto na altura das orelhas.

— Liguei para os seus pais para avisar que chegamos. As luzes estão acesas.

Logo em frente, a casa da família de Chen Xiaoxi estava bem iluminada, e os pais dela, sentados no sofá, cochilando diante da TV, com o telefone na mão. Depois de receberem a ligação da filha e do genro dizendo que tinham chegado bem, eles caíram no sono, tranquilos.

Antes de dormir, naquela cama pequena de Jiang Chen, Chen Xiaoxi o abraçou pela cintura.

— É por minha causa? — perguntou.

Jiang Chen colocou a mão sobre a dela.

— Não pensa besteira, eles são muito ocupados, sempre foram assim.

A velha desculpa de que "a mamãe e o papai estão ocupados e o menino precisa aprender a ser independente" sempre serviu para justificar a ausência e o distanciamento.

Chen Xiaoxi parecia estar com algo entalado na garganta — não conseguia engolir, embora tentasse com força. Então, apertou a cintura de Jiang Chen e disse:

— Meus pais não têm nada pra fazer e me incomodam todos os dias. Vou dar pra você um pouco da atenção deles, tá bom?

— Tá bom.

Jiang Chen se virou e a abraçou, apertando-a com força.

*

Só que, no dia seguinte, Chen Xiaoxi se arrependeu do que tinha dito na noite anterior. Quando se levantaram, os pais de Jiang Chen não estavam mais em casa fazia tempo. Ele explicou que o Ano-
-Novo era o período mais movimentado para os dois, com compromissos programados desde a manhã até tarde da noite. Então, Chen Xiaoxi o arrastou para almoçar na casa da família dela, toda confiante. E, assim, a situação evoluiu para o seguinte ponto: a tigela de Jiang Chen parecia uma montanha de carne, peixe, frango e pato, e a mãe de Chen Xiaoxi simplesmente tinha arrancado a coxa de frango que a filha acabara de pegar e a empilhado na montanha da tigela de Jiang Chen.

Depois de comerem, Chen Xiaoxi estava lavando a louça na cozinha enquanto Jiang Chen via TV na sala, comendo frutas de sobremesa e ouvindo a sogra contar sobre as gafes de Xiaoxi:

— Essa garota não sabia contar até dez até os seis anos. Geralmente, contava até oito e começava a chamar o pai pedindo biscoito. E quando ela era criança, perguntou se precisaria se casar quando crescesse, e disse que o primo era muito malvado e o pai já era casado, então ela não sabia com quem iria se casar quando ficasse mais velha. Também teve uma época durante o ensino médio em que Xiaoxi saía muito cedo sempre, um dia até saiu de pijama com a mochila nas costas. E uma vez ela me disse que estava com o coração partido...

Chen Xiaoxi terminou de lavar a louça com pressa e saiu correndo, com as mãos ainda molhadas.

— Mãe! — exclamou.

— O que foi? Não está vendo que estou conversando com nosso Chenzinho aqui? Por que está interrompendo? — replicou a mãe, encarando-a.

"Nosso Chenzinho" não pôde deixar de suar frio ao ouvir o novo apelido.

Chen Xiaoxi colocou as mãos molhadas ao redor do pescoço de Jiang Chen e o abraçou possessivamente.

— O Chenzinho é meu — declarou.

Como filha e esposa, o pensamento de Chen Xiaoxi era: *Não tire minha mãe de mim, Jiang Chen, ela é minha; não tire meu Jiang Chen de mim, mãe, ele é meu.* Estava era com ciúme dos dois.

*

Com o cair da tarde, o tempo esfriou de repente. Chen Xiaoxi lembrou que não havia trazido roupas mais quentes, então pegou seu casaco da universidade no armário, colocou-o e disse a Jiang Chen, animada:

— Olha só, eu ainda caibo nas roupas do tempo da faculdade.

Jiang Chen não podia estar mais familiarizado com aquele casaco. Ela sempre insistiu em acreditar que aquela era sua peça de roupa mais bonita de todas. E de fato era — o agasalho bege de lã deixava seus olhos castanhos ainda mais brilhantes e, inexplicavelmente, fazia o coração dele bater mais forte.

*

Antes do jantar, havia algumas pessoas sentadas na sala da família Jiang, e a atmosfera era até harmoniosa, com conversas e risadas. Assim que os dois entraram pela porta, a mãe de Jiang Chen foi a primeira a fechar a cara.

— Quem ensinou você a não ficar em casa durante o Ano-Novo?

Jiang Chen fez uma cara de indiferença e não disse nada. Já Chen Xiaoxi sorriu.

— Feliz Ano-Novo para meus sogros, feliz Ano-Novo para todos — cumprimentou.

As pessoas que estavam na sala, que vinham sabe-se lá de onde, responderam rapidamente:

— Feliz Ano-Novo! Feliz Ano-Novo! O prefeito e a primeira-dama têm muita sorte. O filho e a nora formam um belo casal...

Chen Xiaoxi puxou suavemente a manga de Jiang Chen, e ele acenou.

— Feliz Ano-Novo — disse. — Fiquem à vontade.

Em seguida, o rapaz a puxou para o quarto.

Quando já estavam no cômodo, Chen Xiaoxi criticou sua falta de maturidade.

— Tinha muita gente lá, você deveria pelo menos ter cumprimentado um a um. Desse jeito, seus pais vão ficar bravos...

Jiang Chen se deitou na cama com as mãos cruzadas atrás da cabeça e uma expressão indiferente.

Mais tarde, ele estava dormindo quando a mãe bateu na porta e disse com cara feia que ela e o marido não ficariam em casa para jantar e que a tia Li iria cozinhar para o filho e a nora. Também disse que durante o Ano-Novo não era para incomodarem os sogros de Jiang Chen toda hora, pois os outros podiam fofocar.

Chen Xiaoxi apenas abriu um sorriso acovardado. Na sua mente, porém, se imaginou dando uma voadora nela.

*

Quando Jiang Chen acordou, Chen Xiaoxi estava sentada de pernas cruzadas no chão, mexendo nas coisas dele. Ela segurava um exemplar do *Romance dos três reinos* e ria em silêncio. Na folha de rosto havia a imagem de um cachorro ou de um gato desenhada por ele quando criança.

— Chen Xiaoxi?

— Hã?

Ela levantou a cabeça, com os olhos marejados e um sorriso radiante.

Jiang Chen ficou atordoado e seu coração bateu mais rápido por um momento. A garota na sua frente tinha o cabelo curto familiar de sua juventude, vestia as roupas familiares de sua juventude e estava no quarto de sua juventude olhando sorridente para ele. Tão linda que parecia haver viajado no tempo e entrado no seu sonho de menino.

— Vem aqui — disse Jiang Chen com a voz rouca.

Sem saber o porquê daquele pedido, Chen Xiaoxi largou o livro e foi correndo até ele. Antes que ela pudesse dizer qualquer coisa, Jiang Chen puxou-a para a cama subitamente e ficou por cima dela.

Ele olhou de cima para ela, sorrindo, e Chen Xiaoxi ficou com o rosto todo vermelho. Jiang Chen sempre teve um sorriso ingênuo, com aquela covinha maravilhosa em uma das bochechas. Mas, às vezes, ele dava um sorriso malicioso, como naquele momento, o que inexplicavelmente fazia Chen Xiaoxi corar.

— Por que você está ficando vermelha? — perguntou ele, passando de leve a ponta do dedo indicador na bochecha dela.

— Não estou — replicou ela, se fazendo de durona.

Ele beijou os olhos dela, suas orelhas, seu pescoço. Ela se esquivava dando risadinhas.

Quando a tia Li chegou para fazer a comida, Chen Xiaoxi estava dormindo. Jiang Chen disse para a tia que ela não precisava cozinhar, que os dois sairiam para comer mais tarde. Depois que ela foi embora, Jiang Chen voltou para a cama e abraçou Chen Xiaoxi, ainda adormecida. Ele não dormiu, ficou apenas ali, com ela nos braços, ouvindo o barulho dos fogos de artifício do lado de fora, sentindo o toque daquele abraço, quente e macio, da sua Chen Xiaoxi.

*

A jovem acordou com fome, o braço de Jiang Chen repousando sobre sua cintura, tão apertado que ela não conseguia se soltar.

Já havia escurecido lá fora. Ela prestou atenção ao seu entorno, e tudo o que conseguia ouvir era o som dos fogos de artifício. Suspirou aliviada, pois os sogros ainda não tinham voltado.

— Vamos levantar, estou morrendo de fome — disse.

Ela pegou o braço de Jiang Chen que estava sobre sua cintura e o beliscou com as unhas. Jiang Chen gemeu de dor.

— Chen Xiaoxi, por que você está tão violenta ultimamente?

Com a queixa dele, ela ficou chocada ao perceber que andava mesmo um tanto violenta nos últimos tempos.

— É mesmo, desculpa — admitiu em voz baixa.

Sua voz soou suave, e Jiang Chen não conseguiu se segurar. Se aproximou dela para beijar sua nuca, ao que Chen Xiaoxi soltou um gemido.

— Você quer de novo...

Até eles realmente conseguirem sair da cama, já havia se passado meia hora. Chen Xiaoxi abotoava as mangas da camisa e lançava um olhar triste para ele de vez em quando. Seu jeito magoado deixou Jiang Chen se sentindo culpado por um tempo. Mas ela não era sua esposa? Então por que ele se sentia desumano?

*

Os dois foram jantar em um restaurantezinho perto de casa por volta das nove. No meio da refeição, Jiang Chen saiu para atender um telefonema. Ficou conversando lá fora por mais de meia hora, e nada de voltar. Quando Chen Xiaoxi enfiou a mão no bolso, ainda percebeu que, na pressa, não tinha levado nada com ela. Os dois eram os únicos clientes que restavam, e a proprietária do restaurante foi avisá-la disso algumas vezes, com um comportamento cada vez pior. Envergonhadíssima, Chen Xiaoxi foi até a porta e ficou olhando em volta várias vezes, mas não encontrava Jiang Chen. Então, disse:

— Eu realmente esqueci de trazer dinheiro e meu celular quando saí, será que você pode ir comigo procurá-lo?

A proprietária bufou.

— Sair com você? E se seus cúmplices estiverem lá fora?

Chen Xiaoxi estava morta de vergonha. E aquela senhora tinha uma imaginação e tanto...

O telefonema que Jiang Chen tinha recebido era do orientador que supervisionava sua pesquisa. O professor era um senhor de idade muito severo que nunca havia se casado na vida, e sua diversão no Ano-Novo era atormentar seus orientandos pelo telefone. No dia anterior, tinha sido a dra. Su — que também era sua aluna de pós-graduação — quem caíra na armadilha dele. Como ao fundo da conversa dava para ouvir cantorias e risadas, o professor perguntou o que ela estava fazendo. Ela respondeu alegremente que estava bebendo e jogando com amigos, então o professor lhe passou um sermão, dizendo que ela estava vivendo uma vida desregrada, bebendo e festejando. A dra. Su ficou toda magoada. Era véspera de Ano-Novo, não dava para reunir toda a família para ficar chorando e se lamentando, não é?

Assim que Jiang Chen viu quem estava ligando, antes de atender, foi para um beco isolado e se certificou de que não dava para ouvir o barulho dos fogos de artifício. O professor disse que tinha ocorrido um problema com uma análise patológica que ele havia apresentado. Os dois discutiram muito ao telefone, até que, finalmente, o orientador perguntou o que o rapaz estava fazendo.

— Estou conduzindo uma pesquisa de campo sobre a via de transmissão do vírus da hepatite ao comer fora — respondeu ele.

...

Satisfeito, o professor desligou o telefone.

Quando Jiang Chen voltou ao restaurante, Chen Xiaoxi estava sendo tão humilhada pela proprietária do restaurante que sua cabeça estava quase caída sobre os joelhos. A dona do estabelecimento percebeu que Chen Xiaoxi não parecia uma pessoa rica, por causa das suas roupas. Além disso, depois de esperar tanto tempo, ela foi ficando mais brava e suas palavras, cada vez mais ofensivas:

— Se você não tem dinheiro, não sai pra comer fora. Você não deve ser uma boa moça, tão jovem saindo pra comer com qualquer homem. Já vi muitas outras do seu tipo. Se não pagar, eu vou chamar a polícia...

— Quanto é? — interrompeu Jiang Chen, com uma voz grave, puxando a carteira.

A proprietária estava curtindo a ofensa. Ao ver que o namorado da moça havia voltado, quis continuar o sermão, mas, quando levantou a cabeça, embora o jovem à sua frente tivesse uma expressão enfadonha e não demonstrasse nenhum sinal de alegria ou raiva, ela não ousou dizer mais nada além de:

— Oitenta e cinco.

Chen Xiaoxi puxou a manga de Jiang Chen e perguntou, magoada:

— Por que você demorou tanto?

Jiang Chen nem olhou para ela. Pegou uma nota de cem yuans e entregou à proprietária.

— Sinto muito por fazê-la esperar. Não precisa do troco. Mas quero a nota fiscal, por favor.

A proprietária ficou perplexa: de onde ia tirar uma nota fiscal em um restaurantezinho de uma cidade pequena? Mas como sempre foi uma pessoa agressiva, imediatamente começou a xingar:

— Seu desgraçado, você está procurando encrenca, é?! Deixa eu te falar, eu não tenho medo de você, eu...

[Os palavrões que vieram em seguida foram omitidos.]

Jiang Chen, por sua vez, não retrucou. Pegou seu celular e fez uma ligação:

— Feliz Ano-Novo, tio Chen. Sim, sou eu, Jiang Chen. Sim. Tenho algo para relatar ao senhor. O restaurante tal na rua tal se recusou a emitir nota fiscal após o consumo. Acha que deveria chamar alguém para investigar? Ok, obrigado, vou falar para o meu pai.

Chen Xiaoxi e a proprietária ficaram perplexas. Com a mão que puxava a manga da roupa dele, Chen Xiaoxi passou a puxar seus dedos.

— O que houve? — perguntou ela. — Para quem você ligou?

— Para o secretário da Fazenda — disse ele, olhando em seguida para a proprietária, que tinha uma expressão de espanto.

Jiang Chen sorriu e conduziu Chen Xiaoxi para fora do restaurante.

Só depois de sair daquela rua foi que Chen Xiaoxi teve uma reação. Ficou parada.

— Você estava mentindo — disse.

— Quê?

— Você não ligou para o secretário da Fazenda.

— Por que está falando isso?

— Você não é esse tipo de pessoa — argumentou Chen Xiaoxi, olhando seriamente nos olhos dele. — Jiang Chen não usa seu poder para intimidar as pessoas.

Vendo sua expressão séria, ele sorriu. Se houver no mundo alguém que confia em você incondicionalmente e que acha que você é bom, então você não precisa pedir mais nada.

— Foi só para dar um susto nela — explicou Jiang Chen.

Tinha sido o olhar triste de Chen Xiaoxi que o motivara a fazer aquilo, depois de o rapaz pensar no quanto ela vinha sofrendo aqueles dias na casa da família dele. Embora gostasse de implicar com ela e uma de suas brincadeiras de mau gosto fosse provocá-la até ela ficar chateada, não admitia que os outros a fizessem sofrer.

Só então Chen Xiaoxi sorriu.

— Sabia — disse.

Jiang Chen não resistiu à vontade de beliscar seu rosto rechonchudo.

— Como você sabia? Você acredita tanto em mim assim?

— Tsc! Acreditar em você? Tem é poucos números gravados na sua lista de contatos, e não há nenhum secretário Chen — respondeu Chen Xiaoxi, toda convencida. — Além do mais, você não pediu o troco e desperdiçou quinze yuans. É um péssimo comportamento, você precisa dar uma repensada nisso.

...

Aquilo realmente estragou o clima.

— Chen Xiaoxi.

— O quê?

— Você andou xeretando o meu celular?

— Hum... Na verdade, acho que você tem um caráter tão bom que nunca vai usar seu poder para intimidar os outros.
— Tarde demais.
...
— Não foi de propósito — explicou ela. — Só não sabia que nome dar aos personagens quando estava desenhando os quadrinhos, daí fui ver a sua lista de contatos no celular...
— Chen Xiaoxi, vamos para a casa da minha avó amanhã e ficaremos até terminar a semana do Ano-Novo.
— Por quê?
— Vou contar pra minha avó que você fica vasculhando meu celular.
— ...

*

Chen Xiaoxi gostava da avó de Jiang Chen e de todos os parentes da família dela, já que era incontestavelmente mais bem tratada na casa dela do que na dos sogros. Portanto, desde que a avó não batesse nela com um pedaço de pau e a mandasse se ajoelhar, ela se sentiria extremamente agradecida.

A avó era realmente uma senhora muito simpática. Assim que se conheceram, ela tirou o pingente de jade do pescoço e pendurou-o no de Chen Xiaoxi. Depois, se recusou a deixá-la devolvê-lo. A senhora também elogiou a sua aparência, dizendo que a garota era linda como uma fada.

Chen Xiaoxi ficou lisonjeadíssima. Era a primeira vez na vida que uma palavra tão significativa como "fada" tinha sido usada para descrever sua aparência. A vovó era sábia demais!

Havia um monte de gente na sala, todos parentes e amigos que tinham ido até lá especialmente para conhecer Chen Xiaoxi. Todos a elogiaram de diversas formas, a ponto de, no fim, ela se lamentar por não ter apostado numa carreira na indústria do entretenimento.

Durante o almoço, com exceção de Jiang Chen, todos naquela mesa enorme ficaram observando de olhos arregalados Chen Xiaoxi enquanto comia. Sob a pressão daqueles olhares desumanos, como num zoológico, a jovem não sabia se a comida entrava pelas narinas ou pela boca. Tudo que podia dizer era que a avó não parava de colocar comida para ela e ela não parava de comer. Só então se deu conta do fardo que era para Jiang Chen que a mãe dela ficasse empilhando um monte de comida na tigela dele quando o rapaz comia na sua casa.

Depois do jantar, Chen Xiaoxi correu para lavar a louça, mas foi impedida pelas parentes. As palavras e os movimentos delas foram tão agressivos ao afastá-la que pareceu que se Chen Xiaoxi lavasse a louça elas teriam que cometer suicídio coletivo.

*

Chen Xiaoxi foi puxada pela avó para se sentar no centro da sala, e um grupo de pessoas sentou-se em semicírculo ao redor delas para continuar a observá-la.

Ela não teve escolha senão endireitar as costas e sentar-se ereta, assentindo de vez em quando com um sorriso discreto de canto de boca. Jiang Chen estava espremido na posição mais distante dela, sorrindo conforme a observava desempenhar o papel de uma esposa recatada.

Em dado momento, alguém perguntou a Chen Xiaoxi:

— Como vocês dois ficaram juntos?

Se fosse em outros tempos, Chen Xiaoxi certamente teria a audácia de bater a mão no peito e dizer com petulância "Fui eu mesma que conquistei esse tonto!". E, se aproveitando da situação, começaria a narrar aos soluços a amarga saga da conquista, finalizando com três longas gargalhadas olhando para o céu, já que a trama fora bem-sucedida. A história toda seria comovente, romântica e inspiradora.

No entanto, diante de um grupo de adultos com expressões ansiosas e ingênuas, a habitual retórica descarada de Chen Xiaoxi era inútil. Quando ainda estava pensando em como começar a contar, alguém respondeu por ela de maneira inconveniente:

— Todo mundo sabe que foi o nosso Jiang Chen que conquistou a Xiaoxi, só não imaginava que ele, que parecia tão tranquilo, tinha jeito para conquistar as garotas. Vamos lá, me conta quais truques você usou para fisgar uma mulher tão bonita?

Chen Xiaoxi não pôde evitar repuxar o canto da boca. *Querido parente, você é realmente tão otimista assim?*

A vovó também ficou curiosa. Pegou a mão de Chen Xiaoxi e disse:

— Não fique tímida, conte para a vovó, como vocês ficaram juntos?

Jiang Chen olhou para Chen Xiaoxi de longe, sorriu e respondeu por ela:

— Não tem nada de especial. Lugar certo, hora certa.

Aquela declaração de Jiang Chen não tinha início nem fim, omitia sujeito e objeto. A melhor parte é que daria até para achar que tinha algum significado, mas ele estava simplesmente sendo ambíguo. Em suma, era quase como mil Hamlets no coração de mil leitores — poderia simplesmente existir um livro chamado *A arte das palavras de Jiang Chen*.

Ao ver que não conseguiam desenterrar nenhuma fofoca escabrosa fresquinha, os parentes e amigos voltaram suas preocupações para uma tia de Jiang Chen e as notas do filho dela, que estava prestes a entrar na faculdade. Notas, casamento e gravidez sempre foram as três armas mágicas usadas pelos pais para torturar os filhos uns dos outros durante o Ano-Novo. Não importava qual era a idade deles, nenhum conseguia escapar.

*

De tarde, os parentes voltaram para suas respectivas casas, e a avó de Jiang Chen ficou vendo TV com seus óculos de leitura. O programa estava exibindo uma ópera de algum lugar, com suas mil reviravoltas na melodia.

Chen Xiaoxi e Jiang Chen estavam preparando a comida na cozinha, e, de repente, ela ficou quietinha.

Jiang Chen cutucou-a de leve com o cotovelo:

— O que foi?

— Nada.

— Hum.

Jiang Chen continuou com a cabeça abaixada lavando as verduras.

...

— Você não pode perguntar mais vezes? — replicou Chen Xiaoxi.

Ela arrancou uma folha da verdura e jogou nele com raiva. A folha ficou grudada no rosto do rapaz. Jiang Chen não teve alternativa senão tirar a folha e perguntar de novo:

— O que foi?

— Nada — disse Chen Xiaoxi. Temendo que Jiang Chen realmente parasse de perguntar, ela acrescentou imediatamente: — Eu só estava pensando que antigamente você não me queria. Não importava o quanto eu fosse atrás, você não me queria.

Jiang Chen ficou surpreso. Tocou o nariz e explicou:

— Não é que eu não quisesse... É só que...

É só que, depois que ele a rejeitou na primeira vez que ela se declarou, ela fincou o pé e o ficou cercando, mas nunca mais perguntou se ele gostava dela ou se queria ficar junto... o que também o deixou bem perplexo.

— É só que o quê? — indagou Chen Xiaoxi. — Não tem nada de "é só que"! Você simplesmente não me queria! Prepara a comida sozinho! Vou fazer companhia para a vovó!

Ela jogou a verdura como se estivesse descarregando sua raiva, limpou as mãos e saiu.

Que folgada...

Jiang Chen continuou preparando a comida com um sorriso no rosto, ouvindo o burburinho de Chen Xiaoxi e sua avó conversando na sala misturado ao barulho das crianças brincando e dos fogos de artifício do lado de fora, ora perto, ora longe.

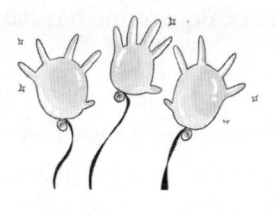

O álbum de casamento

Parte I

Fazia pouco tempo, Chen Xiaoxi tinha se dado conta de algo muito sério: ela e Jiang Chen não fizeram um álbum de casamento.

Ela percebeu isso durante as férias, quando estava em casa. Como não tinha nada melhor para fazer, ia visitar os vizinhos para estreitar a relação. Coincidentemente, havia um casal recém-casado morando em frente à casa deles. Chen Xiaoxi foi visitá-los, e antes mesmo de servirem frutas, encheram suas mãos com vários álbuns de fotos de casamento. Para elogiá-los, recorreu a todo o vocabulário que usava para escrever ensaios sobre estética na faculdade. Foi tanto enaltecimento que o jovem casal se sentiu mal e insistiu em dar uma olhada nas fotos do casamento de Chen Xiaoxi e Jiang Chen, para retribuir os elogios. Quando Chen Xiaoxi disse que eles não haviam feito fotos de casamento, no entanto, os dois adotaram involuntariamente uma expressão de pena. Depois a consolaram, com toda a empatia, dizendo que tudo bem que eles não tivessem feito fotos de casamento, que não significava nada.

De volta em casa, Chen Xiaoxi ficou pensando a respeito e decidiu que tinha que fazer essas fotos de casamento. Se até numa cena de crime é preciso coletar provas e registrar tudo, que dirá no seu casamento com Jiang Chen... Quanto mais registros, melhor, lógico, para evitar que qualquer uma das partes quisesse descumprir o combinado.

Acontece que Jiang Chen não gostava nada de tirar fotos. Até mesmo suas fotos de formatura das várias etapas de estudos eram poucas. E essa coisa toda era outra história triste para Chen Xiaoxi.

Ela passou a tarde repassando todas as possibilidades cuidadosamente. Era imprescindível que os dois tivessem fotos de casamento, com todo o impacto que vinha com aquela evidência.

Então, quando Jiang Chen voltou do trabalho, viu Chen Xiaoxi sentada contra a luz, descansando as mãos nos braços da poltrona, com uma expressão sombria no rosto.

— Por que você não acende a luz?

Já estava escuro, e um brilho azul entrava pela janela. Inexplicavelmente, aquela postura vingativa de Chen Xiaoxi fez com que Jiang Chen quisesse rir.

— Quero fazer fotos de casamento — anunciou Chen Xiaoxi em um tom de voz baixo, tentando criar um ar de tensão.

— Não vou tirar foto — respondeu Jiang Chen, enquanto retirava o relógio.

— Por quê? — Chen Xiaoxi pulou do sofá e começou a gritar: — Por quê? Por quê?

Jiang Chen a encarou.

— Odeio tirar foto — disse.

De fato, dava para contar nos dedos a quantidade de fotos que já haviam sido tiradas de Jiang Chen durante a vida. Desde que se entendia por gente, ele sempre se escondia das câmeras. Chen Xiaoxi se lembrava que, quando iam se formar no ensino fundamental, um colega levou uma câmera para tirar fotos de recordação com todos. Após o filme ser revelado, cada um recebeu uma foto, mas foi só depois de procurar muito tempo que Chen Xiaoxi conseguiu encontrar Jiang Chen, de costas. Ao se formarem no ensino médio, Chen Xiaoxi pegou a câmera do pai para tirar uma foto com ele, mas ele se recusou. Ela o seguiu por duas quadras até que finalmente conseguiu tirar uma foto na entrada do beco onde os dois moravam. De volta em casa, a garota percebeu que a luz não estava boa na hora, restando apenas duas sombras escuras na foto. Mesmo assim, a revelou e guardou. Durante a faculdade, o celular de Jiang Chen nunca teve câmera, e Chen Xiaoxi passou a ter um celular com câmera somente no quarto ano. No início, era tudo novidade. Além de tirar selfies, ela também o puxava para tirarem fotos juntos, mas ele se escondia toda vez e, se realmente não conseguia fugir, ficava com uma expressão sem graça, fazendo com que Chen Xiaoxi se sentisse como se o estivesse forçando à prostituição. Mais tarde, depois que os dois se separaram, o celular de Chen Xiaoxi foi furtado no metrô, e ela pediu aos funcionários para ver as câmeras de vigilância. A verdade era que ela sabia que não ia conseguir recuperá-lo, só não sabia por que ainda queria fazer um último esforço.

Talvez todas as perdas fossem assim — mesmo sabendo que algo é irrecuperável, lutamos até o fim.

Chen Xiaoxi de repente se sentiu um tanto deprimida. Tocou o nariz, constrangida, e disse:

— Deixa pra lá. Você está com fome? O arroz já está pronto. É só fritar o peixe e refogar os legumes, e já podemos comer.

Jiang Chen foi em direção a ela, e Chen Xiaoxi endireitou as costas instantaneamente. Mas ele simplesmente tinha ido colocar o relógio na mesinha ao lado do sofá. Assim que se virou, percebeu que ela parecia estar esperando alguma coisa. Não conteve o sorriso e, acariciando o cabelo dela, falou:

— Não tem pressa, espera eu trocar de roupa que frito o peixe.

Quando Jiang Chen trocou de roupa e saiu do quarto, Chen Xiaoxi já estava fritando o peixe na cozinha. Ele deu uma olhada de longe e achou que provavelmente não havia mais como salvar a situação, então se sentou no sofá folheando uma revista enquanto esperava a comida ficar pronta.

Após o casamento, Chen Xiaoxi havia fortalecido ainda mais o hábito de levar sua tigela de comida para a sala e comer enquanto via TV. Depois de casados, a pequena mesa de jantar deles tinha sido usada pouquíssimas vezes. Costumavam colocar algumas páginas de revista sobre a mesinha de centro da sala de estar para apoiar as refeições. Jiang Chen não tinha nenhuma objeção, muito pelo contrário — achava aquilo relaxante e divertido. Só às vezes, quando ela ficava distraída com um desenho animado e se esquecia de enfiar a comida na boca, era que ele batia com os palitos na cabeça dela.

— Ei, arruma a mesa — disse Chen Xiaoxi, saindo da cozinha com um prato na mão.

Ao ver que ele estava folheando sua revista em quadrinhos, ela lhe lançou um olhar de estranheza. Jiang Chen preguiçosamente arrancou algumas páginas da revista que tinha nas mãos. Enquanto as espalhava sobre a mesa, ele refletiu que ela parecia estar se acostumando a usar "ei, ei" para chamá-lo.

Quando o prato foi posto à mesa, Jiang Chen não conteve a pergunta:

— O que que é isso?

— Peixe frito — respondeu Chen Xiaoxi, impotente.

Jiang Chen:

— Isso não é peixe frito, na melhor das hipóteses é um peixe que morreu tragicamente.

Chen Xiaoxi:

— ...

Ela comia o arroz em pequenas porções. Como havia se esquecido de ligar a TV, o som do tilintar dos palitos batendo na tigela de porcelana ficava mais nítido.

Jiang Chen:

— Talvez eu não tenha tempo de ir junto com você escolher o vestido de noiva. Você consegue fazer isso sozinha, né?

— Hã?

Atraída pela luz, a mariposa que cochilava na janela bateu suas asas de repente e voou depressa para longe.

— Chen Xiaoxi, você precisa aumentar tanto assim o som da TV?

Parte II

Como não houve festa de casamento e ele não teve tempo de acompanhá-la para experimentar os vestidos de noiva, a primeira vez que Jiang Chen viu Chen Xiaoxi com o vestido foi no dia das fotos. Ele esperou tanto tempo sentado no banco da loja de noivas que acabou cochilando, até ver vagamente Chen Xiaoxi surgir flutuando, como se estivesse sobre as nuvens.

Ela estava bem bonita, pensou consigo mesmo, engolindo um bocejo para conter o sorriso.

O longo vestido de noiva de Chen Xiaoxi escondia um par de saltos extremamente altos. Ela foi caminhando com cuidado até ver Jiang Chen em um terno branco sentado de forma casual no banco. Seus olhos grudaram nele completamente. Sempre soube que o rapaz ficava bem de branco, mas não esperava que fosse *tão bem*, e, por um momento, ela teve vontade de se atirar nos braços dele... E, de fato, assim o fez: a dois metros dele, tropeçou na barra do vestido de noiva, depois, tentando manter o equilíbrio, abriu bem os braços e girou-os no ar.

Dá para imaginar o que Jiang Chen sentiu? Um segundo antes, havia uma linda noiva nas nuvens, e, no segundo seguinte, essas nuvens se transformaram nas implacáveis rodas de fogo dos pés do Menino Vermelho na *Jornada ao Oeste*. Ele nem sequer teve tempo de respirar, apenas deu um pulo para salvar a esposa.

O resgate foi um sucesso.

Durante a sessão de fotos, Jiang Chen ficou irritado com as várias instruções do fotógrafo: "Noivo, dê um sorriso, sorria como se visse flores enchendo as montanhas e os vales de felicidades." "Noivo, olhe para a noiva com carinho, seu olhar tem que ser doce como água com açúcar." "Noivo, abrace a noiva, mostre que está dando esse abraço com todo o seu amor." Essas coisas. E Chen Xiaoxi também ficou chocada com as firulas que o fotógrafo dizia para ela, como "Imagine que você é um pássaro cantando nas nuvens".

No intervalo, ela foi retocar a maquiagem, e Jiang Chen recusou o pedido do maquiador para cobrir seu rosto com mais uma camada de pó. Ele se escondeu debaixo da sombra de uma árvore para tirar um cochilo.

Pensando que ambos os noivos tinham ido retocar a maquiagem, o fotógrafo e seu assistente começaram a fofocar em voz alta.

— Will, deixa eu te falar, você não acha que o noivo parece relutante? Ele não sorriu do início ao fim, deve ter sido forçado a se casar.

— Talvez eles estejam se casando porque a noiva está grávida. Viu o cuidado com que ela anda de salto alto, deve estar com medo de que algo aconteça e ele não a queira mais.

— Não é de se admirar que a barriga dela pareça um pouco saliente.

Jiang Chen suspeitava que, para Chen Xiaoxi, aquele diálogo pareceria uma piada, mas o comentário final levaria a um assassinato.

Quando retomaram a sessão de fotos, o fotógrafo, Will, descobriu milagrosamente que o noivo, suspeito de estar com paralisia facial devido ao casamento forçado, conseguia sorrir. Embora seu sorriso parecesse um pouco infantil, o profissional teve que admitir que também era lindo, porque, naquele momento, sentiu que ele estava se banhando no sol, feito um peixinho alegre na água tilintante de uma nascente num dia de primavera.

A repentina participação de Jiang Chen e o entusiasmo incomum do fotógrafo finalmente permitiram que a sessão transcorresse muito bem. Na verdade, o sujeito ficou tão entusiasmado que deu até medo, pois ele os convidou para serem seus modelos, dizendo que, se eles quisessem, poderiam conseguir o álbum de graça e ganhar uma remuneração generosa, com a única condição de que as fotos fossem tiradas debaixo d'água.

O que Jiang Chen não esperava era que Chen Xiaoxi fosse recusar sem hesitar.

Durante a volta para casa, ela estava exausta. Ao entrar no carro, inclinou o banco e se deitou, imóvel. Até o cinto de segurança foi Jiang Chen que puxou para ela.

— Eu realmente não entendo o que há de tão bom em tirar fotos de casamento, estou cansado que nem cachorro.

— Au, au — disse Chen Xiaoxi, sem forças.

Depois da sessão de fotos do casamento, a seleção das que entrariam no álbum foi outro grande problema para Chen Xiaoxi, que tinha dificuldade para fazer escolhas. Ficava no computador olhando as imagens e pensando: *Nesta aqui, Jiang Chen está bem bonito; nesta, Jiang Chen está um homão; nesta, ficou muito elegante; e aquela foto de perfil parecia uma escultura.* Enfim, todas as fotos dele estavam boas.

Depois de alguns dias desse tormento, ela finalmente conseguiu selecionar as fotos. E, embora Jiang Chen não tivesse interferido, estava curioso para saber os critérios de seleção dela, porque para ele todas as fotos estavam parecidas.

— Escolhi as fotos suas que me deram mais vontade de lamber a tela depois de ver — respondeu Chen Xiaoxi, confiante.

— A estrela das fotos de casamento não deveria ser a noiva?

— Ah... pois é.

A vida de casados

No fim de semana, Chen Xiaoxi tentou fazer uma receita de torrone usando marshmallow que tinha visto na internet. Mesmo depois de dar errado, no entanto, não se sentiu nem um pouco triste. Para ela, o sucesso na culinária depende do destino, não pode ser algo forçado.

Depois de limpar as coisas com pressa, foi tirar uma soneca. Quando acordou, porém, viu que a bancada da pia estava apinhada de formigas. No calor do momento, derramou o álcool hospitalar de Jiang Chen sobre elas, pensando que assim iria matá-las afogadas ou embriagadas, e ainda aproveitaria para esterilizar o local.

A seguir, ela foi para a sala ver TV, no intuito de deixar o tempo resolver tudo. Só que, ao ligar a televisão, a porta do escritório se abriu de repente e Jiang Chen saiu de lá, sonolento.

Chen Xiaoxi levou um susto.

— Como assim você está em casa? Não estava de plantão?

— Voltei bem cedo. Não quis te incomodar e fui dormir no escritório.

Na verdade, Jiang Chen evitava incomodá-la não por consideração ao seu bem-estar, mas por receio de cutucar a fera. Ultimamente, ela andava de pavio curto. Dias antes, ele tinha levado bronca por entrar no quarto enquanto ela desenhava só para perguntar se ela queria uma fruta. A essência da queixa era que, enquanto artista em pleno processo criativo, ela não podia se dar ao luxo de pensar em coisas frívolas como comer fruta. Se nem isso ele entendia, como poderia se considerar sua alma gêmea?

— Tem alguma coisa pra comer?

— Achei que você não estivesse em casa, então não comprei comida. Que tal irmos comprar ou eu ligo para pedir?

— Não precisa — replicou Jiang Chen, fazendo questão de bufar.

— Vou fazer um macarrão.

— Aham — concordou Chen Xiaoxi, distraída, porque estava ocupada mudando de canal.

Jiang Chen esfregou as têmporas pulsantes e foi em direção à cozinha. No caminho, ele até tossiu alto umas vezes, mas não conseguiu a atenção que merecia.

Ao ver a bancada inundada e os cadáveres das formigas espalhados, deu um suspiro. Encheu uma panela de água e a colocou no fogão, limpou a bancada com um pano com uma das mãos enquanto acendia o fogo com a outra.

Com um estrondo, a chama azul rapidamente envolveu o pano em sua mão. Por reflexo, ele o jogou sobre a bancada da pia, onde o fogo se alastrou com rapidez e uma labareda azul se ergueu.

Até então sonolento, Jiang Chen acordou de vez e saiu correndo da cozinha. Pegou Chen Xiaoxi, que via TV no sofá, e disparou para fora de casa.

Ela ficou muito confusa. Parecia uma tartaruga suspensa, os membros balançavam no ar.

— Mas o que é isso? — perguntou. — Eu vou cair!

— Está pegando fogo!

— Como assim? E agora?

Antes que Chen Xiaoxi pudesse reagir, Jiang Chen a pôs no chão. Ele se virou e voltou para dentro, gritando:

— Está parada por quê? Corre!

Chen Xiaoxi correu obedientemente em direção ao elevador, mas ouviu Jiang Chen gritar de novo:

— Pela escada!

Ela deu um berro e foi depressa rumo à escada. Depois de descer um andar, achou que havia algo errado, então correu de volta, gritando:

— Jiang Chen! Jiang Chen!

Neste momento, Jiang Chen já estava encostado na porta com as mãos cruzadas diante do peito, esperando por ela. Assim que se aproximou, ela não falou nada, só tentou arrastá-lo, mas percebeu que não conseguia. Assim, olhou para ele e disse:

— Corre! O que você está fazendo? Como é que eu ia te deixar e fugir sozinha?!

Jiang Chen não se movia, e Chen Xiaoxi tentava arrastá-lo enquanto falava, afobada:

— Anda logo. Abro mão de tudo, das coisas, da casa, mas sem você não sei o que fazer. Deixa o fogo, vamos descer e chamar os bombeiros. Está me ouvindo...? Ai, por que você não se mexe? Está louco? Você é mais importante do que tudo, isso aí é só uma casa!

Jiang Chen a encarou, pasmo.

— Minha querida esposa, sua confissão afetuosa muito me emociona. Mas o fogo já apagou.

— Como assim? Apagou? — quis saber Chen Xiaoxi, inexplicavelmente decepcionada. — Apagou, e agora...?

Jiang Chen deu uma beliscada no rosto dela.

— Por que você está decepcionada? — questionou ele. Em seguida, segurou-a pelo cangote e a levou para dentro de casa. — Agora, vamos conversar sobre esse mar de álcool na cozinha...

*

Depois de uma chuva forte, a cidade estava banhada numa luz agradável. Jiang Chen levantou a persiana, e o sol suave invadiu a sala num instante.

— Dr. Jiang — ele ouviu uma voz familiar atrás de si.

Os cantos da boca de Jiang Chen se ergueram de maneira imperceptível, mas quando ele se virou já tinha uma expressão séria.

— Você está com tanto tempo livre assim? — perguntou.

— Estou com bastante tempo livre. O meu chefe está em uma viagem de negócios, lógico que os funcionários vão vagabundear — disse Chen Xiaoxi, que vestia uma camiseta branca e um jeans claro.

Ela se encostou no batente da porta e acenou, sorrindo.

— Você não fica feliz em me ver, não? Nem um sorrisinho?

Jiang Chen arrastou a cadeira para perto da mesa, se sentou e a encarou com um olhar desinteressado.

— Feliz por quê? Eu te vejo todo dia.

Chen Xiaoxi fez um bico e foi recuando.

— Então vou embora, tá?

— Tchau. — Jiang Chen acenou, pegou um prontuário e abaixou a cabeça para lê-lo: — Não vou te acompanhar até a porta.

Ouvindo o som de passos cada vez mais distante, Jiang Chen levantou o olhar, nitidamente surpreso.

Chen Xiaoxi deu seu passeio costumeiro no local e até passou na lojinha para comprar um pacote de sementes de girassol. Então, voltou lentamente para o consultório de Jiang Chen. Ele estava perto da janela, de costas para a porta. Era impossível dizer para onde olhava.

— Dr. Jiang.

Assim que ele se virou, viu Chen Xiaoxi caminhar em sua direção com um sorriso radiante. A camiseta branca, que brilhava intensamente sob a luz forte, fazia seu sorriso parecer ainda mais doce.

— A história está se repetindo. Se você me perguntar de novo se não tenho mais o que fazer, vou embora de verdade — disse ela.

Chen Xiaoxi tentou jogar um punhado de cascas de semente de girassol no lixo, mas elas eram tão leves que erraram o alvo e se espalharam pelo chão. Antes que Jiang Chen pudesse dizer qualquer coisa, no entanto, a esposa fez cara de coitada e falou:

— Briga comigo, vai! Prometo que não faço mais.

O truque de "se fazer de vítima antes da bronca" Chen Xiaoxi havia aprendido fazia pouco tempo com Gu Weimo, o filhinho lindo de quatro anos de Situ Mo, e já incorporara à sua arte de lidar com Jiang Chen. Outro dia, Chen Xiaoxi tinha ido à casa deles e visto Gu Weimo derramar água no laptop de Situ Mo. Ela observou, atônita, a expressão do menino passar de assustada para trágica com um rápido revirar dos olhinhos. A criança abraçou o computador e começou a chorar, o rosto mais molhado do que o computador. Por fim, Situ Mo segurou o filho, angustiada, e o sacudiu desesperadamente para tranquilizá-lo. Embora parecesse que ia espumar pela boca de tanto ser chacoalhado, no fim das contas o menino conseguiu o que queria.

Chen Xiaoxi sempre havia sido adepta da ideia de Confúcio de que "se estiver na companhia de duas pessoas, algo sempre poderei aprender de alguma delas". Então, depois de voltar para casa, imediatamente pôs em prática o que havia aprendido. Ela quebrou "acidentalmente" uma xícara de porcelana que uma paciente tinha dado ao dr. Jiang e disse, com uma cara triste: "Desculpa, pode me bater." Jiang Chen respondeu que ele estava louca e, em seguida, foi recolher os cacos sozinho. Desde então, Chen Xiaoxi achou o truque muito eficaz.

Mas, nesse dia, depois de fitar por dois segundos os grandes olhos que Chen Xiaoxi piscava lenta e deliberadamente, Jiang Chen ordenou:

— Limpa tudo.

O truque só funcionou uma vez e já tinha perdido a validade. Jiang Chen devia ser imune...

Ao ver que ela não se movia, ele acrescentou:

— Caso contrário, vou dizer à faxineira mais tarde que você fez de propósito.

Chen Xiaoxi abaixou a cabeça. Que tremendo desperdício de talento seria fazer as pessoas que recolhem tecidos humanos do lixo todos os dias varrerem cascas de sementes.

Assim, teve que limpar as cascas de bico calado. E como Jiang Chen nem se deu ao trabalho de conversar com ela, Chen Xiaoxi ficou tão entediada que começou a regar os cactos na sala dele.

Quando Jiang Chen ouviu o som da água e levantou a cabeça, ela já havia chegado ao último cacto. A água transbordava na borda do vaso, como se o cacto estivesse chorando.

Ele suspirou.

— Se você regar assim, as raízes vão apodrecer — disse.

Chen Xiaoxi lembrou-se de algo de repente.

— Desde quando você tem... um, dois, três, quatro, cinco... cinco vasos de cacto no consultório? — perguntou.

— Ganhei de colegas.

— Quais colegas? Mulheres?

Ela logo ficou mais esperta. Era cansativo viver com um homem tão popular.

— Não sei — respondeu ele.

Realmente não sabia. Quando chegou ao trabalho, dois dias antes, encontrou cinco vasos de cactos do tamanho da palma da mão em sua mesa. Os vasos estavam amarrados com um laço de fita colorida, e havia um cartão escrito: "Desejo-lhe um bom humor verde todos os dias. De: Colega." Na hora, ele ficou se perguntando por que o bom humor tinha que ser verde. Como se lembrou disso, tentou mudar casualmente de assunto.

— De que cor você acha que o bom humor deve ser?

— Hã?

Chen Xiaoxi não entendeu, e Jiang Chen repetiu. Então, ela mordeu o canto da boca e disse:

— Como é que o humor pode ter cor?

— Quê? Mas você não diz que é uma artista nata? — Jiang Chen arqueou as sobrancelhas.

— Sim, sou artista, não uma tinta. Como vou saber qual é a cor do bom humor? Isso é tão sem sentido — replicou ela, resmungando.

Jiang Chen afagou sua cabeça com um sorriso.

— Pois é, minha pequena artista. Quer sair para jantar?

— Quero!

Chen Xiaoxi ergueu as mãos, animada, se esquecendo completamente do que havia perguntado antes. Sempre foi fácil distraí-la.

Se ela brigasse com ele por qualquer motivo, era só aproveitar uma brecha para trazer outro assunto à tona e, quando ela dava por si, as circunstâncias já haviam mudado.

Lógico que, no meio da refeição, Chen Xiaoxi se lembrou do assunto de repente e bateu na mão dele com os palitos de comer.

— Me diz: quem te deu aqueles vasos? — questionou.

Os palitos atingiram a falange do dedo médio de Jiang Chen, fazendo um barulho forte. Ela se assustou e largou os palitos para segurar a mão dele.

— Está doendo?

— O que você acha?

Chen Xiaoxi viu que o dedo dele ficou vermelho e morreu de arrependimento. Bater no marido não fazia muito o seu estilo e ia contra sua imagem de mulher íntegra, virtuosa e obediente.

Jiang Chen a observou pegar sua mão, esfregando e assoprando o seu dedo, até a saliva dela respingar nele.

— Tá bom, chega de assoprar. — Ele puxou a mão. — Termina logo de comer. Tenho uma cirurgia de tarde.

— Quê? Sua mão está doendo. O que você vai fazer se as suas mãos ficarem trêmulas e você matar alguém?

Chen Xiaoxi ficou muito preocupada. Jiang Chen franziu o canto da boca e mudou de assunto:

— Você vai voltar ao trabalho de tarde?

— Vou, sim. Fu Pei ficou louco e colocou uma máquina de ponto com leitor de biometria. Tenho que bater ponto no fim do expediente.

*

De tarde, Jiang Chen voltou ao seu consultório após a operação e encontrou Chen Xiaoxi debruçada na mesa dele na maior preguiça, lendo histórias em quadrinhos.

— Você não tem que bater ponto?

Chen Xiaoxi deu um pulinho de susto.

— Você nem sabe o quanto a Situ Mo é inteligente. Ela comprou na internet uns apetrechos para fazer molde de impressão digital. Fizemos as nossas, aí hoje ela vai bater o ponto por mim, amanhã eu bato para ela e vamos assim até Fu Pei voltar da viagem de trabalho.

Enquanto falava, ela retirou de sua bolsa um pedaço de cera, um isqueiro e um frasco com algo que parecia cola.

— Deixa eu fazer um molde da sua impressão digital! — pediu.

— Não preciso bater ponto.

— Faz, faz, vai, me dá uma satisfação... — implorou Chen Xiaoxi.

Jiang Chen olhou para ela de soslaio.

— Quando é que não consegui te satisfazer? — questionou.

Chen Xiaoxi ficou surpresa e colocou as mãos em volta da cintura dele.

— Ai, meu bem, vamos ver hoje de noite — disse.

Quem é dado a safadeza geralmente detesta essa conversa de "vem, vem, pode fazer o que quiser".

No fim, ela conseguiu convencer Jiang Chen a tirar as impressões digitais de todos os seus dedos. Chen Xiaoxi guardou as dez em um saco plástico e colocou na sua bolsa, pensando que se por algum motivo matasse alguém um dia, poderia plantar as impressões digitais de Jiang Chen na cena do crime. Ela não iria para a cadeia e deixaria Jiang Chen sozinho neste mundo entediante.

Aí, Jiang Chen a lembrou que homens e mulheres vão para cadeias diferentes.

Chen Xiaoxi pensou um pouco e disse que, querendo ou não, tratava-se do mesmo sistema prisional, portanto eles teriam oportunidade de se encontrar.

Pai e mãe

I

A gravidez de Chen Xiaoxi foi mamão com açúcar. Ela não teve enjoos matinais e todos os seus indicadores estavam dentro do padrão. Conseguia comer e dormir numa boa e não se sentia nem um pouco cansada. Até o dr. Jiang, que acompanhou todo o processo, achou que foi incrivelmente tranquilo. Então, quando chegou o momento da internação para o parto, Chen Xiaoxi estava tão calma que até recomendou a Jiang Chen que não esquecesse suas histórias em quadrinhos. Além disso, se saísse um novo episódio de *Gintama*, era para baixá-lo para ela imediatamente!

Depois de vários dias no hospital, o bebê não dava qualquer sinal de querer nascer. Chen Xiaoxi não se importava: estava comendo bem, bebendo bem, dormindo bem, e via Jiang Chen com muito mais frequência do que em casa. Só que o dr. Jiang se sentia envergonhado. O hospital oferecia esse benefício aos familiares dos funcionários, mas estava com escassez de leitos, e Chen Xiaoxi ocupava um quarto sozinha havia vários dias. Comia frutas, ficava deitada na cama lendo quadrinhos e vendo séries e convidava as faxineiras para usufruir dos benefícios. No entanto, o dr. Jiang, que nunca havia abusado de sua autoridade no trabalho, dessa vez teve que deixar a esposa ficar no hospital.

Às quatro da manhã, Chen Xiaoxi reclamou de repente que estava com dor na barriga. Jiang Chen, que era seu acompanhante, deu um pulo, apertou o botão para chamar enfermeira e acendeu a luz.

Antes de entrar na sala de parto, ela enfatizou que não queria que Jiang Chen a acompanhasse.

Quando os pais de ambos chegaram, uma fileira de futuros pais, incluindo Jiang Chen, já esperava no corredor, olhando fixamente para o display eletrônico na parede. Eles também acompanhavam as letras vermelhas rolando na tela: Fulana, seis centímetros de dilatação; Beltrana, quatro centímetros de dilatação; Chen Xiaoxi, três centímetros de dilatação.

A mãe dela deu um tapinha no próprio marido:

— Ah, não pode ser, só três centímetros? Nosso netinho já saiu perdendo na largada!

Em meio àquele clima tenso, as pessoas de repente começaram a chorar de rir.

Não havia gritos de partir o coração no corredor, como os que se ouviam em filmes e séries. Entre a sala de parto e a sala de espera da família havia uma longa área vazia separada por uma porta de vidro. Não se escutava nada, só dava para ver as figuras apressadas dos médicos e das enfermeiras.

Ali à paisana, Jiang Chen subitamente sentiu que eles pareciam desconhecidos.

Um pouco depois das nove horas, uma enfermeira apareceu.

— Os familiares podem comprar chocolates ou algo do gênero para as mulheres em trabalho de parto — disse.

De repente, várias pessoas ali se levantaram — entre elas, Jiang Chen.

A enfermeira ficou feliz ao vê-lo.

— Dr. Jiang, Chen Xiaoxi disse que quer chocolate com castanha.

— Que absurdo, ainda quer escolher o tipo! — reclamou a sogra dele, empurrando o marido. — Compre o que tiver, não a mime!

Os pais de Jiang Chen apenas pediram a ele que fosse logo.

Jiang Chen se encaminhou depressa à lojinha do hospital. Ele deu uma volta, mas não encontrou nenhum chocolate com castanha. Achou um funcionário e lhe pediu para ir ao depósito procurar algum chocolate desse tipo para ele. Quando foi pagar, percebeu que havia esquecido a carteira. Felizmente, a pessoa o conhecia e disse:

— Dr. Jiang, pode levar, depois você paga.

Em seguida, enquanto saía da loja, ouviu-a murmurar:

— Como gosta de comer chocolate com castanha...

Assim que voltou à maternidade, a mãe de Chen Xiaoxi o recebeu com uma expressão toda contente.

— Veja, está com a dilatação de seis centímetros — anunciou. — Continue assim, garota.

Jiang Chen olhou para a tela: Chen Xiaoxi, seis centímetros de dilatação.

No momento em que ele estava pensando em como ia levar os chocolates para ela, a enfermeira saiu de novo, puxou Jiang Chen de lado e lhe cochichou as seguintes palavras:

— Distocia de ombro.

Como médico que já havia dado muitas más notícias aos outros e entendia o significado daquelas três palavras, Jiang Chen se comportou com muito mais serenidade do que as pessoas comuns. Levou apenas alguns segundos para ter uma reação:

— Onde está o dr. Chen?

O dr. Chen, chefe do Departamento de Ginecologia e Obstetrícia, estava naquele momento realizando calmamente o parto em que ocorrera a distocia de ombro.

O tempo se arrastou lentamente.

Por fim, o médico saiu da sala de parto e deu um tapinha no ombro de Jiang Chen.

— Mãe e filha estão seguras — declarou.

Ele viu o olhar de Jiang Chen mudar de súplica para gratidão. Finalmente, ele se acalmou e recuperou seu jeito sereno habitual. Levantou-se e apertou a mão do obstetra.

— Obrigado! — disse.

Dr. Chen riu consigo mesmo. *Não pense que não vi seu olhar de cachorrinho agora há pouco. Eu sou mesmo um santo médico. Veja o quanto esse jovem aprendiz me admira!*

A enfermeira que vinha atrás ficou bem zangada. O dr. Chen tinha ido longe demais e lhe roubado a oportunidade de receber algum crédito pelo feito. Ela também queria ver os olhos do dr. Jiang brilhando e ouvi-lo lhe agradecer.

*

A recém-nascida ora chorava no colo dos avós paternos, ora no dos maternos.

Deitada no leito, Chen Xiaoxi estava exausta.

Jiang Chen arrumou o cabelo dela, que estava todo suado.

— Você fez um ótimo trabalho — disse ele.

Embora tivesse acabado de se tornar pai, Jiang Chen ainda tinha uma operação marcada para aquela tarde. Isso graças a um colega que, enquanto lhe dava os parabéns, falou: "Muito bem, como sua filha já nasceu, você não tem muito o que fazer aqui. Por que não ajuda na cirurgia de tarde? Então está combinado."

Após a antissepsia pré-operatória, a enfermeira colocou a bata cirúrgica em Jiang Chen e lhe deu luvas estéreis, que ele pegou e colocou de forma automática.

— Estão ao contrário — alertou a enfermeira, em voz baixa.

Era a primeira vez que ela via o médico tão distraído. Chegou a verificar várias vezes a situação antes de ousar alertá-lo.

— Ah — disse Jiang Chen, voltando a si.

Que bom que deu tudo certo.

Na verdade, Jiang Chen ficou pensando nessa frase: Que bom que deu tudo certo.

II

Chen Xiaoxi não esperava que sua filha fosse nascer daquele jeito.

Enrugada, vermelha e toda esbranquiçada.

Ela estava se sentindo deprimida. Jiang Chen era tão bonito, e ela mesma não era feia. Como tinha dado à luz algo assim?

Chen Xiaoxi ficou muito preocupada.

— Nossa filha é tão feia, como vai se casar no futuro? — perguntou a Jiang Chen, sem conseguir se conter.

Ele pôs a mão na testa.

— Todos os recém-nascidos são assim — garantiu.

Tendo entrado e ouvido toda a conversa, a mãe de Chen Xiaoxi ergueu a mão para dar um tapa na cabeça da filha, mas Jiang Chen rapidamente se colocou entre as duas.

— Sogra, a senhora fez a sopa? — questionou ele.

— Vim exatamente pra chamar vocês para tomarem sopa — respondeu ela, ainda encarando a filha.

Chen Xiaoxi fez uma careta para a mãe na frente de Jiang Chen.

— Quando você nasceu, era muito mais feia — repreendeu a mãe de Chen Xiaoxi, com as mãos na cintura. — Você era tão vermelha que parecia que tinham te tirado da água fervendo!

— Nunca que eu seria mais feia do que a sua neta. Tão vermelha e com a pele descascando, como se tivesse sido pescada em água de esgoto fervendo!

— Mesmo feia, é igual a você quando nasceu. É o seu gene da feiura!

— Mesmo feia, ainda é exatamente igual a *você* quando nasceu. Você é a origem do gene da feiura!

…

Jiang Chen cobriu suavemente os ouvidos da filha, que estava dormindo. Muitas coisas ditas no mundo adulto são desagradáveis. É melhor não escutar.

*

Chen Xiaoxi nunca sentiu que não seria uma boa mãe. As mães de hoje é que são exageradas. Os livros sobre maternidade tratam o bebê como uma criatura pré-histórica: tudo tem que ser estéril, orgânico e desinfetado. Para ela, sua própria mãe não tinha feito nada de mais, e ela cresceu feliz e saudável da mesma forma. No entanto, logo percebeu que sua abordagem de "mãe tranquila" havia sido completamente derrotada pela abordagem de "pai cientista" de Jiang Chen.

Quando a pequena Jiang Ke tinha um mês e oito dias, seu pai, o grande médico, levou do hospital para casa uma gripe que rapidamente infectou a esposa, que estava com a imunidade baixa. Chen Xiaoxi ficou tão preocupada que queria ligar para a mãe vir cuidar do bebê, mas o marido a impediu — disse que os bebês recém-nascidos tinham uma imunidade muito alta e não eram propensos a pegar resfriados...

Depois de brigarem, ela conseguiu chamar a mãe. A avó mimava muito a neta e tratava o casal gripado como seu inimigo número um. Chegou até a obrigar Chen Xiaoxi a usar luvas de plástico para tocar o rosto da filha.

Jiang Chen foi mais esperto do que ela e usou luvas médicas de borracha, que deixavam as mãos com uma sensação melhor. Mas Chen Xiaoxi ficou horrorizada ao vê-lo usando luvas brancas de borracha enquanto acariciava a cabeça da filha, inexpressivo.

*

Alguns meses se passaram, e a pequena Jiang Ke finalmente se transformou. Sim, o nome da filha deles era Jiang Ke. Havia sido o pai de Jiang Chen que escolheu. O velho prefeito tinha dito que, no futuro, ela seria uma menina adorável. Todos concordaram, então Chen Xiaoxi teve que resistir à tentação de inventar uma musiquinha boba e malfeita como "Jiang Ke Jiang Ke, o que você disse, você disse o quê?" e só agradeceu ao sogro, obedientemente. Bom, vamos dizer que Jiang Ke enfim se tornou uma bebezinha gordinha, branquinha e fofinha como os bebês de propaganda de leite em pó.

Logicamente falando, ela já estava livre de comentários sobre ser feia. Em dado dia, Jiang Chen e Chen Xiaoxi estavam observando a pequena Jiang Ke dormindo no berço.

— Você não acha que nossa filha está ficando cada vez mais fofa? — perguntou Chen Xiaoxi. Ela finalmente havia se libertado daquela sensação de que a filha era feia. — Olha o jeito que ela dorme, parece um anjinho.

Jiang Chen olhou para a bebê que engordava a cada dia, cutucou seu braço rechonchudinho e respondeu, pensativo:

— Parece um pãozinho fermentando.

Chen Xiaoxi ficou sem palavras e saiu do quarto, inexpressiva.

Ela foi até a varanda e telefonou para a mãe.

— Mãe, de repente me deu uma vontade de comer pãezinhos cozidos no vapor. Aqueles seus pãezinhos branquinhos e fofinhos que saem fumegantes, sabe? Quando você vem fazer pra mim?

III

— Cheguei — disse Jiang Chen ao abrir a porta, como de hábito.

A casa estava silenciosa. Não houve resposta. Ele levantou um pouco a voz:

— Cheguei — tentou de novo.

A porta do quarto estava entreaberta. Pela fresta, dava para ver Chen Xiaoxi lendo um gibi encostada na cabeceira, enquanto a bebê dormia profundamente ao lado dela.

Jiang Chen abriu a porta e falou:

— Cheguei.

Chen Xiaoxi desviou o olhar do gibi por uns segundos.

— Ah, eu ouvi, fala baixo! Não perturbe a neném.

Em outros tempos, ela teria saído correndo, começaria a sacudir o braço dele e o encheria de perguntas. "Por que você saiu do trabalho tão cedo hoje? Você está cansado? Está com fome? Posso preparar alguma coisa pra você comer? Quer um copo de água? Ou prefere um refri?" Quem tinha alterado o código daquele antigo padrão de cena?

Depois de ficar ali por uns minutos, Jiang Chen percebeu que Chen Xiaoxi havia retornado ao seu mundo dos quadrinhos, então ele não teve escolha senão ir silenciosamente para o escritório.

As duas mesas do escritório estavam repletas de manuscritos. Chen Xiaoxi vinha obcecada por ilustrações infantis e estava aproveitando a licença-maternidade para ilustrar um livro. Antigamente, ela não se atrevia a jogar suas coisas na mesa de Jiang Chen. Inclusive, costumava ajudá-lo a arrumar sua mesa bagunçada. As coisas não eram mais como antes.

Jiang Chen queria abrir um espaço para escrever sua tese. A princípio, pretendia empilhar de volta na mesa de Chen Xiaoxi as coisas que tinham a mais na mesa dele. Para sua surpresa, encontrou na pilha de papéis um pacote de biscoitos pela metade, um pacote de lenços umedecidos e uma fralda não usada. Então, vasculhou a pilha de papel na mesa de Chen Xiaoxi, de onde acabou tirando uma chupeta e uma colher.

Ele suspirou, impotente. Tinha uma boa esposa em casa.

Quando o aroma de comida começou a encher a casa, Jiang Chen largou a caneta, abriu a porta do escritório e viu Chen Xiaoxi segurando Jiang Ke enquanto lhe dava comida.

Ao vê-lo, a esposa fez a filha cumprimentá-lo, dizendo carinhosamente:

— Olha, é o papai.

Jiang Ke não gostou nada daquilo. Começou a balbuciar e esticar a boca, seguindo a colher que estava na mão de Chen Xiaoxi.

Chen Xiaoxi caiu na gargalhada. Pegou uma colherada e levou à boca dela. Quando a pequena abriu a boca para comer, a mãe puxou a colher novamente. Jiang Ke ficou tão brava que começou a chorar.

As duas ficaram brincando de pegar comida com a colher. Jiang Chen ficou de lado, sentindo-se totalmente dispensável.

Não se conteve e perguntou se podia jantar.

Chen Xiaoxi respondeu com um sorriso:

— Come o mingau de arroz que está na panela. Eu fiz demais e ela não conseguiu comer tudo.

Não vou comer comida de neném! Jiang Chen virou a mesa mentalmente.

— E o que você vai comer?

Chen Xiaoxi deu de ombros.

— Comi alguma coisa de tarde — respondeu. — Ainda não estou com fome. Quando ficar com fome, faço um macarrão.

À noite, Jiang Chen, que só tinha comido uma tigela de mingau de arroz, estava deitado na cama, atordoado de fome e sono. Chen Xiaoxi e Jiang Ke, também deitadas, brincavam de aviãozinho. As duas davam risadinhas.

— Faz ela dormir logo, já é meia-noite — pediu Jiang Chen, sem forças, cobrindo os olhos com as costas da mão.

— Ela dormiu a tarde toda e está cheia de energia — murmurou Chen Xiaoxi para Jiang Ke. — Não foi? Não foi? Não foi?

Claro que Jiang Ke não conseguia responder, e só ria.

Jiang Chen teve que falar:

— Tenho uma cirurgia amanhã de manhã.

A ficha só caiu para Chen Xiaoxi naquele momento.

— Ah, então vai dormir no escritório — sugeriu ela, gentilmente. — Descansa mais cedo. Não vamos fazer barulho.

Jiang Chen puxou a colcha e cobriu a própria cabeça.

— Deixa pra lá — disse, mal-humorado, e se virou de costas para dormir.

Pela forma como as coisas estavam, Jiang Chen enfim percebeu que havia caído completamente em desgraça naquela família.

IV

A pequena Jiang Ke tinha acabado de aprender a engatinhar, e Chen Xiaoxi havia decidido esperar que ela crescesse mais um pouco antes de mandá-la para as aulas de piano. Fora muito doloroso para Jiang Chen ser obrigado a aprender piano quando criança. Em ocasiões especiais, ele ainda era forçado pelos pais a se apresentar. Então, achava que seria melhor simplesmente deixá-la crescer brincando à vontade.

Mas Chen Xiaoxi estava decidida — tinha até começado a juntar dinheiro para comprar um piano.

Jiang Chen disse: Antes de você economizar dinheiro para comprar um piano, não deveria considerar primeiro se cabe um piano aqui em casa? Ao que Chen Xiaoxi replicou: Esvazie seu escritório para colocar o piano!

A princípio, era apenas uma discussão. Até que, um dia, quando Jiang Chen voltou do trabalho, descobriu que Chen Xiaoxi havia pegado uma fita métrica e estava tirando as medidas do escritório depois de arrastar para fora as mesas dos dois.

Jiang Chen tentou argumentar com ela que Jiang Ke poderia não se interessar por tocar piano, por exemplo, que Jiang Ke ainda era muito nova e não havia tanta pressa para aquilo, que os dedos da menina eram curtos... Mas Chen Xiaoxi estava decidida a comprar o piano!

O motivo daquela obsessão podia ser atribuído à rixa entre ela e Li Wei. Na verdade, toda rixa era só ressentimento que ela havia desenvolvido em relação às filhas de outras pessoas à medida que crescia.

No ensino fundamental, ao ver Li Wei, com seu cabelo longo e liso, sentada ao piano tamborilando os dedos longilíneos enquanto o corpo balançava e sua cabeleira desenhava belas linhas no ar, Chen Xiaoxi tocou o próprio cabelo curto na altura dos ombros e se lembrou do que sua mãe lhe dizia: "Aprender instrumento musical é muito caro!" "Cabelo comprido dá trabalho, e gasta muita água e xampu!" Naquela época, ela, que não sabia como era gostar de alguém, já tinha começado a aprender a odiar por inveja.

Seu sonho com instrumentos musicais começou ali: ela esticava um elástico entre dois palitos de comer, pregava-os em uma tábua de madeira e imitava as pessoas da TV, tocando *guzheng* com toda a graciosidade. Mais tarde, começou a tocar piano em teclas desenhadas aleatoriamente na mesa, numeradas de um a sete. Tocava balançando a cabecinha. Depois, ficou boa em desenho e copiou as teclas do piano da sala de música em seu caderno de desenho. Até chegar ao ensino médio, ainda brincava de tocar piano quando não tinha nada para fazer.

Jiang Chen terminou de ouvir a história dela e se deu conta de que, quando eram crianças e ele a olhava pela janela, muitas vezes a via sentada em frente à escrivaninha, mexendo as mãos para cima e para baixo, balançando a cabeça para frente e para trás e murmurando algo. Por um momento, sentia um arrepio percorrendo sua espinha. Estaria ela lançando algum feitiço estranho nele?

No final, Chen Xiaoxi não chegou a comprar o tal piano porque se lembrou de que o piano que Jiang Chen usava quando criança ainda estava na casa dos pais dele, e poderiam dá-lo para a filha. Mais tarde, a pequena Jiang Ke pintou as teclas do piano com as cores do arco-íris, uma história tão triste que é melhor nem contar. Afinal de contas, forçar alguém a tentar realizar seus sonhos por você é sempre arriscado.

- intrinseca.com.br
- @intrinseca
- editoraintrinseca
- @intrinseca
- @editoraintrinseca
- editoraintrinseca

1ª edição	NOVEMBRO DE 2024
impressão	BARTIRA
papel de miolo	LUX CREAM 60 G/M²
papel de capa	CARTÃO SUPREMO ALTA ALVURA 250 G/M²
tipografia	MINION PRO